suhrkamp taschenbuch 4503

Österreich in den »Waldheimjahren«: Während der Skandal um den neuen Staatspräsidenten auf den Höhepunkt zutreibt, streift der Spanienveteran und KZ-Überlebende Edmund Fraul ruhelos durch Wien: Dem Lager nie entkommen, bis ins Mark kalt, kann er Gefühle nicht äußern, ja nicht einmal spüren. Bis er auf seinen Wanderungen durch Wien einem ehemaligen KZ-Aufseher begegnet und mit ihm ins Gespräch kommt: über Auschwitz. Robert Schindel führt uns nach *Gebürtig* erneut in den Wiener Kosmos: in eine Welt politischer, künstlerischer und menschlicher Feindschaften und Zerreißproben, in ein Geflecht von Tragödien und Liebesgeschichten, die so gut glücklich enden können wie tödlich.

Figurenreich, weltstädtisch, kämpferisch ist dieser Roman, sanft und von großer sprachlicher Schönheit – und getragen von der Hoffnung, dass Wärme und Lebendigkeit einer neuen Zeit in die erkalteten Beziehungen von einst zurückkehren.

Robert Schindel, geboren 1944 in Bad Hall bei Linz, ist Lyriker, Autor und Regisseur. Ausgezeichnet wurde er mit vielen Literaturpreisen.

Robert Schindel

Der Kalte

Roman

Suhrkamp

Für Theresia Ritter

Erste Auflage 2014
suhrkamp taschenbuch 4503

Umschlag: Göllner, Michels
Umschlagazeichnung Emma Rendl-Denk
Druck und Bindung: CPI – Ebner & Spiegel, Ulm
Printed in Germany
ISBN 978-3-518-46503-5

Der Kalte

Manchmal werde ich der Stille gewahr,
die mich umgibt.
Wie ein Tier,
das nachts plötzlich aufhorcht,
von keiner direkten Gefahr,
sondern von der eigenen Vorsicht aufgeschreckt,
um sich gleichsam zu vergewissern,
dass es ruhig weiterschlafen kann.
Diese Ruhe gleicht jedoch dem Aufschub eines Urteils,
das bereits irgend jemand irgendwo
über mich gefällt hat
und das etwa so lautet:
»Wozu ihn töten?
Er geht auch von selbst zugrunde.«

Imre Kertész: Galeerentagebuch

Erstes Kapitel

(Als ob)

1.

Der Sturm wurde heftiger. Das Laub sauste und kreiselte, die Wolken rollten mit Tempo in den Westen, da und dort fielen Ziegel auf die Gehsteige. Der Bettler Ecke Kärntner Straße und Himmelpfortgasse, der als Krüppel vor seinem Hut gesessen war, sprang auf und lief diesem hinterher, den der Sturm zum Stock-im-Eisen-Platz trieb. Auch Edmund Fraul, der eben über die Salztorbrücke ging, wurde der Hut vom Kopf gerissen. Schon schwamm der im Donaukanal und unter der Brücke weg. Fraul, vornübergebeugt, ging weiter, das schlohweiße volle Haar in alle Richtungen.

Er überquerte den Kai. Die grünbärtige Ruprechtskirche sah älter aus, als sie war, bedrückt ließ sie auch diesen Sturm über sich ergehen, der Sand der Baustelle neben ihr wirbelte um sie herum, Fraul bog in die Rotenturmstraße ein. Auf dem Stephansplatz, ohnehin der windigste Platz der Stadt, wurde der Sturm geradezu unerträglich. Rechts in der Brandstätte ließ der Druck etwas nach. Fraul ging rasch und wusste mit einem Mal, dass ihm von den Häusern, an denen er entlangeilte, Unheil drohte. Konnte es sein, dass hinter den Fenstern Leute lauerten, die ihm vierzig Jahre später noch nach dem Leben trachteten? Er schaute rasch links und rechts zu den Scheiben hinauf. Als er in den Tuchlauben eintraf, zerriss der Sturm die Wolken über ihm, sodass die Novembersonne jäh den Straßenzug aufhellte; einen Moment ließ der Sturm ganz nach, dann trieb er Edmund Fraul ins Café Korb.

Damals hob ich den Blick, legte die Zeitung weg, stand auf,

um Fraul zu begrüßen. Er gab mir die Hand; ein abschätziges Lächeln, das ich für ein freundliches nahm, und schon ging er seinen Mantel ausziehen und an den Haken hängen. Nachdem er eine Melange bestellt hatte, begannen wir miteinander zu reden. Nach zwei Stunden verabschiedeten wir uns, ich packte meine Notizen zusammen, er winkte mir nochmals zu. Kaum war er bei der Tür draußen, eilte ich ihm nach, denn ich wollte ihm noch in den Rücken schauen, seinen Gang beobachten. Doch neben mir stand bereits der Ober, ich zahlte und verlangte eine Rechnung.

Auf dem Weg zum nächsten Interview sah ich den Alten nochmals. Er verließ ein Hutgeschäft und kam mir entgegen. Bevor er mich hätte bemerken können, blieb er vor einer spiegelnden Auslage stehen und betrachtete den Hut auf seinem Kopf. Ich ging hinter seinem Rücken vorbei, und wir entfernten uns voneinander. Die Kraft des Sturmes schien gebrochen, der Tag wurde noch sonnig und mild.

Fraul schlenderte nach Hause. Inzwischen war es drei Uhr geworden. Gelegentlich blieb er vor den Auslagen stehen. Sein Atem ging ruhig.

Ein höflicher junger Mann, dieser Apolloner, dachte er. Nett. Hat sich informiert, hat mein Auschwitzbuch gelesen, allerhand. Was wird er sein? Dreißig? Was war sein Vater? Hitlerjunge oder schon SA?

Der Bettler Ecke Rotenturmstraße und Fleischmarkt schaute stumpf vor sich hin, als Fraul vorbeiging. Was will der Fechter, dem gehts doch gut. Er unterbrach diesen Gedanken, schaute über die Schulter zu dem Bettler zurück. Ein Kleiderhaufen auf dem Erdboden, aus dem ein zerrupfter Kopf herausgewachsen war. Fraul blieb stehen. Im Umdrehen holte er sein Portemonnaie unterm Mantel aus der Ge-

säßtasche, entnahm einen Zwanzigschillingschein, ging zurück, bückte sich und legte ihn dem Bettler in den Hut.
»Donge«, flüsterte der, ohne die Kopfhaltung zu verandern. Edmund Fraul setzte seinen Weg fort. Daheim angekommen, nahm er am Küchentisch Platz.
»Kaffee?«, fragte seine Frau.
»Noch nicht, danke.« Er schaute zum Fenster hinaus und auf den wolkenlosen Himmel.
»Wie war das Interview?«, fragte Rosa und machte sich an die Zubereitung ihres Kaffees.
»Wie immer.«
»Wann kommt es?«
»Es wird schon kommen.«
Sie schwiegen. Rosa trank Kaffee. Schließlich stand Fraul auf, ging ins Schlafzimmer und legte sich aufs Bett. Sie blieb in der Küche sitzen. Es dämmerte, sie machte Licht. Gedanken sind ihr viele durch den Kopf gegangen. Wie zumeist hielt sie sie nicht fest. Als sie seine Schreie vernahm, kam sie rasch ins Schlafzimmer und weckte ihn auf. Er lächelte leise, ging ins Bad und wusch sich sein Gesicht ab.
»Vergiss nicht, Karel kommt heute«, sagte sie ins Bad hinein.
»Hm.«
Edmund blieb heute zu Hause. Sein Sohn würde kommen. Schauspieler hat er werden müssen. Verdient Geld, indem er so tut als ob.
»Wer hat dir den neuen Hut geschenkt, Edmund?«
»Keiner.«
Heute, vierter November fünfundachtzig, hatte Fraul seinen sechsundsechzigsten Geburtstag. Er saß im Wohnzimmer, seine Frau kochte. Während er auf seinen Sohn wartete, las er im Mahnruf, der Zeitung des KZ-Verbandes. Die Todesanzeigen studierend, rief er Namen zur Küche.

Rosa rief, wenn sie einen Namen trotz der Küchengeräusche verstand, »ich weiß« zurück.

2.

Karl erschien um sieben. Er übergab dem Vater sein Geschenk, setzte sich zu Tisch und betrachtete Frauls Gesicht, als der das Papier entfernte. Edmund schaute auf den Einband des Buches, ein Schauspielführer, lächelte schwach zu seinem Sohn hinüber, stand auf und legte es auf den Fernsehapparat. Rosa trug den Tafelspitz herein. So saßen die drei beisammen. Nach dem Essen tranken sie Cognac, und der Sohn verabschiedete sich.
Seit dieser Saison war Karl Fraul der angehende Jungstar des Burgtheaters. Er hatte einst das Reinhardtseminar absolviert, wurde hernach von Direktor Schönn ans Haus geholt. Dort ging er gelegentlich auf der Bühne hinten hin und her, indes sich einige Meter vor ihm die großen Szenen ereigneten. Es verdross ihn, von der Astrid von Gehlen bloß stets den Hintern zu sehen und vom alten Bonker, dieser Schauspielerlegende, die rötliche Glatze. Er begann sich in der Kantine entsprechend zu gerieren, betrat sie etwa mit dem Satz: »Herr von Posa, kann auch der Feldkurat sein, folgt mir auf dem Fuß«, verabschiedete sich mit »die Pferderln san gesattelt«. Während er seine Gspritzten trank, hielt er Lobreden auf eine geheimnisvolle, aber mächtige Statistengewerkschaft, die ihm so hohe Gagen erkämpft hatte fürs »Umananderstehn«, zitierte ständig den in Wien ohnehin bekannten Qualtingersketch vom vierten und siebten Zwerg und ging den andern Gauklern auf die Nerven.
»Hören Sie, Fraul«, schnarrte ihn gelegentlich Karl-Heinz

Bonker an, »Ehrgeiz ist ja in Ordnung, aber müssen Sie ihn unentwegt auf der Trompete blasen, noch dazu so dicht bei meinen Ohren?«

»Mit vollen Hosen ist leicht stinken«, antwortete ihm Karl unbekümmert, und in der Kantine lachten sie etwas.

»Ach wat«, murrte Bonker ins Gelächter hinein, »ick hab ooch of kleeneren Häusern zu gaukeln begonnen.«

»Mir fehlt wohl die Provinz?«

»Sie sagen es.« Karl Fraul stand auf.

»Der Fraul ist abgereist. Er ist per Zug nach Graz.« Er zahlte, ging und ließ sich, als sei es kein Scherz gewesen, nach Graz engagieren. Er erhielt große Rollen und hatte Erfolg. Also holte ihn Schönn nach zwei Jahren wieder ans Haus zurück.

Nun probte er den Malcolm, unter der Regie von Dietger Schönn selbst. Nun konnte er der Astrid von Gehlen ins Gesicht schauen, sie spielte die Lady Macbeth. Macbeth wurde von Felix Dauendin gegeben, dem großen Star, den sich Schönn ebenso wie Bonker und die Gehlen und noch einige andere aus Deutschland mitgenommen hatte.

Nachdem er den Geburtstagsbesuch hinter sich gebracht hatte, erleichtert, wieder aus dem Haus zu sein, ging er ins Pick Up, stellte sich an die vordere Theke.

Ich sah ihm zu, wie er die Wodkas zwitscherte. Dabei blieb ich als Zuhörerin im Schatten des Lyrikers Paul Hirschfeld, der mir mit heftigen Armbewegungen und mit vom Alkohol aufgerauter Stimme zum dritten Mal erzählte, wie er in Hamburg beim Verlag mit seinen Gedichten angekommen war. Ich kanns diesem nervösen Mittvierziger nachfühlen, an dessen Buchveröffentlichung in Wien keiner mehr glaubte, der es selber nicht fassen kann. Wieder und wieder, als wäre er der einzige Überlebende einer

Schlacht, vergegenwärtigte er sich und uns allen dieses Standhalten.
»Eine Standhalterei, Judith«, sagte er, sei es gewesen, durch Jahrzehnte hindurch hätte er standgehalten. Alle Jobs habe er bloß nebenbei gemacht, das Studium nebenbei, von nichts, auch nicht vom Journalismus habe er sich assimilieren lassen. Poesie hätte er gemacht, sie gelebt, sie sei das Wichtigste, wichtiger als die Liebe, das Geld, die Macht, »ach was, ich habe standgehalten, und da bin ich.« Ich nickte ihm freundlich zu, ich wollte als Erste überhaupt knapp vor Erscheinen seines Buches ein Porträt über ihn machen. Er versprachs.
Roman Apolloner kam herein, Hirschfeld trat einen Schritt zurück, und Karl Fraul bekam mich zu sehen. Er löste sich von der Bar und ging zu mir her.
»Weißt du, was du bist, Zischka«, schrie er, »eine Schastrommel bist du!«
»So? Bin ich das?« Eigentlich wollte ich davonlaufen, sofort, denn plötzlich waren Dutzende Männeraugen auf mich gerichtet. Ich hielt mich, weil es gerade da war, am Wort »standhalten« fest, das mich sogleich wie in einem gebröckelten Fußboden an den Knöcheln einklemmte, daweil ich die Wodkaschwaden ins Gesicht getrieben bekam.
»Diese Brunzbuschn«, brüllte Fraul und wandte sich an Apolloner, an Hirschfeld und den Rest der Welt, »hat sich über mich ausgeschissen ...«
»Fraul«, unterbrach ihn Apolloner, griff ihm auf die Schulter und tätschelte sie.
»Wenns wahr ist. Die soll hier nicht rumstinken. Wenn du kein Weib wärst, hättest dir jetzt ein paar Oaschtritte eingefangen, dass d'...«
»Ruhig, Karel«, sagte Hirschfeld, nahm seine andere Schul-

ter, und beide Männer führten ihn zu seinem Wodka zurück. Ich verzog mein Gesicht in der Hoffnung, dass dies beim Publikum als Lächeln durchging, durchquerte den Raum und setzte mich zu einem Nischentisch. Wenn der Lechner die Rezension geschrieben hätte, dachte ich mir, wäre der Arsch jetzt sooo klein. Am Nebentisch saß Emanuel Katz und unterhielt sich mit einer Freundin von Apolloner, aus Tirol wie Roman, der mir alsogleich auf dem Fuß folgte und zum Nachbartisch ging. Er zwinkerte mir zu, und Katz begann mich zu sich zu winken. Ich wollte mich nicht dazusetzen, nichts wie weg wollte ich, aber nun musste ich doch eine Weile hier rumhängen, und ich setzte mich zu ihnen hinüber.

»Sein Vater ist anders«, sagte Apolloner.

»Das glaube ich«, sagte Katz. »Sein Auschwitzbuch ist das Beste, was es gibt, und ich kenne viele.«

»Grad heute hab ich ihn interviewt.« Apolloner schaute sich nach einem Kellner um, während er redete. »Ein bescheidener alter Herr. Ruhig und total cool erzählt er von den grauenhaftesten Dingen. Als wärs, ich weiß auch nicht, als wärs alltäglich oder so.«

»Diese Zischka«, hörten wir den Fraul brüllen, denn er brüllte an Hirschfelds Ohren vorbei zu uns herüber, »keine Ahnung von Tuten und Blasen, das heißt vom Blasen schon bei ihrem Chef.«

Das Gegröle wurde aber allmählich von beschwichtigendem Gemurmel zugedeckt und eingeschlossen, denn Hirschfeld, der Bursche hinter der Theke und noch ein paar Umstehende redeten auf ihn ein.

»Bring mir ein Viertel Weiß«, rief Apolloner dem vorbeilaufenden Kellner nach. Der blieb stehen, und ich bestellte ein Achtel Rot und begann mich mit Katz zu unterhalten. Emanuel versuchte seit Jahren ein Buch zu schreiben, arbeitete in einer Bank und lief in seiner Freizeit den Frauen nach.

»Was macht dein Roman?«

»Heute«, antwortete er und hob sein Glas, »hab ich ihn endgültig aufgegeben.« Er trank seinen Wein aus, zündete sich eine Zigarette an und starrte mir ins Gesicht. »Ich hab ihn verbrannt, Judith«, flüsterte er. »Eingeäschert.«

»Schade.«

»Ist nicht schade. Ist vortrefflich. Ich muss mich nun um mich selber kümmern. Als junger Vollwaise muss ich jetzt rasch erwachsen werden«, er lachte. Dazu sagte ich gar nichts, schaute rüber zu Apolloner und Freundin, die sich in ihrem hartkehligen Dialekt unterhielten. Das Achtel austrinkend, wollte ich zahlen.

»Das zahle ich«, sagte Katz und schaute mir lachend in die Augen. Mir war flau im Magen, auch musste ich ja wieder an diesem Fraul vorbei.

»Jetzt muss ich an Karl vorbei«, sagte ich zu Katz. Er nickte.

»Seit er an der Burg ist, schwillt ihm ständig der Kamm. Aber der wird schon noch. Lass es gut sein. Gehen wir.«

»Ja?« Nachdem ich unschlüssig aufgestanden war, legte er mir den Mantel um die Schultern, gab mir einen Schubs.

»Ich lass ihn eh«, antwortete ich im Hinausgehen, steif an Karl Fraul vorüber, und der bemerkte mich nicht. Auf der Gasse musste ich losheulen. Katz schaute gutmütig zu mir herauf, hakte sich ein und zog mich vom Pick Up weg. Bei ihm angekommen, hatte ich nichts dagegen, doch musste ich immer wieder weinen und weinte auch bereits wegen des ständigen Weinenmüssens, sodass Emanuel mich bloß in den Armen hielt und mein Haar und meinen Rücken streichelte. Endlich war ich so eingeschlafen.

3.

Drei Tage nach seinem Geburtstag musste Edmund Fraul wiederum auf ein Begräbnis. Der alte Freund Bobby Heller war an seinem Blasenkrebs endlich gestorben. Die letzten Wochen war Fraul etliche Mal im Rudolfspital gewesen und hatte der inneren Auflösung des um vier Jahre Älteren zugesehen. Gelegentlich war Rosa mitgekommen, sie standen zusammen mit Bobbys Frau um sein Bett herum und schauten auf den Kranken hinunter.

Bobby war ein tapferer Kerl gewesen. Nicht nur am Ebro bei der Elften Internationalen Brigade Spaniens in der Maschinengewehrkompanie war er unerschrocken gewesen, auch seinen weiteren Weg durch die französischen Internierungslager nach Dachau, Auschwitz und Flossenbürg war er mutig und mit für ihn charakteristischer Bärbeißigkeit gegangen. Diese Krankheit aber widerte ihn an. Er musste Windeln tragen, magerte ab, und es ließ ihn keiner sterben.

»Es papperlt mich an, Edmund. Wo bleibt der Kwikwi?«

»Er steht eh schon in der Tür, Bobby.«

»Hoffentlich. Was dem Höß nicht gelungen ist, schafft dieses Viecherl da. Ich werde noch zum Muselmann.«

»Nie, Bobby«, antwortete Fraul heiter. »Bis zum Schluss nicht. Nicht du.«

»Me cago en Dios, Bub.«

Edmund drückte ihm die Hand, denn gleich nach dem Fluch war Heller in eine von diesen flüchtigen Schlummereien geglitten, denen man nicht ansah, wohin sie einen brachten.

Fraul ging zum Kasten, holte seinen Begräbnisanzug hervor und fuhr mit seiner Frau zum Krematorium. Dort war die überlebende alte Garde angetreten: Spaniaken, der KZ-

Verband im Allgemeinen, die Auschwitz-Lagergemeinschaft, die Reste der Kommunistischen Partei mit ihrem Nekrologredner, denn im Gegensatz zu Fraul war Heller nie aus der KPÖ ausgetreten. Die Menschen begrüßten einander, nickten nach links und nach rechts den hierauf rechts und links Zurücknickenden zu und schwiegen. Sie trafen einander hier häufig. Wenigstens ein Mal im Monat verabschiedete sich einer von ihnen – in den Wintermonaten gleich mehrere, gelegentlich sogar zwei an einem Tag.

Der Nekrologredner Heini Hochnosterer, ein drahtiger Mittsiebziger, selbst in Spanien und in den Lagern gewesen, schien aus dem Hinscheiden der Genossen zusätzlich Lebenskraft zu beziehen; von Verbrennung zu Verbrennung verjüngte er sich, ein heimlicher Triumph restlichen Überlebens füllte seine Brust, und das so angereicherte Blut verlieh ihm anscheinend die muskeldurchsetzte Befedertheit, mit der er vor die alte Garde trat.

Edmund und Rosa saßen mittendrin in den Bankreihen, denn obwohl sie mit Bobby und seiner Frau eng befreundet waren, ergab das Zeremoniell, dass der allerengste Freund die Partei war. Deren Funktionäre flankierten die Witwe, leiteten und lenkten die ersten Schritte des Gedenkens an Robert Heller. Während Hochnosterer redete, fuhren Edmunds Gedanken weg. Sie sickerten zurück in die Schuschniggzeit und holten von dort die Bilder vom jungen Bobby in die Feuerhalle.

Dass ich nichts empfinde. Wie wichtig war er mir. Mit ihm nach Spanien, ich noch nicht achtzehn. Wie mein Bruder, mein Freund, immer der Bobby. Nun ist er halt fort, da vorn im Holztaxi. Was redet der Hochnosterer von Guadalajara? Zu Guadalajara sind wir zu spät gekommen, du Depp. Das Hin und Her vor Teruel. Tagsüber eingekesselt, nachts durchgebrochen, immer wieder. Und der Brauneis Ferdl zwischen den Linien im Schnee, wir anderthalb Tage nicht an ihn heran. Er hat gesungen und gesungen und geflucht, und auch die Internationale. »Bub, ich bin anpapperlt«, sagt Bobby. »Nicht die Faschisten, nicht der Kwikwi, ich hole ihn.« Im Kugelhagel bringt er ihn buckelkraxen. Dem Ferdl seine Beine sind blau und verloren. Der Radrennfahrer sitzt ohne Beine bis heute im Sessel, und nicht einmal Bobby brachte ihn zum Lachen in seiner Gemeindebauwohnung. Wenn ich mit Bobby in den Reumannhof mitkam, musste ich mitsaufen, Fotos anschauen von seinen Rennen. Wieso Brauneis, mir fällt ständig der Ferdl ein, wo ich mich doch von Bobby verabschiede.

»Du denkst an den Ferdl«, flüsterte Rosa.

»Das stimmt.«

Sie standen auf und gingen. Vorm Eingang blieben die Menschen noch in Gruppen. Edmund und Rosa gingen grüßend um sie herum und zum Einundsiebziger.

»Karel ist nicht gekommen«, murmelte Fraul, während sie auf die Tramway warteten.

»Er kommt doch nie«, sagte Rosa. Fraul hob die Schultern und ließ sie fallen. Bis vor kurzem war Bobby Heller für Fraul junior immer der Onkel Bobby gewesen.

»Onkel Bobby«, schnaubte Edmund.

»Ach, lass ihn«, sagte sie. Die Straßenbahn kam.

4.

Einst war alles anders. Einst begannen Wälder zu gehen, Hundstruppen reinigten den Erdboden von stinkenden Kriegern. Zwerge verbargen sich hinter Mauervorsprüngen der Burgen, Elfen oder Hexen badeten mondbeglänzt

im Weiher. Fanfarenstöße tagsüber, Liebestränke in der Dämmerung, der Dolch in der Nacht.
Eine ehrgeizige Frau, einst, und ihr Kind als Ehemann verkleidet. Was für eine Lust, jemanden von den Füßen zu holen, ihn auf den Rücken zu werfen, ins Leichentuch zu wickeln. Was für eine Wichtigkeit, jemandem Botschaften abzulauschen. Mitten im Geraune, unterm Flügelschlag der Raben, von der Eule beobachtet, der Strahlhans mit nerviger Rechten, verborgener Linken, schnellen Fußes, ein Bote, ein Vollstrecker, eine Leiche.
Karl Fraul wälzte sich in seinem Gedankenmorast. Wieder und wieder kamen Wortreihen und flackernde Bilder aus der Tiefe des Schlafes, durch den der Rausch strömte. Auf fuhr er, um wiederum hinunterzuplumpsen, während es um ihn mit der Nacht zu Ende ging, der erste Linienbus fuhr bereits die Margaretenstraße hinauf.
Als ich mittags zu Karl kam, saß er auf dem Bett, schweißspiegelnd sein Gesicht. Ich begann, Fenster zu öffnen, Flaschen wegzuräumen, Aschenbecher auszuleeren, Badewasser einzulassen. Die Wohnung roch nach Wirtshaus, am liebsten hätte ich zu wischen und zu saugen begonnen, doch dann wird er unleidlich, und ich wollte noch mit ihm spazieren gehen, was frühstücken und sonst Zeit mit ihm verbringen. Wiewohl ich spürte, wie verstimmt ich war, ging ich zu ihm hin, drückte ihn an seinen Schultern aufs Bett, zog ihm lächelnd die Jeans aus, in denen er geschlafen hatte, die Unterhose gleich mit, zerrte ihn dann hoch, klatschte ihm auf den Hintern und schubste ihn Richtung Badewanne. Während er dorthin taumelte, zog er sich noch das Leiberl über den Kopf, schmiss es ins Eck, von wo ich es aufklaubte und zur Schmutzwäsche tat.
»Zu heiß«, schrie er aus der Wanne, »verdammt noch mal, Margit.«

»Gerade richtig«, antwortete ich, fröhlich geworden. Nun holte ich doch den Staubsauger und fuhr herum. Als ich Karls Atem im Nacken spürte, er mich von hinten umfasste, konnte der Tag beginnen.
Es war sein letzter Tag vor Probenbeginn zu Macbeth. In meinem Honda Jazz gings zum Lainzer Tor. Dort hinein und weiter, begannen wir an der Hermesvilla vorbeizumarschieren, um Richtung Rohrhaus zu wandern. Wir gingen an einer Wiese vorüber, an deren Ende zu unserem Erstaunen noch Parasole standen. Karl machte sich erbötig, im Dauerlauf zum Lainzer Tor zurückzukehren, sich dort irgendwo Tragtaschen – und seien es Plastiksackerln aus Geschäften – zu besorgen. Ich setzte mich inzwischen auf eine der Parkbänke neben der Wiese, um die Pilze unauffällig zu bewachen. So saß ich in der Sonne, und die Spaziergänger von links und rechts. Nach ein paar Minuten bereits ließ sich ein Mann neben mir nieder, schaute mich gelangweilt von der Seite an, und am Geräusch seines Atems konnte ich hören, wie angestrengt er bereits am Gambit arbeitete. Ich stand auf, schlenderte einige Schritte, spürte seinen Blick auf meinem Hintern, betrachtete die bunten Blätter auf den Bäumen des Wegrandes, drehte mich um und spazierte an der Bank vorbei. Der Mann erhob sich, kam auf mich zu und öffnete den Mund.
»Reden Sie mich nicht an.«
Er stand regungslos, ließ auch den Mund offen stehen und wartete, bis der Satz in seinen Ohren verschwunden war. Hernach presste er die Lippen aufeinander, verbeugte sich und ging davon. Ich setzte mich auf die Bank zurück. Als der nächste Mann sie ansteuerte, war Karl bereits im Ankeuchen, der Mann schaute ihm entgegen und ging an mir vorbei. Karl, mit zwei Plastiksackerln, setzte sich, legte sie mir in den Schoß und beschäftigte sich mit seinem

Atem. Ich küsste ihn, wartete, bis er ruhig wurde, und wir liefen in die Wiese hinein, ernteten, was wir mitnehmen konnten, kehrten um, trugen die Pilze aus dem Lainzer Tiergarten heraus und fuhren in meine Wohnung. Ich putzte, panierte und briet sie, während Herr Fraul im Wohnzimmer als Malcolm auf und ab ging.

5.

Wie jeden Donnerstag besuchte Edmund Fraul seine Mutter im Kaiserebersdorfer Pensionistenheim. Am späten Vormittag trat er ins kleine Zimmerchen, setzte sich neben die Dreiundneunzigjährige, nahm ihre ausgetrocknete Hand und verbrachte so eine Stunde, die er mit seiner Mutter einträchtig beschwieg. Zu Beginn dieser Stunde fragte er Franziska zwar noch aus: Das Essen. Die Geschehnisse. Die Gesundheit. Franziska gab Auskunft. Auch diesmal waren diese Themen nach einigen Minuten aufgebraucht. Während die Gefühle der beiden gewissermaßen eine gemeinsame Grenze hatten, flossen die Gedankenströme im jeweiligen Territorium in Talgründe, die voneinander entfernt lagen. Von Zeit zu Zeit sagte Franziska »Na ja«, von Zeit zu Zeit murmelte Edmund »Es geht schon, Mama«. Bevor er aufbrach, fragte er sie erneut nach dem Essen, dem Geschehen des Vormittags, dem Wohlbefinden, und Franziska antwortete. Er erhob sich, sagte »Es geht schon«, sie antwortete »Danke Edmund, na ja«, und er ging.

Er hatte sich angewöhnt, bis zur Stadionbrücke zu fahren, auszusteigen, um entlang des Donaukanals – einmal auf der Erdberger, einmal auf der Praterseite – zu Fuß heimzugehen. Immer unterbrach er seine Spaziergänge in einem der jeweiligen Gasthäuser, aß und trank ein Seidel Bier.

Diesmal war er im Hörndl in Erdberg eingekehrt und bestellte Fleischlaberln mit Erdäpfelpüree. Er saß da, hatte die Gaststube im Überblick, so musste es sein. An den Tischen die üblichen Biertippler und Weinbeißer, Bauarbeiter in ihren blauen Overalls, am Stammtisch Kartenspieler, aus dem Radio Werbung und Volksmusik. Fraul holte sich eine Tageszeitung, spannte sie aus, legte sie rechts neben den Teller und las sie beim Essen. Gelegentlich sah er auf. Zu den Kartenspielern hatten sich zwei Kiebitze hinzugesellt, standen den die Karten auf den Tisch kleschenden Spielern im Rücken. Es waren dieselben zwei, welche vorhin hinten am Ecktisch Fressschach gespielt hatten. Fraul sah noch, wie einer der Kartenspieler im Begriff war, von einem Debreziner Würstel abzubeißen, da griff ihm der hinter ihm stehende Kiebitz über die Schulter, riss ihm das Würstel aus dem Maul, führte es mit gierigem Gesicht zu seinem eigenen Mundloch, doch bevor er seinerseits etwas herunterbeißen konnte, ging der zweite Kiebitz auf ihn los. Gleichzeitig schlug der Spieler, der seines Würstels verlustig gegangen war, dem Rückensteher in schnellster Drehbewegung die Faust in den Magen. Gegenseitig begannen nun die sechs Männer, sich Semmeln von den Händen und von den Zähnen zu reißen, Ohrfeigen, Fausthiebe, Blut, Haarbüschel, ein Geknacke, ein Geheul, der Wirt schlug mit einem Stock auf die Wütenden, die sich inzwischen auf dem Boden wälzten und sich zwischen Sessel- und Tischbeinen an den Haaren rissen, spuckten, die Sessel umschmissen, sie im Liegen noch als Waffe benutzten. Von den anderen Tischen sprangen die Bauarbeiter auf, stürzten sich ins Gemenge. Der Gulaschsaft spritzte auf den Fußboden, und einer wälzte einen anderen aus ihm heraus und begann ihn aufzulecken, bis ein dritter dessen Kopf mangels Haaren an den Ohren hochzog, um ihn mit Wucht auf den Boden zu schlagen, ihn wegzuzerren, um selber den Saft aufzuschlecken. Flüche, laut anschwellend, mit uralten Stimmen ausgestoßen; die Tür sprang auf, und Männer mit Gummiknüppeln hieben kreuz und quer. Der Wirt bekam einen Fußtritt ins Gemächt, ließ seinen Stock fallen und erbrach sich auf der Stelle. Fraul senkte den Blick und las weiter in der Zeitung. Schließlich trank er das Bier aus, rief den Wirt, zahlte und ging. Im Hinausgehen nickte er den Kartenspielern zu. Einer der Kiebitze sah ihn an, als wollte er etwas sagen. Fraul zögerte beim Zurückschauen mit dem Weggehen, etwas Vertrautes stieg in ihm hoch, doch da hatte ihn bereits der Schwung seines Ganges aus dem bisherigen Gesichtsfeld gebracht, und er ging aus der Tür heraus und vom Gasthaus fort. Die Erdberger Lände stromaufwärts, und vor der Weißgerberlände wechselte er zur Flusspromenade hinüber, die Hände in den Manteltaschen, und langsam, im Kopf den Vortrag für heute Abend vorbereitend, näherte er sich seiner Wohnung.

6.

Im oberen Teil der Buchhandlung Sillinger, hinten in einem kleinen dreieckigen Raum mit einem winzigen Fenster in den Lichthof, umgeben von Büchern, welche ständig aus den Regalen zu stürzen drohten, saß Rosa Fraul an einem Miniaturschreibtisch, und die kleine grüne Tür ihr gegenüber war geschlossen. Durch diese konnte sie ins Getriebe der Buchhandlung gelangen, an ihr vorbei verliefen die Kundenströme, mittendurch eilten die anderen Angestellten, schlängelten oder bewegten sich treppabwärts in den unteren Teil, welchen die Leserschaft vom Graben aus betrat.

Wenn Rosa von den Büchermassen umgeben war, beschäftigt mit dem Einordnen der Bestellungen, auch wenn sie diese erst schrieb, wenn sie die Ware auszeichnete oder bloß Kataloge durchblätterte, wenn die grüne Tür geschlossen war, kehrte Ruhe ein in ihren Kopf. Bloß kein Kontakt zu Kunden. Wenig Kontakt zu den Angestellten, dann war es gut. Hugo Sillinger, bei dem sie seit zwanzig Jahren beschäftigt war, respektierte diese Scheu von Anbeginn. Für Wiener Verhältnisse war seine Buchhandlung gut sortiert, sie lag ausgezeichnet inmitten der Fußgängerzone. Also arbeiteten für ihn zehn Leute; es machte ihm nichts aus, dass eine davon etwas eigenwillig war. Rosa saß über den Rechnungen, packte Bücher aus, und alle ihre Gedanken verhielten sich wie disziplinierte Zuschauer eines stillen Geschehens. Sie blieben auf ihren Plätzen sitzen, jeder für sich ein eigenständiges Wesen mit klaren Rändern und etwas Raum zu den Nachbarn. Erst nach Verlassen des Geschäftes, bereits im Straßenverkehr, erhoben sie sich und begannen durcheinanderzulaufen, anzuecken, sich auch zu verklumpen; zusammengehörige liefen in entgegengesetzte Richtungen, unvereinbare klebten aneinander, und das quälte sie sehr. Mit den Jahren hatte sie sich allerdings Verfahrensweisen antrainiert, mit den Gedankenmassen zurande zu kommen, einmal besser, einmal weniger gut.

Ameisen nannte einst Edmund ihre Gedanken, und der Ameisenhaufen unter ihrer Schädeldecke sorgte für die stete und ewige Unruhe ihres Kopfes. Fünf Jahre nach Kriegsschluss hatte Fraul Rosa bei einer Veranstaltung der Auschwitzer erstmals getroffen. Sie war damals zum ersten Mal zu einer derartigen Zusammenkunft gegangen. Davor hatte sie sich aus allem herausgehalten, was sie an jene Zeit erinnerte. Sie hatte alle Angehörigen verloren, zuletzt ihre

Mutter, die vierzehn Tage nach der Befreiung verstorben war. Mit ihr war sie als zu Beginn Dreizehnjährige durch alle Lager zusammengeblieben.
Die Familie hatte in Strašnice, Südostmähren, gelebt. Vater Ignaz Rebenwurzel hatte die Bäckerei am Hauptplatz betrieben, die Mutter Gitta Goldlust hatte ihn neunzehnsechsundzwanzig geheiratet. Zwei Jahre später war Rosa gekommen, im Jahr danach waren die Zwillinge Viktor und Siegfried geboren worden.
Sie hatten es ganz gut im Strašnice der Dreißigerjahre. Die Wohnung in der Karlstraße war hell und groß, die Brüder von Ignaz leiteten die Malzfabrik und führten ein Gasthaus. Gittas Onkel machten in Tuch und kamen gut voran; zuletzt hatte Moritz Goldlust, der sich in Golz umbenennen ließ, zwei schöne Geschäfte in Brünn. Wohlhabenheit und Familiensinn, das war ihre Kindheit gewesen, so schien es ihr.
Alle wurden nach Theresienstadt verbracht und im Laufe der Zeit von dort nach Auschwitz-Birkenau deportiert. Die Zwillinge fielen dem Doktor Mengele zum Opfer. Ignaz Rebenwurzel kam trotz seines Alters noch von der Rampe ins Lager, wurde dort binnen sechs Wochen zum Muselmann. Als solchen klaubten sie ihn eines Tages von der Lagerstraße auf, schmissen ihn auf den Lastwagen und bliesen ihn durch einen der Schornsteine. Gitta und Rosa überlebten Birkenau, sie gingen im starrkalten Jänner fünfundvierzig auf Transport nach Stutthof, durchlitten den Todesmarsch nach Tauentzien und wurden dort, zwei Skelette, aus einem Leichenhaufen herausgezogen, der Krieg war zu Ende. Nach Gittas Verlöschung schlug sich Rosa, etwas zu Kräften gekommen, mit ihrer Lagerfreundin Gusti Blum aus Wien nach dorthin durch. Hier blieb sie, was hätte sie in Strašnice anfangen sollen?

Mit Gusti, einer Jungkommunistin, begann sie eine Buchhandelslehre in einem kommunistischen Verlag in Wien. Gusti war eine sehr lustige Person; schon in Birkenau hatte sie im tiefsten Graus immer noch einen Scherz parat, mit breitem Mund lächelte sie dem Tod das Fahle aus dem Aug heraus. Einige Tage vor der Gesellenprüfung erhängte sie sich. Rosa entschloss sich nach diesem Ereignis, zu einer Veranstaltung der Auschwitz-Lagergemeinschaft zu gehen. Dort erzählte sie dem Edmund Fraul von Gusti Blum, und er nickte. Als sie im Schatten seines Kopfes sprach, wurde sie ruhig, fühlte sich so leicht, und plötzlich weinte sie auch etwas.

Sie heirateten und richteten sich ein. Sie hatten sich in Auschwitz nicht gesehen, das wussten sie, gleichwohl empfanden beide, dass sie schon seit damals zusammen waren.

Sillinger klopfte und öffnete die grüne Tür.

»Ihr Sohn ist da, Rosa.« Sie dankte und ging hinunter.

7.

Mutter und Sohn gingen den Graben entlang, sie mit den kleinen Trippelschritten, die aber in sich abgerundet und energisch den Boden beklopften, er mit langem, etwas geschlendertem Gang. Sie, die ihm bis zur Schulter reichte, hatte sich untergehakt, sie überquerten den Stephansplatz, bogen in die Wollzeile ein und betraten die Konditorei Heiner. Trotz der Mittagszeit war der rechte Raum halb leer, Karl steuerte auf einen bestimmten Tisch zu. Er bestellte sich Tomatenjuice und Rosa ihre Melange. Kaum hatten sie das Gewünschte serviert bekommen, begannen sie aufeinander einzureden.

Beide trafen sich, wenn es ging, stets donnerstags. Auf sein

Begehr hin waren sie diesmal zum Heiner gegangen, sonst begnügten sie sich mit der Aida gleich am Stock-im-Eisen-Platz.

Apolloner wusste nicht, warum er ihnen gefolgt ist. Als sie in der Konditorei verschwanden, zögerte er, hernach ging er hinein und kaufte sich einen Pariser Spitz. Wieder auf der Straße, aß er ihn auf, spürte dabei den Zahn, ging runter zum Prückel und hatte daher keine Ahnung, worüber die beiden geredet haben. Er trank dort Kaffee, und Judith Zischka kam dazu. Apolloner mochte sie nicht besonders, hob sein Gesicht zu ihr, als sie an der Tischkante stand, deutete auf den Sessel gegenüber, suchte für Die Presse, aus der er eben zu lesen begonnen hatte, einen Platz auf dem Tisch zum Ablegen und fragte sie, daweil er sich wunderte, wie prompt Judiths notorische Hektik sofort auf ihn überspringen konnte, ob es ihr besser gehe.

»Ach was«, sagte sie, packte ihren Aktenkoffer, den sie als Handtasche trug, auf Die Presse drauf und setzte sich gegenüber hin. Roman lächelte ihr ins Gesicht, stand auf, nahm den Aktenkoffer von der Presse herunter, bugsierte ihn neben ihren Sessel und trug Die Presse zur Zeitungsablage, drehte sich am Absatz, um wieder seinen Platz einzunehmen. Judith hatte inzwischen ihren Mantel ausgezogen und ihn zwischen ihrem gekrümmten Rücken und der Lehne des Sessels eingeklemmt, sie wedelte die polnische Garderobefrau mit unwirschem Gesicht fort, langte zu Romans Zigaretten, als er sich wieder niederließ.

»Ach was«, wiederholte sie, »er ist halt ein Arsch, und damit hat sichs.«

»Er soll aber sehr gut sein«, erwiderte Roman, obwohl er eigentlich nicht über Karl Fraul mit ihr reden wollte.

»Bei Macbeth?«

»Sicher. Was gibts sonst?«

»Sag, Apolloner, woher weißt du das?« Er antwortete ihr nicht, sah sich im Raum um, winkte der berühmten Schriftstellerin Paula Williams fröhlich zu, die diesen Gruß trotz seines großflächigen Gewachels nicht bemerkte.
Judith drehte sich um und lachte hernach: »Das Gefuchtel wird dir nichts nützen. Sie ist ein bisschen kurzsichtig. Willst du was von ihr?«
»Grüßen.«
»Also, woher weißt du das?«
»Man raunt, er sei sensationell.«
»Raunt er das selber?« Roman zuckte die Achseln.
»Jedenfalls kann ich dir zuflüstern, der wird das Ereignis des Herbstes.«
»So«, machte sie, um gleichfalls mit den Achseln zu zucken.
»Ich krieg die Premiere eh nicht.«
»Vielleicht wird die Gartner krank.«
»Die und krank. Die schreibt noch darüber, auch wenn sie während der Premiere in Vollnarkose liegt.« Zischka schaute Apolloner aufmerksam an. Wie ich diese ehrgeizigen Jungjournalisten liebe, dachte er. Sie durchsuchte mein Gesicht nach irgendeinem Winkelzug, und sie hätte meine Gedanken auch erraten, wenn ihre Sensibilität nicht mit so einer robusten Ignoranzschicht überzogen wäre. Ihr Kaffee kam, und plötzlich grüßte ihn die Williams, sodass er rasch seinen Mund breit machte und zurückgrüßte.
»Der Paul Hirschfeld«, sagte er zu ihrem Hinterkopf, denn Judith hatte sich nochmals umgedreht, um der Williams zuzulächeln, »ist doch sein väterlicher Freund. Vielleicht vermittelt er dir was.«
»Du meinst, ich soll von dem Arsch ein Porträt machen? Im Vorfeld?«
»Im Vorfeld, genau.«
»Ach, du spinnst. Du glaubst, ich hab keinen Stolz.«

»So viel wie er. Aber das ist deine Sache.« Roman begann sich über sich selbst zu ärgern. Immer bin ich so ein Trottel, dachte er. Doch er war eben froh, mit Kultur nichts mehr zu tun zu haben. Seit er sich mit Zeitgeschichte befasste, war er ruhiger geworden. Ich brauch nicht mehr so zu hecheln und zu springen. Jetzt spring du, dachte er und lächelte in sich hinein und führte den Kaffee an seinen Mund.

»Na ja«, sagte Judith gedehnt, und Roman musste auf ihre Halspartie schauen, die plötzlich geschmeidig aussah und angenehm schimmerte. »Gibst du mir die Nummer vom Hirschfeld?« Er seufzte und gab sie ihr. Sie stand auf, zahlte und ging. Apolloner wollte sich Die Presse zurückholen, doch die war inzwischen fortgetragen.

»Freut mich so, Karel, dass die Proben erfolgreich sind.«

»Das sind sie. Das sind sie wirklich. Die Astrid von Gehlen, weißt du, das ist die, die die Lady Macbeth gibt, die hat so ein wildes Gesicht, Mama, sie ist enorm. Sie trägt mich, es ist phantastisch.«

»Habt ihr denn überhaupt so viele Szenen miteinander?«

»Ah, du hast es schon gelesen. Das ist ja egal, es ist die ganze Atmosphäre. Gestern hat der Bonker zu ihr gesagt, du weißt, der große Bonker: ›Der Junge ist janz ordentlich.‹ Weißt du, was das heißt? Kannst du ermessen, was das aus dem Mund von Bonker bedeutet?«

Karls gewöhnlich etwas blasiertes Gesicht hatte sich von oben bis unten befeuert, sodass es Rosa einen Stich gab und ihr die Brust eng wurde, denn ihr Sohn hatte seit langer Zeit erstmals wieder die Züge ihres Kindes, ein Antlitz, das damals imstande war, durch sein bloßes Dasein ihre Skelettberge unter die Erde zu bringen und sie dabei heraußen zu lassen.

»Ich kanns mir denken, mein Lieber. Ich weiß ja, was in dir steckt.«
»Er nicht.«
»Lass ihn. Sag, wieso sitzen wir heute hier beim Heiner?«
»Einmal was anderes.«
»Das war doch dein Lokal mit Onkel Bobby.«
»Du sagst es.« Karl sah auf sein Glas, trank es aus, warf seiner Mutter einen raschen Blick zu und bestellte ein neues.
»Das wird Vater freuen«, sagte Rosa und klopfte sanft auf ihr Brustbein.
»Was? Freuen? Das Wort kommt doch bei ihm nicht vor.«
»Sagen wird ers dir nicht gerade.«
»Du meinst, er freut sich in seinem Herzen?« Karl war wieder zu seinem üblichen Gesicht zurückgekehrt mit dem hämischen Zug, der seine Hübschheit in Arroganz verwandelte. »Aber sein Herz hat er doch im Lager gelassen.«
Rosa begann ihn anzustarren.
»Entschuldige, Mama.« Sie nahm einen Hunderter aus dem Börsel und legte ihn auf den Tisch.
»Ich muss zurück.«
»Entschuldige.«
»Ist gut, mein Lieber. Konzentrier dich auf die Proben. Lass Vater aus dem Spiel.«
»Er mag nicht, was ich tu. Es passt ihm nichts an mir.«
»Sind wir wieder beim Thema?«
»Ich hätt Geschichte studieren sollen und ihm aus den Archiven Material apportieren.«
»Das kann er gut selber.«
»Die Aktentasche sollte ich ihm tragen, wenn er in die Schulen geht und seine Niemals-vergessen-Vorträge hält.«
»Lass ihn aus dem Spiel.«

»Ist kein Spiel, Mama. Wie hältst du das nur aus?«
»Es ist genug, Karel. Ich muss jetzt gehen. Bleibst du noch?«
Er nickte, hob das Glas Richtung Rosa.
»Auf Onkel Bobby«, sagte er mit lauter Stimme. Rosa nickte, küsste ihn und ging zu Sillinger zurück.

8.

Der Novemberregen fiel auf die ganze Wienerstadt, er machte überm Haus in der Hollandstraße keine Ausnahme, im Gegenteil. Tief in der Nacht, schien es, fiel er durch das Dach hindurch und in die Träume des Ehepaars Fraul, denn diese schliefen seit Jahrzehnten ihren Schlaf nach den Gesetzen des Novemberregens. Rücken gegen Rücken, und beide mit Kopf und Knien zusammengekrümmt, liefen sie in den immer gleichen Bildern herum, und der November von Auschwitz-Birkenau mit seinem stürzenden Himmel stöpselte diese Bilder nach oben hin zu, und unten war das durchgewässerte, von den ersten südpolnischen Frösten durchzogene Erdreich ohnedies die Grenze. Zwar gab es ja den Wechsel der Jahreszeiten zu allen Zeiten, sodass die Schönheit der sich in Wachstum und Saft befindlichen Natur rund um das Lager den dahinschleifenden Insassen wie ein ironischer Applaus zu ihrem Erdenleben vorkam, doch traumwürdig blieb bloß der November, und im November durchschlug sein Regen ohneweiters das Friedensdach der Hollandstraße und prasselte in die Träume des Ehepaars.
Abwechselnd, wie auch in den anderen Jahreszeiten, fuhren sie von ganz unten hoch, erwachten, als hätte irgendwas sie hochgeblasen, doch währenddessen der eine schlief und sich wälzte, lag der andre wach und begann, selbst der Er-

drosselung entkommen, den einen mit nervösen Streicheleien aus dem Morast zu ziehen, aus ausgetrockneter Kehle beruhigende Laute hinüberzusprechen, bemüht, den Knurr- oder Kreischton, welcher noch in der Stimme und Kehle als akustischer Resttraum mitschwang, durch angestrengtes Modulieren wegzubekommen.
Doktor Wirths, brüllte es vierzig Jahre danach und ließ Edmunds Augendeckel vibrieren, kommen Sie um Gottes willen, Herr Doktor – der Grabner – Cyrankiewicz – Doktor Capesius hat – Du musst springen wie ein Jo-Jo, ich kann nicht, Gusti, spring wie ein Jo-Jo, die Nonnen bringen den Mantel, spring, sie werden ihn bringen zur frosterstarrten Schneise nach Tauentzien, und schau, Gusti springt nackt in der Furt wie ein Jo-Jo.
Wenn der Himmel in Wien im November sich öffnete, dann prasselte all das Vergangene herunter wie zu anderen Zeiten auch, aber dieser November ohne einen Sonnentag lag besonders auf dem Haus in der Hollandstraße, so wie schon der Oktober und danach der Dezember.
Fraul lächelte und wischte Rosa den Schweiß vom Angesicht, bis ihr Blick vierzig Jahre und mehr zurückgelegt hatte, an die Oberfläche stieß und den lächelnden Edmund wahrnahm, der mit seinen ruhigen Händen in ihrem Gesicht herumfuhr, es glattstrich und trockenlegte, und sie streckte den Unterkiefer vor und ließ mit einem geseufzerten Aufwachlaut ein Lächeln aus dem Mund heraus, welches so wehtat, dass es sich augenblicklich abtrennte vom Novembertraum. Sie setzte sich auf, seufzte nochmals, nahm Frauls Hand und ließ sich wieder in die Kissen hinunter.
Rosa ließ Edmund einige Sekunden länger im Geprassel, denn sie sprang aus dem Bett und holte den Waschlappen. Währenddessen konnte sie sich dem Heute angleichen, denn der Lauf ins Bad und zurück vertrieb ihren Rest-

traum, sodass sie mit klarer, ruhiger Stimme Edmund herausholte, indes sie den lauwarmen Waschlappen über seine Stirne zog.
So schliefen sie ihre Nächte und waren also zusammengetan, und keiner sprach in den Pausen und Tagen.

Mich verfolgt seine Geschichte, seit ich seine Bücher gelesen, das Interview gemacht, dachte Apolloner. Meine eigene Geschichte ist ja ganz gewöhnlich als Enkel von Südtiroler Optanten, selber in Graz geboren und aufgewachsen in Innsbruck. Ich will als Journalist bloß berichten, was der Fall ist. Doch seit meiner eher zufälligen Beschäftigung mit dem alten Fraul lässt mich der nicht los, notierte er. Ich weiß auch nicht. Die anderen hochgedrehten Themen, auch die Kulturpisse von Judith Zischka und Kollegen, lassen mich so ratlos und unangerührt zurück. In der vermaledeiten Zeitgeschichte hocke ich nun und sehe, dass sie eine Schlucht ist, und Eiswände führen hinauf zu jenem Zeitgeist, aus dem ich mich zusammengesetzt glaubte.
Apolloner starrte auf das nervös Hingekritzelte, indes er den Novemberregen gegen seine Fenster klopfen hörte.
Er zog sich aus, legte sich ins Bett und wollte einschlafen. Schließlich griff er zum Auschwitzbuch von Primo Levi, das ihn wie ununterbrochen gegen die eigenen Spiegel prallen ließ. Endlich überzog ihn eine gewisse Erschöpftheit, und er schlief ein.

9.

(Aus dem Tagebuch des jungen Keyntz)

10. 11. 1985

Abwechslung in der Schulidiotie. Der künftige Exschwiegervater meiner Schwester Margit, ein ziemlich alter Opa, ist nun für die sechsten und siebenten Klassen angesagt, um über das Dritte Reich persönlich auszusagen. Ich habe der Margit gesagt, wegen mir müsste nicht ständig von jener Scheißzeit geredet werden. Margit hat geantwortet, lieber Stefan, es schadet nix, einmal zu erfahren, was für Verbrecher die Oldies gewesen sind. Ich habe ihr gesagt, wir haben halt keine Gelegenheit, uns ebenso aufzuführen heutzutage. Sie ging mit der Bemerkung, ich wäre ja ein besonders Obergescheiter, aus dem Zimmer. Morgen soll der Alte nun kommen. Vermutlich wird er auf einem Diaprojektor Fotos aus den diversen Straflagern herumzeigen. Brillenberge, Schuhzeug und all das, was wir eh schon hunderttausendmal gesehen haben. Der Tschurtschi wird wieder blöde Bemerkungen über die guten Menschen machen, und die Dolly, die immer einen goldenen Judenstern auf dem Busen liegen hat, wird sich andauernd schnäuzen. Wenigstens fällt der Geographieprofax aus, der nervt eh nur.

Als Fraul durch das Schultor ins Gebäude hineinging, stieg ihm sogleich der Turnsaalgeruch in die Nase. Harald Wolfsgang, der Turnlehrer, der Oberillegale, der mit den Ohrenreiberln, die er aber unterschiedslos Juden- und Arierschülern verabreichte. Mir konnte er nichts anhaben, denn ich bin rechtzeitig mit Matura davongekommen, dachte er. Aber die Juden der drunteren Klassen hat er nach dem Anschluss durch den Turnsaal gejagt, bevor sie eh ausgeschlos-

sen wurden. Was ist wohl aus dem Wolfspelz geworden? Während er diesen Gedanken nachhing, ging er die Stufen hinauf. Kleine Kinder liefen ihm vor den Schuhen herum und quietschten, ein Lehrer kam die Stiegen herunter, grüßte ihn mit einem feinschmeckerischen Blick, um danach die Schule zu verlassen. Im ersten Stock wandte er sich automatisch nach links zur Direktion. Vor der weißen Tür mit den Messingtürschnallen blieb er breitbeinig stehen. Da öffnete sich die Tür, Weissenberger schaute dem Fraul ins Antlitz und rief sogleich:
»Herr Fraul, wie schön.« Sogleich holte er ihn mit wedelnden Armbewegungen in ein großes Zimmer hinein, das sich allerdings als Lehrerzimmer herausstellte.
Es wurde ihm Kaffee angeboten, die Lehrer saßen um den mit uralten Utensilien zugedeckten Tisch, sprachen alle zugleich, um in dem Moment, in dem er sich räusperte, in ein Schweigen zu verfallen. Weissenberger, der Deutsch- und Geschichtelehrer, der Fraul eingeladen hatte, stand nun auf, beugte sich vor und sagte:
»Wie wir uns alle freuen, Herr Fraul, dass Sie den Weg zu uns gefunden haben.« Während Fraul ihm sein rechtes Ohr hinhielt, um sich die Begrüßung anzuhören, erhoben sich auf der anderen Seite des Tisches zwei Gestalten, die eine schwarze Uniform anhatten. Er schaute erstaunt in diese Richtung, um dem Unheil direkt ins Gesicht sehen zu können. Dort saßen zwei Junglehrer, die ihn, wie sie wohl glaubten, unauffällig beglotzten. Wie von Ferne drang ein blubberndes Geräusch zu ihm hin, doch bevor er diesem nachlauschen konnte, war es verschwunden. Weissenberger verneigte sich und blickte erwartungsvoll zu Fraul.
Der Kaffee wurde gebracht.
»Zucker?«
»Danke.«

»Danke ja?«
»Danke nein. Wie viele Schüler sind versammelt, Herr Weissenberger?«
»Drei Sechste, eine Siebente. An die hundert. Im Festsaal.«
»Im Festsaal. Dann wollen wir wohl.«
»Ich selbst darf mich entschuldigen. Herr Wolfsgang und Herr Schmidt werden Sie begleiten, Herr Wolfsgang wird auch einleiten.«
Die beiden Junglehrer erhoben sich. Fraul stand ebenfalls auf, nahm im Stehen noch die Kaffeetasse, nippte, stellte sie nieder und drehte sich zwischen Tisch und Sessel heraus, um mit den beiden das Professorenzimmer zu verlassen.
»Wer von Ihnen ist Herr Schmidt?«
Der Betroffene gab sich zu erkennen, sodass Fraul neben diesem auf den Gang trat. Der andere wollte auch neben Fraul gehen und versuchte also mittels schnellen Schritten ihn in die Mitte zu bekommen, während die drei zu den Stufen gingen. Fraul verstellte dem anderen den Weg, sodass Schmidt in der Mitte blieb und der andere sich links von Schmidt dazugesellte und sie so die Stufen und Stiegen zum Festsaal emporstiegen.

(Aus dem Tagebuch des jungen Keyntz)

11. 11. 1985

Klar hatte die Dolly den Judenstern auf einem ausgeschnittenen blauen Pulli liegen. Seit Tagen schaut sie mich nicht an, immer mit dem Tschurtschi. Wieso sie grad auf den abfährt, obwohl sie doch geburtsmäßig zum Lager der guten Menschen gehört, während der Tschurtschi wohl damals in der Uniform sich wichtig gemacht hätte. Wir saßen da im Festsaal herum und warteten auf das Auschwitzopfer.

Der Weisse hatte uns noch Verhaltensregeln eingebläut, damit wir den Alten nicht ärgern. Wir sollen vor allem nicht unnötig lachen, denn da gäbe es gar nichts zu lachen. Weisse war lächerlich wie immer.

Fraul betrat mit den Junglehrern den Festsaal. Es wurde ganz still, die Jugend betrachtete ihn etwas verhohlen. Während Schmidt die schweigende Menge um Ruhe bat, zog Wolfsgang Papiere aus dem Sakko und begann den Lebenslauf des Edmund Fraul aufzusagen. Fraul stand neben ihm, schaute ihm ins Ohr und überlegte, ob der Mensch und in welcher Weise mit seinem damaligen Turnlehrer verwandt war. Plötzlich saß auch Wolfsgang vor ihm, und Fraul hatte das Wort. Mit Blick auf Wolfsgang begann er und sagte:
»Ich möchte, dass ihr alle nicht vergesst, was ich euch erzähle, denn ich erzähle euch das, was ich selbst niemals vergessen kann.«

10.

Was ist denn jetzt schon wieder los. Mutter ist aus dem Häuschen. Stefan ist gestern um eins nach Haus gekommen, betrunken. Jetzt soll ich ran? Was hat sie ihm immer alles durchgehen lassen. Ich sollte mich für den Turnus im Rudolfspital vorbereiten, stattdessen zerren sie alle an mir rum. Ich rufe Karel an, bevor er zur Probe geht.
Das ist heute mein Tag. Karel hängt mir ein Maul an, weil ich ihn zu spät geweckt hatte. Herrgott, bin ich denn der Wurschtl für alle. Der kann mich mal. Das Telefon.
»Margit Keyntz?
–

Was willst du?

–

Auf keinen Fall.

–

Warum kannst du nicht selbst dort anrufen und dich entschuldigen, was hast du überhaupt?

–

Karel! Sei nicht so feig. Geh einfach noch hin.

–

Ach, der Stefan spinnt, meine Mutter ist hysterisch, du bist auch nicht grad …

–

Schon gut.

–

Schon gut.

–

Hab dich nicht so wegen dieser Zicke.

–

Ist gut, Herr Fraul. Kommst du nach der Probe gleich in die Schleifmühle?

–

Dem Stefan was sagen. Auf dich hört er.

–

Jaja, gestern war dein Vater in seiner Schule.

–

Warum soll das damit zu tun haben?

–

Ich küsse dich auch.«

Als ich schließlich in die Schleifmühlgasse kam und mir die Mutter geöffnet hatte, denn die Schlüssel meiner Kindheitswohnung waren irgendwo in meinem Chaos unter den Papieren oder sonst wo verschwunden, trat ich ein,

und Mutter legte sich den Zeigefinger auf ihre Lippen und deutete zu Stefans Zimmer. Ohne anzuklopfen, ging ich rein zu ihm. Er lag auf dem Bett, den Polster auf dem Gesicht.
»Geh wieder raus«, sagte er leise hinterm Polster hervor.
»Das kommt nicht in Frage«, antwortete ich, ging zum Fenster, öffnete es mit Geschepper. Über die Schulter schaute ich auf den wirklich ziemlich hingestürzten Kerl. Seine Beine hatte er aufgestellt, sodass seine Knie Polster und Gesicht halb verdeckten. Mit denen begann er Faxen zu machen, die Kniescheiben zitterten, oder er schlug sich die Beine seitlich aneinander. Ständig muss ich mich mit Besoffenen abgeben.
Nachdem ich dies und das zu ihm gesagt hatte, setzte er sich schließlich auf.
»Warum soll ich nicht auch mal einen heben gehen? Tu mich in Ruh lassen und sag der Mama, sie soll mich auch in Ruh lassen.«
»Hast du einen Grund, dich anzusaufen«, fragte ich ihn, holte mir von seinem Schreibtisch einen Sessel und setzte mich ihm gegenüber.
»Weiß nicht.«
»Machst du das öfters?«
»Seit meiner Geburt.«
Als würde etwas in mir platzen, schrie ich los:
»Verarsch mich nur. Kaum wirst du ein Mann, wirst du so ein Scheißmann, wie ich sie alle alle bis da her hab.«
Ich stand auf, und mit der Ferse schmiss ich den Sessel um. An der Tür stieß ich mit Mutter zusammen. Sie wich alsogleich zurück.
»Da hast du deinen Stefan. Stefan hin, Stefan her, ja lieber Steff, na sicher, mein Liebling, mein Burschilein.«
Ich unterbrach mich, denn Mutter senkte den Kopf, zog

die Schultern hoch und stand so da. Ich fasste sie um die herunterhängenden Arme und begann sie an mich zu drücken. Dann gingen wir beide zuruck und umstanden nun den auf dem Bett sitzenden Menschen, der langsam sein Kinn in die linke Handfläche schob und zu meiner Mutter hinblinzelte. Ich musste lächeln, fuhr ihm über die Locken.

»Geh, du.«

Schließlich machte ich Kaffee und wickelte den mitgebrachten Kuchen aus, wir saßen um den Tisch, bis Karel kam.

Karl fuhr unverzüglich nach der Probe in die Schleifmühlgasse. Nun saß er auch beim Tisch, streuselte sich die Kuchenreste in den Mund und war anscheinend gar nicht so schlecht gelaunt. Mutter erkundigte sich nach Dauendin, denn den verehrte sie so, aber Karel wollte sich über die anderen offenbar nicht äußern.

»Er ist okay«, sagte er gerade noch zu Mutter. »Ich bin ja schon sehr zu spät gekommen, aber Astrid kam noch später daher. Mit mir hat der Schönn geschrien, die Astrid hat er auf den Mund geküsst. Dann gings aber ganz gut.«

»Du magst die von Gehlen nicht?«, fragte Mutter.

»Kocht auch nur mit Wasser. Gibts ein Bier, bitte?«

»Freilich«, sagte ich und erhob mich. »Du auch?«

»Und ob«, sagte Stefan. Als alle ihr Getränk hatten, legte sich ein eigenartiges Schweigen auf uns. Die Blicke flogen wohl so rum, dauernd schaute irgendwer irgendwen an, aber daraus folgte nichts. Schließlich rülpste Karel leise, und er sah meinem Bruder aufmerksam ins Gesicht.

»Was ist«, fragte der.

»Hast ihn ausgehalten, meinen Alten?«

»Der war nett.«

»Nett?«
»Ziemlich. Er hat ja ganz schön Grausliches erlebt.«
»Aha. War dir fad dabei?«
»Wieso fad? Er hat ruhig erzählt, was er so gesehen und nicht vergessen hat.«
Karl schaute her zu mir. Seine Mundwinkel begannen etwas zu zucken.
»Das macht er sehr gut«, sagte er zu mir hin. »Er ist die Ruhe selbst, während um ihn die Skelette nur so herumpurzeln.«
»Und wie war das für dich?«, fragte ich Stefan.
»Naja. Ich mein, was er erzählt hat, das war schon sehr unangenehm.«
»Unangenehm«, lachte Karl.
Mutter stand auf und wollte irgendwas vom Tisch abräumen, es war aber nichts da, was nicht noch gebraucht wurde. Also setzte sie sich wieder.
»Das muss alles schrecklich gewesen sein«, murmelte sie.
»Es wird Zeit, dass wir anderen ihn auch kennenlernen«, sagte ich rasch.
»Vor allem du«, sagte Mutter leise. Karl stand auf.
»Kein Grund zum Saufen bis zur Bewusstlosigkeit«, sagte er grinsend zu Stefan. »Warte überhaupt mit der Sauferei noch ein bissel. Gehen wir?«
Ich zuckte die Achseln, ließ alles, so wie es war, in der Kindheitswohnung zurück, verließ mit meinem Liebsten die Schleifmühle, stieg mit ihm in den Honda Jazz, fuhr heim in die Hardtgasse. Ich wollte dringend mit ihm schlafen.
Das taten wir.

11.

Während Margit ausgepumpt und tief in sich verrollt einschlief, lag Karl Fraul mit dem Rücken zu ihr noch herum, die Augen geöffnet. Er spürte Restlust in sich, und er begann in seiner Betthälfte mit der Hüfte am Leintuch zu scheuern, winkelte die Beine an und ab, bog das Kreuz hohl, schüttelte mit Daumen und Zeigefinger der linken Hand sein Geschlecht. In seiner Nase breitete sich der Duft von L'Air du Temps aus. Er richtete sich auf und sog den Parfumgeruch der Astrid von Gehlen ein. Sein Schniefen war vernehmlich gewesen, sodass Margit ihre Augen auftat und ihn mit einem kindlichen Lächeln bedachte, welches von einer ihn unangenehm anmutenden Seligkeit umrahmt war. Er nickte der Frau zu, stieg aus dem Bett, drückte mit der Handfläche sich das halberigierte Glied zwischen die Oberschenkel, nachdem er bemerkt hatte, dass Margits Blick darauf gerichtet war. Er zog sich an. Margit hatte sich wieder umgedreht, kehrte ihrerseits dem schweigend mit seiner Kleidung beschäftigten Mann die Rückseite zu und schloss wieder die Augen. Als er sich über sie beugte, um ihr einen Kuss auf die Schläfe zu geben, schwieg sie. Er richtete sich auf, wiegte mit dem Kopf und verließ die Wohnung in der Hardtgasse. Im Nieselregen ging er hinunter zum Gürtel, hielt dort ein Taxi an und ließ sich ins Pick Up fahren.

Macht sich die Astrid über mich lustig? Die Freifrau macht sich sicher über mich lustig. Sie hat mir unverhohlen auf den Hintern geschaut, als ich ... Ich machs, ohne dass sie es merkt. Das ist der Unterschied, das ist der Unterschied. Die will nichts von mir, die will mir zeigen, wer sie ist, was sie ist. Sie ist toll. Ich muss einfach achtgeben. Die macht

mich fertig, die spielt sich mit mir. Der Dauendin frisst ihr aus der Hand, der Schönn frisst sogar ihre Hand, alle hat sie auf leiwand. Wenn sie mich vernaschen will, soll sie. Wer bin ich, dass ich mich ihr widersetze? Ich muss froh sein, dass.
Merkt die Margit etwas? Die geht mir auf den Sack. Die geht mir ständig an den Sack. Die hat mich am Sack. Alle wollen mich am Sack haben. Die Freifrau, will die mich auch am Sack haben? Schmeißt mich dann der Schönn aus dem Stück? Vögelt er sie? Lässt sie sich von ihm vögeln? Kann sie sich ihm widersetzen?
Ich soll die Margit zu meinen Eltern bringen, damit sie eingeführt wird? Ihn interessiert das doch nicht. Mama sagt Ja und Amen zu allem, na, Amen nicht, gut, gut, sagt sie. Tu, was dir guttut, sagt sie, sie tut allerdings alles, was ihr nicht guttut, so ist meine Mama, sie sagt den andern, was sie sich sagen sollte, und sie sollte den andern sagen, was ihr guttut.
Lieber Vater, das ist die Margit Keyntz, sie ist Turnusärztin. So, so, wird er sagen. Ichich, wird er sagen, ich ich war Lagerschreiber beim Standortarzt von Auschwitz, ich ich. Passen Sie auf, Frau Keyntz, dass Sie nicht auch einmal Standortärztin in Auschwitz werden. Hihi, da tät meine Schnepfe schauen, aber den Alten interessiert einen Dreck, wer Margit ist und wie sie zu mir ist. Der denkt sich, wäre sie vierzig Jahre älter und Ärztin, wer weiß, wofür die sich hergegeben hätte.
Mama wird wohl nie ihre Angst verlieren, wenn er ständig das damalige Personal vor ihr aufmarschieren lässt. Tut er das? Zu ihr redet er ja nicht, aber sicher ist, er tut ihr nicht gut.
Die Freifrau tut mir gut, die tät mir gut, ach da hätt ich aber was, wenn ich sie am Arsch hätte. Aber dann schmeißt mich der Schönn aus dem Stück.

Der findet doch keinen Besseren. Der wär doch blöd. Er kann sie ja weiter vögeln, auch wenn ich sie am Arsch habe. Trottel, nicht ich hab sie am Arsch, sie hat mich am Sack. Ich muss achtgeben.
Hoffentlich ist der Hirschfeld im Pick Up. Der weiß vielleicht, was ich tun soll, was mir guttut und nicht zugleich schadet. Der Dichter weiß Bescheid, der weiß so genau Bescheid, und er kennt mich. Der kennt mich, denn er ist ein Dichter, der wird mir was sagen. Wie viel macht es?

Ich saß mit Roman Apolloner beim Wein und versuchte herauszubekommen, weshalb er sich derart in die Zeitgeschichte verbissen hatte. Es gelang mir nicht, also hielt ich ihm einen hübschen Vortrag über die Exzesse des modernen Philosemitismus, die vor allem von den Söhnen und Töchtern der Nazis verübt werden. Es seien die unentwegten und lächerlichen Versuche, von der Täter- auf die Opferseite überzuwechseln, obwohl sie doch als Nachmalige weder das eine noch das andere sind. Während ich all das zu ihm über den Tisch blubberte, blieb er ganz ruhig, sah mir aufmerksam beim Reden zu, als wäre auch dies ein Bestandteil seiner jetzigen Leidenschaft. Ohne dass ich sie gesehen hatte, tippte mir Judith Zischka auf die Schulter.
»Entschuldige, Hirschfeld«, sagte sie schnell, »wenn ich unterbrech. Servus, Roman.«
Apolloner schaute sie verdrossen an: »Du merkst wohl nie, wann du störst.«
»Oh, ich störe? Na dann …« Judith ging wieder nach hinten zu ihrem Tisch, auf dem ihr Glas stand. Ich sah, dass sie sich im Mantel hinsetzte und so dasaß.
»Warum fährst du sie so an?«, sagte ich zu Apolloner.

»Was heißt philosemitisch?«, antwortete er und warf mir einen bitteren Blick zu.
»Hörst du nicht zu, mein Lieber?«
»Doch, aber was nützt mir das?«
»Pass auf, Roman. Du bist ein erstklassiger Literaturkenner, hast sogar Geschmack, bist unneidisch und redlich, ein aufrichtiger Alpenmichl. Hast du nichts Besseres zu tun, als dem ehrenwerten Edmund Fraul hinterherzujapsen, dich vor ihm auf dem Boden zu wälzen, dir vor die Brust zu schlagen, dass du der unglückliche Sohn von Optanten bist?«
»Gibs mir nur.«
»Optanten«, schnaubte ich. »Bloß weil die Mehrheit deines Bergvolkes damals für Hitler war, auch weil sie keine Mussolini-Italiener sein wollten.«
»Waren ordentliche Nazis. Meine Eltern interessanterweise nicht.«
»Ach was. Viele waren Nazis, Südtirol, Norddeutschland, Schlesien, wurscht.«
»Ich glaube, mein Interesse an Fraul hat damit nichts zu tun.«
»Hört, hört.« Ich schaute zu Judith hinüber.
»Außerdem ist der Fraul gar kein Jude«, sagte Apolloner.
»Auf das sind sie ihm nur nicht draufgekommen. Der ist ihnen durchgerutscht, soviel ich weiß.«
»Jedenfalls war er als Arier Lagerschreiber in Auschwitz-Birkenau. Mich lässt das nicht los, Paul. Weiß auch nicht.«
»Mich sollts eigentlich freuen, wenn ihr euch mit sowas befasst«, sagte ich, während in mir Widerwille hochstieg. Ich beugte mich vor und boxte ihm auf die Schulter.
»Ich red Blödsinn, Romano.« Ich erhob mich und ging zur Theke, bestellte mir meinen Wein, blieb dort stehen und

ließ den Apolloner beim Tisch zurück. Sogleich stand die Zischka auf und kam auf mich zu.
»Darf ich?«
»Sicher. Gehts um mein Porträt?«
»Auch.« Sie schaute mir von unten ins Gesicht. »Es ist etwas anderes.«
Ich wartete, dass sie weiterredete. Stattdessen griff sie zu meinem Glas. Ich deutete auf den Tisch, den sie verlassen hatte. »Dort steht dein Wein. Was hast du?«
Judith nahm sich von der Theke eine Serviette und wischte sich die Tränen ab. Apolloner, der dem zusah, kam zu uns her.
»Tut mir leid«, sagte er zu ihr.
»Du hast doch geraten, mich an Paul zu wenden.«
»Ich bin da«, sagte ich. »Schon bemerkt?« Judith nickte und öffnete ihren Mund, da blieb ihr Blick an der Eingangstür haften, durch die Karl Fraul hereinkam.
»Paul«, rief der, »gut, dass ich dich treff.« Er gab mir die Hand, nickte den beiden zu und begann sich sogleich mit heller Stimme nach meinen Angelegenheiten zu erkundigen.
»Alles beim Verlag«, grinste ich. »Alles unter Dach und Fach.«
Ich bemerkte, wie die Zischka meinen Blick einzufangen versuchte.
»Was willst du denn?«, fragte ich sie.
Judith nickte und sagte laut: »Kannst du mir bei deinem Freund Fraul einen Termin verschaffen?«
Ich deutete auf Karl. Der grätschte mit dem Mund.
»Du willst mich interviewen wegen Macbeth«, sagte er. »Die Brunzbusche befragt das arrogante Arschloch. Jetzt gleich? Komm!«
Er gab dem Kellner Jenö ein Zeichen und ging mit Judith

zu ihrem Tisch. Ich aber blieb bei Roman, trank mich zufrieden ob all dem Geleisteten in den Abend. Ich sah zu, wie die zwei sich angeregt unterhielten.

12.

Edmund Fraul ging die Kaiserebersdorfer Straße stadteinwärts. Er hatte das Pensionistenheim in der Studenygasse hinter sich gelassen, und in dem Ausmaß, in welchem er sich mit bedächtigen Schritten von ihm entfernte, wurde der Gedanke an seine Mutter, die beim Tischchen in ihrem Zimmerchen ausharrte, flüchtiger und blasste aus. Stattdessen kamen wie schwarze Vögel, die vom Horizont heraufflogen, andere Gedanken, setzten sich gewissermaßen auf seine Schultern und bespeichelten durch die Ohren seinen Schädel. Dieser Donnerstag war hell und die Luft würzig. Er schritt gut aus, ging die Simmeringer Hauptstraße entlang, ließ etliche Einundsiebziger an sich vorüber, bis er bei der Grillgasse einen Richtung Schwarzenbergplatz nahm. Bei der Schlachthausgasse stieg er aus, ging seinen Weg zur Stadionbrücke, zögerte, um sie hernach zu überqueren, nicht ohne in der Mitte der Brücke übers Geländer auf den Donaukanal zu schauen. Er beugte sich vor, hielt dabei seinen Hut fest, wenngleich es windstill war. Die Simmeringer Gasometer standen rund und dick im Osten wie immer, und Fraul bedachte sie mit flüchtigem Blick. Als er wieder aufs Wasser sah, drang Stille in ihn ein. Ein Schweigpfropfen stand er da beim Brückengeländer, hinter ihm der Verkehr, unter ihm das Dahinrinnen des Flusswassers. Er senkte sein rechtes Ohr zur Schulter hinab und versuchte zu erlauschen, was in ihm schwieg, bis schließlich ein Knistern anhob. Es blieb im Ohr, auch als er den Kopf wieder hoch und gerade hielt, und knisterte fort. Fraul schaute hierauf zur Stadionallee und wartete geduldig, bis das Knistern abbrach. Eine Stimme im Doppelhall schlug an, er vernahm den geechoten Satz: »Ist in den Draht gegangen.« Es folgte ein Knall. Fraul nickte, schob beide Hände in die Manteltaschen und marschierte in den zweiten Bezirk hinein, wieder eingemeindet in den Klangalltag der Gegend, die er durchschritt. Bevor er in die Schüttelstraße einbog, betrachtete er den Atomreaktor, an den sich die Leute der Umgebung gewöhnt hatten. Auf der Praterseite der Schüttelstraße überholte er ein betagtes Ehepaar, welches Arm in Arm vor ihm einhergegangen war. Wiederum dachte er dabei an Franziska, indem er sie in ihrem Zimmer beim Tisch sitzen sah, ihren Blick auf die Türschnalle gerichtet, bis sich die Tür geöffnet haben würde, damit Leute hereinkommen, um sie und die Gegenstände um sie herum etwas zu bewegen.

Er betrat das Gasthaus Zum Praterer am Eck zur Friedensgasse, nickte dem Wirt zu und setzte sich zu dem Tisch, der wie durch Zauberei immer frei war, wenn er kam. Es war, als ob die durchaus zahlreichen Gäste diesen Tisch seinetwegen mieden, obwohl er bloß jeden zweiten Donnerstag erschien. Er setzte sich, bestellte beim Vickerl Augsburger mit Spinat, gerösteten Erdäpfeln und Spiegelei, holte sich den Kurier, spannte ihn aus und legte ihn neben das Seidel Bier, das Vickerl soeben auf den Tisch gestellt hatte.

Während er ohne Reaktion auf den Geschmack der Augsburger einen Bissen nach dem anderen zum Mund führte, kaute und schluckte, las er den Kurier von vorne nach hinten durch. Er verspürte ein Ziehen im Nacken, blickte auf und sah, dass ein Mann in der Eingangstür des Wirtshauses stand und verdrossen in die Gaststube hineinschaute. Fraul senkte seinen Blick ab und ließ ihn wiederum die Zeitungs-

zeilen entlanglaufen. Was macht der Rosinger hier, dachte er.
Der schaute sich um, sah wohl auch den zeitunglesenden und dabei essenden Herrn, ging an ihm vorüber, um sich an den Ecktisch rechts hinten niederzulassen. Beide saßen mit dem Gesicht zum Eingang, doch während Rosinger in der Speisekarte blätterte, begann sich Fraul mit seinem Oberkörper nach rechts hinten zu verlagern, als wollte er, ohne sich umzudrehen, herausbekommen, was sich dort ereignen könnte. Schließlich aß er auf, rief den Vickerl, um zu zahlen. Rosinger schaute unwillkürlich auf Frauls Hinterkopf. Es ging ihm etwas durch den Sinn, und er begann in seinem Gedächtnis zu kramen. Waren es die kleinen fleischigen Ohren oder die Stimme des Mannes seitlich vor ihm? Er begann zu schwitzen, sah ratlos zu, wie Fraul zu seinem Mantel ging, ihn anzog und ohne sich umzudrehen den Praterer verließ.
Er schaut aus wie früher, dachte Fraul und ging heim, die Hände wie stets in den Manteltaschen geborgen.

13.

Ich habe mich ziemlich gefürchtet, als Dietger den Malcolm nun mit dem hübschen Schnösel Fraul besetzt hat. Erst war er für den Macduff vorgesehen, aber wie ich höre, hat sich Felix stark gemacht, dass er den Malcolm macht.
»Weißt du, Astrid«, sagte mir Dauendin unlängst zwischen Tür und Angel, »der junge Fraul war bei mir und hat mich gefragt, wieso er nicht den Malcolm bekommt. ›Geh zum Schönn‹, wollte ich ihn abwimmeln, aber er hat mir einen Termin abgeschnorrt, mir dann über seinen Vater, den edlen und so guten, die Ohren vollgeredet. Der sei wie Dun-

can, und deswegen muss er unbedingt den Malcolm spielen. Was sagst du dazu?«

»Mir doch egal«, gab ich ihm zur Antwort.

Das ist ein Ehrgeizbolzen. Der verbündet sich mit allen, ist ständig auf dem Quivive. Auch bei mir brät er sich ein, eine Scharwenzelei ist das. Weiß er nicht, dass ich mich in das Geschäft von Dietger nicht einmische? Ich will mit ihm in Wien ebenso gut zurechtkommen wie schon in Essen. Oder noch besser. Die Burg hier ist ja die Intrigantenhölle schlechthin. Ich halte mich raus. Ich habe meine Rollen, es sind die, die ich will, und basta. Aber mein Dauendin muss immer mitmischen. Dass er nicht eifersüchtig auf den Fraul ist.

Gestern nach der Probe wartete Karl Fraul auf mich bei der Bühnentür, als wäre er ein Fan und wolle ein Autogramm. Wir standen uns gegenüber, prompt kam Felix heraus und mit ihm Dietger. Beide lächelten uns an und gingen ohne ein Wort davon.

»Sie bringen mich ins Getratsche«, sagte ich zu Fraul.

»Ah was. Gehen wir ins Landtmann. Ist eh schon wurscht. Hast du Zeit?«

»Seit wann duzen wir uns?«

»Seit vorgestern. Vergessen?«

Ich hatte etwas getrunken, na ja. Wir gingen rüber und nach hinten, denn in die Auslage wollte ich mich nicht mit ihm setzen. Er ist immerhin an die acht Jahre jünger, und Zores will ich keine haben. Er umrundete mich geschmeidig, und während dieser Bewegung streifte er mir den Mantel ab. Ich spürte eine kleine Wärmewelle, setzte mich in die Loge hinein, schaute ihm zu, wie er ihn und seine Jacke forttrug. Herr Henning begrüßte mich und brachte mir meinen Prosecco. Ich trank ihn in einem Zug aus, Herr Henning wartete, nickte und brachte mir den zweiten, den eigentlichen. Ich fühlte mich angespannt, ich hatte kein gutes Gefühl, ich fürchtete mich nahezu, dass der Fraul in meinen Freundeskreis hineinintrigiert, sich mit Felix und Dietger männerverbündet. Die scheinen von mir zu erwarten, dass ich mit dem Fraul ins Bett gehe, damit sie sich dann zunicken und bei Bedarf Front gegen mich machen können. Seit der Sache in Essen mit Carsten hat sich mein Felixchen umorientiert. Wir schlafen ohnedies getrennt, aber so getrennt habe ich mit ihm seit Carstens Zeiten nicht gelebt. Dabei wüsste ich nicht, wie ich ohne Felix zurechtkäme, er kennt mich und kann mich so gut erden. Dass ich noch Erdungen brauche, ich geh mir auf die Nerven, ich geh mir so auf die Nerven. Warum sitze ich da und berate den Fraul und spüre die weichen Knie?

Wir redeten über Schönn.

»Bevor er was sagt, weiß ich, was er meint. Es ist phänomenal. Bloß das mit der Heldenverehrung irritiert mich«, sagte Fraul und blies mir seinen Atem ins Gesicht.

»Du hast einen Heldenvater. Duncan ist ein Held, er wird gemetzelt. Betrachte den Macbeth als SS. Ganz einfach.« Ich hörte mir verärgert zu, wie ich so daherredete.

»Was ihr alle mit meinem Vater habt. Wenn ihr wüsstet, was das für ein fader Knochen ist. Der und ein Held.«

»Es gibt auch langweilige Helden«, erwiderte ich. »Nicht jeder hat gegen die Faschisten in Spanien gekämpft. Nicht jeder war in Auschwitz Mitglied der Widerstandsbewegung. Ich wünschte, ich könnte das von meinen Eltern zwitschern.«

»Eltern, Eltern. Man ist selbst was, oder man ist nix, das ist schon alles. Was machst du nachher?«

»Wann nachher?«

»Jetzt.«

»Willst du mich anbaggern?«

»Anbaggern und abschleppen.«
Er saß mir so gegenüber, als würde er mich mit dem nächsten Atemzug über den Tisch saugen und inhalieren. Ich winkte den Ober Ferdinand herbei, zahlte das Ganze, schob mich aus dem Sitz heraus, ging an Fraul vorbei zum Mantel. Dabei erwartete ich, dass er mich am Schenkel aufhielt, und als ich bei ihm vorüber war, dass er mir mit seiner Hand auf meinen Hintern –, dass er auf ihn schaute, während ich davonging. Stattdessen hörte ich ein Gelächter, ich drehte mich zu ihm, da stand er mir ohneweiters gegenüber.
»Wohin gehts?«
Was blieb mir übrig? Felix war noch in Salzburg. Als ich im Taxi meine Wohnadresse nannte, grinste er breit.
»Gleich neben der Margit.«
»Wer immer das ist«, sagte ich lachend.
»Wer immer das ist.« Und er begann mich zu küssen.

14.

Umgedreht hat er sich nicht, dachte sich Rosinger. Warum auch? Ich gehöre zu den Wichten, nach denen sich keiner umschaut in normalen Zeiten. Er hat mich beachten müssen, der dünne Edi, damals in der schlimmen Zeit. Jetzt kann er ruhig beim Türl rausgehn, ohne sich umzudrehen. Rosinger kratzte sich den Rippenbogen entlang und hatte wie so oft das Gefühl, nicht gewaschen zu sein, obwohl er ohnedies eine Viertelstunde geduscht hatte. Gedankenverloren steckte er den Zeigefinger ins Bier und rührte um, dann kratzte er sich neuerlich. Schließlich erhob auch er sich, zahlte und ging heim. Er wohnte in der Geologengasse im dritten Stock. Die Wohnung war nicht sehr hell und etwas verwinkelt. Hier lebte er seit neunzehnsiebenundvierzig, seit seine Frau gestorben war und ihre Verwandten ihn aus der gemeinsamen Wohnung oberhalb ihrer Apotheke hinausgeekelt hatten. Das Auf und Ab, der Wechsel zwischen Armut und geringem Wohlstand, zwischen Nichtigkeit und Wichtigkeit, begleitete ihn sein Leben lang. Den Alliierten war er nach Kriegsende mit einem kleinen, aber wirksamen Trick durch die Maschen gegangen, sodass er heraufleben konnte als Nachtwächter wie einst sein Vater in Altmünster, aber in Wien und bei der feinen Horch- und Guckgesellschaft Geier. Dort trottete er Tag um Tag, Jahr um Jahr die Stockwerke von Comptoirs, die Hallen von Korkfabriken und Webereien ab, steckte die Schlüssel in die diversen Kontrolluhren. Die Zeit war ihm ein mehr und mehr gilbendes Ziffernblatt, bei dem die Zeiger ihren grünlichen Schimmer nach und nach verloren und wie unsichtbar ihre Kreise zogen, so wie er die seinen. Als sie ihn neunzehnsechzig verhafteten, nickte er seinem inneren Ziffernblatt erleichtert und begütigend zu. Dabei sah er, dass der Minutenzeiger sich bereits verabschiedet hatte. Er wurde nach Deutschland gebracht und ins Gefängnis gesteckt, um dort auf den sogenannten Auschwitzprozess zu warten. Fraul hatte ihn aufgestöbert mit Hilfe von Lebensart, der es sich schon seit Jahren zur Aufgabe gemacht hatte, sich an so kleinen Würschteln wie ihm, Wilhelm Rosinger, zu rächen. Eigenartigerweise hatte er der Umtriebigkeit des Lebensart durchaus mit Sympathie zugesehen, seine Handlungen mit einem Kopfnicken begleitet und sich fast ein bisschen gefreut, wenn Lebensart über die Verbrechen der alten Kameraden die Zeitungen und die Justizbehörden zu informieren versuchte. Er unterdrückte seinen Impuls, den Nazijäger, wie er seit damals genannt wurde, aus seiner bescheidenen »Kiste«, so bezeichnete er seine Dokumente aus Auschwitz, zu beliefern und ihm aus der Zeit danach Zeugnisse zuzustecken, die gelegentliche Zusammenkünfte von Untergetauchten berichten. Die meisten sind so rasch es ging über die sogenannte Rattenlinie von Hochwürden Hudal nach Südamerika oder in den arabischen Raum abgedampft, er wurde allerdings gar nicht gesucht. Ich gehörte zu den Wichten, nach denen sich nach fünfundvierzig keiner umgeschaut hat. Aber Edmund Fraul, dieser Kummerl aus Simmering, dieser Rotspanier, hatte sich schon Mitte der Fünfziger auf seine Fährte gesetzt, ist in der Geologengasse zeitweise unterm Fenster gestanden. Rosinger dachte damals, das sei ein Kiberer, denn der dünne Edi, der Schreiber des Standortarztes von Auschwitz, sah dem feisten Kerl unter seinem Fenster nicht ähnlich. Drei Jahre rechnete er mit seiner Verhaftung, es kam ihm vor, dass er sie gelegentlich herbeiwünschte. Denn die Kinder, die er in Auschwitz umgebracht hatte, sangen ihn nach dem Krieg mit hässlichen Liedern in den Schlaf. Oft und oft fuhr er hoch und kratzte sich den Rippenbogen, hob die Arme und beroch seine Achselhöhlen, herrschte – auf dem Rücken liegend – seine aufgestellten Knie an, die kahlgeschorenen Kinderhinterköpfen glichen. Als er endlich im Gefängnis einsaß, verstummten die Kinder. Die Richter gaben ihm dreieinhalb Jahre. Die hatte er zum Zeitpunkt der Urteilsverkündung bereits abgesessen und wurde entlassen. Edi Fraul hatte durchaus zu seinen Gunsten ausgesagt, auch andere Häftlinge hatten ihn als Menschen in SS-Uniform beschrieben. Davon wurden die von ihm mit der Phenolspritze getöteten Kinder nicht mehr lebendig, aber als würden auch sie umgestimmt worden sein, ließen sie ihn nach seiner Rückkehr in die Geologengasse und zu seiner Arbeitstätigkeit als Nachtwächter in Ruhe; selten, dass sie ihm noch etwas zuwisperten. Er sperrte seine

Wohnung auf, machte Licht in seinen Kabinetten, ging etwas in seiner Wohnung hin und her, um dann am Fenster seinen Platz einzunehmen. Schräg gegenüber wohnte seine zuwidere Schwester, mit der er halb zerstritten war, die ihm auf die Nerven ging, wenn er sie nur sah, die ihm aber doch eine gewisse Lebenssicherheit gab, Heimat.

15.

Astrid von Gehlen nickte zu dem kleinen dicken Dramaturgen Rüdiger Scherfele hinunter, der zwischen den Sesseln vor der großen Probebühne während der ganzen Zeit unentwegt unterwegs gewesen war, nun aber neben dem nachdenklichen Regisseur Dietger Schönn zum Platznehmen gekommen war.

»Wundervoll«, rief Scherfele, nachdem er auf ihr Nicken mit Daumen und Zeigefinger der rechten Hand einen Kreis gebildet hatte, »herrlich, Astrid.« Schönn drehte sich langsam zu Rüdiger, lächelte etwas: »Du nimmst ihr das ab? Seltsam.«

Astrid, die im Begriff war abzugehen, stockte in der Bewegung. »Wie? Das heißt, du nimmst mir das nicht ab?«

»So ist es eben.«

»Also, Dietger, das war doch schon mehr als ordentlich.«

»Sie ist die beste aller gewöhnlichen Ladys, die wir schon hundertmal gesehen haben. Meine Lady ist sie nicht, das ist keine Liebende.«

»So? Ich bin keine Liebende?«, schrie Astrid von der Probebühne herunter, hob ihren Kopf und ging in Positur. Sie zitierte: »*Wenn die versoffenen Naturen dann im Sauschlaf liegen wie im Tod – was können du und ich dann nicht dem unbewachten Duncan tun und seinen vollgesoffenen* – Soll ich da den

Göttergatten anhimmeln in Liebesglut, oder wie sehe ich das?«
Dauendin kam von hinten zur Bühne vor, angetan mit einer zu kleinen Krone am Schädel. Die nahm er ab, griff der Astrid auf die Schulter, begann zu tätscheln.
»Beruhige dich, Schönste. Sind wir fertig heute?«
Schönn nickte, und ein Grinsen überzog sein Gesicht. »Matter Macbeth, Felix.«
»Was ist denn jetzt wieder los?«
Schönn stand auf und ging nun wie vorhin Scherfele durch die Sesselreihen. »Zum hundertsten Mal der schwächliche Macbeth, den seine ehrgeizige Frau aufstachelt. Kein Liebender, kein gottverdammter Liebender. Nix.«
»Felix schält noch daran«, sagte Scherfele und zwinkerte zu Dauendin hinauf. Der aber nahm Astrid am Arm und ging stumm von der Bühne weg. Astrid machte sich los und blieb stehen.
»Ich möchte noch zugucken.«
»Aha. Gut, gut. Geh hin, liebendes Weib, glutvolle Lady, begaff dir den Fraul.« Er gab ihr einen Kuss auf den Scheitel, ballte die Faust Richtung Zuschauerraum und ging. Astrid stand noch eine Weile unschlüssig hinter den Pappkulissen, schließlich, nachdem sie sich etwas erfrischt hatte, erschien sie und setzte sich etwas entfernt von Scherfele und dem nun wieder hinter seinem Regietisch hockenden Schönn. Ein Assistent erschien: »Fraul und Dünster sind standby.«
Schönn schaute auf Scherfele, der klatschte in die Hände. »Dritter Akt, dritte Szene.«

Am Vortag hatte Scherfele in der Kantine der Probebühne mit Dünster und Fraul diese Szene durchbesprochen. Es sei die Frage, ob Malcolm mit seiner wilden Schilderung über seine schlechten Eigenschaften den getreuen Macduff bloß testen wollte oder ob die nämlichen Eigenschaften, die bekanntlich die schändlichsten von Macbeth noch übertrafen, in ihm wirklich vorhanden waren und er nicht nur Macduff, sondern gleichsam sich selbst vor der Übernahme der Königsgewalt warnen wollte, nachdem sie gemeinsam den Duncanmörder Macbeth getötet hatten. Und Scherfele schlug die Brasch-Übersetzung auf, blätterte mit heißem Finger hin zur Szene und begann vorzutragen, nicht ohne dass sich seine Stimme gelegentlich zur Mimenstimme anhob, sodass ein gewisses Pathos links und rechts an den vorgetragenen Wörtern herausquoll und hinunterrann.

»Also, da die erste lauernde Sequenz.
Macduff sagt: *Verräter bin ich nicht.*
Darauf du, Fraul: *Macbeth ist es.*
Könnt sein: Ein guter Mensch voll von Moral
wird schwach, wenns Könige befehln, verzeiht:
Das, was ich denk, kann dich nicht ändern.
Die Engel leuchten auch, wenn stürzt der hellste.
Wenn alles Böse auch wie Gut aussäh,
säh alles Gute trotzdem ganz genauso aus.
Und Dünster: *All meine Hoffnungen habe ich verlorn.*
Und wieder du, Karl:
An jener Stell vielleicht, wo ich mein Misstraun fand.
Warum hast du verlassen Frau und Kind
so unbedacht, dies starke Liebesband,
ganz ohne Abschiedsworte. Ich bitte dich …«

Fraul unterbrach den Dramaturgen: »Wieso weiß ich, dass er seine Leute ohne Abschiedsworte verlassen hat? Hab ich Spione in Schottland, oder sitzt ein zweites Ich von mir bei den Macduffs auf der Türschnalle?«

Scherfele hob den Kopf. Dünster lachte und sagte: »Der

Shakespeare wird sich schon was gedacht haben. Ist dir das wichtig?«

»Was ich von mir geb, ist mir wichtig«, sagte Fraul. Ihn beschlich, während er das locker hinwarf, das Gefühl, dass dieser Dünster ihm nicht grün sei. Der glaubt, ich will mich wichtigmachen, dachte er. Ist ja auch wahr. Der Scherfele soll sehen, dass ich mir was denk, und ich denk mir auch was.

Scherfele nickte beiden zu und fuhr fort vorzulesen:

»*Ich bitte dich:*
Nimm meinen Zweifel nicht als Tritt nach deinem Stolz,
nur als die Sorge um die eigne Sicherheit …«

»Klar«, sprach Dünster, »da könnt ein jeder aus Schottland daherkommen und sich dem Malcolm anbieten im Kampf gegen Macbeth. Auch ein Spion von dem.«

»So stehts da«, sagte Fraul und lächelte.

»*Vielleicht bist du ja wirklich ehrlich,*
was immer ich auch denk von dir.« Scherfele sprudelte das herunter, hob den Kopf und sah die beiden Schauspieler eindringlich an:

»Dann sagt der Macduff, dass er kein Dreckskerl sei und dem Macbeth nicht dienen wird und so fort. Dann aber kommt der Test von Fraul, dass er boshafter ist als Macbeth und geiler und habgieriger. Ich will, dass du das so zeigst, dass nicht nur der Dünster dir glaubt, sondern auch das Publikum annimmt, du sprichst ein wirkliches Wesen von dir an. Wir alle sind zur Grausamkeit, zum Machtmissbrauch, zur Diktatur bereit in uns. Indem nun der junge Malcolm so tut, als wäre er ärger als Macbeth, wenn er dann an der Macht sein wird als Nachfolger seines so edlen und guten Vaters Duncan, so sollen wir wissen, dass das die Conditio inhumana schlechthin ist. Versteht ihr?«

»Dann bin ich aber im Schlussteil eine Art Tartuffe«, sagte Fraul langsam.

»Wie?« Scherfele war irritiert.

»Na schau. Am Schluss sagte er von sich, er sei ohne Fehl und Tadel. Wie heißts?« Fraul nahm Scherfele den Text aus der Hand. »Ich kanns eh auch so«, murmelte er und schob den Text weg, stellte sich auf und begann in den Dünster hineinzureden:

»*Macduff, dein großer Schmerz, ein Kind des Anstands,*
nimmt mir das schwarze Misstraun aus dem Herz
und überzeugt mich davon, dass du ehrlich bist
und ohne Schuld. bla bla bla *und ich nehme alles,*
was ich gesagt, zurück; die Bosheit, der ich mich
bezichtigte, ist mir ganz fremd. Bis heut
hab ich noch niemals eine Frau gekannt,
nie einen falschen Eid geschworen, fast nie
begehrt – da sagt er wenigstens: fast –, *was mir gehört, noch nie mein Wort*
gebrochen: Ich würd den Teufel nicht verraten
an seinen Freund und lieb die Wahrheit
wie das Leben: Die Lüge über mich
war meine erste.«

Dünster unterbrach ihn:

»Tja, Karl, das glaubt dir allerdings niemand, auch nicht der fromme Macduff.«

»Hör auf.« Ungewöhnlich scharf fuhr Scherfele dazwischen. Er nahm den Text wieder an sich, fuhr mit dem Finger aufwärts. »Da«, rief er. »Wo du bla bla gesagt hast, ist der Grund, warum Malcolm in seiner Gutheit glaubhaft sein kann. Ich zitiere:

Der Teufel Macbeth hat versucht
mich oft mit Tricks. In seinen Würgegriff
wollt er mich haben. Nur Kälte schützte mich
vor allzugroßer Hast. Verstehst du, Fraul? In einer Art Gefühlskälte war der Königssohn, vielleicht im Gegensatz

zum jüngeren Bruder Donalbain, wie in einem Kokon eingesponnen, er ist ein Guter aus Selbstschutz, weil er gar keine Gefühle investiert, sondern alles nur registriert. Das Ungeheuerlichste ist ihm bloß ein Sachverhalt, weiter nichts. Er ist ein Parsifal, aber gefühlskalt, abwägend, im Schatten seines grundgütigen Vaters Duncan, dem er zwar nacheifert, der er aber nicht sein kann. Deswegen beschreibt er sich als guten Menschen und glaubt daran.«

Fraul machte eine heftige Abwehrbewegung gegen Scherfele, zeigte ihm beide Handflächen und wollte erwidern, aber ein Hustenanfall hinderte ihn. Schließlich sagte er ruhig:

»Der wohlbehütete Königssohn und Erbe ein Gefühlskalter? Warum sollte er das sein? Das ist doch so.« Und Fraul griff sich mit der linken Hand über Kopf aufs rechte Ohr.

»Das ist sein Panzer«, erwiderte Scherfele ruhig. »Ein Kokon, wie ich schon gesagt hab. Dadurch wird beides wahr. Das Miese, das Edle, beides in Malcolm glaubhaft, wenn –«

»Jaja, wenn ichs bring, jaja.« Fraul wandte sich von den beiden ab. Dietger Schönn kam herein, begrüßte den Scherfele flüchtig.

»Ich muss gleich wieder weg. Besprecht ihr die Vierdreier?« Sie nickten.

»Da ist ein Strich, den ich mit dir noch nicht besprochen habe: der Arzt wird rausgeschmissen. Den brauch ich nicht. Macduff hört auf mit: *so Wünschenswertes und Unwünschenswertes schwer unterm Hut* und fährt dann gleich fort mit: *seht, wer da kommt,* und Rosse tritt auf. Bis später.« Und Schönn enteilte, bevor jemand etwas sagen konnte. Es wurde still in der Kantine. Fraul holte sich den Text. »Aha, die Passage über die Heilkraft des englischen Königs hat er mir weggenommen. Pfeif drauf.«

Dünster ließ sich auf einen Sessel fallen, schenkte sich Wein ein. »Guter Strich.« Er rülpste. »Ist dir das entgangen, Rüdiger?«
Scherfele zuckte die Achseln: »Dem Dietger entgeht nichts, was bremsen könnte, das wisst ihr doch. Ich habe das retardierende Moment oft zu lieb. Also weiter im Text.«
Und so diskutierten sie am Vorabend, aber weniger als üblich, denn Fraul schien mit einem Mal gedankenverloren, und das bewirkte, dass er die Ausdeutungen des Dramaturgen hinnahm und in diesem Sinne sich den Malcolm aufzubauen begann für die morgige Probe.

16.

Unmerklich hatte sich das Zusammenleben des Ehepaars Fraul zu ändern begonnen. Jahrzehnte waren die beiden eingesponnen und verpuppt in ihre Verbundenheit. Alle Bewegungen, auch die vom anderen unabhängigen, wirkten wie abgestimmt aufeinander, die Ehe war bei Tag ein ruhig vor sich hin schnurrendes Spindelwerk. In den Nächten allerdings stand es still, und nun wurde doch ruchbar, dass zwei Einzelne in ihrer jeweiligen Schlafzelle isoliert und auf sich zurückgeworfen waren. All das jeweils Vergangene schaffte sich Raum in ihnen und pendelte ihre Nächte aus. Die unterschiedlichen Tätigkeiten der beiden untertags schienen diese Abgestimmtheit aufeinander noch zu verstärken. Edmund Fraul war nicht bloß in den Schulen tätig und breitete dort den Holocaustteppich aus, freundlich im Ton, nah an den vermittelbaren Dingen. Die wichtigsten Sachverhalte ließen sich allerdings ohnehin durch nichts vermitteln. Was Auschwitz war, weiß nur der Auschwitzer. Er arbeitete auch eng mit der Ludwigsburger

Zentralstelle zusammen, die sich seit ihrer Gründung um die Nach- und Ausforschung von NS-Tätern kümmerte. So konnte der seelenruhig in Stuttgart-Zuffenhausen unter seinem richtigen Namen lebende Wilhelm Boger verhaftet werden. Fraul war maßgeblich in die Vorarbeiten zum Frankfurter Auschwitzprozess eingebunden. Immer wieder reiste er auch nach Israel, in die USA und nach Südamerika, um dort etwaige Zeugen auf ihre Aussagetauglichkeit zu prüfen. Besonders nach den Umtrieben der Verteidiger in Frankfurt, die es darauf anzulegen für nötig erachteten, die ehemaligen Häftlinge zu verunsichern, lügenhafter oder defekter Aussagen zu überführen, war Fraul darauf bedacht, die Zeugen auch der späteren Prozesse zu briefen. Er empfahl ihnen, obwohl er persönlich nicht viel davon hielt, Psychotherapeuten speziell zur Vorbereitung auf Zeugenaussagen aufzusuchen, damit sie ihm nicht dann – wie öfters geschehen – im entscheidenden Moment umfielen und statt mit Aussagen als Augenzeugen mit Ohnmachtsanfällen, Weinkrämpfen und anderen Zusammenbrüchen auf die Naziangeklagten und deren Advokaten reagierten. Er selbst hatte, und das verwunderte ihn anfangs, keine Schwierigkeiten, den ehemaligen Peinigern vors Antlitz zu treten. Selbst mit Boger, dessen Schaukel Hunderte Häftlinge zu Tode gequält hatte, sprach er geschäftsmäßig, verkehrte mit anderen Angeklagten fast väterlich, besonders mit dem fast gleichaltrigen Wilhelm Rosinger. Außerdem blieb er eng in Kontakt mit David Lebensart, stand auf Geschäftsfuß mit der Israelitischen Kultusgemeinde, war im Auschwitzkomitee, sowohl im nationalen als auch früher im Vorstand des internationalen, blieb einer der maßgeblichen Verbindungsmänner zu anderen Überlebendenorganisationen, verband sich immer wieder mit den Mauthausenern und den Ravensbrückern.

Selbstverständlich übte er auch Funktionen im KZ-Verband aus, schrieb für den Mahnruf Artikel, pflegte zu Mandataren der Parteien mit Ausnahme der Freiheitlichen Partei regelmäßigen Umgang. Er war viel unterwegs, von nachhaltiger Gesundheit, unermüdlich, aber immer mit Ruhe und Gelassenheit an den Sachen dran. Daheim blieb er wortkarg und sparsam in den Bewegungen, seiner Frau zugewandt und höflich. Seinen Sohn konnte er nur dann verstehen, wenn er sich vorstellte, der sei nicht von ihm, sondern ein gewöhnlicher junger Mensch, der gar nicht wusste, aus welchem Geschichtsleichenberg er herausgewachsen war. Als Fleisch und Blut blieb Karl ihm unverständlich und ein sich wiederholendes Ärgernis. Er wusste allerdings um die Liebe Rosas zu ihrem einzigen Kind, sodass er, von gelegentlichen kleinen Bemerkungen abgesehen, gleichmütig die Existenz dieses Menschen auch in seinem Haus hinnahm. Wohl bemerkte er, dass Karel sich lange um seine Anerkennung bemühte und um ihn zu werben versuchte, doch ein offenes Ohr konnte Edmund Fraul nur denjenigen leihen, die sich ernst und entschlossen dem Vergangenen stellten und damit – wie er selbst – die Gegenwart durchdrangen. Seine Frau verschonte er, sie wusste ohnehin Bescheid, sie vertrug den Umgang mit der Shoa schlecht, er respektierte das, auch wenn er sich in seinem Inneren darüber klar zu sein schien, dass mit Rosa kein Kampf gegen die Wiederkehr des Barbarischen geführt und gewonnen werden konnte. Sie war und blieb eine unpolitische Jüdin, die eben unverschuldet zu ihrem Schicksal gekommen war, indes er doch als Kämpfer gegen das Unrecht selbstverständlich sein Schicksal auch herausgefordert hatte und ohneweiters vor sich und anderen verantwortete. Es war ihm gelungen, seinerzeit, als die SS ihn von den Vichyfranzosen übernahm und nach Dachau ver-

brachte, seinen jüdischen Vater zu verbergen, er wusste selber nicht, wie das kam, er wurde jedenfalls in Dachau als österreichisch-rotspanischer und kommunistischer Arier verbucht und blieb dies auch nach seiner Überstellung zum Standortarzt Wirths nach Auschwitz. Denn dieser Eduard Wirths hatte ihn in Dachau kennen und als besonnenen politischen Funktionshäftling schätzen gelernt. Nun traf er ihn wieder in Auschwitz und machte ihn zu seinem Schreiber. Von da her hatte er damals und später einen guten Überblick über Menschen, die sich auf diese oder jene Weise im Shoamoloch befanden und verstrickten und kämpften, verendeten und überlebten.
Er war also der richtige Mann am richtigen Platz. Er fand, so war es bei ihm von Anbeginn.

Rosa war die richtige Frau am falschen Platz. Das war ihr zur zweiten Natur geworden. Sie lebte gut damit im gemeinsamen Spindelwerk. Als ihr Eigenes hatte sie die Liebe zu Büchern, zur schönen Literatur. Was immer darin passierte, es konnte sich in ihre schroffe und chaotische Gedankenwelt einfügen und diese sogar bisweilen pazifizieren. Sie fühlte mit all ihren Fasern, dass die Literatur nicht das Böse ist, sondern sich bloß an die Stelle des Bösen zu setzen verstand. Dies beruhigte sie, und so konnte sie in den Romanwelten sich als Überlebende immer wieder erproben, während sie im eigenen Alltag, und das wusste sie schmerzvoll, auf den Schirm und Schutz von Edmund angewiesen blieb. Auch in der Buchhandlung war es ihr mit Edmunds Hilfe seinerzeit gelungen, diesen besonderen Platz bei Hugo Sillinger einzunehmen, wo sie überdauern und mit den Büchern leben konnte.
Dennoch wäre sie im Verlauf der Nachkriegszeit am Ameisenhaufen in ihrem Kopf zugrunde gegangen, sie wäre ih-

rer Freundin Gusti zu gerne gelegentlich nachgefolgt, wäre nicht nach deren Freitod und mit Edmund noch ein weiteres Ereignis in ihr Leben getreten. Der neunzehnsechzig geborene Sohn machte in ihr alle Zusammenbrüche unmöglich, und so versuchte sie seither dem Sohn einen Lebenssinn zu stiften, von dem sie selbst keinen Begriff hatte. Sie musste sich darauf beschränken, das Kind zu lieben und ihm durch eine unbedingte Zuwendung zu einem lebenstüchtigen Selbstbewusstsein zu verhelfen. Edmund erkannte dies von Anbeginn, und deshalb genoss Rosa seine Achtung, die für ihn Liebe war.

Diesen Donnerstag traf sie ihren Sohn weder in der Aida noch beim Heiner, sie fuhr mit der neuen U-Bahn zum Schwedenplatz, um nach raschem Gang über den Laurenzerberg und durch die Postgasse Karel im Windhaag zu treffen. Ich saß einige Tische entfernt und beobachtete Frau Fraul, wenn ich nicht in einem Dossier über den Generalsekretär der UNO, der sich nun anschickte, österreichischer Bundespräsident zu werden, las und Stellen markierte. Karl Fraul betrat das Windhaag, sah mich sofort, ging an seiner Mutter vorüber zu mir her. Rosa war aufgestanden und blickte zugleich ihm nach und mir ins Gesicht.

»Servus, Apolloner«, sagte Fraul und schlackste mir seine Rechte hin. »Danke, dass du mir die Zischka auf den Hals gehetzt hast.«

»Ich? Und wenn?«

»War okay, die Tussi wird im Vorfeld von Macbeth fürs Signal schreiben.«

»Ist doch was.«

»Habe ich nicht eh danke gesagt? Du, meine Mutter wartet, also dann.«

Er drehte sich um, aber Rosa stand schon hinter ihm. Ich erhob mich hastig, sodass der Kaffeelöffel vom Wasserglas fiel.
»Mama, das ist mein Freund Roman Apolloner, seit kurzem ein Zeitgeschichtler, welcher den Vater interviewt hat. Das ist meine Mutter.«
Frau Fraul gab mir lächelnd die Hand. Ich sagte: »Ist mir eine Ehre.«
Rosa runzelte für einen Moment die Stirn, dann lächelte sie. Ich verbeugte mich, ließ ihre Hand los, und die beiden gingen zu ihrem Tisch. Ich setzte mich nieder, schob das Dossier zur Seite. Wenn ich sie auch befrage? Wie geht es der Frau eines Widerstandskämpfers? Wie lebt jemand wie sie? Der Karl wird sich verfolgt fühlen von mir, aber juckt mich das? Indes die beiden wiederum aufeinander einzureden begannen, versenkte ich mich ins Schriftstück vor mir, in Gedanken bei den Diplomaten und Kämpfern, bei der Art, wie Geschichte zugeschüttet, und bei der Weise, wie sie wieder aufgerissen wird. Dass diese Art und Weise bald das Land erschüttern wird, wusste ich nicht.

Rosa betrachtete ihren Sohn. Sein schönes Gesicht schimmerte durch die Rauchschwaden des Kaffeehauses, es wirkte auf sie sehr rein und daher wie außer der Welt. Seine dunklen Augen fanden in Rosas Antlitz einen flüchtigen Ruheplatz, blickten hinein wie in einen Spiegel, denn es schien, als betrachtete sich Karl bei jedem Wort, das er zu ihr hin sprach. Doch dies beglückte seine Mutter. Er geht seinen Weg, dachte sie, er hat die Entschlossenheit seines Vaters, seine Zielstrebigkeit. Woher er das musische Talent hatte, mochte sie sich nicht eingestehen.
Karl erzählte, wie schon beim letzten Treffen, von den Proben zu Macbeth. Er ging dabei durchaus in die Details, so-

dass Rosa sich schnell mitten in Schönns Inszenierung befand. Nach einer halben Stunde aber musste sie den Ober rufen, um zu zahlen. Sie umarmte Karel und ging zurück zur U-Bahn. Karl hatte dieses Mal kein Wort über Edmund verloren. Auf dem Weg durch die Postgasse überfiel sie Angst, aber nicht um ihren Sohn, sondern um ihren Mann. Sie spürte die Veränderungen der letzten Zeit. Es kam ihr vor, dass Edmunds Bewegungen etwas Automatisches und Eckiges bekamen. Der Tonfall der Stimme, der seit je sonor und in immer gleicher Lautstärke zu vernehmen war, wies auf einmal bei gewöhnlichen Situationen kleine Risse auf, es raute aus Edmund unmerklich heraus, unmerklich für jedermann, nicht aber für Rosa. Irgendetwas hält ihn zusammen, dachte sie, doch das kommt nicht aus seinem Inneren, und es wird ihm auch nicht von mir gegeben. Als sie den Laurenzerberg hinunterging und auf den mit sich selbst beschäftigten Schwedenplatz blickte, hatte die Angst sich in ihrem Brustkorb festgesetzt. Sie begann schnell und tief zu atmen, blieb schließlich stehen und schaute in die Auslage der Apotheke. Sie schloss danach die Augen und stellte sich Edmunds Gesicht vor, wie es mit einem leisen Lächeln gegen die Stürme des Daseins standhielt. Sie zog seine Augen ganz nah zu sich heran. Die Angst zerrann ihr, das Wasser stieg hoch und quoll über. Sie wischte sich die Tränen mit bloßer Hand gegen ihre Ohren fort. Hernach holte sie sich ein Taschentuch heraus und schnäuzte sich. Mit schnellen Trippelschritten ging sie zur U-Bahn.

17.

Ich wusste nicht, was ich von all dem halten sollte. Ich war in der Schleifmühle bei meiner sich immer mehr duckenden Mama und bei Bruder Stefan, stierlte in meinen alten Sachen herum, die dort noch immer in meinem Kindheitszimmerkasten gestapelt lagen, um einen türkisen Pullover zu finden, den ich im letzten Traum angehabt hatte. Von dem Traum ist mir in der Erinnerung nichts geblieben außer eben der Pullover um meine Brust und das Messingschild auf einer weißen Tür: Dr. med. Margit Keyntz. Die Tür ging im Wind auf und zu, und davor standen Patienten und sangen: *In einem Bächlein helle.* Mehr gabs nicht mehr von diesem Nachtmahr, aber am nächsten Tag wollte ich mir aus der Schleifmühle den Pullover holen und stand nun vor dem Kindheitskasten und wühlte in den Sachen. Mutter war im Türstock stehen geblieben und beobachtete mein hektisches Treiben. Ich konnte ihn nicht finden, schließlich schmiss und riss ich sämtliche Kleidungsstücke aus dem Kasten heraus und häufelte sie auf den Fußboden. Mutter schüttelte den Kopf und sagte: »Hast du den türkisenen nicht mit anderen alten Sachen vor Zeiten zum Würfel gegeben oder zur Caritas?«

»Das stimmt, verdammt.« Ich richtete mich auf, betrachtete den Kleiderhaufen. »Du kannst das da auch zur Caritas geben.«

»Hast du heute keinen Dienst?«

»Nein, Mama, sonst wäre ich doch nicht da.«

»Schon gut, Margit.«

Ich ging an ihr vorbei ins Vorzimmer und sagte: »Du immer mit deinen ständigen Fragen.«

»Schon gut.«

»Ciao.« Ich verließ die Wohnung und stand unentschieden

vorm Haus. Es war ein klarer, später Novembertag. Ich beschloss hernach, wie schon öfters, ohne mich anzukündigen, zu Karl in die Margaretenstraße zu fahren. Seit einigen Tagen fühlte ich mich im Inneren zum Zerreißen, ohne dass ich hätte sagen können, weshalb. Karl war freundlich und nahezu ergeben zu mir, sprach von den Proben zu Macbeth nebenbei und bloß, wenn ich ausdrücklich danach fragte. Als ich wissen wollte, ob ich mal zuschauen könne, wie bei Inszenierungen in Graz häufig, verneinte er sanft, das sei auf diesem Theater nicht Usus, und schon das glaubte ich ihm nicht.

Im Turnus lief alles super, die Oberärztin der Zweiten Medizinischen, Doktor Inge Haller, war sehr freundlich und zuvorkommend zu mir, ich konnte mich in kurzer Zeit sehr gut zurechtfinden. Das Rudolfspital taugte mir, was hatte ich? Ich wusste nicht, was ich von mir halten sollte, mit dieser Unruhe. So stand ich vor der Tür von Karls Wohnung und wollte, ohne zu läuten, aufsperren, denn er schlief sicher noch, ich mochte was mit ihm unternehmen, vielleicht in die Lobau fahren oder einen Spaziergang am Zentralfriedhof machen mit einer Stippvisite zu Papas Grab. Ich hörte, als ich eben den Schlüssel ins Schloss stecken wollte, Karls gedämpfte Stimme. Ich konnte keine Wörter verstehen und blieb vor der Tür und atmete leise. Ich vernahm Worte wie *Astrid* und *Liebste,* vergrößerte, während mir das Blut in den Kopf schoss, mit beiden Händen meine Ohrläppchen, bloß um dann eine Tür schlagen zu hören, und Stille. Ich beschloss umzukehren, ging ins Café Anzengruber und nahm eine Melange. Er schimpfte doch ständig auf die Gehlen! Hatte ich das Wort *Liebste* wirklich gehört? Jedenfalls rührte ich in der Melange, bis sie kalt war, und konnte mich zu keiner Handlung durchringen. Ich wollte zu ihm und zugleich einfach fort, denn ich kenne meinen

Hang zu Misstrauen, und womöglich ist doch an all dem gar nix dran. So dachte es in mir wie vermutlich in Millionen Frauen, die millionenfach immer in solchen Lagen stecken. Endlich wollte ich allein zum Zentralfriedhof fahren. Heute war der vierzehnte November, der fünfte Todestag von Papa, und ein schöner Sonntag war auch. An der Tür vom Anzengruber stieß ich mit Karl zusammen.
»Du da, Margit«, stammelte er. »Deshalb warst du weder daheim noch in der Schleifmühle. Na? Küss mich, Liebste.«
Etwas zerriss in mir. Von unten holte ich mit dem linken Arm aus und schlug Karl die Hand kräftig ins Gesicht. Dabei rodelte die Handtasche, die ich an der linken Schulter trug, den Arm hinauf und flog an Karls Hinterkopf vorbei bei der Kaffeehaustür hinaus. Mit der Rechten wollte ich nachschlagen, kaum dass der Klatscher verklungen war, aber da hatte sie Karl bereits abgefangen, er stieß mich zurück. Ich torkelte zwei Schritte nach hinten und stürzte auf meinen Rücken. Mir wurde schwarz, und als ich wieder schauen konnte, waren Karls Gesicht und das des Kellners über mir. Seltsam, ich konnte deutlich vier der fünf Finger auf Karls Backe wahrnehmen, aber was für einen Gesichtsausdruck er hatte, das vermochte ich nicht zu sagen. Der Ober und ein mir unbekannter dicklicher Mann griffen mir unter die Arme, stellten mich auf, um mir sogleich einen Sessel in die Kniekehlen zu schieben. Im Sitzen sah ich Karl aus dem Kaffeehaus gehen und sofort mit meiner Handtasche zurückkommen. Er legte sie mir mit einer leichten Verbeugung in den Schoß, drehte ab, ging zur Theke und fragte dort, was die Frau Doktor Keyntz konsumiert habe, warf einen Schein hin, salutierte mir zu und ging.
»Schnapserl?«, fragte mich der Kellner. Ich nickte, trank einen doppelten Obstler, der aufs Haus ging.

Was sollte ich von all dem halten? Ich brach auf, stand vor dem Café Anzengruber, wusste nicht, ob ich in die Schleifmühle zurückgehen mochte. Aber Mama konnte ich jetzt nicht aushalten. In die Hardtgasse zurück? Ins Bett legen und mich von meinen eigenen Gedanken faschieren lassen?

Ich ging zum Auto, saß ein wenig drin und fuhr zum Zentralfriedhof. Je näher ich kam, desto schöner wurde der Tag. Vom Himmel waren alle Wolken weggefegt, er wölbte sich mächtig, indessen ich hinterm Zweiten Tor dem Grab meines Vaters entgegenging. Neben und vor mir strömten die Massen der Nachzügler von Allerheiligen und Allerseelen. Der Buchsbaum wuchs allmählich die Schrift auf dem Grabstein zu. Ich schob einen Zweig zur Seite, als eine ältere Frau sich räusperte.

»Verehren Sie ihn auch so?«, fragte sie. »Den Kammersänger Anton Keyntz?« Ich schaute zu ihr hin und nickte.

»So plötzlich aus dem Leben gerissen. Mir ists, als wärs gestern gewesen. Seine letzte Partie, Vater Germont, einige Tage vor seinem Verscheiden. Es war herrlich. Haben Sie ihn oft gehört?«

Ich nickte wiederum. »Schönen Sonntag«, sagte ich und ging fort und den Weg auf die Kirche hin, setzte mich auf eine Bank und ließ die Leute vorüberziehen. Obwohl ich mich im Mittelpunkt eines Einsamkeitsquaders befand, wollten sich Tränen nicht einstellen.

18.

Edmund Fraul saß müde im Lehnstuhl vorm Fernseher, atmete tief ein und aus, denn das Abendessen war ihm ungewöhnlich hart in den Magen gefallen, lag dort schwer und

raumfordernd, presste saure Luft durch den Kehlkopf herauf, sodass Edmund abwechselnd rülpsen und schlucken musste. Rosa, die im rechten Winkel auf dem Sofa sich etwas ausstrecken wollte, denn nach dem Essen war sie sehr müde geworden, richtete sich auf, schaute Edmund auf den zuckenden Mund, erhob sich und eilte ins Bad, um dort Soda zu holen, in Wasser aufzulösen und ihm zu bringen. Er dankte ihr mit einem Kopfnicken und indem er die Augenbrauen hochzog. Sie nahm wieder Platz, es war kurz vor halb acht, sie schaltete den Fernseher ein. Ein heller Sonntag sollte nun allmählich ausklingen.
Das Ehepaar Fraul hatte heute auf Rosas Betreiben einen Ausflug in den Wienerwald unternommen. Es war so schönes Wetter gewesen. Sie machte gleich nach dem Frühstück die Wohnung fertig, ging zum Kleiderschrank, um Edmund den Mantel zu holen und aufzuhalten. Schweigend kämpfte er sich hinein, band sich noch den Gürtel, und die beiden gingen hinunter und über die Brücke zur Tramway. In Neuwaldegg stiegen sie aus, gingen die endlose Schwarzenbergallee entlang und begannen hernach das Hameau hinaufzuwandern. Es waren viele Menschen unterwegs, als würden alle denken, wer weiß wie viele schöne Tage ihnen heuer und überhaupt noch beschieden waren. Die Leute marschierten größtenteils schneller als das Ehepaar, überholten sie links und rechts, sodass Edmund die jeweilig entspannten Gesichter im Profil beobachten konnte.
Allesamt gehen sie zufrieden mit sich im Wienerwald spazieren, die Wiener, dachte Fraul, als ein etwas feister Herr mit schmalkrempigem, für den massigen Kopf zu kleinem Hut an ihm und Rosa vorüberzog. Obwohl dieser anscheinend überrüstige Pensionist keine Ähnlichkeit mit dem Turnlehrer Wolfgang hatte, der auch dreißig Jahre jünger

dem Fraul vor Augen stand, war Harald Wolfsgang nun neben Edmund erschienen und trottete unhörbar für Rosa neben den beiden her.
»Na, Ederl, Krüppelgspiel«, meckerte es aus Wolfsgang heraus, »sind wir wieder tüchtig unterwegs in unseren Wäldern? Hast dir eine Jüderne gefunden und führst sie im Wienerwald äußerln? Bravo, bravo. Dazu haben wir eine Generation anständiger Menschen, eine gesunde Jugend hingegeben und geopfert, damit du da mit denen unverdrossen, als sei nix passiert, herumspazierst. Großartig. Das muss man denen lassen, zäh sind die, obwohl sie vor genbedingter Lüsternheit nicht imstande sind, einen Felgaufschwung korrekt hinzukriegen, von Ausnahmen mal abgesehen. Haha, war nur ein Witz, die sind ja von unsereiner so durchdrungen inzwischen, dass man sie gar nicht mehr unterscheiden kann. Und heutzutage, wer traut sich schon, sich von denen zu unterscheiden. Neben dir, Ederl, Krüppelgspiel, schreitet eine Siegerin.«
Edmund schüttelte den Kopf, Rosa sah es, schaute prüfend zu ihm hinauf.
Nach anderthalb Stunden waren sie am Häuserl am Roan angekommen, aßen und brachen wieder auf. Der Rückweg bis zur Linie dreiundvierzig in Neuwaldegg zog sich ab der Geroldgasse hin. Rosa begann zu schnaufen, obwohl es bergab ging, öfters blieb sie zurück. Edmund wartete und sagte ihr, dass sie nun zum Popper muss, beim nächsten Mal, dass sie morgen einen Termin beim Popper ausmachen soll. Als sie das dritte Mal stehen blieb, sie waren allerdings schon in der Schwarzenbergallee, sah er sich gleichmütig sowohl nach einem Taxi um, obwohl dort kein Autoverkehr war, als auch nach einer Telefonzelle, die es dort noch nie gegeben hat. Im Dreiundvierziger lächelte sie ihn an und sagte:

»Morgen mache ich einen Termin beim Popper.«
»Ich danke dir.« Rosa legte ihren Arm um seine Schultern, und sie fuhren heim.
Nachdem Edmund ausgerülpst hatte, konzentrierte er sich auf die Nachrichten im Fernsehen. Rosa war in die Küche gegangen, da rief er sie bereits, um ihr mitzuteilen, dass sein Hautarzt Präsidentschaftskandidat der Sozialdemokraten sei.
»Das wissen wir doch schon längst«, sagte Rosa aus der Küche und kam ins Zimmer, um auf dem Bildschirm den smarten und sonnengebräunten Gesundheitsminister anzuschauen. Der antwortete lächelnd auf einige Fragen eines Fernsehreporters. Hernach wurde der andere Präsidentschaftskandidat gezeigt, der bis vor kurzem Generalsekretär der UNO war. Ganz wie der vorige beantwortete auch er lächelnd einige Reporterfragen. Eine künftige Präsidentschaftskandidatin kam an die Reihe, allerdings fragte man sie nichts, sondern man sah bloß Archivbilder von der Stopfenreuther Au, wo die schlanke Frau mit dunklen Haaren und Silbersträhne darin inmitten gummibestiefelter Männer, einer davon mit einem Geweih am Kopf, stand und mit entschlossener Miene die Fortsetzung des Kampfes gegen ein Kraftwerk, das eben dort gebaut werden sollte, ankündigte.
»Sorgen haben die«, sagte Fraul halblaut. Rosa setzte sich neben ihn, und so verbrachten sie den Sonntagabend vor dem Fernsehgerät. Beim Spielfilm, dessen Titel Fraul sofort vergaß, hockte in einer Szene ein Mann auf einem Stuhl, der Fraul an Eduard Wirths erinnerte. Rosa, die den Standortarzt von Auschwitz nicht bewusst gesehen hatte oder sich nicht an ihn erinnerte, wiegte den Kopf.
»Ach, Edmund. Der hat doch gar keine Ähnlichkeit.«
»Doch. Große Ähnlichkeit. Schon. Eigentlich nicht. Du

hast recht. Keine Ähnlichkeit.« Und Edmund lehnte sich zurück und schloss die Augen.

Er öffnete sie und schaute aus dem Fenster auf den schmalen Weg, der zur Rampe führte und auf dem ein dünner Nebel die Erde weißte, ob von dort – wie verabredet – Eduard Wirths endlich erschien, denn er wollte mit dem Standortarzt den nächsten Schritt beraten, den man gegen die Machenschaften der politischen Abteilung unternehmen wollte. Fraul war sehr froh, dass er die gewachsene Feindschaft zwischen Maximilian Grabner und Doktor Wirths für die Auschwitzkampfgruppe ausnützen konnte, mehr und mehr. Er war zufrieden mit sich. Sein Einfluss auf Wirths war beträchtlich, und das brachte ihm die unverhohlene Bewunderung von Cyrankiewicz ein. Wenn es mir jetzt noch gelänge, ihn von den Selektionen abzubringen … Denn dort an der Rampe stand Wirths noch, um einen weiteren Ungarntransport abzuwickeln, einen Großteil ins Gas zu schicken, den anderen zur Arbeit.

Als er schließlich kam, nahm Fraul förmlicher als sonst Haltung an. Wirths schaute ihn finster an und sagte: »Lassen Sie das.«

Er legte die Offizierskappe auf den Tisch, zog sich den langen Mantel aus und setzte sich. Ohne Fraul anzusehen, sagte er leise: »Ich habe ohnedies einen großen Teil ins Lager genommen. Einen sehr großen Teil. Capesius hat geglotzt.«

»Jawoll, Herr Doktor.«

»Kommen Sie, Fraul, setzen Sie sich.«

Und Fraul setzte sich zu Eduard Wirths an den Tisch im Häftlingskrankenbau von Birkenau und begann vorsichtig die Ideen von Cyrankiewicz dem SS-Arzt zu erläutern.

19.

Ich saß beim Frühstück in der Küche, aß meinen Toast und Felix die Spiegeleier mit seinem geliebten Parmaschinken. Er las in der Zeitung, ich sah, wie hinter ihr die kleine Krone des Macbeth hervorlugte, als wäre er mit dieser zu Bett gegangen, aufgestanden, hätte sie unter der Dusche anbehalten. Nun las er das Feuilleton.

»In den österreichischen Zeitungen steht gar nichts«, brummte er. »An das werde ich mich nie gewöhnen.« Das Telefon läutete, als er seinen Satz beendet hatte. Er stand auf, ging hin.

»Dauendin.«

Jedesmal ärgert mich das, wenn er sich bloß mit seinem Namen meldet. Ich werde mir doch einen eigenen Anschluss hier machen lassen.

»Für dich. Ich denke, dein Fraul.«

Die verschlafene, aber darin irgendwie jugendscharfe Stimme von Karl bat mich, zu ihm in die Margaretenstraße zu kommen. Ich hatte ja probefrei, aber er musste doch ins Theater, um mit Dünster in der Szene endlich zum Ende zu kommen.

Was sollte ich denn jetzt in Karls Wohnung? Ich nahm mit der Linken das Telefon, hielt mit der Rechten das Kabel und ging ins Wohnzimmer.

»Du musst zur Probe, ich bin nicht in den Gängen, warum rufst du mich überhaupt an?«

»Asta«, flüsterte er, »mir zerspringen die Hüften. Ich flehe Sie an, Freifrau, erlösen Sie mich.«

»Was dir einfällt.« Mich durchfuhr schon wieder eine dieser Hitzewellen, die von Karls Stimme anscheinend mühelos ausgelöst werden.

»Hupf ins Taxi«, sagte er. »Bis du bei mir einen Parkplatz gefunden hast, bin ich schon verendet vor Sehnsucht.«

Felix war mir nachgefolgt, beobachtete mich mit geschürzten Lippen. Ich versuchte ihn aus dem Zimmer zu wedeln, doch er schüttelte bloß den Kopf und lächelte. Also ging ich an ihm vorbei zur Küche zurück, stieß ihm dabei meinen Ellenbogen in die Rippen.
»Oder hast du den Felix bei dir?«
»Bist du unverschämt.« Ich sah auf die Uhr. »Dreiviertel Stunde.«
»Schneller.«
»Ach nee.« Ich beendete das Gespräch. Felix setzte sich wiederum hinter die Zeitung.
»Astrid, Astrid. Wird das eine Geschichte?«
»Lass mich in Frieden. Ich geh ins Bad.« Unter der Dusche überlegte ich, ob es für Felix anders ist als sonst, ob er womöglich beginnt, sich zu kränken, oder ob er vom andern Ufer wieder zurückkommen möchte. Jedenfalls ists doch unangenehm, wenn er auf einmal ohne Diskretion ist. Ich werde mit ihm mal auf und ab reden müssen. Das ist vermutlich fällig. Albern, dass ich wirklich jetzt zum Fraul muss. Seine Hüften festhalten. Wieso nennt er mich Asta? Ich bin nicht die Nielsen.
Ich stand vor seiner Tür, wollte anläuten, da öffnete er schon, fasste mich mit seiner Linken an den Hals und ans Genick und zog mich zugleich in die Wohnung und zu sich. Nun legte ich tatsächlich meine Hände an seine Hüften.
»Sind noch ganz«, keuchte ich in seinen Mund, den er schnell auf meinen gelegt hatte. Er begann mich zu durchzüngeln. Ooch, das ließ ich mir gut gefallen, wollte aber dann doch aus dem Mantel und vielleicht gleich aus den Klamotten, daher schüttelte ich Karl ab, ihn dabei fest anschauend.
»Ach, Asta, komm nach hinten.«

Ich zog mir den Mantel aus und folgte ihm in sein Bettzimmer.
»Wieso nennst du mich Asta? Doof.«
»Astrid klingt nach Arschtritt, Asta aber nach Astra. So ist das nun mal.«
Ich musste lachen.
»Du spinnst.«
Da begann er bereits, mir die Kleider abzuziehen, ich machte es ihm nach und wurde gierig, fuhr ihm mit den Fingern zwischen seine Beine, zog und drückte, konnte mich nicht mehr halten, ich ging runter und begann zu küssen und zu saugen, drückte und kratzte dabei seine Hinterbacken. Er explodierte mir in den Mund und stieß dabei einen derartigen Schrei aus, dass ich nicht anders konnte, als ebenfalls laut aufzuschreien. Halbnackt und viel zu schnell fertig, fielen wir auf sein Bett. Obwohl er mich kaum berührt hatte, war ich gleich nach ihm und deswegen gekommen. Nun lag ich an seiner Schulter, und die Wellen liefen in die Finger- und Zehenspitzen. Karl nahm mein Gesicht und stieß mir seinen Atem in den Mund, ich stieß meinen Atem, der etwas langsamer ging, ihm nicht nur in den Mund, sondern auch auf seine Augenbrauen und in sein Haar. Es war unbeschreiblich. Es war unmöglich. In was bin ich da hineingeraten?
Später saßen wir wie die zwei Königskinder, aber am selben Ufer, auf Karls Bettkante nebeneinander wie blöde und sahen der Zeit beim Verrinnen zu.

Karl kam eben noch pünktlich zur Probe. Es schien etwas in der Luft zu liegen. Schönn saß hinter seinem Regietisch, entspannt, lächelnd und mit zu den Schauspielern hindeutender Neugier, neben ihm gelassen und versonnen und schnurrend Scherfele. Astrid von Gehlen, die soeben den

Raum betreten hatte, ließ einige Stühle zwischen den beiden Männern, setzte sich behutsam, als wollte ihr Hinterteil erkunden, wie sich wohl der Probentag im Sitzen anfühlen könnte. Draußen im Vorraum dehnte sich Fraul beim Tisch, auf dem die Kanne mit dem schauderhaften Kaffee stand, neben ihm Dünster, der sich noch rasch einen einschenkte, und der Regieassistent bat sie zu beginnen. Fraul schob den Vorhang weg, sprang rauf auf die Probebühne, wartete, bis Dünster nachkam, blickte kurz zu Astrid und länger zu Dietger Schönn. Der zog die Mundwinkel hoch und nickte.

Die beiden spielten die Szene in einem durch. Dünster wurde von Minute zu Minute aufgeweichter. Er sprach zunehmend konsterniert mechanisch seinen Text auf die Fleisch und Knochen werdende Malcolmfigur drauf. Sein Macduff hing nur noch an Malcolms Lippen, denn Karl Fraul verwandelte sich in einen kalten und zugleich naiven Königssohn, war in einem Augenblick undurchdringbar, sodass Dünster unwillkürlich an Frauls Augen den Sinn der Worte abzulesen versuchte, in der nächsten Passage gläsern und von verführerischer Eingenommenheit für die Sache Schottlands. Die Schlusspassage, in der Fraul den Scherfele gefragt hatte, ob hier aus Malcolm ein Tartuffe werden müsse, absolvierte er nebenbei und mit Tempo, als hätte Parsifal einen flüchtigen Blick auf den Gral, den er soeben empfangen hatte, geworfen. Daher blieb dem Dünster der Mund offen stehen, und das passte. Dünster entwickelte im Zuspiel auf einmal eine Präsenz, die er eigentlich noch nie besessen hatte.
Astrid war im Verlauf der Probe immer mehr an die Stuhlkante gerutscht, ihr Oberkörper nach vorn gebeugt, die Augen nahezu ohne Wimpernschlag auf die beiden Män-

ner gerichtet. Scherfele beobachtete wie immer den Darsteller, der grade nicht redete, Schönn ließ keinen einzigen seiner ungeduldigen Schnaufer von sich, unterbrach nicht, las nicht im Regiebüchl, betrachtete auch seine Fingernägel nicht.

Als die Szene zu Ende war, blieb es eine Weile still.

»Ja«, sagte schließlich Schönn in dieses Schweigen hinein, »so ist es.«

Als danach der soeben eingetroffene Felix Dauendin seinen ersten Monolog als Macbeth probierte, blieb Astrid von Gehlen auf ihrem Platz sitzen, auch Dünster und Fraul hörten zu. Dauendin konnte nichts vom Besonderen der vorherigen Szene wissen, dennoch wirkte er wie angesteckt. Eindringlich brachte er Macbeths Krakengedanken zum Ausgreifen. Doch Astrid nahm kaum ein Wort auf. Sie saß tief im Sessel hingeschmiegt, und das Echo von Karls Stimme umhüllte und umschmeichelte sie ganz.

20.

(Aus dem Tagebuch des jungen Keyntz)
18. 11. 1985

Jetzt hat sich die Dolly endgültig für den Tschurtschi entschieden. Die Aufschneider gewinnen immer bei den Weibern.

Das Leben gfreut mich nicht. Dabei, es geht mir auf die Nerven, ständig im Bett zu liegen mit Kopfhörern, mich mit Depeche Mode niederdrücken zu lassen, »Some Great Reward«, obwohl, die haben was drauf. Wenn ich mir dann noch »People are People« reinziehe, könnt ich doppelt heulen. Scheißegal. Gelegentlich kommt Mutter in mein Zimmer. Ich schmeiße sie raus, sie kommt wieder, sieht mich an, als würde sie gleich den Herzkasperl kriegen. Sie tut mir eh leid, aber was soll ich damit? Sie will mir helfen, ist fahrig und schaut auf mich und zugleich in sich hinein. Wahrscheinlich ist sie meistens bei Vati. Der hats hinter sich. Ich kann sie nicht aufheitern, denn zuerst müsste mich wer aufheitern. Scheiß mich an, wenn jetzt die Dolly hereinkommen tät.

Hab schon wieder onaniert. Der Davidstern ist nur so auf dem Busen von der Dolly gehüpft. Ich zieh mir noch die ganze Energie aus den Knochen. Stefan, du Arsch, du Pantoffeltier, wieso kannst du die geile Dolly nicht vergessen?

Na wart nur, Dolly, schönes Weib
Du bist mir nur ein Zeitvertreib
In Wirklichkeit bist eine Sau
Nicht meine Frau, nicht meine Frau.
Hirnrissiger Blödsinn.

19. 11. 1985

Margit rennt mit einem Gesicht herum, das man ständig abtrocknen möchte, oder man möchte sie kitzeln, damit sich in ihrem Gesicht was bewegt. Die ist jetzt wie ich, aber ärger, in Liebeskummer unterwegs. Ich habe eigentlich keinen Liebeskummer, ich hätte aber gern endlich eine Freundin, die mir nicht gleich fad wird. Die Helen tät sich schon was anfangen mit mir, aber die spricht immer so leise und schluckt bei jedem Wort zwei andere herunter. Die ist mühsam. Außerdem hat sie keinen Busen. Doch sie ist sehr sanft, und wenn ich mit ihr rede, dann lächelt sie immerzu. Würde sie so lieb auch dann lächeln, wenn ich reinrumse in sie?

Meine Schwester war eben bei mir und hat mich gefragt, ob ich heute mit ihr in die Oper gehe. Carmen. Es gibt Schall-

plattenaufnahmen von Vati als Escamillo. War eine sogenannte Paraderolle von ihm. Mama hat ihm immer gesagt, er soll den Stierkämpfer nicht zu oft singen, da ruiniert er sich die Stimme. Dann ist er aber als Ganzer gestorben, nicht nur seine Stimme; da hätte er, wenn er das gewusst hätte, noch viel öfter den Escamillo singen können. Ich habe zwar keine Lust, in die Oper zu gehen, aber meine Schwester ist so traurig, ich glaube, es tät sie freuen, wenn ich mitlatsche. Ich mag ja die Oper, das darf ich gar nicht laut sagen in der Klasse, ich bin sicher der Einzige, dem das Zeug gefällt. Ich bin eben der Sohn meines Vaters. Ich habe, sagt Mama, sogar eine ähnliche Stimme. Ja, singen kann ich schon, aber das macht bei der Dolly keinen Eindruck. Ich kann den Elvis besser nachsingen als er selbst, habe ich ihr gesagt und wollte es ihr beweisen. Sie hat mir zugehört, ich habe natürlich ohne Gitarre singen müssen. »In the Ghetto«. Dann hat sie geklatscht und ist von unserem Platz einfach fortgegangen. So ist das. Der Tschurtschi spielt ja schon Schlagzeug, nicht übel. Ich bin halt zu unentschlossen.
Jetzt habe ich die Gitarre rausgeholt. Schauderhaft. Ich vergreif mich andauernd. Die Margit kriegt ja immer tolle Karten von der Direktion, ich werde mitgehen. So what.

21.

Herr Kammerlander war höflich wie immer, sehr aufmerksam, hatte Margit sofort für die Proszeniumsloge die Karten besorgt.
»Selbstverständlich, Frau Doktor Keyntz.« Er kennt sie seit der Kindheit, ist dennoch immer auf der Höhe mit den Titeln. Am liebsten hätte er zu Renate Keyntz Frau Kammersängerin gesagt, das verkniff er sich dann doch.

Margit machte sich fertig für die Oper. Es ging alles automatisch, jeder Handschuh kam ihr wie gerufen auf die Hand, die Pumps erwarteten sie. Sonst stand sie ganze Stunden vor der Garderobe, doch seit einigen Tagen regelten unbekannte Mächte den Tagesablauf ohne ihr Zutun. Im Spital, dachte sie, ging die Keyntz bei der primarärztlichen Visite mit, wurde etwas gefragt, gab ruhig und präzis Antwort, während ich, dachte Margit, neben ihr stand und mich nicht rühren konnte. Ich hörte nicht hin, wenn die Oberärztin Inge Haller etwas erklärte, dennoch hatte ich alles verstanden und führte es aus. Auch war Margit noch keinem Patienten schluchzend um den Hals gefallen, obwohl sie das Gefühl hatte, jeden Augenblick und immer wieder in Tränen ausbrechen zu müssen. Zwar stand ihr die seit dem Tod von Papa sehr tranige Mutter vor Augen, aber es war ihr egal, ob sie nun ebenso erbärmlich wirkte wie jene. Margit dachte, dass sie nun auch offensichtlich einen Traummann verloren hatte, aber einen unverstorbenen, der nahe an ihrem Leben sich seine prachtvolle Zukunft gestaltete. Ob er einmal, betrunken nach Hause kommend, Arm in Arm mit der Gehlen, von einem noch betrunkeneren Maseratifahrer über die Gassen geschleudert wird? Da fliegen die zwei einträchtig nebeneinander durch die Luft, schlagen gleichzeitig und Kopf an Kopf an der Wand eines Zinshauses auf, rutschen aufs Trottoir hinunter und verscheiden, ohne sich noch groß voneinander verabschiedet zu haben. Oder er liegt auf der Intensivstation im Rudolfspital. Margit wird von der Haller herbeigerufen. »Ist das nicht dein Exherzallerliebster«, fragt sie sie, und ich gehe rein, dachte es fort und fort in ihrem Schmerzschädel, und ich schau runter auf Karl Fraul, wie er seinen jahrzehntelangen Komaschlaf antritt.
Unwirsch griff sie sich immer wieder an beide Schläfen, um

diese Gedanken aus dem Kopf zu drücken oder sie in seinen Hintergrund zu pressen. Davon habe ich wohl seit Tagen die leichten, aber andauernden Nackenschmerzen, dachte sie. Bravo. Sie ging zum Honda Jazz und fuhr in die Schleifmühle.
Stefan war leidlich geschniegelt in seinem neuen Anzug erschienen, sah sie an, sagte ihr was Liebes, das Margit sofort vergaß, und sie gingen los und zu Fuß runter zur Staatsoper.
Während der Aufführung hoffte sie, sich wiederum mit sich eins fühlen zu können, denn sie hatte schöne Erinnerungen an die Aufführungen der Carmen mit dem Vater. Jetzt gab Höppner den Escamillo. Den hatte ich auch schon besser gesehen, dachte sie. Sie wusste nicht mehr, warum sie so dringend in die Oper gehen wollte, nachdem sie unversehens durch die Anzengruberereignisse vor Vaters Grab gelandet war. Sie saß da, die Musik rauschte nur so durch sie durch. Bei der Arie »La fleur que tu m'avais jetée«, die der Tenor Heininger etwas knödelhaft sang, musste Margit den Kopf auf Stefans Schulter legen. Druckwellen schienen sich in ihrem Bauch zu sammeln, um über den Oberkörper aus dem Mund zu fahren. Sie verschloss ihn, indem sie die Lippen versteifend aufeinanderdrückte. Ein Weinkrampf an der rührseligsten Stelle, das fehlte noch. Doch Stefan drückte seiner Schwester mit der flachen Hand auf den Scheitel, umfing sie sacht mit dem anderen Arm, und es gelang, die Druckwelle zu zerstäuben, bevor sie hochgestiegen wäre. Gleich im Anschluss bemächtigte sich Margits eine platzgreifende Gleichgültigkeit, sodass sie in der Pause nahezu vergnügt wurde. Kammerlander machte den Geschwistern Aufwartung, ließ sie und die verehrte Frau Mutter von Direktor Nürnberger herzlich grüßen. Dann wollte er die beiden zum eben eingetroffenen Präsidentschafts-

kandidaten Doktor Johann Wais bringen und ihm vorstellen. Das bog Margit ab. Stefan verhielt sich vorbildlich. So höflich und zartfühlend hatte sie ihn seit seinen Kindertagen nicht mehr gesehen. Mit Genuss verfolgte sie den Schluss der Oper, klatschte lang, obwohl das eine sehr durchschnittliche Aufführung war, als wollte sie den Augenblick hinauszögern, an dem sie das Haus wieder verlassen musste.

»Willst du nachher noch zum Bühnentürl, ein Autogramm vom Höppner«, fragte Stefan leise, sodass Margit den leichten Spott überhören konnte.

»Danke, dass du mitgekommen bist«, sagte sie und fuhr ihm über die Locken. »Mozart?« Er nickte. Also gingen sie dorthin noch einen Happen essen. Dann brachte sie ihn heim. Nachts schlief sie tief und traumlos.

(Aus dem Tagebuch des jungen Keyntz)

27. 11. 1985

Vater hatte einmal gesagt, die Oper ist ein einziges Gefühlskraftwerk. Jedenfalls bin ich mit Schwesterchen in der Loge gesessen, ich in der Einserpanier, sie aufgedonnert und hat auch die Blicke der Männer auf sich gezogen, wie sie es gern hat. Gestern Abend war sie aber sowas von blind für das. Dieser Gschaftlhuber von Kammerlander hat uns umschwänzelt, Handkuss noch dazu auf ihre Fingerspitzen, affig. Bevor die Vorstellung begonnen hat, ist der Präsidentschaftskandidat der Schwarzen in der Mittelloge erschienen und hat so auf die Menschen geschaut, als sollten wir aufstehen und applaudieren. Dann hat sich der Kammerlander erbötig gemacht, dass wir zum Wais sollen, ihm Manderl machen als Kinder vom großen Keyntz.

»Das möchte ich nicht«, sagte meine Schwester.

»Selbstverständlich«, schleimte er als Antwort. Das fehlt noch, dass wir mit dem fotografiert werden. Endlich hats

angefangen. Ich kann mir nicht helfen, die Musik ist nicht schlecht. Gegen Ende wurde es richtig gut. Der Höppner imponierte mir. Sein Escamillo ganz schlank und schwarz pomadisiert. Kann mir schon vorstellen, dass die Carmen abfährt auf den. Vati war ja schon zu dick. Wie der Stiere töten hätte sollen. Aber Stimme hat er noch eine bessere gehabt als dieser Schönling.
Stella Cigorny ist ja eine Wucht als Carmen. Leider schaut sie ein bisschen aus wie die Dolly, mindestens solche Brüste, aber ein Kreuz auf dem Dekolleté. Grad als meiner steif wurde, lehnte sich Margit auf mich und schluchzte. Es war zwar lautlos, aber salzig. Die Arme. Das Beste ist, man bleibt im eigenen Bau und lässt die Katzen vorbeistreichen.
Vielleicht steh ich auch einmal da unten auf der Bühne und quetsche die Cigorny zu Boden, bevor ich ihr das Theatermesser in den Bauch drück. Jedenfalls möcht ich vorher nicht so ein Jämmerling sein wie Don José. Den kann ich gar nicht singen mit meinem Bariton. Wer weiß, wozu es gut ist. Nachdem es aus war, hat mich die Traurige ins Mozart ausgeführt; habe zwei Sachertorten verdrückt. Am Heimweg haben wir geschwiegen. Sie hat ihr Auto neben dem Anzengruber geparkt gehabt, ich dachte mir, hoffentlich sitzt der Karel jetzt nicht drin mit irgendwelchen Weibsen. Beim Haustor hat sie mich lange gedrückt, und dann ist sie mit hängenden Schultern zu ihrem Wagen gegangen, ohne auch nur einen Blick aufs Café zu werfen.
Jetzt grad hab ich die Wie-wars-Fragen von Mutter abgewimmelt, bin in mein Zimmer gegangen, habe abgesperrt, mir die dralle Cigorny vorgestellt. Beim Abwischen ist mir eingefallen, dass morgen Lateinschularbeit ist.
Ich glaube, ich schleiche mich nochmals fort, geh ins Amarcord. Dann kann ich morgen krank sein.

22.

Roman Apolloner rief bei Judith Zischka an.

»Du bist doch so erpicht auf den neuen Macbeth, Judith. Du weißt, wer den King Duncan spielt?«

»Sicher«, antwortete Judith Zischka.

»Eben nicht. Der Schönn hat den Bonker überredet, es doch zu machen, obwohl dem nach dem Lear der Duncan jetzt zu schmächtig war.«

»Aha.«

»Wollte ich dir nur sagen. Der Fraul hatte sich doch mit dem Bonker ständig gestritten, er ist sogar weg nach Graz.«

»Aber doch nicht wegen Bonker. Außerdem ist das Jahre her.«

»Bonker und Fraul. Vater und Sohn. Der Altnazi und der Sohn des Lagerschreibers von Auschwitz.«

»Das ist eine Geschichte für dich, lieber Roman, nicht für mich. Aber danke, lieb von dir. Hast doch noch Sehnsucht nach der Kulturpisse?«

»I wo. Bonker landet um zwei. Machs gut.« Er legte auf, noch bevor Judith etwas dazu sagen konnte. Sie betrachtete den Hörer, während sie darüber nachzudenken begann, ob das jetzt wichtig war oder nicht. Oder interessiert sich der Apolloner neuerdings für mich, dachte Judith. Freundin hat er derzeit keine. Außer Zeitgeschichte macht er was? Sie ging ins andere Zimmer, suchte ihr Zeug zusammen, denn sie wollte noch bissl an ihrer Geschichte der Offtheater rumpitzeln. Sie setzte sich an den Schreibtisch und stellte sich den Roman vor, wie er Abend für Abend im Pick Up abbröselte. Untertags ruderte er in den Bibliotheken rum, ob auf der Uni, in der Nationalbibliothek, im Dokumentationsarchiv, beim Lebensart. Was tat er in der Nacht mit den ganzen Gestalten, die er aus den Akten herausgelesen hatte? Sang er mit denen »Unsterbliche Opfer, ihr sanket dahin«? Und wieso glaubt er, dass mich das Verhältnis Fraul zu Bonker oder umgekehrt interessiert? Nachdem Judith auf die Uhr gesehen hatte, ist sie doch ins Auto gestiegen und zum Flughafen gefahren. Bonker kam prompt mit der Nachmittagsmaschine aus Berlin. Ob er weiß, wer ich bin, wenn ich ihn anrede, dachte sie sich.

»Oho, das Fräulein Zischka«, sagte er lachend, nachdem er sie bemerkt hatte. »Sie kommen doch nicht meinetwegen?«, und er küsste ihr die Hand.

Es gelang Judith mühelos, gleich am Abend noch einen Termin bei ihm zu bekommen, denn er begann am nächsten Morgen mit den Proben. Eigentlich war der Michalek fix für diese Rolle, wieso der Bonker es jetzt macht und wie der Schönn das dem Michalek beigebracht hat, müsste ich davor noch herauskriegen, dachte sie. Also rief sie den Scherfele an, bei dem sie seit kurzem einen Stein im Brett hatte, warum, das wusste sie.

»Judith, Judith, du glaubst, da gibts was zum Stochern?«

»Gibts was zum Stochern?«

»Es gibt nix zum Stochern. Der Michalek kann nimmer. Er ist doch zu krank.«

»Ja, aber der Bonker springt doch nicht ein, weil dem Michalek sein Parkinson schon …«

»Wir haben es dem Karl-Heinz schon richtig verklickert.«

»Wie denn?«

»Nix, nix, Judith.«

Bonker traf sie in der Lobby vom Ambassador. Sein Gesicht war noch rötlicher, der ganze Mann sah aus, als würde jeden Moment ein Schlaganfall drohen. Auch sein Atem ging schnell und mit Geräusch, dazu knabberte er an einer Havanna und nippte an einem Glas Glenfiddich. Dass er fünfundsechzig war, sah man ihm nicht an, Judith gab ihm wenigstens Ende siebzig. Bonker schien ihre Gedanken erraten zu haben.

»Bin ordentlich in Schuss, junge Frau. Bin wahnsinnig in Form.«

»Freuen Sie sich, nach über einem Jahr wieder in Wien zu spielen? Nach Ihrem fulminanten Lear?«

»Der war allerdings fulminant. Ich fand, so großartig war selten wer in dieser Rolle. Die hab ich mir auf eigene Art eingefleischt, ja, davon werden die Wiener noch zehren. Danach dachte ich, jetzt machste ein Päuschen. Aber am Wannsee rumsitzen und die Herzkrise auskurieren war nicht so ideal für mein Temperament. Ich verrecke lieber in Stiefeln auf den Dielen als im Lehnstuhl vorm Fenster mit Blick auf die Haselnuss. Also sagte ich zum Dietger, nach dem Lear kommt zwar nichts Ordentliches für mich, aber ich mach ihm auch was Kleines sensationell, wenn er sich das klarmachen kann. Er machte sich das rasch klar, und nun bin ich wieder in eurem Wien und freue mich kolossal.«

»Was sagen Sie zum Fraul als Malcolm?«

»Ich weiß schon, worauf Sie anspielen, Zischka. Olle Kamellen. Er hat sich ordentlich entwickelt. Und habe ich ihm damals nicht den richtigen Tipp gegeben? Ich weiß, ein Allerweltstipp, aber eben goldrichtig. Nun ist der Junge auf dem Weg nach oben. Freut mich doch. Ihr von den Zeitungen habt die Sache damals aufgebauscht. Sie selber hatten doch eine Rechnung mit ihm und ihn in Graz verrissen, oder?«

»Nicht verrissen. Aber er hatte es wohl so aufgefasst gehabt.«

»Wird schon so gewesen sein. Ihr Heinis glaubt noch, ihr habt ohnedies freundschaftlich kritisiert, mit Bussibussi,

wie im lieben Wien Usus, inzwischen habt ihr die Gaukler schon zu Frikassee verarbeitet, ihr Hundlinge. Mir kanns doch egal sein. Aber wenn Sie über den Fraul reden wollen, reden Sie mit ihm. Mit mir reden Sie gefälligst über mich.«
Es wurde noch ein recht anregender Abend. Er trank etliche Gläser und begann sich in seine gloriose Jugend hineinzusprechen, als wäre der junge Fraul das Stichwort, um sich selbst in dieses Alter zurückzuphantasieren. Als Prinz von Homburg neunzehnzweiundvierzig in Berlin, darüber sprach er, als wäre gestern die Premierenfeier gewesen. Dabei überhitzte er sich, erlitt einen Schwächeanfall und musste auf sein Zimmer gebracht werden.

Judith traf Apolloner noch im Pick Up, stellte sich zu ihm an die vordere Theke.
»Na, Judith, was erfahren, was aufgemischt, eine Geschichte?« Er betrachtete ihre Halspartie. Sie sah aufmerksam in seine Augen.
»Was ist da schon? Bonker ist ein alter und eitler Mann. Krank«, sagte sie leise.
»Alt, führertreu und gottbegnadet«, erwiderte er. »Eitel. Keine ganz harmlose Mischung. Auch heute noch nicht. Die wahren Sieger.«
»Ah geh.«
Plötzlich sah Judith hinter den Ohren von Apolloner Astrid von Gehlen mit Karl Fraul hereinkommen. Sie starrte der Gehlen ins Gesicht, sodass Apolloner Judiths Blick folgte und den beiden entgegenschaute. Fraul ließ mit seinen beweglichen Mundwinkeln ein flinkes Lächeln entstehen, er grüßte zu Apolloner hin und fuhr der Zischka im Vorbeigehen tätschelnd über den Rücken. Das ignorierte sie und entbot dezidiert, aber dezent der Gehlen einen Gruß.

Das Paar ging vorbei und nach hinten zu einem Nischentisch.
»Willst dich dazugesellen?«, fragte Roman und drehte sich weg.
»Lass uns zwei noch da ein bissl stehen. Einverstanden?«
»Was trinkst du?«
»Dasselbe wie du.«
»Zwei Achtel Rot.« Als die Gläser kamen, stieß sie ihres gegen seines. Sie grinsten.
Gegen elf war das Pick Up voll. Vor der ersten und der zweiten Bar klumpten sich die Menschen zusammen, manche standen im Wintermantel mit aufgestelltem Kragen und dem Weinglas in der Hand vorm Eingang. Roman trank sich mit Judith mehr und mehr in den Abend hinein. Er fand sie von Minute zu Minute attraktiver, sodass er sie schließlich an die Theke drängte und küsste. Sie küsste ihn zurück, und sie begannen zu schmusen, obwohl sie inmitten quatschender Leute standen. Das Gequatsche wurde immer leiser und schien ganz aufzuhören, sodass Apolloner lediglich die leisen Geräusche wahrnahm, die bei den Küssen entstanden.
Jemand rempelte ihn an der Schulter an. Sein Mund rutschte aus dem Mund von Judith, er spürte, dass eine Wut in ihm aufstieg. Schon wollte Roman auf den Rempler einschreien und zurückrempeln, da bemerkte er, dass der Bürgermeister von Wien neben ihm stand.
»Bumm, da ists voll«, sagte der zu seinem Begleiter, dem Bildhauer Herbert Krieglach.
»Gemma wieder auße, Burgermasta«, sagte der, fasste den Bürgermeister im Nacken, und die beiden verließen alsogleich das Lokal. Apolloner wandte sich wieder Judith zu, und sie machten weiter.

Der Bürgermeister und der Bildhauer gingen schwankend und bestens gelaunt die Operngasse hinunter.
»Es gibt etliche Plätze, wo man aufstellen könnte«, sagte Krieglach. »Einen Moment.« Er löste sich vom Bürgermeister, blieb zwischen zwei parkenden Autos stehen, bückte sich und spie auf das Kanalgitter, holte sein rotkariertes Taschentuch hervor, wischte sich den Mund ab. »Geht schon wieder«, sagte er fröhlich und zog den Bürgermeister weiter.
»Hinter der Sezession, im Garten, aber da sieht's ja keiner«, nuschelte Krieglach und blieb vor dem Gebäude stehen. Der Bürgermeister schüttelte den Kopf, lachte auf und schüttelte wiederum den Kopf, zog den Bildhauer vom Gebäude weg. »Folge mir«, verkündete er und ging im Schwankschritt an der Oper vorüber. Einige Passanten verbeugten sich vor ihm, er fuchtelte leutselig mit beiden Armen als Antwort, bemühte sich gar nicht, seine Trunkenheit zu verbergen. Die Wiener lächelten liebevoll ihren Bürgermeister an und blickten ihm hinterdrein, als er mit seinem Bildhauerfreund am Albertinaplatz eintraf.
»Da stell mas her, Herbertl. Da her. Nirgends sonst.«
»Das lass ich mir gefallen, Bürgermeister. Mein Denkmal auf die Philipphofgründe.«
»Ja, da drauf.« Der Bürgermeister betrat tänzelnd den Rasen, wippte einige Mal in den Knien und rief: »Auf die Bombentoten vom Philipphof drauf. Dein Denkmal gegen Krieg und Faschismus. Da stellen wir es her.«

23.

Edmund Fraul verließ das Dokumentationsarchiv des Österreichischen Widerstands, nachdem er dort einige Akten vom Naziverbrecherprozess gegen Gerhard Mauss aus dem Jahr neunzehndreiundsechzig eingesehen hatte. Zudem war er in ein längeres Gespräch mit einer Archivarin verwickelt gewesen, die sich über die trüben Aussichten äußerte, die Mörder jetzt noch einer gerechten Strafe zuzuführen, um gleich einige deprimierende Bemerkungen über ihren eigenen Gesundheitszustand hinzuzufügen. Fraul hörte mit freundlichem Gesicht zu, indes ihm ihre Klagen lächerlich und unangebracht vorkamen und er sich fragte, warum diese mausgraue und ausgetrocknete Person ihn zum Objekt solcher Jeremiaden auserkoren hatte. Nun ging er mit ausdrucksloser Miene zum Sillinger, weil er von Rosa noch eine Halskette, bereits in Geschenkpapier verpackt, entgegenzunehmen hatte. Die würde er zu seiner heute vierundneunzig Jahre alt gewordenen Mutter bringen. Er ging durch die kleine grüne Tür in der Buchhandlung und traf seine Frau, die ihm mit aufgerissenen Augen entgegensah. Er nickte ihr beruhigend zu, schloss die Tür hinter sich und drückte ihr einen Kuss auf die Stirn. Rosa atmete tief aus, lächelte danach und wies mit ihrer Linken auf einen Sessel, der neben ihrem kleinen Schreibtisch stand. Fraul schüttelte freundlich den Kopf, nahm das Päckchen entgegen, das Rosa aus einer Schublade herausgenommen hatte, beugte sich erneut vor, küsste sie auf die Stirn und wollte den Raum verlassen. Rosa hielt ihn am Ärmel fest.

»Kommst du gleich nachher heim? Ich hab mir nachmittags freigenommen, bin um zwei beim Zahnarzt.«

Fraul sah sie erstaunt an. »Ich komme wie immer. So gegen

fünf.« Sie nahm das zur Kenntnis, und er ging. Mit den Händen in den Manteltaschen schritt er aus, während erste Regentropfen niedergingen. Zugleich hob der Wind an, sodass Fraul zeitweise seinen Hut an der Krempe festhielt. Am Schwarzenbergplatz wartete er auf den Einundsiebziger. In seinem rechten Augenwinkel erschien plötzlich eine Gestalt, die heftig zu gestikulieren schien. Fraul sah sich um und gewahrte einen älteren Herrn, der andächtig Quadrate in verschiedenen Größen in die Luft zeichnete. Nach jedem vollendeten Viereck schien er einen Schritt zurückzutreten, um sich das Gebilde genau anzusehen. Zufrieden trat er wieder vor und begann das nächste Quadrat anzufertigen. Wie Fraul beobachteten auch andere Passanten den Mann. Fraul stieg schließlich in den Einundsiebziger, schob sich bis zur Mitte des Waggons und schaute zurück. Der Mensch hatte seine Tätigkeit aufgegeben und sah in den Straßenbahnwagen hinein, bis dieser davonfuhr. Fraul setzte sich, lehnte seine Schläfe an das Fenster und schloss die Augen. Quadrateln zählen, dachte er, und das Schattengitter im Bunker von Auschwitz kam ihm vor Augen. Jedes Quadratl eine Sekunde Überleben. Das Stöhnen von Joseph in der Nebenzelle. Quadratl, Krawattl, Quadratl, Krawattl. Bevor Fraul einzunicken drohte, riss er sich den Kopf nach oben, denn er wollte nicht im Einundsiebziger in einen Alb geraten. Er presste unauffällig seinen linken Zeigefinger auf die Stelle zwischen Oberlippe und Nase.
Am einundzwanzigsten November neunzehnfünfundachtzig mittags betrat er das Zimmer seiner Mutter. Er beugte sich vor und strich ihr über den Kopf.

Franziska hatte gesehen, wie die Schnalle der Tür sich bewegte, sie machte die Augen zu und konnte so ihren Sohn erwarten. Wie ein fernes Gemurmel im Speisesaal war ihr die Kunde von ihrem Geburtstag ans Ohr gedrungen. Der Direktor des Heimes hatte sich nach dem Frühstück mit einem Blumenstrauß eingestellt. Rund um den Direktor hatten sich einige Schwestern gruppiert und applaudierten der kurzen und in fröhlichem Ton vorgetragenen Ansprache. Die an den Tischen verteilten Heimbewohner blickten in die Richtung, aus der die Worte zu ihnen kamen, und klatschten hernach ohne großes Interesse. Als Franziska ihrem Sohn davon berichtete, sagte Edmund: »Das ist fein, Mama.« Während er sich ihr gegenüber niederließ, dachte er, ob es wohl besonders angenehm für die Leute hier sei, Geburtstag zu feiern. Es kam ihm vor, seine Mutter betrachtete ihren Vierundneunziger als Anzählung, wonach alles darauf wartete, ob sich die Angezählte wohl noch von diesem Schlag werde erholen können.

»Vierundneunzig, Mama«, sagte er und grätschte seinen Mund, »das ist doch auch eine Leistung, die du geschafft hast, obwohl es doch nicht immer so ausgesehen hat, dass wir überhaupt ein gewisses Alter erreichen.«

»Na ja«, sagte Franziska und legte ihre Hände um seine Hand. Sie begannen zu schweigen. Edmund hörte der Stille zu. Ihm war es, als ob die Zeit stetig vom kleinen Zimmer nach draußen sickerte.

»Als der Kaiser, der Falott, zu Grabe getragen wurde«, sagte Franziska plötzlich mit klarer und fester Stimme, »war ich fünfundzwanzig und habe freibekommen.« Edmund lächelte.

»Tempi passati«, sagte sie leise und tätschelte seine Hand.

»Das ist wahr, Mama«, sagte er, stand auf und verabschiedete sich. Als er soeben das Pensionistenheim verlassen wollte, fiel ihm die Halskette ein, die er noch bei sich trug. Er ging also zurück, betrat ihr Zimmer. Sie war im Lehnstuhl eingeschlafen, war mit geöffnetem Mund zusammengesunken. Er betrachtete ihr kleiner und kleiner werdendes Antlitz, schlich an ihr vorüber und legte das Geschenk in eine Lade neben ihrem Bett. Als er das Zimmer wiederum verlassen hatte, tat Franziska ihre Augen auf und sah die geschlossene Tür an.

Ohne zu wissen warum, ging er diesmal wieder zum Praterer, obwohl heute eigentlich das Hörndl dran gewesen wäre. Er sah den Wilhelm Rosinger am Tisch neben dem Fenster sitzen. Er trat sofort zu ihm hin. »Grüße Sie, Herr Rosinger«, sagte er und blieb vor ihm stehen. Rosinger schaute auf und sagte leise: »Dorten waren wir per Du.«
»Beim Prozess aber per Sie«, antwortete Fraul. Rosinger deutete auf den Sessel gegenüber, und Fraul nahm Platz.
»Beim Prozess ists höflich zugegangen. Jaja. Da waren alle per Sie«, sagte Rosinger.
»Was tun Sie hier?«, sagte Fraul. »Wohnen Sie noch immer drüben? Ich hab Sie seit damals nicht mehr gesehen.«
»Eigentlich gehe ich nicht aus. Aber ich habe dich, ich habe Sie vor einiger Zeit beim Hörndl bemerkt, da war ich zufällig einmal einen alten Freund treffen, na ja Freund; wir haben Fressschach gespielt nach langer Zeit wieder. Und vor vierzehn Tagen hier, das wissen Sie.«
Fraul stand wieder auf, zog seinen Mantel aus, hängte Hut und Mantel auf den Haken, fuhr sich mit beiden Händen durchs Haar, drehte sich zur Schank. »Vickerl, ein Seitl.«
»Zwei«, sagte Rosinger.
Als der Kellner das Bier brachte, hoben beide Männer es gleichzeitig zu den Lippen, ohne sich zugeprostet zu haben. Sie bestellten beide das kleine Menü und aßen es schweigend auf. Von Zeit zu Zeit sahen sie sich ins Gesicht, Fraul ruhig und unbewegt, Rosinger mit kleinen, aber merklichen Zuckern.

»Habe die Ehre, Rosinger«, sagte Fraul, nachdem er sich mit der Serviette den Mund abgewischt hatte und aufgestanden war.
»Auf Wiedersehen, Herr Fraul«, antwortete Rosinger und erhob sich ebenfalls. Sie standen sich gegenüber, Fraul deutete eine leichte Verbeugung an, drehte sich um, und nachdem er sich den Mantel angezogen und den Hut aufgesetzt hatte, ging er zur Theke vor, bezahlte seinen Teil der Rechnung und verschwand. Rosinger sah ihm nach, setzte sich wieder nieder und senkte den Kopf.
Jaja, dachte er. Jaja.

24.

Ich war daheim und am Überlegen, wie ich mir jetzt die nächsten Tage einteile. Seit erstem November war ich fixer freier Mitarbeiter beim Signal, machte nun ausschließlich Beiträge zur Zeitgeschichte, während Judith Aussicht hat, sich mehr in der Kultur zu bewegen, weil die Gartner gekündigt hatte. Als ich so vor mich hin papierlte, rief mich Johannes Tschonkovits an. Was kann der wollen, dachte ich, jetzt, wo er so wichtig geworden war, als Chef des Küchenkabinetts unseres Bundeskanzlers.
»Apolloner«, rief Tschonkovits mit heller und lauter Stimme ins Telefon, »pack dich zusammen und komm ins Windhaag. Hast du Zeit? Du musst Zeit haben, ich will mit dir wohin gehen.«
»Ich gehe nirgends hin«, antwortete ich ihm.
»Es ist so«, sagte Tschonkovits und senkte seine Stimme, dunkelte sie gleichzeitig etwas ein, »heute ist im Hawelka eine geschlossene Gesellschaft. Ich habe für den Kanzler einen Haufen Kulturmenschen eingeladen. Er will sich

zwanglos unterhalten. Du bist doch jetzt ein Zeitgeschichtler, da komm doch dazu, aber vorher will ich dich noch allein treffen.«

»Ich kann nicht. Ich erwarte Besuch.«

»Nimm sie mit, Roman. Würd ich dich anrufen, wenn es nicht wichtig wäre?«

»Wichtig für wen?«

»Für dich, für mich, für den Kanzler.«

»Ja, freilich, für den Kanzler wäre es wichtig, wenn ich zu seinem Kulturstammtisch anrolle.«

»Wenn ichs dir flüstere«, und Johannes begann tatsächlich mit Flüstern. Ich beschied ihm zu warten und legte auf. Warum eigentlich nicht? Warum schon? Ach was. Ich rief Judith an, die in einer Stunde bei mir sein wollte. Wir beschlossen nach minutenlangem Hin- und Hergewälze, den Tschonkovits zu treffen.

Als wir ins Windhaag kamen, stand er von seinem Tisch auf. Ich stellte ihm Judith vor, er gab ihr die Hand und teilte mir mit, dass er sie schon lange kannte, ich sah Judith an, sie nickte. Wir setzten uns, und Tschonkovits begann uns zu erläutern, wie der Bundeskanzler und seine Partei verärgert wären, weil die Schwarzen sie beim Kandidaten für das Amt des Bundespräsidenten reingelegt hätten. Es wäre schon paktiert gewesen, dass der ehemalige Generalsekretär der UNO ein gemeinsamer Kandidat der beiden großen Parteien werden sollte. Durch ein Intrigenspiel innerhalb der Volkspartei sei es so gekommen, dass eine Landesorganisation den Johann Wais als ihren Kandidaten öffentlich gemacht habe. Dadurch seien die Sozialdemokraten gezwungen gewesen, den Hautarzt als ihren roten Kandidaten aufzustellen.

»Der Bundeskanzler ist sauer wie die Wiesen seines Bundeslandes«, grinste Tschonkovits. »Mit ihm die Partei, der

Zentralsekretär, der Bürgermeister, wir alle miteinander. Verstehst du?«

»No«, antwortete ich.

»Sie wollen dem Wais etwas ans Zeug flicken«, sagte Judith Zischka und holte sich eine Zigarette aus der Packung.

»So ists«, sagte Tschonkovits und gab ihr Feuer.

»Kindisch«, fand ich. »Andere Sorgen haben wir keine.«

»Was für Sorgen, Roman, hast denn du?« Tschonkovits lehnte sich zurück und sah auf den Plafond.

»Nicht deine.« Mir stieg das Blut in den Kopf, und ich sagte zu ihm glatt und leise: »Weißt du, wie mich das alles anwidert? Da wachsen wir auf im Nachkrieg unter den Blicken einer zugleich stummen und verlogenen Generation. Wie die sich herausputzten, nachdem sie erst dem Führer zugelaufen waren, auf sein Geheiß sowohl die Andersdenkenden denunziert, die Juden verjagt und umgebracht hatten oder es billigend in Kauf genommen hatten, bis Stalingrad gelatscht waren oder in den Bombennächten mit vollgeschissener Wäsche in den Kellern gesessen sind, die Gräuel gesehen, mitgemacht, erlitten hatten, und als der Krieg zu Ende war, sich eben herausputzten und schwiegen. Sie schwiegen uns alle frech ins Gesicht, diese verbrochene und zerbrochene Generation. Im Zuge dieses Herausgeputzes schau dir doch die Politiker an. Das Gelüge, die Machtspiele, das hohle Reden, diese Grundfeigheit, alles eine Folge der österreichischen Staatslüge, damit die sich alle herausputzen: Wir Österreicher, das erste Opfer Hitlers, wir Österreicher, die im Herzen immer Österreicher waren, zwar Heil Hitler gerufen, aber O du mein Österreich gedacht haben.«

»Nette Rede«, sagte Tschonkovits lässig. »Wusstest du, dass Wais der von dir soeben trefflich beschriebene Prototyp eines Österreichers ist, und zwar in seiner Eigenschaft als

Feigling? Bei der Niederschlagung des Prager Frühlings hat er als Außenminister die Anweisung erteilt, die Botschaft in Prag zu schließen und keine Flüchtlinge aufzunehmen.«
»Na und?«
»Das wollen wir ihm reindrücken. Wir möchten auch, dass die Kulturschaffenden keinen Präsidenten haben wollen, der ganz ohne Zivilcourage auskommt.«
»Ihr möchtet, ich möchte«, sagte Judith.
»Ja, ich will das«, sagte Tschonkovits und lächelte breit. »Vor allem möchte ich, dass ihr mitkommt ins Hawelka.« Und er begann an den Fingern herzuzählen, welche Künstler und Schriftsteller da sein würden. Als er auch ein paar Burgschauspieler nannte, gewahrte ich ein Glitzern in Judiths Augen. Ich bemerkte an mir irritiert, wie rasch sich der Zorn von mir verabschiedete, dass mir im Grunde mein eigener Ärger und Ekel gleichgültig war, als hätte mich eine Kälte sowohl beiläufig als auch gründlich angeweht.
»Na schön«, murrte ich. »Dann danke ich dir, Johannes.«
Und sah Karl Fraul bei der Tür reinkommen. Er blickte sich mit halbgeschlossenen und zugleich irgendwie leuchtenden Augen im Lokal um. Ich nickte ihm zu, aber er reagierte nicht, als würde er durch mich durchsehen. Fraul schwankte im Stehen, indes er das Windhaag nach jemandem abzusuchen schien.
Tschonkovits zahlte die Rechnung. In einer Stunde sollten wir uns einfinden. Wir beschlossen, nachdem wir den an der Bar sich anhaltenden Fraul eine Weile beobachtet hatten, ein bisschen spazieren zu gehen. Untergehakt gingen Judith und ich durch den dunklen, nebeldurchzogenen Stadtpark.
»Es fühlt sich so an, als wenn wir miteinander gehen würden«, sagte Judith.
»Wir gehen doch miteinander, da am Kursalon Hübner

vorbei«, sagte ich. Judith schwieg. Ich sah sie von der Seite an. Ihr Gesicht wirkte verspannt.
»Immer Stress machen, wie«, sagte ich.
»Vergiss es«, erwiderte sie.
»Entschuldige«, sagte ich. Ich drückte ihren Arm und lächelte. Vorm Hawelka stand Tschonkovits, ein Türsteher der Sonderklasse. Als wir ankamen, sahen wir noch die Rücken von Felix Dauendin, Dietger Schönn und Astrid von Gehlen, die das Lokal betraten.
»Alsogleich hintennach.« Und Tschonkovits wies uns ein.

Karl Fraul stand schon eine Weile im Windhaag herum. Wen suche ich eigentlich, fragte er sich und begann schließlich von der Bar ins Innere des Lokals zu torkeln, denn der Rausch hatte sich breit in ihm festgesetzt und wirbelte in seiner Blutbahn, dass es eine Schande war. Fraul stieß die zwischen den Tischen Stehenden an, versuchte sich mit kontrolliertem Gang durchzuschlängeln, warf endlich dem Ober sein Tablett mit der Schulter herunter. Als das Zeug zu Boden und zum Teil zu Bruch ging, drehte sich Fraul um, tat seine Hände auf die Oberschenkel, ging ein wenig in die Knie und lachte den Ober aus, der auf die Bescherung auf dem Fußboden starrte. Ein zweiter Ober eilte herbei und begann den Fraul wegzudrängen, redete auf ihn ein. »Ruf ein Taxi«, rief er zur Bar hinauf. Beide Ober stellten sich neben Fraul, um ihn zum Ausgang zu eskortieren. Karl betrachtete erst den einen, dann den anderen, zuckte mit den Achseln und strebte plötzlich und sicheren Schritts dem Ausgang zu. Es war viertel fünf Uhr nachmittags, dunkel und nebelig, als er selbst ein Taxi aufhielt, den ihm nachgefolgten Kellnern das Arschlecken hieß und davon fuhr.

»Bring mich nach Haus«, sagte er schläfrig geworden zum Fahrer.
»Und wohin?«
»Nach Haus, sind Sie taub, bist du derrisch«, und er drückte seine Ohrlappen mit je zwei Fingern nach vorn und zeigte sie dem Chauffeur.
»Adresse?«
»Margaretenstraße. Ich sag dir, wann du dort bist.«
Der Fahrer sah mit gerunzelten Augenbrauen auf den Betrunkenen im Fond seines Wagens, dann schaltete er die Uhr ein und fuhr los. Bis zur Margaretenstraße war Fraul eingenickt. Der Fahrer weckte ihn und fragte ihn nach der Hausnummer. Fraul zahlte mit einem Hunderter, schmiss, ohne das Restgeld entgegengenommen zu haben, die Taxitür zu und marschierte mit steifen Knien ins Haus. Vor der Wohnungstür ging er zu Boden. Nach einigen Minuten wurde er wieder munter, da fiel ihm ein, dass er um siebzehn Uhr zu einem Kulturstammtisch ins Café Hawelka geladen war. Er riss sich den Ärmel hoch, um auf die Uhr zu schauen, die sich durch diese heftige Bewegung von seinem Handgelenk löste und ihm in den Schoß fiel. Er drehte sie, um endlich die Zeit zu erkennen. »Halba fünfe«, murmelte er. »Ach scheiß drauf.« Er sperrte seine Wohnungstür auf, schmiss sie hinter sich zu, zog sich grad noch den Mantel aus und fiel in sein Bett.

25.

Die Nervosität von Rosa Fraul endete im Wartezimmer ihrer Zahnärztin. Als sie die Buchhandlung Sillinger verließ, legte sich bereits nach den ersten Schritten ein Angstmantel um ihre Schultern. Sie ging rasch und versuchte an

gar nichts zu denken. Ihr Blick blieb auf den Boden gerichtet, zwei Meter vor ihr, die Verbindung von dem, was sie sah, und ihrem Auge, handhabte sie wie ein Seil, das sie an Spalten und Gräben, welche sie spürte und fürchtete, vorüberlotste. Im Wartezimmer nahm sie Platz, es war ein halbes Dutzend Patienten vor ihr. Sie nahm ihr Buch heraus und begann unverzüglich zu lesen, und schon nach den ersten Zeilen, an denen ihr Blick entlanglief, begann sie sich leicht zu fühlen. Ihr Atem ging ruhig, es war ihr, als stieg ihr von ihrer Brust ein Lächeln in die Augen und begleitete Satz um Satz des Romans, aus dem sie las. Als sie an die zwanzig Seiten der Liebenden von Avignon hinter sich gebracht hatte, wurde sie aufgerufen. Die Ordinationshilfe rief ihren Namen dreimal, eine Patientin, die neben ihr nervös in einer Illustrierten blätterte, stupste Rosa sogar leicht an der Schulter an. Rosa fuhr zusammen, bedankte sich und ging mit dem Buch in der Hand ins Behandlungszimmer. Die Zahnärztin nahm ihr das Buch lächelnd aus der Hand, begrüßte sie sehr herzlich und ließ sie im Sessel Platz nehmen. Rosa streckte ihr, kaum dass sie saß, den geöffneten Mund entgegen, hielt hiebei ihre Augen offen. Nach einigen Prozeduren durfte sie spülen, stand auf, ging sofort zum Buch, das die Ärztin auf einer Stellage abgelegt hatte, packte es in ihre Tasche, verabschiedete sich und ging. Auf der Straße angekommen, benötigte sie das Blickseil nicht, sie strebte entschlossen ihrer Wohnung zu.
Es war drei Uhr nachmittags, und langsam leitete ein aufgekommener Nebel die Abenddämmerung ein. Nachdem sich Rosa Kaffee gemacht hatte und ein bisschen an diesen und jenen Gegenständen im Wohn- und im Schlafzimmer gezupft hatte, saß sie nun im Stuhl neben dem Fenster, las Elsa Triolets Roman weiter, sah von Zeit zu Zeit dem Nebel zu, der draußen den Tag mehr und mehr zusammendu-

cken ließ. Am Höhepunkt des Dämmers aber gesellte sich ihr eine leichte Müdigkeit bei, sie legte das Buch auf den Blumentisch und schloss die Augen. Da stupste sie wer an der Schulter, und ein perlendes und klingelndes Lachen erklang.

»Nicht einschlafen, Rosl«, sagte Gusti Blum.

»Wie bist du hereingekommen«, flüsterte Rosa.

»Durch die Tür, dumme Frage«, lachte Gusti, drehte sich um die Achse, sodass ihr Glockenrock flog. »Nicht die Zeit verschlafen. Raus, gehen wir raus, gehen wir tanzen, gehen wir in die Adebar oder ins Atrium, los, los.« Und Gusti klatschte in die Hände. Rosa sprang auf.

»Gleich, Gusti, gleich.« Sie lief ins Badezimmer, wusch sich Hände und Gesicht, strich sich die Lippen an, eilte ins Schlafzimmer, daweil Gusti beim Fenster stand und auf die Uhr guckte. Rosa zog sich den schönsten Rock an, suchte eine hellblaue Bluse dazu, wühlte in der Lade nach der Schmetterlingsbrosche, rief hinaus: »Gleich bin ich da, gleich bin ich hier.« Fast hätte sie sich in den Finger gestochen, endlich war sie fertig, lief ins Wohnzimmer zurück. Es war dunkel geworden draußen, und vom Fenster herunter hing Gusti am Strick und pendelte sacht hin und her. Rosa stand auf vom Stuhl; neben dem Blumentisch öffnete sich der Fußboden, und sie konnte tief hinunter auf eine Schneise blicken. Aus dem Leichenberg, der quer zur Richtung der Schneise lag, ragte eine Hand heraus, und aus der Hand streckte sich der Zeigefinger in Rosas Richtung und bog sich, streckte sich und bog sich. Rosa spürte ein Ziehen, als ob der immer mehr klaffende Fußbodenspalt sie zur Schneise hinunterschlucken würde. Sie begann zu stöhnen und sich mit den Händen an ihrem Brustkorb festzuhalten. Das Zimmer drehte sich, Rosa glitt langsam zu Boden.

»Edmund«, wimmerte sie. »Edmund, mein Liebster.«

Edmund Fraul war bereits bei der Rotundenbrücke. Da ging ihm etwas durch den Sinn, als hätte er was vergessen, er tastete nach seiner Brieftasche, nach dem Schnäuztuch, spürte wohl auch den Hut am Kopf, dennoch blieb er abrupt stehen. Ein Spaziergänger mit Hund sah ihn erstaunt an, der Rauhaardackel hob an, Fraul von unten anzuwinseln, sodass der Mann den Hund weiterzog. Fraul schaute dem Dackel nach, drehte sich um und ging wieder den Weg neben dem Donaukanal stromabwärts zurück. Bei der Überfuhr gewahrte er den Fährmann, der trotz des ungemütlichen Wetters auf der Böschung saß und rauchte. Als der kleine Robert, so nannten die Leute hier den Betreiber der Überfuhr, die Zigarette in hohem Bogen in den Fluss warf, verlor er dabei das Sitzgleichgewicht, fiel zur Seite und rülpste. Fraul bog vor ihm ab, überquerte die Straße und stand wiederum vor dem Praterer. Er überlegte, ob er durch eines der Fenster hineinlinsen sollte, fasste stattdessen die Eingangstür, zog sie zu sich und kam in die Gaststube zurück.
»Was vergessen?«, fragte Vickerl. Edmund bejahte und sah zum Tisch von Rosinger. Dort saß niemand. Er ging vor zu dem Tisch, an dem er sonst immer gesessen war und an dem auch keiner hockte, schaute auf die Sessel und auf den Fußboden. Dann sah er den sich nähernden Ober an.
»Nichts, nichts«, sagte er ihm, bevor dieser sich erkundigen konnte, was Fraul denn suchte. Edmund wies mit der Hand zu einem der Fenster.
»Draußen auf der Böschung liegt der kleine Robert. Vollfett.«
»Deswegen liegt er draußen«, versetzte Vickerl gleichmütig, »er soll seinen Rausch in seinem Hüttel ausschlafen, nicht bei mir.«
Edmund tippte sich auf den Hut und verließ den Praterer.

Ein unangenehmes Gefühl beschlich ihn, während er heimwärts dahinging, als sei mit ihm etwas nicht in Ordnung, als käme ihm irgendwas in die Quere, von dem er womöglich nichts ahnte. Du hast es jetzt gut, Bobby, dachte er und wunderte sich über diesen Gedanken, sann ihm nach und musste sich eingestehen, dass er eine Süße in sich barg. Mit halbleerem Kopf unter seinem Hut strebte er seiner Wohnung zu.

26.

Margit Keyntz ging ihrer Arbeit nach, als sei nichts geschehen. Sie erschien pünktlich, zog sich um, genoss nach wie vor den weißen Mantel mit Stethoskop als besonderen Ausdruck ihres Daseins. Ihre Herzlichkeit durchdrang die ganze Station, sie steckte mit ihrem fröhlichen Gebaren die Mitarbeiter an. Auch die Patienten, die in ihren Betten mit nicht unbeträchtlichen gesundheitlichen Unannehmlichkeiten zu kämpfen hatten, schienen sich aufs Neue und frisch ihres Lebens zu erfreuen, sobald sie ins Gesicht der jungen Turnusärztin blickten. Die von der Grundausstattung her eher mürrische Oberärztin Inge Haller begann sich, obwohl dies eigentlich außerhalb ihrer Reichweite lag, mit Margit anzufreunden. Erstaunt sah sich die Einzelgängerin und leidenschaftliche Junggesellin selbst dabei zu, wie sie Margit mehr und mehr unter ihre Fittiche nahm, ihr näherkam und im Begriff war, sie zur besten Freundin zu machen. Haller hatte einen sehr guten Ruf als Kardiologin, es gab für ihre Umgebung keinerlei Anzeichen dafür, dass sie in ihrem gegenwärtigen Leben noch etwas anderes sei als das. Seit einiger Zeit sah man sie allerdings mit Margit unten in der Kantine sitzen, Kaffee trinken und angeregt

sprechen. Man mochte meinen, die privaten Veränderungen, das sich immer mehr ins Innere hineinbohrende Leid der Margit wegen des Verlustes von Karl Fraul, blieben bei Inge Haller so unbemerkt wie bei allen anderen im Spital, aber die Oberärztin hatte von Beginn des Unglücks an die Schatten mitbekommen, die sich auf Margits Leben gelegt hatten. Eine Weile sah Haller allerdings zu, ohne sich anmerken zu lassen, dass sich ihrer eine Sorge um Margit zu bemächtigen begann. Schließlich merkte Margit, dass die Freundin im Dienstzimmer während der alltäglichen Verrichtungen immer wieder kurze und flinke Seitenblicke auf sie warf, als würde diese Blickkavalkade sicherstellen, dass Margit in der Fasson blieb, nicht aus ihrem Tätigkeits- und Verrichtungsmechanismus kippte. Allerdings hatte das zur Folge, dass die sich beobachtet fühlte, aber nicht zugeben mochte, wie sehr sie das zu irritieren begann.
Heute Mittag wollte sie, statt sich in der Kantine etwas zu nehmen, kurz das Spital verlassen, sich im Arenbergpark unter den Bäumen ergehen und den immer wieder hochkommenden wütenden Schmerz niederkämpfen. Im Aufzug abwärts waren eine Menge Leute, sodass sie ihr Lächelgesicht festzurren musste, solange der Lift mit den vielen Blicken, die sich in ihrem Gesicht umtaten, abwärts fuhr. Sie eilte am Buffet unten vorüber, bemerkte verärgert, dass sie noch immer die Töffles an den Füßen hatte. Sie lief am dicken Portier vorbei aus dem Krankenhaus heraus. Als sie im Park war und eine freie Bank suchte, durfte das Wasser aus ihren Augen kommen. Sie setzte sich, barg ihren Kopf hinter beiden Händen, nachdem sie sich davon überzeugt hatte, dass keiner sie ansah. Ihr Leid setzte nun den inneren Transmissionsriemen in Gang, sodass sie mit beiden Schultern ruckartig in sich zusammensank. Doch innerhalb einer Minute fing sie sich selbst auf, straffte sich, warf ihren davor

gebogenen Rücken heftig gegen die Lehne der Bank und atmete tief. Auf ihrem Gesicht spürte sie einen Schatten, sie schaute auf. Inge Haller stand vor ihr.

»Verzeih, Margit, entschuldige.«

Margit Keyntz blickte von unten der Inge Haller aufs Kinn, vermied deren Blick und begann abwechselnd mit dem Kopf zu nicken und mit den Achseln zu zucken. Inge sah sich im Park um, setzte sich neben Margit und schwieg. Eben war es noch sonnig und für diese Jahreszeit angenehm mild gewesen. Nun aber hatte es zugezogen, der Wind hob an und die Tauben gurrten und flogen unruhig herum. Inge legte ihren Arm um Margits Schulter. Beide Frauen standen plötzlich auf.

»Willst du was essen«, fragte Inge. Margit verneinte.

»Aber ich. Komm doch mit.«

Sie gingen ins Gasthaus am Eck zur Boerhaavegasse, setzten sich abseits ins Stüberl. Während Inge ihr Menü verzehrte, erzählte ihr Margit die ganze Geschichte von Karl, von sich mit ihm und ohne ihn, von dieser Astrid von Gehlen, von Macbeth und wie es sei, ein weggeworfener Mistkübel zu sein. Später gingen sie ins Krankenhaus zurück. Inge wollte Margit heimschicken oder, weil sie ablehnte, sie nach Beendigung des Dienstes zu sich mitnehmen, um in Ruhe weiter »an der Sache dranzubleiben«.

Merkwürdig, dachte sich Margit und spürte ein Schaudern, wie teilnahmsvoll ist doch diese einsame, einzig den kranken Herzen verpflichtete Frau zu mir. Wie sehr will sie mir nahekommen, und weshalb lasse ich es zu? In der Teeküche auf der Station sank sie der Inge in die Arme, sie verharrten eine Weile so, indes an der offenen Tür die Menschen den Gang auf und ab gingen, schlurften und eilten. Margit löste sich, sah auf die Uhr.

»Dann wollen wir mal«, sagte sie mit aufgerauter Stimme.

»Ich geh in die Medikamente. Bis zur Nachmittagsvisite.«

»Es ist noch Zeit«, antwortete Inge Haller. Sie griff nach ihrem Block. Margit ging weg und zum Schwesternzimmer, sie trat mit strahlender Miene ein. Schwester Beate sah sie, stand auf.

»Gut, dass Sie kommen. Die Wewerka auf sechs.« Beide liefen zum Krankenzimmer und an der offenen Tür von Inge Haller vorbei, diese stand auf und folgte ihnen zum Bett der schwer atmenden Frau.

27.

Aus allen Teilen der Stadt waren sie gekommen, die von Tschonkovits ausgesuchten Künstler, Schriftsteller, Kulturjournalisten und der Pressesprecher des Bundeskanzlers. Sie drängten sich alle an Tschonkovits vorbei ins Lokal und verzwirbelten sich drin rund um die Tische, Schulter an Schulter sich und dem Nachbarn die Mäntel und Jacken abschälend. Einige mussten stehen oder setzten sich auf die Plüschlehnen. Draußen hielt Johannes ein Kamerateam des Österreichischen Fernsehens davon ab einzudringen, ein zweites, welches anscheinend ohne Wissen des ersten eben eintraf, bestürmte den Türhüter, sofort eingelassen zu werden. »Nix da« und »später«, »später« und »nix da«, rief Tschonkovits mit ausgebreiteten Armen, indes gleichsam unter seinen Achseln noch manche der Eingeladenen ins Lokal schlüpften. Das Ehepaar Hawelka drapierte in gewohnter Manier die Gäste, wies den einen dahin, den andern woanders, das Kaffeehaus summte und brummte aus allen Lagen. Ein Malerfürst, mit Fez angetan, der ungeachtet seiner jüdischen Herkunft sich auf christliche Heiligenfiguren kapriziert hatte und diese in den Gestalten seines Familienkreises malte und heiligte, saß an seinem einst angestammten Platz, denn seit Jahren hatten die Maler, die in den späten Fünfzigerjahren als nahezu mittellose Existenzen das Hawelka bewohnten, es nicht mehr besucht. Neben ihm saß ein schmächtiger Mann, der als Maler in Wien so bekannt war wie als Liedermacher, denn er sang wienerische und jüdische Lieder mit glockenheller Stimme, Erstere selbst getextet und komponiert. Unter der Uhr versammelten sich die kunstsinnigen Aristokraten und sprachen leise und wie es sich gehörte durch die Nase, wirkten leicht indigniert und harrten mit der ihrer Herkunft eigenen Geduld, was da auf sie zukommen möge. Schriftsteller vereinigten sich schräg gegenüber vom Eingang am Ecktisch, es waren nicht viele und auch nicht junge und neue, dafür wirkten sie allesamt etwas betäubt und riefen den Ober unentwegt, um weitere Betäubungsmittel zu ordern. Hinten saßen einträchtig die Schauspieler. Das Zentrum dieser Gruppe bildete nicht Schönn, sondern Felix Dauendin und Astrid von Gehlen. Astrid sah fabelhaft aus, ihre Haare glänzten, ihre Augen schimmerten, die Bewegungen zugleich anmutig und ausgreifend, so hielt sie Hof, sah belustigt den Männern auf die Scheitel, als die der Reihe nach ankamen, um ihr die Hand zu küssen. Felix Dauendin saß vergnügt daneben und grinste in die Runde, eine Bühne…

Nach einiger Zeit erschien Johannes Tschonkovits im Lokal. Er stellte sich vor die Telefonkabine und begann mit einer launigen Begrüßungsansprache, die vom Publikum mit Distanz und Kühle angehört wurde. Vor dem letzten Halbsatz gab er dem Pressesprecher einen kleinen Wink, worauf dieser aus dem Lokal eilte. Kaum war die Rede fertig, erschien in den müden Applaus hinein der Bundeskanzler so unauffällig, wie es ihm möglich war. Der gedrungene, mittelgroße Mann mit dem ständig vor Staunen breiten Gesicht duckte sich unter den auf ihn gerichteten Blicken durch, winkte mit beiden Händen ab, als wollte er sagen: Tut so, als wäre ich gar nicht da.

Nun durfte auf seine Kosten Essen bestellt werden. Tschonkovits winkte ein Fernsehteam herein, welches die Aufgabe hatte, den Prominenten bis in den Schlund zu filmen und zwischen zwei Schlucken vom Champagner Fragen der einfachen Machart anzubringen. Inzwischen ging der Bundeskanzler von Tisch zu Tisch, gab den Leuten die Hand und versuchte zu konversieren. Er war kein wirklich versierter Plauderant. Tschonkovits verlor ihn deswegen nicht aus dem Auge, orderte unauffällig ein Viertel Weißwein für den Schüchternen und hernach noch eines. Beide Gläser trank der Bundeskanzler in angemessener Eile. So ging es mit ihm von Tisch zu Tisch. Als er schließlich bei den Schauspielern angekommen war, an deren Tisch auch Apolloner und Judith Zischka saßen, war er schon etwas müde vom Parlieren. So war er da und schwieg nun. Astrid von Gehlen betrachtete ihn amüsiert, er sah ihren Blick, erhob sich, verbeugte sich und setzte sich wieder.

Nach einer Pause fragte Apolloner: »Herr Bundeskanzler, wie läufts?« Der Bundeskanzler heftete seinen Blick auf ihn, seufzte, beugte sich vor und sagte leise, aber schon so, dass es der ganze Tisch hörte und hernach das Lokal:

»Wissen Sie: Regieren ist schön. Regieren ist schön. Regieren ist so schön. Ich habe nicht gewusst, dass Regieren so schön ist.« Er stand auf und rief ins Lokal: »Es ist wahr. Regieren ist so schön.« Das Hawelka lachte, der Bundeskanzler vollführte einen kleinen eleganten Slalom um die Tische. Bei der Tür verneigte er sich und bekam gutgelaunten und heftigen Applaus.

Als er draußen war, beugte sich Felix Dauendin zu Astrid: »Wo ist denn der kleine Fraul? War doch auch eingeladen?«
»Stimmt«, sagte Astrid, und es sah so aus, als würde Felix sie soeben an die Existenz von Karl Fraul erinnern. Sie blickte auf Apolloner.
»Der wird heute nicht mehr kommen«, sagte der. Und Judith Zischka ergänzte die Mitteilung, indem sie mit dem ausgestreckten Daumen mehrmals in ihren offenen Mund hinein- und herausfuhr.
»Zu viel gespechtelt«, sagte sie dann. Apolloner schaute sie vorwurfsvoll an. Judith zuckte die Achseln. Astrid von Gehlen drehte sich weg und begann mit Dietger Schönn zu sprechen.
Tschonkovits kam auf Apolloner zu, schlug ihm auf die Schulter.
»Das wars.« Und er holte sich einen Stuhl und setzte sich zu den Gauklern.

28.

Auch Herbert Krieglach war nicht im Hawelka erschienen, weil er auf der Nase gelegen war, nachdem er am Eingangsblock des dreiteiligen Denkmals trotz seiner wehen Handgelenke herumgehämmert hatte. Wie es seine Art war, führte er sich bei den gröberen Zurichtungen des Materials Flüssigkeitsmengen zu, die ihn mehr und mehr dehydrierten. Zu spät begann er mit dem Staub und dem Wodka schließlich Leitungswasser nachzuschlucken. Sein bleierner Künstlerhimmel hatte sich bereits auf ihn gelegt und wickelte ihn langsam und unaufhaltsam ein, sodass der schwere und zusammengekrümmte Körper des Bildhauers unter der Bettdecke, da er das Bett grad noch erreichte, seinen Granit- oder Marmorblöcken glich. Er hatte die Arbeit für beendet erklärt und dem Bürgermeister vor einigen Tagen mitgeteilt, der Aufstellung des Werkes stünde nichts mehr im Wege. Der Bürgermeister hatte die Kulturstadträtin auf den Weg zu Krieglachs Atelier geschickt, damit sie die weitere Vorgehensweise mit dem Künstler bespreche und wie nebenbei einen Blick auf das Werk werfen möge. Sie erschien gegen zehn Uhr vormittags in Krieglachs Atelier, nachdem sie sich eine Viertelstunde davor telefonisch angekündigt hatte. Krieglach saß bereits im Ruderleiberl und bestens gelaunt unter seinen Sachen und trank schwarzen Kaffee, als sie läutete. Er führte sie herein und hieß sie Platz nehmen. Die Kulturstadträtin sah sich um, während Krieglach im Nebenraum verschwand, um ihr auch eine Tasse von seiner bitteren Brühe zu offerieren. Er stellte ihr den Kaffee hin, setzte sich gegenüber und schwieg sie lächelnd an.

»Wo ist denn das Werk«, fragte sie nach einer Weile. Krieglach deutete nach links in einen anderen Nebenraum als den, aus dem er gekommen war.

»Wollen wir es uns anschauen«, fragte die Kulturstadträtin und erhob sich.

»Ich kenne es ganz gut«, grinste Krieglach und blieb sitzen.

»Willst du es mir nicht zeigen?«

»Meinetwegen.«

Im riesigen Arbeitsraum sah die Kulturstadträtin einige verschieden hohe Gebilde, welche unter goldbraunen Tüchern verborgen waren.

»Sie sind noch verhängt«, bemerkte sie erstaunt und näherte sich einem der Blöcke.

»Das bleiben sie auch, Hedwig«, kicherte Krieglach, stellte

sich hinter sie und blies ihr seinen von der Pfeife frisch gerösteten Atem in den Nacken.

»Was soll das? Schorschi will doch, dass ich mir das anschaue, und ich selber bin schon sehr gespannt.«

»Wenn der Herr Bürgermeister den Scheißdreck sehen will, soll er herkommen.«

»Mir willst du es nicht zeigen?«

»Ihm auch nicht.«

»Soso.« Die Kulturstadträtin marschierte hinter Krieglach wiederum aus dem Arbeitsraum fort, nahm Platz, zündete sich eine Zigarette an, schaute dem vor ihr Stehenden durch den ausgeblasenen Rauch ins Gesicht.

»Zahlen sollen wir die zweite Rate, über den Standort und die Lage am Standort wollen wir reden, aber sehen dürfen wir gar nichts von all dem, was du so mühsam und sicherlich herrlichst geschaffen hast.«

»Papperlapapp«, erwiderte Krieglach, warf einen Blick auf seinen Kaffee, ging zum Tisch, holte hinter Ausreibfetzen und Küchenrolle eine Flasche Klaren, goss eine Portion so in den Kaffee, dass das Verhältnis ungefähr halbe-halbe war, stellte die Flasche daneben und leerte seine Schale. Nachdem das Getränk unten war, nickte er, ergriff die Küchenrolle, schnäuzte sich, wischte sich den Mund ab und richtete seine himmelblauen Augen auf die Kulturstadträtin.

»Ich bin doch der Krieglach. Das da drin ist das Antifaschismusmahnmal vom Herbert Krieglach und nicht von irgendeinem Wappler, bei dem nachgeschaut werden muss, was er wie gemacht hat. Haben wir uns schon verstanden?«

»Sicher.« Sie stand auf. »Dann will ich mal«, sagte sie über die Schulter und ging zur Eingangstür. »Übrigens gibt es ein paar Schwierigkeiten.«

»Welche?« Krieglach bellte das Wort zu ihr hin und griff sich seine Pfeife.
»Professor Gall hat einen Brief geschrieben, der morgen im Kurier erscheinen wird. Es sei unmöglich, auf dem Philippgrund ein Denkmal hinzustellen. Man störe eklatant die Totenruhe der Bombenopfer.«
»Eklatant?«
»Äußerst eklatant. Man möge das Denkmal am Morzinplatz errichten.« Krieglach verzog sein Gesicht.
»Vorige Woche«, sagte er säuerlich, »hat der Abgeordnete Rindinger von den Freiheitlichen vorgeschlagen, man sollte es, wenn mans schon haben muss, in der Lobau bei der Dechantlacke aufstellen. Da könnte sich die linke FKK-Schickeria daran verlustieren.«
»Ich weiß«, sagte sie. »Ein Scherz.«
»Der christliche Gewerkschafter Humer will es vor dem vierten Tor am Zentralfriedhof hintun, damit es vielleicht einen Schatten auf den Judenfriedhof wirft.«
»Das hat er gesagt?«
»Scherz«, schnaubte Krieglach. »Ich werde Räder am Denkmal anbringen. Dann können sie es einmal dahin, einmal dorthin rollen, ganz wie die politische Stimmung grad ist in diesem Scheißland. Wäre das nicht eine großartige Idee?«
»Witzig.«
»Eben, Hedwig, eben.« Er erhob sich, ging hin und her und begann plötzlich loszubrüllen.
»Ich will die Bombentoten in ihrer Ruhe stören. Ich will sie aufwecken noch vorm Jüngsten Gericht, damit sie kapieren, was für einen sinnlosen, blöden Tod sie gestorben sind für ihren geliebten Adolf. Zuerst am Heldenplatz stehen und Heil mein Führer rufen, dann unter den Trümmern des Philipphofes liegen.« Krieglach blieb stehen. Mit ruhiger Stimme fuhr er fort:

»Das ist ja der Witz der Sache. Weil sie Heil mein Führer gerufen hatten und ihm gefolgt waren, deshalb gabs zum Dessert des Großen Fressens die Bomberln auf den Philipphof. Und das, Hedwig, sollen sie wissen. Das soll ihnen so ins Gebein fahren, dass sie aufgestört sich mit Geklapper und Geschepper immer wieder auf die Stirn schlagen müssen, was für Trotteln sie waren alle miteinander. Dann erst gibts Totenruhe, verstehst?«
Die Kulturstadträtin legte ihren Kopf in den Nacken und lachte. Krieglach schaut ihr ein Weilchen dabei zu, dann stimmte er ein.

Nachdem sie gegangen war, rief er seine Frau an, sagte ihr, er bleibe noch im Atelier, sie möge allein nach Edlach fahren, er komme morgen oder übermorgen nach. Einen Widerspruch duldete er nicht, denn als er ihn vernommen hatte, beschimpfte er sie mit den gewöhnlichsten Worten und schmiss den Hörer auf die Gabel. Den ganzen Tag ging er zwischen den Blöcken, hämmerte hier, bosselte da, brummte, schnaufte, und in der letzten Stunde schrie er beim Hämmern. Nun lag er unter der Bettdecke, festgefroren und festgeglüht zugleich an den Katastrophenkörpern der Zeit, hineingenommen in seinen totenähnlichen Schlaf. Während er die Nacht durchsägte, sammelten sich in Leib und Seele neue Kräfte, sodass er am nächsten Tag wieder bereit stand mit dem großen Hammer.
Doch er ließ ihn sinken, legte ihn weg, verhüllte die Stücke.

29.

Edmund Fraul ging, wie so oft wiederum auf der Leopoldstädter Seite stromaufwärts. Je mehr er sich seinem Zuhause näherte, desto unbehaglicher ward ihm zumute. Er drehte den Kopf nach links und betrachtete die Häuserzeile am Kai, sah in den Laurenzerberg hinein und in die Rotenturmstraße. Der Bettler kam ihm wieder in den Sinn, der seinem Hut hinterherlief, und der junge Apolloner, der ihm einst im Café Korb recht intelligente Fragen gestellt hatte. Er blickte zurück zu der Fassade des Verteidigungsministeriums. Wer saß wohl hinter den Fensterscheiben, zusammengekrümmt über Plänen, die das Wohl und Weh des österreichischen Vaterlandes berücksichtigen mussten. Was sind das für Leute, dachte sich Fraul, die im Ministerium hocken. Alte Nazis und ihre jungen im Sinne des Barras erzogenen Söhne? Sekretärinnen, Töchter von Kriegerwitwen? Schaut ein Brigadier nicht soeben aus dem Fenster und hat ein Nachtfernglas vor den Augen? Schaut er mir auf die Schläfe, der Herr General? Mit der Linken verwedelte Fraul sich die Gedanken, setzte seinen Weg fort. Würden mich andere als einen rastlosen Gedächtnisakrobaten bezeichnen, dachte er, da er sich an einen Zeitungsartikel erinnerte, in dem einer ihn so genannt hatte. Was denken die Leute von ihm? Es war nicht so, dass er sich ausgesucht hat, die Vergangenheit stets der Gegenwart zu präsentieren; es war eine innere Schubkraft, ein lautlos in ihm arbeitender Motor, der ihn zwang, immer wieder auf die alten Sachverhalte zurückzukommen. Ihr täuscht euch alle, sagte er lautlos, wenn ihr das Personal der Barbarei für historisch erachtet. Der Apotheker Capesius ein Zeitgenosse, Eduard Wirths ein Bewohner der Gegenwart, obwohl er sich bereits neunzehnfünfundvierzig erschossen hatte, Eichmann ein toter Mann? Dass ich nicht lache. Heute ist der Tag der Rauhaardackel, dachte er, denn schon wieder ging ein Mensch mit diesem Tier an ihm vorüber. Die Frau nickte ihm zu, sodass er beim Weitergehen in seinem Gedächtnis zu suchen begann. Als er an der Salztorbrücke war und zur Ruprechtskirche hinübersah, fiel ihm ein, dass die Hundebesitzerin der Schwester des Wilhelm Rosinger glich, wenn sie es nicht sogar war. Was hat mich die zu grüßen?

Nachdem er sich seinem Wohnhaus bis auf ein paar Schritte genähert hatte, musste er stehen bleiben. Da stand er und überlegte, was er zu überlegen hatte. Was ist mit mir los? Habe ich vergessen, die Blutdrucktabletten zu nehmen? Als er dies dachte, befeuchtete sich seine Stirn. Er nahm den Hut ab und drehte ihn unschlüssig zwischen den Fingern. Dabei blickte er zu den Fenstern seiner Wohnung hoch. Dunkel. Wieso ist kein Licht in der Wohnung? Mit einem Mal wusste er, was los war. Wie ein Junger sprintete er auf das Haustor zu, riss daran, bis es sich quietschend öffnete, eilte hinein. Zwei Stufen auf einmal hastete er in den zweiten Stock.

»Da sind Sie endlich«, sagte Frau Stanek. Die Tür der Nachbarwohnung stand weit offen. In ihr weilte Herr Stanek, auf seinen Gehstock gestützt. Als er Fraul erblickte, begann er heftig mit dem Kopf zu wackeln, nahm die Pfeife aus dem Mund und deutete auf die verschlossene Tür der Fraulwohnung.

»Die Rettung«, sagten beide Staneks gleichzeitig, dann fuhr Frau Stanek fort. »Sie haben sie abgeholt.«

»Wohin gebracht?«

»Ins Spital«, antwortete der Nachbar blöde. »In irgendein Spital.«

»Nicht in irgendein Spital«, fuhr ihn seine Frau an. »Ins Rudolfspital wurde Ihre Gemahlin gebracht«, sagte sie zu

Fraul. »Da ist sie gelegen, als ich zufällig meine Wohnungstür aufgemacht hab. Wenn ich nicht aus reinem Zufall die Tür geöffnet hätt –, und da ist sie gelegen und hat gestöhnt. Mein Mann hat sofort die Rettung angerufen, gelt, sofort.«
»Wir haben sofort die Rettung verständigt«, sagte Herr Stanek. »Dahier ist Ihre Frau gelegen und hat gewimmert.«
Edmund Fraul hörte sich das noch eine Weile an, indes er die Wohnungstür öffnete. Er ging hinein, die Staneks folgten ihm, blieben aber an der Türschwelle stehen. Er ließ seinen Blick durch die Wohnung schweifen. Sie sah nicht so aus, als sei etwas Besonderes geschehen. Der Sessel stand allerdings etwas schief zum Fenster, und dieses war einen Spalt offen. Auf dem Wohnzimmertisch fand er einen Zettel der Rettungsleute, las ihn, ging zum Telefon, wählte die Nummer des Rudolfspitals. Die Staneks waren zögernd in ihre Wohnung zurückgegangen. Als Fraul herauskam, standen sie beide in ihrer Tür und sahen ihn an.
»Danke sehr, Frau Stanek, Herr Stanek. Ich fahre hin.«
»Wünsche Glück«, sagte Frau Stanek. »Ebenfalls«, sagte Herr Stanek.
Fraul ging die Stufen hinunter. Auf halbem Weg kehrte er um, und zurück in seiner Wohnung, rief er ein Taxi.

Margit Keyntz konnte nicht sagen, dass sie das Gespräch mit Inge Haller erleichtert hatte. Immerhin verlieh es ihrem Schmerz einen Ausdruck, der zwar unzureichend, aber sprachlich war. Auch im Dialog mit den Dingen während der ärztlichen Verrichtungen bohrte sich das Leid nicht weiter in sie hinein, sondern schien zu verharren. Bei den Patientengesprächen war es bloß eine innere Bewegung im Hintergrund, doch als sie nun in der Teeküche

stand, wurde sie wieder von ihm gepackt, sodass sie sich beim Fenster an die Wand lehnen musste. In ihrem Rücken hantierte die Stationsschwester mit Teebeuteln, Margit sah auf die Häuserzeilen hinab. Sie versuchte, als sie die Fenster entlangsah, eine Gesetzmäßigkeit zwischen erleuchteten und finsteren zu entdecken. Ihr war es, als gäbe es einen Rhythmus, der irgendwie mit ihren Herzschlägen zusammenhing, und das ängstigte sie. Sie wandte sich der Stationsschwester zu, die ihr Lächeln sofort erwiderte. Die beiden begannen zu plaudern und den Tee zu trinken. Margit sah durch die halb offene Tür die Gestalt von Inge Haller vorbeihuschen. Hintennach liefen zwei Schwestern, und kurz darauf rannten noch einige Richtung Aufzug.
Inge Haller hatte Nachtdienst, aber Margit Dienstschluss, und so machte sie sich fertig, um hernach in ihre öde Wohnung zu fahren und die tägliche Portion Weinkrampf zu empfangen. Als sie mit dem Aufzug abwärtsfuhr, stand der blonde Assistenzarzt Guido Messerschmidt neben ihr. Immer wenn er sie sah, errötete er und seine Augen schienen sich selbst dabei zu beobachten, sodass der junge und dünne Mensch ein bisschen hilflos aussah. Margit kannte ihn noch nicht gut, aber dass er in sie verliebt war, wusste sie sicher. Nun rührte sie dieses Wissen an, sodass Messerschmidt bestürzt die Traurigkeit in ihren Augen wahrnahm, obwohl sie ihm zulächelte.
»Dienstschluss?«, stotterte er. Margit nickte. Als sie aus dem Aufzug traten, jeder an seiner Statt und nachdem Margit sich von ihm verabschiedet hatte, hörte sie auf dem Weg zum Ausgang, dass jemand den Namen Fraul nannte. Sie stutzte, sah sich um und gewahrte eine Ansammlung von Menschen beim Ausgang. Als sie dort eintraf, kam der Portier aus seiner Loge. Er erkundigte sich, ob sie die Frau Doktor Keyntz sei, und richtete ihr aus, sie möge zur

Frau Doktor Haller in die Notaufnahme kommen. Sie machte, ohne sich zu bedanken, kehrt und stürzte nachgerade dorthin. Dabei purzelten in ihr die Bilder vom verunglückten Fraul und der von Gehlen durcheinander, und ein nicht unangenehmer Kitzel breitete sich in ihr aus.

In der Notaufnahme angekommen, sah sie Inge Haller sofort. Sie umstand mit einigen Leuten eine Patientin, beugte sich zu ihr und schien beruhigend auf sie draufzureden. Wer mochte das sein, dachte Margit und kam langsam näher. Haller richtete sich auf, das Krankenbett verschwand mitsamt den Leuten darum herum im angrenzenden Raum. Die Oberärztin ging Margit entgegen. So erfuhr diese, dass Rosa Fraul mit Herzinfarkt hier sei. Der wäre eher gravierend.

Margit beschloss, im Spital zu bleiben. Sie fuhr hinauf, zog sich um und erschien hernach wiederum. Sie stand dabei, als an Rosa Fraul das Unumgängliche getan wurde, konnte bloß zusehen und warten. Schließlich ging sie mit Inge Haller weg von der Patientin und in den Nebenraum.

»Verständigst du wen?«, fragte Haller. In dem Augenblick trat Edmund Fraul zu den beiden.

»Mein Name ist Fraul, guten Abend. Meine Frau soll hier sein.«

»Guten Abend. Sie sind Herr Fraul«, sagte Haller. »Das ist Doktor Keyntz. Ihre Frau hat wahrscheinlich einen Herzinfarkt erlitten.«

»Erlitten«, erwiderte Fraul. »Stirbt sie?« Haller schwieg und schüttelte dann den Kopf.

»Wollen Sie hierbleiben?« Er bejahte, sah sich um und setzte sich in einen der Wartesessel. Haller verabschiedete sich und ging zurück zu Rosa. Margit blieb vor Edmund Fraul stehen. Karl schaut ihm gar nicht ähnlich, dachte sie. Sie stellte sich als Freundin seines Sohnes vor. Ob er ihn ver-

ständigt habe. Sie werde ihn jetzt anrufen. Ihr kam vor, dass der Alte unter Schock stehe, denn er reagierte kaum.
»Jaja«, sagte er bloß. Und: »Tun Sie das.«
Sie ging und rief von ihrer Station bei Karl an. Während es läutete, brach ihr der Schweiß aus. Karl war nicht daheim. Sie überlegte, ob sie bei Astrid von Gehlen anrufen sollte. Die Nummer müsste sie erst herauskriegen. Als sie zurückging und neben Edmund Fraul Platz nahm, rührte er sich nicht, sah sie flüchtig an und dann auf den Fußboden. So verging die Zeit.
Plötzlich fiel ihr ein, dass sie Karls Wohnungsschlüssel noch immer an ihrem Schlüsselbund hatte.
»Ihr Sohn ist nicht daheim«, sagte sie zu Fraul. »Ich habe noch einen Schlüssel, ich fahre hin und hinterlasse ihm eine Nachricht.« Fraul wendete seinen Kopf, betrachtete sie.
»Danke«, sagte er dann. Margit erhob sich, lief, wie sie war und auch ohne Mantel aus dem Spital.

30.

Ich stand vor meinem Auto. Im Arztkittel war nichts, ich sah gar nicht an mir herunter, war wie erstarrt und verspürte nichts als Bitternis. Sie füllte mir den Mund, als hätte ich Messingschnallen gelutscht, der Ärger über die im Dienstzimmer gebliebenen Autoschlüssel war eingehüllt in einer meinen Körper ausfüllenden Schwere. Ich drehte mich um und trottete zurück ins Spital. Schwester Beate sah mich erschrocken an, ich lief an ihr vorbei, zurück zum Aufzug, fuhr in den fünfzehnten Stock zur Garderobe, zog mich um, ging noch rasch auf die Toilette, denn der Gedanke, in Karels Wohnung pischen zu müssen, war mir unerträglich. Auf der Brille wurde mir klar, dass ein unnützer Mensch, ein ganz und gar verlassener, sein Wasser ließ. Ich selbst bin von mir gegangen und habe mich als mistige Hülle zurückgelassen, deren einziger Zweck es ist, zu scheißen und zu pissen. Prompt reagierte die Peristaltik auf diesen trübsinnigen Gedanken; unter heftigen Krämpfen füllte ich die Klomuschel. Es war nicht auszumachen, ob die Koliken Produkte der Bitterkeit waren oder ob mein Körper als der von mir zurückgelassene Naturzustand sich ohne Scham ausdrückte. Draußen kam jemand herein und ich hörte eine Stimme.

»Ist Ihnen nicht gut?« Dazu schwieg ich, bis niemand mehr da war. Ich presste die Zähne zusammen, kam hoch, wusch mir lange Hände und Gesicht, versuchte meine Züge in die Lächelmaske zu zwängen, fuhr wieder hinunter zur Station, sagte im Vorübergehen am Weg zum Aufzug zu Schwester Beate, dass alles in Ordnung sei und auf Wiedersehen.

Kaum saß ich im Honda, begann leichter Schneeregen die Windschutzscheibe zu bearbeiten. Vor Karls Haus war eine Parklücke. Das beruhigte mich. Als ich vor seiner Wohnungstür stand, musste ich überlegen, ob ich anläuten sollte, für den Fall, dass er daheim wäre. Ins Gevögel mit seiner Gräfin wollte ich nicht hineinplatzen. Andrerseits tät mir das vielleicht gut, wenn ich die beiden störte. Ich könnte mir das Gewand herunterreißen und mich dazulegen. Mir fiel auf, dass es mich gleichermaßen erregte, ob ich die beiden mit zerschmetterten Schädeln am Gehsteig liegen sah oder ineinander verknäult. Ich musste es bloß sehen, ich musste dabei sein. Überhaupt, ich will endlich in meinem Leben dabei sein und nicht bloß die Körperhülle hinter mir herziehen, die dann außer den elementaren Funktionen noch zusätzlich als Sprech- und Grinspuppe zu fungieren hat. Ich sperrte Karls Wohnungstür auf, ging rasch hinein, ließ die Tür offen stehen. Sofort hörte ich sein Schnarchen. Ich machte Licht im Schlafzimmer, ging vor zu seinem Bett und sah, dass er im Gewand quer über der Bettdecke wie hingeschmissen auf dem Bauch lag. Sein Hintern bewegte sich auf und ab, dazu röchelte, gurgelte und rasselte er. Ich ging zur Tür zurück und blieb stehen.

Von dort sah ich mir zu, wie ich unter Schluchzen losstürmte und wild auf seinen Hintern einschlug, ich hörte die Satzfetzen, die sich mir aus dem Mund schleuderten: »Wach auf – Arschloch – besoffenes Schwein – Hurenkerl.« Dabei schlug ich immer weiter in seine Jeans hinein, bis er mit dem Schnarchen aufhörte, zu brummen begann und sich schwerfällig, aber entschieden meinen zuschlagenden Händen entwand. Dabei fiel er aus dem Bett, während ich nun drauf lag und heulte. Ich versuchte damit aufzuhören; dazu war es nötig, von der Tür zu mir ins Bett zu kommen, in mich hineinzukriechen, um in mir irgendwo einen Kippschalter zu finden, die Heulerei abzudrehen. Ich beruhigte mich nach einigen Minuten und sah hoch. Karl stand hohlwangig und bleich an die Wand gelehnt und stierte mir ins Gesicht.

»Deine Mutter liegt im Sterben«, sagte ich.

»Sehr lustig«, antwortete er mit schwerer Zunge. »Kannst du mich nicht in Ruhe lassen? Ich hab dich satt, Margit, so satt, so satt.«

Ich rappelte mich hoch, kam ins Knien und schrie: »Hörst du mir zu?«

»Warum gehst du nicht?«, sagte er und schaute mir dabei in den Ausschnitt. »Was hast du gesagt? Was ist mit meiner Mutter?« Seine Augen weiteten sich, als wäre erst jetzt meine Nachricht an ihn herangekommen. Er ging um das Bett herum, wollte sich die Jeans ausziehen, fiel aufs Bett und tat dort weiter.

»Ich muss duschen«, sagte er mit klarer Stimme und ging zum Bad, zog sich im Gehen noch das Leiberl über den Kopf. Das waren andere Zeiten, dachte ich mir, während ich ihm nachschaute. Ich ging hinter ihm her, sah von der Badezimmertür aus zu, wie er sich unter dem Duschstrahl schlängelte, auf Kalt drehte und heftig atmend sich beprasselte. Als er das Wasser abdrehte und über den Badewannenrand herausstieg, stand ich mit verschränkten Armen vor ihm und musste an mich halten, sonst wäre ich gegen seine Brust gestürzt, hätte ihn an mich gedrückt.
»Was ist passiert?«
»Zieh dich an. Ich bring dich ins Rudolfspital.«
Während er das tat, berichtete ich.
»Vater ist dort?«, fragte er mit rauer Stimme.
»Wo sollte er sonst sein?«
Wie früher ging ich neben ihm die Stiegen hinab, sperrte ihm das Auto auf, ging um es herum. Auf der Fahrt zurück roch ich seine Ausdünstung, während er schwieg, gelegentlich zu mir herschaute. Als wir auf das Spital zugingen, nahm er meinen rechten Arm und sagte:
»Es ist hirnrissig, aber bitte, verzeih mir.«
»Was?«
»Ich bin ein arrogantes Arschloch, damit hat sichs. Du verdienst wen ganz anderen.«
»Das geht dich einen Dreck an.«
»So ist es, Margit.«
Und ich sah mir zu, wie ich mit Karl zur Station kam. Davor saß sein Vater und blickte uns mit unbewegter Miene entgegen.
Karl gab ihm die Hand und setzte sich neben ihn.
»Schön, dass du gekommen bist«, sagte der Vater.
»Schön, dass du gekommen bist«, sagte der Sohn.
Ich setzte mich neben Karl und schwieg genauso wie die

beiden. Wir warteten darauf, dass endlich Inge herauskäme und mitteilte, was nun Sache sei.

31.

(Aus dem Tagebuch des jungen Keyntz)

14. 12. 1985

Schreib ich zu wenig hinein? Wenn der Mann gefordert ist, hat er keine Zeit, sich mit Schreibereien abzugeben. Da kommt doch die Dolly angetanzt, glupscht mich an, dass mir anders wird, sagt mir, der Tschurtschi geht ihr sowas von auf die Nerven. Das ist doch bloß ein Südtiroler Bauer ohne Feeling für irgendwas. Zwar kommt der Tschurtschi gar nicht aus Südtirol, sondern aus Maria Enzersdorf, aber zugegeben, der Name weist auf seine Urahnen hin oder nicht? Jedenfalls fragt sie mich gestern, ob ich auf unseren Platz kommen möchte, sie hätte mir irgendwas anzuvertrauen. Jetzt bin ich nicht so heiß auf tiefsinniges Gerede, aber nach dem Gerede könnte ja noch was folgen. Bevor ich abends dann hingehen konnte, musste ich mir wieder das Gejammer meiner Mutter anhören. Ich kaute an der Pizza und hörte ihr ungeduldig zu. Abgesehen davon, dass sie wieder von Vater redete und wie sehr er ihr abgeht, als ob sie die Einzige auf der Welt wär, die das spürt. Ich war bei seinem Tod erst zwölf, aber mir gibts jetzt noch einen Stich, wenn ich an die Hiobsbotschaft denke, die damals per Telefon von Direktor Nürnberger gekommen war. Dann breitete sie ihre Sorgen um Margit vor mir aus, als ob ich was dafür kann, dass sie sich diesen Karl angelacht hatte. Ich sagte meiner Mutter, ich kann da auch nichts machen, ich hab auch Liebesunglück, aber mach kein so ein Aufsehen. Drauf steht sie glatt auf, kommt um den Tisch herum und will mir ins Haar und mit Trösten beginnen. Ich wehrte das ab und sagte ihr, ich lass die Katzen ums Haus streichen, das heißt, ihr hab ich gesagt, ich werde mich deshalb nicht aufhängen, das sind die gar nicht wert. Ich ärgerte mich gründlich über meinen eigenen Schwachsinn, wollte schon auf mein Zimmer gehen, da jammerte sie, dass Margit sich vielleicht was antun könnte, so herzzerreißend sei ihr zumute. Jetzt ging ich zu ihr, nahm sie in den Arm, obwohl mir das peinlich war, und beschwichtigte sie so gut ich eben konnte. Hernach hörte ich, wie sie bei Margit anrief, ohne sie zu erreichen.

Als ich zu unserem Platz kam, stand dort Dolly und stieg von einem Fuß auf den anderen. Sie bat mich, »In the Ghetto« zu singen. Als ich das tat und natürlich wieder ohne Klampfen, verschränkte sie beim Sitzen die Hände über ihren Knien. Es war ziemlich warm für Dezember und in mir sogar noch wärmer, heiß wurde mir. Wir begannen zu knutschen, sie griff mir in die Hosentasche und schon wars passiert. Das wird langsam ein Problem, dass es mir gleich kommt. Sie hat das natürlich bemerkt, aber das hat ihr gar nichts ausgemacht, im Gegenteil, ein irgendwie geiler Ausdruck war in ihrem Gesicht. Ohne große Lust knetete ich ihre Brüste, küsste sie oberhalb des Davidsterns in die Grube ihres Halses. Dann standen wir von der Bank auf, kamen aus dem Versteck, also hinter dem Sichtschutz unseres Platzes hervor. Sie musste eiligst heim und ging. Was sie mir erzählen wollte, weiß ich nicht, wohl aber weiß ich, dass ich ab jetzt mit ihr gehe.

Als ich heimkam, berichtete mir Mutter, dass Margit im Spital sei und damit beschäftigt, sich um die Mutter von Karl zu kümmern, weil die einen Herzkasperl bekommen hat.

15. 12. 1985

Heute mittags zwang mich meine Mutter, mit ihr zu Margit in die Hardtgasse zu fahren. Sie packte ein paar Sachen zum Essen ein, und wir fuhren hinaus. Margit machte wohl die Tür auf, ging dann aber sofort in ihr Schlafzimmer und war nicht mehr gesehen. Zuerst hat Mutter durch die geschlossene Tür mit ihr zu reden versucht, dann ich. Bei mir hat sie die Tür geöffnet, hat mich herzlich angelacht, ist mir über die Haare gestrichen, hat mich fest an sich gedrückt, mich dann weggeschoben und hat die Tür wieder zugemacht. Wir sind noch stundenlang in ihrer Wohnung herumgesessen; schließlich ist sie herausgekommen, hat sich zu uns gesetzt, von dem Kuchen ein Stück abgebrochen. Sie erklärte uns, dass es mit dem Karl endgültig aus sei. Sie hätte ihn vorgestern noch besoffen ins Spital zu seiner Mutter gebracht. Auch sein Vater wäre dort gewesen. Alle hätten Frau Fraul beruhigt, nur der saubere Sohn hat das Maul gehalten. Sie wäre nicht in Lebensgefahr, Margit schaute gestern zu ihr, aber sie hatte nicht den Eindruck, dass Frauls Mutter etwas von ihr wüsste.

Klar, der Arsch hat seinen Oldies verschwiegen, dass er sie seit Jahren als Geliebte hatte, weil das für den gar nichts Wichtiges war. Das sagte ich der Margit zwar nicht, aber sie sah mir an, dass ich sowas dachte.

»Wahrscheinlich war ich all die Jahre nicht wichtig für ihn«, sagte sie und lachte.

Schließlich ließen wir sie, nachdem sie uns versichert hatte, dass ihr das zwar zu schaffen macht, dies hätten wir ja gesehen, aber sorgen bräuchten wir uns nicht. »De-we-i-vau-em«, sagte sie zum Abschied.

»Was soll das heißen«, fragte meine Mutter.

»Die Welt ist voller Männer.« Wir lachten und gingen.

Abends rief ich das erste Mal beim Architekten Ernst Segal

an und verlangte nach Dolores. Wir redeten eine halbe Stunde, ich weiß nicht mehr worüber. Am Schluss flüsterte sie: »I love you.«
Wumm, das hat mich angemacht. Fast hätte ich »me too« geantwortet, »ich dich auch«, habe ich ihr dann doch gesagt. Leider.

32.

Johannes Tschonkovits kam aus dem Büro des Bundeskanzlers. Er durchschritt das Vorzimmer, ging zu sich und ließ sich hinter seinem Schreibtisch nieder. Er holte den Block und notierte, was der Bundeskanzler ihm die letzte halbe Stunde vorgejammert hatte: Unangreifbarkeit von Johann Wais. Seine Autobiographie sei eben herausgekommen, »Am Tanzparkett der Weltpolitik« oder so ähnlich. Stellt sich als weltläufiger, erfahrener Politiker dar, der mit allen gut Freund ist. Biographie wie auf Butzenscheiben gemalt, angerußt durch den Dienst an der Ostfront, aufgehellt durch Dissertation schreiben und Liebesheirat.
Unter den Granaten Eierkuchen, hoppa hoppa Reiter, dachte Tschonkovits missmutig, währenddessen er weiter mit dem Bleistift Zeile um Zeile hinwarf. So hilflos habe ich den Kanzler noch nicht erlebt. Tschonkovits schloss das Notat ab, gab es in seine Lade. Er erhob sich und ging, wie es seine Gewohnheit war, mit den Armen am Rücken auf und ab und ließ seine Gedankenströme in sich hinabrieseln und heraufpumpen. Womit könnte man den Uno-Heini anpatzen, dass es nur so spritzt? Jetzt muss ich mich einmal durch die Lebensverschönerungserinnerungen durchquälen, die ihm vermutlich der Novacek geschrieben hat, der jetzt auch als sein Pressesprecher angeheuert wurde. In

Amerika hätte ich ein Dutzend Leute, die nichts anderes zu tun hätten, als jeden verdammten Tag im Leben des Kandidaten durchzurastern. Aber hier wird ja jedem jedes Ammenmärchen geglaubt. Servile Journalisten wie der Novacek, der wieder servile Journalisten zur Verfügung hat, multiplizieren die Chose, und fertig ist die Operette. Ich sollte mir den Apolloner kaufen, der jetzt beim Signal den Ehrgeiz hat, eine große Nummer zu werden. Aber um ihn zu interessieren, muss ich irgendwas haben. Von nix kommt nix. Von nix kommt nix? Im Gegenteil. Von nix kommt alles. Genau. Was steht eigentlich nicht in der Biographie vom Wais? So eine Schwelgerei in der eigenen Großartigkeit kommt ohne Verschweigen gar nicht aus. Tschonkovits blieb mitten in seinem Büro stehen, begann schließlich auf und ab zu wippen. Er nahm sich die Biographie, setzte sich in seinen Denkstuhl, verbat sich per Telefon jegliche Störung außer vom Chef und versenkte sich in den Text. Als er einige Stunden später das Bundeskanzleramt verließ, war er so klug wie zuvor.

Tschonkovits war ein gelernter Zauberer. In Parndorf aufgewachsen, in Wien Philosophie studiert, bei Hegel in den Flüssen und bei Heidegger in den Wäldern gewesen, sein Geld mit Sketches und Zaubertricks verdient. Als Achtjähriger hatte er im Wiener Ronacher eine Vorstellung des Magiers Kalanag besuchen dürfen. Sowohl die eskamotierte nackte Frau als auch die wegwerfenden Bewegungen des dicklichen Zauberers, der aus der Ferne wie der Bruder seines neben ihm sitzenden Vaters aussah, hatte er nie vergessen, auch weil er eingeschmuggelt worden war, denn wegen der Nackerten durften Kinder gar nicht zuschauen. Schließlich ging er neben dem Studium beim großen Magier Bartholomäus Muck in die Lehre, wurde sein begabtester Geselle. Dem späteren Bundeskanzler fiel er bei einem Landesparteitag der burgenländischen Sozialdemokraten auf. Er bestritt zusammen mit einem Kärntner Schlagersänger das begleitende bunte Programm und nahm mit seinen blitzschnellen wegwerfenden Bewegungen, mit seinen parodistischen Einlagen, den geistreichen Pointen über Land und Leute den damaligen Landesparteisekretär und späteren Unterrichtsminister für sich ein. Der holte Johannes als Berater ins Ministerium und nahm ihn mit, als er dem Alten als Bundeskanzler nachfolgte. Die sozialdemokratische Parteielite war von diesem Quereinsteiger und Günstling mäßig begeistert, und viele von ihnen entwickelten im Lauf der letzten Monate einen Grimm, der aus Neid und Sorge zusammengesetzt schien. Denn der Sonnyboy Tschonkovits genoss beim Chef Narrenfreiheit und verstopfte zugleich mit Vergnügen die Zugänge der Partei zum Kanzler. Man musste an ihm vorbei und konnte es nicht. Sie durften sich also bei ihm anstellen und um Termine betteln. Das behinderte sowohl die Sacharbeit als auch die eigenen Karrieren beträchtlich, aber beim Personalproblem Tschonkovits blieb der Bundeskanzler von aller Kritik unberührt, er vertraute seinem Magier, und basta. Die Gattin des Bundeskanzlers fand den Tschonkovits bestrickend, und so ward Johannes auch in die Familie aufgenommen und zauberte nicht nur am Ballhausplatz, sondern auch am Neufelder See. In den letzten Wochen war diesem Zauberer beträchtlich der Kamm geschwollen. Es kam vor, dass Minister und Staatssekretäre zusammenstanden und auf Tschonkovits warten mussten, weil der Regierungschef keine Besprechung ohne ihn abhielt. Also blieb vielen nichts anderes, als zu antichambrieren, den Kanzler lächerlich zu machen und ihm Kompetenz abzusprechen. Dieser aber war belesener, gebildeter als die Gegner in der Partei und von frappierender Offenheit, was seine eigenen Schwächen anging. Er tat nicht so, als wären die Probleme des Landes einfach zu lösen, bei Interviews zog er allzu häufig die Stirn in Falten und gab zu, noch keine Antwort gefunden zu haben. Die hatte Tschonkovits für ihn. Dem war es auch zu verdanken, dass die Auseinandersetzungen in der Stopfenreuther Au um das zu erbauende Kraftwerk nicht eskalierten. Der Bundeskanzler verordnete eine Nachdenkpause über Weihnachten neunzehnvierundachtzig, die Betonfraktion um einen hohen Gewerkschaftsfunktionär musste klein beigeben. Der Kanzler galt seitdem vielen als Weichei, und er machte hernach innerhalb und außerhalb der Sozialdemokraten eine gewisse Karriere als Witzfigur. Das alles kümmerte ihn nicht, er hatte sich nie um die Ämter gerissen, die er nun bekleiden musste, und er tat das auf seine Weise. Tatsächlich war der Einfluss von Tschonkovits nicht so groß, wie alle Welt dachte, aber von den Kämpfen, die Johannes mit dem Chef ausfocht, drang nichts nach außen.

Nun aber ging er bedrückt in die Innenstadt, setzte sich bereits um halb sieben am Abend ins Oswald & Kalb an den Stammtisch und begann sich mit einem Maler zu unterhalten, der erst vor kurzem von einem langjährigen Aufenthalt auf den Philippinen zurückgekehrt war und von Tschonkovits dringend wissen wollte, was sich im Land tut. Dem klagte Johannes nun sein Leid, dabei aß er zu Abend und trank sich gemächlich zu.

33.

Mein Gespräch mit Bonker erschien im Signal rechtzeitig, es machte guten Wind für die Macbethproben. Füglich rief mich Scherfele an:
»Du hast es wieder mal geschafft, Judith. Schönn hat auf Drängen von Karl-Heinz zugestimmt, unglaublich. Nicht einmal der Gartner war das je vergönnt. Übermorgen um zehn kannste kommen.«
Ich sagte natürlich sofort zu, obwohl ich das kommende Wochenende mit Roman verplant hatte. Überraschend hatte er mich eingeladen, ihn nach Südtirol zu begleiten. Er absolvierte seinen Weihnachtsbesuch bei Eltern und Schwester samt seinen zwei Nichten schon jetzt, damit er zu Weihnachten seine Ruh hat und sich irgendwo in den Süden ans Meer schmeißen kann.
»Welche Szenen sind dran?«
»Willst du soufflieren?« Scherfele schickte der Frage sein charakteristisches Gemecker hintennach, welches mich früher bei ihm regelmäßig aus der Stimmung warf. »Moment«, und ich hörte ihn blättern. »Eins sechs und eins sieben, also Duncan vor dem Schloss mit Bonker, von Gehlen, Gruber, und eins sieben, erst den Monolog vom Felix und dann den Mordplan mit Astrid zusammen. Ganz üppig. Hernach steht dir der Schönn exklusiv zur Verfügung, wir anderen natürlich auch.«
»Blöd«, sagte ich. »Ich tät den Fraul auch brauchen.«
»Was noch alles? Das ganze Ensemble, Gruppenfoto und dann ab in die Sauna?«
»Rüdiger! Du weißt doch, dass ich den Fraul forcieren muss. Allein war er schon, jetzt brauch ich ihn mit euch.«
»Er wird ohnehin da sein, wenn Astrid und der Dauendin proben. Da passt er auf, da schaut er besonders.«

»Von Dauendin kann man sich auch was abschauen.«
»Freilich, Judith. Mir ists wurscht, ob er da ist, darum musst schon du dich kümmern.«
Ich holte das Textbuch und las mir die Szenen durch. Jetzt hatte ich vergessen, Rüdiger zu fragen, ob der Fraul heute probiert. Aufs Geratewohl rief ich bei Karl an.
»Die Brunzbusche?«
»Ja«, sagte ich müde. »Wie gehts dir?«
»Zwei Frauen gehen, eine kommt oder tut so, als käme sie. Sodbrennen. Und dir?«
»Was soll das heißen?«
»Gar nichts. Was willst du?«
Ich sagte es ihm. Er versicherte mir, dass er Samstag bei den Proben dabei ist, außer seine Mutter stirbt gerade. Dann legte er auf. Ich fuhr in die Redaktion. Mittags war alles erledigt, wir standen noch bissl rum, denn die Gartner verabschiedete sich von uns im Guten, wie sie sagte, und blickte durch ihre dicken Brillen auf alle, ohne dass einer das Gefühl hatte, angeschaut worden zu sein. Sie übersiedelte nach Hamburg zum Echo, und wir durften merken, wie klein und provinzlerisch wir waren. Also hoben wir die Gläser, der Chef sagte was, wir nippten und gingen auseinander. Während der Zeremonie habe ich öfters zu Roman hingesehen.
»Bereust du die Einladung nach Südtirol«, fragte ich ihn, als wir den Verlag verließen und unser Esslokal ansteuerten.
»Es geht wirklich nicht«, sagte er. »Das hat nichts mit uns zu tun. Mein Vater hat grad wieder eine Phase, kurz, es passt nicht. Fahren wir ein andermal miteinander weg.«
Mit einem Mal hatte ich einen schlechten Geschmack im Mund. Dieser Feigling, dachte ich, da beugte er sich zu mir und wollte mich küssen. Wegen des Geschmacks drehte ich mich instinktiv weg, sodass sein Mund die Wange berührte.

»Mach keinen Stress«, murmelte er.
Das sagt er dauernd. Diese armen Männer. Wir aßen schweigend, ich ging danach heim und hatte genug von ihm.
Den kommenden Tag bereitete ich mich auf das Interview mit Schönn vor. Ich ging dazu in die Bibliothek, betrachtete die Fotos von früheren Inszenierungen, las etliche Interviews und begann mir sukzessive eine Vorstellung davon zu machen, was dieser Regisseur und Intendant fürs gegenwärtige Österreich bedeuten könnte. Darüber hätte ich gern noch mit Apolloner geredet, aber ich verkniffs mir. Wenn er zurückkommt von seinem Alkvater, kann ich immer noch mit ihm –. Soll er sich doch zum Teufel scheren.
Gegen Abend wurde ich schwermütig und meine Laune verschlechterte sich von Minute zu Minute. Ich hielts nicht mehr aus, ich fuhr ins Pick Up. An der zweiten Bar stand Roman mit Emanuel Katz. Ich ging schnurstracks auf Emanuel zu.
»Ich weiß, ich stör schon wieder«, sagte ich mit Blick auf Apolloner, »doch kann ich mit dir reden, allein?«
Katz lächelte, sah Apolloner an.
»Klar«, sagte er. »Gleich?« Ich nickte. Wir gingen zu einem Nischentisch, ich drehte mich um und winkte dem Roman beiläufig zu. Der wandte sich ab, zahlte und ging. Nun fragte ich den Katz darüber aus, worüber ich eigentlich mit Roman reden wollte.
»Was der Schönn für Österreich bedeutet? Nicht viel. Vielleicht für Wien. Für Wien ist er ein bissl eine Provokation. Ein bissl«, sagte Katz langsam.
Nach einigen Anläufen kam dann doch ein richtiger Vortrag von ihm. Ich hörte zu, während meine Gedanken abwechselnd bei Roman, bei Karl und bei Dietger Schönn verweilten. Die Deutschen hätten neunzehnachtundsechzig entscheidend mit der Aufarbeitung der Nazivergangen-

heit begonnen. Die legendäre Frage: »Vati, was hast du im Krieg gemacht?«, leitete die Debatte ein, und bis heute seien sie ziemlich weit gekommen damit. In Österreich schlafen sie alle hinterm Paravent der Lebenslüge vom ersten Opfer Hitlers. Daran hat in Österreich das Jahr achtundsechzig nichts geändert. Darüber hinaus hätten wir mit dem Sonnenkönig als Edel- und Alibijuden für sämtliche Antisemiten, alten und jungen, einen Kanzler erlebt, der mithilfe seines Justizministers die ganzen Nazigeschichten unter der Tuchent gehalten hat.

»Für den«, sagte Katz, »waren die Nazis passé. Doch die Austrofaschisten waren noch da, und wie, und also geschichtsmächtig. Ihnen galt sein Kampf. Da hält der Schönn dagegen. Das ist ein Altachtundsechziger von deutschem Schrot und Korn. Ein gründlicher Mensch. Ob er ein großer Künstler ist?« Katz wiegte seinen Kopf. »Das kann ich nicht entscheiden, ich bin nur ein kleiner Banker. Aber für die Josefstädter Bandelkramer, für das typische spießige Theaterpublikum ist er schon eine Zumutung. Ganz gut.«

Inzwischen hatte ich einigen Wein getrunken, und ich erwog, während er sprach und gestikulierte, ob ich mich nachher von ihm zu sich mitnehmen lassen wollte, aber nicht zum Kuscheln wie unlängst. Als es zum Zahlen kam, hatte ich keine Lust mehr und fands blöderweise auch unfair gegen Apolloner. Katz zuckte die Achseln, und ich ging heim. Ich schlief rasch ein und träumte von einem Kerl, der sah aus wie Luis Trenker.

Ich erschien rechtzeitig vor Probenbeginn auf dem Lusterboden, vereinbarte mit Dietger Schönn das Gespräch in der zweiten Pause, setzte mich an die Ecke hinten. Sie begannen mit eins sechs. Bonker erschien gemächlich, sah mich, hob seinen Arm und deutete mehr auf mich hin, als dass er

grüßte. Rüdiger Scherfele redete von unten zu ihm hinauf, doch Bonker begann mitten in den Redeschwall hinein mit dem Satz: *»Dies Schloss liegt wunderbar, leicht weht die Luft und öffnet unsern Sinn für Freundlichkeit.«* Dabei heftete er seinen Blick auf Scherfele, der prompt schwieg, indes Schönn neben ihm lachte und Bonker zurief:
»Monolog des Königs?« Bonker drehte sich um und sah, dass er allein dastand.
»Donnerwetter, wo ist denn nun der Gruber?« Nach dieser Frage ward es still, sodass wir alle hinter der Bühne einen heftigen Stimmenwechsel vernahmen. Anscheinend standen sich in den Kulissen Bastian Gruber und Astrid von Gehlen gegenseitig auf den Zehen, jedenfalls schrie sie auf ihn ein, und er brummte zurück. Scherfele eilte hinauf, lief an King Duncan vorüber, erschien wieder, und hinter ihm betrat Gruber als Banquo die Probebühne. Er stellte sich halb hinter Bonker, denn der mochte es nicht, wenn bei seinem Auftritt irgendwer neben ihm stand. Er wiederholte seinen Freundlichkeitssatz, und die Probe nahm ihren Lauf. Als eben Astrid von Gehlen aufzutreten begann, denn sie war, wie Schönn hinaufrief, zu früh hervorgekommen, schlüpfte Karl Fraul herein, ein breites Lachen im Gesicht. Die zwei sahen sich sofort, und der Raum begann zu schrumpeln und leicht zu knistern, so kam es mir vor.
»Rück rein«, sagte Fraul zu mir, scheuchte mich vom Eckplatz und glitt in den Stuhl. Nachdem er der am Rand der Bühne stehenden Astrid ausführlich zugeblinkt hatte, grüßte er mit der rechten Hand Richtung Regie und senkte hernach den Kopf.
Schönn sagte zum Banquo und stand dabei auf:
»Also Gruber, so tragisch ist der Satz wohl nicht. Leichthin, bitte leichthin. Nochmals ab *die Schwalbe* …«
Astrid von Gehlen verschwand, und Gruber näselte seinen

Part, um bei den Worten »*Wo Schwalben leben, lebt der Friede auch*« zu flüstern. Hernach im Ton eines Sportreporters endete er: »*... hab ich bemerkt.*« Bonker hob angewidert ob dieser Performance die Augenbrauen, richtete hernach sein rotes Gesicht huldvoll der Lady Macbeth entgegen, die nun im rechten Augenblick erschienen war.

»*Seht, seht, die Hausherrin.*
Oft wird uns Liebe, die uns folgt, zuviel,
doch sind wir dankbar, weils aus Liebe ist.
In diesem Sinn sei Gott gedankt für Eure Mühn,
die ihr euch für uns macht.«

Ich konnte mir nicht helfen, es war einfach überwältigend, wie Bonker diese einfachen Sätze sprach, als wäre er naiv und gutgläubig, wie es sein sollte, und doch schwang in seiner Stimme ein Ton mit, der vom erbbedingten Argwohn britischer Könige zeugte. Die Gehlen schien das ebenso aufgefasst zu haben, denn sie reagierte sogleich, ihr Antlitz, das eben noch Reste des Streits mit Gruber gezeigt hatte, verwandelte sich in die pure Liebenswürdigkeit, und so sprach sie ohne Ironie und ohne Unterstimme klar die Sätze:

»*All unsre Dienstbarkeit, zweimal getan*
mit jeder Kleinigkeit und dann verdoppelt,
wär armselig und leer und hielt nicht stand
der Ehre, die Majestät zukommen lässt
unserem Haus ...«

Hier unterbrach Schönn, ging auf die Bühne, es wurde leise verhandelt, dann gings weiter. Fraul neben mir blieb ganz still, aber ich hatte den Eindruck, er wartete auf die nächste Szene mit Dauendin als Macbeth, wenn der mit seinem *Wenns abgetan wär damit, dass ichs tu* seinen furiosen Monolog begänne.

Nach dieser Szene gabs die erste Pause, ich unterhielt mich

mit Rüdiger, der wie immer seine Bestlaune an jedem ausließ, der grad in der Nähe war. Astrid von Gehlen, Felix Dauendin und Karl Fraul standen als Gruppe beiseite, und ich gewahrte aus den Augenwinkeln, dass jeder von den dreien wie in einem gläsernen Zylinder sich befand und durch ihn auf die anderen guckte, redete und zuhörte. Bei Dauendin nahm ich einen gequälten Ausdruck wahr, Astrid sah abwechselnd den einen und dann den anderen an, aber womöglich bildete ich mir das alles nur ein.
In der Szene, die sie dann probten, geschah Ungewöhnliches: Dauendin hatte seinen Monolog beendet, einmal wiederholt, nun spielte er die Szene weiter mit Astrid. Er sagte noch den Satz: »*Sei bitte still. Ich wage, was ein Mann nur wagen kann. Wer mehr wagt, ist kein Mann.*« Dabei warf er den Kopf nach hinten, um trotzig der Erwiderung seiner unerbittlichen Gattin standzuhalten, rutschte aus, schlug nicht nur hin, sondern rollte über den Rand der Bühne hinunter. Während er hinfiel, lächelte Astrid noch, doch angesichts des weiteren Sturzverlaufs erstarrte sie, beugte sich dann vor und sprang wie eine Tigerin von der Bühnenrampe herunter und kniete sich zu Felix. Dauendin begann zu fluchen, das Fluchen ging in ein Stöhnen über, das Stöhnen in ein Schreien und Weinen. Er hatte sich, wie sich später herausstellte, den rechten Oberschenkelhals gebrochen, die Schulter ausgekegelt, zwei Rippen angeknackst und den Ringfinger doppelt gebrochen. Er wurde ins Böhler Unfallkrankenhaus gebracht, und ich schaute mit meinem großen exklusiven Interview durch die Finger.
Montag darauf verkündete Schönn in einer Pressekonferenz, dass Dauendin schwer verletzt, aber nicht in Lebensgefahr sei, er aber ohne ihn den Macbeth nicht aufführen könne, nicht aufführen wolle und die Produktion daher auf den Herbst neunzehnsechsundachtzig verschoben werde.

Ich musste sämtliche Vorberichte und Recherchen irgendwohin tun. Apolloner, der von Meran eben zurückgekommen war, rief mich in der Redaktion an, um mir nicht mitzuteilen, dass ihm was leid täte. Ich verabredete mich mit ihm für denselben Abend.

34.

Allmählich begann sich das Oswald & Kalb zu füllen. Tschonkovits breitete vor dem Maler das Panorama der politischen Entwicklung Österreichs in den letzten zehn Jahren aus. Während er erzählte und trank, setzten sich diverse Gäste an den Stammtisch, aßen, hörten schweigend zu und gingen wieder. Nach einigen Stunden schien Tschonkovits etwas aufzufallen, er unterbrach seine Ausführung, legte seine Hand auf den Unterarm des Malers.
»Tobias, wie gehts denn eigentlich dir? Wie wars da unten auf den Philippinen? Wieso kehrst du jetzt zurück?«
Tobias Malach lächelte über sein großes, quadratisches Gesicht, als er das Interesse an seiner Zeit da unten bei Johannes entdeckte. Er sprach einige Minuten mit Wärme von seiner Arbeit in der Nähe von Manila, den Menschen, die ihm in ihrer großen Freundlichkeit und Natürlichkeit viel bedeuteten. Ein angetrunkener Mann in einem eleganten dunklen Anzug näherte sich dem Stammtisch, hörte, an der Kante stehend, eine Weile zu, fasste sich abrupt mit beiden Händen an eine Stelle oberhalb seiner Knie, zwickte den Stoff seiner Hose zwischen Daumen und Zeigefinger, schob ihn hoch und ließ sich nicht ohne Geräusch auf einen der freien Sessel nieder. Er saß den beiden ins wechselseitige Reden Vertieften gegenüber, bestellte sich einen doppelten Calvados und nickte ihnen zu.

»Ist eh frei«, fragte er im Nachhinein. Malach, der für seine Höflichkeit bekannt und geschätzt war, neigte sachte seinen Schädel, holte Atem, um in seiner philippinischen Erzählung fortzufahren. Tschonkovits, welcher in Wahrheit ganz ohne Interesse an dem exotischen Zeug war, redete sogleich in den Atem des Malers hinein, akzentuierte nunmehr seinen aktuellen Kummer über die Unangreifbarkeit des schwarzen Präsidentschaftskandidaten. Der elegante Herr gegenüber schien mit einem Mal vom Alkohol niedergedrückt, er schaute auf die Tischplatte vor sich, konnte keine Notiz vom Gespräch der beiden mehr nehmen, sondern war wie von einer Nebelschwade umgeben. Hie und da allerdings schreckte er auf, um einen neuen Calvados zu ordern. Links und rechts hatten sich inzwischen einige Stammgäste niedergelassen. Sie begrüßten erfreut Tobias Malach, den sie in all den Jahren bestenfalls ein Mal im Sommer, wenn er auf Heimaturlaub war, gesehen hatten. Tschonkovits hatte genug getrunken und beschloss mit seiner düsteren Stimmung, die ihn auch hier im Lokal nicht verlassen mochte, aufzubrechen und schlechterdings heimzugehen.
»Ganz versteh ich nicht«, sagte plötzlich Malach, »warum du dem Doktor Wais unbedingt was anhängen willst. Das ist doch ein tadelloser Österreicher, der auf zugegebenermaßen etwas angeberische Art zu den übrigen Österreichern passt, auch zu mir. Persönlich ist er bescheiden, mit den Größen der Welt auf Du und Du, grad richtig für unser kleines bescheidenes Land.«
Tschonkovits warf einen raschen Blick in Malachs Gesicht, ob sich dort etwa ein Zug von Ironie oder Spott finden könnte, doch Malach war nicht nur wegen seiner Höflichkeit bekannt, sondern auch wegen seiner Naivität.
»Der Hansl war noch nie bescheiden«, sagte der Herr von

gegenüber, als sei er soeben aufgewacht und hätte die letzten Sätze der Unterhaltung aufgeschnappt. Alle schauten ihn an.
»Achso«, sagte er. »Ich bin mit ihm in die Mittelschule gegangen. In Klosterneuburg, ja, in Klosterneuburg. Auch nachher haben wir uns noch getroffen, ich bin Jurist, gestatten: Doktor Nekula.« Er stand auf, nickte und setzte sich wieder.
»Sehr ehrgeizig war er immer, der Hansl. Nicht bescheiden, ehrgeizig. Schon auch bescheiden, aber vor allem ehrgeizig. Und arrogant. Nach dem Krieg haben wir uns noch öfters getroffen, aber seit er Außenminister worden ist, war ich für ihn gar nicht mehr vorhanden. Gehört sich das für einen Schulfreund und Kriegskameraden? Hä? Da oben mit der Nasen?«
»Sie waren mit ihm in Russland?«, fragte Tschonkovits.
»I wo. Noch ein Calvados.« Nekula riss jäh das Maul auf und gähnte derart, dass der ihn anstarrende Tschonkovits glaubte, es bliebe stecken. Nekula schob sich die Hand vor den Mund, klappte ihn zu. »Entschuldigen Sie. Was haben Sie wissen wollen?«
»Nichts«, sagte Tschonkovits und erhob sich. »Hat mich gefreut, Tobias.« Er nickte den anderen zu, doch bevor er den Tisch verließ, fiel ihm ein, dass er noch zahlen musste. Er stand neben dem betrunkenen Juristen und rief den Kellner. Nekula äugte zu ihm hinauf und brummte:
»In Tirana war ich mit ihm. Ein halbes Jahr in dem Drecknest. Und in Priština. Ein noch ärgeres Drecknest.«
»Wie?« Tschonkovits wurde nüchtern. »Was?«
»Da schauts, meine Herrn«, rief Nekula und fuhr mit beträchtlichem Zungenschlag fort: »Kriegskameraden, aber jetzt die Nasen da oben.« Und er schob sich mit dem Finger auf der Nase den Schädel in sein Genick.

Tschonkovits setzte sich neben ihn, bestellte selber einen Calvados und begann ihn auszufragen, indes die anderen am Stammtisch dem Tobias Malach seine philippinischen Geschichten abhörten. Schließlich steckte Tschonkovits dem wiederum wegdösenden Nekula seine Visitenkarte in die Brusttasche seines Anzugs.

»Ich werde ihn aber wählen«, lallte Nekula. »Trotzdem. Kamerad bleibt Kamerad.«

Die Schwere war von Johannes Tschonkovits gewichen, als er auf die Straße trat. Statt heimzugehen, eilte er zum Bundeskanzleramt, grüßte den Nachtportier laut und vernehmlich, und im Büro begann er ungeachtet der Uhrzeit mit den Telefonaten. Bloß den Bundeskanzler sparte er sich auf. Den würde er nächsten Tag überraschen, dass es eine Freude ist.

Eines der Telefonate galt dem soeben aus Meran zurückgekehrten Roman Apolloner. Der saß daheim beim Abendessen, ihm gegenüber schenkte sich Judith Zischka ein Glas Rotwein nach. Roman war etwas deprimiert. Sein Vater machte wiederum eine intensive Saufphase durch, seine Mutter am Rande der Verzweiflung, es war alles unerquicklich, der Besuch bei seinen beiden geliebten Nichten in Obermais war von diesen polternden Ereignissen überschattet. Als er in Wien aus dem Zug stieg, schüttelte er sich wie ein Hund, fuhr mit dem Taxi heim. Nun aßen die beiden Rigatoni, die Roman in aller Eile zubereitet hatte. Judith erzählte ihrerseits vom Unfall des Felix Dauendin und ihrer zerplatzten großen Geschichte. Nein, Schönn wolle nichts mehr hören von einem Interview, er sei mit wichtigeren Dingen beschäftigt; was nun statt der Macbethpremiere und ob überhaupt etwas stattfinden würde, denn Dauendin war auch in zwei anderen Stücken drin, die nun umbesetzt werden müssten, aber mit wem? Nun konnte Judith Zischka bloß eine Wie-wäre-es-wenn-Reportage, lediglich einen Wenn-und-aber-Artikel verfassen, einen Munkelbericht schreiben, ein Als-ob-Interview sich ausdenken.

Von einer Verstimmung zwischen Roman und Judith war nicht die Rede, sie prosteten einander zu, als das Telefon läutete. Roman hob ab und formte im Umdrehen mit dem Mund lautlos »Tschonkovits« zu Judith hin. Sie nickte verdrießlich, aß ihre Nudeln auf, trank den Wein aus, ging ungefragt in Romans Küche, holte den Nescafé, goss heißes Wasser darüber und stellte sich zum Fenster, um abwechselnd dem Telefongespräch zuzuhören und den eigenen Gedanken nachzuhängen. Gegen Schluss des Telefonats schien sich herauszukristallisieren, dass Apolloner weg musste. Als er ihr verschlossenes Gesicht sah, nahm er sie in die Arme.

»Komm einfach mit, wenn du magst.«

»Ach, wohin denn?«

»Bundeskanzleramt. Der Tschonki hat ein Bombi.«

»Die Dankbaren sterben nicht aus«, sagte Zischka und küsste ihn. »Freilich komm ich mit.«

»Dankbar wofür«, fragte er, als sie ins Taxi stiegen.

»Dass du hinkünftig für ihn arbeiten darfst.« Apolloner grinste.

Nach zwei Stunden kamen sie zurück. Sie hielten sich nicht auf, gingen miteinander ins Bett, doch noch während sie ihren jeweiligen Höhepunkten entgegenatmeten, formten sich in Apolloners Kopf bereits die ersten Sätze jenes Artikels, der für ein gewisses Aufsehen im Land sorgen sollte. Judith begann mit ihrem imaginären Interview kurz vorm Einschlafen in Romans Armen, doch der rollte sie an die Wand, stieg aus dem Bett, setzte sich draußen an den Küchentisch und begann auf seiner Reiseschreibmaschine zu klappern.

35.

Den Montag darauf erschienen sowohl Apolloners Artikel als auch ein Bericht von Judith Zischka über den Unfall von Felix Dauendin und die Neuplanungen, die dadurch notwendig geworden waren. Wie in Wien üblich, erregte die Konfusion im Burgtheater die Wiener mehr als die Mutmaßungen, warum denn der Ex-UNO-Generalsekretär und Präsidentschaftskandidat Johann Wais einen Teil seiner Wehrmachtszeit in seiner Autobiographie verschwiegen hatte. Die Bombe, von der sich Tschonkovits so viel erhofft hatte, war ein Bömbchen, welches bloß in bestimmten Kreisen Aufmerksamkeit fand. Der Parteichef der Konservativen lief vor Zorn rot an, er beorderte einen Mitarbeiter von Wais, den Pressesprecher Novacek, zu sich. Dieser bestätigte dem Parteichef, dass Wais zweieinhalb Jahre auf dem Balkan Dienst getan hatte. Warum dies in seinem Buch nicht aufschien, erklärte er mit dem exzellenten Verhältnis, das Wais als UNO-General zu Marschall Tito aufgebaut hatte, sodass er und auch der außenpolitische Berater Jungnickel abgeraten hätten, dieses Detail zu erwähnen.

»Detail«, rief der Parteichef, »das sind zweieinhalb Jahre, die mir nichts, dir nichts einfach weggezaubert worden sind. Was hat er denn getan in der Zeit?«

»So genau weiß ich das auch nicht«, antwortete Novacek nach einer Weile. »Es wird schon nichts Besonderes gewesen sein.«

»Vorhin hat mich Lebensart angerufen. Er steht der Kandidatur sehr freundlich gegenüber, wie soll ich sagen, wenigstens bis dato. Glaubst du nicht, dass jetzt eine Schnüffelei losgeht?«

»Ich denke nicht«, sagte Novacek mit leiser Stimme. »Ich werde heute noch mit Johann sprechen, ich lege dir dann die Presseerklärung vor.«

»Was, du weißt auch nicht, was er getrieben hat am Balkan?«

»Nicht so genau. Beruhige dich. Er war 1c.«

Keiner der beiden hatte eine Ahnung, was 1c war. Novacek verließ den Parteichef. Auf dem Weg in sein Büro überfielen ihn kolikartige Magenschmerzen. Er musste stehen bleiben und sich im leichten Schneetreiben an einen Briefkasten anlehnen. Im Büro angekommen, stand Wais bereits an der Kante seines Schreibtisches, groß, hager und bleich im Gesicht.

In den nächsten Tagen tat sich gar nichts. Einige Zeitungen hatten sich kurz mit der Lücke in der Waisbiographie befasst, doch ansonsten verbrachte man die Zeit mit Weihnachtsvorbereitungen.

Edmund Fraul rief bei Lebensart an. »Glaubst du, dass da was dran ist?«

»Gar nichts ist dran«, sagte Lebensart. »Das wäre mir schon aufgefallen. Ich schlafe bekanntlich seit Kriegsende nicht. Das ist ein kleiner Soldat gewesen. Die Sozialdemokraten fischen überall nach Dreck.«

»Na, na«, machte Fraul. »Du bist dir sicher?«

»Sicher, Edmund, sicher kann man nie sein. Das weißt du so gut wie ich.« Lebensart stieß einen Seufzer aus, der sich auf dem Weg zum Ohr des Fraul noch verstärkte.

Der Bundeskanzler stand beim Fenster, öffnete es und sah auf die Wienerstadt. Die summte in der gewohnten Art, die Dächer der Stadt schirmten die sich gleichenden Privatheiten der Bewohner ab, zusätzlich ließ der Schneefall das Gesumms gedämpft erscheinen, eine merkwürdige Stimmung schlug dem horchenden Kanzler entgegen, eine zusammengepresste Fröhlichkeit, eine von den Dächern gut abgesperrte Heiterkeit, sodass bloß rudimentäre Lebensäußerungen wie Martinshorn, Gehupe oder das Geglückse von Trinkenden, Liebenden, Einsamen die Stimmung ornamentierte. Nichts ging in die Höh, kein Aufschrei, keine Empörung über die Lüge des Präsidentschaftskandidaten drang dem Lauschenden ans Ohr. Er schloss das Fenster und schaute mit traurigen Augen Johannes Tschonkovits an.

»Die Wirkung des Artikels, den du da lanciert hast, ist nicht beträchtlich.«

»Wart ab«, sagte Tschonkovits. »Dieser Artikel soll ein Lockmittel sein, ein Anspornfutter, ein Geschmacksverstärker, eine Losung für Witternde.«

»Drück dich bitte deutlich aus. Ich bin schon müde.«

»Wir müssen bloß warten, bis irgendwelche Historiker was finden. Die sitzen ab morgen in den Archiven. Der Wais wird sich auch erklären müssen, daraus folgen weitere Nachforschungen. Dass er was verschwiegen hat, wird sich noch rächen. Also Geduld.«

»Na schön«, meinte der Bundeskanzler säuerlich.

Für Apolloner waren die matten Reaktionen keine Überraschung. Er war schon lange der Auffassung, dass die politische Moral dieses Landes in Bezug auf die Nazivergangenheit im Keller ist, versteckt wie die Leichen dort. Er verschwendete also keine weiteren Gedanken daran, sondern nahm die Interviews mit Überlebenden wiederum auf, um endlich sein Buchprojekt voranzutreiben. Judith erzählte ihm, dass sie über Weihnachten und Neujahr nach Venedig fahren möchte, sie war schon länger nicht dort gewesen, sehne sich danach, vor Bellinibildern zu stehen und so gute Nudeln zu essen, wie bei ihm neulich. Roman überschlug bei sich die Vorhaben der nächsten Woche, um sich bei ihr zu erkundigen, ob sie nicht mit ihm in die Bruchbudenstadt reisen möchte. Ihr blieb der Atem weg.

»Du willst mit mir nach Venedig?«

»Eventuell. Den Bellini schau dir aber allein an. Bei den Nudeln bin ich dabei.« Sie lachten.

Es muss ihm was an mir liegen, dachte sich Judith, denn über die Weihnachtsfeiertage nach Venedig fährt doch der Apolloner nicht mit einer jeden. Das wärmte sie gehörig, vergnügt traf sie sich noch rasch mit Rüdiger Scherfele, damit der sie auf dem Laufenden hielt, was immer in der Burg demnächst ausgebrütet würde.

Der Unfall und der Ausfall von Felix Dauendin veranlassten die zahlreichen Gegner des Direktors Schönn, aufs Neue über das Chaos im Burgtheater herzuziehen, welches das ehrwürdige Haus nachhaltig zu beschädigen drohte. Sie wiesen auf die zahlreichen einheimischen Schauspieler hin, die Schönn entweder entlassen hatte oder mit hoher Gage spazieren gehen ließ und die um ein Vielfaches besser wären als der Piefke Dauendin. Innerhalb des Hauses hatte er diese Spaziergänger täglich gegen sich, das Theater war seit Monaten gespalten, und diese Spaltung breitete sich unaufhaltsam in der ganzen Stadt aus. Aber Dietger Schönn genoss diesen Riss, den er kreiert hatte, und ständig arbeitete er an der Vergrößerung dieses Risses. Theater muss verändern und empören, sonst ist es ein Scheißhaus. Mit dieser Auffassung brachte er einen Großteil der Wiener und nahezu alle restlichen Österreicher gegen sich auf. Das freute ihn sehr. Kurzerhand setzte er ein Stück von Raimund Muthesius auf den Spielplan, warf Termine über den Haufen, versprach, nach Dreikönig eine Pressekonferenz abzuhalten, um die Spielplanänderungen bekanntzugeben. Der Volksschauspieler Moritz Vesely, ein Gegner Schönns von der ersten Stunde an, schimpfte in drei Zeitungen gleichzeitig, dass nun das Haus endgültig an die Wand gefahren werde, aber bitte ohne ihn. Gleichzeitig erschien er bei Scherfele mit einem Einpersonenstück des Tiroler Schriftstellers Obertschatscher in der Hand und verlangte, dass dieses Werk demnächst – also gleich – mit ihm selbst in der ihm auf den Leib geschriebenen Rolle uraufgeführt werde. Der Großkritiker Habersatter, der die Burg bisher wohlwollend begleitet hatte, berichtete, Schönn würde sich über Weihnachten nach Unterach zu Raimund Muthesius begeben und dort mit dem Übertreibungskünstler eine neuerliche Österreichbeschmutzung ausbrüten. Der Anwalt der kleinen Leute Moldaschl schrieb in seiner täglichen Kolumne, er hätte nun genug von der zweiten Annexion Österreichs durch die Deutschen. Er wiederholte diesen seinen Überdruss bis Weihnachten mehrmals, sodass Schönn, wenn er diese kleinformatige Zeitung gelesen hatte, lachend von einer Kampagne gegen sich sprach. Mehrfach wurde er von Freunden gewarnt, sich nicht mit dieser Zeitung anzulegen. »Bin ich ein Politiker, dass ich mich vor dem Arsch Moldaschl fürchte?« Und über Weihnachten fuhr er nach Unterach, informierte bloß die Gartner. Die hatte nun als Einstand in Deutschland hübsch was zu berichten.

Rosa Fraul lag im Rudolfspital, erholte sich schnell vom Infarkt, empfing abwechselnd Mann und Sohn, lächelte sie an und schwieg. Kurz vor der Entlassung erlitt sie einen neuerlichen, wenn auch leichteren Infarkt, sodass sie weitere zwei Wochen im Spital verblieb. Die ganze Zeit fühlte sie sich leicht. Die Ameisen in ihrem Kopf waren verschwunden, sie lag da, wie unter Glas, und beobachtete neugierig, wie die Tage kamen und gingen. Sie schlief traumlos, wachte mit einem Lächeln auf und freute sich auf das Essen, freute sich auf die Besuche. Aber sie sprach nicht. Die Gegenwart war so unvermittelt in ihr Leben eingebrochen, dass es sie überwältigte. Sie nahm alles auf, was um sie vorging. Sie schien glücklich.

36.

Jedes Mal wenn Edmund Fraul nun morgens erwachte, war sein Mund ausgetrocknet, als hätte er die ganze Nacht nicht einen Atemzug durch die Nase getätigt. Er schaute immer in die andere Betthälfte, in der seit über zwei Wochen keiner war. Er hatte Rosas Polster vorm Einschlafen stets zerwühlt und die Tuchent hin und her geworfen, gelegentlich halb überm Bettrand zu Boden gelassen, damit er in der Früh nicht zuschauen musste, dass niemand da gewesen war. Nachdem er mit dem trockenen Maul und den undeutlichen Zuckungen von Resttraum auf der Netzhaut aufgestanden und ins Badezimmer geschlurft war, um mit Wasser den Mund in Ordnung zu bringen, stand er vorm Spiegel, betrachtete sein Antlitz und ging zurück ins Schlafzimmer, um das Bett zu bauen. Wie damals die Pritschen in den Lagern, war es sehr schnell fertig, mit scharfen Kanten und ohne eine Falte. Auch Rosas Bettseite wurde täglich frisch gemacht, damit er sie am Abend vor dem Einschlafen wiederum zerwühlen konnte. Den trockenen Mund hatte er erst bekommen, seit Rosa im Spital gelandet war. Er fühlte, dass es mit ihrem Fortsein zusammenhängen musste. Er machte sich Kaffee, schaute aus dem Fenster, schmierte sich ein Margarinebrot und riss das Kalenderblatt ab. Es war Donnerstag, der siebente Dezember, er hatte das Haus verlassen und stand in der Hollandstraße und wusste mit einem Mal nicht, was zu tun sei. Es war zu früh, um nach Kaiserebersdorf zu fahren, es war sogar zu früh, um Rosa im Spital zu besuchen, denn er würde bloß in die Visite geraten oder am Gang herumstehen. Es war nicht seine Zeit, um nach dem Frühstück in ein Gasthaus zu gehen, denn da ist er noch nie in ein Gasthaus gegangen. Schließlich entschloss er sich, das Dokumentationsarchiv des Österreichischen Widerstands aufzusuchen, um dort einige Akten einzusehen. Welche, wusste er noch nicht. Als er vorm Eingang stand, kam ihm der Gedanke, er ginge ins Archiv wie andere ins Kaffeehaus, und es ward ihm unbehaglich. Dennoch stieg er hinauf und überlegte dort, was er heute machen wollte. Er holte seinen Taschenkalender hervor, sah, dass er abends einen Vortrag in der Volkshochschule Brigittenau zu halten hatte. Er schüttelte den Kopf, steckte den Kalender ein, verließ das DÖW und schritt Richtung Buchhandlung Sillinger. Beim Café Korb blieb er stehen, wartete den Moment ab, in welchem die Verwunderung darüber abklang, dass Rosa nicht im Geschäft sein konnte, dann ging er ins Korb hinein und setzte sich an einen Fensterplatz. Aus den Augenwinkeln erfasste er auf der gegenüberliegenden Seite des Lokals die Schriftstellerin Paula Williams, die mit einer anderen Schriftstellerin, deren Namen er momentan nicht wusste, Kaffee trank. Er bestellte sich eine Melange. Als er den ersten Schluck getan

hatte, fiel ihm ein: Paula Grünhut. Von ihr wusste er, dass sie als Jüdin in der Nazizeit all die Jahre in verschiedenen Wohnungen mit ihrer Mutter sich verstecken musste. Die beiden Frauen sahen ihn und nickten ihm zu, er grüßte.
Edmund Fraul dachte an Apolloner, der ihn hier interviewt hatte und an dessen Artikel im Signal über die geschönte Biographie des Präsidentschaftskandidaten. Balkan, dachte er. Globocnik, Lerch dachte er. Ernst Lerch, dessen Verfahren sie in Klagenfurt eingestellt hatten und der dort jahrelang sein Café führte. Eine meiner Niederlagen, dachte er. Er sah auf die Uhr. Da es noch immer zu früh war für alles, was zu tun war heute, beschloss er, zum Krematorium zu fahren und das Urnengrab von Robert Heller aufzusuchen. Danach fuhr er zu seiner Mutter.
Franziska schien ihn nicht ganz wahrzunehmen, als er ihr gegenüber Platz nahm. Er begann wie immer mit seinen Fragen nach ihrer Gesundheit, dem Essen und richtete sich hernach in diesem Schweigen ein, welches nach kurzer Zeit wie stets sich herstellte und ausbreitete. Plötzlich sah Franziska ihren Sohn an.
»Wie gehts der Rosl«, fragte sie.
»Gut«, antwortete er überrascht. »Den Umständen entsprechend. Sie hat einen Herzinfarkt gehabt.«
»Das weiß ich doch, Edmund. Küsse sie von mir.« Edmund nickte. Franziska schloss die Augen. Fraul nahm ihre Hand.
»Es wird schon werden«, sagte er.
»Na ja«, sagte sie leise und begann einzuschlafen.
Vor dem Altersheim stand er, überlegte, ob er zu Rosa oder bereits ins Hörndl oder zum Praterer fahren sollte. Eigentlich wäre er heute dran gewesen, denn er wechselte sich mit Karl ab, der gestern bei seiner Mutter war. Er zuckte die Achseln und fuhr zum Praterer. Er war allerdings auf

der Erdberger Seite bis zur Haidingergasse gewandert und setzte mit der Überfuhr zur Friedensgasse über. Der Fährmann war halbwegs nüchtern und lächelte Fraul an. Der gab ihm zehn Schilling, tippte sich auf den Hut und verließ das Boot.

»Donge, Herr Fraul«, sagte ihm der kleine Robert in den Rücken. Im Wirtshaus saß Wilhelm Rosinger und schaute ihm entgegen. Fraul setzte sich an dessen Tisch.

Nachdem er Rosinger ins Gesicht geschaut hatte, stand er auf und zog seinen Mantel aus, hängte ihn mit dem Hut an einen Haken des Kleiderständers. Eigenartig, dachte Rosinger, wieso setzt er sich zuerst her, dann legt er ab. Will er den Platz vorwärmen?

»Grüß Sie, Rosinger«, sagte Fraul.

»Grüße Sie, Herr Fraul«, sagte Rosinger. »Wieder hier?«

»Wieso?«

»Letzten Donnerstag waren Sie weder da noch beim Hörndl drüben.« Fraul sah sich nach Vickerl um, der hinter der Schank Gläser wusch.

»Vickerl«, rief Rosinger statt Fraul, und dieser bestellte sich sein Bier und die Karte.

»Haben Sie schon gespeist?« Rosinger nickte und sagte ihm, was er gegessen hatte.

»Das Gleiche«, sagte Fraul zum Wirt und gab ihm die Karte zurück.

Wilhelm Rosinger schien sich zu freuen.

»Wie gehts Ihnen?«

»Wie immer«, sagte Fraul gleichmütig und schwieg. Auf das hinauf sagte Rosinger nichts. Als das Essen kam, sah er zu, wie Fraul es langsam zu sich nahm. Der bemerkte das zwar, es schien ihn aber nicht zu irritieren.

»Meine Frau liegt im Spital. Herzinfarkt«, sagte plötzlich Fraul und sah dabei aus dem Fenster.

»Das tut mir leid.«
»Danke.« Rosinger schwieg, denn er wusste nicht, was er jetzt sagen sollte.

Die letzten Wochen sind dem Wilhelm lang geworden. Ihm ging die Hedi wieder so ab. Jetzt war sie neununddreißig Jahre tot, aber in seinen Träumen kam sie immer öfter. Wenn ich hernach wach liege, dachte Rosinger, erinnere ich mich an die beiden Nachkriegsjahre mit ihr in der Apotheke. Wie ich hinten gesessen bin und ihr zugeschaut hab, wenn sie die hungrigen und abgehärmten Kunden bedient hat, ihnen die Salben gemischt und gute Worte zu ihnen gesprochen hat. Viele Stunden hab ich sie immer wieder von hinten angeschaut und ich war glücklich, sie zu haben, mit ihr zu sein, auch wenn ich über meine Tätigkeit in Auschwitz nicht gesprochen hab, sie hat mich aber auch nichts gefragt. Nächtens hat sie mich oft in die Arme genommen und mich gewiegt, wenn ich nach kurzem Schlaf klamm und bang aufgewacht bin. Aber weil es dem Herrgott nicht gepasst hat, dass ich wieder froh werde trotz all dem, was ich im Lager angestellt gehabt hab, hat er mir die Hedi fortgenommen. Sechs Monate nach dem ersten Kopfschmerz war sie tot. Gott sei Dank hat sie es nicht erlebt, wie ihre Eltern und ihr Bruder sich gegen mich benommen haben. Sie war grad unter der Erde, schon haben die begonnen, mich aus der Simmeringer Wohnung zu ekeln. Es war mir schließlich ganz recht, als ich weggezogen bin und in die Geologengasse, denn ohne Hedi ist es nicht auszuhalten gewesen dorten, und mit der Apotheke hab ich auch nichts zu schaffen haben wollen. Es war gut, dass ich auf alles, was mir zugestanden wäre, verzichtet hab. So habe ich die Hedi für mich behalten. Ihre Verwandtschaft hat mir Angst gemacht, denn sie hat nur Verachtung und

Spott für mich übrig gehabt. Wenn ihre Leute von meiner Vergangenheit gewusst hätten, dann hätten sie mehr Respekt gehabt. Als ich dann meinen Prozess hatte, waren sie heimlich sehr beeindruckt, denn nie hätten sie mir das zugetraut, was ich getan habe. Dann haben sie mich wieder für einen Schlappschwanz gehalten, weil ich die Schuld zugegeben hatte. Sie waren ordentliche Nazis gewesen, der Bruder ein Mediziner und die Eltern beide in der Partei. Nachher war denen ihr Name natürlich Hase. Ach was. Ich selbst war auch bis zum Prozess Herr Hase und mit weniger Grund als andere, die vielleicht nicht so viel angerichtet haben. Dass schließlich und endlich meine Schwester mir gegenüber in die Mietswohnung eingezogen ist mit ihrem Willibald, hat mich anfangs gefreut. Ich hab ihm die Arbeit bei der Horch- und Guckgesellschaft verschafft. Aber der Willibald ist ein Pechvogel gewesen, dachte Rosinger. Nicht nur, dass er die Agnes als Frau bekommen hat, was man nicht grad ein Glück nennen hat können, weil sie ist ja ein ziemlicher Schragen, er ist dann auch noch von einem Einbrecher erschlagen worden, nachdem er den Kerl in flagranti erwischt hat. Das hat die Agnes achselzuckend weggesteckt, sie ist allerdings noch grauslicher geworden. Jetzt schwärmt sie für den Jupp Toplitzer, diesen Jungspund der Freiheitlichen, und vom Adolf redet sie in einer Tour freundlich und gnädig. Einmal Be-de-em, immer Be-de-em. So schau ich zwar von meinem Platz am Fenster öfters zu ihr rüber, bin aber froh, wenn ich meine Ruh hab. Umso mehr bleibt mir die Hedi. Die Hedi ist dir unverloren, hat schon der Willibald damals gesagt, weil ich mich gar nimmer für eine andere Frau interessiert hab.
»Wie gehts ihr jetzt«, fragte Rosinger nach einer Weile und hörte dabei seine verzagte Stimme.
»Eh ganz gut.« Fraul schaute auf seine Uhr.

»Meine Frau ist vor fast vierzig Jahren an einem Gehirntumor gestorben.«
»Zu spät, um Ihnen Beileid zu wünschen.«
Rosinger spürte einen bitteren Geschmack im Mund. Für Beileid ists nie zu spät, dachte er.
»Wusste Ihre Frau von den mit der Spritze getöteten Kindern, Rosinger?«, fragte Fraul schroff.
»Wo wir doch selber welche wollten«, antwortete Rosinger und schüttelte den Kopf. »Weshalb halten Sie mir das jetzt wieder vor?« Fraul schaute ihm fest in die Augen.
»Das vergeht doch nicht.«
»Nein, das vergeht nicht. Aber auch Hedi ist nicht vergangen. Das bleibt mir.« Und dem Wilhelm wurde es eng, nachdem er so geantwortet hatte. Er atmete tief ein.
»Die Toten bleiben einem vielleicht. Die Ermordeten immer«, sagte Fraul und erhob sich. Er zögerte, dann gab er Rosinger die Hand, lächelte einen Moment und ging vor zur Theke, um zu zahlen.
»Ich nehm Ihres mit«, rief er über die Schulter.
»Vielen Dank«, rief Rosinger zurück. »Baldige Genesung Ihrer Gattin.«
Fraul hob beim Hinausgehen, ohne zurückzuschauen, kurz den Arm und ging. Wilhelm blieb noch sitzen. Das war doch nett von ihm, dachte er, trank ein zweites Bier, saß noch ein Weilchen im Praterer, in sich gekehrt.

37.

Ich mied das Zimmer fünf im dreizehnten Stock, in dem Rosa Fraul lag, denn sie wurde, wie ich mitbekam, von Karel jeden zweiten Tag besucht. Ich war mit Inge Haller bei den Visiten mit dabei an ihrem Bett und wunderte mich

hiebei über ihr entspanntes und lächelndes Gesicht, ihre halbgeschlossenen Augen, durch die sie, wie ich bemerkte, alles um sich herum deutlich wahrnahm.
Gestern platzte Karl in die Visite hinein, verließ zwar gleich das Zimmer, um draußen abzuwarten, aber mir wurden sofort die Beine schwer, und meine Hände begannen zu zittern. Inge bemerkte es, trat zu mir.
»Du musst gar nicht dabei sein, Margit«, flüsterte sie mir zu, ohne zu bedenken, dass ich dem Karl in die Arme rennen würde, wenn ich während der Visite das Zimmer verließ. Ich schüttelte den Kopf und versuchte mich zu konzentrieren. Inge las das Krankenblatt von Rosa Fraul aufmerksam und sehr langsam durch, begann hernach auf sie einzureden. Ich sah, dass Rosa ihr genau zuhörte und am Ende der Sätze jeweils unmerklich nickte. Das tat sie auch auf die wiederholte Frage der Oberärztin, wie sie sich denn fühle, ob sie alles hätte. Sie verneinte, als Inge sie wegen Schmerzen befragte, und verblieb in einer friedvollen Stille, ließ über sich ergehen, was immer man wegen ihr veranlasste. Beim Hinausgehen sah ich, dass Rosa mir nachschaute, als ob ich ihr bekannt sei und vergessen hätte, ihr etwas zu sagen oder so. Draußen stand Karl, grinste mich an und neigte den Kopf. Ich ging grußlos an ihm vorbei. Dabei war es mir, als würde ich, da ich an seinem Körper vorüberging, in seine Geruchswolke eingewoben, mir stieg das Blut in den Kopf und meine Haut prickelte. Ich musste mich beschleunigen, um aus dieser Aura herauszufinden, und wäre um ein Haar gestürzt, die Papiere fielen mir aus der Hand. Ich drehte mich um und sah, während ich zurückwich, dass Inge Haller und Karl Fraul sich gleichzeitig bückten, um die Zettel aufzuheben.
»Lassen Sie nur«, fuhr Inge den Karl an, stand auf, kam mir nach und drückte mir das Zeug in die Hände. Mit gesenk-

tem Kopf ging ich weiter und hatte das Gefühl, an den Aufzügen in der Mitte vorbeizugehen, in die andere Seite des Ganges einzutauchen, weiter und weiter bis ans Ende zu schreiten, schließlich an der Mauer eine Tür zu finden und aufzutun, hinter der ich ganz und gar verschwinden konnte. Ich blieb stehen, ging ins Schwesternzimmer, legte das Zettelwerk ab und stand da. Schwester Beate sah hoch. Ich trat zum Fenster und blickte auf den Park hinunter und auf die Häuser der Juchgasse. Schließlich drehte ich mich um und setzte meine Arbeit fort, denn sowohl das Geprickel als auch die Erinnerung an den Geruch von Karl waren verschwunden, verschluckt. Ich bemerkte erleichtert, dass ich gar nichts spürte.

An den freien Tagen, die nach Wochenend- und Nachtdienst folgten, suchte ich mich zu beschäftigen, indem ich dicke Bücher aus der Städtischen Bücherei holte und mich in sie versenkte. Ich begann mit Doktor Faustus und setzte mit Krieg und Frieden fort. Bei Thomas Mann kam ich allerdings, wie alle Welt, beim Tod des Kindes ins Heulen, der Tolstoi verhalf mir bei den Schlachtbeschreibungen zu einem passablen Schlaf, nachdem ich die ersten Nächte nach der Trennung schlaflos geblieben war.

Seit einer Woche ruft mich Stefan täglich an, als hätte Mutter ihm das aufgetragen. Gestern überredete er mich, mit ihm ins Kino zu gehen, ein Western mit Franco Nero. Nachher erzählte er mir, dass er irre verliebt sei in eine Jüdin.

»Wieso Jüdin, woher weißt du?«

»Sie trägt einen Magen David.«

»Einen was?«

»Magen David.«

»Und warum erzählst du mir das?«

»Nur so. Du wirst auch wieder wen finden.«

Großartig, mein kleiner Bruder als Trostspender, weit ists mit mir gekommen. Nachdem ich mit dem Nachsommer fertig war, hatte ich plötzlich die Leserei satt. Ich saß daheim, legte den Telefonhörer neben die Gabel und versank in Musik. Das tat mir nicht gut, vor allem Tschaikowski und Chopin brachten mich in trostlose Stimmungen. Außerdem erschien Mutter jedes Mal wenn ich mich abgestöpselt hatte, um nachzusehen.
So geht das nicht weiter, dachte ich, als ich mich wieder zum Dienst fertig machte. Ich beschloss, mich Karls Mutter bekannt zu machen.
Ich wartete meinen Dienstschluss ab und ging gewissermaßen in meinen Zivilkleidern zu Rosa Fraul. Ich hatte überlegt, Inge einzuweihen oder gar mit ihr die Gründe zu besprechen, warum ich den Kontakt zu Karls Mutter aufnehmen wollte, doch womöglich hätte sie mir abgeraten oder es sogar zu verbieten versucht. Ich war mir selbst nicht im klaren, es zog mich zu Rosa Fraul hin, ich wollte herausbekommen, wer das ist, die ich nicht zu meiner Familie zählen durfte. Ich verließ das Spital, um nach einigen Minuten wie eine Besucherin wiederzukommen, fuhr zum dreizehnten Stock und hoffte, ungesehen in Rosas Zimmer zu gelangen. Als ich oben aus dem Aufzug trat, stand Guido Messerschmidt vor mir. Sein Gesicht verfärbte sich sogleich zart, als er mich sah. Ich grüßte und wollte an ihm vorbei.
»Sie haben Dienst?«, fragte er mit leiser Stimme, sah sich dabei um.
»Woher wissen Sie, dass ich keinen Dienst habe? Haben Sie nachgesehen?«
»Ja, Frau Doktor Keyntz, das hab ich.« Es war lächerlich, ihn zu fragen, warum er das tat. Ich fragte ihn also, weshalb er mir nachspionierte. Er antwortete nicht. Ich wartete einen Moment, dann senkte ich meinen Kopf leicht zum Gruß

und ließ ihn stehen. Beim Davongehen verspürte ich natürlich den Impuls, mich umzudrehen, um zu schauen, ob er hinter mir her blickte, doch ich spürte seinen Blick nicht im Rücken, ging einfach weiter, schnurstracks zum Zimmer von Rosa Fraul und trat ein.

Frau Fraul sah auf die Decke, ihr Gesicht war hübsch und nahezu ohne Falten, wie Gesichter von älteren Frauen kurz nach dem Tod, aber ihres war gut durchblutet. Sie hatte die Augen wie meist halb geöffnet. Ich setzte mich zu ihr und schwieg, weil ich nicht wusste, wie ich beginnen sollte. Ich wusste allerdings von den Visiten, dass sie kein Wort gesprochen hatte, stets freundlich lächelte. Sie war keineswegs in ihrer Welt, sie nahm deutlich Anteil am gegenwärtigen Geschehen, jeder sah das, aber sie äußerte sich nicht. Wie soll ich, dachte ich mir, mit ihr reden, wenn sie … Ich räusperte mich, um zu sehen, ob sie darauf reagierte. Sie sah mich wohl an, nickte unmerklich.

»Grüß Gott, Frau Fraul«, sagte ich zu ihr mit etwas zu lauter Stimme. Es traf sich gut, dass sie gegenwärtig allein im Dreibettzimmer lag.

»Ich bin Margit Keyntz, hier Turnusärztin, und hab Sie begleitet seit dem Tag, an dem Sie eingeliefert wurden. Wie geht es Ihnen?« Rosa Fraul sah mich fragend an.

»Jetzt bin ich aber nicht als Ärztin hier, sondern ich will Sie kennenlernen, denn Sie wären womöglich in einigen Monaten meine Schwiegermutter geworden. Ich bin drei Jahre mit Ihrem Sohn Karl, Karel, liiert gewesen.«

All das sprach ich schnell, aber leise zu ihrem Ohr hin und merkte, wie mir beim Sprechen allmählich der Atem ausging, weil ich ihn nicht immer dann holte, wann ich ihn benötigte. Ich musste husten und wandte mich ab. Als ich mich wieder Rosa zuwandte, hatte sie ihre Augen geschlossen. Ich hob den Kopf und sprach weiter:

»Wir hatten es gut miteinander. Am Anfang unserer Liebe, ja Liebe, hatte Karel große Schwierigkeiten am Theater, er fühlte sich in seinen Fähigkeiten nicht wahrgenommen und stritt sich viel mit dem Direktor Schönn herum. Ich war mitten im Studium, aber obwohl ich selber einiges um die Ohren hatte, stützte ich ihn, half ihm und versuchte auch sein angeschlagenes Selbstbewusstsein zu stärken, ihn zu ermutigen. Er war dann in Graz engagiert, wie Sie ja wissen, und hatte dort Erfolg um Erfolg. Wie oft fuhr ich zu ihm und wie oft probte er bei mir seine neuen Rollen, wir waren ein Team, das heißt, nein, ich half ihm und er belohnte mich mit seinem explodierenden Talent und seiner Hingabe. Jetzt hatte ihn der Burgtheaterdirektor zurückgeholt nach Wien und ihm diese schöne Rolle gegeben, den Macbeth, nein, den noch nicht, den Malcolm, das wissen Sie ja alles.«
Ich rang nach Luft und spürte, wie mein Gesicht brannte. Rosa Fraul schlief sicher nicht, sie hörte mir zu, aber sie ließ sich nichts anmerken.
»Jetzt hat eine der großen Diven des Theaters, diese Astrid von Gehlen, sich meinen Karel gegriffen, und er, dieser ehrgeizige und zugleich naive Kerl, ist auf sie reingefallen.«
»Was soll das. Bist du wahnsinnig geworden?«
Inge Haller stand hinter mir. Ich hatte ihr Hereinkommen nicht bemerkt. Sie packte mich hart an der Schulter und versuchte mich vom Sessel hochzuzerren. Ich merkte, wie in meinem Brustkorb etwas zersprang, ich stieß einen Schrei aus und stieß Inge Haller heftig zur Seite, sodass sie zu Boden stürzte. Ich sah noch, wie ihr Kopf am Boden aufschlug und dass ihre Haare sich lösten, ich hörte das dumpfe Geräusch des Sturzes und wusste, dass ich davonlaufen wollte.

Als Margit Keyntz die Augen öffnete, saß Inge Haller an ihrem Bett und sah sie aufmerksam an. Margit hatte das Gefühl, als wäre sie selbst gar nicht da; sie sah bloß irgendwen im Bett liegen.

»Was ist?«, fragte sie.

»Nervenzusammenbruch, Liebes. Keine Sorge. Ruhe.«

»Wo bin ich denn?«

»Klinik Berner.«

»Was mache ich auf der Psychiatrie«, sagte Margit, lauter werdend, und ihr Herz begann schneller zu pochen.

»Ruhe«, sagte die Haller nochmals. Sie veranlasste etwas, und schon wurde Margit eine Spritze verabreicht. Kurz darauf schlief sie weg, nachdem sie der Oberärztin mit einem bösen Blick schweigend das Gesicht zerwühlt hatte. Haller stand schließlich auf, sah kummervoll auf die Eingeschlafene hinunter, zögerte, beugte sich nieder und gab ihr einen Kuss auf die Schläfe, schloss leise die Tür.

»Sie schläft«, sagte sie zu Guido Messerschmidt, der draußen auf und ab gegangen war.

»Darf ich?«, fragte er. Inge lächelte.

»Ich bin doch hier nicht die behandelnde Ärztin. Gehen Sie rein, aber fangen Sie nicht an, mit ihr zu reden.« Sie nickte ihm zu und ging.

Guido schlüpfte ins Zimmer und betrachtete im Stehen das Gesicht der Schlafenden. Wie schön sie ist, dachte er.

38.

Wiens Bürgermeister Purr saß in seinem Büro und schnarrte seine Kulturstadträtin an:

»Was soll das, Hedwig? Wieso hat dir der Krieglach das Grafflwerk nicht gezeigt? Das geht nicht. Wir werden doch

noch einen Blick darauf werfen dürfen, bevor wir es den Wiener Hyänen vor die Schnauzen stellen.«
»Ich kann ihn nicht zwingen, Schorsch«, sagte die Kulturstadträtin. »Herbert hält das sofort für Zensur und brüllt, dass mans bis zum Donaukanal hört.«
»Zu blöd.« Purr begann, wie es seine Art war, in seinem eigenen Büro hin und her zu gehen, setzte sich plötzlich hinter den Schreibtisch, schlug mit der Faust auf die Akten, die vor ihm lagen.
»Katzenbeißer soll mit ihm reden und mich ankündigen. Und zwar gleich.« Indes er zum Telefon griff, um Wendelin Katzenbeißer anzurufen, der unlängst ins Unterrichtsministerium gewechselt war, um dort auf Bundesebene im Hintergrund die Kulturfäden zu ziehen, verzog die Kulturstadträtin das Gesicht. Wendelin Katzenbeißer war Einbläser bei ihrem Vorgänger Trnka gewesen. Als sie das Kulturamt übernahm, musste sie den Katzenbeißer loswerden. Dies ging eben bloß, indem er ins Unterrichtsministerium weggelobt wurde. Das war zwar für ihn ein erheblicher Machtzuwachs, und gleichzeitig gelang es, einen roten Partisanen im schwarzen Ministerium zu installieren, aber für Hedwig Ebner war die Bahn frei, in ihrem Amt nun schalten und walten zu können, wie sie wollte. Leiden konnte sie den Katzenbeißer gar nicht, sie empfand ihn nach wie vor als Bedrohung. Schließlich hatte Purr ihn ins Ministerium gehievt mit Unterstützung des Bundeskanzlers und von Tschonkovits.
»Einen Moment, Schorsch«, sprach sie zu ihm, während er bereits die Nummer wählte. »Warte doch.« Purr unterbrach, sah das verärgerte Gesicht der Ebner und legte den Hörer wieder auf.
»Wenn der Herbert mir sein Werk nicht offenlegte, wird er es auf Zureden des Genossen Katzenbeißer auch dem

nicht enthüllen, und er verdirbt dir noch dein Entree bei ihm.«
Purr lachte sie an. »Was schlägst du vor?«
»Geh selber hin. Ecke Laufbergergasse und Böcklinstraße ist ein Telefonhüttl. Von dort rufst du ihn an, damit er keine Ausreden hat. Er verdankt dir doch was. Dir wird er das Kunstwerk schon zeigen.«
»Dankbarkeit gegenüber politischen Freunden gehört nicht zu seinen Lastern«, sagte Purr und stand auf. »Der Katzenbeißer ist aber so geschickt und kann gut mit dem Herbertl.«
»Da irrst du dich gewaltig.« Die Kulturstadträtin lief rot an vor Zorn. »Krieglach hält den Katzenbeißer für einen üblen Intriganten, und da hat er ja auch recht. Er wird ihn hochkant hinauswerfen.«
»Den Katzenbeißer hat noch keiner rausgeworfen«, murmelte Purr und nahm seine Wanderung wieder auf.
»Du brauchst wirklich den Wendelin, um mit deinem Freund Herbert klarzukommen? Ich glaubs nicht.« Zornig erhob sie sich und wandte sich zur Tür.
»Mir ists unangenehm, ihn zwingen zu müssen. Das hättest schon du zustande bringen können.« Ebner schwieg.
»Noch etwas?«, fragte sie nach einer Weile.
»Andrerseits lässt er sich von Frauen nichts sagen, das ist ja bekannt.«
»Eben«, machte sie und ging auf die Tür zu.
»Entschuldige, Hedwig«, sagte Purr. »Dann werd ich halt. Wo ist er denn jetzt?«
»Ich ruf dich gleich an und sag dirs.« Die Kulturstadträtin verließ das Büro des Bürgermeisters, machte die Tür von außen betont leise zu.
Eine Stunde später stand Purr in der Telefonzelle der Laufbergergasse, während der Chauffeur draußen neben dem

Dienstwagen stand und eine Zigarette rauchte. Purr öffnete das Türl.

»Haben Sie einen Schilling, Kurt?« Der Chauffeur schaute in sein Börsel und nickte.

Krieglach saß mit seiner Frau Emmy beim späten Frühstück. Er hatte schlechte Laune wie zumeist am Morgen. Er hing in seinem Frühstücksstuhl drin, als wäre er ein draufgeworfenes Kleidungsstück, gähnte ständig und wartete, dass Emmy ihm sein durchaus frugales Essen vorsetzte. Als Schinken, Eier und Käse auf dem Tisch standen und sie ihm den Tee eingoss, erhob er sich, holte sein Labgetränk, wie er es nannte, und schüttete es dazu. Emmy bedachte diese Verrichtung mit einem kurzen Blick, um sich hernach ihren Tee an die Lippen zu führen. Er schwieg. Gestern Abend war Emmy aus Edlach allein zurückgekehrt, sie war in der Wohnung Schadekgasse etwas zugange, fuhr noch spät nach Einwilligung ihres Gemahls in sein Atelier, um hier bei ihm zu übernachten. Nächsten Tag wollte sie mit ihm einen ausgedehnten Spaziergang im Prater unternehmen, damit er nach tagelangen und angestrengten Arbeiten sich wieder in den Alltag eingehen konnte. Ohne sie würde Krieglach den ganzen Tag im Atelier verbleiben, seinem Getränk zusprechen und zeichnen. Wenn bei anderen Gedanken durchs Hirn strichen, dann fertigte er stattdessen Kritzelzeichnungen an, große nervöse kreiselhafte Ausrückungen, schnell und mit Geschnaufe hingeworfen. Ohne Emmy würde er nachmittags einnicken, sich in Kriegsträumen wälzen, um hernach weiter und weiter zu kritzeln und zu schnaufen. Abends würde er sich aufmachen, seinen Galeristen in der Zollergasse aufzusuchen. Wenn sich niemand anderer einfand, würde er mit dem Galeristen zu politisieren anfangen, sich im Laufe des Abends immer mehr und weiter in Rage reden. Emmy würde ihn von dort abholen. Dann würden die beiden noch in ein Lokal gehen, etwas essen, und Krieglach würde dort weitere Leute finden, mit denen er streiten und schimpfen konnte. Emmy saß stets ruhig dabei, schätzte den Zeitpunkt ab, an dem sie begann, ihren Mann von der jeweiligen Auseinandersetzung wegzuzerren, oder sie erkannte vor ihm seinen Müdigkeitsgrad, sodass es ihr möglich wurde, ihn sachte zum Aufbruch zu bringen.

Als nun das Telefon läutete, warf Emmy einen Blick auf Herbert. Er hob seine Augen zum Plafond und stand auf. Während er mit dem Bürgermeister redete, trug sie das Geschirr hinaus. Als sie zurückkam, saß er in seinem Sessel.

»Purr kommt.«

»Wann?«

»Gleich.«

»Was will er?«

»Geht dich nichts an.«

»Geh ich?«

»Bleib.«

Purr hatte in der linken Hand Blumen, in der rechten eine Flasche Zubrówka. Emmy Krieglach nahm ihm den Mantel ab und die Blumen, führte ihn herein. Krieglach stand auf, verneigte sich, breitete die Arme aus.

»Was führt dich her, mein Fürst, welche Mühe, um elf am Vormittag?« Und er nahm den Żubrówka entgegen. Purr lachte und wollte antworten.

»Sag nichts, Doktor Purr. Lass mich raten.«

»Kaffee?«, fragte Emmy. Purr nickte. Sie ging.

»Du willst dir das Monumenterl anschauen, welches ich da hinten stehen hab, und verhüllt, wie du schnell bemerken wirst.«

»So ist es, Herbert. Ich bin verpflichtet, mir vor den großen Streitereien im Gemeinderat das Wunderwerk anzuschauen. Du wirst verstehen, ich muss ja kennen, was ich verteidige und vertrete.«
»Das musst du nicht, Schorschi, das musst du einen Dreck. Du kennst mich, du kennst mein Zeug, du hast die Entwürfe gesehen, wir haben gequatscht, und jetzt musst du dich überraschen lassen, wie alle. Schnapsl?«
»Nein danke. Herbertl, das geht nicht. Ich sags dir gleich. Ich muss das Werk in Augenschein nehmen.«
Emmy kam mit einer Thermoskanne herein, aus der sie dem Bürgermeister Kaffee einschenkte. Nach einem kurzen Blick auf Krieglach setzte sie sich dazu.
»Nichts wirst du. Es gibt keine Abnahme durch die Politik, auch wenn du bis jetzt mein Freund bist.«
Purr schaute zu Emmy hinüber, sein Blick schien sie aufzufordern, ihn zu unterstützen. Emmy zuckte die Achseln. Der Bürgermeister stand auf, begann im Raum hin und her zu gehen, setzte sich wieder.
»Solange ich Bürgermeister dieser Stadt bin, stellt niemand irgendwas in der Stadt im öffentlichen Raum auf, ohne dass ich oder meine Leute es gesehen haben.«
»Und solange ich«, brüllte Krieglach los, »der Künstler Herbert Krieglach bin, scheiß ich drauf. Du nimmst das Werk ungschaut oder –« Er unterbrach sich, stand selbst auf, setzte sich wieder und sagte leiser:
»Oder ungschaut. Du nimmst es, basta.«
»Das kann und will ich nicht machen. Schau, das ist doch auch ein Politikum. Du weißt, wie schon die Debatte um den Standort losgebrochen ist. Die Schwarzen –«
»Ich weiß, ich bin doch kein Trottel. Trotzdem.«
Stille. Purr sah wieder zu Emmy. Die öffnete den Mund:
»Dem Schorsch solltest du es schon zeigen.«

»Halt die Goschen.«

Krieglach beugte sich vor und schlug ihr seinen Handrücken auf die Lippen. Emmy wurde in die Sessellehne gedrückt. Purr stand auf. Bevor er etwas sagen konnte, hob Emmy die Hand. Wiederum Stille, bloß das heftige Atmen der beiden Männer. Plötzlich sprang Krieglach auf und verschwand hinten im Atelierraum.

»Das tut mir leid, Emmy«, stotterte Purr, griff nach seinem Taschentuch, um die nun beginnende Blutung aus der Nase von Emmy zu stillen. Sie nahm das Taschentuch und lächelte den Bürgermeister an.

»Ist schon gut«, sagte sie.

»Wie meinen?«

Statt einer Antwort dröhnte es aus dem Atelier.

»Komm schon herein, du Wichtigtuer.«

Als Purr mit Emmy den Atelierraum betrat, riss Krieglach die Verhüllung von den drei Skulpturen.

»Bitte sehr, bitte gleich«, rief er dabei. Purr stand angewurzelt und starrte die Steine an.

»Das ist ja großartig«, begann er.

»Keine Reden«, unterbrach ihn der Bildhauer. »Alsdann, Schorschi. Da ist es. Ruhe. Schauen, nicht reden! Komm, Emmy.«

Er nahm seine Frau um die Hüften und verließ den Raum. Draußen küsste er sie auf den Mund.

»Tschuldige. Das war nicht nötig, Schatzl, ich weiß.«

Sie strich ihm über sein Haar und lächelte.

39.

(Aus dem Tagebuch des jungen Keyntz)

23. 12. 1985

Mir gehts saugut, obwohl es mir auch schlecht gehen sollte. Meine Schwester liegt auf der Psychiatrie. So weit kommts mit Menschen, wenn sie in einer Tour aufeinander picken wollen. Von Anfang an hab ichs bemerkt: Mir gegenüber hat sie ganz erwachsen und auf große Schwester getan, aber beim Karel hat sie aufs Wort gefolgt. Das ist mir schon bei Mutter aufgefallen, Vatis Wort hat bei ihr wie ein Befehl gegolten.

Wenn ich der Dolly irgendwas sag, macht sie das Gegenteil und lacht dazu. Bei ihr komme ich mir vor, als wäre ich die Frau, weil wenn die Dolly was von mir haben will, mach ichs, wenns nur irgendwie geht. Der Tschurtschi spottet, ich renn wie ein Dackel neben der Dolly her und schau rauf zu ihr, um an ihren Blicken zu erraten, was sie gerade will. Erstens redet da aus ihm der Neid der Besitzlosen, außerdem machts mir Spaß, meiner Liebsten die Wünsche von den Augen abzulesen. Das macht mir nichts aus, da steh ich drüber. Denn die Dolly ist echt eine Wucht. Inzwischen klappt es mit uns auch im Bett super. Nicht nur macht sie mich heiß, weil sie überhaupt keinen Genierer hat, auch ich bring sie voll auf Touren. Sie hat mir einfach gezeigt, was sie will. Als ich das erste Mal mit meinem Mund zwischen ihren Beinen war, hats mich ein bissl gewürgt, aber geschmeckt hats eigentlich nach gar nichts. Und wenn ich die Dolly dabei zwicke und kratze, kommt sie schnell. Irre. Dann sagt sie mir, ich wär der Beste, den sie je im Bett gehabt hat. Als ob sie schon mit ganzen Männerregimentern geschlafen hätt, dabei war es nicht einmal toll mit dem Tschurtschi, immer nur die Finger, sagt sie.

Ich bin richtig in ihr drin, meist nachdem sie schon gekommen ist, dann rammel ich drauflos und dann kommt sie nochmals und ich auch, aber nicht so schnell wie am Anfang.
Ich weiß gar nicht, warum ich mir das alles ins Tagebuch hineinschreiben muss, aber irgendwie hab ich das Gefühl, dass die Sachen, die mir passieren, erst wahr sind, wenn ich sie hier eingetragen hab. Deshalb hab ich mir auch fest vorgenommen, nur das hineinzuschreiben, was ich mir denk und was ich tu, jedenfalls nichts, was gar nicht stimmt. Ich bin ja ein ziemlicher Angeber in der Klasse, und auch bei der Dolly sag ich nicht immer, was in mir ist. Ich hab ihr erzählt, dass ich vor einem Jahr schon eine Freundin hatte, aber sie allen verschwiegen hab. Die wäre um fünf Jahre älter gewesen. Manon hätte sie geheißen. Dabei hab ich das nur erfunden, damit die Dolly mich nicht für eine Jungfrau hält, weil sie ist ja auch keine gewesen. Für mich wars aber das allererste Mal. Ich hab zwar vor zwei Monaten überlegt, ob ich zu einer Prostituierten gehen soll, jetzt merke ich, das habe ich sogar dem Tagebuch verschwiegen.

Morgen ist Heiliger Abend. Ich muss los, noch Geschenke kaufen. Die Dolly feiert zwar keine Weihnachten, sie hat mir aber gestern eine Carmen geschenkt mit Vati als Escamillo. Die hab ich natürlich schon längst, aber ich habe mich irgendwie irrsinnig gefreut. Ich hatte so ein starkes Gefühl für Dolores Segal, ich hätte sie fast zu Tode umarmen können. Weiß auch nicht, auf einmal wars mir, als tät ich die Dolly schon ewig kennen und lieben.
Aber was ich ihr schenken soll, fällt mir nicht ein. Oder doch: »In the Ghetto«. Und noch mehr Elvis. Den ganzen Elvis, vor allem »It's only love«. Ich bin ein ganz schöner Kitschkopf, aber es ist wurscht.

Morgen geh ich mit Mutter in die Klinik Berner zu Margit. Die sollte eigentlich jetzt zu Weihnachten rauskommen, aber ihr Arzt hat gesagt, Weihnachten ist viel zu gefährlich. Bisher hat sie immer gedöst, wenn ich da war, oder wenn sie mich doch bemerkt hat, hat sie mich lieb angelächelt. Mir ist ganz anders geworden. Sie hat mich angegrinst wie ein Kleinkind, aber geredet hat sie nichts. Klar, ein Kleinkind redet ja auch nicht. Mutter sagt, die Margit hätte seit ihrem Zusammenbruch mit keiner Menschenseele gesprochen, auch nicht mit ihrem Arzt. Die letzten beiden Male ist immer ein Mann zu ihr gekommen, den ich nicht kenne und Mutter auch nicht. Die hat dann von der Oberärztin in Erfahrung gebracht, dass das ein Kollege von ihr ist. Vielleicht übernimmt der die Margit vom Fraul, damit wären alle gut bedient.

Dolores hat mich angerufen. Sie wünscht sich ein Tonband mit Songs, die ich drauf singen soll. Nicht nur Elvis, auch zum Beispiel die »Winterreise«. Woher weiß sie, dass ich die Lieder dem Vati immer nachgesungen hab? Ich bin aber nicht Kammersänger Keyntz, du Blöde. Ich bin noch immer Stefan Keyntz. Himself. Aber ich nehm die Lieder nur für sie doch auf, hab ich beschlossen. Ich bin halt Dollys Dackel, ich jaule sogar nach Noten auf ihren Wunsch. Werd ich auch einmal bei den Irren landen?

40.

Am Vortag von Heiligabend ging Edmund Fraul früher als üblich zu seiner Mutter, denn mittags würde er Rosa vom Rudolfspital abholen und heimbringen. Abends würde dann Karl zu ihnen kommen, denn der wollte anschließend für acht Tage nach Venedig fahren und hatte auch sonst keine Zeit. Edmund hatte ein Zimmer in einer Pension in Reichenau ab vierundzwanzigsten gebucht, damit er dort im Schatten der Rax gemeinsam mit seiner Frau in eine Ruhe hineinkommen konnte. Denn seine Unruhe war in den letzten Wochen mehr und mehr gewachsen, ohne dass er sich erklären konnte, was der Auslöser dieser nervösen Stimmungen sei. Immer wieder sah er sich an einem Ort, ohne zu wissen, was er dort zu tun hatte, mehrmals war er im DÖW vor Akten gesessen, die ganz ohne Interesse für ihn waren. Auch änderte er seine Gewohnheiten allmählich, zuletzt war er immer wieder im Café Korb gesessen, als würden ihn mit diesem Café gute Erinnerungen verbinden. Was sind gute Erinnerungen, fragte er sich, indes er auf das Zimmerchen von Franziska zuging. Er trat ein, fand seine Mutter auf dem Boden liegen und bluten. Gleichmütig drehte er ihren Kopf zur Seite, sah an der Stirn die Platzwunde. Er holte die Schwester, und die holte die Ärztin. Die Wunde wurde versorgt und Franziska nach der Ursache des Sturzes vom Stuhl ausgefragt. Franziska sagte:

»Ich bin eben vom Sessel gefallen. Ich weiß doch nicht, warum.«

»Warum hast du nicht den roten Knopf betätigt, der dort ist. Du hättest im Liegen bloß den Arm auszustrecken brauchen«, fragte Edmund.

»Wozu Scherereien machen. Dazu bin ich zu alt. Schon gut, Edmund.« Die Ärztin war mit der Versorgung der Wunde beschäftigt, aber Franziska schüttelte ständig den Kopf und murmelte zur Ärztin:

»Was nesteln Sie dauernd an mir herum.«

»Halt still«, fuhr sie der Sohn an.

»Jajaja.«

Nachdem er abgewartet hatte, bis sie eingeschlafen war, ging er vor in die Direktion und wollte vom Direktor wissen, was für Maßnahmen ergriffen würden, dass sich dieser Vorfall nicht wiederholte. Der Direktor zuckte mit den Achseln. Vielleicht sollte man sie auf die Pflegestation bringen.

»Tun Sie das«, sagte Fraul missmutig. »Ich will meine Mutter nicht noch einmal blutend auf dem Fußboden liegen sehen.« Er stand auf und verließ grußlos den Raum.

Im Einundsiebziger schaute er in den Nacken des Mannes, der vor ihm saß. Blutrote Haut hat der, dachte Fraul. Die stiernackigen Österreicher, die Jochträger und vor dem Joch stiernackige Österreicher mit dem Ochsenziemer in den Händen und immerfort Furchen in den Teufelsacker. Gleich wird er sich umdrehen und mich anbrüllen, gleich wird er aufspringen und sich anbrüllen lassen. Der Lautsprecher vom Einundsiebziger fängt an, Gebell von sich zu geben, die Passagiere springen auf und stehen stramm. Fraul stieg aus, ging vor zur Juchgasse und bog ein. Rosa war fertig angezogen. Als sie ihn sah, nickte sie, lächelte, und das Ehepaar ging Arm im Arm aus dem Spital heraus. Beim Buffet unten saßen Inge Haller und Guido Messerschmidt, und Haller sprach so auf den jungen Arzt ein, dass sie die Frauls nicht bemerkte. Rosa hatte die Haller bemerkt und hin gegrüßt, hernach nahmen sie das Taxi vor der Tür. Edmund schob Rosa und sich selbst auf die Rücksitze, und sie fuhren in die Hollandstraße.

Obwohl heute Montag und nicht Donnerstag war, hoffte Wilhelm Rosinger, dass Edmund Fraul um die Mittagszeit beim Praterer erscheinen würde. Er saß auf seinem Platz, aß Geselchtes mit Sauerkraut. In der Nacht auf diesen Montag hatte er das letzte Mal bei der Firma Schille seine Runden gedreht. Am Freitag davor hatte die Firma, die Küchengeräte herstellte, den letzten Arbeitstag gehabt. Danach war die Belegschaft entlassen worden, die Firma schloss, und Rosinger ging im Auftrag seiner Horch- und Guckgesellschaft nochmals das Gelände ab, steckte ein letztes Mal den Schlüssel in die Stechuhren der verschiedenen Abteilungen. Ab Dreikönig wird er in einer anderen Firma seine Rundgänge absolvieren. In der Früh hatte er sich daheim kurz hingelegt und im neuesten Allan-Wilton-Heft gelesen.

Der kleine Robert stand an der Theke und plauderte angeregt mit Vickerl, er setzte eben sein erstes heutiges Glas an die Lippen, als von der Eingangstür ein Mann ihn rief. Robert trank das Vierterl in einem Zug aus und ging zu seiner Überfuhr, um die Kundschaft zur Haidingergasse überzusetzen. Rosingers Blick blieb Richtung Eingang haften, er sah gewissermaßen allen Davongehenden in den Rücken und allen Eintretenden ins Gesicht. Es war auch ein Kommen und Gehen im Praterer, aber Fraul kam nicht. Schließlich ging Rosinger heim, setzte sich an sein Fenster, legte den Allan Wilton vor sich hin, las und schaute in die Geologengasse hinauf und hinunter, also nach links und nach rechts, was sich dort tat. Auch in diesem Allan Wilton hatte der Londoner Sergeant Vanstone seine Lieblingsspeise zu sich genommen: Kakao mit Hering. So verging der Nachmittag, Rosinger versank wie so oft in einer etwas nebeligen Gegend zwischen Jetzt und den leer verlaufenen letzten Jahren. Vom Café Zartl kam ein alter Mann, er ging leicht hinkend die Gasse hinauf, Rosinger sah auf dessen Glatze und dachte nach, wann der Alte zu hinken begonnen hatte. Der drehte den Kopf hinauf zu Rosinger und rief mit Handtrichter am Mund: »Seit meinem Schlagl, du Trottel.« Er bog hinkend in die Hörnesgasse ein wie immer, und die Gasse war still wie zumeist, wenn Rosinger seinen Beobachtungsplatz einnahm. Noch einige Seiten, dann hat Wilton den Mörder, und der Scharfrichter verbindet ihm mit einem schwarzen Tuch die Augen. Das hätten sie mit mir auch machen sollen, dachte Rosinger. Der Alte kam wieder zurück, schaute zu Rosinger hoch. Rosinger rief hinunter: »Was vergessen, Herr Moser?«

»Ja«, rief Moser zurück. »Es wird immer ärger, Herr Rosinger.«

»Eh«, antwortete der, »bei mir auch. Bei mir auch. Grüß Sie.«

»Grüß Sie.« Und der Alte überquerte unten die Straße. Nach zwei Minuten kam er wieder. »Weg ist es«, schrie er hinauf.

»Was war es denn?«, fragte Rosinger hinunter. Moser schüttelte den Kopf und ging davon.

Rosinger nahm das Allan-Wilton-Heft, legte es auf den Küchentisch, ging aufs Klo. Beim Drücken sah er Sterne, er begann zu schwitzen. Er gab auf, nahm seinen Platz beim Fenster wieder ein. Unvermittelt begann es zu schneien.

Judith kam mit dem Gepäck zu Apolloner, übernachtete bei ihm, und um fünf in der Früh am dreiundzwanzigsten Dezember gings auf die Siebzehner nach Venedig. Sie fuhren mit Judiths Peugeot dahin, sie hatten sich verabredet, abwechselnd zu chauffieren, und Judith hatte begonnen. Roman verspreizte sich alsogleich im Beifahrersitz, um noch zu dösen. Judith fand das zwar nicht freundlich, denn sie selber konnte kaum aus den Augen schauen, aber nun fuhr sie halt durch Wiener Neustadt, die Neunkirchner Allee entlang und hatte den schnorchelnden Apolloner im rechten Augenwinkel. Am Semmering weckte sie ihn auf, weil sie im Erzherzog Johann frühstücken wollte. Anschließend fuhr er, verschaltete sich einige Mal, fuhr für Judith

einmal zu rechts, dann zu sehr in der Mitte. Es verging kein Fahrkilometer, den sie nicht beiläufig kommentierte, und wenn sie ihre Aufmerksamkeit von Romans Fahrpraktiken abzog, wandte sie sich der Landschaft zu. Roman versuchte bereits nach Langenwang ihren Redefluss zu unterbrechen, indem er sie um Ruhe bat, doch Judith konnte einfach nicht still neben ihm durch die Steiermark reisen.
Da habe ich mir was eingetreten, dachte Apolloner. Wieso nervt sie so? Der maulfaule Südtiroler, dachte sie. Würde ich so viel reden, wenn er den Mund aufmachen tät? Zuhören würde ich, wenn er was zu sagen hat.
»Was macht dein Buch?«, fragte sie alsobald.
»Das weißt du doch.«
»Wieso?«
»Ich hab dir doch lang und breit –«
»Gar nichts hast du.«
»Da kann man nichts machen«, sagte er langsam.
»Wir landen gleich im Straßengraben.«
»Du bist es nur nicht gewohnt, rechts zu sitzen.«
»Pass doch auf.«
Apolloner schwieg.
»Warum sagst du nichts?«
»Was soll ich sagen?«
»Haben wir uns nichts zu sagen?«
»Judith.«
»Ich nerve, gelt, ich nerve dich.«
»Aber geh.«
»Pick dich nicht so an. Du kannst jetzt eh nicht überholen.«
»Musst du immer dreinquatschen?«
»Ich? Was sag ich schon.«
»Fahr ich dir zu schlecht? Fahr doch du weiter.«
»Geht schon. Achtung!«

»Was ist denn. Worauf soll ich –«
»Lass mich fahren.«
In Kapfenberg übernahm Judith wieder das Steuer. Roman tat, als ob er schliefe. In Klagenfurt aßen sie zu Mittag. Die Stimmung war nicht besonders, Apolloner überlegte, wie er aus diesem Unternehmen aussteigen könne, Judith dachte sich, wie schaffe ich es, einem Mann nicht auf die Nerven zu gehen. Jedenfalls fuhr sie dann bis Mestre durch und redete für ihre Verhältnisse so gut wie gar nichts mehr. Er schlief immer wieder ein oder rauchte. Schließlich erzählte er ihr, dass er gern die Frau vom alten Fraul interviewen möchte. Es wäre ganz interessant, denn Rosa wäre eine reine Jüdin und unpolitisch. Sie müsste eine ganz andere Art haben, den Holocaust zu verarbeiten, als der Spanienkämpfer und Exkommunist Edmund Fraul, der aber unermüdlich weiter den antifaschistischen Kampf fortsetzte. Er wurde allerdings seit seinem Austritt von den Kommunisten hierorts, aber auch im Osten gemobbt, aus den Komitees geworfen oder mit ständiger Kritik versehen und grad noch geduldet. Denn Fraul war nicht irgendwer, er unterhielt auch gute Kontakte zu österreichischen und deutschen Abgeordneten und Regierungsmitgliedern. So sei er ein widerborstiger Pfropfen im kommunistisch dominierten Antifaschismus, er sei grob und direkt heraus. Als er den polnischen Parteileuten deren antidemokratische Haltung vorwarf, wollten sie ihm zu einer Tagung des internationalen Auschwitzkomitees die Einreise verweigern. Das ging zwar schief, aber ehemalige polnische Genossen schnitten ihn.
»Er hat«, sagte Apolloner zu Judith, »nie etwas über das Verhältnis der Kommunisten zu Andersdenkenden in Auschwitz gesagt. Da gabs doch Abweichler, Trotzkisten oder Nichtkommunisten, Sozialdemokraten, Katholiken, polnische Nationalisten. Darüber schweigt er.«

»Für Karl ist der Alte auch ein ziemlicher Brocken«, sagte Judith.

»Ich würde gern seine Frau interviewen, wenn sie wiederhergestellt ist.«

In Mestre stellten sie das Auto auf einem Parkplatz gegenüber dem Bahnhof ab und fuhren dann mit dem Zug nach Santa Lucia. Als sie den Bahnhof verlassen hatten und beim Vaporetto standen, nahm Roman Judith in die Arme.

»Ich bin ziemlich widerlich gewesen«, sagte er. »Ich weiß auch nicht.«

»Ich nerv eben. Ich nerv alle«, sagte Judith. Sie küssten sich und fuhren zum Hotel San Stefano.

Karel warf den Koffer schwungvoll aufs Bett, packte mich und warf mich daneben.

»Das haben wir gut gemacht, Asta«, grinste er, legte sich auf mich drauf und begann in meine Augenbrauen zu blasen.

»Nenn mich nicht Asta«, sagte ich unwirsch und warf ihn mit einer heftigen Hüftbewegung ab, stand auf und öffnete das Fenster einen Spalt weit. Draußen ein Wirbel, ein Getrappel, ein Rufen. Ich drehte mich um und lächelte zu Karel hinunter.

»Klar haben wir das gut gemacht. Keiner weiß, dass wir in Venedig sind.«

»Und Felix?«

»Wähnt mich in Marloffstein. Meine Schwester ist informiert.«

»Wenn er draufkommt?«

»Is ja egal. Es ist wegen der Presse, das möcht ich nicht haben.«

»Sollen es doch alle wissen, Astrid. Alle deine Liebhaber. Durch die Medien solls gehen.«

»Ach du Angeber … Was tust du? Nicht jetzt!«

Karel hatte sich aus seinen Hosen geschlängelt.
»Komm, setz dich«, sagte er und lächelte. Ich schloss das Fenster.

Mittags flogen wir weg, nahmen ein Taxiboot von Marco Polo, der Wind fuhr mir ins Gesicht, ich fühlte mich leicht und erlöst von allen Widrigkeiten; ich habe es aufgegeben, mich wegen meiner Verrücktheit auf Karel selbst anzuklagen. Ich habe das Hotel Marco Polo ausgewählt, wo ich mit neunzehn das erste Mal da war und das erste Mal überhaupt in Venedig. Es ist ein bisschen heruntergekommen, oder meine Ansprüche sind gestiegen, aber es ist mir recht. Ich werde hier gar nichts tun als herumlaufen, essen und trinken und etwas in der Phädra lesen. Ich finde es schön, dass wir heimlich hier sind, das macht es für mich ein bisschen dreckig, zugleich will ich doch nicht als Künftige von ihm gelten. Ich bin sicher, das geht schnell vorüber, ich kenne mich, und Karel ist auch gar nicht passend mit seiner Testosteronegomanie. Bevor mich der auswringt, möchte ich ihm Tschüss sagen, wenn ichs will. Doch jetzt hier Weihnachten in Venezia mache ich mir eine verschwiegene Insel aus der Stadt. Am besten wäre es, wir gingen überhaupt wenig weg, denn auf Garantie läuft mir einer über den Weg und sieht mich mit dem Fraul …

»Komm schon.«
Gegen meinen Vorsatz gingen wir nachher schnurstracks ins Florian, aber es war keiner da, der mich erkannt hat, wenigstens habe ich nichts bemerkt. Wir saßen also dort, schließlich gingen wir zu allem Überdruss noch rüber in Harry's Bar, aber dort war es auch ruhig, und wir schlürften unsere Bellinis. Einen Moment kam mir der Gedanke, es könnte out of Sex etwas öde werden, und ich begann mir

innerlich ein Programm zusammenzustellen, denn worüber sollte ich jetzt acht Tage mit Karel reden?
Er schaute mir ins Gesicht.
»Keine Angst, Frau von Gehlen«, sagte er, »ich geh meiner Wege, hier in Venedig sowie überall und überhaupt.«
»Ich hab keine Angst.«
»Dann ists ja gut.«
Dennoch betranken wir uns an diesem ersten Abend.

Nachdem Inge Haller, zutiefst verstört, ihren Schützling Margit in die Klinik Berner eingeliefert hatte, absolvierte sie ihren Dienst nunmehr mit unbewegtem Gesicht. Der Kontakt zu den Patienten wurde unmerklich durchzogen von Absenzen, die bloß einen Moment einsetzten und im nächsten Moment verschwanden. Es waren kurze Aussetzer, die nur ihr selbst auffielen und die sie nicht weiter beunruhigten. Außerhalb des Dienstes allerdings verdickten sich die Wände ihrer Wohnung, die Stunden der abendlichen Verrichtungen legten sich wie eine zweite Haut um sie und engten sie ein, was immer sie auch unternahm. Sie verspürte mehr und mehr, wie allein sie war und dass es absurd sei, mit Armen und Beinen in den Raum zu ragen, Platz einzunehmen und ständig Atem zu holen. Daheim angekommen, drehte sie das Radio auf, machte sich etwas zu essen, wobei sie Wert darauf legte, den Tisch zu decken, das Besteck und die Serviette an der immer selben Stelle zu platzieren. Sie ging einige Mal den Weg von der Küche ins Esszimmer, rührte in den Töpfen, wischte mit dem Lappen da und dort und merkte allmählich, wie sie begann, auf Gedanken zu achten, die sich mehr und mehr in den Vordergrund drängten.
Erst besuchte sie Margit täglich, saß am Bett und sah in ihr Gesicht hinein, welches sofort einen mürrischen Ausdruck,

durchmustert von Wehmut, annahm und Hallers Blick in sich absorbierte. Wohl antwortete Margit Keyntz auf ihre behutsamen Fragen, aber es war ein steter Ärger in der Stimme zu bemerken. Die Antworten waren einsilbig, und diese Einsilbigkeit wirkte ansteckend, sodass der Haller schließlich die Fragen im Mund stecken blieben und sie zu stottern begann und verstummte. Hierauf sagte auch Margit nichts, bis die Oberärztin aufstand, der Liegenden einen Kuss auf die Stirn drückte. Jedes Mal durchfuhr sie dabei die Vorstellung, Margit könnte auffahren und sie in die Kehle beißen. Sie stellte verwundert fest, dass der Assistenzarzt Guido Messerschmidt offenbar ebenso täglich in der Klinik zu Besuch war. Hierauf vereinbarte sie mit ihm, dass sie abwechselnd Margit aufsuchten, und so geschah es. Inge freute sich, weil der blonde Guido sich um ihre Freundin bemühte, auch wenn sie sich nicht ganz verhehlen konnte, dass sie das auch verstimmte.
Schließlich konnte sie nicht mehr übersehen, dass aus ihrem Alleinsein eine quälende Zuneigung zu Margit herauswuchs; die Gedanken an sie begannen ihre freie Zeit zu beherrschen. Sie genoss es, dass sie sich zu einer Frau hingezogen fühlte, denn nach langer Zeit war es überhaupt wieder ein Lebewesen, welches sie anrührte. Diese wachsenden Gefühle machten ihr ihre bisherige Herzenstaubheit bewusst, sie erschrak über sich selbst.
Am Vortag des Heiligen Abends beschloss sie nun, sich Margit zu erklären. Ich muss ihr einfach sagen, dass sie der wichtigste Mensch auf der Welt für mich geworden ist, dachte sie, während sie nach einem Parkplatz Ausschau hielt. Wozu bin ich denn da? Immer Herzerkrankungen und auf sie hoffen, damit ich eine Daseinsberechtigung habe? Erinnerungen an ihre Kindheit fuhren wie von einer Windböe angetauchte Nebelfetzen durch sie durch. Die

Schule Sacre Cœur, der Verkehrstod der Eltern, die Hilflosigkeit und Demütigung in den Büschen der Lobau an jenem ersten August damals, und wie Egon Haller sie tröstete. Die Heirat, sein früher Herztod, all das ging ihr durch den Sinn, und dann stand sie in der Tür von Margits Zimmer.
Margit war auf, saß im Sessel und lächelte ihr entgegen. Da wurde es der Inge so süß, dass sie zu ihr lief und sie fest umarmte. Margit legte wohl ihre Arme um sie, schloss sie aber nicht, ließ sie links und rechts von Inges Schultern Richtung Tür ragen.
»Du bist mir so wichtig geworden«, sagte Inge.
Margit senkte ihren Kopf und legte das Gesicht an Inges Brustkorb, flüsterte etwas.
»Was sagst du, Liebes?«
»Karel.«
Inge hielt den Atem an, nahm mit beiden Händen Margits Kopf und schaute ihr in die Augen. Dann legte sie ihre Lippen auf die Lippen von Margit. Dabei spürte sie, wie ihr die Tränen aufstiegen. Margit löste sich.
»Karel«, wiederholte sie mit klarer Stimme. Sie blickte wehmütig ins Gesicht der Oberärztin, dann ergriff sie ihre Hand und biss hinein. Inge ließ es zu, stand da, das Wasser in den Augen.
»Fester«, flüsterte sie, fuhr mit der anderen Hand zu Margits Hinterkopf und drückte sacht.
Margit tat die Zähne auseinander und gab die Hand frei. Sie drehte sich weg, ging zum Fenster.
»Geh fort!«
Als Inge auf sie zukam, schrie sie, ohne sich umzudrehen.
»Greif mich nicht an. Geh doch! Hilfe. Hilfe.«
»Aber Liebes, ich tu dir doch nichts. Beruhig dich.«
Die Tür ging auf. Eine Schwester kam herein, warf einen Blick auf die beiden und lief um Verstärkung.

Zweites Kapitel

(Na und)

1.

(Aus dem Tagebuch des jungen Keyntz)

11. 3. 1986

Ein Loch von über zwei Monaten im Tagebuch. Der Selbstmord meiner Schwester in der Silvesternacht. Ich hab nichts mehr notieren können. Obwohl das wirklich geschehen ist, hab ich nichts darüber geschrieben, als ob es damit nicht passiert wäre.

Margit hat in den letzten Tagen mit allen zu streiten angefangen. Einerseits ist sie reglos in ihrem Sessel gesessen in der Bernerklinik, andrerseits hat sie mit uns nicht reden können, sondern bloß schreien. Mit Mutter hat sie geschrien, solang sie bei ihr war, oder sie hat geschwiegen. Mich hat sie ständig bloß angelächelt, ist mir dauernd in die Haare gefahren. Ich glaub, sie hat mich in ihrem Irrsinn für einen Achtjährigen gehalten. Einmal hat sie mit mir von Puchenstuben zu reden begonnen, damals war ich vielleicht fünf. »Es war so viel Schnee in Puchenstuben. Ich hab dir ein Tunell gegraben mit Vati, und du bist den ganzen Tag durch den Schnee gekrochen. Das war schön.« Ständig hat sie mich Stefferl genannt, obwohl sie mich, als sie noch gesund war, nie so geheißen hat. Manchmal ist sie beim Fenster ihres Krankenzimmers auf einem Fuß gestanden. »So stehst du am sichersten«, hat sie gesagt und mich angelächelt. Kaum ist Mutter dazugekommen, hat sie losgebrüllt, bis das Pflegepersonal da war. Dann hat sie abrupt aufgehört, hat sich mit dem Rücken zu allen hingestellt und gewartet, bis man sie genommen hat, ihr eine Spritze gegeben hat, und dann wars eh aus mit irgendeiner Verständigung.

Einmal, das letzte Mal, war ich mit Dolly bei ihr. Dolly wollte unbedingt einmal mitkommen, aber mir war das gar nicht recht. Warum muss sie meine durchgeknallte Schwester anglotzen? Aber Dolly hat gesagt, jeder kann einmal durchknallen, und das wäre noch schöner, wenn sich alle abseilen, wenn einer durchknallt. Ich hab ihr gesagt, wenn ihr Vater durchknallt, dann soll sie sich um ihn kümmern, aber ihr wärs auch nicht recht, wenn ich zu ihm in den Gugelhupf kommen und ihn anschauen tät. Du würdest doch nicht seinetwegen mitgehen, sondern meinetwegen, hat sie darauf gesagt. Ich hab mich schnell umgedreht, damit sie nichts merkt, zu blöd. Also ist sie wegen mir mitgekommen. Ich habe der Margit gesagt, das ist Dolores Segal. Auf das hinauf ist die Margit der Dolly in die Arme gelaufen, hat sie fest gedrückt, sodass die Dolly ganz rot im Gesicht geworden ist. Dann hat Margit begonnen, der Dolly ins Ohr zu wispern. Meine Mutter ist bei diesem Besuch vor der Tür geblieben, denn ich wollte nicht, dass die Dolly bloß eine Schreiende zu sehen bekommt. Also sie wisperte und wisperte, dann hat sie die Dolly ausgelassen, ist zu mir gekommen, mir wie immer ins Haar gefahren, hat mich von oben bis unten gemustert und gelacht. Dann sind wir gegangen, Mutter ist zu ihr reingegangen, aber gleich wieder rausgekommen.
Zu Neujahr haben sie meine Schwester tot bei Maria Ellend aus der Donau herausgezogen. Sie hätte ja sehr gut schwimmen können, aber sie war voll mit Schlaftabletten und hatte zerschnittene Handgelenke. Ich muss jetzt aufhören.

12. 3. 1986

Einmal, einige Tage bevor sie in die Donau gegangen ist, hat sie in ihrem Zimmer mit der Oberschwester zu raufen begonnen. Da hätten eigentlich alle wissen müssen, dass es gefährlich ist, sie nur so zu lassen. Aber die Klinik Berner ist eine moderne Psychiatrie, da sperrt man die Leute nicht ein oder bindet sie im Bett an. So hat sie zu Silvester mir nix dir nix das Spital verlassen können und sich neben der Floridsdorfer Brücke ins Wasser reingetan. Leute haben sie gesehen und das nachher bezeugt. Von Floridsdorf bis Maria Ellend, das ist ganz schön weit. Ob sie gleich ertrunken ist? Und der Fraul ist schuld daran, dieses Riesenarschloch. Er wollte zum Begräbnis kommen, aber ich hab ihm ausrichten lassen, ich mach einen Skandal, wenn er da auftaucht. Drei Briefe hat er mir geschrieben. Um die Erde gehaut hat er sich, aber davon wird sie nicht lebendig. Soll er sich aufhängen.

13. 3. 1986

Zwei Tage nach Dreikönig war dann die Beerdigung. Wegen der Berühmtheit von Vati waren viele Prominente erschienen, der Staatsoperndirektor Nürnberger, sein Sekretär Kammerlander, etliche Musiker und Sänger, zu meiner Verblüffung auch die Cigorny. Alle kümmerten sie sich um Mutter, umarmten sie, und ich wurde auch von teils wildfremden Leuten umärmelt. Stella Cigorny küsste mich rechts und links, und ich konnte ihren tollen Busen durch unsere Wintermäntel spüren. Es waren sehr viele Leute, die sich in der Zeremonienhalle versammelt hatten. Der Pfarrer von St. Karl Borromäus hat sehr lange geredet, und zwar andauernd von Jesus. Vielleicht zweimal hat er von Margit gesprochen, von der armen Margit und vom Unglücksfall, als wäre sie rein zufällig in die Donau gestolpert.

Neben mir ist die Dolly gestanden und hat sich die ganze Zeit bei mir eingehängt. Mir ist aufgefallen, dass sie den Davidstern nicht getragen hat. Wenn einer von Vatis Bekannten und Freunden auf mich zukam, hat sie den Arm von mir weggenommen und ist zwei Schritte zurückgetreten. Dann haben sie Orgelmusik gespielt und ein Streichquintett, das Adagio von Schubert. Vom Band haben sie eine Passage vom Deutschen Requiem gebracht, mit Vatis Stimme. Da hats mich dann gewürgt. Hernach sind wir ziemlich weit bis zum offenen Grab gegangen. Dort hat der Pfarrer nochmals von Jesus gesprochen. Neben der Grube von Margit war das Grab von Vati. Das hat mich gewundert, ich hab immer geglaubt, wir alle werden zu ihm dazugesteckt, aber Mutter hat mir erklärt, dass bloß sie bei ihm sein werde. Vati hatte schon seit langem für uns alle Gräber gekauft, merkwürdig. Ich hab mich umgeschaut, meines hab ich nicht entdeckt.

Während sich alle angestellt haben, um Erde auf den Sarg zu werfen, haben Mutter und ich es als Erste getan. Vorher hat sie mir einen Fünfziger gegeben, ich hab ihn zusammengefaltet und dem Totengräber zugesteckt. Dann sind Mutter und ich dagestanden, Dolly hat sich schon auf dem Weg zum Grab weiter hinten eingereiht. Alle sind an uns vorbeigezogen. Die Cigorny hat zu Mutter Renatchen gesagt, meinen Namen hat sie aber nicht gewusst, denn sie hat gemurmelt »armer Bruder, mein tiefstes Mitgefühl«, und schon hat sie mich wieder an sich gedrückt. Irgendwann habe ich dann die Dolly näher rücken gesehen. Ich hatte plötzlich das Gefühl, irgendwer beobachtet mich heimlich, ich habe mich umgeblickt, vorbei an der Menschenschlange zu entfernteren Grabsteinen, ob von dort wer mit einem Opernglas herlugt. Womöglich war Karl Fraul irgendwo und versteckte sich hinter einem Stein oder Baum. Ich schwörs, ich habe ihn gespürt, und wie sich später herausgestellt hat, war er wirklich da, aber ist erst nachher, als wir schon fort waren, zum Grab gegangen, war tatsächlich versteckt, und ich habs gespürt. Plötzlich bin ich aufgeschreckt, denn die Dolly hat ihr Schauferl Erde auf Margit geworfen, wollte bei Mutter und mir dann vorbei, aber ich hab ihr gesagt, sie soll neben mir stehen bleiben. So ist sie für die übrigen Begräbnisteilnehmer ein Teil meiner Familie geworden. Sie ist neben mir und noch vor Onkel Alois und Tante Beatrix gestanden, noch vor der Cousine Lydia und den beiden Vettern Karl und Toni. Mutter hat nicht einen Blick auf sie geworfen, aber sie hat überhaupt kaum wen gesehen, auch wenn sie alle begrüßt und das Beileid entgegengenommen hat. Mich hatte sie, glaube ich, mehr neben sich geahnt, von Zeit zu Zeit hat sie mich an der Schulter gehalten, dabei aber in sich hineingesehen oder irgendwo hinauf.

Bei Margits Begräbnis ist Dolores Segal meine Verlobte geworden, wir haben das gespürt. Auf einmal stand eine hagere, graue ältere Frau vor mir. »Ich war die Chefin Ihrer Schwester, Inge Haller. Herzliches Beileid«, sagte sie zu mir. Daneben ihr Freund oder Mann, wie ich im ersten Moment dachte, der sagte: »Messerschmidt, Beileid«, da schoss es mir ein, dass das der vergebliche Künftige von Margit war. Beide sahen derart todtraurig aus, als wäre ihnen die eigene Tochter oder Geliebte gestorben. Auch der Dolly gaben sie die Hand und gingen gebückt davon.

Beim Leichenschmaus gings ganz fröhlich weiter, die Leute scherzten miteinander und waren wie erlöst vom Zwang, traurig zu sein. Dolly wollte weg, aber ich bat sie, neben mir zu bleiben, wenn schon, denn schon.

Margit ist nicht mehr. Und ich zieh in ihre Wohnung in die Hardtgasse. Mutter wird allein in der Schleifmühle bleiben. Sie ist eh allein, was immer man auch für sie machen tät.

2.

Astrid von Gehlen saß beim Frühstück, ihr gegenüber der mürrisch gewordene Felix Dauendin, der nach wochenlangem Spitalaufenthalt, nach drei Operationen, die durchaus nicht zufriedenstellend verlaufen waren, sich zunehmend mit seinem Altern konfrontiert sah und diesem Prozess keinerlei angenehme Gefühle abzugewinnen vermochte. Neben dem Frühstückstisch lehnten die Krücken, und ihm gegenüber seine strahlend schöne Lebenspartnerin, die sich in dem Maße verjüngte, in dem er alterte, so kam es ihm vor. Er las in der Zeitung und hörte mit halbem Ohr zu, da Astrid vom ersten Probentag berichtete, den sie mit dem aus Hamburg angereisten Regisseur Peter Adel so erfolgreich hinter sich gebracht hatte. Seit Wochen hatte sie sich mit der Figur der Phädra auseinandergesetzt, in den alten Mythen gelesen und sich die Teile aus ihrem Gefühlshaushalt zurechtgelegt, mit denen die Racine'sche Phèdre ummantelt werden könnte.
»Was sagst denn du dazu«, knurrte Dauendin, »dass Adel nicht deinen Fraul, sondern den Bastian mit dem Hippolyt besetzt hat?«
»Bastian ist okay«, antwortete sie, stand auf, ging zum Teetisch und entnahm dem darauf liegenden Etui eine Zigarette. Dauendin rappelte sich hoch, ergriff die Krücken, ging an ihr vorbei und ins Bad.

Adel nahm den alten Bonker mit Handkuss. Der entwickelte einen Lear-artigen Theseus. Für die schöne Aricia fand Adel wenig überraschend die Tochter seiner Lebensgefährtin, die wunderbar begabte Katharina Dronte. Es war für Astrid eine Auszeichnung, bei Adel die Phèdre geben zu dürfen und dass er sogar ihretwegen das Stück überhaupt inszenieren wollte. Gewöhnlich suchte er sich seine Schauspieler, mit denen er seit Jahr und Tag an den verschiedenen Bühnen arbeitete, auch von überallher zusammen und nahm keine Rücksicht auf Hausbesetzungswünsche. Schönn hatte sich nicht eingemischt, das ging bei Adel auch gar nicht. Aber alle dachten, Fraul käme nun auch bei Peter Adel zum Zug und nicht der etwas blasse Gruber.

Astrid blieb beim Tisch sitzen und rauchte, schaute den Rauchkringeln hinterher, versank langsam im Universum der alternden Frau, die in ihr umging und auch einen Schatten auf ihre Liebe zu Karl zu werfen begann. Undeutlich hörte sie draußen Felix herumkramen, doch auch die Geräusche entfernten sich, je mehr sie mit sich ins Meditieren geriet.
Schon in Venedig im Marco Polo war eines Nachmittags, als Astrid im Racine gelesen hatte, während es draußen regnete, Phädra auf ihrer Bettkante gesessen, bepackt mit der Bitternis der Jahrhunderte, denn so lange litt sie an der ihr einst zugefügten Zurückweisung, und so lange konnte sie nicht mehr altern bis zu jenem Moment, als sie jung genug für das Begehren und bereits zu alt für das Erhalten des Begehrens war. Ob in der Gestalt, wie Euripides sie heraufbrachte, oder jetzt im Hotelzimmer in Venedig in Racines Erzählung, sie saß hier mit dem scharfen Profil, dem eingemeißelten Blick, denn so musste sich ihr Blick versteinert haben, bevor er immer wieder zu zersplittern begann.

Fraul streifte allein durch Venedig, ließ sich den Regen auf den Kopf fallen, ging von Bar zu Bar, sah den Leuten ins Gesicht und war von zerberstender Fröhlichkeit. Am Fischmarkt traf er Roman Apolloner, der sich mit der Südtiroler Gattin eines venezianischen Fischhändlers unterhielt. Wenn er dann abends zu Astrid kam, erzählte er dies und das von seinen Spaziergängen, hernach gingen sie irgendwohin essen, und Nacht für Nacht gaben sie sich aus.
Schließlich begannen sie noch in Venedig über Phädra zu reden. Fraul nahm sich den Hippolyt vor, als sei es selbstverständlich, dass Adel ihn mit dieser Rolle betrauen würde. Silvester feierten sie im Hotelzimmer. Als sie ineinander verkraucht eingeschlafen waren und das neue Jahr heraufzudämmern begann, war Margit Keyntz in die Donau gegangen und schon nicht mehr am Leben
Über zwei Monate waren seither vergangen. Unter Astrids Augen begann sich Karl Fraul in Hippolyt zu verwandeln, obwohl der nur schockstarr Abend für Abend im Pick Up herumstand und vorm Einschlafen in der immer räudiger werdenden Wohnung in der Margaretenstraße endlose Rechtfertigungsreden zu Margits Freitod vor Zuschauern hielt, in welchem jeder Einzelne eine Kapuze über den Kopf gezogen hatte und ihn mit den Blicken aus Sehschlitzen während seiner Reden zersäbelte.
Astrid hatte Margit nicht gekannt. Sie wusste nichts von ihr. Sie begann sich in deren Gefühle hineinzudenken, wenn auch bereits aus der archaischen Sicht der Minotidin.
Sie stand auf, zog sich an und fuhr ins Landtmann, traf dort Peter Adel, der mit seiner Stieftochter auf sie wartete.

3.

Wiederum sitzt Edmund Fraul auf einer Handhebeldraisine mit dem Rücken zur Fahrtrichtung. Er schaut auf den Zug, welcher der Draisine folgt. Schon wieder streckt Eduard Wirths als Lokführer seinen Schädel seitlich aus dem Lokfenster, rötlich beglänzt ist sein Antlitz von der aufgehenden polnischen Sonne. Er hat die SS-Mütze auf und hält den Befehlsstab eines Bahnaufsichtsbeamten in der Hand. Fraul sieht die grüne Scheibe unentwegt, denn Wirths schwingt den Stab auf und ab seitlich aus dem Lokführerstand heraus. Der Zug kommt immer näher, im Rücken von Fraul und mit dem Gesicht in Fahrtrichtung bewegt Brauneis, der mutige Spaniak, den Schwengel der Draisine auch auf und ab. Fraul spürt den Schweiß, der dem Ferdl herunterrinnt, am eigenen Rücken. Plötzlich dreht Wirths den Befehlsstab um und zeigt dem Fraul die rote Scheibe, und im selben Moment beginnen aus dem Zug dahinter die Häftlinge herauszukollern, stürzen auf die Böschung, stehen auf und bilden eine Kolonne, eine endlose, blau-weiß gestreifte. Das Gesicht von Doktor Wirths kommt näher und näher. Da fährt die Draisine schon wieder mit Karacho ins Tor von Birkenau hinein. Nun ist das Gesicht so nah an das von Fraul herangetuckert, dass sich die Nasen berühren.

»Ich mache Schluss mit ihnen heute, Fraul«, sagt Wirths, deutet mit dem Daumen hinter sich auf den Häftlingswurm, sein Atem duftet nach Mandeln, »ich brings heute zu End, gemeinsam mit dem dicken Apotheker Capesius. Wir haben heute die Pflicht und Schuldigkeit.«

Und der blau-weiß gestreifte Häftlingszug ruckelt vorüber. Schon wieder steigt Brauneis von der Draisine, er hat keine Beine, und Doktor Capesius schickt ihn nach links.

Schon wieder korrigiert das Wirths und bringt ihn nach rechts.
»Arbeiten ohne Beine«, lacht der Apotheker, »wie soll das gehen?«
»Sehen Sie, Fraul«, flüstert Eduard Wirths, »so wenige wie möglich müssen nach links. Sind wir nicht ein gutes Team? Edi und Edi?«
»Doktor Wirths«, wispert Fraul, und dann war er wach. Er sah sich nach Rosa um; die lag neben ihm und schlief mit leicht geöffnetem Mund. Sie hatte ihn nicht aus dem Alb geholt, sie hatte seinen Albtraum verschlafen, wie zumeist in den letzten Wochen. Edmunds Mund war trocken wie stets, und er stieg mit einiger Anstrengung aus dem Bett, ging ins Bad, trank Wasser und schaute in den Spiegel.
Nachdem er sich angekleidet hatte, ging er, ohne Frühstück und auch ohne einen Blick auf Rosa zu werfen, aus dem Haus. Ihm wehte ein kalter Wind ins Gesicht, aber Fraul konnte aus dem Kern der Kälte eine Spur von lindem Luftzug herausspüren. Er nahm es hin und machte sich daran, über die Brücke zu gehen, an der Ruprechtskirche vorbei und weiter und weiter, die Rotenturmstraße hinauf und rechts in die Brandstätte hinein. Als er in die Tuchlauben kam, brach die Sonne durch, und der Wind hörte auf. Er sah die Häuserfassaden hoch. In ihm war es nach dem Lärm der Nacht still geworden, sodass er sogar Vogelgezwitscher vernahm. Er betrat das Café Korb, wie des Öfteren in den letzten Wochen. Es war neun Uhr morgens, er bestellte sich zwei Eier im Glas und dazu eine Melange und ging sich Zeitungen holen. Er stapelte sie auf den Sessel neben sich. Erst jetzt, nachdem er sich bereits hingesetzt hatte, legte er den Mantel ab, stand wieder auf, hängte ihn an den Haken und den Hut dazu.
Nacheinander begann er die Zeitungen zu lesen. Nach

zwanzig Minuten sah er, dass seine Frau draußen vorüberging. Sie blickte herein, hob etwas den Arm und ging weiter. Fraul bestellte eine zweite Melange und las den Aufmacher im Signal über Johann Wais' aufgefundene Stammkarte der deutschen Wehrmacht. Das wird den Kerl freuen, dachte Fraul und betrachtete ein Foto, das den Präsidentschaftskandidaten als hochgeschossenen jungen Leutnant irgendwo am Balkan zeigte. Von draußen kam die Lyrikerin Paula Grünhut herein. Fraul bemerkte, dass sie diesmal auch einen grünen Hut trug.
»Grüß Sie«, sagte sie, sah, was er las, runzelte die Stirn und setzte sich an den Tisch daneben.
»Grüße Sie«, sagte er und las weiter. Als er zu Ende war mit dem Artikel, gab er ihr die Zeitschrift. »Bemerkenswert. Wollen Sie lesen?«
»Was bleibt mir übrig«, lächelte sie. »Danke.«
Während sie las und von Zeit zu Zeit durch die Nase schniefte, schaute er aus dem Fenster. Nachdem sie den Artikel fertig gelesen hatte, redeten sie etwas, er zahlte und ging zur Nationalbibliothek, ließ sich dort alte Zeitungen bringen. Er begann nachzusehen, was sie über den Prozess gegen den »Schädelknacker« Anton Egger berichtet hatten. Mittags verließ er die Bibliothek, ging an der Buchhandlung Sillinger vorbei, und entlang des Donaukanals näherte er sich dem Praterer.

Trotz des kalten Windes hatte sich Wilhelm Rosinger an seinen Fensterplatz begeben, um von dort erstmals nach einigen Wochen wiederum seine Gasse zu inspizieren. Er hatte seit dem missglückten Weihnachtsessen bei seiner Schwester Agnes den Kontakt zu ihr nicht abgebrochen, aber vermieden. Sie hatte zur Weihnachtsgans neue Freunde mit eingeladen, die allesamt begeisterte Anhänger des

Jupp Toplitzer waren, der unverhohlen an die Spitze der Freiheitlichen drängte. Sie alle erwiesen dem Rosinger den Respekt, den er nicht haben wollte, gegen den er sich aber auch nicht zur Wehr setzen konnte. Es wurden zwar seine Tätigkeiten in Auschwitz nicht erwähnt, aber sie wussten davon und benahmen sich danach. Die Art und Weise, wie diese nationalen Altspatzen beim Ganslessen den liberalen und opportunistischen Kurs des bisherigen FPÖ-Führers abkanzelten, war dem Rosinger unbehaglich. Jede ausländerfeindliche Bemerkung wurde mit einem Blick auf ihn gleichsam beglaubigt. Agnes zeigte sich einverstanden und selig mit diesen neuen Bekannten. Als schließlich beim Wein die Stimmung Gesang und Gegröle hervorrief und Rosinger sich selbst das Horst-Wessel-Lied mitsingen hörte, musste er jäh die Toilette aufsuchen. Dort erbrach er das Gansl in großen Stücken. Als er zurückgekehrt war, sagte er: »Schluss. Jetzt ist Schluss.« Als ihn Agnes' Gäste verwundert anstierten, drehte er sich um, schmiss die Eingangstür zu und schwankte hinüber in seine Wohnung. Sie rief ihn besorgt an, und er sagte: »Schluss, Agnes, Schluss.«

In den folgenden Wochen drehte er wieder für einen kranken Kollegen seine Runden in diversen Fabrikgebäuden, las auf der Couch im Allan-Wilton-Heft, ging donnerstagmittags zum Praterer, sonst ins Hörndl, ohne aber da oder dort Edmund Fraul vorzufinden.

Heute war er bereits nach zwei Stunden Schlaf wach geworden. Die Geologengasse duftete schon etwas nach Frühling, er legte sich den Polster zurecht, nahm »Reise ohne Rückkehr« von Jules Charpentier zur Hand und vertiefte sich darin. Von Zeit zu Zeit schaute er nach unten. Gegen elf läutete sein Telefon. Mit dem Finger fuhr er noch eilig die Zeilen entlang: »Peter Crosset und sein Bruder Cyril wurden zum

Tod verurteilt und mussten auf die Falltür gehen. Und der Mörder benahm sich, als es zu sterben hieß, nicht anders als die vielen Opfer, die er zu Tode gequält hatte. Er schrie und brüllte und tobte und winselte um Gnade. Erst der Henkersstrick würgte seine Schreie ab.« Rosinger klappte den Allan Wilton zu und ging zum Apparat.
»Alles Gute zum Geburtstag, Bruder«, sagte Agnes mit freundlicher Stimme.
»Danke dir«, antwortete Rosinger und legte auf. Er schloss das Fenster und ließ sich auf der Couch nieder, sah auf den Plafond, bis ihn sein Schnarchgeräusch weckte. Er wusch sich sein Gesicht, packte sich in den Mantel und ging ins Hörndl.

4.

Herbert Krieglach lag auf dem Rücken, als er mitten in der Nacht nach tiefem Schlaf durch klopfende Geräusche an die Schlummeroberseite gelangte. Seine Augendeckel begannen im Widerspiel mit den Außengeräuschen auf- und zuzuklappen, die Bilderflut des Resttraumes riss ab und versank sofort ins Vergessen. Er öffnete mit einem Mal die Augen und blickte in Richtung Plafond seines stockdunklen Schlafzimmers. Neben ihm schnorchelte seine Frau, weil sie ihr Gesicht, auf dem Bauch liegend, fest in den Kopfpolster eingedrückt hatte, sodass ihr die Luft einmal aus dem linken, einmal aus dem rechten Nasenloch herausfuhr oder sich stoßartig aus dem Rachen ihren Weg bahnte. Krieglach fuhr der Schlafenden mit der linken Hand auf die Schulter und rüttelte.
»Was klopft denn da wie verrückt?«, bellte er zu ihr hin. Emmy stemmte sich mit den Armen hoch, sie war, wie im-

mer, sofort hellwach, drehte sich auf die Seite und horchte.

»Kommt von darüber.«

»Das hör ich auch. Ist der Arsch komplett verblödet? Was hat der zu hämmern um halb vier in der Früh!«

In diesem Moment wurde es still. Die beiden lauschten eine Weile. Krieglach beschied seine Frau weiterzuschlafen, stieg aus dem Bett, holte sich aus der Küche ein Glas Wasser. Er öffnete das Fenster und schaute auf den Flakturm, besah sich darüber einige Sterne. Im Inneren dieser Spätwinternacht vermeinte Krieglach bereits eine Lauheit zu verspüren. Er beugte sich hinaus, spähte nach oben, konnte aber keinen Lichtschein erkennen.

»Komm ins Bett«, sagte Emmy.

»Ja, ja.« Er verließ das Schlafzimmer, schmierte sich in der Küche ein Butterbrot, holte aus dem Eiskasten eine Flasche Bier und setzte sich an den Küchentisch. Emmy erschien in der Tür.

»Soll ich dir was Ordentliches machen?«

»Schlaf weiter.«

Kaum war sie fort, goss er etwas ins Bier, trank aus, schmiss das Buttermesser in die Abwasch, wischte die Brösel mit der Hand vom Tisch und betrat wieder das Schlafzimmer, setzte sich in den Ohrensessel und verharrte. Als Emmy wieder zu gurgeln anhob, stieg er seufzend ins Bett zurück, legte sich auf den Rücken und schaute zum Plafond.

Dass mich so eine Klopferei immer so aufregt, dachte Krieglach. Mein ganzes Leben verbring ich mit Hämmern und Klopfen. Na ja, das eigene Furzen stört einen ja auch nicht. Um fünf in der Früh haben sie geklopft, neunzehnachtunddreißig, und Vater mitgenommen. Dann haben sie ihn auf der Liesl gehaut wie einen Tanzbären, so hatte er sich später ausgedrückt. Ich hab noch nie wen gesehen, der einen Tanzbären gehaut hat. Im Zirkus hab ich mir immer die Tanzbären angeschaut. Nie hat die einer gehaut. Deswegen hab ich wahrscheinlich in meiner *Deutschen Fasnacht* rechts unten ein Rudel Tanzbären gestaltet, die von Uniformierten mit Gummiknüppeln durchgeprügelt werden. Das Bild hängt in Düsseldorf, ja Düsseldorf, ich sollt wieder nach Düsseldorf gehen und mir von dort die Eiertänze rund um mein Denkmal anschauen, statt mich mit der Ebner und dem Purr rumzuärgern. Wann muss ich morgen – was morgen: heute – beim Teiler sein? Um elf? Da stellt mir der Helfried die Emigrantin aus New York vor, wie heißt sie, Lotte Mendelssohn, welche ihren Wien-1938-Zyklus am Abend präsentiert, und ich kanns mir bereits im Voraus anschauen, muss es sogar, weil ich renn doch nicht am Abend zur Vernissage und treff dort die Ebner, den Purr, den Katzenbeißer und ein Dutzend vertrottelter Malerkollegen.

»Wann sind wir beim Teiler?«

Emmy wachte auf. »Um elf.«

»Aha.«

Es war ja auch März vor achtundvierzig Jahren, dachte Krieglach. Gepumpert hatten sie, nicht geklopft, die Tür halb eingetreten haben sie. Mutter war rausgekommen, wir hinter ihr. Der Vater war schon in seine Hosen gefahren, war gleich abholbereit. Die Scheißkerle in den Ledermänteln sehr höflich, später haben sie ihn im Polizeihäfen geschnalzt. In Dachau haben sie ihn malträtiert, aber dort hat er unter den SS-Wächtern zwei alte Sozis aus Floridsdorf getroffen. Mit einem ist er schon in Wöllersdorf gesessen gewesen, der hat wahrscheinlich ein Wörterl zu seinen Gunsten bei der Lagerführung oder wo eingelegt, jedenfalls war er acht Wochen später wieder daheim. Bis Kriegsende hat er geschwiegen über die Zeit, wie ers versprechen hat müssen. Aber dann hat er erzählt und wie sie ihn vorher auf der Liesl wie einen Tanzbären ... Ein Zirkusbild von Beckmann erschien ihm unter den Augendeckeln, und dann wars bereits acht. Emmy hatte schon das Frühstück zubereitet, er duschte und rasierte sich, setzte sich zu Speck mit Eiern, sah sich suchend nach dem Bier um, trank aber dann den Tee, den sie ihm dazugestellt hatte.

Um elf waren sie beim Galeristen in der Zollergasse erschienen. Teiler begrüßte sie, wobei er mitten im Gruß gähnte, und anstatt dem Ehepaar Krieglach die Hand zu reichen, sie sich vor den Mund hielt.

»Tschuldigts, aber seit sieben haben wir gehängt. Das ist Frau Mendelssohn.« Die zierliche fünfundsiebzigjährige Malerin gab den Krieglachs die Hand, so als würde sie ihnen ein Geschenk überreichen.

»Sie haben aber einen Handdruck«, sagte sie mit hoher Stimme und errötendem Gesicht, löste ihre Hand aus der Pranke des Bildhauers und wedelte mit ihr in der Luft.

»Herbert«, sagte Emmy. Der zuckte mit den Achseln und begann die Mendelssohn über New York auszufragen. Sie antwortete in einem feinen altmodischen Wienerisch mit amerikanischem Akzent. Er schritt hernach mit ihr und dem Galeristen die Bilder ab. Emmy blieb im Vorraum zurück.

Vor einem Bild hielt er inne. Es war ein Ölbild, das aber wie aquarelliert aussah. Es stellte in auflösender Form ein Menschengruppengewusel dar, irgendwelche käferartigen Leute wälzten sich auf dem Gehsteig. Um die herum standen in ihre Schatten auseinanderlaufende Zinnsoldaten, daneben Passanten, die sich ineinander verklumpten. Von der Gruppe mit den Käfern stach eine Gestalt hervor, weil sie neben den grüngrauen Tönen auch ein grelles Gelb aufgetupft hatte. Neben dem Bild stand: Reibpartie. Das Werk war neunzehnhundertvierzig in New York entstanden.

»Das war ich«, sagte Lotte Mendelssohn und deutete auf einen der Käfer. »Und das war mein Vater.«
Herbert Krieglach schaute in das Bild hinein, sah durch es hindurch auf die knienden Juden, die mit den Zahnbürsten die Gehsteige schrubbten, wiegte sich etwas hin und her, ging zurück, ging nah heran, deutete dem Galeristen und der Malerin, sie mögen weitergehen. Lotte trippelte zwar zum nächsten Bild, schaute dabei aber diskret zu Krieglach zurück. Der stand weiter vor diesem Bild. Dann zog er ein rotkariertes Taschentuch hervor und schnäuzte sich, nickte und ging den beiden nach und mit ihnen bis zum Ende der Besichtigung.
Im Vorraum setzten sie sich um den Tisch, Krieglach blätterte im Katalog, dann verabschiedete er sich.
»Kompliment«, sagte er zur Malerin. Er nahm ihre kleine Hand mit beiden Händen und barg sie einen langen Moment.
Auf dem Weg zurück in die Schadekgasse blieb sein Gesicht ernst. Vor dem Haustor sagte er zu Emmy: »Ich muss ins Atelier. Lass mich in Ruhe.«
Er wandte sich um und ging zur Gumpendorfer Straße. Emmy sah ihm in den Rücken. Viel Glück, dachte sie.

5.

Während sich Fraul Richtung Prater und Praterer bewegte, entlang des Donaukanals schließlich stromabwärts weiter und weiter ging, wollte ihm nicht einfallen, warum er heute, Montag, dorthin ging, ohne vorher seine Mutter besucht zu haben. Ein ausgestreckter Arm schien ihn in den Osten der Stadt zu stoßen. Die Lauheit der Luft wurde intensiver, es war ihm, als würden aus den Kleidern der Passanten Farben entweichen und ihm vor Augen tanzen. Die Buntheit der Umgebung hatte ihn schon seit vielen Jahren gleichermaßen erquickt und erschreckt. Als ihm bei der Urania eine junge Frau in einem hellroten Kostüm entgegenkam, musste er die Augen senken, er drehte sich zur Uraniauhr um und verfolgte den Sekundenzeiger, holte frischen Atem und ging weiter, entschloss sich plötzlich, die Radetzkystraße statt den Donaukanal entlangzumarschieren. Als er am Radetzkyplatz angekommen war, blieb er vor der Auslage eines Elektrogeschäftes stehen, betrachtete die verschiedenen Batterien und dachte an Anton Egger, den sie trotz überzeugender Aussage von Herrmann Gebirtig und anderer, allerdings bereits verkalkter Zeugen, die er selbst seinerzeit in Israel aufgestöbert hatte, freigesprochen hatten. Egger war als der Schädelknacker von Ebensee bekannt gewesen, der Schrecken Hunderter Häftlinge. Nun lebte er also unangefochten irgendwo im dritten Bezirk; womöglich in der Radetzkystraße steht er jetzt hinter einem Vorhang und lugt auf Fraul herunter, sticht ihm mit seinen Blicken Löcher in den Hut, dringt unter die Schädeldecke. Seinesgleichen, dachte Fraul, waren schon seit damals unter meiner Schädeldecke versammelt, schneiden mir seither die Gedanken auf und lassen sie in immer dasselbe Gefäß rinnen, das mir in der Brust die Luft zusammenpresst und im Rücken auf die Wirbelsäule drückt. Dabei sind mir die Eggers doch wurscht. Sie sind nicht anders als die Nichteggers, ist doch alles derselbe Abschaum. Ob der Rosinger weiß, wo der Egger wohnt? Als Fraul schon nahe dem Café Zartl war, fragte er sich plötzlich, ob es nicht besser wäre, im Hörndl zu speisen. Er ging am Zartl vorüber, sah durch die großen Fenster hinein. An einem Fensterplatz saß ein Mann wie ein Fragezeichen vor seinem Notizbuch und schrieb. Als Fraul ihm dabei für einen Augenblick zusah, hob der Mann den Blick und schaute ihm in die Augen, nickte mit dem Kopf, sodass Fraul sich abwandte und weiterging. Als er das Hörndl betrat, sah er Rosinger sofort, der im linken Eck saß und mit jemandem Schach spielte. Fraul tippte sich auf den Hut und nahm am anderen Ende des Lokals Platz. Im Mantel saß er nun da. Volksmusik dudelte aus dem Radio, und schon erschienen Männer in blauen Overalls. Fraul sah auf die Uhr. Er hatte keinen Hunger, dennoch stand er auf, holte sich eine Speisekarte, zog den Mantel aus und setzte sich wieder, um sie zu überfliegen. Er spürte gut, dass Rosinger ihn beobachtete. Mir scheint, dachte Fraul, ich bin wegen des Nebochanten da, und seine Laune verschlechterte sich augenblicklich. Was tu ich überhaupt noch auf dieser Welt? Dort sitzt der Kindermörder und schnieft, schaut ständig her. Meine Mutter verblödet mit zunehmender Geschwindigkeit, und Rosa? Nie war sie fremder als jetzt. Gott sei Dank, nun ist sie weit weg und ich kann gar nichts machen. Was denke ich da? Das ist doch meine Rosa, was hab ich denn schon sonst noch außer Egger und Konsorten? Meinen Sohn, jaja, so einen Sohn hab ich, wie ich ihn verdient hab. Einen großartigen Sohn. Jetzt hat sich seine Freundin umgebracht, und er tut so, als hatte er sie in die Gaskammer getrieben.

»Das Menü«, sagte er zum Ober.

Rosinger hatte Fraul sofort bemerkt, als dieser das Hörndl betrat, er nickte ihm zu und verspürte einen freudigen Schreck, als wäre ein guter Freund nach längerer Abwesenheit wieder wohlbehalten zurückgekehrt oder als würde eine schöne Frau ihn unerwarteterweise mit einem langen freundlichen Blick bedenken, wie es ihm damals mit der Hedi ergangen war. Poldl Cervenka, mit dem er mitten

in einer Fressschachpartie war, drehte sich um und fragte: »Wer ist denn das?«
»Ein Bekannter«, sagte Rosinger und nahm ihm den Turm weg.
»Wie heißt er?«
»Du musst die Dame nehmen.«
Die Partie war bald beendet. Cervenka wollte die Figuren neu aufstellen, Rosinger nahm sie in beide Hände und begann sie einzuräumen.
»Es steht fünf zu drei«, sagte Cervenka. »Wir haben ausgemacht bis sechs.«
»Ich hab noch zu tun, Poldl.«
Rosinger wartete ein wenig, bis Fraul sich sein Essen bestellt hatte, dann stand er auf, klopfte dem Cervenka auf die Schulter und ging hinüber.
»Darf ich?«
Fraul hieß ihn Platz nehmen. Kaum saß Rosinger ihm gegenüber, beugte sich Fraul zu ihm hin und knurrte: »Kennen Sie den Anton Egger?«
»Den aus Ebensee?«
»Den.«
»Nicht persönlich, Herr Fraul. Aber ich hab natürlich den Prozess verfolgt.«
»Gefreut, dass er freigesprochen worden ist?«
»Darüber habe ich mich nicht gefreut«, sagte Rosinger leise. »Das glauben Sie nicht?«
»Unerheblich, was ich glaub. Was essen Sie?«
Das Menü kam. »Auch eins.« Der Ober nickte.
»Sagen Sie, Rosinger, haben Sie eigentlich noch Kontakt zu den alten Kameraden?«
»Habe ich längst abgebrochen. Ich schwörs Ihnen. Auch wenn ich denen als Held vorkomme, ich hab nichts übrig für die. Sie wissen gar nicht, wie froh ich bin, dass das alles

vorbei ist. Ich finds doch verdient, wenn die eingesperrt werden.«
Fraul schwieg. »Ich fands auch in Ordnung, dass sie mich verknackt haben«, fuhr Rosinger fort.
»War ein mildes Urteil, das wissen Sie«, sagte Fraul zwischen zwei Bissen.
»Das verdanke ich doch auch Ihnen.«
»Stimmt.« Fraul aß weiter, wenn auch ohne Appetit. »Wissen Sie, ich find es ein bisschen schade, dass Sie keinen Kontakt mehr zu den Konsorten haben.«
»Was meinen Sie?«
»Was meine ich? Was glauben Sie, was ich meine?«
»Weiß nicht. Servus, Poldl.« Rosinger winkte dem Cervenka zu, der einen neugierigen Blick auf Fraul warf und ging.
»Wer?«
»Poldl Cervenka, ein Bekannter.«
»Von früher?«
»Nein. Er wohnt in der Hörnesgasse. Er ist oft unter meinem Fenster vorbeigegangen, so sind wir einmal ins Plaudern gekommen. Ich spiel Fressschach mit ihm, gelegentlich.«
»Ah ja. In dem Lokal spielen einige Fressschach.«
»Eigentlich bloß der Poldl und ich.« Der Wirt brachte dem Rosinger das Menü persönlich.
»Noch ein Seidel.« Die beiden Männer begannen zu schweigen. Als der eine aufgegessen hatte, war der andere noch am Beginn. Fraul wartete, bis Rosinger fertig war.
»Es tät einen interessieren, was die Konsorten heute so denken und reden. Was für Beziehungen sie heute haben, Einfluss und so weiter.«
Fraul verschränkte die Arme und lehnte sich zurück, schaute dem Rosinger ins Gesicht. Der wandte es ab, starrte in

den leer gegessenen Teller und murmelte: »Soll ich mich umhören? Wollen Sie sowas von mir?«
»Ich will gar nichts, Rosinger.«
Der nickte. Es blieb eine Weile still zwischen ihnen.
»Sie sind heute hier, Herr Fraul. Es ist Montag. Die letzten Donnerstage waren Sie nicht drüben.«
»Bin ab jetzt wieder jeden Donnerstag drüben.«
»Verstehe. Freut mich.«
»Können Sie was anderes als Fressschach?«
»Was meinen Sie?«
»Na hundsgewöhnliches Schach.«
»Freilich.«
»Bleiben Sie noch?«
»Soll ich mit Ihnen –?«
»Nein. Wir sehen uns Donnerstag?«
Rosinger nickte, sah dem Fraul zu, wie er aufstand, sich den Mantel holte und den Hut aufsetzte.
»Haben die drüben ein Schach?«, fragte Rosinger.
»Sicher. Grüß Sie.«
Fraul verließ das Lokal. Da es ihn fröstelte, knöpfte er sich den Mantel zu, steckte die Hände in die Taschen und entschloss sich, jetzt noch zu seiner Mutter zu fahren, um zu schauen, ob sie bereits in die Pflegestation übersiedelt worden war.
Rosinger saß noch lange allein im Hörndl. Die Gedanken, denen er nachhing, bewirkten, dass er mehr und mehr in sich zusammensank. Schließlich riss er sich von ihnen los, rappelte sich auf, zahlte seine und Frauls Zeche und ging entschlossen in seine Wohnung zurück.

6.

Tschonkovits saß missmutig vor etlichen aufgeschlagenen Dossiers, die seiner Schreibtischoberfläche eine ornamentale Musterung verliehen, griff einmal zu einem, dann zum andern Dokument, blätterte, las sogar, vertiefte sich, um nach einiger Zeit das Aktenmaterial vor sich hinzuwerfen, aufzustösseln und Dossier für Dossier schließlich hinter dem Telefon in der rechten oberen Ecke aufzuhäufen.
Im Grunde ist gegen diesen Wais nichts zu machen, dachte er. Das ist ein Mann ohne Eigenschaften, von dem man aber unmöglich ein Tausendseitenbuch schreiben könnte, es sei denn, man füllte den Bericht mit Floskeln in immer nur unmerklich von vorherigen sich unterscheidenden Versatzwortschleifen, als würde man die Spektralfarben millimeterweise von hell nach dunkler verändern. Ein Österreicher ohne Ecken und Kanten, nicht einmal mit Bauch, gediegen, beflissen, von schweinebüchener Höflichkeit. Ja, ja, dachte er verdrossen, ein Diplomatengewächs, ein efeuartiges.
Der Chef rief an, Tschonkovits hörte sich die sorgenvollen Worte des Bundeskanzlers an, nickte von Zeit zu Zeit, während er sich mit dem Zahnstocher im Mund herumfuhr. Gelegentlich sagte er etwas Beruhigendes, etwas Vertröstendes, bis der Bundeskanzler mit seinen Schlussbemerkungen anhob, einige depressiv gefärbte Sätze dem Tschonkovits noch ins Ohr schob und auflegte. Johannes machte, nachdem er ein bisschen im Zimmer auf und ab gegangen war, weiter mit den Dossiers, unterbrach bloß, um seine Historiker anzurufen und, sofern er sie erreichte, anzuschnauzen oder anzusüßeln, je nachdem. Schließlich beschloss er, auf dem Heldenplatz eine Runde zu drehen, sich der Frühlingssonne zuzuwenden und den Fiakerpfer-

den auf die breiten Ärsche zu blicken, um seine Idée fixe vom Bedrecken des Doktor Johann Wais etwas in den Alltagsbewegungen der Inneren Stadt aufzuweichen. Denn es war schon so weit, dass Tschonkovits das Gefühl hatte, unter seiner Schädeldecke hätte sich ein kleiner Mann eingenistet, hätte ein winziges Megafon vorm Mund, das aber einen beträchtlichen Lärm entwickeln konnte. Immerzu flüsterte der Kleine in die Tüte Losungen hinein, die dem Wais schaden könnten. Es waren allerdings sinnlose, ganz und gar phrasenhafte Sätze, die aus dem Megafon dröhnten und Tschonkovits andere Gedanken aus dem Schädel drängten. Hier am Heldenplatz, als er sich auf einer Parkbank niederließ und den Fiakern nachsah oder Beobachtungen an da und dort vorbeigehenden Passanten anstellte, schien aus dem Megafon nichts zu kommen, und er konnte sich entspannen, und so saß er einher, rauchte einige Zigaretten, überlegte, ob er ins Landtmann gehen sollte, um etwas zu sich zu nehmen, ließ es und ging zurück ins Büro.

Er kam rechtzeitig, um noch den Telefonhörer abzuheben, er stand da im Mantel und hörte eine heisere Stimme:

»Tschonkovits?« Doch bevor Tschonkovits erwidern konnte, fuhr die Stimme fort: »Wer ich bin, tut nichts zur Sache. Hören Sie zu, Kanzlerkuli, hören Sie zu.«

Ein Verrückter, schon wieder, dachte Tschonkovits, behielt aber den Hörer am Ohr.

»Sind Sie noch dran?«

»Bin ich«, murmelte Tschonkovits.

»Der feine Wais war bei der SA. Merken Sie sich das. Gucken Sie mal nach der Wehrstammkarte.«

»Wehrstammkarte«, sagte Tschonkovits. »Und Blutorden. Selbstverständlich. Wie komme ich dazu?«

»Äh?«

»Apportiert mir das Ihr Hund?«
»Sehr lustig, Zauberer. Landesarchiv. Viel Spaß.« Und die Verbindung wurde getrennt.
Tschonkovits betrachtete den Telefonhörer. Landesarchiv, dachte er. Unsinn, da waren doch schon alle. Er zögerte, wählte Apolloners Nummer.
»Roman, findest du auf einem Trampelpfad Sächelchen, auf die noch keiner gestiegen ist?«
»Kann sein. Wenn wo was ist, find ichs schon. Um was gehts?«
»Wais.«
»Das weiß ich. Das ist doch dein Liebling. Aber was mit Wais?«
»SS.«
»SS? Sonst noch was. Wo denn?«
»Landesarchiv. Wehrstammkarte. Angeblich.«
»SS?«
»SA.«
»Ach so. Immerhin. Woher weißt du?«
»Ich weiß gar nichts. Habe einen Tipp gekriegt.«
»Landesarchiv. Da waren schon alle, ich auch.«
»Eben.«
»Aha. Dort, aber woanders.«
»Du sagst es.« Beide schwiegen eine Weile.
»Glückauf, Roman.«
Apolloner hatte bereits aufgelegt.

Apolloner fand schließlich die Wehrstammkarte. Es gab Umstände, die dazu führten, dass sie nicht auf dem Platz war, wo sie hingehörte, und sich wohl auch Jahrzehnte dort befand. Doch obwohl Apolloner kein ausgewiesener Zeitgeschichtler war, hatte er im Laufe seines Journalistenlebens Kontakte für sich zu nutzen gewusst. Er nahm an, dass die Karte nicht verschwunden, sondern woanders verborgen war. Er führte einige Telefonate, eines mit einem Studienkollegen, dessen Vater eine Schwägerin hatte, welche jahrelang im Landesarchiv ...

Apolloner brachte die Kopie zu Tschonkovits und reservierte sich für die nächste Nummer im Signal ausreichend Platz, um die größere und wirksamere Bombe explodieren zu lassen. Doch der Chefredakteur Alphons Klingler schüttelte den Kopf.

»Dieses Ding muss ich drehen, Roman. Dem müssen wir jetzt Gewicht verleihen«, sagte er. Apolloner hatte nun einen ganzen Nachmittag beim Chef zu verbringen, alles herauszusagen und zu notieren, was er wusste, annahm und dachte, damit Klingler es aufsog, um hernach damit seinen Aufmacher zu bestreichen und auszuschnörkseln.

»Hauptsache, es geht los«, sagte Roman im Pick Up zu Judith, welche ihn zu trösten versuchte. »Ich bin nicht so versessen, es selbst zu machen, ich heiß ja nicht Judith.«

»Danke«, sagte sie, drehte sich um und ging von der ersten Theke zur zweiten hinüber, begrüßte den Katz, der mit Hirschfeld dort in einer Diskussion war, und stellte sich dazu. Immer wieder war sie versucht, den beiden die Geschichte von der Wehrstammkarte zu verklickern, nicht weil sie den Apolloner damit ärgern wollte, sondern weil sie diese Information einfach nicht bei sich behalten konnte. Sie stand neben den beiden, hörte mit einem Viertel Ohr zu und bekam nachgerade mit, dass Hirschfeld sich bei Katz darüber beklagte, wie sehr sein Hamburger Verlag ihn zu bedrängen begonnen hatte, einen Roman zu schreiben.

»Sie achten meine Gedichte sehr«, sagte er mit rauer Stimme, »aber sie schätzen sie nicht.«

Judith, die soeben unterbrechen wollte, stutzte, schaltete

um und begann Hirschfeld sofort auszufragen, ob er denn ein Romanprojekt in petto hätte.
»In petto«, schrie er sie an. »Bist du verrückt?«
Apolloner war Judith nachgegangen, ihm schwante etwas, sodass er sich neben sie stellte, sie schließlich zärtlich am ihm nächstgelegenen Ohr berührte, leicht daran zog und ihr zuflüsterte:
»Wollen wir zu dir gehen?«
»Sie glaubt«, wandte sich Hirschfeld an die Umstehenden, »ich hätte einfach einen Roman in petto, um ihn, weil der Verlag Kohle mit mir machen will, denen mir nichts, dir nichts auf den Schreibtisch zu schmeißen.«
»Ich hab doch nicht –«
»Ich bin Lyriker«, brüllte Hirschfeld und lief rot an, »als solcher drücke ich der Welt ihren eigenen Stempel auf, verdammte Scheiße.«
»Gut, gut«, sagte Emanuel Katz, »aber vielleicht hast du das Talent und den Atem für einen Roman auch intus. Ich glaub das.«
»Selbst wenn ichs intus und in petto hab«, sagte Hirschfeld mit ruhiger Stimme, »dann ist das meine Angelegenheit.« Er lachte los. Die drei stimmten ein. Hernach setzte sich Hirschfeld mit Katz nach hinten an einen Nischentisch, Judith und Roman verabschiedeten sich.

Nachdem Tschonkovits die Neuigkeiten von Apolloner erfahren hatte, warf er den Telefonhörer mit Schwung so auf die Gabel, dass der ganze Apparat vom Schreibtisch zu Boden fiel, den Aktenstapel mitnahm. Tschonkovits besah sich das Malheur und ging um den Schreibtisch herum, barg das Telefon und versetzte hernach den Akten einige Fußtritte, zog sich das Sakko an und marschierte, ohne anzuklopfen, ins Zimmer des Bundeskanzlers. Der stand beim Fenster und blickte der Abenddämmerung entgegen, drehte sich um, als Tschonkovits hereinkam.

»Wir haben ihn, Theo.«

Und er wies den Bundeskanzler in seinen Sessel, als wäre er der Hausherr. Theodor Marits setzte sich. Johannes näherte sich im Verlauf seines Berichts dem Schreibtisch des Chefs, um sich schließlich auf einem papierfreien Plätzchen niederzulassen. Er beendete seinen Bericht und schaute den Bundeskanzler über die Schulter an.

»Na?«, fragte er und stand auf, stellte sich dem Chef gegenüber auf und lächelte.

Marits hatte ihm anfangs mit seinem seit Tagen in seinem Gesicht auf Dauer gestellten säuerlichen Ausdruck zugehört. Mit den Minuten hatten sich die Gesichtszüge neu formiert, die Muskeln begannen in des Kanzlers Antlitz zu arbeiten. Tschonkovits fügte in seinem Bericht noch Verzierungen ein, die dem Kanzler Lachfalten in die Wangenpolsterung schnitten, und schließlich begannen beide zu lachen, lachten sich gegenseitig an, lachten abwechselnd und gleichzeitig, sodass Reginchen im Vorzimmer den Kopf hob und selbst zu lächeln begann. Der Kanzler sprang auf, eilte auf Johannes zu und klopfte ihm einmal auf den rechten, dann auf den linken Oberarm. Beide versanken hernach in den Fauteuils, die im rechten Winkel angeordnet am gläsernen Gästetisch standen.

»Strategisch?«, fragte der Kanzler.

»Nach und nach, Theo. Montag kommt der große Artikel vom Klingler. Wir wissen von nichts, sind sehr indigniert. Ich rufe in deinem Auftrag den Beran an, ob er von der SA-Herrlichkeit seines Kandidaten was gewusst hat.«

»Ich nehme mir den Vizekanzler vor.«

»Den Strahammer kriegst du auf so klein. Der ist eh von der Rolle wegen seiner jüngsten Lachnummer.«

»Welche meinst du?«
»Weißt du es noch nicht? Der hatte gestern die großartige Idee, mit der saudi-arabischen Delegation zum Heurigen zu fahren.«
»Im Ernst?«
Also saßen sie und lachten weiter. Johannes stand auf, denn es hielt ihn nicht, ging herum und sprach weiter:
»Wie ich den Novacek einschätze, gibts noch am Montag eine Pressekonferenz. Der Wais muss sofort in die Presse. Wir bereiten einstweilen vor, wer wohl die Stammkarte versteckt hat. Heute noch Telex an Johnny Walker.«
»Du meinst an Maxmann vom jüdischen Weltkongress?«
»Der macht doch in Whisky. Also an den.«
Marits hob die Hände und zeigte Tschonkovits seine Handflächen.
»Stopp, Zauberer, stopp. Die lass draußen.«
Johannes blieb stehen und schaute auf den Kanzler hinunter.
»Kein Weltkongress«, sagte dieser. »Hast du gehört?«
»Du glaubst, das geht nach hinten los?«
»Kennst du Österreich?«
»Aber wir könnten ihm besser einheizen. In die Zange nehmen. Du wolltest doch selbst die etwaige braune Vergangenheit –«
»Nichts da. Dem Vizekanzler rennen seine alten Nazis sofort die Tür ein. Uns wird man vorwerfen, wir holen die Ostküste in die Innenpolitik. Untersteh dich. Versprich mir –«
»Du hast ja recht, Bundeskanzler. Reginchen, Kaffee!« Tschonkovits setzte sich wieder. »Außerdem, die drüben lesen ja auch Zeitung.«
»Das ist nicht unsere Sache. Keine Tricks, Johannes.«
»Versprochen.«

Nachdem der Kaffee gekommen war, verbaten sich die beiden jedwede Störung und besprachen sich ausführlich und aufs Heiterste. Am Ende nahmen sie je einen Cognac und verließen das Kanzleramt.

7.

Rosa hatte ihren Infarkt gut überstanden. Seit zwei Wochen ging sie zur Arbeit, nahm ihren Platz hinter der kleinen Tür bei Sillinger wieder ein. Hugo Sillinger hatte sie mit einem Blumenstrauß begrüßt, die Arbeitskollegen und -kolleginnen standen um den Chef herum, und alle hatten sie ein und dasselbe Lächeln um den Mund, mild schauten sie der verlegenen Rosa zu, wie sie die Blumen entgegennahm. Eine Kollegin lief um eine Vase. Schließlich saß Rosa vor den Rechnungen. Sie bemerkte, dass in ihrer Abwesenheit jemand ihre Arbeit ordentlich, fast akkurat erledigt hatte. Sie musste die Stirn runzeln, einen Moment befiel sie ein Gefühl der Schwäche, sie sah sich einen Augenblick von oben auf ihrem Sessel sitzen, und gleich darauf war dieser Sessel leer. Sofort danach kehrte ihr Blick zurück und streifte die Ordner im Regal, senkte sich zu dem aufgeschlagenen, der auf ihrem Schreibtisch ruhte.
Wenn sie nun tagtäglich nach der Arbeit das Geschäft verließ, verhielten sich die Gedanken in ihrem Kopf anders als früher. Sie zogen geordnete Bahnen, als würde jeder einzelne von ihnen genau wissen, was seine Bestimmung und sein Weg ist. Obwohl auch Rosa schmerzlich spürte, dass Edmund von Woche zu Woche mehr sich verschloss, als würde er sich bedächtig, aber unablässig eine zusätzliche Haut übernähen, blieb ihr Kopf klar wie nie zuvor außerhalb der Buchhandlung oder unter Edmunds Obhut. Die

Gedanken an ihren Sohn waren im Unterschied zu den Gedanken an sich und ihr vergangenes Schicksal diszipliniert und ließen sich kommandieren. Diese Sohngedanken würde Edmund nicht Ameisen nennen. Es sind keine Ameisen, dachte Rosa und schüttelte den Kopf. Es sind gewöhnliche Gedanken, die dazu da waren, jeden Moment Karl zu verteidigen, zu bewahren.
Sie sperrte die Wohnung in der Hollandstraße auf. Mitten im Vorzimmer blieb sie stehen und begann in die Wohnung hineinzuhören. Edmund kann doch nicht hier sein, dachte sie, aber sie spürte, dass jemand im Schlafzimmer war. Hörte sie das Atmen, oder wird jetzt gleich Gusti Blum im Türrahmen erscheinen? Bleib, wo du bist, flüsterte es in ihr. Sie ging zögernd auf die Schlafzimmertür zu, öffnete sie einen Spalt. Sie sah ihren Sohn eingeringelt auf Edmunds Seite des Ehebettes liegen. Sein Schnarchen war eher ein Schnurren, regelmäßig und wie aus dem ganzen Körper kommend. Leise ging Rosa zum Bett hin, blieb stehen und versuchte an Karls Schläfe vorbei seinen Gesichtszug wahrzunehmen. Gleichzeitig glich sie ihren Atem dem seinen an. So stand sie, ein Wachturm, neben dem Bett und wartete, ob Karel ihre Anwesenheit zu spüren begann, wartete geduldig, bis er sein Schnurren beendete und die Augen öffnete.
»Geh weg, Papa«, flüsterte Karl und richtete sich auf. Rosa lächelte und setzte sich auf die Bettkante. Der Geruch von Alkohol kam ihr in die Nase.
»Mama«, sagte Karl Fraul und verzog sein Gesicht, »ich hab den Schlüssel ausgekramt, den du mir letztes Jahr gegeben hast. Du hast ihn mir doch heimlich gegeben?«
»Nicht heimlich.«
»Weiß er davon?«
»Das nicht. Willst du Kaffee?« Karl nickte und ließ den

Oberkörper ins Bett zurückfallen. Als Rosa das Schlafzimmer verließ, hörte sie leichtes Schluchzen. Sie zögerte, ging hernach weiter in die Küche und schraubte die italienische Espressokanne auf.

Nach wüsten Träumen verfügte ich mich heute vormittags ins Zartl. Mein Lieblingsplatz war frei. Ich konnte durchs Fenster die Ecke Marxergasse und Geologengasse beobachten. Kaum saß ich und hatte den Kaffee vor mir, rief Wanda, die jugoslawische Serviererin: »Herr Hirschfeld, Telefon!« Ich war im Begriffe, mir mein schwarzes Notizbuch zurechtzulegen, hatte, bevor ich mich erhob, noch aus dem Fenster geblickt und direkt in die blauen Augen eines Mannes, der unter seinem Hut aufmerksam von draußen erst auf mich, dann auf meinen Kaffeehaustisch schaute. Ich nickte ihm zu, wandte mich ab und ging zum Telefon neben der Bar.

»Institut Sarg und Nagel«, sagte ich in den Hörer.

»So witzig schon am Vormittag?«

»Servus, Emanuel.«

»Störe ich?«

»Natürlich.«

»Bist du grad im Schreiben?«

»Was denn? Ich sitz ja im Zartl. Um was dreht sichs?«

»Ich habe heute eine nicht zu verschiebende Sitzung, sodass ich nicht in die Oper gehen kann. Willst du meine Karten?«

»Kommt drauf an. Was geben sie?«

»Ein kurzweiliges Ding. Parsifal.«

»Da hab ich schon Karten. Zu Karfreitag.«

»Das ist doch erst Ende März.«

»Das reicht.«

»Schade, schade. Woran schreibst du?«

»Schwalbenschwanz.«
»Wirds?«
»Ein Sauschmarrn wirds. Ein elegisches Gequake.«
»Ah geh.«
»Noch was?«
»Fröhliche Ostern.« Und wir legten auf.

Zurück am Tisch, begann ich in den Worthaufen zu blättern, aus denen ich die Elegie von den schlingernden Schwalbenschwänzen herausgraben wollte. Seit Tagen versuchte ich aus den diversen Satzsalaten im Notizbuch etwas zu generieren. Ich kam mir schon vor wie der Esel Buridan vor seinen verschiedenen Heuhaufen. Auch ich drohte vor den nahrhaften Buchstabengerichten zu verhungern, weil ich mich zu nichts entschließen konnte. Das Wort Nackengabel sowie die unlängst entdeckte Ameisenstraße in meiner Küche brachten mich endlich auf den Schwalbenschwanz, den der saure Regen zum Schlingern bringen wird. Öd das Ganze, weil ich das Geseire über Umweltverschmutzung für übertrieben halte. Sollte die Elegie ein satirisches Element enthalten? Katastrophenlust der Kleinbürger? Saurer Regen – süße Feste? Partygäste torkeln auf die Wiese vorm Haus, fallen ins Gras und schnarchen. Auf die offenen Münder fallen Blätter, dem Hausherrn kommt ein sterbender Schwalbenschwanz ins Maul. Ein Gast fällt rücklings auf eine achtlos herumliegende Heugabel. Der Stiel hebt sich und bildet mit dem Rasen einen Winkel von sechzig Grad, der Besoffene kommt auf den Zähnen der Gabel mit seinem Nacken zum Ruhen. Aus dem Mund strömt ein Duft, der die Ameisen zwingt, um den Selbstvergessenen herum ihre Straße zu bilden.

So stocherte ich schon eine Stunde und mehr an dem Gebilde herum, las zwischendurch den Kurier, fragte mich, was das alles sollte, statt mich an die Konzeption des Romans zu machen. Ich hatte meinem Verlagslektor Maier-Loschewitz bei der letzten Buchmesse das Manuskript meiner Novelle »Als da kamen« gezeigt, eine Petitesse von fünfzehn Seiten. Jetzt kam der Brief vom Verleger Karlsen selbst, ich möge das vortreffliche Ding zu einer großen Erzählung aufblasen. Dabei haben mir die fünfzehn Seiten bereits das Äußerste abverlangt.

Ich lehnte mich zurück, schaute auf das Geschriebene. Während ein leichtes Ekelgefühl in mir hochstieg, drehte ich den Kopf, um wieder mal aus dem Fenster zu blicken. Da kam mir ein Gedanke: Prolog. Nimm die Novelle als Prolog. Kaum war der Gedanke da, kam der nächste: TAUSENDSCHÖN. Eine Erzählung aus dem wilden Wien. Ich nickte mir selbst zu, wollte mich der Elegie wieder zuwenden, da erschien der Mann wiederum. Er kam, die Hände in den Manteltaschen, aus der Geologengasse, blieb aufs Neue vor meinem Fenster stehen und schaute mir ins Gesicht. Ich musste lächeln. Unter seinem Hut schlohweiße Haare. Er ging weiter und davon. Ich nahm den Kuli und begann mit den Zeilen: »Gegen Ameisen hilft die Nackengabel nicht immer. Die Raupe flieht ins Reisig. Einst wird sie hier wieder landen, ein schlingernder Schwalbenschwanz.« Zu klappte ich das Notizbuch. Ich ging zum Telefon und rief den Katz an.

»Hast du noch die Karten? Fein. Ich nehme sie. Ich weiß, es beginnt um halb fünf. Hinterleg sie im Pick Up. Man dankt.«

Ich zahlte und ging. Ein verlorener Tag.

Der kommt mir bekannt vor, dachte Edmund Fraul, als er am Rückweg vom Pensionistenheim seiner Mutter wiederum entlang des Donaukanals von der Stadionbrücke flussaufwärts ging, bei der Rotundenbrücke abbog, die Rasumofskygasse hinaufging und in einer plötzlichen Eingebung in die Hörnesgasse einbog, um unter dem Fenster Rosingers in der Geologengasse zur Marxergasse zurückzugehen. So lugte er abermals durchs Fenster des Zartl, und wiederum schaute er direkt in die dunklen Augen des Menschen, der vor seinem Notizbuch saß und ihn just im selben Moment gemustert hatte. Fraul spürte das offene Lächeln auf dem Gesicht, und er wandte sich ab, wartete an der Kreuzung das Ampelgrün ab, um danach wieder die Löwengasse zurückzugehen. Schaut jüdisch aus, kein Nazispross. Wo habe ich dieses Ponem gesehen und wann?, dachte er. Denn Frauls Gesichtsgedächtnis war phänomenal und hatte ihm das Leben gerettet oder dazu beigetragen, dass er die tödlichen Fährnisse der Internierungs-, Konzentrations- und Vernichtungslager zu überleben vermochte. Er zuckte die Achseln und wandte seine innere Aufmerksamkeit dem Anton Egger zu, welcher zur Empörung des antifaschistischen Lagers von den Geschworenen freigesprochen worden war. Er hatte seinerzeit auf Ersuchen von David Lebensart einige Zeugen für Eggers Untaten in Israel gesucht, war wenig hoffnungsfroh zurückgekommen angesichts der Verfallenheit der beiden Männer, die er aufgetrieben hatte. Während er sich den Prozess wieder ins Gedächtnis rief, strebte er seiner Behausung zu, wobei sein Unbehagen mit jedem Schritt wuchs. Was ist denn geschehen, dass ihm Rosa zunehmend gleichgültig wurde? Ihr Bestreben, Karel vor allem und jedem in Schutz zu nehmen, stieß ihn ab. Es ist doch zu dumm, dachte er. Da bringt sich eine Frau um wegen nichts und wieder nichts, und sein Herr Sohn hat nichts Besseres zu tun, als sich die Schuld daran aufzuladen. Seit Wochen kommt der aus dem Trinken und Sichleidtun nicht heraus. Wie viele Menschen hätten einst alles gegeben, um ihr Leben sich zu erhalten, und mussten sich abschlachten lassen. Und so eine schmeißt wegen einer missglückten Liebesgeschichte ihr Leben fort. Kein Gedanke braucht an so eine verschwendet zu werden. Aber Karel hängt sich in diese Geschichte rein. Für den millionenfachen Mord der Nazis verwendet er keinen Gedanken. Fraul blieb stehen, abrupt, sodass ein Passant, hinter ihm gehend, fast in seinen Rücken gelaufen wäre. Ich verachte meinen eigenen Sohn, dachte er irritiert.

Nachdem er seine Wohnung aufgesperrt hatte und eingetreten war, empfand er sofort, dass etwas passiert sein könnte. Im Wohnzimmer saßen Rosa und Karel beim Tee und hielten einander umschlungen. Als Karl seinen Vater sah, löste er sich und stand auf. Edmund Fraul warf ihm einen raschen Blick zu, neigte grüßend den Kopf und ging an den beiden vorbei ins Schlafzimmer. Dort zog er den Mantel aus, warf den Hut aufs Bett, setzte sich auf die Bettkante und fuhr sich mit beiden Händen durchs Haar. Er hörte, wie draußen die Tür ins Schloss fiel. Rosa kam herein, blieb vor ihm stehen und sah ihn an.

»Es tut mir leid«, sagte Edmund und schaute zu ihr hinauf, »armer Kerl.«

»Er hat mir versprochen, weniger zu trinken«, sagte sie.

»Schön«, sagte er und stand auf. Er breitete seine Arme aus, und Rosa ging in seine Umarmung. An ihrem Ohr vorbei schaute er auf die Anrichte, währenddessen der Geschmack in seinem Mund an Bitterkeit zunahm.

8.

Sonntag früh gegen neun befand sich Dietger Schönn auf der Westautobahn und fuhr mit seinem neuen Volvo durch den Wienerwald. Nachdem er den Artikel im Signal über den Fund der SA-Wehrstammkarte Johann Wais' gelesen hatte, entschloss er sich, Raimund Muthesius in Unterach am Attersee aufzusuchen. Seit seinem letzten Besuch nach Weihnachten, bei dem Schönn den Wunsch geäußert hatte, von Muthesius eine kritische Arbeit über den Istzustand Österreichs in Form eines Stückes zu erhalten, war einiges geschehen. Er hatte ein altes Stück von Muthesius in den Spielplan wieder aufgenommen, aus Unterach hatte er dafür keinen Dank geerntet. Der Dichter hatte sich abfällig über die Burg geäußert und angedeutet, er werde hinkünftig sich ein anderes Uraufführungstheater suchen. Das Ensemble sei ihm zu fad, und alle machten mit verschiedenen Texten immer dasselbe. Er könne denen die schärfsten und brillantesten Rollen schreiben, am Ende käme bloß dieser alberne Theaterdonner heraus. Einige Anrufe Schönns in Unterach hatten ergeben, dass Raimund nicht daran dachte, an dem zu Weihnachten ausgebrüteten Projekt zu arbeiten. Er hätte Wichtigeres zu tun. Es stünde in Form eines Romans eine Abrechnung mit der Kulturschickeria dieses Landes ins Haus. Dietger Schönn hatte sich beschieden und sich zum Ärger Muthesius' bei ihm zweieinhalb Monate lang nicht gemeldet. Normalerweise hatten die beiden Männer wöchentlich telefoniert. Auch jetzt rief Schönn nicht an. Er schloss sich in seinem Büro ein und begann das Projekt zu überdenken, schließlich zu verwerfen. Nun würde er sich von Raimund ein Vergangenheitsbewältigungsstück wünschen. Er war entschlossen, den sich zu einem Skandal auswachsenden Fall Wais zum

Anlass zu nehmen, um weiter scharfes politisches Theater zu machen. Dazu benötigte er Muthesius, die Williams, Obertschatscher, Gaspari und andere, aber Muthesius war der Wichtigste. Er hatte sich auf Umwegen versichert, dass Muthesius daheim sei. Nun würde er ihn einfach überfallen.

Schönn lächelte in sich hinein, beschleunigte und sauste mit hundertsechzig Stundenkilometer dahin, zuckte zusammen, als er plötzlich rechts das Stift Melk zu sehen bekam, das in seiner gelben und vielfenstrigen Gestalt ihn jedes Mal daran erinnerte, dass er, da er das Stift als Erster gesehen hatte, einen Wunsch frei hätte. Es war zwar außer ihm diesmal keiner im Wagen, aber dennoch hatte der Wunsch in Erfüllung zu gehen, den er nun in Richtung Windschutzscheibe flüsterte. Der Raimund soll seinen Roman verschieben und eine Bombe zünden. Er knipste das Autoradio an und ließ den Kassettenrekorder laufen, hörte sich Schuberts Streichquartett »Der Tod und das Mädchen« an. Beim zweiten Satz kamen ihm die Tränen, sodass er rechts heranfuhr und auf den Parkplatz, der wie gerufen ihm entgegenkam, als er zu bremsen begann.

Seine Frau stammte aus Wien. Nach der Heirat gab sie das Bratschespielen auf und zog mit ihm von Stadt zu Stadt, je nachdem wo er engagiert war. Sie freute sich sehr, als er ans Burgtheater gerufen wurde. Mitten in den Übersiedlungsvorbereitungen erkrankte Erna Schönn an Bauchspeicheldrüsenkrebs und starb vier Monate nach Kenntnis der Diagnose. Dietger begrub sie in Köln und trat hernach seinen Dienst in Wien an. Er hing an ihr bis zuletzt, auch wenn er sie ständig betrog. Doch einer jeden Geliebten versicherte er von Anbeginn, dass er seine Frau liebe und niemals verlassen werde. Kurz vorm Sterben hatte Erna ihm gesagt: »Wenn du Wien verstehen willst, ich meine wirklich begreifen, dann musst du Schubert hören.« Nun saß er in seinem Wagen und schluchzte. Schließlich stieg er aus, ging auf die Toilette und fuhr hernach weiter.

Muthesius war heute spät aufgestanden. Nächtens konnte er sich bloß hin und her wälzen, die Träume fuhren ihm wie Lichtblitze ins Dunkel seines Schlafes und zerrissen ihn aber und abermals. Er musste etliche Male seine Blase entleeren. Hernach hockte er in der Bauernstube unterm Serpentinkruzifix, löste Kreuzworträtsel, bis ihm die Augendeckel herunterklappten. Nun saß er vor den Spiegeleiern mit Speck, die ihm seine Haushälterin mit dem Satz »Ihre Schonkost, wie gewünscht« hingestellt hatte. Er hatte es ihr mit einem kurzen Heben der Augenbrauen gedankt, hernach war er, während er das Frühstück zu sich nahm, ins Nachdenken über die Träume versunken. Der späte Vormittag ging hin, endlich holte er seinen Jägeranzug aus dem Kasten, breitete das Hemd und das Gilet auf dem Bett aus, stieg in die Badewanne, da Martha ihm achtunddreißig Grad warmes Wasser eingelassen hatte. Als er schließlich beim Anziehen feststellen musste, dass am linken Ärmel der Knopf fehlte, rief er nach ihr, deutete aufs Hemd und verließ den Raum. Auf der Toilette las er weiter in den Gedichten von Oskar Loerke. Seine Laune war schlecht und wurde immer schlechter, denn er konnte den wesentlichen Traum nicht und nicht aus dem Vergessensspeicher herausziehen. Er ging an der nähenden Haushälterin vorbei zum Sofa im Gästezimmer und legte sich hin, als könnte er durch dieses Nickerchen den Traum wiederherstellen und neuerlich ablaufen lassen. Mittags erschien er im Café Central, unterhielt sich mit dem Lehrer und dem Pfarrer, die ihn beide während des Redens abwechselnd nicht eben unaufdringlich musterten. Sie wussten aber, dass sie ihn auf

seinen neuen Roman nicht ansprechen durften, so bestellten sie ihm und sich Slibowitz und gingen bald zum jeweiligen Mittagessen. Muthesius machte seinen Spaziergang auf dem Friedhof, langte gegen zwei Uhr daheim ein, sah bereits vor dem Eintreten den Volvo vorm Haus stehen. Im Wohnzimmer saß Schönn und stand auf, als Muthesius hereinkam. Stumm und lange umarmten sich die beiden. Sie hockten sich an den Tisch und heckten einen Plan aus, der sich von Schönns Vorstellungen kaum unterschied. Muthesius stimmte zu und bekräftigte und nickte. Er würde ein Stück schreiben, welches den katholischen Nazis in Österreich den Spiegel vorhielt. Er würde es aus der Sicht einer emigrierten Geigerin, die nach Jahrzehnten zurückgekehrt war, schildern. Aber FRIEDENSZEIT würde er das Stück nicht nennen. In einem Monat würde er es abgeben. Der Roman sollte sich zum Teufel scheren.
Martha brachte den beiden je einen Obstler, hernach feilschte Muthesius das Honorar für den Stückauftrag aufs Doppelte hinauf und kam bei der Summe an, die Schönn sich im Voraus ausgerechnet hatte. Als Muthesius über die Besetzung zu sprechen begann, setzte sich Schönn noch bequemer in den Sessel als davor schon und nickte bei jedem Vorschlag.
Am Rückweg fuhr Schönn beschwingt und vorsichtig zugleich. Das Stift Melk empfing ein dankbares Lächeln, im Kassettenrekorder lief das Rosamunde-Quartett, sodass ihm die Schönbrunner Schlossstraße, die er stadteinwärts fuhr, vorkam, als sei sie nur für ihn da.

9.

Franziska Fraul saß beim Mittagessen, wurde bedächtig und zielstrebig von Schwester Roswitha gefüttert und dachte dabei, wie überflüssig ihr diese Fütterung vorkam. Wozu das jeden Tag, statt zu sterben und dieses ganze Zeug hinter sich zu lassen, dachte sie. Immer stößt diese Person mir mit dem Löffel in die Mundwinkel. Reden tut sie mit mir wie mit einer Idiotin. Wozu sitze ich da herum. Und Edmund muss immer kommen und langweilt sich. Pfiatdigott möchte ich sagen.

Danach ließ man sie noch längere Zeit beim Tisch sitzen. Sie konnte sich selbst nicht mehr erheben, um auf die Toilette zu gehen. Sie winkte erst der Schwester Roswitha zu, die aber mit einer weiteren Fütterung befasst war, hernach der Schwester Charlotte, die freundlich zurückwinkte und weitereilte. Sie wollte aufs Klo und ins Bett und endlich schlafen, zurückwandern in die Träume und nach dem Erwachen still liegen bleiben und weiter träumen, mit Hugo reden, der vor zweiundvierzig Jahren von den Nazis getötet wurde, ihre einzige Liebe, welcher Edmund entsprossen war, eine weitere einzige Liebe, solange Edmund ein Kind gewesen und bevor er nach Spanien gegangen und aus Auschwitz zurückgekehrt war.
Bis zu ihrer Pension hatte Franziska bei der Straßenbahn gearbeitet. Erst als Schaffnerin, dann am Fahrkartenschalter Schwarzenbergplatz, schließlich im Büro. Sie blieb Sozialdemokratin bis heute, lief im Bezirk, in Simmering, für die Partei ihr Leben lang. Edmund war als Kommunist zurückgekommen, hatte sich aber nach den Ungarnereignissen wiederum den Sozialdemokraten genähert. Miteinander politisiert haben Mutter und Sohn aber nie. Sie pflegte

einen Freundinnenkreis im Bezirk, spielte regelmäßig Karten, meistens Königrufen. Sie hatte in der kleinen Wohnung eine Katze, dann noch eine, und zuletzt einen Kater, der an der Staupe zugrunde gegangen war. Als es so weit war, ging sie ganz gern ins Pensionistenheim. Bald musste sie in den Rollstuhl, und darin verbrachte sie die letzten fünfzehn Jahre. Lesen konnte sie längst nicht mehr, aber lange Zeit benützte sie noch Hörkassetten, bis ihr auch die Kopfhörer lästig wurden. Solange sie in ihrem kleinen Zimmerchen war, in dem sie auch noch wenige Schritte allein machen konnte, indem sie sich tastend zum Fenster oder ins Bad bewegte, hörte sie die Romane vom Kassettenrekorder, bis die Schwestern kamen und ihn leise drehten, sodass sie nichts mehr verstehen konnte. Schließlich gab sie das auf und begann mit einer der verstorbenen Freundinnen zu sprechen, täglich mit einer anderen, und dann wieder von vorn, lautlos, aber ausführlich, sodass sich derart die Zeit überbrücken ließ. Sie wartete außerdem auf ihren Sohn, freute sich, wenn er kam, obwohl nichts geschah, wenn er da war. Gelegentlich begleitete ihn Rosa, mit der Franziska noch nie etwas anfangen hatte können. Eine überkandidelte Jüdin, die vom Lager noch verrückter gemacht worden war. Den Enkel Karl hatte sie schon Jahre nicht gesehen, und da sie sich von ihm vergessen fühlte, vergaß auch sie ihn.
Nun kamen die Winde, die sie herauslassen musste, sodass Roswitha schließlich auf sie aufmerksam wurde und mit ihr zum Klo ging.
»Jetztn ins Bett«, sagte Franziska zur Schwester. »Bald, Frau Fraul«, beschied sie die und lief fort, sodass Franziska weiterhin neben dem Esstisch auf dem Sessel sitzen bleiben musste. Sie schloss die Augen, und bald öffnete sich der Mund, und sie begann still zu schnarchen. Hugo war hier.

Hier in der Lorystraße, sie lag neben ihm, er sah sie mit den großen plüschig-braunen Augen an, die sie so mochte. Sie verlor sich in diesem Blick. Als sie beide nahe beieinander waren und sich betrachteten, fuhr auf einmal ein blutroter Blitz aus Hugos Augen. Sie sah noch, wie sein Mund sich öffnete.

Edmund Fraul saß neben dem Bett seiner heftig atmenden Mutter und betrachtete ihr Gesicht. Er war auf den Anruf aus dem Pensionistenheim sofort ins Wilhelminenspital gefahren. Es war drei Uhr nachts gewesen, Rosa hatte ihm den Hörer hingehalten. Er war aus einem lustigen Traum gerissen worden, der aus seiner Kindheit hereingekrochen war in seinen Schlaf und seine damalige Freundin beim Diabolospiel zeigte, das er stets zu stören wünschte, woran er aber von seiner kichernden Mutter gehindert wurde. Es muss irgendwo auf einer Simmeringer Gstätten gewesen sein. Auch andere Kinder wollten das zirkusreife Spiel der kleinen Adele sowohl unterbrechen als auch bewundern. Adele warf das Diabolo weit in die Höhe, bückte sich, schob die Staberln mit der Schnur durch ihre Beine und fing hinter ihrem Popsch die Spule wieder auf, die während des Fluges ihre Farbe von Rot auf Blau gewechselt hatte. Franziska, jung und mit einer Straßenbahneruniform angetan, eine rote Nelke an der Bluse, kicherte immerzu, fuhr dem schreienden Edmund durch die Haare und riss ihn ständig von der fliegenden Spule zurück, die er endlich fangen wollte, um Adele dazu zu zwingen, die Herausgabe des Diabolos zu erbetteln. Fraul betrachtete den Telefonhörer, nahm ihn, hörte sich an, was in gedrängtem, aber ruhigem Ton gesagt wurde. Er gab den Hörer Rosa zurück, stieg aus dem Bett und ging an der ihn fragend anschauenden Rosa vorbei ins Bad.

»Mutter hat eine Gehirnblutung«, sagte er zu Rosa, als er aus dem Bad kam. »Bitte ruf mir ein Taxi.«
»Soll ich mitkommen?«
»Wozu.«
Fraul zog sich an, umarmte seine Frau kurz und ging in der Hollandstraße zum wartenden Taxi. Der nächtliche Frühlingswind massierte sein Gesicht, und er bemerkte, dass er seinen Hut vergessen hatte. Auf der Fahrt zum Wilhelminenspital trat der Traum ihm nochmals vor Augen, er musste lächeln.
Als er das Zimmer betrat, hörte er das heftige Atmen seiner Mutter. Eine Krankenschwester nestelte am Infusionsständer herum, begrüßte ihn, als hätte sie schon gewusst, dass es sich bei Edmund um den Sohn der Sterbenden handelte. Nachdem er eine Weile neben der Mutter gesessen war und der Keucherei zugehört hatte, stand er auf, ging auf den Gang und sah sich um. Als eine Schwester ihn bemerkte, ging er auf sie zu und verlangte nach einem Arzt. Die Schwester nickte, und wenig später war die Ärztin da und erklärte ihm, dass die Patientin einen Gehirnschlag erlitten habe, tief bewusstlos sei und es in den nächsten Stunden wohl zu Ende gehe. Fraul drehte sich um und kehrte zu seiner Mutter zurück.
»Mama«, sagte er zu ihr, »es ist nun alles in Ordnung. Du kannst gehen. Es ist alles geregelt. Du brauchst dich nicht quälen. Quäl dich doch nicht so. Hör auf, dich zu quälen.«
Er streckte seinen Arm aus und begann das winzige Gesicht der Franziska zu streicheln. Man kann ja nie wissen, ob sie es nicht noch mitkriegt, dachte er. Es könnte sie beruhigen. Das brachte ihn auf den Gedanken, sich ihr vorzustellen. »Ich bin dein Sohn, Mama«, sagte er, beugte sich vor, um nahe an ihrem rechten Ohr zu sein. »Ich bin Edmund, ich bin der Edi, Mama, der Edi bin ich. Weißt du noch?«

Die Frau im Bett neben dem von Franziska war aus ihrem Schlaf aufgewacht und schaute mit einem Gesicht, das sich bemühte, seine Züge zusammenzuhalten, auf Edmund. Er verstummte und streichelte weiter Antlitz und Schulter seiner Mutter, die immer weitere Wege zu gehen schien, um ihren Atem von dort zu holen und mit großer Anstrengung aus sich herauszudrücken.
Warum stirbt sie nicht, dachte sich Fraul. Menschen sterben ständig auf einszweidrei. Werde ich dereinst auch so zäh sein und mich sinnlos um Atem bemühen? Er bemerkte, dass er ungehalten gegenüber Franziska wurde, er zog seinen Arm zurück, erhob sich und ging auf den Gang hinaus. Wie lange wird sie mich jetzt hier herumstehen lassen, fragte er sich. Soll ich der Rosa doch sagen, sie möge herkommen? Den Karl brauch ich erst zu benachrichtigen, wenn sie tot ist, denn dem war sie eh wurscht, tot oder lebendig. Schließlich ging er zur Ärztin und fragte sie, ob seine Mutter trotz der Bewusstlosigkeit Schmerzen habe. Das sei nicht nötig, sie habe ein schweres kämpferisches Leben hinter sich und brauche wahrlich sich jetzt nicht noch mit Schmerzen herumzuärgern. Sie habe ihren Mann im KZ verloren, und auch ihr Sohn sei jahrelang in Auschwitz gewesen. Sie habe Kummer und Bitternis für drei Leben gehabt und könne jetzt in den letzten Stunden keine Schmerzen gebrauchen. Die Ärztin hörte der Tirade mit halb offenem Mund zu, drehte sich um und kam mit einer Injektion wieder. Sie gingen an Franziskas Bett, und die Ärztin gab ihr die Spritze. Nach wenigen Minuten wurde Franziskas Atem ruhiger, doch immer wieder begann sich ihr Gesicht zu verkrampfen. Die Schwester kam hinzu, beschloss, ihr Wasser einzuflößen, auf das hinauf schien Franziska mit dem Gesicht ausweichen zu wollen, ein nahezu unmerkliches Lächeln ließ ihre Züge aufschimmern.

»Ist sie tot?«, fragte Edmund die Schwester. Die Ärztin, die hinzugekommen war, nickte, ohne Franziska berührt zu haben.

10.

...Johann Wais lügt, Johann Wais täuscht, Johann Wais betrügt. Wie kann das sein, dass der Präsidentschaftskandidat der Österreichischen Volkspartei sich vor die Wähler hinstellt, indem er auf sie drauftritt. Wie kann es sein, dass Wais vor seine Wähler tritt und sich als weltoffen darstellt, während bloß herauskommt, dass er verschlagen ist und nun angeschlagen. Er, der im Lazarett lag nach seiner Verwundung im Osten neunzehnzweiundvierzig und weiterstudierte, sich verliebte, und auf einmal ist der Krieg zu Ende gewesen – der war in Wahrheit am Balkan als Verbindungsoffizier, ein Leutnant, der Bescheid wusste, wie am Balkan die deutsche Wehrmacht wütete.
Nicht nur dies: Er, der ein Gegner des Nationalsozialismus war, wie seine Eltern auch, hatte allerdings eine Wehrstammkarte, aus der hervorgeht, dass er Mitglied der SA war. Bravo, Doktor Wais, da machen Sie uns was weis, da sind Sie wahrlich der Kandidat, dem die Welt vertraut.
Oder Sie sind eine Schande für Österreich geworden. Ziehen Sie sich zurück. Verziehen Sie sich. Treten Sie ab ..., dachte es in Roman Apolloner, bevor er Papier in seine Schreibmaschine einspannte und loszulegen begann. Fertig geworden, las er den Artikel durch. Ein pathetischer Schwachsinn ist das, dachte er. Ich bin zu wütend. Er stand auf, ging hinüber zu Judith, legte ihr den Artikel vor.
»Ich kann grad nicht«, sagte sie, schaute auf, sah sein versperrtes Gesicht, nahm das Blatt und begann zu lesen. Apolloner beobachtete sie, indes sie ruhig dasaß und las, er sah

ihr auf die Haare und auf den Hals, sah die schimmernde Stelle hinterm Kinn, wollte sie in den Nacken fassen und den Kopf näher zum Artikel drücken, wollte, dass sie endlich fertig wäre, doch sie begann auf der Stelle von vorn, nachdem sie am Ende angekommen war. Er drehte sich weg und ging auf den Gang, stand dort herum, wollte sich eine Zigarette anzünden, doch die lagen auf seinem Schreibtisch, er hatte bloß das Feuerzeug dabei, er ging pischen, wusch sich Hände und Gesicht, kam zurück, nahm Judith den Artikel aus der Hand und zerriss ihn. Judith lachte auf, zuckte die Achseln und wandte sich ihrer Schreibmaschine zu. Apolloner nickte, ohne dass sie das wahrnahm, ging zu seinem Platz, spannte ein und begann aufs Neue mit großer Geschwindigkeit zu schreiben.

Eine halbe Stunde später stand Judith neben ihm. »Ich muss jetzt zum Theater«, sagte sie. »Holst du mich ab?« Apolloner schüttelte den Kopf, ohne sie anzusehen. Judith beugte sich hinunter und drückte ihre Lippen auf seine Stirn und ging. Roman unterbrach sein Geklapper, stand auf, lief hinter ihr her, wollte ihr am Gang nachschreien, dass er doch zum Theater käme, überlegte es sich, holte die Blätter vom Schreibtisch und das letzte aus der Schreibmaschine, setzte sich auf die Schreibtischkante, las das Geschriebene durch, unterbrach sich nach zwei Seiten, stapelte den Artikel zusammen und eilte zu seinem Chef. Klingler hielt ihm die Hand hin. »Geben Sie her, geben Sie her.« Er las, schnaufte dabei, lächelte.

»Nanu, aus?« Klingler drehte das letzte Blatt um, sah unter seinen Schreibtisch. »Da fehlt doch was. Kürzen Sie in der Mitte bissl und kommen Sie zum Ende.«

Er gab ihm den Artikel zurück, erhob sich und ging zum Fenster. »Und mildern Sie das Ganze etwas. Der Zorn ist ein mäßiger Autor.«

»Schreiben Sie es zu Ende«, sagte Apolloner und wollte ihm den Artikel auf den Schreibtisch legen.
»Seien Sie nicht kindisch«, sagte Klingler und drehte sich zu ihm. »Glauben Sie, mir schmeckt das? Lassen Sie die Wortspiele draußen und schreiben Sie noch etwas über die österreichische Krankheit. Das haben Sie schön angedeutet, aber eben nur angedeutet. Kommen Sie, Roman, kühler Kopf zum heißen Herzen. Kühler Kopf.« Klingler schaute auf seine Armbanduhr. »Bis um fünf.«
Um halb sechs lieferte Apolloner den Artikel ab, fuhr ins Pick Up und stellte sich neben Karl Fraul an die Bar.

Ich weiß selbst nicht, warum ich in eine derartige Dauerwut hineingeraten bin. Ich ging im Pick Up zum an der ersten Bar lehnenden Karl Fraul, stellte mich neben ihn, klopfte ihm auf den Oberarm und strebte weiter zur zweiten Bar, an welcher niemand stand. Fraul hatte mir ein heiseres »Servus, Roman« hingesagt. Nun drehte ich mich um und schaute zu Fraul zurück, der mit dem Rücken zu mir ein neues Bier orderte.
Mein Artikel ist mir nicht gelungen, auch wenn er erscheinen wird, er bleibt eine Mischung aus Zorn, Empörung, Fassungslosigkeit und Ohnmacht. Aber er ist mit hitzig-giftiger Feder geschrieben, er wahrt keine Distanz, er quillt über vor Moral. Es ist zum Kotzen. Warum hat Klingler ihn dennoch angenommen? Als der Kellner Jenö sich endlich anbequemte, an der hinteren Bar zu erscheinen, verlangte ich eine Münze, ging zur Telefonzelle und rief in der Redaktion an. Klingler war nicht zu sprechen. Ich bat seine Sekretärin, mich dennoch vorzulassen, sie lehnte ab, ich wollte zu ihr sagen, was ich doch nicht sagte, ich hängte ein, schnauzte den meinen Weg kreuzenden Kellner an, dass er mir endlich mein Viertel Rot herschaffen solle. Jenö

grinste und nickte, bevor er in der Küche verschwand. Ich boxte Karl Fraul in den Rücken, stellte mich wiederum neben ihn. Er hob den Blick von seinem Bierglas und schaute mich an. Dann wandte er sich ab, nahm das Glas und stürzte das Bier hinunter, als würde er das Krügel gleich mit verschlucken wollen.

»Hörst du, Karl«, vernahm ich plötzlich meine erhobene Stimme, »was stehst du da wie ein Piksiebener um sechs am Abend. Was ist denn los?«

»Halt die Goschn, Apolloner, lass mich in Ruh, geh weiter.«

»Noch immer in der Keyntzerei, du bist verrückt.«

»Du hast niemand auf dem Gewissen. Halt endlich die Goschn.«

»Du hast auch keine auf dem Gewissen, du Trottel. Die Margit Keyntz war eine erwachsene, selbstbestimmte –«

Er schlug mir seine Faust auf die Nase, ich spürte einen Stich, der mir womöglich den Schädel zu spalten drohte, und fiel auf meine rechte Seite, erhielt vom Ellenbogen einen elektrischen Schlag, presste die Luft mehrmals heftig aus den Lungen und erhob mich. Karl stierte mich an, sein Blick folgte sodann dem Blut, das mir aus der Nase zu rinnen begann. Von hinten griff mir Jenö auf die Schultern, hielt mir eine Stoffserviette hin. Zwei Gäste schauten erstaunt zu uns herüber, standen auf und kamen her. Jenö blickte von mir zu Fraul und wieder zurück, als wollte er abschätzen, ob es nun zu einer Rauferei käme. Der Schmerz im Kopf ließ nach, stattdessen begann mir die Nase derart wehzutun, dass mir die Tränen kamen. Irgendwie wollte ich dem Arschloch erklären, dass ein ehemaliger SA-Mann im Begriff ist, österreichischer Bundespräsident zu werden, dass ich das so beschissen fand, weil in diesem Land wohl bereits alles möglich ist. Anstatt dagegen zu kämpfen und

zu zeigen, in welcher Zeit wir zu leben wünschten, blasen alle Trübsal, tun nichts, tun nichts. Während sich solcherlei in meinem Mund vorbereiten wollte und sich auf der Zunge bereits versammelt hatte, begann mir vom Magen her schlecht zu werden. Ich wandte zwar noch den Kopf, aber Speise und Trank schossen im Bogen aus meinem Mund, trafen Fraul und sein Krügel. Sofort stellte sich der Kellner zwischen uns. Ich hörte mich sagen: »Entschuldigung. Entschuldige, Fraul.«
»Scheiße«, sagte er. »Tut mir leid.«
»Ja, ja, entschuldige.«
»Ist mir ausgekommen. Weiß auch nicht –«
Zum Schmerz in der Nase gesellte sich nun ein Schmerz in der Schulter. Einer der Gäste stellte mir einen Sessel hin, ich musste mich setzen und wollte mein schmerzendes, mein blödsinniges Gesicht mit meinen Händen verbergen, kein Licht und keine Leute sehen, ich wollte mich ummanteln mit einer undurchdringbaren Lasur, ich wollte nicht mehr da sein. Während die Leute irgendwas zu mir sagten, während sie nicht aufhörten, auf mich einzureden, stand mir der Friedhof in Sterzing vor Augen, über welchem sich ein dunkelblauer Himmel spannte, eingezwängt vom Gebirg, und aus diesem Himmel stürzten Schwalben herunter und jagten knapp über den Gräbern die Mücken.
»Kann ich dir helfen?«
»Nein, Karl«, sagte ich. Ich stand auf und ging zur Toilette. Er folgte mir, und wir putzten beide an unserer Kleidung herum. Langsam ließ der Schmerz nach, und ich fühlte mich besser, sodass ich beschloss heimzugehen. Vor der Bar nahm ich die Hand von Karl, der mir wie ein Hund aus der Toilette gefolgt war, er lächelte finster und sagte: »Das zahle alles ich.« Ich nickte und ging. Vor dem Pick up merkte ich, dass ich meinen Mantel im Lokal gelassen

hatte. Ich holte ihn und schlug den Weg zu Judiths Behausung ein. Ihr Wohnungsschlüssel lag allerdings in meiner Schreibtischlade in der Redaktion, und sie selbst war vermutlich auch noch dort, oder sie lauerte auf irgendwen in der Burgtheaterkantine. Ich ging heim zu mir, streifte die Kleider ab, duschte und setzte mich nackt vor den Fernseher. Aus dem sprach Johann Wais, bleich im Gesicht und mit schmalen Lippen, dass er nichts anderes getan habe wie hunderttausend andere Österreicher auch.
Eben, dachte ich. Eben.

11.

Wenn ich mich auf die Phädra konzentriere, dann ist es gut. Die von Gehlen ist die eindrucksvollste Phädra, die es im deutschsprachigen Theater seit neunzehnfünfundvierzig je gegeben hat, schreibt die FAZ. Ich weiß auch nicht, warum mir die Rolle so liegt, dachte Astrid, ich habe das Gefühl, ich werde noch vertrieben werden aus den großen partnerschaftlichen Leidenschaften ins Affenmutterland, in die Besessenheiten. Leider ist der Gruber langweilig als Hippolyt, er geht mir auf die Nerven mit seinem ständigen irritierten Augenbrauenheben, wenn ich ihm in den Schritt fasse. Mir wäre der Karel viel lieber, und er wäre sicher wunderbar, aber im Moment ist er eher alles andere als eine Wonne. Daheim habe ich den depressiven Felix, der mit seiner Zeit gar nichts anfangen kann. Ich versteh ihn, was wäre ich ohne die Arbeit, aber Genesungen brauchen halt ihre Weile. Und in der Margaretenstraße hängt der Fraul herum, wenn er nicht volltrunken ist. Ich wollte ihn in seinen Zuständen belassen, denn was geht mich seine Verzweiflung an? Mir gefällt seine Frechheit, sein Witz, der Sex mit ihm ist wundervoll, aber wozu ist er jetzt gut? Wenn man seine Freundin auf so kaltschnäuzige Weise abserviert, dachte Astrid, braucht man sich über unangenehme Folgen nicht zu wundern. Klar hätte sich die nicht gleich in die Donau werfen müssen, als wäre sie eine Schnitzlererfindung gewesen, aber was hat das mit mir zu tun? Der Mensch ist frei, und jeder ist für sich selbst verantwortlich. Was sind das für Selbstherrlichkeiten, wenn der Mann sich nun schuldig am Tod dieser Margit fühlt. Doch ich schaffe es irgendwie nicht, ihn einfach zu lassen und meiner Wege zu gehen. Ich schlafe mit den Gedanken an ihn ein, träum von ihm und wache mit ihm auf. Statt des mürrischen Frühstücksgesichts von Felix stell ich mir Karel vor, dachte Astrid ihre Gedanken zu Ende, wie er mit der einen Hand das Frühstücksei mit dem Rücken des Teelöffels beklopft, mit der anderen Hand mir an die Brust geht oder mir die Augenbrauen bestreicht. Gottikeit, wir könnten es so schön haben. Die Margit ist nun mal tot, und sie hatte es selbst so gewollt, das ist traurig, jawoll, tragisch ist das, aber es ist vorbei. Unlängst habe ich Karl geschüttelt vor Verzweiflung, weil er nicht aus seiner Jammerbrühe herauskommen mag, ich habe die Türen zugeschmissen, musste selber andauernd heulen und zermarterte mir den Kopf, wie ich dem Idioten helfen könnte.

Astrid von Gehlen hatte sich mit Adel am probenfreien Sonntag verabredet. Sie war in seine Wohnung gekommen, die er sich für ein paar Wochen gemietet hatte und die er mit seinem Töchterchen bewohnte. Im dritten Stock eines Herrenhauses in der Herrengasse besuchte Astrid den Herrn. Er ließ sie hinein, im japanischen Schlafrock, sehr parfümiert, geleitete sie in seinen Salon. Auf dem Tisch stand ein Samowar, aus dem er ihr und sich den Tee servierte.

»Was ist so wichtig, Astrid? Was muss sofort geschehen?«
»Bist du mit dem Bastian zufrieden?«, fragte sie ihn sofort und versuchte seinen Blick zu fixieren.
»Zwei Wochen nach der Premiere gibts Faxen?«, sagte er. »Ich finde ihn ganz nett in seiner Steifheit. Ich weiß wohl«, Adel erhob sich und stellte sich zum Fenster, sodass Astrid in seinen Rücken schauen musste, »du musst sehr viel aus dir holen, weil er dir wenig gibt, aber so ist die Phädra halt. Im Grunde ist es schnuppe, ob es der Stiefsohn ist oder ein anderer, ihre Liebe ist ohnedies pure Selbstliebe und Zukunftsangst. Mir gefällt es, dass der Bastian deinen Gefühlsstürmen hilflos und ignorant ausgesetzt ist.«
»Ich komme mir aber vor wie ein Hysterieautomat. Nein, Peter, das geht nicht, da kommt gar nichts. Bastian ist nicht mit Phädra überfordert, sondern mit seiner Rolle. Ich will nicht mehr weitermachen mit ihm.«
»Das willst du mir antun?« Adel hatte sich rasch umgedreht und verzog sein Gesicht zu einer kindsweinerlichen Grimasse.
»Hör auf«, sagte Astrid von Gehlen und sprang auf. »Ich will dir nicht drohen, wann habe ich dir je gedroht, ich will dich zu nichts zwingen, aber du wolltest doch nicht bloß eine Gehlenphädra, sondern eine rundum –«
»Du kannst nicht aussteigen, Astrid. Das würde ich dir nie vergeben. Nie. Nein, nein.« Adel winkte abwechselnd mit der linken und mit der rechten Hand ab. »Du gehst jetzt. Der Gedanke allein ist mir unerträglich.«
Er kam auf sie zu, hielt ihr seine Wange zum Kuss hin. Astrid schmatzte ihm wütend einen drauf und lief aus dem Zimmer, schnappte im Vorraum ihren Mantel, schmiss wieder einmal mit den Türen. Sie schaute auf die Uhr, wollte sofort Dietger anrufen, um ihm ihren Ausstieg mitzuteilen, verschob es aber auf Montag früh.

Den ganzen Tag blieb sie in ihrem Zimmer, heftige Kopfschmerzen, ein kolossaler Überdruss mit dem Theater, mit sich, mit ihrem Leben hatte sie erfasst. Abends rief sie Karl Fraul an. Er lallte etwas von einer Schlägerei mit einem Journalisten, Astrid musste ihn an die zehnmal bitten, ob sie ihn besuchen kommen dürfe. Es war keine Antwort aus ihm herauszubekommen.
Montag früh stand sie gleichermaßen gewappnet und zerschlagen im Büro von Schönn. Er kam ihr lächelnd entgegen und küsste sie. Das wird ihm alles gleich vergehen, dachte Astrid und verspürte sogar etwas wie Genugtuung.
»Peterchen hat es mir schon gesagt. Freust du dich«, fragte Dietger.
»Na, freuen«, murmelte sie verdrossen. »Wer freut sich schon, wenn er aufgibt.«
»Wieso? Willst du den Fraul nicht als Hippolyt?« Und Dietger lachte schallend in ihr Gesicht hinein.
»Und Gruber?«, fragte sie verdattert.
»Deine Sorgen, meine Sorgen, das ist Gott sei Dank zweierlei.« Hernach erzählte er ein bisschen von seiner Reise zu Muthesius, andere Schnurren und dass Bastian noch sehr zufrieden sein werde, da werde ihm, dem gütigen Dietger, schon etwas einfallen. Er hob seine Hand: »Vier Vorproben will Peterchen haben.«
Das war Astrid recht, und sie fuhr sofort zu Karel.

Während ich auf Frauls Haustor in der Margaretenstraße zuging, lief es ununterbrochen in mir ab; eine mich an meine Kindheitsstimme erinnernde Sprechpuppe redete in mir, und ich musste diesem Überschwang die Ohren hinhalten, sodass ich an seinem Haustor vorüberlief. Es hat doch keinen Sinn, dem Karel irgendwelche aufbauenden Redensarten in seine traurige Fratze zu schleudern, es ist

doch egal gewesen, wer oder wie viele Leute in den letzten Wochen in ihn hineingeredet hatten, er behielt diese Mördervisage auf, seine Unterlippe zitterte und bebte, er hörte jedem und auch mir mit auf den Boden gerichtetem Blick zu. Wenn er ein Schauspieler ist, ich meine, wenn er ein echter Schauspieler ist, und Gott gebe, dass er ein echter Schauspieler ist, und ich weiß, was für ein echter Schauspieler er ist, wenn er ein echter Schauspieler ist, dann nützt es nur, wenn er mit was Neuem auf der Bühne steht, und ich habe das Neue für ihn, und mit mir wird er spielen, und noch ganz anders wird es sein in der einen und entscheidenden Szene als bei Macbeth, wo wir uns auf der Bühne praktisch nicht begegnet sind. Nein, ja: Hier bin ich seine von mir unabdingbar eingebildete Geliebte und werde ihn zu Tode nerven, er muss sich mit Händen und Füßen wehren, er kriegt einen Begriff, was unstillbare Liebe bei einem, der sie nicht erwidert, anrichtet, das wird etwas sein, was ihm seine Schuldkomplexe austreibt, oder nicht? Ich werd es dem Adel flüstern, ich werde dem Peterchen beibringen, wie er mir den Karel auf Touren bringt, und ich werde selbst noch hineinwuchern in ihn als die Phädra, ich werde ihm schon zeigen, dass eine Liebe unabdingbar ist, ich werde …
Ich blieb stehen und lief die Margaretenstraße einige hundert Meter wieder zurück, presste mir mit der linken Hand die rechte Augenbraue, damit die Sprechpuppe endlich ihre Fresse hielt, links und rechts drohten mir Passanten hineinzulaufen oder ich in sie. Vorm Haustor angelangt, stürzte ich alsogleich hinein, lief die Stiegen hinauf und läutete, obwohl ich einen Schlüssel hatte, an seiner Wohnungstür Sturm.
Er machte mir auf und stierte mich an. Sofort musste ich mein Gesicht auf seines drücken, schob ihn in die Woh-

nung hinein, schmiss mit dem Hintern die Eingangstür zu und begann ihm einiges von dem, was die Sprechpuppe geredet hatte, ins Theaterdeutsch zu übersetzen und in sein Ohr zu sprechen, vor allem Adels Wunsch nach ihm als Hippolyt. Er löste sich aus meiner Umklammerung und ging mit hängenden Schultern ins Schlafzimmer, setzte sich auf die Bettkante und hörte mir zu, die ich nicht zu reden aufhörte, außer wenn ich ihn mit schnellen, flüchtigen Liebkosungen an etwaigen Antworten zu hindern versuchte. Plötzlich bekam Karel einen Weinkrampf, er warf sich rücklings auf sein Bett, drehte sich auf den Bauch, sodass das Geheul stoßartig zwischen seinem Mund und dem Polster entwich und den Raum füllte. Ich blieb stehen und wartete ab, bis das Weinen abnahm und schließlich aufhörte. Karel erhob sich, schaute mich mit verquollenen Augen an.

»Wie viele Vorproben?«

»Fünf«, sagte ich und musste ihn aufs Bett zurückwerfen.

12.

Die Scheinwerfer strahlten die Staffelei an, und auf Krieglachs kahlen Schädelstellen bildeten sich die Schweißtropfen, wurden groß und wässrig und liefen schließlich dem Bildhauer in seine dunklen Augenbrauen oder links und rechts an den Schläfen herab. Es war Mitte März und tief in der Nacht, als Herbert Krieglach begann, in wütenden und fahrigen Bewegungen Kohlezeichnungen anzufertigen, die in Varianten Käfer aller Art zeigten. Es waren in Menschen umgedeutete Käfer, die entweder Gregor-Samsa-mäßig auf dem Rücken lagen, die Gliedmaßen ausgreifend in die Himmelsrichtungen streckten, oder betenden

Muslimen glichen. Während Krieglach eine Zeichnung nach der anderen mehr hinfetzte als ausführte, stieß er immer wieder halblaute Schreie aus. Links der Staffelei häufelten sich die Blätter, die Flasche am Abstelltisch, angefüllt mit seinem Wässerchen, leerte sich, und mit der Nacht gings zu Ende. Gelegentlich blieb er minutenlang wie ein Buddha vor der Staffelei sitzen. Seine von der Anstrengung rot unterlaufenen Augen schickten einen sowohl zornigen als auch fordernden Blick auf die jeweilige Zeichnung. Der Blick fuhr gleichsam von den Rändern her in die Skizze hinein, verharrte an Stellen, die dies zu erheischen schienen, stieß sich nach einer Weile davon ab, um weiter und weiter in die auch nicht sichtbaren Schraffuren einzudringen. In diesen Momenten ward es still im Atelier. Der sonst schnaufige Atem wurde angehalten, ein stummes Duell zwischen den Kohlestrichen und der mit ihnen gebildeten Figur trank die Minuten, bis Krieglach sich erhob, zur Staffelei trat, die Skizze herunterriss und zum Haufen tat.
Um sieben öffnete er sein Atelierfenster. Der Märzwind begann sein durchwühltes, durchglühtes Gesicht von den Schläfen her zu kühlen. Aus den Bäumen der nahen Rustenschacherallee vernahm er Vogelgesang, dem er sich hinzugeben anschickte, indem er seinen Schädel durchs Fenster herausstreckte und dem Gezwitscher zuwandte. So verharrte er eine Zeit lang, als könnte er sich auf diese Weise entspannen und Ruhe finden.
Er schloss das Fenster und hockte sich zu den verworfenen Skizzen hinunter, sammelte sie ein und trug sie zum großen Tisch, begann eine nach der anderen durchzusehen und geriet wieder in beträchtliche Unruhe. Schließlich ging er zum Telefon, rief Emmy an und bat sie mit flüsternder Stimme, als wollte er die Menschenkäfer nicht wecken, ins Atelier zu kommen, Eier und Schinken mitzubringen,

und zwar gleich. Er wandte hernach all den Skizzen den Rücken zu, verfügte sich ins andere Zimmer, um sich aufs Bett zu legen. Während er noch mit offenen Augen dalag, drängte sich ein Gedanke in den Vordergrund, der ihn wiederum aufstehen ließ. Die letzte noch an der Staffelei verbliebene Zeichnung wurde von ihm mit beiden Händen und langsam an sich genommen, er trug sie zu seinem Lager und hielt sie, nachdem er sich wieder auf den Rücken gelegt hatte, mit gestreckten Armen vor sich und vertiefte sich in sie. Als Emmy mit dem Frühstück erschien, fand sie ihn schlafend vor, die Skizze auf seinem Gesicht.

Schließlich saßen sie beim Frühstück, Herbert in für Emmy überraschend aufgeräumter Stimmung, und sie musste an die angehäuften Skizzen denken, die er offenbar zu seiner Zufriedenheit entworfen hatte. Er verschlang seine Ham and Eggs, hielt sich nicht lange mit Tee auf, und Emmy holte ihm Bier.

»Schau sie durch, wenn du magst.« Sie ging hinüber zum großen Tisch. Er verharrte auf dem Platz, hob das Bierglas, schaute es gegen das Licht an, trank und blieb sitzen.

Emmy betrachtete Blatt für Blatt, manche flüchtig, als hätte sie gleich die vorläufige Vorläufigkeit der Zeichnung erkannt, manche betrachtete sie ausführlich, wenn es sich um eine mittlere oder gar endgültige Vorläufigkeit handelte. Als hätte er sich ausgerechnet, wie lange sie für die Durchsicht brauchte, erschien er, als sie die vorletzte Skizze in die Hand nahm. Er umschlang Emmy von hinten, biss sie in den Nacken, hob sie hoch und trug sie vor sich her zum Bett. Dort draufgelegt, entkleidete er ihren Unterleib mit einem entschlossenen Doppelhandgriff. Mit beiden Händen zog er ihr den Rock hoch, und im selben Rhythmus riss er ihr die Hosen vom Hinterteil und drang ein. Er biss sie weitere Male in den Nacken. Emmy wurde plötzlich steif in den Beinen, sie hob ihren Hintern und wuchtete ihn dem stoßenden Krieglach in den Bauch, sodass dieser herausrutschte aus ihr. Sie lachte laut, und er lachte ebenso. Sie lagen nebeneinander und schnauften sich ins Gesicht. Schließlich verstummten sie und blieben halb auf dem Bett, halb am Fußboden, rappelten sich zusammen und lagen nun auf der Liegestatt nebeneinander.

»Die Käfer sind Juden«, sagte Emmy.

»Ja, die Juden sind Juden.«

»Hör zu, Herbert«, sie richtete sich auf, »auf der vorletzten Skizze –«

»Das ist es, Schweinderl, das ist er, der gehsteigreibende Jude. Das ist der Herr Tennenbaum, sonst ein netter Mensch, wie der Herr Karl sich auszudrücken beliebte.«

»Und wo soll der hin?«

»Ich stell mir vor, direkt hinter dem Gewalttor. Man zwängt sich durch und kann dem Herrn Tennenbaum auf den Kopf steigen.«

Emmy betrachtete ihren Mann, der diese Sätze aus seinem starken Unterkiefer wie nichts entließ.

»Die israelitische Kultusgemeinde wird keine Freude haben damit.«

»Ruhe!«

»Im Ernst, Herbert. Du stellst die Demütigung der Juden aus. Mitten in Wien, jetzt, neunzehnhundertsechsundachtzig.«

»Jeder soll sich an neunzehnachtunddreißig erinnern. Was redest du daher? Für die Juden gibts keine Ausnahme. Das Mahnmal gegen Krieg und Faschismus gilt für alle.«

Emmy stand auf und ging aus dem Zimmer. Krieglach folgte ihr, sein Kopf färbte sich mit einem Mal dunkelrot, und er brüllte zu seiner Frau hin:

»Auch die Juden müssen Demut lernen.«

»Herbert«, schrie sie zurück. »Die sind doch verjagt oder umgebracht worden.«
»Die Ermordeten sind tot und schlafen bis irgendwann«, sagte Krieglach langsam. »Die Überlebenden, ihr Blöden, die überlebenden und nachgeborenen Juden müssen in Demut vor der damaligen Demütigung verharren. Das ist Mahnen. Basta.«
»Ich weiß nicht.«
»Bist still?«
Er ging zu den Skizzen, nahm die vorletzte an sich, pinnte sie an die Staffelei. Er holte den Klaren, setzte an und trank, nickte der Skizze zu, drehte sich um zu seiner Frau, grinste sie an, die ihn, seine Gesichtszüge durchforschend, von der Tür her ansah. Er stach mit dem linken Zeigefinger Richtung Zeichnung.
»Genauso, Weiberl. Denn so ist es.« Er lachte auf. »Na, Emmy?«
»Du willst es so. Du willst es eben so.« Und sie nickte, ging auf ihn hin, küsste ihn auf die Stirn und nahm im Weggehen die Schnapsflasche mit nach draußen.

13.

Apolloner blieb zwei Tage daheim im Bett, breitete dort einige Bücher aus, lag quer und nackt auf der Steppdecke, legte sich die Kissen unters Kreuz, döste, blätterte in den Kapiteln des einen, im Nachwort des anderen Geschichtswerkes, schmierte sich von Zeit zu Zeit Butterbrote, ging gelegentlich ans Telefon, ließ es häufig auch läuten, stellte den Anrufbeantworter an, stellte ihn wieder ab. Judith rief an, er fertigte sie ab, bis sie beleidigt war, hernach, es war mitten in der Nacht und er war aus einem Traum hochgefahren und voll Erregung, rief er sie zurück, weckte sie auf und bat sie, sofort zu ihm zu kommen. Sie legte, ohne ein Wort zu sagen, auf. Er rief sofort und aufgeregt nochmals an, hörte ihren Anrufbeantworter. Er ging wieder zu Bett, nachdem er sich einige Penthousehefte aus dem Versteck hervorgeholt hatte. Am Ende der beiden Tage wusste er immer noch nicht, wie er dieser inneren Aufgeregtheit Herr werden könne. Er duschte, rasierte sich, schnitt sich die Fußnägel, föhnte sich die Haare, ging zum Telefon.

»Ja, bitte.«

»Hier spricht Roman Apolloner. Störe ich Sie, Herr Fraul?«

»Wer? Ach so. Ah ja. Nein, Sie stören mich nicht.«

»Ich würde Sie gern treffen. Ich meine, nochmals treffen.«

»Noch ein Interview? Für wen?«

»Nein, Herr Fraul. Es ist mehr privat.«

»So?«

»Es ist schwer erklärlich zu machen …«

»Nichts ist schwer erklärlich zu machen«, sagte Fraul mit etwas erhobener Stimme. »Entweder leicht oder gar nicht.«

»Darf ich Sie um einen Termin bitten?«

»Sagen Sie mir doch, worum es geht!«

»Johann Wais.«

»Wer? Wie? Johann Wais?«

»Ich geniere mich so, dass so einer kandidiert.«

»Sie genieren sich? Sie?« Ein schweres Lachen kam aus dem Hörer heraus.

»Ich kann es, wie gesagt, nicht erklären«, versuchte Apolloner das Lachen des Fraul zu unterbrechen. Fraul lachte weiter, doch sein Lachen ging allmählich in ein Bellen über und in ein Husten. Roman stand da, betrachtete sich im Spiegel, wie er den Hörer ans Ohr presste, als wollte er verhindern, dass ein Ton verloren ging. Er bemerkte, indes er dem Hustenanfall lauschte, dass er seinen Anzug angezogen hatte und die blau getupfte Krawatte korrekt gebunden war.

»Kommen Sie aus einer Nazifamilie?«, fragte Fraul, nachdem er seinen Lachhusten einfach hinuntergeschluckt hatte.

»Nein. Sie haben zwar optiert, und ein Onkel war schon dabei, aber –«

»Sie sind aus Südtirol, stimmt, aha. Sind Sie nicht Italiener?«

»Passmäßig bin ich es.«

»Und Sie fühlen sich verantwortlich dafür, dass die Volkspartei dahier den Wais zum Kandidaten gemacht hat?«

»Nein, ich geniere mich dafür, wie er lügt und dass er womöglich ein Verbrecher ist.«

»Das müssen Sie mir in der Tat erklären. Sind Sie bei Trost? Entschuldigen Sie, aber –«

»Nein, nein. Ja, ich bin okay, ich bin ganz in Ordnung.«

»Warten Sie. Ich habe jetzt nachher einen Vortrag in der Rahlgasse für die Maturaklassen. Von mir aus. Um halb zwei im Café Ritter?«

»Ich bin Ihnen sehr verbunden. Danke, okay, um halb zwei.«

»Alsdann«, sagte Fraul und legte auf.

Apolloner stand noch eine Weile vorm Spiegel, nachdem er den Hörer hingelegt hatte. Auf einmal fühlte er sich leicht und sorglos. Er zog sich den Anzug wieder aus, stattdessen Jeans und Pullover an, sah, dass er noch gut vier Stunden Zeit hatte. Er holte die Protokolle des Auschwitzprozesses hervor, setzte sich an den Schreibtisch. Tschonkovits rief an.

»Steckst du hinter dem neuen Verein?«

»Ich steck hinter keinem Verein.«

»Das andere Österreich? Club Diderot?«

»Was soll das sein?«
»Das frage ich dich.«
»Keine Ahnung. Finde ich aber gut. Wer macht das?«
»Roman, das weiß ich nicht. Deswegen ruf ich dich doch an. Heute treffen sich die Leuteln im Grünen Anker.«
»Da werde ich wohl hingehen.«
»Machs brav«, lachte Tschonkovits und hängte ein.

Ich war froh, mit dem alten Fraul den Termin im Ritter ausgemacht zu haben. Zuerst schlägt mir der Sohn nachgerade die Nase zu Brei, dachte ich, hernach geh ich den Alten treffen, damit der mir mich erklärt. Schließlich hatte doch Edmund Fraul sich ausreichend um ein wiedererstandenes und anständiges Österreich bemüht. Er hatte nie aufgehört, den Menschen hier klarzumachen, wohin das führt, wenn sich nicht gewisse Kriterien des Verhaltens zum gesellschaftlichen Konsens entwickeln. Gedächtnisarbeit, Geistesgegenwart, Aufklärung all dessen, was geschah und allezeit wieder geschehen könnte. So oder so ähnlich werde ich mich dem Fraul gegenüber verständlich machen und begründen, weshalb ich mit ihm nochmals und dieses Mal dringendst sprechen wollte, dachte ich, indes ich den Naschmarkt querte, um in die Köstlergasse hineinzugehen. Der Bildhauer Krieglach kam mir entgegen, seine Mundwinkel waren parallel zu seinem Schnurrbart nach unten gezogen. Mit seinen Händen in den Taschen ging er an mir vorüber. Vorm Flakturm im Esterházypark bog ich in die Schadekgasse ein, ging hinauf und betrat das Café Ritter. Fraul saß am Mitteltisch und hatte eine deutsche Zeitung breit gefaltet, las in ihr, sodass er erst aufsah, als ich ihn ansprach.
»Nehmen Sie Platz«, murmelte er. Ich gab ihm die Hand und ging danach meinen Mantel aufhängen. Als ich mich

ihm gegenüber hinsetzte, bemerkte ich, dass er mir mitten in die Augen schaute, als wären Kringeln auf meinem Augenhintergrund, die ihn besonders interessierten. Ich zwinkerte ein-, zwei- oder dreimal und wollte zur Einleitung ansetzen, um mich ihm zu erklären, doch ein fast unmerkliches Lächeln, das jäh sein Gesicht verschloss, ließ mich zögern. Das Lächeln erinnerte mich an ein Foto vom Dichter Raimund Muthesius, das wir vor zwei Wochen im Signal gebracht hatten. Man wusste nicht, war es Sardonie, war es Perfidie, es machte des Dichters Anblick unbehaglich, und so wollte der es wohl auch haben. Ich blickte nochmals in Frauls Gesicht. Fraul nickte kurz und sagte:
»Grüß Sie, Herr Apolloner. Zur Sache.« Und er legte beide Fäuste vor sich auf den Tisch.

Nachdem ich mein Anliegen vorgebracht hatte, schwieg er, stand auf, entschuldigte sich und ging zur Toilette. Ich muss etwas laut gesprochen haben, denn an den umliegenden Tischen hatten es sich die Gäste im Zuhören eingerichtet, die meisten musterten mich, zwei ältere Herren drei Tische weiter sahen so aus, als wollten sie Erwiderungen in meine Richtung hersagen. Beim Zurückkommen von Fraul bemerkte ich an der Art, wie er sich unserem Tisch näherte, eine Tattrigkeit, die jäh zwischen zwei Schritten sich zeigte, aber beim folgenden wieder verschwunden war. Er setzte sich nieder und ächzte dabei ein wenig.
»Also, Ihre Sorgen möchte ich haben. Der Doktor Wais ist ein normaler Österreicher und lebt unter seinesgleichen hier. Und Sie? Wo leben Sie?«
Darauf antwortete ich gar nicht. Will er mir sagen, ich würde seit Jahren in einem Quasinaziland leben und es nicht bemerken?
»Schauen Sie«, sagte Fraul, »der Nationalsozialismus hat

meine ganze Generation verdorben, ihr gesamtes Denken und Handeln ist mit Wegschieben, Verdrängen und Lügen beschäftigt. Meine ganze Generation schaffte den Wiederaufbau mit Hilfe der Amerikaner bloß, weil sie mit sich ausschließlich als Wiederaufbauende beschäftigt war. Naturgemäß bauten sie auch ihre früher erworbenen Gesinnungen mit ein in das neue Fachwerkhaus Österreich. Meine Generation ist verloren. Wir müssen ihr Abtreten abwarten und höchstens darum kämpfen, dass sie nicht den Träumen ihrer Jugend treu bleibt und die früheren Zustände wiederherzustellen versucht.«

»Lächerlich«, entfuhr es mir, denn die Vorstellung, dass Fraul an eine Renaissance des Nazitums glaubte, war ja lachhaft. »Entschuldigen Sie«, fügte ich eilig hinzu. Fraul winkte ab.

»Wenn Sie es für lächerlich halten, was ich sage, dann gehen Sie. Vorher will ich schon wissen, warum Sie sich gerieren, als ob mit dem Wais als Präsident Sie und Ihr Wertgefühl so erschüttert wird, dass Sie Ihre Umgebung anmoralisieren, als seien Sie in Ihrer Generation der Einzige, der eine Gefahr in dem kleinen Leutnant sieht.«

»Sind Sie nicht froh, dass es solche wie mich gibt?«

»Darüber darf ich wohl froh sein. Aber tun Sie nicht so, als ob man Sie morgen ins KZ stecken wird. Wenn Sie überhaupt in diesem Land für die Zukunft von Nutzen sein wollen, dann behalten Sie kaltes Blut. Ihr führt euch andauernd wie die Opfer auf, nur weil eure Eltern …«

»Meine nicht«, unterbrach ich.

»… weil eure Eltern verdorben sind. W i r aber waren die Opfer. I h r werdet es erst werden. Mit Pathos und Theaterspielerei wird sich nichts ändern.«

»Sie meinen, ich spiel Theater, wie Ihr Sohn? Der kümmert sich gar nicht um die Zustände in dem Land.«

»Und Sie? Was haben Sie für einen Grund, sich so aufzuregen? Keiner hat Ihnen was getan. Er spielt Theater an der Burg, Sie in Ihrer Zeitung. Was wollen Sie eigentlich von mir? Sie kennen meine Bücher, Sie haben mich auf eine intelligente Weise interviewt, Sie wissen Bescheid. Warum regen Sie sich auf, warum empören Sie sich, anstatt etwas zu tun. Dagegen zu kämpfen.« Fraul öffnete seine beiden Fäuste und begann die Tischplatte vor sich mit der linken Hand zu streicheln. »Ich hab mein Lebtag kämpfen müssen. Herr Ober, zahlen!«
Der ist nicht ganz dicht, dachte ich und spürte, wie sich eine Traurigkeit vom Magen herauf in mir ausbreitete. Dennoch sagte ich ihm leise mitten ins Gesicht:
»Aber die Empörung ist doch die Voraussetzung, dass wir kämpfen.«
»So? Ich nenn es Gejammer. Heute Abend wird übrigens ein Verein gegründet, hab ich gehört. Im Grünen Anker. Vielleicht beraten Sie lieber einmal mit anderen, was zu tun ist, statt sich so wichtig zu nehmen.«
Fraul stand auf, zahlte beim herbeigeeilten Ober im Stehen, hob die Hand und wollte gehen, beugte sich schließlich vor und gab sie mir. Dabei blinzelte er mit dem rechten Aug, lächelte unversehens breit, nickte und schritt davon.
Nein, dachte ich. Der ist grad so verrückt wie sein Sohn. So etwas kommt heraus, wenn einer wie Wais nichts anderes getan hat einst als Hunderttausende andere Österreicher auch?

Merkwürdigerweise kam Apolloner am Rückweg wieder Krieglach entgegen. Roman grüßte ihn unwillkürlich. Der schaute ihn scharf an und ging dann an ihm vorbei. Daheim angekommen, eröffnete ihm Judith am Telefon, dass abends im Grünen Anker die Gründungsversammlung des Club Diderot stattfinden werde.

»Bist du noch beleidigt?«, fragte er sie.

»Der vollständige Name des Vereins soll lauten: Club Diderot – Anderes Österreich. Könnte von dir sein, Roman.«

»Wie lang spielst du noch die Beleidigte?«

»Ist aber nicht von dir.«

»Sondern?«

»Boaz Samueli.«

Natürlich der Samueli, dachte Apolloner. Von der jüdischen Hochschülerschaft schwupps in die österreichische Innenpolitik. Das neue Gscheiterl der Linken. Ein Witzbold, aber todernst.

»Find ich sehr gut. Ich geh hin.«

»Ich komme auch«, sagte Judith. »Wir kommen privat, wir versammeln uns als Bürger. Gemeinsam werden wir unaufgeregt beraten, was zu tun ist, und dann werden wir es tun.«

Diese Sätze begannen ihn zu freuen, obwohl sie ihn aus dem Mund von Judith verblüfften. »Du klingst verändert«, sagte er.

»Pass auf, Liebster, alles wird sich ändern in diesem Land. So oder so.«

»So und so, Judith.«

»Ja, du hast recht. So und so. Hole ich dich ab?«

»Komm ein bisschen früher.«

Judith lachte in den Hörer und legte auf. Apolloner blieb neben dem Telefon sitzen, betrachtete die Stechpalme, die sich leicht bewegte, wenn er sie scharf ansah. Er schaute ihr so lange zu, bis Judith kam.

14.

Johann Wais stand vor dem Erkerfenster seiner Wohnung in der Bauernfeldgasse und schaute auf den Wertheimsteinpark, der heute Vormittag einen verhangenen Eindruck machte, obwohl die Sonne kräftig das kahle Gezweig durchschien und auch die blassen Rasenflächen lieblich beleuchtete. Im Rücken von Wais am kleinen Teetisch saß sein Pressesprecher Adrian Novacek, der aus einer alten Aktentasche Papier heraushob und dieses auf dem kleinen Tisch irgendwie anzuordnen sich anschickte. Von Zeit zu Zeit schaute Novacek auf, doch sein Blick traf jedes Mal nur den schlanken und geraden Rücken des Präsidentschaftskandidaten. Nachdem Novacek die Tasche beinahe vollständig ausgeräumt hatte, schob er sie unter den Sessel, auf dem er saß, drückte sie mit den Fersen noch weiter zurück und blieb einen Augenblick ruhig in dieser Stellung, um seinen heftigen Atem, der rasch und geräuschvoll seine Bronchien anfüllte und leerte, zu zügeln. Hiebei riss es ihm die Kinnladen auseinander, er nieste einige Mal heftig, holte das Taschentuch aus der inneren Sakkotasche, reinigte die Nase und die Papiere vor sich.

»Helf Gott, dass' wahr is«, ließ sich Johann Wais vernehmen, ohne seine Stellung vor dem Erkerfenster zu verändern. »Hast du dich etwa verkühlt?«

»Weiß nicht. Möglich«, antwortete Novacek. »Danke.« Er sah zu Wais hin, fuhr mit dem Blick dessen Rücken hinauf bis zum Nacken. Ob ihm Gott hilft, dachte er sich und war angerührt von dem altmodischen Spruch, der dem Wais offenbar jetzt in den Sinn gekommen war, da er sich innerlich auf die zweite und für den Wahlkampf besonders wichtige Pressekonferenz vorzubereiten hatte. »Ich hab alles bei der Hand«, sagte er.

Johann Wais folgte mit seinen Augen einigen Saatkrähen, die sich mitten auf dem Rasen niederließen und einander zu bekrächzen begannen. An einem Erlenast hingen Meisenkugeln, welche von den flinken kleinen Vögeln bereits heftig bearbeitet worden waren. Um die Zeit brauchen die Vögel doch kein Futter mehr, dachte Wais, ließ seinen Blick danach zum schwachblauen Märzhimmel steigen.
»Johann?«
»Bin schon da«, sagte Wais, drehte sich um und kam vom Erkerfenster hergeschritten, aufrecht und fast etwas zu steif blieb er vor Novacek stehen. Novacek war zwar irritiert, weil er seine Vorschläge, wie Wais die Pressekonferenz anlegen sollte, im Sitzen zu Wais hinauf vorbringen musste, und er überlegte daher, sich zu erheben, doch schließlich begann er in ruhigem und schnurrendem Ton die Situation zu umreißen, in die Johann Wais geraten war. Nach einigen Sätzen unterbrach ihn Wais mit dem Hinweis, dass ihm das ja nun alles ohnehin bekannt sei, und Novacek möge zur Sache selbst kommen. Der ließ sich das nicht zweimal sagen, stand nun doch auf und erläuterte im Hin-und-her-Gehen die Strategie, die »wir« nun einzuschlagen hätten.
»Du meinst«, sagte Wais, nachdem Novacek geendet hatte und wieder ein wenig in Atemnot geraten war, »mein Satz, ich hätte nichts anderes getan wie hunderttausend andere Österreicher auch, bliebe der zentrale Punkt, von dem aus sich eins aus dem anderen ergeben sollte?«
Novacek nickte. Er erläuterte dem nun aufmerksam lauschenden Präsidentschaftskandidaten, dass es das Beste wäre, wenn sich die österreichischen Landsleute in ihm spiegeln könnten. »Wir alle haben doch versucht, das Beste aus der Malaise zu machen. Es war uns allen nicht gegeben, Überlegungen und gar Entscheidungen nach Maßgabe von Vernunft und Menschlichkeit anzustellen und zu treffen.

Wir hätten eben alle unsere Pflicht getan. Ich weiß«, sagte Novacek und hob seine Hand, »auf den Satz von der Pflichterfüllung stürzt sich die Linke, aber das braucht uns nicht zu stören, im Gegenteil: Es ergibt sich das eine aus dem andern. Es ist uns auch nichts anderes übergeblieben, als unsere Pflicht zu erfüllen. Das soll mitschwingen, nur mitschwingen, nicht dezidiert ausgesprochen werden, weil das klänge, als hätte man nicht gern seine Pflicht erfüllt. Man hat zwar einerseits nicht gern seine Pflicht erfüllt, weil man innerlich eigentlich dagegen war und auch schon ahnte, was für eine Katastrophe auf einen zukam, aber, hör zu, die Pflicht an sich hast du schon gern erfüllt, das ist dir eingeboren, du bist jemand, der seine Pflicht eben immer erfüllt hat. Es muss eben bloß mitfühlbar sein, dass man im Grunde nicht einverstanden war, aber mehr als mitfühlen darf man es nicht, zumal viele Landsleute durchaus einverstanden waren, du verstehst.«
»Sicher, Adrian, sicher.«
Wais ging wieder hinüber zum Erkerfenster, ließ den Park aber in seinem Rücken, schaute den noch immer herumgehenden Novacek an.
»Das mit den Landsleuten, das finde ich gut. Das ist sehr zutreffend. Am besten ists, ich spreche nicht von den Österreicherinnen und Österreichern, am besten ists, ich spreche von meinen lieben Landsleuten.«
»Und nun«, sagte Novacek, nachdem er die letzten Sätze seines Präsidentschaftskandidaten benickt hatte, »zu den Fragen der Journalisten. Die meisten sind erwartbar, und ich habe sie – geh, sei so gut und setz dich her – hier aufgelistet: drei Gruppen, hellrot markiert die gefährlichen Fragen.«
Beide setzten sich nun an den Teetisch. Novacek fuhr mit den Händen zwischen den Papierstapeln herum, hob einen

heraus, legte ihn sich auf den rechten Unterarm und blätterte ihn auf.
»Blau markiert sind die üblichen Fragen, grün diejenigen, die von den Freunden, von den Wohlwollenden erwartet und auch kommen werden. Und hier in Lila, das sind die heimtückischen, denen man eben nicht gleich ansieht, dass sie einen Haken haben.«
Novacek legte den Stapel auf den Tisch.
»Zu den üblichen, den blauen: Wir müssen uns etwas Originelles zurechtlegen. Es wäre angebracht, dass du hiebei deinen Humor zeigst, und wenn du das tust, dann ergibt sich wie von selbst, dass du ein reines Gewissen hast, denn sonst wäre dieser spezielle Humor gar nicht möglich.«
Wais lachte leise auf.
»Ich glaube, mit dem Humor halte ich mich ein wenig zurück. Doch wenn du originelle Antworten vorbereitet hast, lass hören.«
Die beiden Männer begannen die Fragen aufzuarbeiten. Wais blieb ruhig und konzentriert. Auf seine Merkfähigkeit, auf sein gutes Gedächtnis konnte er sich verlassen. Als sie fertig waren, stand der Chauffeur mit dem Wagen bereits vor dem Haus. Wais ließ sich frohgemut zum Presseclub Concordia fahren, in dem um dreizehn Uhr die Pressekonferenz begann. Der Saal war überfüllt. Auch aus dem Ausland waren Fernsehteams gekommen. Johann Wais betrat das Podium, setzte sich hinter das Mikrofon, nahm einen Schluck Wasser. Er lächelte ins Publikum hinein. Niemand lächelte zurück.

15.

Edmund Fraul ging vom Café Ritter direkt zur Haltestelle Neubaugasse und wartete auf die Straßenbahn. Die Märzsonne entwickelte in der Mariahilfer Straße eine beachtliche Kraft, sodass Fraul seinen Hut allmählich als Wärmepolster spürte. Er nahm ihn ab und betrachtete dessen Inneres. Die Firmenschrift begann bereits zu verblassen. Fraul schrak auf und schaute auf einen Passanten, der, neben ihm stehend, ihm mit halb offenem Mund zusah. Fraul verzog das Gesicht, setzte den Hut auf und schaute Richtung Gürtel, ob der Achtundfünfziger nun endlich daherkomme. Als er schließlich im Wagen saß und an Gerngroß und Herzmansky vorbeifuhr, betrachtete er die Leute, die vor den beiden Kaufhäusern entlanggingen. Bei der Bellaria stieg er in einen Ringwagen um und fuhr weiter bis zur Urania. Er hatte einen Moment erwogen, bei der Salztorbrücke auszusteigen, heimzugehen, um dort seinen Hut abzulegen, ließ es aber bleiben, verließ die Tramway bei der Urania, um den Donaukanal flussabwärts zum Praterer zu marschieren. Hiebei beschleunigte er sich immer mehr, spürte, dass er am Hals zu schwitzen begann. Die Fußgänger, die ihm begegneten, drehten sich nach ihm um und sahen ihm hinterher. Einige Hunde, an denen er vorbeistürmte, begannen sogar alsogleich hinter ihm her zu kläffen, sodass es vom anderen Ufer so aussah, als würden sie ihn verbellen oder er würde vor ihnen fliehen.

Mit ähnlicher Geschwindigkeit gingen ihm auch die Gedanken durch den Schädel, die sich alle um das mögliche Unrecht drehten, das er dem unschuldigen Apolloner angetan hatte. Wäre das nötig gewesen, dachte Edmund, ihn so aufzublättern und seine Motive derart in Zweifel zu ziehen? Dass ich mich nicht freuen kann, wenn die neue Generation entschlossen gegen den Ungeist ankämpfen will. Ich mag nicht glauben, ich darf nicht glauben, dass es denen ernst ist. Als wir jung waren, waren prächtige Burschen unterwegs, bei den Naturfreunden, in den Sportvereinen, bei den Gewerkschaften. Wir waren allesamt begeisterungsfähig, das waren wir. »Mit uns zieht die neue Zeit.« Die neue Zeit ist kommen, mitgezogen sind die Prachtkerle mit ihr nach Stalingrad, nach Kreta. Statt Freundschaft haben sie Heil mein Führer geschrien. Was ich allein in Dachau an SS-lern aus Simmering getroffen hab, dachte Fraul, die sich zu mir zugegebenermaßen ganz brav verhalten haben, weil sie mich für einen der Ihren – bloß auf der falschen Seite – gehalten haben, und als einen Arier. Fraul schnaubte und beschleunigte sich weiter. Zu den Russen und zu den Juden waren sie grad so grauslich wie die einst illegalen österreichischen Nazis, und oft schlimmer insgesamt als die Deutschen. Warum sollen die Heutigen, die doch weicher, unentschiedener und indolenter sind, als wir waren, nicht genauso auf neue Führer hereinfallen, wenn die Zeit wieder einmal reif werden wird? Fraul querte auf die Praterseite des Donaukanals und stapfte dahin. Seine Gedanken setzten ihm zu. Er blieb stehen. In einer jähen Bewegung riss er sich den Hut vom Kopf und schleuderte ihn in den Fluss. Im nächsten Augenblick bereute er es, aber der Hut war nun mal im Donaukanal, und Fraul ging neben ihm her, bis sich der Hut genügend angesaugt hatte und unterging. Als Fraul nach vorne blickte – denn der Hut war bereits versunken –, bemerkte er einen Menschenauflauf vor der Überfuhr. Er trat hinzu, und die Leute wichen ihm aus, bildeten unwillkürlich eine Gasse. Er schritt durch sie hindurch und sah auf der Böschung den Fährmann liegen. Seine Arme waren vom Körper weg nach vorne und oben gerichtet und versteift. Fraul schaute zum Vickerl und stupste ihn an.

»Tja«, sagte der, »den kleinen Robert hats erwischt. Ersoffen neben seiner Überfuhr. Grad vorhin haben sie ihn rausgezogen. Seine Füß haben sich verheddert gehabt, sodass er nicht abgetrieben worden ist.«
Fraul ging zum kleinen Robert vor. Von hinten kamen in diesem Moment zwei Sanitäter mit einer Tragbahre und ein Arzt, und Fraul gewahrte auf der Schüttelstraße das Blaulicht, sah dann wieder dem Fährmann ins Gesicht. Der kleine Robert machte einen schlafenden Eindruck, weiter nichts.
»Besoffen ersoffen, der kleine Trottel«, sagte Vickerl und tippte sich mit dem Zeigefinger auf die Stirn.
»Den Vogel müssen Sie ihm aber nicht zeigen«, sagte Rosinger leise zum Wirt. Vickerl zuckte die Achseln und begann durch die Zähne zu pfeifen. Die Sanitäter packten den kleinen Robert auf die Tragbahre. Die Knie waren angezogen und auch steif, sodass er wie ein Sitzender aussah, der nach hinten gekippt war. Sie trugen ihn an Fraul, Vickerl und Rosinger vorüber und an den anderen Menschen, die still dastanden. Vor dem Rettungsauto setzten sie die Bahre ab, hoben den Toten herunter und lagerten den Versteiften in Seitenlage an den Straßenrand. Zwei Polizisten waren dazugekommen und legten eine rote Decke auf den Fährmann. Das Rettungsauto fuhr davon.
»Haben Sie auf mich gewartet?«, fragte an der Böschung Edmund Fraul den Rosinger. Der nickte.
»Gehen wir rein«, sagte Fraul. Die Leute verliefen sich, Fraul und Rosinger verfügten sich ins Wirtshaus. Vickerl folgte ihnen.
»Ich hab ihn nicht hier herinnen lassen können«, murmelte er und ging hinter die Theke. »Er war total im Öl. Dass er ins Wasser fällt, hätt ich mir aber nicht gedacht.«
»Ist schon recht«, sagte Fraul. »Zwei Menü.«

Vickerl schaute auf die Uhr, nickte und pfiff nochmals durch die Zähne. »War ein armer Hund, der Robert. Mein Wirtshaus ist keine Hundehütte. Was hätt ich denn tun sollen? Zwei Menü, Gitti.«
Fraul setzte sich mit Rosinger zum Fenstertisch, das war der Tisch, an dem Rosinger bei ihrer ersten Begegnung gesessen war.
»Eine Schachpartie?«, fragte Rosinger.
»Keine Lust«, brummte Fraul. »Wozu?«

16.

Die beiden ersten Vorproben verliefen nicht berauschend, um nicht zu sagen katastrophal. Ich hatte zwar dem Adel schon zugeraunt, dass Karl psychisch in miserabler Verfassung ist und dass man ihn deshalb bei seiner schauspielerischen Ehre packen und aufrichten müsse.
»Ich hasse diese Psychologisierereien, Astrid«, antwortete mir Adel und verzog das Gesicht.
»Heul nicht gleich los«, sagte ich lachend.

Den ersten größeren Monolog rasselte Fraul herunter. Adel wand sich unten in der vierten Reihe, blickte zum Plafond, unterbrach immer wieder und flüsterte: »Ich glaube dir nicht, ich glaube dir nicht.«
Fraul ließ sich davon nicht beeindrucken. Er sah kein einziges Mal zu mir her, obwohl ich ihn intensiv beobachtete und hiebei seinen Blick einfangen wollte. Aber Karl stand vor den Kulissen herum und schnurrte seinen Text unbeteiligt in den alten Nesser hinein, der einen kleinen koboldartigen Theramenes geben wollte und sollte. Als Karl zu der Stelle kam: … *denn ich habe bis zum heutigen Tag noch keine*

Ungeheuer bezwungen, die mir das Recht geben, zu fehlen wie er, nämlich wie sein Vater Theseus, fuhr Adel hoch und sagte mit lauter Stimme:
»Na also, das glaub ich dir.«
Fraul unterbrach sich, schaute zu Adel und dann endlich zu mir. Ich schob mein Kinn vor, runzelte die Stirn und nickte zu ihm hinauf. Er zuckte die Achseln und redete leiernd weiter: *»Selbst, wenn mein Stolz sich hätte legen können, hätte ich mir als Sieger Aricia aussuchen sollen?«* Das fand ich ganz passend, denn er wirkte schnöselig und arrogant und zugleich ratlos, und diese Mischung war interessant. Doch Adel schnaufte und sagte mitten in die Hippolytusrede hinein die erste Probenunterbrechung an. Nach der Pause erschien er nicht mehr, sondern Scherfele nahm Platz. Das gefiel weder mir noch Fraul, und Nesser wollte überhaupt nicht weitermachen.
»Ich bin sein Lehrer, sein Gefährte«, beklagte er sich in Frauls Anwesenheit von der Probebühne herunter bei Scherfele und wohl auch bei mir, »aber er redet an mir vorbei, als wäre ich der Tisch dort.«
»Muss ich dem Waschel zeigen«, fragte Karl mit zischelndem Ton, »dass er mich durchschaut hat, weil er kapierte, dass ich mich gegen meinen Willen in die blöde Aricia verknallt hatte? Muss ich alles nach Schema F machen, bloß weil Nesser es nicht anders kennt?«
»Weißt was«, antwortete der ihm, »fick dich!«
»Macht mir keinen Spaß«, sagte Fraul und blickte dem abgehenden Nesser nicht nach, sondern schaute zu mir her. Ich rief:
»Was rennst du denn davon, Kaspar?«
Nesser kam wieder zurück.
»Weil du es bist, Astrid.«
Und er stellte sich in Positur. Sie brachten die Probe hinter sich, hernach ging Nesser grußlos davon.

In der zweiten Vorprobe musste Karl mit der Katharina Dronte ran, die wie er etwas Genialisches hat. Es knisterte ganz gut zwischen den beiden, aber mir schien es, dass er mit mir spielte und nicht mit ihr. Als er sagte: »*Welch rauhe Sitten, welch noch so versteinerter Haß, würden nicht bei eurem Anblick besänftigt? Konnte ich dem trügerischen Zauber widerstehen …*« und nach Katharinas superkokettem »*Wie, Herr?*« schaute er ihr in den Ausschnitt, um hernach flugs fortzufahren: »*Ich bin zu weit gegangen*«, als säßen wir wieder im Café Landtmann und er würde baggern und braten. Scherfele klatschte leise in die Hände.
»Weiter, weiter.«
Doch Fraul sprach nicht weiter, besah Aricia noch ein wenig, um dann beide Arme fallen zu lassen und abzugehen. Scherfele warf mir einen Blick zu, ich stand auf und ging nach hinten. Dort saß Karel auf dem Boden und blieb stumm, auch als ich ihn ansprach. Ich nahm seine Hand und zog ihn hoch, er fasste mich um die Schultern und begann loszuheulen. Katharina erschien, blieb unschlüssig stehen und setzte sich schließlich, nahm sich eine Zigarette und schwieg. Nachdem Karl sich etwas beruhigt hatte, sagte sie: »Du bist doch Klasse.«

Erst bei der dritten Vorprobe gings aufwärts mit ihm. Sie probten dort weiter, wo Karl am Vortag abgebrochen hatte. Adel war gnädigst wieder auf seinem Platz, wohl auch wegen seiner Tochter und um zu erkunden, wie die sich jetzt mit dem Fraul einspielte. Im Anschluss hatte ich dann Probe mit ihm in unserer einzigen gemeinsamen Szene. Eben sagte Karel mit halber Stimme: »*Ich, der ich hochfahrend der Liebe die Stirn bot und lange Zeit die Ketten ihrer Opfer verhöhnte; der ich den Schiffbruch der schwächlichen Menschen beklagte, dachte, stets vom Ufer aus die Stürme zu betrachten; da ich nun*

diesem allgemeinen Gesetz unterworfen bin, seh ich mich mir selbst entrissen durch einen gewaltigen Taumel.« Da Adel den Satz *Einen Augenblick hat meine unkluge Kühnheit besiegt* gestrichen hatte, fuhr Fraul fort, und es lag sein ganzer Gram in diesem Satz, obwohl er ihn fast leichthin an Katharinas Schläfe vorbeisprach: »*Diese stolze Seele ist jetzt nicht mehr frei.*«
Als aber Adel hernach wollte, dass Hippolyt der Aricia kurz und knapp den Mund küssen sollte, bevor er weiterredete, entspann sich, obwohl Adel mit Verdruss im Gesicht sie unterbinden wollte, eine Diskussion, in der Fraul behauptete, es wäre wohl unpassend, wenn er nachher sagen sollte: *Seit fast sechs Monaten leide ich, beschämt und verzweifelt …*
Adel lächelte und sagte:
»Grad deswegen. Ein bissl Bizarrerie. Nach dem Kuss ein Blick von dir, Katharina, auf den Hübschen, Pause Pause Pause, und dann macht er weiter.«
Fraul zuckte die Achseln und küsste sie. Ihr Blick war im ganzen Raum zu sehen, brachte den Karl derart aus dem Konzept, dass er stotternd weitersprach und dabei begann, ihr den Rücken zuzukehren. Die Probe verlief famos, und ich war zuversichtlich, dass meine Szene mit ihm klappen würde. Ich überlegte in der Pause, warum ich eigentlich dermaßen hysterisch sein und ihn ständig abgreifen sollte, indes ich im Text ständig behaupte, was für ein Gräuel mir diese Liebe sei. Ich werde Abscheu in ihm hervorrufen. Dieser Gedanke erregte mich, und diese Erregung nahm ich alsogleich mit auf die Bühne.

17.

(Aus dem Tagebuch des jungen Keyntz)

22. 4. 1986

Das Leben geht weiter, und wie. Ich bin in die Hardtgasse gezogen. Zuerst wusste ich nicht, was ich mit Margits Sachen machen sollte, schließlich habe ich das Kabinett zu Margits Zimmer erklärt und dort nach und nach alles hineingeräumt. Das Gewand habe ich mit der Dolly durchgesehen, und das meiste hat sie dann weggegeben, einen lila Pulli hat sie behalten, aber sie hat ihn noch nie getragen, wenn ich sie gesehen habe. Überhaupt hat mir die Dolly sehr geholfen, die Hardtgasse einzurichten. Ich find es toll, aufzusperren und hinter mir zuzusperren, und da bin ich, und ich lass rein, wen ich will. Nach einiger Zeit habe ich begonnen, mir Margits Sachen anzusehen. In ihren Kalender hat sie gelegentlich einzelne tagebuchartige Sätze eingetragen, zum Beispiel: Mit Steff in der Oper bei Carmen. Tieftraurig ich, lustig er. Das wird so bleiben.

Ich hab dann nicht mehr weitergestöbert, sondern alles im Kabinett gelassen.

Gestern ist ein Brief vom Arschloch Fraul in die Hardtgasse gekommen. Die erste Post hierher, und grad von dem. Auf über drei Seiten rechtfertigte er sich. Ich hab den Brief wieder zugeklebt und zurückgeschickt, ohne Porto. Auf die Innenseite des Kuverts hab ich »Geh scheißen« geschrieben.

23. 4. 1986

Gestern hat mich Guido Messerschmidt angerufen und mich gefragt, ob er mich besuchen darf. Die sind alle so überhöflich und sülzen rum. Ich hab gedacht, das ist der letzte Lover von ihr, der aber auf sie keinen großen Eindruck gemacht haben kann, sonst hätt sie sich nicht in die Donau geschmissen. Er war vorhin da, ich habe ihm einen Whisky angeboten, er hat abgelehnt, dann hab eben ich ihn getrunken. Er hat mir zu erzählen angefangen, wie sehr er meine Schwester gerngehabt hat, ihr es aber gar nicht gestehen hat können. Komisch. Ein ausgewachsener fertiger Arzt und druckst so herum. Eigentlich war er mir anfangs sympathisch. Ich hab ihm gesagt, ich hab geglaubt, er sei ihr Freund, da ist er rot geworden. Dann hab ich ihm vom Arschloch Fraul erzählt und dass der am Selbstmord schuld ist und sich jetzt bei mir beknirscht. Ich habe ihm sogar von dem Brief erzählt. Er hat mir mit ganz leiser Stimme gesagt, ich könnte niemand einfach die Schuld geben. Dem Fraul schon, hab ich sofort geantwortet; der hat sich mit meiner Schwester gespielt und hurt am Burgtheater mit allen möglichen Schauspielerinnen herum. Der hält sich überhaupt für was Besonderes, hab ich dem Guido gesagt, denn inzwischen hat er mir das Duwort angeboten, dabei ist er bloß eine Art Mörder und sonst nichts. Dann hab ich noch ein zweites Glas Whisky getrunken, habe dem Guido zugehört und ihn dann rausgeworfen. Der kommt extra zu mir her, um den Fraul zu verteidigen. Der hat sich wahrscheinlich gefreut, dass der Fraul die Margit stehen lassen hat, damit er, ach was, lauter Blöde, was gehts mich an. Die sollen mich in Ruh lassen.

24. 4. 1986

In besoffenem Zustand sollt ich nicht Tagebuch schreiben. Ich hab mich dem Guido gegenüber ziemlich aufgeführt, das tut mir eigentlich leid. Andrerseits weiß ich nicht, was der Kerl von mir will. Heute Abend gehe ich zu Dolores und lerne ihre Eltern kennen. Es ist anlässlich irgendeines Festes, das sie feiern, zugleich irgendwie unsere Verlobung.

Ihr Vater ist ein Architekt und hat als Junger emigrieren müssen. Ich bin nervös, ich will gar nicht hingehen, aber der Dolly ist es wichtig, sie will das unbedingt. So eine Verlobung ist nicht nur angenehm. Hoffentlich gefalle ich denen und mach nicht versehentlich irgendwo in der Wohnung des Herrn Architekten einen Fleck.

Dolores Segal rief Stefan Keyntz an, um ihn für denselben Tag achtzehn Uhr zu sich einzuladen. Ihre Eltern wollten ihn nun kennenlernen, sie hätte ihnen ausführlich bereits von ihm erzählt; nun sei es an der Zeit, dass er angetanzt komme. Stefan spürte, wie ihm das Blut in den Kopf stieg, er setzte sich mit halbem Hintern auf Margits Schleiflackschreibtisch und nahm in kurzem Abstand den Telefonhörer vom linken Ohr und führte ihn zum rechten, um nach wenigen Sätzen wieder zum linken zu wechseln. Dolores' helle und feste Stimme breitete sich energisch in seinem Kopf aus und verquirlte seine Gedanken, sodass Stefan in eine leichte Stotterei geriet. Dolores unterbrach:
»Sag, ist dir das nicht recht?«
»Doch, sehr, dochdoch. Ja.«
»Zieh dir den Opernanzug an und nimm eine blaue Krawatte.«
»Hab keine.«
»Du hast keine Krawatten?«
»Keine blaue.«
»Sondern?«
»Warte.« Stefan legte den Hörer weg und ging seine Krawatten besichtigen.
»Ich hab eine blaue. Mit weißen Tupfen.«
»Dein Anzug ist dunkelgrau?«
»Kann sein.«
»Und ein blütenweißes Hemd.«

»Sind alle bei der Mutter.«

Dolores lachte. »Um sechs. Nedergasse fünf, du weißt?«

»Dolly, ich muss noch in die Schleifmühle, jetzt ist es drei. Ich weiß nicht, ob ich den oberen Knopf zukrieg. Ich weiß nicht, wo Mutter die Hemden hat. Sie ist vermutlich am Friedhof, wie üblich.«

»Hast du genug Geld? Kauf dir eins. In der Döblinger Hauptstraße beim –«

»Ich weiß, wo ich Hemden krieg. Muss ich denn unbedingt in der Schale daherkommen?«

»Unbedingt, ja, mein Liebster, du sagst es. Und bring Blumen mit für meine Mutter.«

»Chrysanthemen?«

»Nein. Lass dir einen Strauß arrangieren.«

»Können wir uns nicht vorher … und gemeinsam …?«

»Ich hab hier noch urviel zu tun. Ich freu mich. Bis dann.«

Stefan lauschte der Stimme nach. Hernach rief er seine Mutter an und erreichte sie auch. Sie versprach, ihm die Hemden gleich in die Hardtgasse zu bringen, wollte aber nicht bleiben, sie müsse sofort weiter.

»Schon gut«, sagte Stefan, legte sich aufs Bett und setzte die Kopfhörer auf.

Fünf Minuten vor sechs stand er mit seinem Blumenstrauß in der Hand vor einem villenartigen Gebäude und schaute zum zweiten Stockwerk hinauf. Er putzte den linken Schuh am rechten Hosenbein blank, den rechten am linken, schaute auf die Uhr und wartete noch einige Minuten. Um sechs läutete er bei Segal und wurde sofort eingelassen.

18.

Edmund Fraul bemerkte, obwohl er sich in seinem vertrauten Alb befand, dass Rosa, ohne ihn zu wecken oder von seinen nach außen gedrungenen Nachtmahrgestalten Notiz zu nehmen, leise das Bett verlassen hatte. Seine linke Hand fuhr noch über das Leintuch, hinein und heraus aus der Mulde, die seine Frau hinterlassen hatte, dann hatte ihn sein Alb wieder ganz und gar, und so ging er hinter dem Standortarzt Eduard Wirths die Rampe von Birkenau entlang. Es wehte ein kalter Wind, obwohl der Juli neunzehnvierundvierzig sehr heiß war, doch nun in der Nacht fröstelte ihn. Ein neuer Ungarntransport fuhr unterm großen Tor herein und kam mit dem vertrauten Quietschen und Zischen und mit nachlassendem Stampfen zum Stehen. Als die Hunde zu bellen begannen, die Türen aufgeschoben wurden und die Kommandos durch die Luft segelten, blieb Wirths stehen, nahm die Positur ein, die er sich bei den Selektionen angewöhnt hatte. Der stinkende Haufen, welcher unter Gebrüll und Gebell von SS, Kapos, Hunden aus den Waggons herausschwappte, ward aufgestellt – schneller, schneller – und gleichgerichtet, sodass die Einzelnen, jeder für sich, vor dem Standortarzt begutachtet und in die eine oder andere Richtung zur Weiterverarbeitung geschickt wurden. Der dicke Capesius stand dreißig Meter weiter am Ende des Zuges und unterhielt sich freundlich mit Landsleuten, die er erkannt hatte und die ihn freudig begrüßten, bevor er sie ebenfalls wie Wirths in zwei Richtungen aufteilte. Fraul war bestrebt, mit seinem linken Arm den rechten von Wirths zu erlangen, umschloss vorsichtig dessen Ellenbogen und versuchte durch sanften Druck die Zeigerichtung von rechts nach links zu verändern. Wirths drehte sich immer wieder zu Fraul um, sagte ihm lächelnd: »Ach, lassen

Sie das, Fraul, ich tu ohnedies mein Möglichstes. Nein, Fraul, dieses alte Wrack kann ich beim besten Willen –, das ist Ihr Onkel? Sie haben doch keinen Onkel aus Temeswar.« Doch Edmund gelang es gelegentlich, rechtsbündige Passagiere in linksbündige zu verwandeln. Schließlich blieb bloß eine verhältnismäßig kleine Gruppe übrig, die den Weg direkt ins Gas anzutreten hatte. Der Apotheker kam vom unteren Ende des Zuges einherspaziert, schüttelte Wirths die Hand: »Herr Doktor, Herr Doktor, das nennen Sie eine Selektion? Geht mich ja nichts an, geht mich ja nichts an. Schenken Sie mir den da?« Und Capesius fuhr mit seiner dicken Faust an Frauls Brust, knüllte sein Hemd dort zusammen und begann ihn mit sich zu ziehen, um ihn rechtsbündig zu machen. »Schon gut«, sagte Wirths. Der Apotheker gab Fraul frei und lachte ihm ins Gesicht: »Wie schön, dass man Freunde hat.« Er entfernte sich pfeifend. Fraul ließ den Ellenbogen des Standortarztes los und verfolgte mit den Augen den etwas watschelnden Gang, mit welchem Capesius sich davonbewegte. Schließlich drehte er sich zu Wirths um, doch der war verschwunden. Ihn fröstelte wiederum, und so erwachte er, lag in seinem Schweiß, und vom geöffneten Küchenfenster kam mit dem Straßenlärm ein frischer, scharfer Wind.

Erst nachdem er geduscht und sich rasiert hatte und im Begriff war, sich mit der italienischen Espressokanne seinen Kaffee zu machen, bemerkte er den Zettel von Rosa auf dem Tisch. Demzufolge war sie schon wieder zum Sohn gelaufen, welchem es trotz seiner neuen Rolle, die er nun doch an der Burg bekommen hatte und auch spielte, so furchtbar schlecht ging. Rosa konzentrierte sich auf ihren verzweifelten Sohn, und der ließ sich das Um-ihn-herum-Sein weidlich gefallen. Edmund intensivierte die Archiv-

arbeit, nahm häufig Vorträge an und begann sich für das Alltagsleben des Schädelknackers Egger zu interessieren, der nun Eigler hieß, dessen Aufenthaltsort herauszubekommen ihm aber nicht gelang. Seine Bemühungen darum waren allerdings zögerlich gewesen, denn er wusste nicht so recht, was er mit dem freigesprochenen Naziverbrecher vorhatte und weswegen der ihm seit kurzem nicht aus dem Sinn ging. Edmund Fraul hatte sich seinerzeit mit dem Freispruch abgefunden, dem enttäuschten Herrmann Gebirtig, der als Hauptzeuge gegen Egger ausgesagt hatte, sogar einen langen tröstenden Brief nach New York geschickt und sich achselzuckend seinen anderen Aufgaben zugewandt. So ist es nunmal in Österreich, hatte er geschrieben. Unsere Generation sei verloren, von denen sei nichts zu erhoffen, aber manches noch zu befürchten. Man müsse auf die Jugend setzen. Das sei zwar auch wenig chancenreich, aber sonst bleibe nichts übrig. Nachdem er damals den Brief an Gebirtig abgeschickt hatte, beschlich ihn der Verdacht, dass er damit den zutiefst Verletzten, der sofort und wortlos nach dem Freispruch für Egger Österreich verlassen hatte, eher nicht getröstet, sondern noch in dessen Entschluss, nie mehr zurückzukehren, bestärkt hatte. Doch im Grunde war es Edmund gleichgültig. Ob man hier ausharrt und versucht, mit dem Leben nach wie vor davonzukommen, oder in Amerika seine Albträume zu Texten verarbeitet, die keinen interessieren, ist einerlei. Zwar schreibt Gebirtig weiter Komödien, die erfolgreich aufgeführt werden außerhalb des deutschen Sprachraums, aber was nützt es denn, wenn sich Gebirtigs Nachtmahr im theatralischen Gewitzel verbirgt?
Fraul trank den Kaffee aus, schloss das Fenster und verließ die Wohnung. Als er die Tür versperrte, hörte er in der Nachbarwohnung heftigen Streit. Glückliche Staneks, dach-

te er und ging die Stufen hinunter. Er überquerte die Salztorbrücke, blieb am Morzinplatz stehen, als wüsste er auf einmal wieder nicht, was nun zu tun sei. Ich bin, dachte er, nicht fertig mit meiner Frage, warum mich der Egger mehr und mehr beschäftigt. Während er darüber grübelte, fiel ihm Wilhelm Rosinger ein. Mit dem spiele ich vielleicht heute doch Schach, dachte er. Dem zeige ich es.

Rosinger hatte auch an diesem Apriltag mit kräftig-würziger Luft seinen Fensterplatz eingenommen. Er hatte eine Serie Allan-Wilton-Hefte neu erstanden, sie im Kasten neben den Unterhosen gestapelt, das oberste zum Fenster getragen und begann mit jener freudigen Erwartung zu lesen, die einen erfasst, wenn man in vertraute Gegenden zurückkehrt. Gleichzeitig observierte er wie immer die untere Geologengasse, der Häferlkaffee stand neben ihm, und Rosinger begann ihn zu schlürfen und dabei die ersten Zeilen zu lesen. Nach einer Seite stellte er fest, dass er mit den Gedanken woanders war, denn er hatte gar nicht gelesen, was er gelesen hatte. Er schob das Heft zur Seite, linste zu den Fenstern seiner Schwester. Ihre Rollos waren heruntergelassen. Agnes war mit einer Gruppe ihrer neuen Freunde auf einige Tage nach Krakauebene ins Steirische gefahren, Leuten, denen Rosinger aus dem Weg gehen wollte. Suchte seine Schwester einen neuen Mann unter diesen Ehemaligen, oder schickte sie sich an, für die Freiheitlichen tätig zu werden, falls der kleine Jupp Toplitzer diese übernehmen würde?

Rosinger verließ den Fensterplatz, setzte sich an den Tisch, der mitten in seinem Wohnzimmer stand, und schaute auf die leere Fläche, legte seine Hände darauf und hörte dem Ticken der Wanduhr zu.

Mittags spiele ich vielleicht doch Schach mit Fraul, dachte

er. Dieser Gedanke brachte ihn dazu, seinen Kopf zu heben, aufzustehen und im Zimmer umherzugehen. Er freute sich, und gleichzeitig war ihm bange, wenn er sich ausmalte, wie er, als wäre nie etwas geschehen, mit seinem ehemaligen Häftling eine Partie auf Spanisch eröffnete. Werde ich zuerst mit Weiß spielen?, fragte er sich. Was für Gründe hat denn der Fraul, mit mir Schach spielen zu wollen? Rosinger ging zur Kommode, bückte sich, um die vorletzte Lade herauszuziehen. Als die klemmte, spürte er, wie das Blut zu schnell in seinen Kopf rann, Schweiß aus der Haut trat und es ihm schwindlig wurde. Rasch setzte er sich auf den Fußboden, bekam endlich die Lade heraus und nahm »die Kiste«, stand mit einem Ächzton auf und trug sie zum Tisch. Er begann in ihr zu wühlen. Alte Briefe in fleckigen Kuverts, Bescheinigungen, Wehrpass, Mitgliedsbuch, Broschüren aller Art durchkramte er, ohne recht zu wissen, warum er das tat. Was suche ich, dachte er und ging wiederum zum Fenster, schaute auf die Gasse, als könnte ihm einer der drunten vorübergehenden Passanten Auskunft geben. Warum will ich dem Edmund einen Gefallen tun? Ich mag etwas tun für ihn. Warum, meine Güte, wieso? Dem gehts nicht gut, das seh ich. Er schaut von Mal zu Mal finsterer aus der Wäsche, dachte Rosinger. Ich rechne immer damit, dass er mir sagt, er habe es satt, im Gasthaus mein SS-Gfrieß anzuschauen. Irgendwie wundere ich mich, dass er mich dennoch gern trifft. Letztes Mal habe ich den Eindruck gehabt, dass er mich sogar sucht. Was will er, was kann ich für ihn machen? Ich könnte ihm die ganze Kiste geben. Er möchte sie auswerten oder verwenden, wie er will. Es ist zwar eigentlich gar nichts, was er brauchen kann, drin, oder doch? Na ja, indirekt, ich meine, wenn man es sich zusammensucht, könnt man eine ganze Liste von Ehemaligen erstellen. Rosinger setzte sich vor die Kis-

te. Die Adressen sind zwar alt, dachte er, aber einer wie Fraul könnte sich an ihnen weiterhanteln. Aber wozu braucht er das denn? Die sind doch alle außer Obligo. Entweder haben sie wie ich ihr bisschen Schmalz abgesessen, oder sie sind eh schon gar nicht mehr angeklagt worden. Ich hab aber auch Material da über einige Kameraden, die man freigesprochen hat. Da, na bitte: Gerhart Mauss, der lebt noch immer in Murau, oder wo? Ja, in Murau. Den haben sie den Schlächter von Wilna genannt, aber er ist ganz ungeschoren geblieben. Sein Sohn ist bei den Freiheitlichen im Gemeinderat von dorten, ja ja. Es gibt Kameraden, die hatten Glück. Glück? Na ja, Glück. Ein Netzwerk haben sie nützen können. Hätte ich doch auch …
Rosinger stand wieder auf, ging auf die Toilette. Er schaute dem dünnen und schnell stottrig werdenden Harnstrahl hinterher, da fiel ihm zuguterletzt das ein, wonach er in seinem Gedächtnis gesucht hatte. Über den Anton Egger willst du Bescheid wissen, Edi? Grad von dem weiß ich gar nichts, dachte Rosinger. Der war meines Wissens bis zu seiner Verhaftung unsichtbar, hatte sich auch niemals im Café Westbahn mit uns anderen getroffen. Weder er noch seine etwaige Frau war irgendwo aufgeschienen. Rosinger kannte etliche, die sich in der »Stillen Hilfe« engagierten, meistens Witwen oder manchmal sogar schon die Töchter. Nichts von Egger. Was will er wohl von ihm? Was gehts mich an? Wenn ich was herauskriegen kann …
Als ihm diese Gedanken durch den Kopf gingen, wurde ihm mit einem Mal wohl zumute. Er setzte sich zum Fenster, sah fröhlich auf die Gasse hinunter, schob das Krimiheft zur Seite und begann sogar vor sich hin zu pfeifen. Er hörte abrupt auf, als er merkte, dass er das Lied vom Kameraden vor sich hin gepfiffen hatte. Er lachte laut auf. Er lachte aus dem Fenster auf die Geologengasse hinunter.

Schließlich legte er die Kiste neben den Fernseher, sah auf die Uhr. Es wird Zeit.
Ich hätte, dachte er, als er über die Rotundenbrücke ging, mit Agnes nach Krakauebene mitfahren sollen. Denn jetzt muss ich eh wieder Kontakt aufnehmen mit den Kameraden. Während er die Schüttelstraße entlangging, merkte er, dass etwas Federndes in seinen Schritten war.

19.

Nachdem Stefan an der Wohnungstür angeläutet hatte, öffnete sich diese, und ein Mädchen in schwarzem Kleid mit weißer Schürze ließ ihn herein. Er hatte das Gefühl, dass sie ihm den Mantel abnehmen wollte und auch den Hut, doch da er sowohl barhäuptig als auch blank in seinem Anzug vor ihr stand, wies sie ihn mit einer verlegenen Handbewegung an einzutreten. Er ging an ihr vorbei durch das schlauchartige Vorzimmer, an dessen Wänden links und rechts Kandelaber aus der Wand herausragten. Neben den Kandelabern Türen, aus einer kam ein gleich gekleidetes Mädchen heraus, um in einem Zimmer gegenüber zu verschwinden. Am Ende des Vorraums befand sich eine breite getäfelte Tür, welche sich auftat, und Dolores Segal stand vor ihm, umarmte ihn kurz und fest, trat hernach zwei Schritte zurück, um ihn zu betrachten. Hinter Dolly bot sich seinem Blick ein großes helles Zimmer, in dessen Mitte zwei Stufen eine Sitzlandschaft umliefen. Aus einem der Fauteuils erhob sich Ernst Segal. Er hatte einen hellbraunen Anzug an, eine dunkelblaue Krawatte und ein paisleygemustertes Stecktuch, welches etwas zu weit herausstand. Stefan wandte seinen Blick von diesem Stecktuch ab und sah dem entgegenkommenden Vater mit weit

geöffneten Augen entgegen. Hinter Segal nahm er noch einige Personen wahr, die, nachdem sie ihre Gespräche unterbrochen hatten, aus der Sitzlandschaft heraus auf den Neuankömmling blickten. Stefan wurden die Knie weich und etwas wacklig, denn es schien sich hier um ein besonderes Ereignis zu handeln. Nicht nur dieses Zimmer, auch die Anwesenden hatten etwas Festliches an sich.
»Sie also sind Stefan«, sagte Segal mit fröhlicher Bassstimme und reichte ihm die Hand. Während er Stefans Hand noch schüttelte, rief er nach seiner Frau, die anscheinend hinter einer Tür gewartet hatte, die neben jener Tür lag, durch die Stefan hereingekommen war. Frau Segal, in einem dunkelbraunen Kostüm, erschien und wurde ihm von ihrem Mann als Cilla, die Mutter von Dolores, vorgestellt. Cilla gab Stefan ihre kleine ringbesäte Rechte und lachte dabei übers ganze Gesicht. Stefan machte eine rasche Verbeugung bloß mit dem Kopf, sodass dies nach einem heftigen Kopfnicken aussah, währenddessen sein Gesicht rot anzulaufen begann. Dolly ergriff Stefans Schulter und zog ihn zur Sitzgruppe hin. Dort befanden sich etliche Leute. Diese erhoben sich gleichsam der Reihe nach, gaben ihm Hand um Hand und murmelten dabei ihre Namen. Eine Art Glockenspiel erklang, und das Ehepaar Segal, das sich hinter Dolly und Stefan anschickte, in der Sitzlandschaft Platz zu nehmen, wandte sich zur Tür, um den nächsten Gast abzuwarten und zu empfangen. Dolly und Stefan saßen nun nebeneinander, sie ergriff seine Hand und drückte sie. Eines der Serviermädchen kam aus einer Dielentür von gegenüber heraus und trug ein Tablett mit einigen kristallenen Schnapsgläsern, offerierte den beiden je eines. Macht die jetzt einen Knicks, dachte Stefan, wandte sich an Dolly, nachdem er ein Glas genommen und ihr gegeben, das zweite an sich gebracht hatte.

»Hat wer Geburtstag?«
Bevor Dolores antworten konnte, erschienen weitere Gäste; die beiden mussten sich erheben und Hände schütteln. Nun murmelte Stefan in der gleichen Art seinen Namen, wie er es vorhin gehört hatte.
»Es ist Seder«, sagte Dolores leise zu ihm.
»Seder«, zischte er, »was ist Seder?«
Dolores beugte sich zu Stefans Ohr.
»Wir feiern das Passahfest.«
»Wann?«
»Na jetzt. Heute Abend beginnt es. Erev.«
»Effef?«
Während sie in sein Ohr hineinzuflüstern begann, bemerkte Stefan, dass ihn die Gäste in Augenschein nahmen. Er wollte Dolly fragen, was er hier verloren habe, doch sie tat ihren Mund nicht von seinem Ohr weg.
»Du bist unser Ehrengast. Papa wird dir erklären, wie das geht, was wir tun und warum. Es ist schön. Freu dich.«
Sie wandte sich den anderen zu und sagte laut: »Stefan ist das erste Mal bei einem Seder.«
Die Gäste lächelten ihn an, nickten, und einer wie der andere sagte ihm »Willkommen« und »Herzlich Willkommen«. Zwei ältere Frauen, welche, wie Stefan später fest stellte, Schwestern waren, nickten ihm zu, dann wandte sich die Jüngere zur Älteren und sagte nicht allzu leise:
»A Goi.«
Dolly beugte sich wieder zu seinem Ohr hin: »Das Pessachfest ist offen. Nichtjuden sind willkommen. Was hast du denn?«
»Gar nichts«, sagte er tonlos und verzog seinen Mund.
»Seitdem das Wispern aufgekommen ist, hört man kein lautes Wort mehr«, sagte Cilla Segal schmunzelnd in die Runde. Man lachte. Ernst Segal sah auf die Uhr.

»Wo bleiben die Samuelis?«
»Fangen wir einstweilen an«, sagte Cilla. »Bitte sehr.« Und sie wies die Gäste ins Esszimmer. Die Sitzordnung war festgelegt und durch Namensschilder, die in silbernen Haltern oberhalb der kunstfertig gefalteten orangenen Servietten steckten, angezeigt.
Alle hatten vor sich ein Glas stehen, in welchem einigen nun Rotwein eingegossen wurde, anderen und den drei Kindern Traubensaft. Während Ernst Segal den Kiddusch sprach, betrachtete Stefan die angerichteten Dingerchen, die auf dem lang ausgezogenen Tisch angeordnet waren. Dolores hob ihr Glas, lehnte sich zu Stefan, der seinen rechten Arm um ihre Schultern legen wollte. »Lehn dich auch nach links, bevor du trinkst«, flüsterte sie.
»Gehen wir davon aus, dass sich alle die Hände gewaschen haben«, sagte Cilla Segal und lächelte einen nach dem anderen in der Runde an. Stefan stand auf, und wieder wurde er dabei rot im Gesicht.
»Aha«, machte Cilla. »Zeig es ihm, Dolores.«
Dolly führte Stefan zum Badezimmer. Bevor er es betrat, sagte er zu ihr:
»Wieso hast du mir nicht gesagt, dass ihr hier einen Ritus abhaltet? Ich bin hier unnötig. Ich wasche mir jetzt die Hände und geh wieder. Sag denen, mir ist übel.«
»Unsinn«, sagte sie laut und küsste ihn, während sie ihm durch seine Haare fuhr. »Wir feiern heute den Vorabend von Pessach. Wir feiern den Auszug aus Ägypten. Alle Juden der Welt und viele ihrer Freunde feiern mit ihnen das Ende der Knechtschaft unter den Ägyptern. Das ist kein Geheimritus, das ist ein Freudenfest und ein gutes Essen.«
»Du hättest es mir vorher …«
»Sei nicht bös, es sollte eine Überraschung sein.«

»Und was ist jetzt mit unserer Verlobung?«
Kaum hatte Stefan das gesagt, wollte er es wieder in seinen Mund zurückstecken. Doch bevor Dolores antworten konnte, erschienen die beiden Schwestern, die sich nach einigem Hin und Her entschlossen hatten, sich nochmals die Hände zu waschen, um den jungen Mann weiter mustern zu können. Stefan verschwand vor ihnen im Bad, wusch sich die Hände und wusste nicht, was er nun tun sollte. Dolores und die beiden Schwestern Schmelczer kamen ihm nach, standen still, während er sich die Hände abtrocknete. Das Glockenspiel erklang, und ein Serviermädchen eilte, um die Tür zu öffnen. Vater, Mutter, Sohn Samueli erschienen, neben dem jungen Boaz ging seine blonde Freundin Sissy. Vor der Badezimmertür reichten sich alle die Hände und nannten ihre Namen, und schließlich kehrte die ganze Gruppe zum Esstisch zurück. Die Samuelis begrüßten nun reihum den Rest der Anwesenden, alles saß schließlich und endlich. Bloß links neben Stefan blieb ein Sessel unbesetzt.
Boaz Samueli und Sissy kamen gegenüber von Stefan und Dolly zu sitzen, und Boaz begann mit großer Geschwindigkeit erst Sissy und nach einem kurzen Blick auch Stefan die Speisen und ihre Bedeutung zu erklären. Der Vorsitzende Segal, welcher sich eben anschickte, eine Broche für Karpas zu sprechen, hielt inne und sah mit schiefem Kopf auf Boaz, welcher seine Erklärungen beschleunigte, sich dabei erhob, mit der rechten Hand auf die verschiedenen Tellerchen und Schälchen wies und sich dann schnell niedersetzte. Segal sprach alsdann den Segen, und alle begannen, Petersilie in salziges Wasser zu tauchen und zu verspeisen.
Cilla nahm hernach von der mittleren der drei Matzen, brach diese in zwei ungleiche Stücke, wickelte das größere in eine Serviette und wandte sich an die drei Kinder.

»Afikoman«, sagte sie zu ihnen, als würde sie ihnen Vanilleeis versprechen, und ging das Stück verstecken. Schon hing Dolly wieder an Stefans Ohr, um ihm die Bedeutung dieses Sachverhalts zu erläutern, während Boaz gegenüber mit leiser Stimme das Gleiche bei Sissy tat.
Wie auf Kommando schoben alle den Sederteller zur Seite, wieder wurden Rotwein und Traubensaft gereicht, die Leute nahmen ein Buch zur Hand, und auch Stefan bekam eines in die Hand gedrückt. Er schaute auf die hebräischen Zeichen, Dolly blätterte ihm die Haggada nach hinten und unterwies ihn, vom Anfang mitzulesen.
»Wie denn?«, fragte er.
»Ach so. Hat jemand ein englisches Exemplar?«
Ruthi Schmelczer, die jüngere der Schwestern, erhob sich, doch Esthi, die ältere, sagte ihr: »Mach dich wichtig, Ruthi. Da haben Sie, junger Mann.« Und sie griff unter den Tisch, holte eine englische Version der Haggada hervor und schob sie Stefan zu.
Segal begann mit Singsang daraus zu lesen, nicht ohne vorher auf das jüngste Kind gezeigt zu haben, welches stotternd und unter Mithilfe des älteren Brüderchens eine Frage auf Hebräisch aufzusagen hatte. Nach einigen Minuten und an bestimmten Stellen begannen die Schwestern oder auch Frau Samueli mit Ernst Segal mitzuleiern, gelegentlich sagten alle auf einmal »Amen«. Dolores fuhr mit dem Finger in Stefans Haggada auf die jeweils aktuelle Stelle. Stefan verstand selbstverständlich kein Wort und ließ die Prozedur über sich ergehen, schaute gelegentlich zu Sissy hinüber, die aber so tat, als würde sie tadellos dem hebräischen Text folgen können.
Irgendwann beugten sich wieder alle nach links, tranken Rotwein und Traubensaft. Hernach aßen die meisten von der Matze, dann vom Apfelkren, dann klemmten sie den

Maror zwischen zwei Matzestücke, und Boaz sagte dazu grinsend: »Korech, nach Rabbi Hillel.«
Die ganze Zeit wurde weiter geleiert, gesingsangt und gelegentlich »Amen« gesagt. Stefan bemerkte, dass Ernst Segal bisweilen etliche Seiten übersprang. Boaz beugte sich vor und sagte zu Stefan: »Wir nehmen es hier nicht so genau.« Die ältere Schmelczer verzog allerdings stets leicht den Mund, wenn sie überblättern musste. Schließlich tauchten die Gäste hartgekochte Eier, die sie vom Sederteller genommen hatten, ins Salzwasser, um sie nachher aufzuessen.
»Unsere Trauer wegen der Zerstörung des Tempels«, sagte Esthi Schmelczer laut.
»Und Gottes Wille, sein Volk zu erlösen«, setzte Ruthi Schmelczer fort.
»Nicht Wille! Wunsch!«, sagte Esthi.
»Gut, Wunsch«, sagte Ruthi.
Hernach entspannte sich für Stefan die ganze Sache, es wurden Speisen aufgetragen, vor allem Huhn, dazu Fleischbällchen und Gemüse, und alle langten zu.

20.

Die Stimmung im Presseclub Concordia, die Johann Wais bei dieser Pressekonferenz entgegenschlug, war deutlich frostiger als vor einem Monat. Nun musste die Frage der SA-Zugehörigkeit geklärt werden. Die Präsidentschaftswahl kommt schneller, als man papp sagen kann, dachte sich Walter Weber, der nun zum Chef des inneren Kabinetts von Johann Wais aufgestiegen war. Er war ein grobschlächtiger Mann in den Fünfzigern, dessen Credo der Pragmatismus in allen Lebenslagen war. Aus dem CV hervorgegan-

gen und kadergeschmiedet in Niederösterreich, war er der dortigen »Stahlhelmfraktion« zu liberal geworden, zu wenig auf die christlichen Werte des kontinuierlichen Machterhalts eingeschworen, wie sein zuständiger Landeshauptmann im kleinen Kreis sich geäußert hatte, sodass der ihn gern in den Beraterstab des Präsidentschaftskandidaten entließ. Hier legte Weber sich alsogleich mit Jungnickel an, indem er ihm die Schuld an der Patzerei mit der lückenreichen Waisautobiographie gab. Jungnickel wollte sofort die Tür ins Schloss werfen; er habe sich von dahergelaufenen Agrarbürokraten aus Böheimkirchen keine Vorwürfe anzuhören. Wais bat ihn zu bleiben und breitete hiebei weit seine Arme aus. Er werde mit Weber nicht allzu viel zu tun haben. Nun, wo die Ostküste sich womöglich in den Wahlkampf einzumischen drohte, könne er auf ihn, Jungnickel, und seine erstklassigen Kontakte ja auch gar nicht verzichten. Jungnickel willigte schließlich ein, verbat sich allerdings, direkt in die Auseinandersetzung um die angebliche SA-Zugehörigkeit eingebunden zu werden, sodass er bei der Pressekonferenz auch fehlte. Novacek hatte im Vorfeld in den Pausen, die ihm seine Magenattacken gewährten, unter den Kollegen um Verbündete geworben sowie neu hinzukommende Fragen aufbereitet und saß nun mit heruntergezogenen Mundwinkeln neben Wais. Das machte die Atmosphäre nicht freundlicher.
Klingler erhob sich, unterbrach die einleitenden Worte von Novacek:
»Wie kommt es, dass Sie, Herr Doktor Wais, der aus seiner nazifeindlichen Gesinnung auch damals angeblich keinen Hehl gemacht hatte, nachweislich Mitglied der SA gewesen sind?«
Wais hörte sich mit verbindlichem Lächeln diese Frage an, wartete einen Moment, nachdem Klingler geendet und

sich geräuschvoll niedergesetzt hatte, wandte sich kurz dem Novacek zu, überging dessen unmerkliches Nicken und breitete beide Arme aus.

»Schauen Sie«, sagte er ruhig, »ich hatte, als ich nach neunzehnachtunddreißig an der Konsularakademie studierte, ein paar Mal, vielleicht drei, vier Mal, an reiterlichen Sportveranstaltungen der Konsularakademie teilgenommen. Später, und das weiß heute jeder, wurden alle Reiterverbände in SA-Reiterstandarten übergeführt, also ihnen überstellt, eingegliedert, das war aber schon längere Zeit nachher. Ich bin da ja inzwischen schon eingerückt gewesen.«

Apolloner rief hinaus: »Also so gesehen waren Sie Mitglied. En bloc überführt?«

»Aber nein, aber nein, wo denken Sie hin? Die haben mich von der Konsularakademie dorthin gemeldet, das nehme ich an, mit einer Liste von den acht oder zehn Studenten, die an den Reitübungen und übrigens auch an drei oder vier Diskussionsveranstaltungen teilgenommen hatten, oder so. Dann ist ja gar nichts mehr geschehen, außer dass dort irgendwas eingetragen wurde, was ich aber nicht weiß.«

Apolloner, den sein Chef Klingler bremsen wollte, stand auf und las von einem Papier ab:

»Ihre Wehrstammkarte hatte Sie am vierzehnten Juni neunzehnneununddreißig als SA-Mitglied registriert. Eingezogen wurden Sie am achtundzwanzigsten August nach Kleinmachnow bei Berlin. Heißt das, dass Sie gleichsam rückwirkend, nachdem Sie eingerückt worden waren, zum SA-Mitglied gemacht wurden?«

»So muss es gewesen sein.«

Als bei den Presseleuten eine gewisse Heiterkeit laut wurde, hob Wais wiederum die Arme, umschloss gleichsam die Schmunzelei.

»Diese Kollegen, dieselben zwei, drei Leute, die mich zum Reiten eingeladen haben«, sagte er mit gegrätschtem Mund, »die wussten ja gar nicht, dass ich mit dem NS-Gedankengut gar nichts zu tun hatte, sie kannten auch nicht meine politische Vergangenheit. Ich hab mich natürlich gehütet zu erwähnen, dass die Gestapo meinen Vater eingesperrt hatte. Ich hab mir gedacht, na, das ist nicht schlecht, das ist eine harmlose Geschichte, da ein bissl mitreiten, und man kann in Ruhe fertigstudieren. Ich hab mich weder gemeldet noch sonst irgendwas gemacht, sicher nie einen freiwilligen Antrag an die SA gestellt.«
Wais machte eine Pause, schaute über die Leute drüber in eine Fernsehkamera.
»Ich kann es schwören. Ich hab nie einen Sturmführer der SA gesehen, nur Studenten, die das an der Akademie organisiert haben. Davon war keine Rede, wie ich da gefragt wurde, hat der nicht gesagt, das ist eine SA-Reiterstaffel, er hat nur gesagt, wir bilden eine Reitergruppe, willst du mitmachen?«
»Es gibt hier«, sagte Klingler, »ein Tagebuch des Verfahrens von neunzehnsechsundvierzig. Es stammt aus dem Justizministerium. Dieses Verfahren sollte doch damals feststellen, ob Sie politisch belastet waren. Dieses Tagebuch enthält einen Fragebogen vom zwölften April neunzehnvierzig, der persönlich auszufüllen und mit Eid zu beschwören war. Darin heißt es: NSDAP noch nicht möglich, da beim Militär. SA-Reitersturm fünf Querstrich neunzig, vierzehnter elfter neunzehnachtunddreißig. NS-Studentenbund, erster vierter neunzehnachtunddreißig. Weil Sie nun, Herr Doktor Wais, Gerichtsreferendar werden wollten, mussten Sie doch für den Fragebogen nachweisen, jedenfalls nicht regimefeindlich gewesen zu sein. Sie müssten ihn doch auch selber ausgefüllt haben.«

Wais sah Klingler fassungslos an:
»Wieso? Ich war ja nicht da. Ich war eben eingerückt, damals in Frankreich. Das ist eingetragen worden von Verwandten, mag sein von Freunden, das hats immer wieder gegeben, soviel ich weiß. Ich hab grundsätzlich gesagt: Herrschaften, diesen ganzen Papierkrieg führts ihr, ich bin nicht da. Erledigts das für mich! So erklär ich mir auch diese Eintragung. Und daher«, Wais stellte sich auf die Zehenspitzen, richtete seinen Blick wiederum auf jene Kamera, die in der letzten Reihe postiert war, »finde ich das einfach grotesk, dass man mich jetzt verantwortlich dafür macht, was von irgendwelchen Menschen damals eingetragen wurde, angegeben wurde aufgrund von Statistiken, die von der Akademie stammen, wo ich nichts anderes getan habe, als an Sportveranstaltungen, also Reitveranstaltungen teilzunehmen.«
Der ORF-Journalist Kleinbauer, der in der ersten Reihe saß, sagte seitlich zu Wais hinauf:
»Kann man das so formulieren: Sie sind Opfer eines bürokratischen Pallawatschs im NS-Regime geworden?«
Die Menge prustete los. Novacek erhob sich und sagte scharf: »Was gibts da zu lachen?« Und er setzte sich wieder.
»Es ist lachhaft«, sagte Wais schnell. »Das hats damals wiederholt gegeben, meine Damen und Herren. Sie brauchen doch nur mit meinen Alterskollegen zu sprechen. Ich krieg Tausende Anrufe und Zuschriften jetzt, die sagen: Um Gottes willen, uns ist es ganz genauso gegangen. Das ist damals in diesem etwas merkwürdigen System gang und gäbe gewesen, dass hier Eintragungen erfolgt sind, die nicht gestimmt haben. Und jetzt noch etwas: Glauben Sie denn wirklich, dass ein junger Mann wie ich, von neunzehn Jahren, am ersten April neunzehnachtunddreißig, also bereits vierzehn Tage nach dem Anschluss, hätte Mitglied sein

können bei diesem Studentenverband? Ausgeschlossen! Ich komme aus einer Familie, die verfolgt war. Also diese ganzen Dinge sind an den Haaren herbeigezogen infolge von Eintragungen, die unrichtig sind. Dieser erste April kann nur ein Aprilscherz gewesen sein.« Wais lachte.

»Sie sagen mit Recht«, fragte Klingler, »dass man eigentlich in solche Vereine schwer aufgenommen wurde, weil es damals einen Beleg für Verlässlichkeit dargestellt hatte, ihnen angehören zu dürfen. Wenn das aber so war, dann ist es verblüffend, dass Sie so einfach als Mitglied geführt wurden, obwohl Sie sich nie als Mitglied beworben haben. Das ist doch ein bisserl ein Widerspruch?«

»Den Widerspruch erklär ich mir dadurch, dass diese Burschen das alles doch oberflächlich gehandhabt haben. Sie haben nicht einmal in meiner Heimatstadt nachgefragt, denn dann wäre es aus gewesen, und die hätten mich keinen Tag länger akzeptiert.«

Es entstand eine Pause. Wais trank ein Glas Wasser und wartete auf weitere Fragen.

Nach einer Stunde war die Pressekonferenz zu Ende. Als Wais und Novacek im Auto saßen, sagte Novacek: »Ist doch glimpflich abgelaufen.«

Wais war blass im Gesicht. Er sah auf den Straßenverkehr hinaus und murmelte: »Ich weiß nicht, warum die sich so festbeißen. Das sind doch alles Kinkerlitzchen.«

»Sie wollen eben um jeden Preis die Wahlen gewinnen, das ist alles. Nachher ist Ruhe, glaub mir.«

»Wann nachher?«

»Wenn wir die Wahlen gewonnen haben.«

»Gewinnen wir sie?«

»Tausendpro«, sagte Novacek laut. »Das sind doch da draußen alles deine Landsleute.«

Johannes Tschonkovits war während der Pressekonferenz hinten in der letzten Reihe gesessen. Wohl hatte ihn Novacek gesehen, und das hatte dessen Magenkrämpfe nicht abgemildert, auch Johann Wais warf immer wieder einen kurzen Blick zu Tschonkovits, einen Blick, der sich am liebsten getarnt hätte. Im Verlauf der Veranstaltung breitete sich eine Heiterkeit im Inneren des Zauberers aus, sodass er Mühe hatte, diese nicht sichtbar werden zu lassen.

Nachmittags eilte er ins Büro, brachte all das Gehörte und seine Gedanken dazu zu Papier, denn er musste dem Chef nicht nur Bericht erstatten, sondern ihn wegen des Interviews heute Abend für die zweite Nachrichtensendung briefen. Als er bei Marits eintrat, stand der Kanzler beim Fenster und betrachtete die Wolken.

»Gute Nachrichten«, rief Tschonkovits. »Wais hat sich ziemlich blöd verhalten, sich bloß immer wieder aufs Unglaubwürdigste herausgeredet. Es war ein Fest.«

»Du strotzt ja vor guter Laune«, sagte Theodor Marits grämlich, ging hinter seinen Schreibtisch, setzte sich und wartete.

»Das Beste war, dass er geleugnet hat, je beim SA-Reitersturm gewesen zu sein. Ich sag dirs, nicht er war bei der SA, sondern bloß sein Pferd.«

Marits entkam ungewollt ein Meckerer. »Was heißt: sein Pferd? So ein Unsinn.«

»Hör zu.« Und Johannes schilderte dem Chef den Verlauf der Pressekonferenz plastisch, nicht ohne hie und da seine Kommentare hinzuzufügen. Wiederum vermehrten sich die Lachfalten im Gesicht des Kanzlers.

»Glaubst du«, unterbrach er mit einem Mal den Redeschwall von Tschonkovits, »sollte ich nicht einfach im Interview feststellen, ich würde zur Kenntnis nehmen, dass nicht Herr Johann Wais bei der SA war, wohl aber sein Pferd?«

»Wollte ich dir nachher vorschlagen. Das bringt eine kräftige, heitere Note in die Angelegenheit, das ist griffig und verheerend für ihn.«

»Die Wahlen gewinnen wir damit nicht«, sagte Marits. »Halb sieben hier?«

Johannes nickte und ging in sein Büro zurück. Bevor er das nachbereitende und das vorbereitende Dossier hinwarf, machte er noch einen kleinen Spaziergang auf dem Heldenplatz, setzte sich auf eine Bank und sah wiederum den Ärschen der Fiakerpferde hinterher.

21.

Der Auszug aus Ägypten ward vollbracht. Erschöpft und zufrieden saßen die Gäste vor den leer gegessenen Tellern, sprachen allesamt noch dem Dessert zu, welches Cilla Segal persönlich hereingebracht und zugeteilt hatte. Stefan konnte von dem süßen Zeug nicht genug bekommen, er aß sich bis ins Herz dieser Götterspeise, fragte zweimal nach dem Namen und vergaß ihn wieder. Ernst Segal beobachtete ihn von seinem Vorsitzplatz aus den Augenwinkeln, auch Dolores verfolgte entzückt mit ihren Blicken die Speisestücke, bis sie in Stefans Mund verschwunden waren. Als Stefan endlich den Teller von sich schob, erhob sich Segal, sagte: »Alsdann. Darf ich euch bitten?«, und alle erhoben sich, um mit ihren Gläsern in der Sitzlandschaft nebenan sich zu verteilen. Boaz und Sissy wanderten im Raum umher, die beiden Schwestern Schmelczer waren in einen kleinen tuschelnden Streit verwickelt. Cilla half dem Personal, den Esstisch abzuräumen. Ernst nahm sich eine Zigarre von einem Tischchen aus einem Holzkästchen heraus, biss die Spitze ab, zündete die Zigarre an und blies den Rauch in

Richtung seiner Gäste. Dolly ergriff Stefans Hand, führte sie rasch zu ihrem Oberschenkel und flüsterte ihm ins Ohr: »Hat es dir gefallen?«

Er nickte und drückte ihre Finger und sah durch den Zigarrenrauch hindurch auf die einander bezischenden Schmelczerschwestern.

»Darf ich Sie einen Moment stören?«, fragte Segal, der plötzlich neben den beiden stand und auf sie herunterblickte. »Darf ich dir Stefan einen Augenblick entführen?«

Stefan erhob sich, während Dolores nickte, und folgte ihrem Vater. Der führte Stefan in eine Art Comptoir, ging um den Schreibtisch herum, bot ihm den gegenüberliegenden Sessel an und setzte sich. Auch Stefan nahm Platz und fragte sich, was das nun werden solle.

»Alles, was Sie da sehen, das Haus, die Möbel, die Gäste«, hob Segal an, »ist ein Wunder. Ist ein Wunder.«

Er schwieg und schaute dem jungen Mann lange ins Gesicht. Stefan wollte eigentlich den Blick abwenden, doch er vermochte es nicht. So sah er gleichermaßen dem älteren Herrn auf die Pupillen, die, hinter den Brillengläsern vergrößert, von versprenkeltem Graugrün umgeben waren.

»Ich war vierzehn Jahre alt, als die Nazis die Sowjetunion überfielen und meine Heimatstadt Czernowitz unter die Verwaltung der rumänischen Faschisten kam. Wir wohnten in der Kobilanskastraße, meine Eltern führten eine Kunstdruckerei, ich ging aufs Gymnasium. Wir alle wurden als Juden ins Ghetto gesteckt und hernach nach Transnistrien verbracht. Ich habe als Einziger der Familie überlebt. Es gab dort nichts außer Dreck und verhungernde Leute, Leichen, Seuchen, Gestank. Transnistrien, das war die Hölle.«

Segal wich Stefans Blick aus, sah auf den Plafond.

»Es war eine Hölle unter den vielen, in die die europäischen Juden hineingeraten und in der sie verbrannt worden waren.«

Er holte Atem und wandte sich wieder seinem Gegenüber zu.

»Nach der Befreiung bin ich über Bukarest nach Wien. Es hat mir wer geholfen. Ich konnte maturieren, studieren und bin schließlich Gartenarchitekt geworden. Und das alles konnte ich mir aus den Sümpfen von Transnistrien schaffen.«

Segal hob den Blick und zog die Augenbrauen nach oben. Stefan stellte sich hinter diesen Augen eine Sumpflandschaft vor, in welcher verhungerte Menschen sich in Lumpen zwischen Ruinen bewegten oder auf einem Haufen zusammenlagen mit versteiften, in die Luft ragenden Armen, als wären sie beim Betteln gestorben. War das in dem Film übers Warschauer Ghetto, dachte er, der unlängst im Fernsehen lief, und ich habe gleich zu einem andern Sender gewechselt.

»Ich habe einen Film übers Warschauer Ghetto gesehen«, sagte Stefan mit lauter Stimme. Segal nickte.

»Tjaja, eine der Höllen. In Filmen sieht man aber nichts. Und man riecht nichts. Was machen Sie? Was wollen Sie werden? Darf ich das fragen?«

»Keine Ahnung.«

»Hm.« Ernst Segal schwieg und lächelte. Nach einer Weile stand er auf und legte die ausgegangene Zigarre auf den Aschenbecher.

»Ich danke Ihnen sehr, dass Sie unser Gast sind. Für alle Menschen ist die Befreiung aus der Sklaverei wichtig und nötig, deshalb feiern wir Pessach besonders gern. Sie sind hier immer willkommen.«

Sie gingen zu den anderen zurück. Dolores und ihre Mutter kamen ihnen entgegen. Segal nickte seiner Frau zu, sah auf seine Armbanduhr und schaltete den Fernseher ein, um die Nachrichten anzuschauen. Als der Bericht von der Pressekonferenz des Johann Wais kam, unterbrachen Segals Gäste die Gespräche und verfolgten die Sendung. Im Anschluss wurde Bundeskanzler Marits um eine Stellungnahme gebeten, und als er sagte: »Ich nehme zur Kenntnis, dass Doktor Wais nicht bei der SA war, sondern bloß sein Pferd«, brach die ganze Pessachgesellschaft mit Ausnahme von Stefan in ein heftiges Gelächter aus. Boaz Samueli konnte mit dem Lachen überhaupt nicht mehr aufhören. Nachdem Stefan sich bei den verbliebenen Gästen verabschiedet hatte, etwas steif und mit leichter Verbeugung, begleitete ihn Dolly noch ein Stück die Straße hinunter. Ecke Nedergasse und Gregor-Mendel-Straße umschlang sie ihn und küsste ihn lange. Schließlich lief sie zu ihrer Wohnung zurück, indes Stefan wie auf Daunendecken die Peter-Jordan-Straße hinunterging.

22.

Als sich Fraul und Rosinger wieder donnerstags beim Praterer trafen – Rosinger kam mit der Überfuhr und Fraul ging wie immer die Schüttelstraße stromabwärts –, stießen sie vor dem Eingang des Praterer aufeinander. Rosinger grinste.
»Das war ja wie ausgerechnet.«
»Was heißt ausgerechnet«, sagte Fraul und öffnete die Tür. »Zufall ist das, nichts als Zufall. Eintreten!« Und er wies Rosinger hinein. Kaum waren sie in der Wirtsstube, rief Fraul »Schach« zum Wirt hin, sodass das Schachkästchen von Vickerl auf den Tisch gelegt worden war, noch bevor die beiden Männer Platz genommen hatten. Vickerl ging zur Theke zurück und brachte die Speisekarte.

»Wollen Sie etwa vorher essen?«, fragte Fraul den Rosinger.
»Ah nein, später. Ein kleines Bier.«
»Dasselbe.«
Fraul schob das Kästchen zu Rosinger. Der öffnete es und leerte die Figuren so auf die Tischplatte, dass einer der schwarzen Türme zu Boden fiel. Beide bückten sich, und ihre Gesichter begegneten einander unter dem Tisch. Rosinger grinste wiederum, während Fraul den schwarzen Turm aufklaubte und zu den anderen Figuren tat.
»Schwarz oder Weiß?«, fragte Fraul.
»Wie Sie wollen.«
»Ich habe Sie gefragt, machen Sie keine Geschichten. Schwarz?«
»Ja, gut.«
Sie stellten die Figuren auf. Fraul griff zu Rosingers Seite hinüber und vertauschte dessen König und Dame. »Steht der König bei Ihrem Fressschach auf dem Platz der Dame?«
»Nein, ein Versehen.«
»Und die Dame auf dem Platz des Königs?«
»Niemals.«
»Dann fange ich jetzt an«, sagte Fraul grob und schob den Königsbauer auf e4.
Fraul begann aggressiv. Sofort riss er Läufer und beide Rösser heraus, versuchte sogar eine Schachmattattacke in vier Zügen, doch Rosinger erwies sich als umsichtiger und vorsichtiger Verteidiger, er war nicht der Anfänger, der auf diesen Trick hereinfiel. Mit dieser Dilettanteneröffnung verausgabte sich Fraul, denn er ließ zusätzlich seine Bauern anmarschieren, vernachlässigte die Deckung, sodass ihm nicht einmal mehr die Rochade möglich war. Nun räuberte er mit ständigem Figurenabtausch herum, spielte fahrig und ungeduldig, während Rosinger in aller Ruhe die jewei-

lige Situation überdachte. Es schien Rosinger mit Fortlauf zusehends peinlich zu werden, dass Fraul sich Blößen gab; ein Teil seiner Nachdenkerei bestand darin, sich zu überlegen, ob er diese Blößen ausnützen dürfe. Doch die Furcht, Fraul könnte das bemerken und böse werden, weil es ihn gedemütigt hätte, hielt ihn ab, und so ging die Partie für Fraul rasch verloren. Vor dem Matt nahm Fraul brummend den König vom Brett.

»Revanche!«

Auch mit Weiß spielte Rosinger vorsichtig, gruppierte seine Offiziere im eigenen Feld, rochierte in aller Ruhe und wartete auf Frauls Angriffslust. Fraul aber hatte erstaunt festgestellt, dass die Schachkenntnisse des Rosinger seine Erwartungen übertrafen. Man soll Altnazis nicht unterschätzen, dachte er sich und ärgerte sich sogleich über diesen Gedanken. Ich muss ihn aus der Reserve locken. Ich muss ihn zum Angriff zwingen. Er soll mir seinen wahren Charakter offenbaren, dieser Halawachl, er muss heraus aus seinem Fuchsbau. Fraul begann seine Figuren hin und her zu schieben, bestellte sich zwischendurch Sodawasser und betrachtete die Stirn von Wilhelm Rosinger, als könnte er hinter ihr die Umrisse eines Offensivplans entdecken. Rosinger aber hatte erkannt, dass die erste Partie ein Test gewesen war und es jetzt um das wirkliche Kräftemessen ging. Im Grunde ist er so vorsichtig wie ich, dachte er. Er will sich so wenig überraschen lassen wie ich. Aber jetzt hat er was übersehen. Den g-Bauern könnte ich gewinnen, wenn ich ihn zum Läufertausch zwinge. Ich entblöße zwar etwas die rechte Flanke, aber so schnell kann er mich dort nicht erwischen. Oder ists eine Falle, jawoll, ah ja, dann kommt er mit dem Turm hintennach, raffiniert. Rosinger begann seinerseits, die Figuren hin und her zu schieben und abzuwarten.

»Ziemlich langweilige Partie«, sagte Fraul, nachdem eine gute halbe Stunde vergangen war. »Ich werd hungrig.«
»Wir können unterbrechen.«
»Hängen?«
»Nein, bloß unterbrechen.«
»Vickerl, zwei Menü.«
Sie stellten das Brett in die Fensternische, Fraul holte sich den Kurier und war für eine Weile mit dem Gesicht darin verschwunden, während Rosinger aus dem Fenster sah. Er bemerkte, dass der Besitzer der Überfuhr, der sich Rabindranath nannte, obwohl er aus Floridsdorf stammte, die Schüttelstraße querte und vor dem Eingang des Wirtshauses verschwand. Er muss nun selber fahren, dachte Rosinger, weil ja der kleine Robert niemanden mehr übern Donaukanal bringen kann. Rabindranath kam ins Gasthaus und grüßte. Er hatte einen dunkelroten Turban auf dem Kopf und zeigte beim Gruß seine hellgelben Zähne. Rosinger zwinkerte, rieb sich etwas aus dem Auge und winkte dem Fährmann zu. Zurückgedreht, schaute er auf die Überschriften des Kurier, die ihm Fraul beim Lesen und Umblättern jeweils unwillkürlich entgegenhielt. Schließlich stand Fraul auf, legte die Zeitung auf den Nebentisch, blieb einen Moment stehen und ging auf die Toilette. Während er vor der Pissmuschel stand, hörte er aus einer der beiden Kabinen Kotzgeräusche. Sie haben Cyrankiewicz wieder in der Mangel gehabt, dachte er. Sein Harnstrahl begann zu stottern, es wurde ihm heiß, er ließ sein Glied los und stützte sich mit beiden Händen an der verfliesten Wand vor ihm ab. Die Kabinentür wurde geöffnet, und ein Mann mit Turban trat heraus, warf einen Blick auf Fraul.
»Ist Ihnen schlecht?«
»Nein«, antwortete Fraul, bedeckte sich mit der linken Hand, kam zum Ende und packte ein.

»Aber mir, großer Gott«, lächelte Rabindranath. Er wusch sich die Hände und betrachtete durch den Spiegel Fraul, der hinter ihm stand und wartete.
»Ich bin der Rabindranath, der Chef vom kleinen Robert.«
Fraul nickte. Der Mann ging hinaus, und Fraul hielt seine Finger kurz ins rinnende Wasser. Exchef, dachte er. Als er zum Tisch zurückkam, stand das Essen da und dampfte. Rosinger saß vor seinem Teller und hatte die Arme vor der Brust verschränkt.
»Sie hätten längst anfangen können, Rosinger. Immer diese Umstände.«
»Ich wollte halt nicht allein –. Entschuldigen Sie.«
»Essen wir.«
»Mahlzeit, Herr Fraul.«
»Jawohl. Der österreichische Beamtengruß.«
»Wie?«
»Mahlzeit.«

Nach dem Essen nahmen sie die Schachpartie wieder auf. Rabindranath stand an der Theke und trank ein Achtel Rot, bevor er wieder zur Überfuhr hinunterging, wo schon einige verärgert warteten.
Das Spiel endete remis. Die beiden sahen sich an. Dann lachten sie, standen auf und zahlten. Rosinger wartete auf die Überfuhr, Fraul ging stromaufwärts, wusste aber nicht, was er die nächste Stunde tun sollte. Schließlich drehte er um, ging am Praterer vorüber und weiter und über die Stadionbrücke und Schlachthausgasse zum Einundsiebziger. Als Rosinger daheim angekommen war und sich an seinem Fensterplatz niederließ, fiel ihm eine Überschrift aus dem Kurier ein:
»Sein Pferd war bei der SA.«

Was soll denn das heißen, dachte er, und Unruhe stieg in ihm hoch.

23.

Die Wirkung der Pressekonferenz und das angeschlossene Interview mit Marits rissen die Initiatoren des Club Diderot aus ihrer Gemächlichkeit. Sie waren nach der Gründung im Grünen Anker vor sich hin getrabt und hatten sich im guten alten Antifaschismus geübt. Apolloner hatte es von Anfang an gestört, schon bei der Konstituierung wies er auf die Angejahrtheit des Antifabegriffs hin und wollte, dass »wir nicht nur Anderes Österreich heißen, sondern auch etwas dazu tun«. Unterstützt wurde er lediglich von Boaz Samueli, der sich anfangs nur als Vertreter der jüdischen Hochschüler im Club sah, schnell aber beschloss, aus diesem Ghetto herauszugehen und sich restlos beim »Anderen Österreich« zu engagieren. Die übrigen Gründungsmitglieder, teils trotz ihrer Jugend bereits alte Schlachtrösser aus der linken Sozialdemokratie oder ernüchterte Maoisten und Trotzkisten, erweckten sowohl bei Apolloner als auch bei Samueli den Eindruck, als könnten sie vom bloßen Politisieren nicht lassen. Sie legten eine unübersehbare Skepsis an den Tag, was spezifische Tathandlungen betraf. Nach dem Motto »Es ist alles schon da gewesen« hörten sie sich amüsiert die Pläne des Apolloner an, um sie als aktionistisch oder nicht zielführend abzuurteilen. Sie wollten eher immer wieder die Lage diskutieren, konkrete Analysen erstellen, anhand deren sich alles Weitere wie von selbst ergeben sollte. Bloß der Sohn des früheren Kanzlers, der seinerseits nun krank und grantig auf Mallorca saß, sympathisierte mit Apolloner und Samueli; auch er war solcher Redensarten

müde, die sich stets einstellten, wenn »durch Aktionen die Lage sinnlich manifest gemacht werden sollte, damit in die Anschauung dringt, woran es krankt«.
So saßen sie alle im Grünen Anker und redeten sich die Köpfe heiß über die Unverschämtheit, mit der Johann Wais seine Vergangenheit beschwieg oder behübschte.
»Ich denke«, sagte Samueli, »jetzt kommt durch diesen Menschen der Nationalcharakter der Österreicher heraus. Das ist der Herr Karl, vor dem uns Qualtinger schon in den Sechzigern gewarnt hatte.« Apolloner fuhr fort:
»Niemals haben wir uns je mit der Nazizeit auseinandergesetzt, keiner hat hier die Frage: Vati, was hast du eigentlich im Krieg gemacht? gestellt, alle haben wir uns hinter der Opferthese, die übrigens dein Vater richtig salonfähig gemacht hat, versteckt«, und er sah zum Sohn des alten Kanzlers hinüber.
Judith Zischka schaute abwechselnd Boaz und Roman bei ihren Tiraden zu und fand es übertrieben, wie die beiden vor sich hin glühten und alle anderen anstecken wollten, bis sie an sich selbst bemerkte, dass sie ständig zustimmend mit dem Kopf nickte.
»Man müsste«, sagte Boaz Samueli am Ende der Debatte, »aus diesem Satz, den Marits herausgeblasen hat, etwas machen.«
»Der war sicher nicht von Marits«, sagte Apolloner, »den muss ihm vorher wer aufgeschrieben haben.«
»Egal«, entschied Samueli. »Wir müssten diesen Pferdsatz auf Flugblätter schreiben. Der Falter und auch das Signal sollten ihn als Motto in jeder Ausgabe platzieren. Er sollte zum Kulturerbe des Anderen Österreich werden und dem bis dato gebräuchlichen Motto entgegengesetzt werden.«
»Welches da lautet?«, fragte Judith spöttisch.

»Glücklich ist, wer vergisst«, antwortete Samueli. »Übrigens, eh ichs vergesse: Ich glaub, wir haben ein Lokal gefunden in der Hohenstaufengasse.«
Während er die Beschaffenheit dieser Immobilie erläuterte, war Johannes Tschonkovits eingetreten. Judith sah ihn und zupfte Roman am Jackett.
»Schau«, murmelte sie, »ein Spiönchen direkt von der Regierung. So wichtig seid ihr.«
»Ihr? Du nicht?«, zischte Roman sie an, stand auf und ging Johannes entgegen. Bevor er noch den Mund aufmachen konnte, lachte Tschonkovits ihm ins Gesicht.
»Ein Geheimklub? Ich hab gedacht, da darf ein jeder her.«
»Jeder, außer solchen, die unsere Beschlüsse, bevor wir sie selbst noch begriffen haben, bereits dem Bundeskanzler und der Stapo mitteilen.«
»Ja klar, Stapo. Schau ich so aus? Außerdem, wenn ich jede Blähung unserer demokratischen Gegenöffentlichkeit dem Theo mitteilen tät, wär er gar nicht handlungsfähig. Dem ist jetzt schon alles zu überfrachtet. Aber du wirst verstehen –«
Tschonkovits unterbrach sich und sah zum Tisch hinüber, wo die Teilnehmer der Sitzung auf ihn starrten.
»Okay«, sagte er. »Ich geh wieder. Ich ruf dich an.« Er drehte sich am Absatz herum, vollführte eine leicht geknickste Pirouette und verließ das Lokal.
»Bitte nicht«, rief ihm Apolloner in den Rücken und kam zurück zum Tisch.
Einer, den Apolloner zur Fraktion der hilflosen Antifaschisten zählte, der altbekannte Franz Reisner, früher einmal Chef des Verbandes Sozialistischer Studenten, erhob sich.
»Keine Sektierereien«, sagte er laut. »Marits braucht uns doch jetzt, wenn die Sozialdemokraten unseren, äh, ihren

Kandidaten durchbringen wollen. Wir dürfen uns jetzt nicht abkapseln.«
»Recht hast du«, sagte Samueli mit geflöteten Lippen. »Der Pferdsatz ist schließlich von Marits ausgesprochen, er hat also durch sein Copyright Mitspracherecht, oder?«
»Eben«, sagte Reisner. »Oder war das jetzt einer deiner Witze?«
Nach Stunden schlossen sie die Sitzung und brachen auf. Allesamt gingen sie ihrer Wege. Sie spürten, dass etwas in der Luft lag im Staate Österreich.

24.

Am dreißigsten April neunzehnsechsundachtzig kurz nach Mittag sah Roman Apolloner, als er am Gang der Redaktion eine Zigarette zum Fenster hinausrauchte, eine aufgeregte Frau im Zimmer des Hauptaufdeckers Peter Münsterer verschwinden. Aha, dachte er und blickte auf die Tür des Stellvertretenden Chefredakteurs, was hat die Patzelter beim Münsterer verloren? Apolloner schloss das Gangfenster, lächelte sich selbst zu, ging zurück zu seinem Schreibtisch und rief nach kurzem Zögern Tschonkovits an.
»Ah, Apolloner. So schnell kanns gehen. Fass dich kurz. Bin am Sprung zum Chef.«
»Ich muss dir gar nichts erzählen. Machs gut.« Apolloner legte auf, ging hinüber zum Aufzug, fuhr in den Keller und betrat das Archiv. Er suchte die Ordner über die SPÖ im Burgenland. Der jüngste fehlte, er sah die Listen durch, konnte nichts finden. Als er wieder aus dem Aufzug stieg, hörte er es in seinem Büro klingeln.
»Sei kein Frosch, Roman«, sagte Johannes Tschonkovits »was willst du mir erzählen?«

»Hildegard Patzelter sitzt beim Münsterer. Das ist doch eure Karrierefrau im Burgenland. Hat die nicht Brösel bekommen mit euren Machos dort und sich sogar mit deinem Chef angelegt?« Apolloner machte eine Pause. »Und der jüngste Ordner übers Burgenland ist auch beim Münsterer.«
»Was kann der enthalten?«
»Keine Ahnung.« Tschonkovits lachte auf.
»Du bist ein Witzbold«, sagte er dann. »Der Chef wird mir auftragen, sofort herauszukriegen, was die Patzelter bei euch will. Der kann schon lang nicht mehr mit ihr. Er will sie loswerden. Wie kannst du denn erfahren, was diese Furie vorhat?«
»Das ist meine Sache. Aber wieso interessiert sich der Marits dafür? Hat der was am Stecken?«
»Gar nix«, antwortete Tschonkovits rasch. »Aber mir dämmert was. Ich ruf dich später noch mal an.«
»Nein, ich dich.« Apolloner legte auf, ging hinüber und betrachtete die geschlossene Tür vom Münsterer, sah sich das linke Ohr drauflegen und dass Judith ihn dabei erwischte, er klopfte an.
»Moment«, rief es von drinnen, und Peter Münsterer öffnete nach einigen Augenblicken die Tür einen Spalt. »Was gibts?«
Apolloner versuchte, über Münsterers Kopf ins Zimmer zu blicken, doch Münsterer flüsterte ihm zu: »Hab keine Zeit. Die Patzelter.«
»Ich habs gesehen.«
»Pscht.« Und Münsterer machte die Tür zu.

Tschonkovits stand beim Fenster, schaute auf den sonnigen Heldenplatz. Marits war in sein Büro gekommen, tippte ihm auf die Schulter, sodass Tschonkovits zusammenfuhr und sich umdrehte.

»Entschuldige die Störung«, sagte der Kanzler und lächelte säuerlich.
»Ich frage mich, was die Patzelter in der Redaktion des Signal will«, sagte Tschonkovits.
»Was? Die Hildegard sitzt beim Klingler?«
»Schlimmer. Beim Münsterer. Ich ahne da etwas.«
»Heraus damit!« Marits begann im Büro von Johannes hin und her zu gehen. Tschonkovits setzte sich hinter seinen Schreibtisch und folgte mit den Augen seinem immer aufgeregter werdenden Chef.
»Du hattest«, sagte Marits, »irgendwas erwähnt im Zusammenhang damit, dass ich dir untersagt habe, den Jüdischen Weltkongress einzuschalten, weißt du das noch?«
»Ich hab gesagt, dass du eh schon damals in Eisenstadt in der Vorstandssitzung nach der Nominierung von Wais gesagt hast, wir werden die braune Vergangenheit, sofern es nur einen Zipfel davon gibt, aufdecken.«
»Aber damals war doch noch gar nichts bekannt.«
»Ich hab dir von Gerüchten erzählt, die unter jüngeren Historikern im Schwange waren wegen der Lücken in seinem Selbstsalbungsbuch.«
»Gerüchte! Aufgrund von Gerüchten habe ich damals in der Parteivorstandssitzung so geredet?«
»Das hast du. Und die Hildegard war damals zugegen.«
»Alle waren zugegen, alle. Deswegen sitzt sie jetzt beim Münsterer?«
»Kann sein oder auch nicht.«
»Was könnte sie sonst bei ihm wollen?«
»Nichts«, sagte Tschonkovits und stand auf. »Sie verzündet dich. Ich spürs.«
»Oje«, sagte der Bundeskanzler und schaute auf den Fußboden. »Komm rüber.«
»Der Apolloner wird gleich –«

»Das muss warten.«
Marits ging still hinaus, Johannes folgte ihm.
In seinem Büro setzte Marits sich hinter seinen Schreibtisch und bedeckte sein Gesicht mit beiden Händen. Tschonkovits stand vor dem Schreibtisch und schwieg. Schließlich sagte er:
»Wenn die Genossin Hildegard Patzelter behauptet, du hättest gesagt, dass du die braune Vergangenheit von Doktor Wais zum Thema des Wahlkampfes machen wirst, dann antwortest du, das kannst du gar nicht gesagt haben, denn niemand wusste damals etwas davon. Und zwölf ebenfalls Anwesende jener Sitzung werden das bestätigen. Was bleibt dann von ihrer Denunziation übrig? Ein Parteiausschluss!«
»Aber geh!«
»Oder die Reihung an einen unwählbaren Platz. Bussi, Bussi für unsere süße Karrierehilde. Nun?«
»Unerquicklich ist das«, sagte Marits mit belegter Stimme. »Warum hab ich das denn damals gesagt?«
»Erstens hast du es niemals gesagt, und zweitens bist du doch der Antifaschist unter unseren Burgenländern. Gestatte, dass ich in mein Büro zurückgehe?«
»Jaja. Stecken die Schwarzen dahinter?«
»Vielleicht noch nicht«, sagte Tschonkovits und grinste. »Aber wenn das Signal mit der Sache herauskommt, dann stecken sie dahinter. Ich werd wohl dem Novacek auf den Zahn fühlen.«
»Oje. Ojegerl«, wiederholte Marits, »verdammt.«
»Das kriegen wir hin, Theo.«
Und Johannes verließ den Kanzler. In seinem Zimmer stellte er sich wiederum ans Fenster. So eine Scheiße, dachte er.

25.

Felix Dauendin stand vor seinem Kleiderkasten, die Türen offen, er rieb sich das Kinn, besah sich im kleinen Spiegel, der an der linken Kastentür innen angebracht war, seinen mürrischen Gesichtsausdruck, der sich dabei verstärkte, und fuhr mit den Fingern unter die herunterhängenden Krawatten, zog eine hellviolette heraus und hängte sie sich über die Schulter. Im Hintergrund hörte er Astrid vor sich hin singen und mit etwas klappern. Unter dem Gips begann wieder einmal die Haut zu jucken, er holte ein weißes Hemd aus dem Kasten, eine Unterhose, bückte sich nach der umgefallenen Krücke und ging aus dem Schrankzimmer heraus, vorbei an der Küche, in der Astrid vor sich hin trällerte. Sie unterbrach das Singen, als sie ihn vorbeihumpeln sah, kam zu ihm.

»Ich brauche gar nichts«, murmelte er zu ihr hin, humpelte weiter, um sich in seinem Schlafzimmer anzukleiden. Das Telefon läutete, Astrid ging hin, und er hörte, wie sie sich bedankte. Sie erschien, als er, auf dem Bett sitzend, mit dem heilen Bein in den entsprechenden Teil seiner Hose fuhr. Ungefragt hockte Astrid sich vor Dauendin hin und lotste sein Gipsbein durchs rechte Hosenbein.

»Na ja, danke«, sagte Dauendin, erhob sich, um sogleich wieder auf die Bettkante zu sinken. »Wer war das?«

»Wir sind komplett«, sagte Astrid. »Eben hat auch noch der Bonker zugesagt, obwohl ihm nicht so wohl ist.«

»Kann ruhig irgendwo bleiben«, sagte Felix und zog sich im Sitzen unter ruckartigen, verrenkenden Armbewegungen das Hemd an.

»Es ist ja ohnehin wie immer«, sagte Astrid und schaute, sich erhebend, zum Fenster. »Immer wünschst du dir sehnlichst ein Geburtstagsfest. Jedes Mal bist du sauer, wenn es steigt.«

»Nie wünsche ich mir das. Freu mich immer, liebste Astrid, wenn du es ausrichtest. Aber im Oswald & Kalb?«
»Du wolltest es dort. Vergessen?«
»Ja, aber als kleines Festchen.«
»Dein Fünfziger als kleines Fest. Na sicher.«
»Fünfzig. Ich merks, und wie!«
»Dass der Bruch nicht und nicht verheilt und du jetzt den dritten –«
»Den vierten.«
»Also den vierten Gips tragen musst, liegt, wie Doktor Weinberger dir hundertmal gesagt hat, an der Art des Bruchs und nicht an deinem Alter.«
»Ist aber nicht wahr.« Dauendin band einen viel zu großen Krawattenknoten, riss ihn wieder auf und biss sich auf die Lippen.
»Glänzend gelaunt, oder wie seh ich das! Willst du unbedingt zum blauen Anzug diese hässliche Krawatte nehmen?« Dauendin erhob sich wiederum und ging hinaus. Astrid folgte ihm, überholte ihn im Vorzimmer, ging vor ihm zum Kasten und bot ihm die schrägschraffierte blassgelbe Krawatte an. »Die nimm!« Als die beiden zurück im Schlafzimmer waren, bat Felix sie, ihm die Namen der Geburtstagsgäste aufzusagen. Sie ging die Liste holen und las sie ihm vor.
»Wer ist Apolloner?«
»Gehört zur Zischka.«
»Überraschungsgäste?«
»Sind ne Überraschung.« Und lachend ging sie mit schwingenden Hüften aus dem Zimmer. Während Dauendins Blick auf ihrem Gesäß weilte, fiel ihm noch etwas ein.
»Kommt der Fraul?« Astrid drehte sich um, ging auf ihn zu, umfasste seinen Hals.
»Eingeladen habe ich ihn natürlich. Es kommt doch die

ganze Burg. Aber er wird nicht antanzen.« Und sie drückte ihm einen Kuss auf die Schläfe.
»So schlecht gehts dem? Na ja, hat er sich selbst zuzuschreiben.«
Astrid von Gehlen schwieg dazu und ging wieder in die Küche. Dauendin zog das Sakko an, stellte sich im Vorraum vor den mannshohen Spiegel. Aus der Küche hörte er das Knipsen eines Feuerzeugs. Mit dem Singen hatte Astrid aufgehört.

Drei Frauen erschienen anderthalb Stunden vor Beginn des Festes vor der Tür vom Oswald & Kalb und klopften sich die Fingerknöchel rot. Der Kellner Wanja kam gemütlich die Bäckerstraße herauf, lachte und sperrte ihnen auf. Sofort hängte er das Schild GESCHLOSSENE GESELLSCHAFT an die Tür. Die Frauen schleppten Taschen und Körbe ins Lokal und begannen mit den Vorbereitungen. Nach dreißig Minuten erschien Rüdiger Scherfele, ging von Tisch zu Tisch und stellte Namenskarten auf. Noch bevor die Schauspieler, welche Scherfele gebeten hatte, etwas früher zu kommen, allmählich eintrudelten, war Judith Zischka da und ihr zur Seite Karl-Heinz Bonker, dessen Schädel noch röter schimmerte als sonst. Er machte einen müden und etwas weggetretenen Eindruck, wollte sich die Feierlichkeit aber nicht entgehen lassen. Judith setzte ihn vorerst im Thekenraum an den Dreiertisch.
»Weeeß och nicht, wat mit mir los ist«, brummte er zu sich selbst. Inzwischen eilte mit Bane der zweite Ober von der Straße herein und mit ihm Kurt Kalb. Während Wanja an der Espressomaschine hantierte, wollte sich Bane zum Umziehen zurückziehen, da orderte Bonker bei ihm »nen doppelten Gin, und zwar sofort«. Wanja hielt inne, lächelte und brachte das Getränk, welches Bonker aussoff, indem er mit

dem Gläschen an den Lippen heftig den Kopf in den Nacken warf. Zischka, die einige Sätze mit dem Dramaturgen gewechselt hatte, setzte sich nun zu Bonker und begann ihn in ein Gespräch über den Jubilar zu verwickeln. Bonker kam auf Tour, und er erzählte Judith zwar wenig über Dauendin und seine Düsseldorfer Jahre mit ihm, aber sehr viel über die verschiedenen Arten, wie er selbst an den ersten europäischen Bühnen gefeiert worden war, von wem und von dem und diesem und in welchen, sprich in allen Rollen. Dabei äugte er zu den beiden Kellnern hinüber, die inzwischen hinter der Theke standen, hob gelegentlich seine Stimme, damit jenen kein Wort entging. Judith rauchte dazu eine Zigarette nach der andern. Hinten beim Stammtisch saß Kurt Kalb mit Scherfele; der Dramaturg sprach auf Kalb ein, der von Zeit zu Zeit nickte und seinen Doppelmokka trank.

Schließlich waren alle Schauspieler da, Scherfele dirigierte sie in den Mittelraum, wollte mit seinen Anweisungen beginnen, doch Gruber unterbrach ihn und machte darauf aufmerksam, dass Fraul fehlte und Bonker draußen bei der Schank saß. Scherfele ging Bonker holen, antwortete über die Schulter, dass Fraul nicht eingeladen sei. Da stand Karl Fraul vor ihm und sagte: »Ach ja?« Bonker lachte, erhob sich, nahm den Fraul um die Schulter, ging an Scherfele vorbei zu den übrigen Schauspielern, die um den Mitteltisch saßen und den beiden heiter entgegenblickten.

»Der Überraschungsgast für Felix«, sagte Dünster und grinste. Fraul schaute ihn an und setzte sich neben Katharina Dronte, welche die Verspätung ihres Vaters entschuldigte.

Scherfele klatschte in die Hände und begann mit den Instruktionen.

Kurz nach halb acht sperrte Bane die Tür zu. Sofort klopfte es, und Direktor Dietger Schönn erschien, hinter ihm Astrid und der Jubilar. Die drei begannen im Innern des Lokals die Tische abzuschreiten, die Gäste erhoben sich und begannen zu klatschen. Fraul ließ ein halblautes »Yuppije« erklingen, als Astrid an ihm vorbeiging. Sie blickte ihn erstaunt an, aus seinen Augenwinkeln kam aber ein vom raschen Zwinkern unterbrochenes Blitzen. Felix Dauendin neigte den Kopf nach allen Richtungen, es hatte sich in seinem Gesicht ein wohlwollendes Lächeln festgeklebt, das sich bei längerer Betrachtung in ein hilfloses verwandelte. Karl-Heinz Bonker riss sich von seinem Stuhl hoch:
»Donnerwetter, Felix, angejahrter Jungspund, prächtiger, hochhochhoch.«
Dauendin bog zu ihm ab und umarmte ihn, die Krücke fiel zu Boden, Judith Zischka und Apolloner bückten sich gleichzeitig nach ihr. Roman wartete ab, bis die beiden Schauspieler sich genügend Schultern und Rücken abgeklopft hatten, und reichte Dauendin die Krücke. Der ging endlich zu seinem vorgesehenen Platz, und die Veranstaltung nahm ihren Anfang. Nach einigen Reden, Sketches und einem kleinen Filmchen, einem Zusammenschnitt der Rollen aus den letzten zwei Jahrzehnten, wurde das Geburtstagsmenü aufgetragen. Immer wieder erschienen neue Gäste, darunter Bürgermeister Purr, seine Kulturstadträtin Ebner, das Ehepaar Krieglach, Tschonkovits, der den Geburtstagsgruß vom Kanzler verlas, nachdem er fast eine Minute lang den Teelöffel gegen sein Weinglas geklopft hatte, denn die Stimmung war schon recht ausgelassen. Nach einer Stunde erschien Wanja, baute sich auf und sagte in die allmählich ruhig gewordene Menge: »Ein Überraschungsgast.« Hinter seinem Rücken erschien Raimund Muthesius, stand unbewegt und mit mokantem Lä-

cheln da und guckte zum Jubilar. Dauendin stand auf, ergriff die Krücke und ging dabei etwas tänzelnd auf den Dichter zu. Muthesius verneigte sich tief vor Dauendin, Dauendin verneigte sich noch tiefer vor Muthesius, die Menge lachte, und Bonker rief:

»Na, das is'n Ding.«

Indes Dauendin Wanja die Krücke in die Hand drückte und Muthesius umarmte, kippte Bonker seitlich auf die Schulter von Judith Zischka, rutschte von dort ab und fiel vom Sessel. Apolloner beugte sich hinunter, Judith kniete sich nieder.

»Haben Sie sich verletzt?«

Das Geräusch, das der Sturz Bonkers erzeugte, ließ die Gesellschaft verstummen, sodass man ein leises Geröchel vernahm. Bonkers Augen waren geöffnet, aber die Pupillen nach oben gewandert. Judith konnte keinen Blick in seinen Augen finden.

»Einen Arzt, die Rettung«, rief sie.

Wanja drehte sich um und lief zum Telefon. Tschonkovits eilte herbei und begann einige Sessel zur Seite zu räumen. Gemeinsam mit Apolloner legten sie Bonker in die Seitenlage. Muthesius sagte zu Dauendin, ohne dass ihm bewusst wurde, dass er es in eine gewisse Stille hineinsprach:

»Felix, das Geräusch, also das war ein Geräusch, als ob jemand einen Sack von einem Lkw auf den Gehsteig schmeißt.«

Wanja kam zurück: »Die Rettung kommt.«

Judith sah Bonker wiederum ins Gesicht, das verzerrt und unbeweglich war. Sie konnte sehen, wie das Rot aus dem Antlitz wich. Sie tastete nach der Halsschlagader, nach der Schläfe, schaute Roman an. Der nickte, drehte sich um und sagte halblaut:

»Ich glaube, er braucht keinen Arzt mehr.«

»Was soll denn das«, sagte Bürgermeister Purr. »Hedwig, sieh nach, was los ist.«
Herbert Krieglach erhob sich und ging zu der Gruppe, die den toten Bonker umstand. Er hockerlte sich nieder und betrachtete aufmerksam Bonkers blasses Gesicht. Mit einer schnellen Bewegung wischte er darüber hin und schloss auf diese Art Karl-Heinz Bonkers Augen.
Fraul hatte das Lokal verlassen. Draußen fuhr ihm der Wind ins Gesicht, der sich von Minute zu Minute verstärkte. Ecke Rotenturmstraße und Kai betrat er eine Telefonzelle und rief seine Mutter an. Da Edmund daheim war, wollte Karl nicht kommen, sodass Rosa aufstand, sich fertig machte, um den Sohn im Café Diglas zu treffen.

26.

Im Café Diglas war eine gedämpfte Stimmung, als hätten sich die Ereignisse im Oswald & Kalb mittels winziger Wellen bis zum Diglas fortgepflanzt und erzeugten dort nun eine sowohl verdatterte als auch feierliche Ruhe. Karl Fraul setzte sich zu einem Fensterplatz und schaute auf die Strobelgasse hinaus, bis ihn der Ober um seine Bestellung bat. Er verlangte ein Viertel Rot, rief den wegeilenden Ober aber zurück, um sich stattdessen mit einem Tomatenjuice zu begnügen. Der Zeichner Georg Gelernter bemerkte Fraul durchs Fenster, er machte ihm eine Geste und kam um die Ecke herein und direkt an den Tisch von Fraul.
»Im Kalb haben sie eine geschlossene Gesellschaft, weißt du davon?«
Fraul, der nichts dagegen unternehmen konnte, dass sich Gelernter zu ihm setzte, wollte antworten, da sprach der

Zeichner bereits mit seiner rostig-schleifenden Stimme weiter. »Ich bin jedenfalls dazu nicht eingeladen worden.«
»Dauendin feiert Geburtstag. Den kennst du doch eh nicht.«
Gleich würde Gelernter den Verdacht äußern, es handle sich um puren Antisemitismus, weil man ihn, der Stammgast im Kalb sei, nicht auf die Gästeliste gesetzt habe. Stattdessen schaute er dem Fraul aufmerksam ins Gesicht. »Was ist denn dir über die Leber gelaufen?«
»Einer der Schauspieler ist gestorben, ich bin gegangen.«
»Was du nicht sagst«, erwiderte Gelernter, griff sich dabei kurz an die Brust. »Schöner Tod, direkt von der Mokkatasse weg. Und im Umkreis guter Freunde.«
Gleich wird, dachte Fraul missmutig, die Nervensäge anfangen, von den jüdischen Toden zu reden, die sich nicht so gemütlich und wohlgerundet ereignet hatten. Gelernter musste als Achtjähriger einst mit seinem Vater das Land verlassen. Es verschlug ihn nach Mexiko, wo er, nachdem sein Vater aus Gram wegen des Selbstmords von Georgs Mama in der Reichspogromnacht, verstorben war, bei hartherzigen und sehr sparsamen Verwandten aufwuchs. Ihm blieb, da damals niemand mit ihm mehr als das Nötigste sprach, nichts übrig, als sich die Zeit mit Zeichnen zu vertreiben. Mit wenigen dürren Strichen kennzeichnete er Personen zutreffendst. Mit seiner Fähigkeit, seine Umgebung mit wenigen Sätzen in das Universum seiner üppig ausgebildeten Paranoia einzuschließen, machte sich Gelernter nicht sonderlich beliebt, man wich ihm aus. Früher hatte er sich des jungen Fraul angenommen, wollte diesen vor allem in die Jüdischkeit einführen und warf ihm immer wieder vor, dass er seine Herkunft zu verleugnen trachte, obgleich seine tapfere Mutter Auschwitz überlebt hatte. Anfangs hatte sich Fraul davon auch beeindrucken lassen

und eine Zeit lang trug er sogar einen Davidstern um den Hals. Als er nach Graz engagiert worden und somit auch aus dem Dunstkreis von Gelernter geraten war, hatte er aufgehört, sich weiter mit seinem Judentum zu beschäftigen. Er tat es als albernes Herkunftsgehüpfe ab.

Gelernter begann nun, nachdem er den Mantel neben sich auf den Sessel gelegt hatte, über den Präsidentschaftskandidaten Johann Wais herzuziehen. Er fragte Fraul, was er als guter Judenjunge dagegen zu unternehmen gedächte. Denn die Nazis begännen sich nun in Österreich wieder festzusetzen. Karl setzte auf eine abschnurrende Art und Weise den Zeichner in Kenntnis, dass sich Künstler und Intellektuelle ohnedies zu organisieren begännen, dass er aber lieber beiseitestünde. Frauls Blick blieb hiebei auf die Eingangstür gerichtet.

»Da ist meine Mutter«, sagte er und deutete auf die eintretende Rosa. Gelernter stand auf, verneigte und verabschiedete sich. »Wir sprechen uns noch«, rief er.

»Wer war das gleich?«, fragte Rosa.

»Egal.« Fraul küsste seine Mutter auf die Wange, sie ließ sich nieder, er trug ihren Mantel zum Kleiderständer. Beim Zurückkommen sah er sie etwas in sich versunken dort sitzen. Karl stiegen ein paar Tränen in die Augen, sodass er mit einer vagen Geste an ihr vorbei zur Toilette hastete. Er besah sich im Spiegel, riss sich ein Papierhandtuch herunter. Als er sich anschickte, sich kräftig zu schnäuzen, hörte er die Klospülung, und Gelernter kam aus der Kabine. Er sah Fraul ins Gesicht und ging wortlos hinaus. Karl bemerkte ein kleines Lächeln, das sich dem Zeichner hiebei ins Antlitz gemalt hatte. Er schüttete sich einige Handvoll kaltes Wasser ins Gesicht, beruhigte sich und kehrte zu seinem Tisch zurück.

Edmund Fraul hörte dem Geräusch hinterher, das die zugeschnappte Wohnungstür hinterlassen hatte. Er lehnte sich zurück und richtete seine Augen wiederum auf den Fernseher. Eine Menschenmenge war zu sehen. Vor den Leuten stand ein bekannter ORF-Reporter und sprach in die Kamera, währenddessen die Umstehenden hineingrinsten, hineinwinkten, und einer von ihnen platzierte mit Zeige- und Mittelfinger ein V über dem Schädel des unbeirrt auf die Kamera einsprechenden Mannes. Manderlradio, dachte Fraul, hatte einst ein österreichischer Bundeskanzler das Fernsehen genannt. Seine Partei hatte sich auf die Monopolisierung des Radios konzentriert und das Fernsehen den Sozialdemokraten überlassen. Einer der Radioprogrammdirektoren hatte Übelohr geheißen und die Anstalt war anfangs in der Taubstummengasse angesiedelt. Frauls Augen wurden schwer, der Nachrichtensprecher kam ihm als durch den ständigen Wimpernschlag unterbrochenes Laufbildereignis ins Auge, und vom Kinn her stieg ihm die Schläfrigkeit hoch. Hatte der Fernsehdirektor nicht Freund geheißen, nach dem Gruß der Sozis, Freundschaft, Genossen?
Rosa ist also wieder kommentarlos aus dem Haus gelaufen, dachte Fraul noch, dann fiel ihm sein Kopf auf die rechte Schulter, und er begann zu schnorcheln. Er fuhr hoch und stierte den Schirm an, auf dem ein Bagger zu sehen war, welcher ausgemergelte Leichen in eine Grube schob. Schon wieder Nacht und Nebel, dachte er und setzte sich auf. Er verstand verärgert, dass die Sendung mittels der Leichenberge in die NS-Zeit einführen wollte, um hernach mit einer Sondersendung zum Fall Wais zu beginnen. Den sah Fraul nun wahlkämpfend zu den Menschen draußen sprechen. Er hatte unversehens einen gelben Helm auf dem Kopf und durchging einen metallverarbeitenden Be-

trieb. Es folgte ein Ausschnitt von der Pressekonferenz, auf der Wais sich gerechtfertigt hatte, dazwischengeschnitten war der Ausspruch von Marits über das Pferd, welches statt Wais bei der SA gewesen war. Ein Foto wurde gezeigt, Wais, hochaufgeschossen in einer Leutnantsuniform. Neben ihm kam Doktor Wirths zu stehen, und beide gingen dann die Rampe entlang und auf Fraul zu. Der zog seine Mütze ab und nahm den Apotheker Capesius wahr, der statt Wais lächelnd neben Wirths sich an den ausgestiegenen Leuten zu schaffen machte. Fraul drehte sich um und sah sich im Lehnstuhl sitzen und mit dem Schlaf kämpfen. Er trat zu ihm hin und stand auf, ging die drei Schritte zum Fernsehgerät und drehte ab. Wieder hörte er den Nachhall der Wohnungstür. Er kam sich blöd und ein bisschen alt vor, als er sich dabei ertappte, wie er leise zur Eingangstür schlich. Er hatte sich nicht getäuscht. Rosa stand im Vorzimmer mit einem Strick in der Hand, bemerkte Edmund und hielt ihm sofort diesen Strick hin.

»Musst du den Draht in die Hollandstraße mitschleppen?«, hörte er sich rufen. »Willst du den Draht überallhin mitbringen?« Von diesem Satz wachte er auf, saß mit Kaltschweiß im Lehnstuhl, aus dem Fernsehen klang die Werbung vom weißen Riesen.

Fraul drehte den Apparat ab und ging ins Bad. Es läutete. Draußen standen die Staneks.

»Was ist?«, fragte Fraul und bemerkte den Knurrton in der Stimme.

»Alles in Ordnung, Herr Fraul?«, fragte die Nachbarin.

»Du siehst ja, alles in Ordnung«, sagte Herr Stanek und zog seine Frau weg.

»Entschuldigen Sie«, sagte Edmund Fraul. »Der Fernseher war zu laut. Tut mir leid.«

»Gar nicht, gar nicht, alles in Ordnung«, sagte Herr Stanek.

»Kann ich etwas für Sie tun?«, fragte Frau Stanek.
»Aber geh, Susi. Alles in Ordnung. Guten Abend, Herr Fraul.« Und das Ehepaar ging in seine Wohnung zurück.
Fraul stand noch einen Moment in der Tür. Er begann zu lauschen, ob sich noch jemand im Stiegenhaus befand, riss sich los, warf die Tür hinter sich zu. Er wurde gewahr, dass er womöglich Rosa entbehrte, wischte durch Kopfschütteln diesen Gedanken aber fort.
Das Telefon läutete.

Karl Fraul setzte sich seiner Mutter gegenüber hin. Sie beugte sich vor und gab ihm einen Kuss auf die Wange, sie lächelte ihn an und versuchte auf unauffällige Weise etwas aus seinen Augen herauszulesen. Um hiebei nicht zu aufdringlich zu erscheinen, unterbrach sie den Forscherblick durch häufige Wimpernschläge.
»Mama, du schaust mir ja das Weiße aus den Augen heraus.«
»Du bist sehr mager geworden.« Rosa klopfte sich, indes sie dies lächelnd zu ihm hin flüsterte, sachte auf ihr Schlüsselbein.
»Ich bin, wie ich bin.« Er zündete sich eine Zigarette an und blies den Rauch gegen das Fenster. Draußen gingen häufig Leute vorüber, obwohl die Geschäfte längst geschlossen hatten.
»Was los in der Stadt«, fuhr er fort. Rosa wartete, bis er weitersprāche, folgte seinem Blick und sah auch aus dem Fenster. »Ich war vorhin bei Dauendins Geburtstagsparty im Kalb. Einschlägige Leute – also Kollegen –, anderer Menschenmix, ich hab gedacht, schön, dass ich noch keine fünfzig bin, wollte mich wieder mal zeigen. War eh ganz wunderbar. Den Bonker hats aufs Gesicht geschmissen.«
»Ich versteh nicht.«

»Tot umgefallen.«
»Wer?«
»Bonker, Mama, der alte Deutsche, der allgegenwärtige King Lear und bei mir der King Duncan. Flutsch, und er ist auf die Schulter einer Journalistin gerutscht, von dort auf den Fußboden, und weg war er.«
»Hat er nicht ganz große Stücke auf dich gehalten?«, sagte Rosa leise. Fraul lehnte sich zurück, blies die Backen auf und dröhnte, dass die Leute von den anderen Tischen zu ihm hersahen: »Musst du deinen Ehrgeiz auf der Trompete blasen? Ich hab ooch of kleeneren Häusern zu gaukeln angefangen.«
»Karel!«
Fraul stand auf und rief ins Kaffeehaus hinein: »Karl-Heinz Bonker ist tot!« Das Lokalgesumme verstummte, die Gäste schauten Fraul an und sagten nichts. Plötzlich rief einer: »Was, der Kammerschauspieler Bonker ist tot? Wieso wissen Sie das? In der Zeitung steht nichts.«
»Der wird grad jetzt aus dem Oswald & Kalb abgeholt. Und Kammerschauspieler war er nicht.«
Der Ober blieb bei Fraul stehen.
»Haben Sie noch einen Wunsch?« Karl setzte sich nieder.
»Er war sehr wichtig für dich?« Rosa legte ihre Hand auf seine.
»Unbedingt«, sagte Karel. Und mit der Stimme Bonkers: »Der Junge wird. Der Junge wird.« Fraul grätschte den Mund.
»Und was werd ich? Nix, ein Jämmerling werd ich, bin ich, bleib ich.«
»Wolltest du mir das wieder sagen? Hab ich deshalb herkommen sollen?«
»Ach, der arme Vater. Jetzt muss er ganz allein in der Holland die Wände anschweigen.«

»Er hat einen Panzer um. Man kann nichts machen«, sagte Rosa und zog ihre Hand zurück. »Verstehst du das nicht?«
»Und ich hab keinen Panzer?«
»Noch keinen.«
»Du meinst, ich werd einmal so wie er? Ohne Auschwitz? Keine Chance!«
»Schon gut.«
»Dem Bonker hat sein ganzer Jovialitätspanzer gar nichts genutzt. Wie kann ein gesunder Mensch einfach umfallen. Man sieht nicht einmal, dass das Leben aus ihm entwichen ist. Er schaut aus wie grad noch und ist wer ganz andrer.« Karl schaute seine Mutter an. »Nur die Röte, die ständige Röte in seinem Gesicht war weg. Er ist sozusagen leichenblass geworden.«
»So ist das.«
Wie rede ich mit ihr, fuhr es Karl ins Gehirn. »Du glaubst, Vater kann nichts dafür?«
»Freiwillig hat er sich nicht angepanzert«, sagte Rosa, und ihre Augen trübten sich etwas ein, indes sie weiterredete. »Er war immer nahfern. Als wir uns kennenlernten, nannte ich ihn eine Zeit lang mein Nahferner.«
»Nahferner«, wiederholte Karl leise. »Nahferner.« Rosa zuckte mit den Schultern.
»Jetzt habe ich dir ein Geheimnis verraten.« Sie lachte und hielt sich dabei die Hand vor den Mund.
»Und war er immer schon so kalt?«
»Er ist nicht kalt. Mit den Jahren ist er halt ein bissl ausgekühlt. Wir kühlen alle im Alter aus.«
»Das stimmt nicht.« Karl verzog das Gesicht. »Wenn ich dich nicht hätte …«
»Und wenn ich dich nicht hätte«, sagte Rosa. Karl merkte, dass seine Mutter ihn zugleich direkt ansah und durch ihn hindurchschaute.

»Alle sagen, es ist blöd, dass ich mir die Schuld an Margits Schwimmreise gebe. Aber wer denn? Irgendwie hab ich sie in die Donau geschmissen.«
»Alle schmeißen alle irgendwohin. Da gibts keine Schuld.«
Karl schaute seine Mutter überrascht an.
»Das könnte ja jemand in einer Theaterrolle sagen.«
»Ich meine«, sagte Rosa, »du tust dich gern manchmal überschätzen. Du hast doch nicht die Macht gehabt, eine solche Krankheit, so eine Meschiggassn in Margit zu erzeugen.«
»Doch. Das ist doch mein Beruf.«
»Auf der Bühne ist das etwas anderes.« Rosa schloss die Augen.
Zum ersten Mal seit Margits Tod spürte Karl in sich etwas Geschmeidiges. Während sie noch eine gute Stunde ruhig und einander zugewandt sprachen, kamen bei Karl Fraul frühere Bilder zurück; er sah wieder die wiegenden Hüften von Astrid, und in seiner Hose wuchs es, er hatte das Gefühl, als wären irgendwelche Gewichte seiner Brust entnommen worden oder das Steingut, das sie erzeugten, hätte sich zu feinem Sand aufgeweicht und rieselte und kitzelte ihm in Gedärm und Hoden.
»Jetzt kann ichs dir ja sagen, Mama. Einen Moment hab ich den Bonker beneidet, als er da so von der Zischka zu Boden gerutscht war. Alle umstanden ihn. Sogar Muthesius war für einen Moment baff, obwohl der doch Tod und Krankheit am Laufband erzeugt und dazu lauthals lacht. Es war alles in Ordnung. Du hättest dich gekränkt, Vater hätts kaum bemerkt ...«
»Jaja«, unterbrach ihn Rosa, »ich hätt mich gekränkt, und Vater würde es umbringen. Glaub mir.«
»Du bist witzig, Mama. Jedenfalls im nächsten Moment hab ich eine Gier in mir verspürt, dass ich am liebsten ...

ich weiß nicht, jedenfalls musste ich dich anrufen. Friede seiner Asche. Wollen wir zahlen?«
Rosa nickte. Am liebsten wäre sie jetzt mit Karel in die Margaretenstraße gefahren. Es schauderte ihr ein wenig vor der Hollandstraße, aber das ließ sie sich nicht anmerken. Als sie vor der Tür des Café Diglas standen, ging Georg Gelernter vorbei und zwinkerte beiden zu.

Edmund Fraul hob den Hörer ab.
»Wer spricht!«
»Hier Rosinger. Stör ich?«
»Sie stören doch immer. Was gibts?«
»Er heißt nicht mehr Eigler. Er heißt Max Josef Hausmann. Hat sich irgendwo verkrochen. Im Steirischen.«
»Da gehört er doch hin. Ich danke Ihnen, Rosinger.«
»Vielleicht Krakauebene.«
»Donnerstags, Rosinger.«
»Gute Nacht, Herr Fraul.«
Rosinger verließ das Donau Weibchen. Er stellte den Mantelkragen auf, steckte die Hände in die Taschen und ging den langen Weg durch den nächtlichen Prater nach Hause. Er war fröhlich.

27.

Der Mai neunzehnsechsundachtzig begann mild. Gegen seine Gewohnheit war Edmund Fraul dieses Jahr mit Rosa als Zuschauer zum Maiaufmarsch der beiden Parteien KPÖ und SPÖ gekommen. Sie stellten sich ins Spalier, dem Parlament gegenüber. Rosa mochte die Maiaufmärsche nicht, ungern beteiligte sie sich Anfang der Fünfzigerjahre einige Mal daran, ließ es dann aber bleiben. Ohnedies

war ihr das politische Engagement Edmunds fremd, doch zählte sie es zu seinen Obdachangelegenheiten, in deren Mitte sie selbst überlebte. Bis neunzehnsechsundfünfzig marschierte er bei den Simmeringern mit, und danach ging er zumeist mit Bobby Heller noch auf ein Krügel ins Schweizerhaus, wo sich etliche Marschierer aus beiden Parteien an verschiedenen Tischen gegenseitig beäugten. Rosa stieß gelegentlich dazu. Als Karel zur Welt kam, war Edmund längst schon aus der KPÖ ausgetreten und nur noch beschäftigt, in den Lagerkomitees dem Ausschluss durch die kommunistischen Funktionäre zu entgehen. Bobby Heller half ihm dabei, so gut er es vermochte, obwohl er den Austritt seines Freundes heftig missbilligte. Lange sprachen die beiden immer wieder über die Ungarnereignisse; die sanfte Liberalisierung dort, die zum sogenannten Gulaschkommunismus führte, schien den Optimismus Hellers in eine lichte Zukunft des real existierenden Sozialismus zu rechtfertigen.
Die Frauls wechselten zum Rathaus hinüber, um sich die Abschlusskundgebung der Sozialdemokraten anzusehen. Während Bürgermeister Purr seine jedes Jahr wenig variationsreiche Ansprache hielt, geriet Bundeskanzler Marits in Rage, als er von der braunen Landkarte in der Biographie des schwarzen Präsidentschaftskandidaten sprach. Die Genossen in der Menge quittierten diese ungewöhnlich temperamentvolle Rede mit gut gelaunten Appläusen. Indes begann es kurz und heftig zu regnen. Edmund zog sein Sakko aus und ließ es Rosa als Pelerine benutzen. Im Anschluss gingen sie ins Café Landtmann. Fast das ganze Lokal war von Menschen besetzt, die sich in den letzten Jahren oder Jahrzehnten von den Kommunisten verabschiedet hatten und sich nun mit unklaren Gefühlen einmal im Jahr in diesem sehr bürgerlichen Café trafen. Rosa bestellte eine Sa-

chertorte, stand plötzlich auf und eilte ihrem Sohn entgegen, der mit einer elegant gekleideten Frau am Arm eben das Landtmann betreten hatte. Karel begrüßte sie, sah an ihrem Ohr vorbei und rüber zu seinem Vater, der kurz seinen Arm hob und mit dem Kopf nickte.
»Astrid von Gehlen, meine Mutter«, sagte Karl Fraul.
»Freut mich«, murmelte Rosa, »ich kenne Sie natürlich.«
»Also«, machte Karl und wollte weitergehen, doch Astrid nahm Rosa freundlich in Augenschein und fragte sie nach ihrem Befinden. Judith Zischka und Roman Apolloner kamen hinzu, es knäulte zwischen den Tischen, sodass der Kellner Henning mühsam sein Tablett vorbeibalancieren musste. Schließlich löste sich die kleine Gruppe wieder auf, im Weggehen warf Judith über die Schulter noch den Satz hin:
»Habt ihr schon von diesem Atomunglück gehört?«
Rosa brachte diese Nachricht zu Edmund und begann mit winzigen Stückchen an ihrer Torte zu essen.
»Aha«, sagte Edmund. »Wo soll das passiert sein?«
»In Russland. Ein Störfall.«
Der Regen hatte aufgehört, Edmund verabschiedete sich. Rosa blieb noch etwas sitzen. Doch wurde es ihr unangenehm, im selben Lokal wie Karel zu sein. Daheim am Radio hörte sie weitere Nachrichten über das russische Atomkraftwerk. Ausgerechnet in Czernowitz, dachte sie. Aber dort leben eh kaum noch Juden. Und auch denen bleibt nichts erspart.

Edmund Fraul rief Rosinger an. Am Feiertag war der Praterer zu. Sie trafen sich im Hörndl. Rosinger saß bereits dort, als Fraul eintraf. Rosinger konnte kaum erwarten, dass Fraul Platz nahm und bestellte, er sprudelte seine Nachricht heraus:

»Ich dachte, der Toni Egger hat sich im Steirischen verkrochen, aber das stimmt gar nicht. Er soll in Wien sein. Hausmann heißt er.«
»Ich vergess keine Namen.«
»Darf ich Sie fragen, was Sie eigentlich von ihm wollen?«
»Erschießen.«
Rosinger blieb der Mund offen. Fraul winkte ab: »Scherz. Rosinger, Scherz. Ach, was weiß ich.«
»Wollen Sie, dass es zu einer neuerlichen Anklage kommt?«
»Hm. Aber das Stückl spielen sie nicht in diesem Land.«
»Was dann, Herr Fraul?«
»Löchern Sie mich nicht!« Die beiden schwiegen. Fraul fuhr fort: »Ich will ihn riechen.«
Rosinger senkte den Kopf.
»Egger soll hier im dritten Bezirk wohnen. Am Meldeamt aber nix. Auch nicht als Hausmann.«
Während Fraul ein kleines Bier trank, blieb er still. Es war ihm irgendwie gemütlich im Hörndl. Er seufzte.
»Ich fahr zum Zentralfriedhof. Danke, Rosinger. Wiederschauen.«
»Oh, wer ist denn gestorben?«
»Alle. Wollen Sie etwa mitkommen? Ich besuche einen alten Kommunisten.«
»Wenn es Ihnen recht ist?«
»Kommen Sie, Rosinger.« Er zögerte. »Wissen Sie was? Rufen Sie uns ein Taxi.«

Während der Taxifahrt fiel kein einziges Wort. Fraul hatte neben dem Fahrer Platz genommen, Rosinger im Fond. Während sich Fraul vorne entspannt in den Sitz schmiegte und ihm die Augen zufielen, saß Rosinger hinten wie am Sprießel, angespannt und sprungbereit, als müsste er auf eine Situation vorbereitet sein, die eine sofortige Flucht nötig machte. Warum fahre ich eigentlich mit, dachte Rosinger und schaute auf Frauls Nacken, der rötlich zwischen den Girlanden seiner grauen Nackenhaare durchschimmerte. Warum suche ich seine Nähe? Was geht mich dieser Kommunist an, den Fraul jetzt aufsucht? Und doch hatte Rosinger das Gefühl, mitfahren zu müssen, da er sich eine Art Verpflichtung auferlegt hatte, seit er in die erste Schachpartie mit Edmund Fraul gegangen war. Es gehört zum Schachspiel dazu, dachte er, dass ich zu seinen Leuten stoße, dass ich Teil seiner Leute werde. Ansonsten täte er mich bloß verachten und benutzen, damit ich ihm helfe, die alten Blutspezln aufzuspüren. Rosinger schnaufte. Lang habe ich nicht mehr an diesen Ausdruck gedacht. Hedi hat ihn nach fünfundvierzig manchmal gebraucht. Hedi. Wieso will Fraul an Egger riechen?, fragte sich Rosinger. Was riecht er denn an dem? Plötzlich durchfuhr es ihn. Er riecht auch an mir, er riecht schon die ganze Zeit an mir. Was gibts denn an unsereinem zu riechen? Am liebsten hätte Rosinger dem Taxifahrer zugerufen, er soll stehen bleiben, er muss raus und fort. Harndrang überfiel ihn. Muss er jetzt am Grab des Kommunisten stehen und von einem Fuß auf den andern steigen?

Als sie die Simmeringer Hauptstraße entlangfuhren, öffnete Fraul die Augen. Er drehte sich mühsam zu Rosinger um.

»Na?«

Sie bogen zum Krematorium ab, das Taxi fuhr bis zum Eingang vor. Rosinger hielt dem Fahrer einen Fünfzigschillingschein unter die Nase.

»Lassen Sie mich das zahlen. Ich zahl das.«

Er war über seine eigene, fast schneidende Stimme erschrocken, sodass er ein raues »bitte schön« anstückelte. Fraul stieg aus und stellte sich breitbeinig hin, sein Blick fuhr die Krematoriumsmauer entlang. Schwalben sind da, dachte er und begann langsam neben der Mauer außen den Weg entlangzugehen.

»Warten Sie ein Momenterl«, sagte Rosinger und verschwand hinterm Eingang, wo es Toiletten gab. Als er wiederkam, setzte sich Fraul parallel zur Friedhofsmauer in Bewegung. Er schritt langsam genug, sodass Rosinger bald zu ihm aufschloss. Sie näherten sich dem Grab von Robert Heller, und Rosinger ließ sich wieder zurückfallen. Er blieb bei einem Grabstein stehen, auf dem der Name Wolfgang Zehetbauer stand, verschränkte die Hände vor seinem Steiß und wartete.

Na, Bobby, dachte Fraul. Er wollte ins gewohnte Gespräch mit Bobby kommen, öffnete den Mund, aber es fielen ihm diesmal die Wörter nicht ein, die er halblaut zum Grabstein aufsprechen wollte. Er verharrte stumm und suchte in seinem Kopf nach ihnen. Rosinger dachte, dass Fraul vor diesem Grab wie eingesunken war in seiner Trauer, und überlegte, dass er selbst zu solcher Trauer bloß bei seiner Hedi fähig war. Er war erstaunt, weil ihm erst jetzt einfiel, dass die Hedi gar nicht weit von hier unter dem Ahornbaumschatten Gruppe 42A Tor zwei ruhte. Ob er nachher …

Fraul drehte sich zu Rosinger und winkte ihn herbei. Statt nun mit Bobby zu reden, sprach er mit Wilhelm Rosinger über ihn, und während er ihn mit kurzen Sätzen porträtierte, kam die Sonne hinter einer Wolke hervor, und die beiden Männer standen im schönen Maiensonnenschein.

Schließlich gingen sie miteinander die Simmeringer Hauptstraße stadtauswärts und kehrten in dem Wirtshaus Zur schönen Aussicht ein, welches sich neben dem Grabsteingeschäft befand, in dem außer Grabsteinen Gebrauchtwagen verkauft werden. Sie aßen beide Würstel mit Saft und tranken jeder ein Seiterl.

Rosinger wollte Fraul wegen der Riecherei etwas fragen, unterließ es und gab sich ganz dem Gefühl hin, als hätten er und Edmund soeben einen gemeinsamen Freund begraben.
Abrupt stand Fraul nach dem Essen auf, legte einen Geldschein auf den Tisch und ging mit kurzem Armheben aus dem Gasthaus und zum Einundsiebziger. Rosinger sah ihm nach und merkte wohl, wie der Gang Frauls etwas verzögert wirkte und sein Rücken sich krummer bog als sonst. Die Sonne war wieder verschwunden.

28.

Johannes Tschonkovits stand mit dem Rücken zum Schreibtisch in seinem Büro und schaute auf den Heldenplatz hinunter. Der Wahlkampf war geschlagen, die Aussichten allerdings trübe. Der Hautarzt hatte sich gut gehalten. Doch die Kampagne gegen Wais, seine Nazivergangenheit betreffend, schien die gegenteilige Wirkung zu haben. Tschonkovits hatte mit voller Unterstützung seines Bundeskanzlers die von beiden beschlossene Linie durchgezogen, hatte durchaus das Schwindelhafte und Windige, das Opportunistische des kleinen zweiten böhmischen Leutnants aufgezeigt. Leider hatten sich in diesem Wahlkampf auch Menschen beigesellt, die dem Doktor Wais durchaus Kriegs- oder Naziverbrechen vorgeworfen hatten, für die es aber nicht den geringsten Beweis gab. Politiker aus Jugoslawien hatten Öl ins Feuer gegossen, der Jüdische Weltkongress ließ einige seiner Repräsentanten Vermutungen anstellen, als hätte Wais Himmler'sche Dimensionen. Die Gegenoffensive der Schwarzen war dementsprechend wirkungsvoll. Wais werde als anständiger Österreicher ange-

patzt und damit ganz Österreich. Die roten Gfrasster stellten das Land an den Pranger, machten aus ihm ein Land der Judenhasser. Das letzte Plakat für Wais erschien auf gelbem Hintergrund und warb mit den Worten: Wir Österreicher wählen, wen wir wollen. Jetzt erst recht.
Dass Tschonkovits immer wieder bloß auf das Lügenhafte hinweisen wollte, darauf, dass er seine Biographie geschönt und die Balkanjahre zum Teil in eine Liebesgeschichte zu seiner Aglaja umgelogen hatte, dass nie behauptet wurde, Wais sei in Kriegsverbrechen verwickelt, sondern immer, wie er mit jener Zeit umging, verfing bei den Wählern offenbar nicht. Antisemitische Töne wurden wieder salonfähig, und der frühere Bundeskanzler, selbst jüdischer Herkunft, sprach düster von einem geteilten Volk und einer neuen Wirklichkeit. Zwar erklärten sich nahezu alle Künstler und Schriftstellerinnen, allen voran Gaspari und Paula Williams, gegen den schwarzen Schwindler, aber das war es eben. Umso wirksamer schlug die Linie von dem anständigen Österreicher mit dem reinen Gewissen an.
Bundeskanzler Marits verbarrikadierte sich in seinem Büro, ließ ungern die Parteigranden zu sich und hörte sich deren Klagen mit säuerlicher Miene an, um dennoch die Linie von Tschonkovits zu verteidigen. Eben war der Hautarzt Doktor Neuner bei Marits drinnen, und Johannes erwartete jeden Augenblick, dass er nun zum Kanzler gerufen werde. So geschah es. Neuner, ein distinguierter schlanker hochgewachsener Mann in den Fünfzigern, zeigte ein betretenes Gesicht, saß auf der Sesselkante, stand sofort auf und rief Tschonkovits mit zuckenden Mundwinkeln nur einen Satz hin. »Man hat es vergurkt.«
Sie setzten sich um den Marmortisch, Regine brachte Kaffee.
»Immer wieder habe ich darum gebeten, mit der Vergan-

genheitsbeschwörerei aufzuhören«, sagte er leise und mit einem traurigen Lächeln. Marits nickte:
»Es war unumgänglich, Paul. Seit den Stellungnahmen des Jüdischen Weltkongresses und den antisemitischen Reaktionen waren wir gezwungen, und ich stehe dazu. Ists eine Schande, mit Antifaschismus zu streiten, statt mit Antisemitismus?«
»Wir sind in die Falle gegangen«, sagte Neuner.
»Noch«, sagte Tschonkovits gegen seine Überzeugung, »sind die Wahlen nicht verloren. Wenn wir die Stichwahl erreichen ...«
»Die Stichwahlen werden wir verlieren«, sagte Neuner.
»Wer weiß das«, sagte Marits ungewöhnlich entschieden. »Wer weiß, was noch herauskommt bei unserem sauberen Wais.«
»Und wenn herauskommt, dass er sich etwas zuschulden kommen hat lassen, werden sie ihn erst recht wählen«, sagte Neuner und steckte sich eine Zigarette an. Sogleich griffen Tschonkovits und Marits ebenfalls zu den Zigaretten, und außer dem Rauch bewegte sich eine Zeit lang nichts im Bundeskanzleramt. Schließlich sagte Tschonkovits:
»Aufgeben tut man einen Brief.«
Doch am Sonntagabend hatte Wais knapp die absolute Mehrheit verfehlt. In einem Monat würde es zur Stichwahl zwischen Wais und Neuner kommen. Die grüne Kandidatin hatte bloß fünf Prozent erhalten, doch diese erzwangen die zweite Wahl. Bevor Marits zum Fernsehen musste, hatte er sich nochmals mit Neuner und Tschonkovits zurückgezogen.
»Neunundvierzigkommavierundsechzig Prozent«, mummelte er.
»Die Stichwahl gewinnen wir«, antwortete Tschonkovits und blickte auf Neuner. Der nickte langsam.

29.

(Aus dem Tagebuch des jungen Keyntz)
4. 5. 1986

Ich weiß überhaupt nicht, was dieses blöde Tagebuchschreiben soll. Ich brauch doch nicht aufschreiben, wie ich was wie oft aus mir herausgeschissen habe. Vielleicht hats bloß dann einen Sinn, wenn ich etwas da hineinschreibe, was ich später brauchen kann, was Wichtiges halt. Aber wie soll ich denn heute wissen, was für mich übermorgen oder in zehn Jahren wichtig ist? Und doch hab ich das Gefühl, etwas festhalten zu müssen, obs nun wichtig ist oder nicht. Oft hab ich aber auch keine Lust, irgendwas hineinzuschreiben, obwohl ich denke, das sollte ich mir für später aufheben.

Merkwürdig ists, mit Dolly in der Klasse zu sitzen wie mit allen anderen und doch mit ihr was Besonderes zu haben. Ich könnte sie ständig anschnuddeln, sie andauernd anfassen. Ich muss mich zusammenreißen, damit ich ihr nicht dauernd auf den Arsch stiere, wenn sie an der Tafel steht. Der Tschurtschi beobachtet mich eh ständig, dieser Neidhammel.

Dolly hat mir vorgeschlagen, dass wir unsere Liebe zwar nicht geheim halten, aber auch nicht demonstrieren sollen, hier in der Klasse. Das finde ich okay, aber dann steh ich oft in der Pause irgendwo rum und hör dem Caspar zu, wenn er mir seine amerikanischen Abenteuer erzählt, oder ich red mit dem Tschurtschentaler über den Scheiß-Wolfsgang, weil der ihn derzeit auf dem Kieker hat, doch immer denke ich an sie und müsste mir Scheuklappen anlegen wie so ein Zirkuspferd, damit ich sie nicht dauernd aus den Augenwinkeln suche. Eifersüchtig bin ich auch viel zu schnell, auch wenn ich mich bemüh, ihr das nicht zu zeigen.

In einer Stunde treffe ich mich mit ihr beim Schnitzler im Türkenschanzpark. Ich wollte eigentlich, dass sie herkommt, aber sie will nicht, weil sie die Tage hat und daher nicht mit mir schlafen kann, obwohl sie grad da besondere Lust hätte. Und hier nur so rumknutschen, das quält.
Heute sind Bundespräsidentenwahlen. Dolly sagt, der Wais sei eine Art Nazi, und wenn der gewinnt, überlegt sich ihr Vater ernstlich, nach Israel auszuwandern. Eigenartig, so ein Präsident hat doch bei uns kaum Macht, und Nazigesetze kann der doch nicht einführen. Dolly findet es zwar auch arg, wenn der Wais gewählt wird, aber nach Israel will sie nicht übersiedeln, und ihre Mutter schwankt hin und her. Ich finds ziemlich paranoid, aber Juden sind nunmal oft paranoid wegen des Holocausts oder so.
Gerade hat Mutter angerufen. Ich glaub, es geht ihr schon etwas besser, jedenfalls trifft sie sich regelmäßig mit einigen Frauen, die meisten davon Sängerwitwen, wie sie ja auch. Sie will, dass ich nachmittags vorbeikomme, sie hätte was mit mir zu besprechen. Was wird denn das wieder sein? Irgendwie ist bei ihr eine Schraube locker. Sie fragt mich doch glatt, ob ich wählen war, als ob ich schon wählen darf. Dann entschuldigt sie sich: das ist ihr jetzt aber peinlich, aber ich bin ja in letzter Zeit schon so erwachsen geworden. Hoffentlich wird sie nicht auch noch verrückt. Ich hab sie gefragt, wen sie gewählt hat, sie sagte, den Wais, wie es Papa gemacht hätte. Ich hab ihr gesagt, das ist mir neu, dass Papa Nazis gewählt hat. Darauf hat sie nichts erwidert. Ich hab schon Angst gekriegt, sie fängt zu weinen an. Woher ich das habe, hat sie mich dann gefragt. Der Doktor Wais ist doch kein Nazi. Bevor wir da jetzt weiß ich wie lang rumtelefonieren, habe ich das Gespräch beendet. Was will sie von mir, verdammt? Nun muss ich aber los.

5. 5. 1986

War gestern Abend noch bei den Segals. Wir saßen fast die ganze Zeit vor dem Fernseher wegen der Wahlen. Wais hätte fast im ersten Wahlgang gegen Neuner gewonnen. Das wär mir ziemlich wurscht gewesen, wenn nicht Segalvater und Segalmutter vor der Glotze fast zusammengebrochen wären. Die Mutter hat zu weinen angefangen und ist verschwunden, der Vater hockte stumm da mit einem Gesicht, als wäre der Hitler soeben an die Macht gekommen. Dolly war ständig um ihren Vater herum, so besorgt war sie. Irgendwann habe ich gesagt, es gäbe ja noch einen zweiten Wahlgang und warum jetzt alle so fertig sind. Dolly legte sich ihren Zeigefinger auf die Lippen, der Alte schaute mich verwundert an, dann ging er hinaus. Ob ich was falsch gemacht habe, fragte ich die Dolly, und wollte mich neben sie setzen. Zuerst rückte sie weg, stand auf, und ich dachte, jetzt geht sie auch hinaus, und die ganze Familie plärrt irgendwo in einem anderen Zimmer. Dann nahm sie aber meinen Kopf, küsste mir das Gesicht ab und begann mir ins Ohr zu zischeln. Ich verstand nur Bahnhof und schaute zum Bildschirm hin, weil ein Kommentator in die Kamera sprach. Ich nahm Dollys Hände von meinem Kopf weg, stand auf und ging zum Fernseher, suchte den Knopf zum Abdrehen, doch Dolly schnappte die Fernbedienung und knipste aus.

»Jetzt werden meine Eltern weggehen, und ich werde mitmüssen.« Kaum hatte sie das gesagt, kamen die Eltern wieder ins Zimmer und wollten, dass ich gehe. Sie schmissen mich praktisch raus. Dolly gab mir vor ihnen einen Kuss zum Abschied und draußen noch einen, aber dabei war sie auf einmal total zerstreut und lief sofort zu ihren Alten zurück. Ich stand auf der Gassen wie ein Trottel.

Daheim ist meine Laune immer mieser geworden, ich war

sauer auf alles. Ich hab die Musik aufgedreht: *One hundred years.* Aber *The Cure* war mir auch wurscht. Ich legte Vatis Escamilloarie auf, *Toréador en garde*, jaja, *auf in den Kampf.* Meine Mutter rief an, und mir fiel ein, dass ich vergessen hatte, zu ihr zu gehen. Sie blieb still am Telefon, dann hörte ich sie schlucken. Ich entschuldigte mich und wollte noch zu ihr fahren. Bin aber auf dem Sofa eingeschlafen und dann um drei ins Bett gegangen. Verpfuschter Tag.
Heute war Dolly nicht in der Schule, und jetzt meldet sich niemand in der Nedergasse. Ich probiere es immer wieder. Ich komme mir wie ein Depp vor. Ich bin ein Depp, was bin ich doch für ein Idiot. Scheißtagebuch.

30.

Nachdem Krieglach sich wieder aufgerichtet hatte, warf er noch einen abschätzigen Blick auf den nunmehr mit geschlossenen Augen daliegenden toten Bonker, drehte sich um und kehrte zu seinem Tisch zurück.
»Komm, Emmy, wir gehen.«
Judith Zischka folgte dem Ehepaar auf die Straße. Krieglach wollte sich nicht von ihr ansprechen lassen, ging mit seiner Frau eingehängt weiter und weiter, während Judith daneben herlief. Als sie allerdings vom Club Diderot zu reden begann und sagte: »Wir vom Club haben einen Anschlag auf Sie vor«, blieb Krieglach abrupt stehen, seine Frau strauchelte.
»Mir scheint, Sie sind die Zischka vom Signal.«
»Bin ich.«
»Rufen Sie mich in einer Stunde an. Emmy!«
Emmy Krieglach kramte eine Visitenkarte aus ihrer Handtasche und wollte sie Judith geben, doch Krieglach nahm

sie ihr aus der Hand, holte seinen Filzstift hervor und zeichnete ein grünes Rufzeichen neben die Telefonnummer des Ateliers.
Judith Zischka rief wie vereinbart an und wurde für den fünften Mai in sein Atelier in die Rustenschacherallee bestellt. Es war vier Uhr nachmittags. Er öffnete ihr die Tür mit der Kaffeeschale in der Hand, betrachtete sie mit verquollenen Augen, erinnerte sich und forderte sie mit einer ironisch-höflichen Bewegung der anderen Hand auf einzutreten. Sie dankte mit einer übertriebenen Verneigung. Krieglach lachte auf, und sie ging hinter ihm her und in den Vorraum zum Arbeitsraum.
»Sie trinken?«
»Wodka?«
»Also Wodka.«
Er füllte ihr ein halbes Wasserglas, nahm einen Schluck aus der Flasche und besserte mit seinem üblichen Quantum den Kaffee auf, fläzte sich auf das Sofa, schloss die Augen.
»Nun?«
Zischka berichtete ihm von der Diskussion im Club, er unterbrach, indem er abwinkte.
»Zur Sache.«
»Wais wird die Wahl gewinnen. Es wird eine Schande sein.«
»Ist es schon längst.«
»Wir wollen ein Zeichen setzen.«
»Was sind das für Phrasen?«
»Samueli, kennen Sie Boaz Samueli?«
»I wo.«
»Boaz, ein Mitbegründer des Club Diderot – Anderes Österreich, jüdische Hochschülerschaft, ein Mediziner ...«
»Was ist mit dem?«
»Es war so: Boaz, Tonio Gaspari ...«

»Tonino?«, unterbrach Krieglach und lachte laut auf, »mein Poetenspezi macht auch bei euch mit?«
»Nein, so nicht«, sagte Judith. »Lassen Sie mich ausreden! Tonio sagte, als er mit Boaz, mir und noch einigen anderen zwanglos im Riedel zusammengesessen war, dass man dem Wais sein SA-Pferd zurückgeben sollte, welches Marits zufolge in Stellvertretung des Leutnants Wais bei der SA gewesen war. Tonio hat sich gedacht …«
»Was, der Halunke will eine alte Schindmähre auftreiben, ihr ein SA-Kapperl aufsetzen, und ihr führt den Klepper vor die Präsidentschaftskanzlei, damit er dort für den Wais SA-Pferdeäpfel produziert. Und Sie servieren sie dem Präsidenten auf …«
»Sehr witzig, Herr Krieglach. Gaspari will, dass Sie das Pferd entwerfen.«
»Was soll ich tun?«
»Das Was ist nicht die Frage, Herr Krieglach.«
»Sag Herbert zu mir. Prost.«
»Judith. Prost. Das Wie ists, worauf es ankommt. Wie schaut das Pferd aus?«
»Wie das SA-Pferd aussieht? Simpel.«
Krieglach ging in den Arbeitsraum, entrollte Packpapier, fixierte es an einem seiner Tische. »Na komm«, rief er über die Schulter Judith hinzu. Er nahm die Kohle und skizzierte in wenigen Strichen das Ross.
»Na?«
Judith schaute lange auf die Zeichnung.
»Na, was ist?«
»Toll«, sagte Judith. Krieglach nickte, sie gingen zurück, er trank seinen Kaffee aus.
»Aus Holz wirds gemacht. Bis wann denn?«
»Bis zur Wahl?«
»Ah geh. Zur Amtseinführung.«

»Wann ist denn die?«
»Keine Ahnung. Paar Wochen später.«
»Wir können aber nichts zahlen.«
»Das zahlt der Wais. Und wie er das zahlt.«
Krieglach stand auf, verabschiedete sie, wollte ihr beim Hinausgehen einen Klaps auf den Hintern geben, unterließ es, schloss die Tür und rief Emmy an.

31.

Am Tag der Stichwahl war Judith bei Roman. Er hatte seine Spaghetti Gorgonzola zubereitet, schnipselte noch am Salat. Sie stand hinter ihm in der Küche, sah zu, ihre Augen wanderten seine Wirbelsäule hinauf und hinunter. Gleich würde sie sich hinten an ihn dranschmiegen, ihren Atem in seinen Nacken blasen. Er würde sich umdrehen, sie kurz und etwas geniert auf die Nase küssen. Sie dachte, er mag mich, aber nicht wirklich, er liebt mich sogar, aber nicht echt, er verbringt Zeit mit mir, aber ist nicht immer dabei. Er dachte, wenn ich ihr den kleinen Finger gebe, ach was, wenn sie da ist, ists genug, aber kaum ist sie weg, geht sie mir doch ab.
Jeder nahm sich seinen Teller und ein Besteck und trug es ins Wohnzimmer. Judith hatte das Besteck auf den Spaghettiteller gelegt, es fiel auf dem Weg hinunter. Roman hatte es in die Brusttasche seines Hemdes gesteckt. Er kam als Erster vor dem Fernseher zum Sitzen. Sie musste wieder in die Küche zurück, überlegte einen Moment, ob sie ihr Besteck abwaschen oder sich gleich ein neues aus der Lade holen sollte. Schließlich drehte sie den Wasserhahn auf.
Tagsüber waren sie im Wienerwald herumgelaufen. Auf der Sophienalpe war das Grün satter als anderswo, fand Apolloner. Sie hatten sich dort niedergelassen, er las zum

zwanzigsten Mal in der Waisautobiographie, sie hatte sich einige Theaterstücke von Raimund Muthesius mitgenommen. Sie konnte vorzüglich im Schneidersitz lesen. Er fand, dass das gar nicht zu ihrem hektischen Gehabe passte. Auf dem Ellenbogen liegend, riffelte er mit klecksendem Kugelschreiber Passagen im Text an. Bienen flogen um sie herum, und in geringer Entfernung hatten sich andere Ausflügler in die Wiese gesetzt.
Gegen vier waren sie in den wenig voneinander entfernt gelegenen Wahllokalen die Stimme abgeben gegangen, trafen sich gleich danach am Margaretenplatz und gingen in seine Wohnung. Pünktlich zur ersten Hochrechnung saßen sie schließlich vorm Fernseher. Als die Teller leer gegessen waren, erfuhren sie wie das übrige Land, dass mit neunundneunzigprozentiger Sicherheit Doktor Johann Wais die Wahl gewonnen hatte.

Ich klebte Felix ein Pflaster auf den Rücken, dann musste ich los. Die heutige Vorstellung war die erste Phädra ohne Bonker, die schwarze Fahne hing unbewegt an der Burg, der Portier begrüßte mich etwas kühler als sonst, immerhin betonte er wie immer das Von in meinem Namen. Schönn und Scherfele kamen in meine Garderobe. Ich sah sie erstaunt an.
»Ist was Besonderes heute, außer dass der Vesely nicht nur gesagt hat, dass er einspringt, sondern dass er sogar die Rolle gelernt hat und bereit ist? Seid ihr seinetwegen im Doppelpack hier?«
»Gut aufgelegt, Astrid, was?«, lächelte Schönn, blieb in der Tür stehen.
»Wie macht er sich?«, fragte ich Scherfele, denn er wusste, dass ich bei den beiden Vorproben nicht dabei war. Statt seiner redete Schönn allgemein in den Raum hinein:

»Die Kathi hat ihrem Vater nach Hamburg bereits berichtet, dass ein österreichischer Schmierenkomödiant den Theseus übernommen hat. Adel rief mich an, war beleidigt, will seinen Namen –«
»Dietger«, unterbrach ihn Scherfele, »Peters Beleidigtsein ist Stufe eins, seine Normalstufe. Vesely ist großartig. Ich habe immer gewusst, dass er einen Charakter hat.«
»Charakter hat er keinen«, sagte Schönn.
»Dann ist es ja gut«, sagte ich. »Wollt ihr euch aus meiner Garderobe verfügen?«
Die zwei verließen den Raum, mir entschlüpfte eine Frage, die ich Scherfele in den Rücken stellte: »Ist der Fraul schon da?«
Scherfele zuckte mit den Schultern. »Da ist er«, rief er verblüfft, denn Karel kam hereingestürzt.
»Bin schon da«, sang er, nahm mich um die Taille und küsste mich.
»Was denn, was denn«, sagte ich gepresst und machte mich los.
»Hüte dich heute vor meinem Hippolyt«, sagte er und enteilte.
Ich machte mich fertig, freute mich einerseits, dass Karel seine Depression anscheinend überwunden hatte, andererseits war er mir etwas unheimlich, und ich ertappte mich dabei, dass ich ihm auszuweichen versuchte, obwohl ich ihn begehrte. Der Tod von Karl-Heinz scheint ihm Laune gemacht zu haben. Ein Irrer. Ich spürte, dass sich in mir eine kleine Heiterkeit ausbreitete. Ich begann die Schumannträumerei zu summen. Kurz vor Beginn der Vorstellung kam Schönn nochmals an und grinste:
»Die ulkigen Österreicher haben nun tatsächlich den kleinen Leutnant zum Präse gemacht.«
»Ist mir doch wurst«, sagte ich.

Dietger begleitete mich bis hinter die Bühne. Dort stand Karel breitbeinig und wieder mit verspanntem Gesicht.
»Muss Mutter anrufen«, sagte er zu mir. Ich verstand nicht.
»Ausgerechnet jetzt?«
»Wegen der Wahl. Du bist blöd.«
»Was erlaubst du dir?« Ich wurde wütend. Karel lief fort. Zornig schaute ich Dietger Schönn an.
»Mies fürs Land«, sagte er, »gut fürs Theater. Sehr gut sogar.« Er ging und spuckte im Vorbeigehen dem bleichen Vesely über die Schulter.
»Eine Katastrophe«, flüsterte der mir zu.
»Was denn, dein blöder Theseus? Spinnt ihr alle?«
»Aber geh, Freifrau«, sagte Vesely. »Doch nicht das Theseuserl. Euch Piefkes kann es ganz powidl sein, ob wir einen Lügner zum Bundespräsidenten gewählt haben.«
»Wäre doch nicht der einzige Lügenbold in der Politik, oder?«, sagte ich und spuckte ihm über die Schulter.
In der nächsten gemeinsamen Spielpause fragte ich Fraul, warum er erstens so mau spiele und zweitens, ob er in Gottes Namen seine Mutter erreicht habe. Er drehte mir den Rücken zu und schwieg. Danach war sein Spiel intensiv wie immer. Nach der Vorstellung wollte er, dass ich zu ihm komme, aber ich hatte keine Lust.

Rosa saß in der Küche und las in der Bovary. Edmund hatte sich hingelegt, es war ruhig und sehr still in der Hollandstraße. Rosas Gedanken wanderten aus dem Norden Frankreichs ab und kreisten wieder einmal um ihren Sohn. Er hat sich erfangen, dachte sie. Anscheinend tut ihm die Schauspielerin gut, oder ist es das Theater überhaupt, seine Liebe, seine Sucht zur Intensität? Als würde er sich all die Dichte des Lebens nehmen, während ich froh bin, wenn sich nichts ereignet.

Rosa fand in den vielen Romanen, die sie las, jene Leben vor, die in nichts ihrem eigenen glichen. Während Emma Bovary nach einem anderen Leben lechzte, würde sie jedes andere fürchten.
Zärtlich gestimmt neigte sie ihren Kopf, als könnte sie vom Küchenplatz aus die stillen Atemzüge von Edmund hören. Emma verachtete ihren Charles, der sie anfangs umsorgte und umhegte, dachte sie. Warum verstehen er und Karel sich nicht? Es ist sehr schwer für Edmund. Und ich immer bei Karel. Edmunds Panzer, was beklag ich den, wo er mich schützt. Und doch beklag ich ihn. Rosa stand auf, stellte sich zum Fenster und blickte in den Hinterhof. Von einer Minute zur nächsten wurde Rosa traurig, verzagt setzte sie sich wieder, griff zum Buch. Fraul stieß die Tür auf, kam in die Küche, warf einen Blick auf seine Frau, die zu ihm hochblickte, und ging auf die Toilette. Rosa erhob sich, legte das Buch aufs Fensterbrett, sah auf die Küchenuhr und begann das Abendessen herzurichten.
Edmund las auf dem Klosett die neueste Ausgabe des Mahnrufs, schnaufte, weil ein Pfropfen den Darmausgang abschloss und auch Drücken und Pressen nicht recht half. Als er aus dem Bad kam, war Rosa beim Schälen und Schnipseln, er ging, nachdem er sie an der Schulter berührt hatte, ins Wohnzimmer, nahm den Erzählband »Bei uns in Auschwitz« von Borowski aus dem Regal, setzte sich und begann zu lesen. So verging die Zeit, während er seine Sitzstellung nicht veränderte.
Rosa trug das Essen auf, holte Besteck und Servietten, fragte ihn, was er trinken wolle, und sie aßen.
Hernach schaltete er den Fernseher ein, und sie sahen die Nachrichtensondersendung zum Wahlsieg des Doktor Wais. Edmund nahm wahr, dass Rosa blass geworden war und sich in ihrem Sessel verkleinerte.

»Komm«, sagte er daher, »gehen wir ein paar Schritte.«
»Draußen, wo die Wölfe sind?«, fragte sie mit winzigem Lächeln und holte ihren Mantel. Kaum hatte das Ehepaar die Wohnung verlassen und war die Hollandstraße in Richtung Karmelitermarkt gegangen, Rosa hatte sich bei Edmund eingehängt wie früher, läutete in ihrer Wohnung das Telefon.

Katz und Hirschfeld standen im Pick Up an der ersten Bar und schauten ins Fernsehgerät, das der Besitzer wegen des heutigen Wahltages und für künftige Fußballübertragungen hoch über den Köpfen der Thekensteher angebracht hatte. Emanuel war nicht ganz bei der Sache, er sah den hinter ihnen vorübergehenden Frauen nach, sodass Hirschfeld seinen Redefluss, der seit Bekanntgabe des vorläufigen Endergebnisses sich aus seinem Mund ergoss, unterbrechen musste, um gleichfalls der jeweiligen Frau hinterherzuschauen.
»Hör mir doch zu«, fuhr er aufgebracht Katz an, nachdem er in schneller Folge zwei Viertel Rot geleert hatte.
»Das Schönste am Vorsommer ist«, antwortete Katz, »dass man von den Mädls endlich wieder etwas sieht.« Er wandte sich lächelnd Hirschfeld zu. »Mach nur weiter mit deinen Tiraden über den hereinbrechenden Faschismus, den die Schwarzen durch ihre Antisemitenkampagne jetzt wohl losgetreten haben. Ich bin der richtige Zuhörer, gelt?«
Hirschfeld fuhr sich wütend durch die Haare.
»Durch Verspottung und Übertreibung wird die Sache nicht besser.«
»Oho«, machte Katz, »was hast du denn? Die Österreicher wählten, wen sie wollten. Die Mehrheit wählte eben sich selbst, so wie sie sind, wie sie mit sich umgehen. Provinziell, aber arrogant, larmoyant, aber robust wie deutsche Eichen.«

»Deutsche Eichen«, sagte Hirschfeld und verzog den Mund. »Das ist eine Wende in diesem Land. Sie wählen einen in Naziverbrechen verwickelten Opportunisten, der sich durch Vergangenheit und Gegenwart schwindelt …«

»Und wir? Sind wir nicht auch schuld, dass die so entschieden haben? Wozu hat der Tschonkovits mit dem Maxmann gemauschelt? Wozu hat sich dessen Jüdischer Weltkongress eingemischt. Resultat? Trotz! Und Trotz, Paul, ist eine österreichische Kategorie des Politischen.«

»Was heißt gemauschelt. Du redest wie die. Ich sag dir was. Die ganze Naziaufklärung ist hierzulande für den Hugo, zwecklos, sinnlos. Solang einer hier nicht eigenhändig sechs Juden erwürgt hat, ist er wählbar. Es ist zum Speiben.«

Katz lachte auf. »Aber geh. Schon neunzehnsiebzig hat der Alte mit dem damaligen Chef der Freiheitlichen gepackelt, der von seiner SS-Mordbrigade immer grad dann auf Urlaub war, wenn die in Russland ihrer Tätigkeit nachging. Gar nichts Neues im Operettenland. Nimms künstlerisch, Paul. Schreib ein paar antinazistische Gedichte, engagiere dich im Club Diderot und zeig, dass du ein anderer Österreicher bist. Pfah, die hat einen Arsch. Es ist doch alles wie sonst. Ich weiß nicht, warum wir Juden uns nun besonders echauffieren müssen.«

»Was heißt ›wir Juden‹? Du bist ein elendiglicher Judeozentrist, Emanuel.«

»Und ein Hinternzentrist.«

»Und ein Frauenarschzentrist, meinetwegen. Aber du hast recht, auch wenn du nur spöttelst. Ich werde mich tatsächlich in den Club Diderot begeben und was machen. Der Samueli hat mich schon ein paar Mal darauf angesprochen.«

»Und schon setzt sich die masochistische Internationale in

Bewegung«, sagte Emanuel. »Wai, wai geschrien, weil das österreichische Bundesvolk mehrheitlich einen der Ihren zum Präsidenten gewählt hat.«
»Ich habe begriffen, dass ich nicht da hergehöre. Spätestens heute habe ichs begriffen.«
»Na was jetzt? Mit dem Anderen Österreich kämpfen gegen die Waiswäscher, oder ab nach Israel, he?«
»Beides, du Schlaubauch. Am liebsten beides.« Sie lachten. Nachdem Hirschfeld sich noch ein letztes Vierterl bestellt und davon genippt hatte, murmelte er. »Was soll ich als Dichter im Hebräischen?«
»Bleibt Hamburg«, sagte Katz. »Vis-à-vis von deinem Verlag, immer den Lektor im Auge, wenn du in der Früh dein Fenster aufmachst.«
Hirschfeld nickte, trank den Wein aus, gab Katz einen Fünfziger und verließ das Pick Up. Daheim trank er einen halben Liter Wasser, setzte sich an seinen Schreibtisch und schrieb, ohne abzusetzen, einen Text, der mit den Worten begann: Politiker kommen und gehen, die Frauenärsche bleiben. Nach eineinhalb Seiten stutzte er, las das Geschriebene durch, zerriss es und ging schlafen.

32.

Es war ruhig in der Parteizentrale der Sozialdemokraten. Die meisten Funktionäre waren bereits seit dem frühen Nachmittag hier versammelt, gaben Anweisungen, standen herum, manche genehmigten sich einen aus dem Flachmann, halb heimlich, denn allen war klar, dass sie heute kein Siegesfest feiern würden. Es kam allein noch darauf an, möglichst knapp zu verlieren, um nicht das Gefühl zu bekommen, untergegangen zu sein. Tschonkkovits war noch nicht da, er harrte im Bundeskanzleramt aus. Er mochte weder bei Marits im Burgenland mit ihm wählen gehen und die Stimmabgabe des Kanzlers fernsehmäßig arrangieren noch danach bei ihm daheim sitzen und in sein saures Gesicht schauen. In der eigenen Wohnung, wo er in den nächsten Wochen noch genug herumsitzen würde, litt es Tschonkovits auch nicht. Ihm war klar, dass ihn die Niederlage den Job kostete, egal, ob Marits im Amt blieb oder, wie er Johannes bereits zugeraunt hatte, zurücktreten werde, und zwar mit bitterer Freude. Der Tag war schön. Tschonkovits wollte sich aber nicht auf seiner Parkbank niederlassen und zwischen Fiakern und Touristen neue Gedanken und Ideen empfangen, denn die besten und kühnsten würden ihm nichts nützen, wenn am Abend der dämliche Wais seinen Wahlerfolg einfahren würde. Ja, so hat es mir heute der ebenso dämliche Novacek durchs Telefon geflüstert, dachte Tschonkovits: einfahren. Wir werden den Wahlerfolg, du aber wirst als Person großartig einfahren. Wie ein Stinkmolch über einen frischen Wurm freute sich der Idiot. Stattdessen saß Johannes auf der Kante seines Schreibtisches, oder er stand am Fenster, telefonierte mit Marits, der sein Kommen in die Zentrale für sechs ankündigte. Johannes versprach ihm, vorher dort zu sein. Um vier ging er wählen, setzte sich dann ins Café Raimund und schaute gleichgültig abwechselnd in die Zeitungen vom Samstag und auf die Fassade des Volkstheaters.

In die Löwelstraße kam gegen fünf der Zentralsekretär, dessen Schnurrbart angeknabbert aussah und ihm herunterhing. Dermaßen traurig gab dieses Gesicht die Stimmung der ganzen Partei wieder. Aufgefallen war den herumlungernden Journalisten, dass Finanzminister Friedrich Habitzl zeitig in der Zentrale erschienen war. Mit ihm kam sein frischgebackener Kabinettchef Wendelin Katzenbeißer. Die beiden stellten sich in eine Ecke. Nach der ersten Hochrechnung war auch das schwächste Lächeln in dem einen oder anderen Gesicht der Mannschaft verschwunden. Der Bürgermeister traf ein, nickte im Saal nach allen Seiten und ging ostentativ auf Habitzl zu, schüttelte ihm stumm die Hand und schlug Katzenbeißer auf den Oberarm. Bei der Tür stieß schließlich Tschonkovits mit der Kulturstadträtin Ebner zusammen, gemeinsam betraten sie die Szene, um sich sofort in verschiedene Richtungen fortzubewegen. Tschonkovits bemerkte, dass zwischen ihm und den anderen Genossen ausreichend Luft vorhanden war. Als der Bundeskanzler mehr hereinschlich als hereintrat, wollte Johannes applaudieren, überlegte es sich, verschränkte die Arme und lächelte dem Kanzler entgegen, der ohne Zögern auf ihn zusteuerte. Katzenbeißer klatschte mehrmals in die Hände, sodass sich daraus doch noch ein moderater Applaus zum Empfang des Kanzlers einstellte. Marits verweigerte jedes Interview. Einige Journalisten begannen bei den unteren Chargen deren Befindlichkeiten einzufangen.

Marits verschwand mit Tschonkovits im Nebenraum. Um halb acht nach dem vorläufigen Endergebnis sollte er gemeinsam mit Paul Neuner im Fernsehstudio auftreten. Die Limousine wurde schon jetzt bereitgestellt.

»Bleib da«, sagte Marits zu Tschonkovits.

»Was soll ich hier?«

»Es ist besser, du begleitest mich nicht ins Studio.«

»Bloß bis vor das Studio?«

»Auch nicht. Paul und ich gehen allein.«

»Nur ihr beide?«

Marits antwortete nicht.

Die Volkspartei erwartete den Wahlausgang nicht in ihrer Parteizentrale, sondern im Palais Pallavicini, denn damit wollte sie signalisieren, dass Wais der Präsident aller Österreicher sein werde. Der ließ sich Zeit, verharrte so lang wie möglich daheim. Novacek war ihn abholen gekommen und stand bei der Tür, hatte die Hand auf die Türklinke gelegt und wartete. Doch Wais wusste noch allerlei kleine und kleinste Angelegenheiten zu erledigen. Er tauschte mehrmals die Krawatte aus, während seine Frau an ihm herumzupfte, wollte dann noch sein erstes Statement der mit Genugtuung durchzogenenen Hochstimmung anpassen. Novacek, der es schon am Morgen verfasst und nun mitgebracht hatte, ließ die Türschnalle los, ging zurück ins Arbeitszimmer, sah über die Schulter des künftigen Präsidenten auf das Papier, das Wais mit kleinen Rufzeichen, Wellenlinien und Durchstreichungen bearbeitete.
»Lass das doch. Sag mir einfach im Wagen, wonach dir ist, was du sagen willst.«
»Bin gleich so weit.« Wais drehte seinen Kopf und schaute zu Novacek hinauf, wollte weitersprechen, erhob sich und sagte dann mit heller Stimme:
»Ich bin glücklich. Meine Landsleute haben mir ihr Vertrauen geschenkt. Sie haben all die Lügen gestraft …«
»Keine Negativäußerungen«, unterbrach Novacek. »Gefreut, gefreut, danke und danke. Bemühen, gute Zukunft. Ende der Durchsage.«
Wais klaubte das Papier vom Schreibtisch, gab es Novacek, ging seine Frau zum Abschied küssen und fuhr mit Novacek zum Palais. Dort wurde er mit großem Beifall begrüßt. Beran kam nach kurzem Blick zur Fernsehkamera auf Wais zu, der breitete in De-Gaulle-Manier die Arme aus, und der Kopf des kleingewachsenen Parteivorsitzenden verschwand nahezu in der Umarmung. Neuerlich ap-

plaudierten die Umstehenden, ein Reporter wollte Wais sein Mikrofon unter die Nase halten, doch Novacek schob es zur Seite. »Später, wie ausgemacht, später.«

Beran, Weber, Novacek, der außenpolitische Berater Jungnickel und der Präsident zogen sich zurück. Im Silberzimmer standen sie im Kreis, es wurden ihnen Sektflöten gereicht.

Novacek hatte sich vorsorglich zwischen Weber und Jungnickel gestellt, die einander angelegentlich ignorierten. Beran, der die Spannung bemerkt hatte, ließ es sich nicht nehmen, mit einigen Sätzen darauf einzugehen, denn er sprach:

»Trotz aller Unerquicklichkeiten, ja sogar wegen dieser Unappetitlichkeiten, dieser Verleumdungskampagne, haben wir alle miteinander – neben deinen, lieber Johann, auf der Hand liegenden Vorzügen und deinen unbestrittenen bisherigen Verdiensten – diesen großartigen Sieg eingefahren. Nun Einigkeit bei uns, Einigkeit. Die Zerwürfnisse bei den Roten haben promptest eingesetzt. Prost.«

Und die Männer führten den Sekt an die Lippen. Walter Weber wandte sich an Jungnickel: »Wir haben es geschafft. Ich danke dir im Besonderen.« Jungnickel schenkte ihm ein schmales Lächeln und senkte den Kopf zum Dank. Novacek und Beran wechselten einen Blick, Beran sah auf die Uhr.

»Es wird Zeit. Fahren wir.« Novacek trat nahe an den Parteivorsitzenden heran, flüsterte:

»Du fährst mit Wais mit?«

»Sicher.«

»War nicht vereinbart.« Weber tippte Novacek auf die Schulter. »Komm, Adrian. Unser Zusatzkommuniqué.« Novacek zögerte, sah zu Wais hinüber. Der hatte seinen Arm um Berans Schultern gelegt und schritt mit ihm aus dem Silberzimmer.

Das Szenario der Sondersendung im Österreichischen Fernsehen hatte sich dessen Chef ausgedacht, und er war deshalb beim Empfang dabei, obwohl er mit der Durchführung nichts zu tun hatte. Er war allen im Weg und nervte so lange, bis der erste Politiker angefahren kam. Er begrüßte Beran und ließ sich dabei fotografieren, wandte sich danach unverzüglich an den Gestalter der Sendung, Florian Kleinbauer, um ihn nochmals auf die Eckpunkte hinzuweisen.
»Herr Generalintendant, es ist alles in Ordnung«, sagte Kleinbauer, während Beran in die Maske gebeten wurde.
Der Generalintendant überlegte, ob er ihm dorthin folgen oder auf die Ankunft der Nächsten warten sollte. Endlich wurde er sich der Lächerlichkeit seiner Hektik bewusst, er nickte reihum und eilte in sein Büro.
Nach und nach waren alle da außer Neuner und Wais, warteten und naschten etwas vom Buffet.
Kleinbauer hatte im Vorfeld ausgehandelt, in welcher Weise die ersten Statements erfolgen sollten, er bat, keine allzulangen Dankadressen an die Wählerschaft abzulassen. Er hatte kurzfristig die Reihenfolge geändert, wollte nun mit dem Verliererlager beginnen, also erst mit Bundeskanzler Marits, daneben sollte Beran stehen, der gar nicht vorgesehen war, aber von Walter Weber durchgedrückt wurde. Dementsprechend sollte Beran im Namen der »Wahlbewegung für Wais als Bundespräsident« reden und danken. Kleinbauer würde zu den Kandidaten überleiten, hiebei seine eigene Kurzanalyse des Wahlergebnisses einflechten. Erst dann würde Neuner zu seiner Niederlage befragt werden; Doktor Wais sollte daneben stehen, doch Weber hatte im letzten Moment auch noch auf einen eigenen und alleinigen Auftritt des künftigen Bundespräsidenten bestanden.
Nun trat aber Marits hinter das Mikrofon, nahm die Ver-

antwortung für die Wahlniederlage auf sich, verzichtete auf die übliche Redensart, es werde in den Gremien analysiert und die weitere Vorgehensweise beraten, sondern erklärte schlankweg seinen Rücktritt als Bundeskanzler. Im neben ihm harrenden Beran begann nun eine stumme Fragerei, was er jetzt am geschicktesten tun sollte und wieso ihn vorab keiner informiert hatte. Dabei verfratzte sich sein Gesicht, er spürte die ersten Schweißtropfen auf der Stirn. So überhörte er das meiste dessen, was Marits gesagt hatte, es war wenig genug. Als sich Kleinbauer an ihn wandte, begann Beran sich ausführlich bei den Wählern und Mitarbeitern zu bedanken, damit er sich, während er all das herausfloskelte, eine Antwort auf Kleinbauers Frage zurechtzimmern konnte.

»Das überrascht mich nicht«, sagte er zu seiner eigenen Überraschung, »die Art des Wahlkampfes, diese Kampagne gegen das anständige Österreich war ohnedies rücktrittsreif für alle dafür Verantwortlichen.« Die nächste Frage beantwortete er mit dem Hinweis auf die Beratungen in den Gremien und wiederholte diesen Satz mit kleinen Abweichungen, bis der Moderator von ihm abließ. Alle außer Kleinbauer gingen aus dem Bild. Er schaute in die Kamera, lächelte den Rest seiner Verblüffung weg und kündigte den Wahlsieger an. Johann Wais wurde ihm zur Seite gestellt.

Wais nahm die erste Frage zum Anlass, um aus dem Gedächtnis eine kleine Rede aufzusagen, die er mit dem Satz »Meine lieben Landsleute« eröffnete. Dabei breitete er wiederum seine Arme aus. Mit Wohlwollen, das sein Antlitz mehr und mehr überzog, dankte er nun allen und versprach, ein Bundespräsident für alle Österreicher zu sein. Kleinbauer wartete und wollte anschließend Fragen zur neuen Konstellation, die sich durch Marits' Rücktritt ergeben hatte, stellen, doch er sah, dass Wais unterhalb des von ihm vermuteten Kameraauschnittes seine linke Hand heftig nach links und rechts bewegte.

»Ich danke Ihnen«, sagte Kleinbauer nach Ende der kleinen Rede und gab zum Nachrichtensprecher der Zeit im Bild hinüber. Der war damit beschäftigt, Zettel, die ihm auf den Tisch gelegt worden waren, zu lesen und in Verlautbarungen umzuwandeln. Plötzlich war er im Bild und musste etwas tun. Er fragte die Regie, wie es jetzt weiterginge. Es wurde ein weiteres Blatt vor ihn hingelegt. Nach einem Blick darauf kündigte er eine zusätzliche Sondersendung aus Anlass des Rücktritts von Bundeskanzler Marits an.

»Nun zu den übrigen Nachrichten des Tages«, sagte er.

33.

Einige Male versuchte Judith, den Bildhauer Krieglach im Atelier zu erreichen, nachdem Apolloner in ihrem Bad verschwunden war. Schließlich rief sie in der Schadekgasse an.

»Mein Mann ist in Düsseldorf«, sagte Emmy. »Sind Sie Judith Zischka? Sie rufen wegen des Pferdes an?«

»Ja, Frau Krieglach. Ich habe es schon etliche Male probiert.«

»Aber er ist in Düsseldorf. Soll ich Ihnen eine Telefonnummer geben?«

»Was nützt mir das, wenn er in Düsseldorf ist? Wir brauchen das Pferd.«

»Das Pferd steht in der Bühnenwerkstatt des Volkstheaters und ist längst fertig.«

»Ach so? Wieso wissen wir nichts davon?«

»Wen meinen Sie mit wir?«

»Club Diderot – Anderes Österreich.«
»Jaja, die haben ihn seinerzeit ersucht.«
»Ich habe ihn ersucht, Frau Krieglach. Ich war bei ihm im Atelier. Vor meinen Augen hat er eine erste Skizze gemacht.«
»Erste Skizze? Es gibt doch nur diese eine Skizze. Danach hat die Werkstatt das Pferd gebaut.«
»Und wann kriegen wir es jetzt? Wissen Sie Bescheid?«
»Ich weiß immer Bescheid, Frau Zischka. Ich wusste auch, dass Sie sich im Atelier meines Mannes aufgehalten haben.«
Judith beschlich ein unangenehmes Gefühl.
»Ach so, ja gut«, sagte sie. »Kann ich, können wir das Pferd sehen?«
»Es soll bei der Angelobung aufgestellt werden.«
»Eben. Aber das müssen wir vorbereiten.«
»Meines Wissens ist die Angelobung am achten Juli. Herbert kommt ohnedies Mittwoch oder Donnerstag zurück.«
»Warum sagen Sie das nicht gleich?«
»Was habe ich gleich zu sagen?«
»Sie missverstehen mich. Wir wollen das Pferd doch vorher anschauen.«
»Ich missverstehe Sie gar nicht. Mittwoch kommt Herbert zurück. Er geht hernach mit dem Tonio Gaspari zur Werkstatt. Mein Mann hat es nicht vergessen, machen Sie sich keine Sorgen.«
»Gaspari? Aber das Pferd haben doch wir in Auftrag gegeben!«
»Rufen Sie mich am besten Donnerstagmittag nochmals an. Wenn mein Mann das Pferd freigibt, dann gehen Sie halt mit. Ist es so recht?«
»Ich bedanke mich, Frau Krieglach. So machen wir es. Danke.«

Judith schüttelte den Kopf. Was die von mir glaubt, dachte sie und musste lächeln. Sie verständigte Boaz Samueli, teilte ihm den Verdacht mit, dass Krieglach und Gaspari die Aktion an sich reißen und sich gleichsam an die Spitze stellen wollten.

»Und wir sollen bloß das Fußvolk mobilisieren und den Namen für die Demoanmeldung hergeben dürfen.«

»Ist doch egal«, sagte Samueli. »Wenn die Künstler mit Leidenschaft bei der Sache sind, ist das doch herrlich. Ich versuche übrigens grade Paula Williams zu gewinnen, eine der Reden zu halten.«

»Die redet doch seit neuestem nicht mehr öffentlich.«

»Für uns doch. Hoffentlich. Hirschfeld ist mit ihr bekannt. Ich spanne ihn ein. Wann kommt der Krieglach zurück?«

Judith sagte es ihm und verlangte für Dienstag eine Sitzung. Boaz stimmte diesem Vorschlag zu.

Apolloner kam nackt und mit gewaschenen Haaren aus Judiths Bad und ließ sich, während er sich auf der Lehne des Sofas niederließ, berichten, wie es in der Causa Holzpferd weitergegangen war.

34.

Rosinger saß im »Erzherzog Johann« und fuhr nach Bad Aussee. Während der Fahrt sah er unentwegt aus dem Fenster. Mitreisende nahm er kaum wahr. Als er in Bad Aussee ausstieg, war das Wetter umgeschlagen. Schwere Wolkenbänke auf Loser und Trisselwand, der Loserkopf verschwand und kam wieder. Es begann zu regnen, als Rosinger im Bahnhofseingang stand, aus der Brusttasche seines grünen Anoraks einen Zettel herauszog und ihn lange

betrachtete. Er trat auf die Straße, zog die Kapuze auf den Kopf bis knapp über die Augen und marschierte zum Café Lewandowski. Von dort nahm er ein Taxi.
»Schattenleitenstraße«, sagte er. Der Taxler nickte und fuhr los. Über den Rückspiegel sahen sich die beiden Männer an.
»Wollen Sie zum Doktor Rastl?«
»Hm.«
»Solche wie Sie wollen alle zum Doktor Rastl. Dafür hab ich einen Blick.«
»Fahren Sie und reden Sie nicht.«
»Wie Sie meinen, Chef«. Der Fahrer schaltete das Radio ein. »Störts?«
»Ja.«
In Altaussee bogen sie links ab und schraubten sich die Straße hinauf nach Lupitsch. Je näher Rosinger seinem Ziel kam, desto heftiger regnete es. Als er ausstieg, goss es derart, dass er wieder einstieg und den Fahrer anwies zu warten. Außer dem Geprassel war es still im Wagen.
»Wie lang stehen wir, Chef?«, fragte der Fahrer.
»Ich sag es Ihnen.«
»Die Uhr läuft.«
Schließlich zahlte Rosinger, stieg aus und stand, nachdem das Taxi weggefahren war, noch ein Weilchen vor dem Tor, hinter dem ein schmaler Vorgarten links und rechts vorm Wohnhaus verlief, las das Schild unter der Glocke, drückte. Er hörte ein Glockenspiel, und ein Hund begann zu bellen. Aus der Gegensprechanlage kam eine männliche Stimme, Rosinger beugte sich vor und nannte seinen Namen, es knarrte, und er stieß zögernd das Tor auf.
Im Wohnzimmer nahm Rosinger auf einem geblümten Sofa Platz, stumpfwinkelig dazu auf einem schwarzen Sofa saß Hubert Rastl, ein gedrungener und rotgesichtiger

Mann, dessen hellblaue Augen die Gesichtszüge seines Besuchers musterten. Er öffnete seinen Mund, und mit wohlklingender Stimme begann er zu sprechen und sagte:

»Mauss hat Sie angekündigt. Ich weiß natürlich, wer Sie sind und wer Sie waren. Vierzig Jahre danach kommen noch immer alle Ratsuchenden zum guten alten Rastl. Was soll ich da sagen? Ich bin ein Schuldirektor, und ich bin es sehr gern. Wollen Sie rauchen? Gestatten Sie, ich rauche. Wollen Sie was trinken? Gar nichts? Also ich habe meine Schüler, alles Hilfsbedürftige, alles Menschen, die in anderen Schulen nicht recht weitergekommen waren. Alles kommt zum guten alten Rastl. Sie suchen wen? Sie suchen den Toni Egger, der schon Jahrzehnte Eigler heißt und sich seit neuestem auch von diesem Namen verabschiedet hat? Sie, Willi Rosinger, werden mich nun fragen, warum der Toni schon wieder seinen Namen änderte. Nein, das fragen Sie mich nicht, das wissen Sie ohnedies. Sie haben Ihren Namen behalten, haben Ihre Strafe abgesessen und können nun in Ruhe leben. Ists nicht so? Ich war, aber das wissen Sie ja, Kronzeuge, war ein guter Deal, ich habe meine Ruhe, meine Schüler, meine Familie, das schöne Ausseerland. Aber denken Sie an den Mauss. Der wurde auch freigesprochen wie Egger, und seit zwanzig Jahren muss er zittern, dass der Jud, Sie wissen, wen ich meine, also dieser Lebensart, neue Zeugen auftreibt, eine Wiederaufnahme erreicht. Mauss und wir haben alle Hände voll zu tun mit unseren Beamten dort und da, damit eine Ruhe ist. Mit der Verjährung, nah waren wir dran, ist es Essig, leider. Warum soll also der Toni nicht den Namen nochmals ändern, den Wohnort und schauen, dass man ihn im Fall des Falles nicht wieder auf der Rax entdeckt oder auf der Blaa-Alm. Obwohl, wenn ihn einer erkennt, ist der Name eh wurscht. Deswegen sage ich auch, wenn man Rat sucht bei mir: Nicht hierbleiben. Woanders ists auch schön. Erst mussten die Hebräer nach Südamerika, jetzt halt manche von uns. Unter uns gesagt, dort gibts ein paar sehr lukrative Möglichkeiten. Manche Qualifikationen, die wir uns im Reich erworben haben, können dort aufs Neue genutzt werden, tja ja. Sie suchen den Toni, warum?«

»Haben Sie ein Bier?«

»Selbstverständlich, Kamerad Rosinger.« Rastl stand auf, holte zwei Flaschen Bier und Gläser, schenkte ein.

»Edmund Fraul«, begann Rosinger, »war –«

»War Schreiber in Dachau und Auschwitz. Weiß ich doch«, unterbrach Rastl. »Ein Freund von Ihnen?«

»Ich spiele Schach mit ihm«, sagte Rosinger mit fester Stimme. »Herr Fraul möchte mit dem Schädelknacker reden, ohne ihm Schwierigkeiten machen zu wollen. Etwas Persönliches, ich weiß auch nicht …«

Rosinger wurde vom Aufgehen einer Tür unterbrochen. Ein Mann kam aus dem Nebenzimmer, der dem Rastl ähnlich sah. Gedrungene Gestalt, weißsilbriges Haar, breiter Nacken, rotes Gesicht.

»Ich werd einen Teufel tun«, sagte der Hereinkommende mit heiserer Stimme, hielt inne und streckte dem Rosinger seine Rechte entgegen. Der stand auf, nahm seine Schultern zurück und erwiderte den Händedruck.

»Aber eines können Sie dem Wirthssklaven ausrichten. Ich bin kein Schädelknacker. Sagen Sie dem, man kann nicht einmal bei Muselmännern einen Schädel durch Zusammenschlagen brechen. Sagen Sie ihm, er soll –«

»Ist gut, Toni. Willst auch ein Bier?«, fragte Rastl und ging noch eine Flasche holen. Rosinger schwieg. Egger sagte auch nichts. Rastl kam zurück. »Sags ihm«, sagte er zu Egger.

»Ich geh aus Europa weg«, flüsterte Egger, als würde vor

den Fenstern die Stapo lauern und zuhorchen. »Wenn der Scheißfraul mich sprechen will, soll er nach Bariloche kommen. Dort werde ich ihm den Schädel zu knacken versuchen, aber es geht nicht, sag ihm das.« Das Telefon läutete. Die drei Männer schauten gleichzeitig zur Tür. Es läutete und läutete. Fraul fuhr auf. Er war im Lehnstuhl eingeschlafen. Es war fünf Uhr nachmittags. Er stand auf und ging zum Apparat. Rosinger entschuldigte sich, fragte, ob er störe. Er hätte von Egger die Adresse. Der wohne auch im dritten Bezirk, in der Ölzeltgasse acht Fraul bedankte sich, hängte ein, ging zum Fenster und machte es auf. Es begann zu regnen.

35.

Johannes Tschonkovits traf das Wahldesaster nicht unerwartet. Schon seit längerem spürte er, dass die gegen Wais eingeschlagene Taktik nach hinten losgehen würde. Als er seine Kontakte zu Isaac Maxmann vom Jüdischen Weltkongress intensivierte, ohne den Kanzler einzuweihen, war ihm bald klar, wie sehr es im Interesse Maxmanns lag, Österreich generell als braun kontaminiert darzustellen. Der Whiskeyfabrikant ließ sich nicht von seiner Überzeugung abbringen, dass Österreich nur gezwungenermaßen aus seiner Geschichte gelernt hatte und im Inneren nach wie vor leidenschaftlich seinen vergangenen autoritären Erscheinungsweisen anhing, ob es die austrofaschistische Figur war, von welcher sich die Schwarzen nicht zu lösen vermochten, oder die Hitlerei, die in einigen Lagern ihre heimlichen Bewunderer hatte. Johannes hatte zwar immer wieder diesen Einbildungen Maxmanns widersprochen, aber der hatte das für ein Beschwichtigungsspiel genommen, das er nicht ernst zu nehmen brauchte. Maxmann traf regelmäßig Abi Meyer, mit dem der amerikanische Präsident gelegentlich frühstückte. In einer mit Windungen und Wendungen durchherrschten Übertreibungsaktion gelang es den beiden, den Präsidenten ausreichend zu erschrecken. Mitten in Europa, bei diesen unbelehrbaren Alpenbewohnern, wird ein möglicher Nazitäter zum begeistert gewählten ersten Mann im Staat. Abi Meyer kam auf die Idee, den Doktor Wais für die Watchlist vorzuschlagen, sodass Wais nicht in die USA hätte einreisen dürfen. Für diese Maßnahme konnte sich der amerikanische Präsident nicht erwärmen. Tschonkovits hätte es schon gefallen, wenn die amerikanische Regierung sich noch im hiesigen Wahlkampf entschlossen hätte, solch einen drastischen Schritt zu setzen, aber Marits wäre entsetzt gewesen, und so bremste Tschonkovits Meyers Idee im Vorfeld. Es war dem Zauberer klar, dass er mit dieser Linie viel aufs Spiel setzte. Im Grunde, das musste Johannes sich selbst zuflüstern, war ihm die Punzierung des Wais als Prototyp des gelernten und vergesslichen Österreichers wichtiger als ein Wahlsieg. Würden aber die Wähler den Punzierten wegen dieser Punze nicht wählen, hätte die Demokratie hierzulande einen großen Sieg errungen. Tschonkovits wusste, dass dieses Land noch lange nicht so weit war, und ohne es sich in ganzer Klarheit einzugestehen, nahm er billigend in Kauf, dass Österreich in Geiselhaft des kleinen Leutnants geriet.

Für die Sozialdemokratie war die Sache ganz anders. Sie hatte eine Menge Prestige verloren. Der Machtverlust, der seit dem Rücktritt des Sonnenkönigs begonnen hatte, wurde größer und größer und begann die sozialdemokratische Moral zu erodieren. Wirtschaftliche Schwierigkeiten in den Problemregionen mit steigender Arbeitslosigkeit ließen an der ökonomischen Kompetenz der Partei zweifeln. Der nicht durchgesetzte Kraftwerkbau in der Stopfenreuther Au machte den Bundeskanzler Marits in den Augen vieler zum Weichei, auch bei den eigenen Leuten in den Gewerkschaften. Und nun ein antifaschistischer Wahlkampf inmitten eines Volkes, das gar nicht antifaschistisch aufgelegt war, sondern mit dem ganzen vergangenen Budenzauber in Ruhe gelassen werden wollte. Die sogenannten Granden waren verärgert, erzürnt, verdrossen, frustriert und bündelten diese Gefühlsgemengelage auf die Person des Johannes Tschonkovits. Der war es, der die Zugänge zum Kanzler verstopfte, der auf unverschämte und parteiferne Weise seine Fäden zog, während Theodor Marits, verdienstvoll und ungeschickt, integer und verzaudert, ein treuer Sozialdemokrat in den Händen eines Spielers geblieben war.

Fritz Habitzl, der selbst aus einem antifaschistischen und sogar kommunistischen Haus stammte, erkannte schon früh das Verhängnisvolle dieses Kurses. Obwohl er in der Regierung als Finanzminister eine machtvolle Position innehatte, kam er an den Burgenländer nie so richtig heran. Der krank und kranker werdende Sonnenkönig hatte sich nach Marits' Rücktritt sofort für Habitzl stark gemacht. Womöglich hatte er ihm in einem von den Parteigranden nicht wahrgenommenen Augenblick zugezwinkert, und Habitzl nutzte diesen Moment sofort und präsentierte sich als seriöse und kompetente Kanzlerkraft. Marits schätzte Habitzl und schlug ihn ohneweiters als seinen Nachfolger vor. Er freute sich wie ein Schmerzpatient aufs Morphium, als Habitzl sofort zustimmte. Bevor das Parteipräsidium dazu kam, einen klaren Gedanken zu fassen, musste es den Finanzminister zum neuen Bundeskanzler designieren.

Tschonkovits räumte am Montag nach der Wahl im Bundeskanzleramt sein Zimmer auf. Er entfernte seine Ordner, Regine lief hin und her. Er sortierte, er ging nicht zum Telefon, er pfiff vor sich hin, er machte sich noch keine Sorgen. Am frühen Nachmittag kündigte Regine plötzlich Wendelin Katzenbeißer an.
»Der Schleicher hat mir heute gefehlt«, sagte er zur Sekretärin. »Herein mit ihm!«
Katzenbeißer trat ein, ging auf Tschonkovits zu und sagte ihm lächelnd:
»Das Spiel ist aus.«
»Du folgst mir nach?«
»Ich bin schon da.«

»Jetzt haben sie den Juden gefunden. Ich bin an allem schuld.«
Tschonkovits saß am übernächsten Tag im Dienstzimmer von Roman Apolloner. Er hatte ihn frühmorgens angerufen, ihm vom Telefonterror berichtet, der ihn praktisch ab Verkündung des Endergebnisses heimgesucht hatte. In der Parteizentrale Löwelstraße wurde er von niemandem gegrüßt. Zu den Gremien, die seit dem Nachmittag tagten, war er ohnedies nicht mehr hinzugezogen worden. Er hatte den Hörer neben den Apparat gelegt, sodass ihn Theodor Marits, falls er ihn sprechen wollte, nicht erreichen konnte. Er war dabei, sein zweites Zimmer zu räumen. Auch hier in der Parteizentrale schnürte er etliche Mappen zusammen, tat sie mit Büchern, Ordnern und privater Schreibmaschine in Koffer und Rucksack. Marits klopfte an und trat ein. Schweigend sah der zurückgetretene Kanzler seinem gewesenen, wenn auch inoffiziellen Kabinettchef zu und setzte sich schließlich auf einen Koffer.
»Lassen wir Gras drüber wachsen«, sagte er. »Thea meint,

du solltest in nächster Zeit auch nicht zu uns nach Hause kommen. Die Stimmung ist sehr aggressiv gegen dich.«
»Du bist mein Opfer gewesen«, sagte Tschonkovits, »ich weiß. Dabei wusstest du immer genau, was du wolltest und was zu tun war.«
»Ich bereue nichts«, erwiderte Marits, erhob sich, gab Johannes die Hand und hielt sie fest, »und du hast eine exzellente Arbeit gemacht. Ich danke dir, und du sollst wissen, dass ich unser Wirken nicht vergessen werde.« Er ließ die Hand los, öffnete die Tür, drehte sich nochmals um: »Wir sind nicht die einzigen Antifaschisten in diesem Land. Die Geschichte wird uns recht geben.«
Tschonkovits ging mit zwei schnellen Schritten auf ihn zu.
»Ich werde aus dem Land gemobbt«, sagte er leise. »Unsere Genossen sind schlimmer als alle Schwarzen zusammen.«
»Es ist nicht persönlich«, murmelte Marits. »Lass von Zeit zu Zeit von dir hören.«
»Dann ist er aus dem Zimmer gegangen«, erzählte Johannes dem mit verschränkten Armen neben seinem Schreibtisch sitzenden Roman, »mein einziger Freund ist aus meinem Zimmer gegangen, und schwupps, gleich darauf wars auch nicht mehr mein Zimmer, nicht mehr meine Löwelstraße, nicht mehr meine Partei, nicht mehr mein Land.«
»Na, na«, machte Apolloner, riss eine neue Zigarettenpackung auf, bot Johannes eine Zigarette an, und sie rauchten. Klingler klopfte an, kam herein, warf einen Blick auf Tschonkovits, wollte Apolloner etwas sagen, unterdrückte es, gab Tschonkovits die Hand.
»In Ihrer Haut möchte ich nicht stecken«, sagte er. »Ich komme später«, und er ging.
»Vielleicht habe ich dich falsch eingeschätzt«, sagte Apollo-

ner langsam und schaute dem Rauch nach, den er in Kringeln herausgeblasen hatte. »Ich hab dich eher für einen Machtjongleur gehalten.«

»Das bin ich auch«, zischte Tschonkovits zwischen den Zähnen hervor. »Schnitze keinen Helden aus mir. Ich hab gespielt und verloren.«

»Ich mache eine big Story über dich. Mit dir, wenn du magst.«

»Ich weiß nicht, wo es jetzt hingeht mit mir. Ich kann keinen vernünftigen Gedanken fassen. Es ist zu früh, jetzt auszupacken, mich zu rechtfertigen. Dein Boss schaut auch nicht danach aus, als wünschte er mich als Titelgeschichte.«

Dazu sagte Apolloner nichts.

»Ich glaub, ich seil mich ab«, sagte Tschonkovits, griff zu Apolloners Zigarettenpackung und angelte sich noch eine. »Ich kenne so viele Leute hier, es waren mir eine Menge verpflichtet, die haben deswegen alle einen Rochus auf mich, weil ich ihnen nichts mehr –«

Tschonkovits schlug sich mit der flachen Hand auf den Oberschenkel. »Das weiß man ja, das weiß man eh.«

Er stand auf. »Ihr vom Besserwisserclub macht doch weiter. Bin auch kein Spion mehr, kann euch nicht an die Staatspolizei verzünden. Bin nur noch ein Berufsmagier außer Übung.«

Apolloner erhob sich ebenfalls. »Das tut mir ein bissl leid«, sagte er und lächelte ihn an. »Aber wir werden weitermachen, wir werden schauen, wie wir den Wais isolieren. Wir werden nicht aufhören, darauf hinzuweisen, dass er das Symbol für das alte naziverstrickte Österreich ist.«

»Isolieren? Er ist doch beliebt wie Peter Alexander.«

»Da täuscht du dich. Nicht einmal die Schwarzen mögen ihn besonders. Ich hab manches gehört. Er ist in das Amt hineingetrotzt worden.«

»Und der Trotz soll sein ständiger Begleiter sein?« Tschonkovits' Augen belebten sich, begannen leicht zu funkeln.
»Und am Ende ist der Trotz der einzige Gefährte neben seiner Aglaja«, sagte Apolloner mit lauter werdender Stimme. »Unser Kampf fängt überhaupt jetzt erst an.«
Dazu schwieg Tschonkovits.
»Wo willst du dich denn hinseilen?«, fragte Apolloner leise.
»New York.«
Und von seinem eigenen Gedanken mitgerissen, wiederholte er:
»New York, New York. Pfiatdigott, du beschissenes, stinkendes, bräunendes, einziges Wien.« Er machte seine Zigarette aus. »Dort ist der einzige Ort, wo ich atmen kann.«
»Hm, hm«, machte Apolloner. »Die werden jetzt sagen, er flüchtet zu seinen Juden.«
»Wenn schon«, rief Tschonkovits. »Die hier sind jetzt im Arsch. Nicht ich.« Er riss die Tür auf.
»Willst du dich nicht verabschieden?«, fragte Roman und reichte ihm die Hand. Johannes nahm sie, klopfte Roman auf die Schulter, Roman tat desgleichen bei Johannes, und schließlich umarmten sie sich. Judith ging vorbei und blieb stehen.
»Nanu?« Tschonkovits gab ihr die Hand. »Bin im Gehen. Alles Gute euch.« Er marschierte um die Ecke zum Aufzug.
Judith sah Roman an.
»Den sind wir los«, sagte er und ging in sein Zimmer zurück. Judith zögerte einen Moment, dann ging sie in ihres.

36.

(Aus dem Tagebuch des jungen Keyntz)
27. 6. 1986

Fräulein Dolores Segal hat sich von mir getrennt. Vor vier Tagen ist sie wieder in der Schule aufgetaucht. Ich habe sie gefragt, warum und weshalb, sie hat mich ins Café Grillparzer bestellt. Während des Unterrichts hat sie mich von Zeit zu Zeit heimlich beobachten wollen, aber ich habs bemerkt, wie sie immer wieder blitzschnell hergeschaut hat. Was sollte der Tanz bedeuten? Ich hatte keinen Schimmer, was mich im Grillparzer erwartete. Da sagt mir Fräulein Segal doch tatsächlich ins Gesicht, sie trennt sich jetzt von mir, weil sie sich von Österreich trennt und von den Österreichern und nach Etzel oder Erpel oder Eretz Israel abdampft mitsamt ihrer Mischpoche. Das ist doch die Höhe. Ich war so zornig, dass ich sie angeschrien hab. Daraufhin hat mich der Ober aus dem Café gerempelt. Ich habe dann gewartet, hab mich versteckt und ihr aufgelauert. Sie ist weinend neben mir her zu sich nach Hause gegangen, ich habe sie ständig gefragt, warum und wieso, und mich entschuldigt. Sie hat mit Weinen geantwortet. Vor dem Haus ist plötzlich der alte Segal herausgekommen, hat die Dolly umarmt und mich mit einer Kopfbewegung weggeschickt. Sie ist nicht mehr in der Schule erschienen, morgen ist der letzte Schultag. Werde ich sie jemals wiedersehen?
Heute hat mir der Tschurtschi erklärt, die Dolly ist eine jüdische Prinzessin und lässt sich nicht mit Gojim ein. Es stellte sich heraus, dass seine große Schwester mit einem Juden, einem Medizinstudenten, zusammen war. Der hat von ihr verlangt, zum Judentum überzutreten. Das hat seine Schwester lachhaft gefunden. Daraufhin hat er sie stehenlassen. So sind die alle.

Ich kann das nicht glauben. Ich liebe sie. Sie liebt mich genauso. Das gibts nicht.

29. 6.

Vorhin rief der alte Segal an und weckte mich. Ich war total verschlafen, obwohl es schon Mittag war. Hab einen schweren Traum gehabt, der noch irgendwie nachwirkte, weil ich ihn kaum verstehen konnte. Segal hat mich gefragt, ob ich betrunken bin, und ich habe gesagt: sehr. Dann hat er mir eingeschärft, um zwei im Café Billroth auf ihn zu warten. Er hätte mir was Wichtiges mitzuteilen.

Abends.

Ich bin traurig. Ich kanns gar nicht ausdrücken. Ich versuche meinem Tagebuch klarzumachen, was ich selbst nicht verstehe. Der Architekt Ernst Segal teilt dem Schüler Stefan Keyntz mit, dass seine Tochter Dolores Segal ihre von ihm ursprünglich gutgeheißene Beziehung beenden muss, weil er, der Vater, beschlossen hat, wegen der Wahl des Johann Wais nach Israel auszuwandern. Er ist mit seiner Familie übereingekommen, so gewählt hat er sich ausgedrückt, seine Tochter aus der Schule zu nehmen. Sie werde in Israel an einer internationalen Schule maturieren und dort bleiben und studieren. Er selber könne in Israel genauso gut oder sogar besser arbeiten als hier. Es hat sich gezeigt, erklärte er mir, dass Juden in Österreich nicht in Ruhe leben können. In Israel zwar auch nicht, hat er wie im Scherz mit finsterem Gesicht gemeint, aber das ist wenigstens unser eigenes Land. In Österreich sind wir bloß toleriert, sagte er; wann immer es den Österreichern passt, könnten sie unsereinen hinauswerfen, wie es schon oft in der Geschichte vorgekommen ist.

Ich habe ihn gefragt, ob Dolly das auch will, was er be-

schlossen hat. Sie wird einsehen, sagte er, dass es das Beste für alle ist. Ich sagte ihm, für mich ists das Schlechteste. Ich verstehe nicht, sagte ich ihm, wieso die Wahl irgendeines unwichtigen Typen, der in Österreich so gut wie keine Macht hat, unsere Beziehung zerstören kann. Ich habe mich sogar getraut, ihn zu fragen, ob er sich sicher ist, dass alles mit ihm in Ordnung ist. Ich bin nicht verrückt, hat er mir ganz ernst geantwortet. Das heißt, wir leben in einer verrückten Welt. Ich habe ihn angefleht, er soll mir die Dolly, wenn sie das will, dalassen, sie könnte bei mir wohnen. Er hat mich stumm angeschaut und den Kopf geschüttelt. Ich habe gesagt, ich komme mit. Schließlich, ich hab dummerweise vor ihm zu weinen angefangen, hat er mir einen Vertrag angeboten: Ich soll hier maturieren, seine Tochter in Israel. Wir können uns schreiben und nach einem Jahr, wenn beide wollen, können wir uns in Israel sehen. Ich habe ihn gebeten, die Dolly jetzt noch einmal treffen zu dürfen, aber er sagte mir, sie ist schon nach Israel geflogen, gestern.
Schon gestern?, fragte ich. Segal nickte. Zur Not fliegt man auch am Sabbat und mit der AUA statt EL AL, sagte er mir, und dann hat er mir großmächtig die Hand geschüttelt und ist gegangen.
Jetzt sitze ich da und weiß nicht, was ich tun soll.

30. 6.

Mutter hat mich angerufen. Ich war verkatert, weil ich mich angesoffen hab und erst spät eingeschlafen bin. Sie geht zu Margit, ob ich mitkomme. Halbes Jahr. Ich wollte mich zwar mit Helen beim Schnitzler treffen, aber dann bin ich mitgefahren. Als wir am Grab standen, kam plötzlich Guido Messerschmidt dazu. Ich sagte ihm, vielleicht war es gar nicht so blöd von meiner Schwester, was sie ge-

macht hat, habs aber gleich bereut, weil Mutter wieder diesen Gramblick bekam, der mich total nervt. Er hat uns beide zum Mittagessen in eines der Leichenschmauslokale eingeladen. Guido hat von Margit und ihrer Spitalsarbeit gesprochen, und irgendwie habe ich gemerkt, dass er noch immer total traurig ist. Dabei hatten die garnix miteinander. Mutter immer knapp am Wasser, überhaupt, tränenreiche Zeit, auch für mich. Guido hat dann Mutter in die Schleifmühle gefahren und mich zu mir. Er erzählte mir, dass er in einem Chor singt. Er hätte einen Tenor. Ich Bariton, sagte ich ihm. Wie mein Vater. Das wusste er schon, dass ich einen herrlichen Sänger zum Vater gehabt habe. Ob ich zum nächsten Konzert kommen wolle.
Jetzt habe ich Helen angerufen, sie war ruhig und bestimmt und hat aufgelegt. In meiner Hosentasche finde ich den zerknüllten Zettel mit der Adresse von Dolores. Hab ihn überall gesucht. Ich setze mich gleich hin und schreib ihr. Soll ich es vorher ins Tagebuch schreiben? Wozu?

37.

Am achten Juli wurde Johann Wais im Parlament angelobt. Der Parlamentspräsident sprach ihm die Formel vor, Wais redete sie nach und fügte ein »So wahr mir Gott helfe« hinzu. In seiner ersten Rede, die den Novacek eine ganze Nacht gekostet hatte, obwohl sie letztendlich schlicht und einfach von den Lippen des neuen Präsidenten troff, rief Wais zur Toleranz auf, versprach wie alle vor ihm, ein Präsident für alle zu sein, Zwietracht hintanzustellen und das Gemeinsame für die geliebte Heimat zu betonen. Die Abgeordneten hörten sich das an, die Stirnen, die dem Redner hundertdreiundachtzigfach entgegenschimmerten, wa-

ren teils gefurcht, teils hochgezogen, ähnliche Gedanken liefen wohl hinter ihnen ab: Genugtuung, Trotz, Sorge, Zorn. Das Hohe Haus war einigermaßen feierlich adjustiert, ausgesucht die Krawatten der Männer, die Halsketten der Frauen, ausgesucht die Leute auf der Zuschauergalerie. Draußen vor dem Parlament wehte für kurze Zeit ein Transparent mit der Aufschrift: Nein zum Kriegsverbrecherpräsidenten. Die Polizei riss das Transparent den beiden, die es hielten, aus der Hand, rollte es ein, wobei es entzwei ging. Den Demonstranten wurden die Personalien abgenommen; schon wollte man sie gehen lassen, als einer der Polizisten über Walkie-Talkie von einer Demonstration am Stephansplatz erfuhr. Er fragte nochmals nach, wie nun hier zu verfahren wäre, dann durften die Demonstranten nach Hause gehen.
Der Club Diderot hatte am Stephansplatz den Bauarbeitern vor dem Haashaus Geld gegeben, damit sie länger in der Mittagspause verblieben und die Kundgebung nicht mit ihren Presslufthämmern verknatterten. Ein Kleinlaster hielt vor der Baustelle, auf ihm Krieglachs Pferd, das eine schwarzbraune Kappe mit der Aufschrift SA auf dem Kopf trug. Boaz Samueli eilte zwischen dem Laster, den Bauarbeitern und den zwei vorgesehenen Rednern hin und her. Am Stephansplatz waren an diesem Julidienstag wie sonst auch eine Menge Touristen unterwegs. Japaner kamen sofort an den Laster, um zu fotografieren, zwei junge Männer, mit bepudertem Gesicht und Rokokoperücke angetan sowie mit weiß-verstaubtem Kostüm, drehten die Köpfe zum Holzpferd hin. Sie warben für ein Mozartkonzert und gerieten allmählich mitten in eine Diskussion von Aktivisten der Gruppe Anderes Österreich und sich mehr und mehr ereifernden Wienern, die sich mit Rededuellen ineinander zu verknäulen begannen. Bevor es aber zu

Handgreiflichkeiten kommen konnte, war auch Polizei in beträchtlicher Stärke erschienen. Boaz Samueli bestieg den Kleinlaster, stellte knapp die Gruppe Club Diderot – Anderes Österreich vor, tätschelte dem Pferd den Holzhals und erläuterte der Menge, dass es sich hier um ein Trojanisches Pferd handle.

»In seinem Bauch trägt es all das Vergangene, Barbarische. Will es hereinschmuggeln in die Gegenwart der jungen österreichischen Demokratie. Dieses Pferderl war ohne Reitersmann bei der SA. Ein herrenloses Ross. Es hat dort seine Pflicht erfüllt. Sein Reiter allerdings war frisch verliebt bei seiner Frau in Wien und sonst als einfacher Wehrmachtssoldat an der Front fern von seinem Pferd. Aber auch er hat seine Pflicht erfüllt. Nun ist das Pferd hier, sein Reiter ist schon wieder woanders, und zwar diesmal wahr und wahrhaftig. Er wird soeben im Parlament unter den Augen der demokratischen Öffentlichkeit zum Präsidenten angelobt.«

»Pfui«, schrie es aus der Menge, und »Kusch, bleder Bua« rief einer zu Samueli herauf. Boaz schaute, während er weitersprach, freundlich und treuherzig auf die Leute hinunter:

»Es ist eben ein Trojanisches Pferd. Auch sein Reiter ist einer, der mit seinen Lügen, dem Verschweigen seiner tatsächlichen Tätigkeit bei einem mörderischen Angriffskrieg, Konterbande in unsere Republik einschmuggelt. Er vergiftet unser Klima, er repräsentiert nun an oberster Stelle das Erbärmlichste an der Rolle Österreichs und seiner Bürger in der Nazizeit.«

»Kusch, bleder Bua«, rief derselbe Mann wieder herauf.

»Nein, das Andere Österreich kuscht dazu nicht mehr. Im Gegenteil, es steht auf gegen diesen Bundespräsidenten und will, dass aufgeklärt wird, was er damals getan und gewusst

hat. Es muss überhaupt aufgeräumt werden in dieser Republik mit dem Nazigedankengut. Es muss Schluss sein mit der Verherrlichung von solcher Pflichterfüllung, die eben darin bestand, andere Länder zu überfallen. Im Namen von Führer und Reich Andersdenkende zu massakrieren. Menschen wegen ihrer bloßen Herkunft, aus sogenannten rassischen Gründen zu vergasen. Riesige Landstriche in verbrannte Erde zu verwandeln. Eine Pflichterfüllung schließlich, sich selbst und seinem Land Tod und Verderben zu bringen. Dieses Pflichtbewusstsein steckt nach wie vor in den Knochen des Herrn Doktor Wais, es gliedert sein Rückgrat, und es ist hier drin.«
Samueli klopfte dem Ross gegen den Bauch.
»Und mit seinen stinkenden, braunen Rossknödeln sollen wir jetzt leben?«
»Pfui Teufel«, schrie jemand. Etliche applaudierten.
Nach Samueli bestieg Herbert Krieglach den Kleinlaster. Er erläuterte in derben und barschen Worten, was dieses Pferd symbolisierte. Weil während seiner Ansprache die Auseinandersetzungen in der Menge zunahmen, begann Krieglach zu brüllen. Dabei übermannte ihn ein Zusatzzorn, sein Gesicht wurde rot, und eine Stirnader sprang hervor. Schon wollte er mit einer »Ihr seids doch alle solche Oaschlöcher«-Rede beginnen, ein Schimpfwerk, mit dem er schon bei nichtigeren Gelegenheiten geprunkt hatte, da gelang es Samueli mit beschwichtigendem Zupfen an Krieglachs Ärmel, dass der Bildhauer davon absah. Stattdessen schnaufte und hustete er ins Publikum und rief schließlich: »Das demokratische und antifaschistische Österreich ist quietschlebendig, merkt euch das!«
Als Letzter kam der Dramatiker Tonio Gaspari an die Reihe. Er besah sich seelenruhig die Menge, zog ein großes Taschentuch aus dem Hosensack und schnäuzte sich. In die

anhebende Heiterkeit der unten Herumstehenden begann er konzentriert hineinzusprechen:
»Wir sind nicht da auf Geheiß des World Jewish Congress ...«
»Doch«, schrie einer herauf.
»Wir sind weder seine Agenten noch sein Sprachrohr. Wir sind auch keine vaterlandslosen Gesellen und Antidemokraten, als die uns der Generalsekretär der Österreichischen Volkspartei, Helmut Kominek, heute im Radio bezeichnete. Wir sind hier, weil wir eine der wichtigsten menschlichen Eigenschaften hochhalten wollen, die Fähigkeit, sich zu erinnern. Wir sind hier, weil wir Herrn Wais, der zur Stunde unser aller Bundespräsident wird, zu dieser Fähigkeit verhelfen wollen. Wir wollen ihn daran erinnern, dass er Präsident einer Republik wird, die nur wiedererstehen konnte, weil es im Unterschied zu ihm Menschen gab, die ihre Pflicht gegenüber dem Hitlerregime nicht erfüllt haben. Wir möchten Herrn Wais daran erinnern, dass dieses Pferd, das unser Freund Krieglach und ich hier aufgestellt haben, noch immer seinen Reiter sucht. Wir werden dieses Pferd zu allen öffentlichen Auftritten des Herrn Wais führen. Es soll ihn daran erinnern, dass man seine Vergangenheit nicht durch Lüge und Verdrängung loswerden kann.«
»Doch«, rief derselbe wieder herauf.
»Wir planen ab Herbst«, fuhr Gaspari fort, nachdem er dem Zwischenrufer ein grämliches Lächeln geschenkt hatte, »eine ganze Reihe von Aktionen, die dem Zweck dienen, das Erinnerungsvermögen des Herrn Wais zu fördern. Wir fordern die Beamten in der Hoheitsverwaltung, ja wir fordern alle Lehrer auf, in den Klassenzimmern und Amtsstuben das Bild des neuen Bundespräsidenten verkehrt herum aufzuhängen. Bekanntlich hebt eine rasche Blutzufuhr zum Kopf das Erinnerungsvermögen.«

Gaspari hörte dem zögernd einsetzenden, etwas schütteren Beifall zu, nickte zu Samueli hinüber und stieg vom Laster.
»Ab nach Israel mit Gaspari«, sagte ein Mann lächelnd zu den Umstehenden, nahm seinen kleinen grünen Hut vom Kopf und wischte sich mit der anderen Hand den Schweiß von der Stirn.

Hundert Meter davon entfernt verließ Rosa Fraul die Buchhandlung Sillinger am Graben, um ein Buch von der Auslieferung in der Seilerstätte abzuholen. Ein Kunde brauchte es sofort, und so machte sie sich auf den Weg, anstatt ihn auf den nächsten Tag zu verweisen. Sie geriet mitten in die Auseinandersetzungen auf dem Stephansplatz, bemerkte anfänglich gar nicht, wo sie ging und stand. Denn ihre Gedanken waren, wie in letzter Zeit wieder verstärkt, ameisengleich in ihrem Kopf herumgewimmelt, hatten klare Gedanken angesäuert und in Bestandteile zerlegt, die nun wieder zueinanderfinden wollten. Sie kam nicht weiter, stand neben einem hageren hohlwangigen Herrn, der eben »Kusch, bleder Bua« oder Ähnliches herausbrüllte. Sie wich zurück, wollte sich aus der Menschenmenge, in die sie hineingeraten war, herauslösen, in Richtung der Ecke, an welcher der Stock im Eisen angebracht war, retirieren, um dann zur Singerstraße zu gelangen, weg von den Unruhen. Sie vernahm jedoch plötzlich, dass ein Herr mit Steirerhut und blitzenden Augen zu einem jungen Mann, der Flugblätter in der Hand hielt, hinschrie:
»Wozu machst du das? Glaubst, die Juden brauchen dich? Die wissen sich schon selber zu helfen. Die benötigen solche wie dich, freilich! So ein Idiot. Die haben doch eh alle auf ihrer Seite. Die brauchen euch doch nicht.«
»Wie meinen Sie denn das?«, fragte eine Frau. »Welche Juden?«

»Die Juden wollen den Wais nicht, das versteh ich ja, aber warum hilfst du denen? Bist vielleicht auch einer?«
Er wandte sich an die Danebenstehenden, blickte dabei zufällig der Rosa ins Gesicht.
»Heutzutage kannst ja in Österreich nichts mehr werden, wennst kein Jud bist. Großartig, netwaa?«
»Der Wais ist kein Jude und soeben unser Bundespräsident geworden. Leider«, sagte der junge Mann.
»Eben, du Trottel. Deswegen sind die Hebräer gegen ihn. Was geht das dich an?«
»Seien Sie still«, sagte Rosa. »Sind wir schon wieder so weit?«
»Da schauts her. Da ist ja eine. Dieses Gesicht. Das sieht man sofort. Merkst du das, Burscherl? Die kommen eh selber hierher. Die brauchen dich nicht. Du bist doch ein Österreicher. Geh heim.«
»Sie stehen doch auch da«, sagte der junge Mann.
»Sie mit Ihren Nazireden«, mischte sich ein älterer Passant mit dicker Hornbrille ein. »Sie haben nichts gelernt aus der Geschichte. Un-be-lehr-bar.«
»Soso«, höhnte der Mann, »was sollen wir denn lernen, Sie Obergscheiter, hä? Dass man heutzutage nichts mehr wird, wenn man kein Jud ist? Solche wie Sie sind schuld daran, dass wir zu Sklaven werden. Kein Wunder, dass ihr den Wais erschießen wollts.«
»Wer will denn den Wais erschießen? Das ist unerhört.«
Das Stimmengeknäuel wurde lauter und verwickelte immer mehr Passanten ineinander, es kam zu Rempeleien, Polizisten gingen dazwischen, begannen die Diskutierenden und Brüllenden nach irgendwelchen Mustern voneinander zu trennen. Rosa hatte sich umgedreht und war in die Singerstraße hineingegangen. Sie holte das Buch, mied am Rückweg den Stephansplatz, kehrte über die

Weihburggasse, den Neuen Markt, die Plankengasse und Bräunerstraße zur Buchhandlung Sillinger zurück, gab das Buch ab, schloss die kleine grüne Tür und verblieb in ihrem Zimmer. Sie setzte ihre Arbeit fort und beruhigte sich dabei. Morgen fährt Karel also doch mit Astrid von Gehlen nach Reichenau, dachte sie. Sie machen Urlaub, ist doch gut.

Hugo Sillinger klopfte an, kam herein.

»Alles in Ordnung, Rosa?« Sie nickte und beugte sich über eine Kartei.

38.

(Aus dem Tagebuch des jungen Keyntz)

2. 9. 1986

Ein brennheißer Sommer war das. Lang nix mehr hineingeschrieben in mein geduldiges Sudelbuch. Es ist schon komisch: Als Dolly nach Jerusalem musste wegen diesem Scheißwais, hab ich eine Zeit lang die Margit verstanden, so mies gings mir. Wozu investiert man so viel in eine Liebe, und dann zerbröselts, und alles war für die Katz. Auf einmal hab ich das Gefühl gehabt, ich kann überhaupt nichts mehr spüren. Ich hätte ebenso in die Donau gehen können, es wäre mir dabei weder kalt noch eklig zumute gewesen, es wäre ganz wurscht gewesen, oder ich wär vom Ringturm gesprungen oder hätte mich aufgehängt. So leb ich einfach weiter, geh in die Schule, hör einmal die, einmal eine andere Musik, egal. Plötzlich hab ich mir gedacht, ich bin eh wie die Mutter. Die sitzt herum, spielt mit Freundinnen Bridge, aber auch ihr ists egal, was man dabei redet, ob sie gewinnt, sie macht immer das gleiche Gesicht so wie ich auch. Im Spiegel immer mein blödes Pokerface. Weil ein Mann seinen Sex haben muss, bin ich mit Helen zusammen. Die ist eh lieb, aber zu anhänglich; also sag ich einmal ja, dann nein, schick sie fort, bestell sie her. Sie lässt sich das bieten, aber ich glaub, nicht nur von mir; von allen lässt sie sich irre viel gefallen. Ihr Vater soll ein Wüterich sein, andauernd brüllen, er ist irgendein hohes Viech in der Wirtschaftskammer, ihre Mutter hab ich einmal zufällig mit Helen im Supermarkt gesehen, die schaut aus wie meine Mutter, alles leidende Leut. Und ich unter ihnen, aber so, dass ich nicht einmal gespürt hab, dass ich groß leide.

3. 9.

Am ehesten spüre ich noch etwas, wenn ich Carmen höre.

Guido Messerschmidt hatte mich eingeladen, Mitte Juli nach Reichenau zu kommen. Er singt beim Wiener Singverein, und sie haben dort ein Konzert gegeben. Ich bin hingefahren. Manchmal hab ich schon früher überlegt, ob ich nicht in einem Chor singen sollte einerseits und anderseits vielleicht eher mehr mit der Gitarre machen, vielleicht eine Band gründen.

Gestern Abend hat Dolores angerufen. Wir haben geplauscht und so, sie war halt freundlich. Die ist einfach zu weit weg. Ich hab erst ein Kribbeln gespürt, als das Gespräch zuend war.

In Reichenau haben sie das Deutsche Requiem gesungen. Guido ist mitten unter den Männern, genau in der Mitte gewesen, er hat mit sehr ernstem Gesicht gesungen. Ich hab Vati einmal bei diesem Brahms gehört, damals war mir ziemlich fad. Dieses Mal, und zwar nicht wegen Guido, hats mich mitgenommen, das war das erste Mal seit Dolly einfach abgehauen ist, dass ich was empfunden hab. Deutsches Requiem für Dolores Segal. Ich hab mir das echt vorgestellt. Nachher bin ich mit ihm in einem der Kurcafés gewesen, eine Ärztin ist dazugekommen, diese Doktor Haller, die damals mit der Margit fast schon befreundet war, sie aber so behandelt hat, dass das dabei herausgekommen ist. Messerschmidt redete über Bach als Thomaskantor, er empfahl mir, Bachchoräle zu hören, aber auch Orff. Die Doktor Haller hat mich ausgefragt, wie es mir geht, sie sprach aber den Namen meiner Schwester nicht aus. Ich wollte ihr sagen, sie könnte sich ruhig bei mir danach erkundigen, wie es der Margit Margit Margit jetzt wohl so geht, doch sie flüsterte plötzlich zu Messerschmidt: »Die Astrid von Gehlen!« Ich schaute zum Eingang, sah von ihr keine Spur, aber den geschissenen Fraul. Der bemerkte mich, blieb wie angewurzelt stehen, ich ballte die Fäuste. Astrid, die offensichtlich vor ihm gegangen war, kam zurück und zog ihn weg. Was die Haller und der Messerschmidt nachher geredet haben, weiß ich nicht, ich wollte sofort nach Wien zurück. Schließlich wars auch egal. Ich war noch mit ihnen promenieren, das tut man dort, und dann bin ich mit Guido in seinem Auto nach Wien zurückgefahren. Bevor er mich vor meinem Haustor aussteigen hat lassen, hat er mir vorgeschlagen, ich sollte im September einmal zum Chor kommen, wenn ich will.

4. 9.

Jetzt habe ich Dolores einen Brief geschrieben. Ich möchte ihn aber hier nicht abschreiben, es war ein sehr blöder Brief, aber wahr. Ich hab ihr von meiner Gefühllosigkeit geschrieben und dass ich nix dafür kann. Dann hab ich von Helen erzählt und vielleicht übertrieben, weil eigentlich ist mir die gar nicht wichtig, sondern immer noch Dolly. Das hab ich aber nicht geschrieben. Das geht sie nix an.

Außerdem, wer weiß, wie viele Israeli hinter ihr täglich her sind, so scharf wie sie ist und aussieht. Der Tschurtschentaler, dem gegenüber ich leider eine Bemerkung fallen hab lassen wegen Dolores und den Männern dort, hat gemeint, in Israel gibts nur schöne Jüdinnen, da fällt die Dolly gar nicht auf.
In der Zeitung lese ich, die bringen in der Burg den Macbeth heraus. Gehlen und Dauendin, der ein Comeback gibt nach seinem Unfall. Wieso Unfall? Der Fraul spielt auch irgendwen.
Messerschmidt hat mich grad angerufen. Ob ich nächsten Montag zum Chor kommen kann und mit dem Chorleiter sprechen. Und was vorsingen. Ich weiß nicht. Soll ich ihnen »In the Ghetto« vorbrummen und aus der »Winterreise«? Lieber nicht »Winterreise«, dann vergleichen die mich mit Vati. Elvis, why not?
Schick ich den Brief ab?

39.

Herbert Krieglach rief den Bürgermeister an. Purr hatte sich beim Frühstück ausführlich mit seiner Frau gestritten, weil sie dieses und jenes gesagt hatte, was er am Morgen noch nicht vertrug. Er fuhr sie barsch an, sie verließ gekränkt den Frühstückstisch. Da der Bürgermeister seine Friedl sehr liebte, betrat er das Rathaus missgestimmt und mit schlechtem Gewissen. In seinem Zimmer starrte er aufs Telefon, überlegte, ob er Friedl anrufen sollte, um ihr einige Freundlichkeiten zu sagen und eine Liebeserklärung dazu, als es klingelte.
»Gut, durchstellen«, sagte er in den Hörer. »Servus, Herbert, was gibts?«

Herbert Krieglach war letzte Nacht lang wach gelegen. Mehrmals hatte er Emmy geweckt, weil er, auf dem Rücken liegend, im Selbstgespräch laut geworden war.
»Ruf doch den Schorsch an«, sagte sie zornig, als sie um vier Uhr morgens wieder aus dem Schlaf gerissen wurde.
»Was es gibt? Wann sprichst du endlich das Machtwort? Merkst du nicht, dass sich die Arschlöcher von Wien zusammentun, um mein Denkmal nicht nur vom Albertinaplatz wegzukriegen, mehr und mehr wollen sie es überhaupt verhindern. Wegen der Sache schlaf ich nicht mehr, das geht so nicht. Auf was wartest du denn noch?«
»Was ist denn, Herbert? Neunzehnachtundachtzig weihen wir es am Albertinaplatz ein. Das steht fest. Ich krieg das schon durch. Zerbrich dir nicht meinen Kopf.«
»Ich zerbrech mir meinen eigenen. Ich muss verlangen, dass du dich öffentlich festlegst.«
»Na prima, Herbertl! Verlang ich etwa von dir, es endlich fertigzustellen?«
»Wenn es im Herbst achtundachtzig eingeweiht wird, dann ist es fertig. Das braucht dich nicht zu interessieren.«
Krieglach winkte der mürrisch durchs Zimmer schlürfenden Emmy zu, machte ihr ein Zeichen. Sie verschwand in die Küche, goss Filterkaffee in sein Häferl, fügte einen kleinen Schuss Wodka hinzu und stellte es ihm aufs Telefontischerl. Krieglach lauschte mit eingezogenem Gesicht den wortreichen Ausführungen des Bürgermeisters, nickte Emmy zu, nahm einen Schluck vom Kaffee.
»Nun ist der richtige Zeitpunkt«, unterbrach er plötzlich den Redefluss, und sein Gesicht begann sich zu röten. »Die Schwarzen haben jetzt ihren Wais durchgebracht, und ihr Triumphgeheul kann keiner überhören, ein Dreck. Jetzt musst du die Ankündigung entgegensetzen, dass wir drin-

gender denn je das Denkmal gegen Krieg und Faschismus brauchen.«
»Na schön«, sagte Purr. »Ich sags der Ebner –«
»Nix Ebner«, schrie Krieglach. »Das musst du schon selber machen.«
»Weißt du, was ich muss«, schrie Purr zurück, »nix muss ich müssen, nix.« Krieglach deutete mit mehrmals drauffahrenden Bewegungen seines Zeigefingers auf sein Kaffeehäferl. Emmy brachte die Wodkaflasche.
»Du knickst ein, Schorschi, das spür ich im Urin. Du knickst ein vorm Chef der Stunde, du knickst ein vor seinem Kettenhund Moldaschl. Diese Revolverjournalisten haben wohl schon die Macht?«
Es entstand eine Pause. An beiden Enden der Telefonleitung hielten sie die Hörer fest am jeweiligen Ohr und atmeten heftig.
»Wo du recht hast, hast du recht«, sagte Purr langsam. »Mit der Ankündigung kommen wir aus der Defensive heraus.«
»Und wie!«
»Ich werde tun, was ich kann. Aber der Bürgermeister bin immer noch ich, Herbert!«
»Unser Glücksfall. Nur du selbst kannst jetzt in die Fanfare blasen. Dazu mein Hammerschlag. Allons enfants und so fort.«
»Ich red mit der Ebner. Warte. Und ich mach es selbst.« Purr legte auf und rief seine Frau an.

Schönn wanderte über weiche Almwiesen, eine Buttersonne schien ihm ins Gesicht, der Wind trug den Geruch von Dung und Honig herüber zu ihm, der am Ufer des azurblauen Bergsees anlangte. Hinter dem See und ihre Schatten auf ihn werfend, erhoben sich schlanke und kreideweiße Felsen, aus deren Spalten dunkelgrünes Gebüsch herauswuchs. Das alles unter den Schäfchenwolken, die links und rechts der Sonne und von West nach Ost eilten. Schon vernahm er das Gebimmel der Leitkuh Kornelia, welche die Gruppe anführte; die Rinder kamen von feuchter Drift herunter zu den Ställen, aber davor verblieben sie noch den Resttag, schmatzten die Alm ab, und wenn er einen Juchezer ausstieß, weil das Leben so behaglich und urig war, schaute das Kuhzeug synchron zu ihm hin mit einem Blick von atemberaubender Blödigkeit.

Sie trat ihm in den Bauch, er erwachte, besah sich aus verklebten Augen das auf dem Kissen aufgefächerte Blondhaar, begann nachzusinnen, wer diese Frau wohl sei, bis es ihm einfiel. Er pfiff durch die Zähne und stellte den Radiowecker an.

Der Nachrichtensprecher verlas mit munterer Stimme, dass der Wiener Bürgermeister beschlossen hatte, das Mahnmal des Bildhauers Herbert Krieglach auf dessen ausdrücklichen Wunsch auf dem Platz vor der Albertina aufzustellen.

»Nicht so laut«, klagte die Frau neben Schönn, die nunmehr kerzengerade im Bett saß und sich beide Ohren zuhielt. Schönn winkelte die Beine an, schwenkte sie um neunzig Grad, ertastete die Hausschuhe, schlüpfte hinein, stand auf, zog sich gleichzeitig die Pyjamahose über den Hintern.

»Aus dem Bette, Henriette«, rief er der Frau zu, die keineswegs Henriette hieß, sondern Sonja und als Kellnerin im Café Hernalserhof arbeitete. Sie war am vorherigen Abend mit dem sehr gut aufgelegten Dietger, der geduldig gewartet hatte, bis sie das Lokal abschloss, zu ihm mitgegangen, schaute nun dem aus dem Zimmer Gehenden hinterher, wandte sich dem Radiowecker zu und versuchte ihn abzu-

stellen. Nachdem ihr dies gelungen war, vergrub sie sich selbst unter Decke und Kopfpolster.
Soso, dachte Schönn, zog die Toilettenspülung und ging ins Bad, das Steinebekloppmonster hat sich also durchgesetzt. Jetzt kippen sie der süßen Weanerstadt einen riesigen Marmorklotz ins Zentrum.
»Dat gibt ein Gejaule, Sonja«, rief er ins Schlafzimmer hinein.

Judith Zischka klopfte bei Klingler an, wartete nicht ab, bis der Chef »Herein« sagte, und legte ihm einen Artikel auf den Schreibtisch, den sie in der letzten halben Stunde heruntergeklopft hatte.
»Muss das sein?«, fragte Klingler, tunkte das Kipferl in den Kaffee, biss ab und begann zu lesen.
»Nein«, sagte er dann, »so nicht. Was soll das mit einer Gegenoffensive der Waisgegner? Den Auftrag zum Denkmal gibts seit Jahren, der Standort hat mit dem Wais so viel zu tun wie –« Er brach ab, denn wieder einmal fiel ihm kein passender Vergleich ein. Er liebte Vergleiche und versuchte ständig, welche anzubringen. Er war spottbekannt in seiner Zeitung damit, weil er zumeist scheiterte.
»Es kommt zum richtigen Zeitpunkt«, entgegnete Zischka. »Auch wenn unbeabsichtigt, wirkt es wie eine Gegenoffensive, und so ist es auch eine.«
»Raushalten im Artikel, was immer du sonst und privat machst. Ich weiß eh, dass du bei dem Diderotclub bist. Mach dich auf und interview den Purr. Das da«, und Klingler wies auf das Papier, »nimm als Umrahmung.«
Er griff mit einer Hand zum Telefonhörer, während er mit der anderen Zischkas Erwiderung abwehrte, drehte hernach die Wählscheibe, gelangte im Rathaus durch Nennung seines Namens prompt zu Purr und bat höflichst um

sofortigen Termin. Purr, der doppelt guter Laune war, denn er hatte ein sehr zärtliches Telefonat mit seiner Frau hinter sich und fand seine Erklärung zum Standort des Mahnmals deftig genug und wahrhaftig zugleich, lachte dem Klingler ins Ohr, fragte, wer ihm denn die Ehre gäbe.

»Die Zischka? Oho. Ich binde mir die Krawatte neu. Sie muss in einer halben Stunde da sein. Ich bin schon am Verschieben.«

Judith lief in ihr Zimmer zurück. Apolloner wartete dort auf sie.

»Na?«

»Später, später. Ich muss zum Purr.«

»Lippenstift.«

»Was?«

»Du hast Lippenstift auf den Zähnen.« Judith zog ihr Spiegelchen aus der Handtasche, wischte sich mit einem Taschentuch die Zähne ab, zog die Lippen nach, hielt Roman die Wange hin und enteilte. Den Artikel hatte sie auf ihrem Schreibtisch liegen gelassen. Apolloner las ihn, nickte und rief von Judiths Apparat Boaz Samueli an.

Adrian Novacek erfuhr auch erst aus dem Radio, dass der Standort des Mahnmals nun unwiderruflich festgelegt worden war. Jetzt holen sie zum Gegenschlag aus, dachte er, aber sollen sie. Er ging zu seinem Sakko, holte den Kalender hervor, suchte die Nummer vom Wissenschaftsminister. Theodor Gall hatte sich ablehnend zum Standort Philipphofgründe geäußert, er war es, der vor allem die Störung der Totenruhe ins Spiel gebracht hatte. Die Bombentoten vom Philipphof, die unter den Trümmern vergraben waren und nie begraben wurden, hätten Anspruch auf Respekt und Würde. Novacek vereinbarte einen Dringendtermin mit Gall, der empfing ihn sofort. Novacek erläuterte ihm die politische Relevanz, die durch diesen Justamentstandpunkt der Sozis Platz griff. Gall hörte aufmerksam zu, hielt von den Ausführungen des Pressefritzen aber gar nichts. Dennoch versprach er, seine Argumente gegen den Standort zu wiederholen und zu vertiefen. Er werde erstmals den Morzinplatz als Standort vorschlagen, wo ohnedies einst das Haus der Gestapo gestanden war, welches ebenso wie der Philipphof weggebombt worden war. Novacek fügte hinzu, es befände sich dort eh schon eine Gedenktafel, da passe das Mahnmal perfekt dazu. Auch diesen Gedanken fand Gall unangebracht, nickte zustimmend, und Novacek wurde entlassen.

Bei der Nachmittagsbesprechung fragte Novacek den Präsidenten, ob er Kenntnis von der Erklärung des Purr von heute Morgen habe. Wais nickte. Da er sich dazu aber nicht weiter äußerte, ließ auch Novacek die Sache auf sich beruhen. Er wollte in sein Büro hinübergehen, da sagte Johann Wais unversehens:

»Findest du nicht, dass der Standort für das Mahnmal vor der Albertina gut gewählt ist?«

Novacek setzte sich wieder und brachte nun die Argumente dagegen vor, auch sprach er von einem Gegenschlag des anderen Lagers. Doch er konnte Wais damit nicht überzeugen.

In seinem Zimmer angekommen, dachte Novacek, dass es vielleicht gar nicht so schlecht wäre, wenn Wais durchaus für den Albertinaplatz war. Er würde sich öffentlich nicht dazu äußern, aber man könnte es ins Spiel bringen und damit den Gegnern ein bissl Wind aus den Segeln nehmen. Nun trat er nochmals mit Professor Gall in Verbindung und bat ihn, den Präsidenten in dieser Sache aus dem Spiel zu lassen.

»Ich hatte nicht vor, den Herrn Bundespräsidenten in diese

Angelegenheit hineinzuziehen«, sagte Gall ins Telefon und legte auf.

40.

Wie ein großer aufgeblasener Ballon, leicht und dennoch lastend, lagerte jeder Tag nun auf Edmund Frauls Brust, wenn er immer zeitiger am Morgen aufwachte. Seit er verschiedene Tätigkeiten in Bezug auf die Welt der Konzentrationslager sukzessive eingestellt hatte, teils weil er ihrer auf bittere Weise müde geworden war, teils weil die Mitarbeiter verstorben oder zu krank geworden waren, teils aber auch weil sein Lehr- und Mitteilbedürfnis an die junge Generation abzunehmen schien, blies sich die Zeit vor ihm auf und stand weiß und leer vor ihm. Das bedrückte ihn, denn sein Pflichtgefühl gegenüber all dem Vergangenen hatte sich nicht verringert.

In seiner Ehe hatte sich seit dem diesjährigen Sommer eine neue Gewohnheit entwickelt: Sie frühstückten wieder miteinander und gingen gemeinsam aus dem Haus. Bis zum Café Korb war ihr Weg derselbe, in den Tuchlauben zweigte Fraul dorthin ab, während Rosa über den Petersplatz zum Graben weiterging und kurz vor zehn in der Buchhandlung erschien. Zumeist erfolgte dieser morgendliche Weg schweigend, manchmal zeigte Rosa auf die Tauben, wenn diese vor der Ruprechtskirche plötzlich aufflogen. Wenn sie gemeinsam die Brandstätte entlanggingen und Edmund an den Häuserzeilen hochblickte, drückte Rosa, die bei ihm eingehängt war, mit der rechten Hand kurz seinen rechten Oberarm, damit er seinen Blick wieder nach vorne richten konnte.

Er setzte sich auch heute an seinen Platz im Korb, nahm die Zeitung und den Kaffee und erwartete, ohne sich dessen

bewusst zu sein, die Dichterin Paula Grünhut, die häufig gegen halb elf hereinkam, ihn freundlich begrüßte. Heute war sie gesprächiger als sonst, sie sorgte sich um ihre Tochter, die nicht gewillt zu sein schien, die Ratschläge ihrer Mutter anzunehmen. Paula hatte sich mit dieser Tochter stark verbacken, sowie sie selber stark mit ihrer Mutter verbacken war, die mit ihr die versteckten Jahre in den hustenverbotenen illegalen Wohnungen zubringen musste. Paulas Mutter gab jahrelang Anweisungen, von deren Befolgung das Leben beider abhing, sie selbst gab nun ähnliche Anweisungen als Ezzes an ihre Tochter weiter.
»Ich schmälere damit nur das Leben von Rosalie«, sagte sie seufzend. Edmund nickte, äußerte sich aber nicht weiter dazu, denn er wusste, wie lachhaft es ist, seinen Kindern irgendetwas zu sagen.
»Wie geht es Rosa?«, fragte Paula.
»Danke«, antwortete er. An verschiedenen Tischen lasen sie in verschiedenen Zeitungen. Bisweilen zog Paula ein kleines Notizbuch hervor und schrieb unter Edmunds dezenten Blicken einige jeweils jäh abbrechende Zeilen hinein.

Rosa begrüßte Hugo Sillinger wie immer und verschwand hinter der kleinen grünen Tür. Hugo sah ihr nach, und ihm fiel auf, dass sie leicht hinkte. Wie von einer unbekannten Kraft angetrieben, erhob er sich einige Minuten später, weil er sich bei ihr erkundigen wollte, ob alles in Ordnung sei, und fand sie mit dem Kopf auf einem Ordner liegend und bewusstlos.
Als sie auf der Bahre in das Rettungsauto geschoben wurde, das am Graben vor der Buchhandlung vorgefahren war, bemerkte Sillinger ein winziges Lächeln, welches aber wie aufgestickt Rosas Mundwinkel säumte.

Drittes Kapitel

(Dennoch)

1.

Nach dem Selbstmord von Margit Keyntz war Inge Haller allmählich wieder in ihr früheres Leben zurückgekehrt. Die anfänglich noch nach außen sichtbare Trauer, die sich in ihrem Gesicht für alle Mitarbeiter auf der Station deutlich eingezeichnet hatte, wich ihrer Höflichkeitsmaske, aus der sie in gewohnter Weise auf das Wohl der Kranken sah. Die Spitalstage rannen durch sie hindurch, angetrieben von den Angst- und Krampfatemzügen ihrer Patienten, verklumpten sich in ihr durch die wenig verschiedenen Tode der Herzversehrten, wärmten sie aber auch, wenn die Bettlägrigen aufkamen und genasen. So gings hin.

Guido Messerschmidt, der ebenso wie sie und doch auf ganz andere Weise das Hinscheiden von Margit nicht recht zu verwinden vermochte, war nun häufig an Inges Seite zu finden. Man sah sie unten beim Buffet gelegentlich Kaffee trinken. So auch, als Rosa wiederum ins Rudolfspital zur Notaufnahme verbracht wurde. Inges Piepserl meldete sich, und sie erschrak, als sie Frau Fraul wiedererkannte. Es durchfuhr sie, als hätte der Bleipanzer um ihr Herz einen jähen Sprung erhalten. Der ebenfalls herbeigeeilte Guido wurde vom Anblick der blass gewordenen Inge angerührt, beide beugten sich über die bewusstlose Rosa.

Es stellte sich heraus, dass Rosa einen veritablen Hinterwandinfarkt erlitten hatte. Inge blieb über ihre Arbeitszeit hinaus bei Rosa auf der Intensivstation.

Edmund war kurze Zeit nach der Einlieferung seiner Frau gekommen und saß im Vorraum, wie schon einmal neben seinem Sohn, der, aus einer Theaterprobe herausgerissen,

im Spital erschien. Edmund musterte ihn und grüßte mit mechanisch und monoton klingender Stimme. Messerschmidt, der schon längst dienstfrei hatte, betätigte sich als Bote und brachte die Einschätzungen vom Zustand Rosas, die er gleichsam aus Inges Geflüster herausgelauscht hatte, zu Edmund und Karl, nicht ohne dem unerfreulichen Geschehen, welches im Körper von Rosa ablief, einen optimistischen Ausblick zu verleihen.
Er versuchte auch, die sichtlich aus der Berufsroutine geratene Oberärztin zu beruhigen und von Rosas Bett wegzubekommen. Doch Inge Haller saß die erste Nacht nahezu unentwegt bei ihrer Patientin. Als sei sie die entfernte Verwandte, die sich nun mit Karl die Schuld an Margits Selbstmord zu teilen anhob und als Karls Obertante und jüngere Schwester der Rosa nunmehr deren Leben zu retten hatte.
Am dritten Tag, Rosas Zustand hatte sich erheblich verbessert, und sie konnte die Intensivstation verlassen, saß Edmund neben dem Bett seiner Frau und sah ihr beim Aufwachen zu.
»Edmund«, sagte sie plötzlich mit klarer Stimme. Er nickte und ergriff ihre Hand.
»Und Karel?«, fragte sie.
»War da. Kommt wieder.«
Er ließ ihre Hand los und strich ihr über die Wange. Sie schwiegen. Inge Haller, die endlich doch für ein paar Stunden heimgegangen war, kam herein. Fraul stand auf, verbeugte sich leicht. Haller gab ihm die Hand, setzte sich und begann leise auf Frau Fraul einzusprechen. Edmund hörte mit halbem Ohr zu, schließlich verließ er den Raum. Auf dem Weg zum Ausgang kam ihm Wilhelm Rosinger entgegen. Fraul blieb abrupt stehen.
»Was machen Sie da? Ihre Schwester?«

Rosinger senkte den Kopf.

»Aber nein, nicht doch. Sie haben mir doch am Telefon von Ihrer Frau – Ich dachte – Wie geht es –«

»Nett von Ihnen«, unterbrach ihn Fraul barsch. »Halten Sie sich von meiner Familie fern, ja?« Und er ging an Rosinger vorbei und aus dem Spital. Rosinger stand mitten in der Eingangshalle, eine Blutwelle schoss in seinen Kopf, er drehte sich um die eigene Achse, suchte nach einem WC-Schild, ging zu den Toiletten. Vor dem Spiegel über den Waschtisch gebeugt, verharrte er. Die schwer atmende Hedi auf ihrem Sterbelager kam vor seine Augen. Er saß neben ihr und wartete, bis und ob ihr nächster Atemzug endlich doch noch kommen möge, auch kam und dann ausblieb.

Rosinger hob den Kopf. Er konnte sein Spiegelbild kaum erkennen. Er riss ein Papierhandtuch herunter und wischte sich das Gesicht ab.

Als er aus dem Rudolfspital herauskam, sah er sich um und ging langsam rechts bis zur Landstraßer Hauptstraße vor. An der Ecke stand Fraul. Als die Blicke der beiden Männer sich trafen, nickte Fraul kurz und ging davon.

Nach einer Woche war Rosa vorerst überm Berg. Sie hatte Edmund gebeten, ihr Bücher zu bringen. Sie war noch zu müde, um ihre gewohnte Ration an Lektüre herunterzulesen, aber sie merkte selbst, wie es Tag um Tag mit ihr aufwärtsging. Zunehmend war sie über die Aufmerksamkeit verwundert, welche die Oberärztin ihr angedeihen ließ, und erkundigte sich bei der nächsten Visite, ob sie etwas medizinisch Besonderes in sich oder an sich habe.

Messerschmidt eröffnete Inge an einem dieser Tage, als er mit ihr Kaffee in der Kantine trank, dass Stefan Keyntz sich vielleicht entschließen würde, etwas aus seiner schönen

Stimme zu machen. Er habe ihn zum Chor eingeladen, und der Steff werde demnächst dem Schurin vorsingen.
»Die Margit hat einen langen Arm«, sagte er plötzlich. Inge sah ihn überrascht an.
»Was du alles bemerkst«, murmelte sie und hob die Kaffeeschale zum Mund.

2.

Schönn hatte auf die Wahl von Wais sofort mit der ganzen Wucht der Burg reagieren wollen. Er begann Raimund Muthesius unter Druck zu setzen, das Auftragsstück jetzt und nicht irgendwann fertigzustellen. Muthesius antwortete gar nicht oder kanzelte den Burgtheaterdirektor mit verschliffenen Gemeinheiten über dessen Theater, ihn selbst und Österreich ab. Schönn ließ dies an sich abperlen. Er schickte zweimal die Woche ein Fax nach Unterach und wies seine Chefsekretärin an, am jeweiligen Folgetag anzurufen.
Bereits zwei Wochen nach der Kundgebung am Stephansplatz wurde Tonio Gaspari von Schönn angerufen. Gaspari nahm den Hörer unter Schmerzen ab.
»Hier Dietger«, trompetete Schönn, »herrlicher Sommer, wie geht es dir?«
»Was für ein Gebrüll ins Ohr eines Schwerverletzten.«
»Ist was passiert?«
»Bin beim Autofahren eingedöst. War zwei Tage im Spital. Liest du keine Zeitungen?«
»Das tut mir leid. Wie gehts dir denn jetzt?«
»Vier Rippen angeknackst.«
»Schlimm. Man spürt jeden Atemzug. Ich kenne das.«
»Schlüsselbein tut weh, Ellenbogen tut weh, Seele tut weh.«

»Ach herrje, Tonino. Aber dat wird wieder.«
»Und wie gehts dir?«, fragte Gaspari müde.
»Formidabel. Hör zu: Wir nehmen Macbeth im Herbst wieder auf. Kannst du nicht einen gegenwartsbezogenen Prolog schreiben?«
»Mit den drei Hexen?«
»Mit oder ohne, ist dir freigestellt. Mit wäre mir lieber.«
»Ohne Macbeth und … wie heißt sein Freund, den er dann umbringen lässt, Saldo?«
»Banquo. Mit beiden. Netter Witz.«
»Mir ist nicht nach Witzen!«
»Wie wärs? Im Herbst dem Wais eine reinwürgen? Und seiner Wählerschaft!«
»Ich bin Dichter, kein Kabarettist!«
»Ich will Dichtung von dir. Nix anderes.«
»Also, ich weiß nicht.«
»Ich rufe dich in einer Stunde nochmals an. Tschüss.«
Scherfele war im Urlaub, Schönn eigentlich auch, er ging rüber ins Landtmann, trank zwei Melange, fuhr heim und rief von dort Scherfele im Hotel Bergrose in Strobl am Wolfgangsee an.
»Ich möchte nen Schnellschuss für November. Mir genügt der Macbethprolog nicht. Wir müssen uns ordentlich einmischen und dem Land was vorgeigen.«
»Was schwebt dir vor?«, fragte Scherfele durch die Nase.
»Das will ich von dir wissen. Keene Ahnung. Gibts eigentlich Stücke über Antisemitismus, oder so einen Kram? Was speziell Österreichisches?« Scherfele meckerte ins Telefon:
»Gibt es, Maestro, gibt es: Schnitzler, Bernhardi. Aber du kannst doch den Schnitzler nicht leiden?«
»Bernhardi, Rüdiger. Natürlich! Dass ich nicht selbst drauf-

gekommen bin. Klar. Das mach ich. Ich fahr übermorgen nach Aussee, und du kommst rüber zu mir.«
»Nein«, sagte Scherfele. »Du zu mir. Wer als Bernhardi?«, fragte Scherfele nach kurzer Pause.
»Felix, wer sonst?«

Der Text von Gaspari war eingetroffen, Schönns Sekretärin hatte ihn gleich an die Dramaturgie weitergegeben. Scherfele stand mit dem Manuskript in der Hand vor Schönns Schreibtisch.
»Gelungenes Textchen. Allerdings kein Prolog, sondern die Pförtnerszene, bummbummbumm. Pfeffer.«
Schönn nahm das Manuskript an sich, schlug es an seiner Schreibtischkante ab, führte es zu seinem linken Ohr und lauschte.
»Gebongt«, sagte er und gab es Scherfele zurück.
Die Proben zu Professor Bernhardi waren schwierig. Dauendin, der so lange gehungert und gedürstet hatte, fraß sich satt. Er betrat die Bühne und drückte alle anderen an die Wand. Bloß Fraul als Hochroitzpointner konnte Paroli bieten. So mussten Fraul oben, Schönn und Scherfele unten vehement gegen die ungeheure Spielwut von Dauendin ankämpfen, damit die Ebenwalde, Cypriane, Filitze und alle anderen Doktorenfiguren die Chance bekamen, mehr als bloß zu piepsen. Da Felix aber auch den Macbeth in der Wiederaufnahme furios und bis zur Erschöpfung aus sich herausteufelte, konnte er auf der Probebühne schließlich doch etwas gedämpft werden, und Schönn sah der Premiere mit Optimismus entgegen.

3.

Boaz Samueli erwartete Edmund Fraul, damit dieser im Club Diderot seinen Vortrag über »Auschwitz einst und heute« zum Besten gebe. Samueli fand, jetzt, da der kleine Leutnant zum Bundespräsidenten gewählt worden war, sei es nötig, in aller Breite Zeitzeugen, die ein möglichst authentisches Bild von den Segmenten der Nazibarbarei lieferten, in den Club zu bekommen. Eine neue Generation sei herangewachsen, für die Auschwitz so weit weg sei wie Metternich, wie der Dreißigjährige Krieg, »wie Babylon«, fügte er lächelnd hinzu.
»Er wird immer wieder dasselbe sagen«, sagte ich. Wir saßen im Café Riedel.
»Sag, Roman, ist es nicht Frauls Spezialität, sich auszumalen, wie du und ich und er und sie sich damals verhalten hätten?«, erkundigte sich Boaz. »Du hast ja etliche Mal mit ihm gesprochen.«
»Etliche Mal! Zwei Mal! Und das zweite Mal war nicht so erfreulich.«
»Willst du sagen, er ist eine Holocaust-Walze?«
»Aber geh, was redest du«, sagte ich unangenehm berührt. »Er erzählt, was zu sagen ist, und das ist nunmal so und nicht anders.«
»Er denkt sicher, wenn Wais Gelegenheit gehabt hätte, in Auschwitz Dienst zu tun, wie hätte er sich dann verhalten?«
»Frag ihn selber. Da kommt er.«
Wir standen auf, begrüßten Edmund Fraul, der wie vereinbart eine Viertelstunde vor Beginn der Veranstaltung im Riedel erschienen war. Boaz lachte übers ganze Gesicht, als er Fraul willkommen hieß, und wie er sich freue und wie wichtig gerade jetzt dieser Vortrag eben zum richtigen

Zeitpunkt erfolge, denn für die Menschen seiner Generation, Samueli deutete auf sich, sei der Holocaust so weit weg wie der Dreißigjährige Krieg. »So weit weg wie Babylon«, endete er, indes Fraul Platz genommen hatte. Im Sitzen schaute Fraul suchend herum, aber Samueli hatte schon den Ober herbeigewunken. Erst nachdem der Mokka gekommen war, gab mir Fraul die Hand, als hätte er mich soeben erst bemerkt.

»Was glauben Sie«, fragte ich ihn nach schnell gemurmelter Begrüßungsfloskel, »wie hätte sich unser Herr Bundespräsident verhalten, wenn er nach Auschwitz abkommandiert worden wäre?«

Fraul sah mir ins Gesicht.

»Sie sind jetzt also auch beim Club? Das könnte mich freuen. Es bedarf eines solchen Präsidenten, damit ihr was tut, nicht?«

»Da haben Sie recht«, sagte Samueli schnell. »Johann Wais funktioniert als unfreiwillige Aufklärungsmaschine. Darf ich Sie übrigens so einleiten? Liebe Freunde, Wais ist Präsident. Nun werdet ihr wohl genauer hinhören, wenn Edmund Fraul, Überlebender von Auschwitz, berichtet, was der Fall war.«

»Leiten Sie mich ein, wie Sie wollen.« Fraul wandte sich an mich.

»Was ist das für eine Fragestellung? Soll ich mich bei euch in Spekulationen ergehen? Wais ist ein Lügner, ein Opportunist, und somit kann er ein Wegbereiter für neuerliche Barbareien sein. Er symbolisiert, dass all das, was geschah, irgendwie auch selbstverständlich war und in der Bandbreite eines anständigen und pflichtbereiten Staatsbürgers lag.« Er trank den Mokka aus, schaute auf die Uhr. »Und so war es auch«, schloss er und erhob sich. »Darüber werde ich nicht sprechen. Fangen wir an?«

Wir gingen beim Hinterausgang des Café Riedel hinaus, über den Flur und betraten den Saal des Club Diderot. Es waren bereits an die vierzig Personen anwesend. Als sie Fraul sahen, klatschten sie los. Samueli und Fraul gingen zum Tisch, auf dem eine Wasserkaraffe stand. Neben dem Tisch war ein Rednerpult, und an der Wand dahinter war ein riesiges Foto vom Holzpferd angebracht.
Samueli leitete ein, bat Fraul zum Rednerpult. Als Fraul anhob, war es sehr still im Saal. Er begann langsam und bedächtig zu sprechen. Mir kam es vor, als taste sein Blick dabei jedes einzelne der Gesichter ab. Plötzlich blieb er ein Weilchen an meinem Gesicht haften, mir wurde es ungemütlich. Was will er von mir, dachte ich. Nachdem er eine Weile geredet hatte, schien mir, als stiege unversehens eine Art in sich zerknäuelter Bitterkeit in ihm hoch. Sein Mund wurde trocken, er unterbrach, schenkte sich Wasser ein. Er fuhr fort und war nach fünfundvierzig Minuten fertig.
In der anschließenden Diskussion drehte sich alles um die Frage, in welcher abgewandelten Art und Weise sich Auschwitz wiederholen könne. Schließlich stand ein Mann aus dem Publikum auf und fragte, was geschehen wäre, wenn Fraul damals statt der Häftlings- die SS-Uniform angehabt hätte. Samueli protestierte sofort, wollte ausführen, dass es kein Zufall war, dass Herr Fraul als Häftling in Auschwitz gelitten hatte, doch Fraul gebot ihm mit einer jähen Handbewegung Einhalt. Es wurde still, dann hustete jemand.
»Diese Frage müssen Sie sich selbst, und zwar heute, stellen. Was mich betrifft, will ich Sie darauf aufmerksam machen, dass ich, wie ich steh und geh, wie ich war und bin, längst auf diese Frage geantwortet habe.«
»So ist es«, sagte Samueli schnell und begann zu klatschen. »Das nehme ich als Schlusswort.«

Fraul nickte mit dem Kopf, alle außer ihm applaudierten.
»Wollen Sie drüben noch etwas essen?«, fragte Samueli.
Fraul schüttelte den Kopf.
»Machen Sie weiter«, sagte er, gab ihm die Hand, nahm die meine, nickte allen anderen zu und ging.
Samueli sah mich an: »Na?« Meine Güte, dachte ich. Jetzt will er gelobt werden.
»Runde Sache«, sagte ich und schlug ihm auf die Schulter. »Wir kommen voran.«

4.

Karl Fraul versuchte, wenn er seine Mutter besuchte, der Oberärztin Haller auszuweichen. Jedes Mal wenn er sie sah, wurde ihm flau. Als würde neben dem Stethoskop Margit aus der Brusttasche des Ärztekittels herausschauen. Als würde in Hallers Schatten jedes Mal Margit zusammengekauert auf dem Boden sitzen. Wenn Inge Haller auf dem Flur eiligen Schrittes an ihm vorbeikam, weil sie dringend gebraucht wurde, vermeinte Karl, sie liefe zu Margit, die aus dem letzten Zimmer am Ende des Ganges lautlos herausschrie. So ging er stets gemessen an der Ärztin vorüber, grüßte sie knapp, hielt den Blick am Boden.
Heute hatte Rosa sich bei ihm erkundigt, wie er bei den Proben vorankomme.
»Wie ists, den Antisemiten Hochroitzpointner zu geben?«
»Weißt du, ich denke gar nicht an ihn als Antisemiten«, sagte Karel, auf dem Bettrand sitzend und nachdem er den Titel des Romans, der aufgeschlagen auf dem Nachttisch lag, gelesen hatte. »Die vierzig Tage des Musa Dagh«, murmelte er. »Werfel!«

»Ich habe es vor vierzig Jahren gelesen«, sagte Rosa und schloss die Augen. »Hochroitzpointner ist aber ein Antisemit!«

»Ich sitz da nicht drauf. Für mich ist er ein Schleimscheißer.«

»Wird es nicht etwas viel? Werden drei Stücke sein, in denen du bist.«

»Ist lässig, Mama.« Inge Haller kam ins Zimmer. Karl wollte aufstehen, aber Haller sagte:

»Einen Augenblick nur, Herr Fraul.«

»Ich warte draußen«, sagte Karl und ging hinaus. Er schlenderte bis zur Teeküche vor, wieder zurück bis ans Ende des Flurs. Als Inge Haller aus Rosas Zimmer herauskam, marschierte er an ihr vorbei und wieder hinein. Rosa sah ihm lächelnd entgegen, hob ihren Zeigefinger, drohte mit ihm:

»Bist du aber freundlich zu Frau Doktor Haller.«

Karl schwieg.

»Sie kann genauso wenig dafür, dass Margit gestorben ist, wie du.«

»Ich will nicht darüber reden.«

»Du musst nicht darüber reden. Ich verdanke Frau Doktor Haller viel. Mir ists unangenehm, dass du nicht wenigstens höflich –«

»Um was geht es in dem Roman?«, unterbrach Karl und nahm das Buch in die Hand, ließ einen Finger als Lesezeichen an der Stelle, wo es aufgeschlagen war. Rosa setzte sich auf, nahm es ihm aus der Hand.

»Es handelt vom Genozid an den Armeniern. Unter anderem.«

»Ach ja? Dass du von Genoziden nicht genug bekommen kannst.«

»Werfel ist wegen dieses Romans zum Nationalheiligen der Armenier geworden«, sagte sie.

»Ich kenne nur den Jacobowsky. Mit Danny Kaye und Curd Jürgens. Netter Film. Gestern bei der Probe habe ich mindestens auf zehn verschiedene Arten den Satz probiert: Herr Direktor, wir leben in einem christlichen Staat.« Karl begann Rosa die diversen Tonfälle vorzutragen. Sie lachte. Er deutete auf das leere Nachbarbett. »Bist du jetzt allein im Zimmer?«
»Ja. Ist mir angenehm.«
»Also, bis übermorgen. Er kommt doch morgen?«
Sie nickte, er beugte sich zu ihr, küsste sie. Als er unten am Buffet vorüberging, vertrat ihm Guido Messerschmidt den Weg.
»Darf ich Sie einen Moment sprechen?«
»Hm. Was gibt's?«
»Wollen Sie vielleicht auf einen Kaffee …«
»Ich bin in Eile.«
»Vielleicht ein ander Mal?«
»Ein ander Mal. Wiedersehen.« Als er vor dem Ausgang stand, hielt er inne. Er drehte um und ging zum Buffet zurück, wo Messerschmidt an einem Tischchen stand. Er stellte sich dazu.
»Doch Kaffee?«
Karl nickte.

Den Nachtdienst verbrachte Inge Haller in ihrem Zimmerchen im fünfzehnten Stock. Sie hatte wie zumeist kardiologische Fachzeitschriften dabei, saß eingesunken in ihrem Lehnstuhl, die Beine auf einem Schemel davor. Durch das kleine Fenster sah sie auf den nächtlichen Septemberhimmel. Schwere Wolken, von den Lichtern Wiens angeleuchtet, krochen wie graue Nacktschnecken zum Firmament, gefolgt von schwärzeren. Um die Oberärztin war es still, aber auch in ihr hatte sich das Gefühlsschweigen mehr und mehr ausgedehnt, bildete nach außen Kruste um Kruste, ein beweglicher, atemintensiver Panzer umschloss ihren schlanken Oberkörper. Sie legte die Zeitschrift weg, putzte sich die Zähne, ohne sich dabei im Spiegel anzublicken. Ein Lied aus ihrer Kindheit stieg in ihr hoch, wahre Freundschaft soll nicht wanken. Sie schüttelte unwillkürlich den Kopf, als könnte sie auf diese Weise die Melodie aus ihren Ohren loswerden, wusch sich das Gesicht und legte sich aufs Bett.

Nach Margits Tod war sie wieder in die Einsamkeit zurückgefallen, die sich schon vor der Bekanntschaft mit Margit lange Zeit als einzige und treue Begleiterin erwiesen hatte. Mit den Jahren wuchs die Versteinerung ihrer Oberfläche, unter welcher der geschmeidige Panzer wirkte. Lediglich durch Inges Gesichtsöffnungen konnte eindringen, was sie traurig, gleichgültig oder gelegentlich auch herzlich stimmte.

Sie lag auf dem Rücken, und die Müdigkeit kroch ihr in die Gelenke. Beim Wegdämmern meldete sich ihr Piepserl. Sie schwang sofort beide Beine auf den Boden und war schon bei der Tür und draußen. Nach zweieinhalb Stunden kam sie zurück. Ein Neunzigjähriger, der den ganzen Abend unruhig gewesen war, begann aus einem Hustanfall heraus vom Leben zu scheiden. Sein Gehuste wurde immer leiser, ging in ein Rasseln über. Haller gab ihm eine Injektion. Exitus. Formalitäten, Unterschriften. Nun lag sie wieder da. Es war ihr heiß, und die Müdigkeit war gewichen. Sie zog sich bis auf die Unterwäsche aus. Sie schloss die Augen und begann Liebespaare zu beobacheten. Sie riss plötzlich eine Tür auf und ertappte ein Paar. Erschrocken schaute die junge Frau zu ihr hoch, rotohrig, keuchend. Des Mannes kräftiges Glied betupfte erst die eine, dann die andere Brustwarze. Sie sah den behaarten Rücken des

Mannes, hörte ein Flüstern, das Pärchen sah sie nun an, als würde es sie einladen; sie fasste sich an ihr Geschlecht, es wurde ihr in wachsender Spannung süß im Bauch, und Schauer jagten ihr über die Oberschenkel. Bevor sie kam, vergrub sie ihr Gesicht im Kissen. Danach verspürte sie eine quecksilbrige Bitterkeit, die Geruch und Geschmack zu beherrschen begann. Die Süße war im Körperschweiß wie aufgelöst. Sie sah auf die Uhr, viertel vier in der Früh. Inge setzte sich auf und weinte. So gings zum Morgen. Sie lag schlaflos.

Ihr fiel ein, dass Guido auch im Nachtdienst war. Sie stand auf, zog sich an und rief ihn an. Als er bei ihr eintrat, saß sie im Lehnstuhl, die Zeitschrift in der Hand, die Brille auf der Nasenspitze, sah über sie drüber zu ihm hin.

»Geschlafen?«, fragte er.

»Hm, hm.«

Aus der Thermosflasche schenkte sie ihm und sich Tee ein.

»Was machst du am Samstag?«, fragte Messerschmidt.

»Weiß noch nicht.«

»Ich hab Karten für die Phädra. Willst du?«

»Phädra? Aber ja.«

Guido sagte ihr, dass er Karl Fraul vier Freikarten abgeschnorrt hätte.

»Was soll denn mit den anderen zwei Karten geschehen?«

Er dächte, er lade die Mutter und den Bruder von Margit ein.

»Warum die Mutter?«

»So halt. Wir drei und Renate Keyntz.«

»Na gut. Danke«, sagte Inge. »Margits langer Arm.«

Nachdem Guido gegangen war, schlief sie noch zwei Stunden tief und traumlos.

5.

Die Freude über die Wahl des Bundespräsidenten währte bei den Konservativen nicht lange. Wais war mit seiner Frau Aglaja an seinen Urlaubsort nach Parschallen am Attersee gefahren. Äußerlich wirkte er zufrieden, in seinem Gesicht war die Genugtuung nicht zu übersehen, als die örtlichen Honoratioren ihm nun ihre Aufwartung machten. Aglaja jedoch kannte ihren Johann. Das wird ihm keine Ruhe lassen, dachte sie. Er ist doch so dünnhäutig. Zu dünnhäutig für einen Diplomaten, erst recht für einen Politiker. Johann wird sich seine Nächte vergrübeln. Ich werde zu tun bekommen. Sie nahm sich vor, fest weiter hinter ihrem Mann zu stehen und ihn jede Sekunde seines Präsidentenlebens mit Zuversicht zu versorgen. In seiner langen Karriere war sie ohnedies die Steine-aus-dem-Weg-Räumerin gewesen. In New York hatte sie ihm den Rücken gestärkt, wenn ihm die Gerüchte über seinen Geiz zu Ohren gekommen waren. Es gelang ihr, auf unauffällige Weise binnen eines Jahres das Bild eines großzügigen, warmherzigen Menschen aufzubauen. Seine Spenden an karitative Organisationen aus seiner Privatschatulle waren beträchtlich. Aglaja sorgte dafür, dass die Spenderei diskret blieb, aber die Personen, auf die es ankam, vor allem Presseleute, davon erfuhren. Bereits zu seiner Zeit als Außenminister verteidigte sie ihn gegen Kritiker, die ihn für feig und kleinmütig hielten, indem sie mit kleinen Dosen von Verleumdungsanmutungen konterte. Sie hatte bereits während des Krieges beschlossen, aus Johann etwas Besonderes zu machen, denn das schon damals Besondere an ihm war, dass sie aus ihm etwas Besonderes machen zu können sich zutraute. Sie bepflanzte seinen Karrierepfad mit allerlei nützlichem und nahrhaftem Gesträuch, knüpfte Netze und spann Schirme auf, die seinen Weg vor Aufschüttungen, Erosionen oder Abrutschungen durch klimatische Unbilden bewahrten. Sie war bei den Konservativen zu Hause, in der Kirche daheim und guter Gast bei Gewerkschaftern und manchen sozialdemokratischen Granden. Sie konnte mit Vielen. Wen sie aber nicht mochte, den konnte sie ziemlich reizen.

Lang hielt es Wais nicht in seiner kleinen Villa, er kehrte zurück und nahm vor der Zeit die Amtsgeschäfte auf. Schlechte Nachrichten prasselten auf ihn ein. Seine Wahl hatte seine Gegner nicht zur Aufgabe gebracht, sondern schien sie zu befeuern. Jeden Tag gab es irgendwo in der westlichen Welt mehrere Zeitungsberichte, in welchen über diverse Verbrechen, die er begangen habe, begangen haben könnte oder nur nicht begangen hatte, weil ihm Gelegenheit, Sachkunde oder Mut fehlten, berichtet wurde. Novacek, der sich erhofft hatte, als Pressechef des Bundespräsidenten könne er endlich eine ruhigere Kugel schieben und sich der Therapie seines Magenleidens zuwenden, wurde eingedeckt und zugeschüttet. Er musste sechzehn Stunden am Tag schuften, um immer alles jeweils ins rechte Licht zu rücken. Schließlich berannte er Wais tagelang, bis der ihm zwei Sekretäre bewilligte.

Der Sommer war vorüber. Es stellte sich heraus, dass Einladungen ausblieben. Kein Staat der westlichen Welt wollte einen Staatsbesuch von Wais haben. Im Ostblock und im arabischen Raum häuften sich jedoch die Wünsche, ihn groß und würdig bei sich zu empfangen.

»Wie sieht denn das aus?«, schnaubte Wais. Er stand am Fenster der Präsidentschaftskanzlei und sah auf den Heldenplatz hinunter. Er hatte, wie es seine Gewohnheit war, seinen Mitarbeitern den Rücken zugekehrt. Weber und Novacek mussten zu den beiden Armen sprechen, die

Wais an seinem Rücken hielt, wobei die Hände ineinander gefasst auf seinem Steiß ruhten. Bisweilen streckte er dort die rechte Hand aus und legte die linke darauf; immer wieder aber verschränkten sie sich.

Novacek entwickelte vom Tisch aus, an dem er saß, ein Konzept, wie man unter Einbeziehung von Jungnickel nun eine außenpolitische Offensive starten müsse, damit diese anscheinend noch unabsichtliche, aber bereits bemerkbare Blockade durch den Westen schon in ihrem Anfang durchbrochen werde. Weber warf Novacek einen irritierten Blick zu, bedeutete ihm, er möge mit dem Zeug aufhören, doch Novacek redete mit geschmeidiger Stimme weiter. Der Präsident schwieg. Novacek wusste, dass Wais zuhörte, doch Weber stand vom Tisch auf und stellte sich neben Wais:

»Wir sollten Sofia annehmen und selbstverständlich auch Bahrein«, sagte er und schaute wie Wais auf den Heldenplatz hinunter. Novacek blickte auf die Rücken der beiden, er spürte, wie der Magensaft in ihm hochstieg.

»Donnerwetter«, rief er, »wollen wir uns nicht hier um den Tisch setzen und die Lage analysieren? Ich habe alles dabei.«

»Lasst mich allein«, sagte Wais, ohne sich umzudrehen. »Darf ich euch bitten?«

Johannes Tschonkovits machte nicht viel Federlesens. Es war ihm klar, dass er nach der verlorenen Wahl keinen Fuß mehr auf einen sozialdemokratischen Boden bekommen würde. Katzenbeißer, der nun Kabinettchef des neuen österreichischen Bundeskanzlers war, hatte Theodor Marits unmissverständlich angedeutet, was Habitzl von Tschonkovits hielt. Zwar war Marits bloß als Bundeskanzler zurückgetreten, war Parteivorsitzender geblieben, aber

vor der Rache der Parteifunktionäre, welche Tschonkovits von oben herab und kühl traktiert hatte, konnte er den Zauberer nun nicht mehr schützen. Habitzl hielt sich zurück, er hatte genug zu tun, mit dem Image des Nadelstreifsozialisten klarzukommen; zwar missbilligte er die parteiinterne Kampagne gegen Tschonkovits als Schuldigen an der Niederlage, doch für Tschonkovits einsetzen mochte er sich trotz seines vornehmen Naturells nicht. So ließ er Katzenbeißer ungehindert in der Partei herumschleichen. Der bündelte die Wut gegen den mächtigen Maritsgünstling, versachlichte sie und trug sie in dieser Form Marits vor. Ein Abschiedsessen am Neufelder See, ein tief empfundenes Bedauern von Seiten Theos und ein noch tieferes von dessen Frau, das war es schließlich, und nach Tafelspitz, Milchrahmstrudel endlich ein guter burgenländischer Roter, ein Schnapserl, Schulterklopfen, Schluss.
Innerhalb zweier Wochen erledigte Tschonkovits seine Belange in Wien, und nun saß er im Flieger nach New York.
»Er fliegt zu seinen Ostküstenhaberern«, schrieb Moldaschl in seiner Kolumne. »Wer weiß, was er mit den feinen Freunden dort künftig aushecken wird, um Österreich im Allgemeinen und das Staatsoberhaupt im Besonderen in Misskredit zu bringen. Er möge dort bleiben, sich und seine gut betuchten Freunde mit Zauberkunststücken unterhalten, uns aber in Frieden lassen. Wir sind ein anständiges Land mit anständiger Bevölkerung, merk er sich das!«
Tschonkovits hockte im Flugzeug neben einem dicken Herrn in der Gewandung eines orthodoxen Juden. Der Herr schwitzte stark und litt unter dem schmalen Sitz, in welchem er eingezwängt und in sich verspreizt ausharrte. Er las bei Tschonkovits in der Zeitung mit, tippte mit seinem Finger auf die Kolumne von Moldaschl.

»Der allein genügt schon, um aus Wien für immer zu verschwinden, wenn man einer ist wie ich, Sie verstehen?« Tschonkovits nickte. »Und dann noch der neue Präsident? Ein Glück, ich bin vor zwei Jahren nach Pittsburgh übersiedelt. Kennen Sie Pittsburgh? A nice town.« Tschonkovits nickte nochmals.

»Sie fragen mich, warum ich wieder in Wien war? Das werde ich Ihnen sagen.« Und der Mensch sprach und sprach, indes Tschonkovits abwechselnd nickte, einschlief, auf die Toilette ging und nickte. Endlich angekommen, bekam er noch Ratschläge und eine Visitenkarte verpasst. Mit dem Taxi fuhr er zum Chelsea Hotel. Er bat Maxmann telefonisch ins Caffè Dante. Zuvor duschte und rasierte er sich. Er betrachtete dabei sein Gesicht im Spiegel. Er entdeckte einen Zug darin, den er noch nicht kannte, und lachte freudlos sein Spiegelbild an.

Wais blieb, nachdem seine Mitarbeiter den Raum verlassen hatten, am Fenster stehen. Er hatte aus der Sakkotasche sein kleines Opernglas hervorgeholt, besah sich die Reiterdenkmäler und verglich sie unwillkürlich mit den lebenden Rössern, welche vor den Kutschen standen. Endlich war er angekommen, endlich war er am Platz, der erste Mann im Staat. Einst als junger Diplomat war er bei einer Angelobung, oder war es ein anderer Anlass, dem Bundespräsidenten Theodor Körner begegnet, der mit schmalem Gesicht, blitzblauen Augen und einem weißen Bart ihm gegenüberstand und ihm die Hand drückte. Körner war ein General des Republikanischen Schutzbundes gewesen. Der Vater von Wais war ein Vaterländischer. Umso mehr empfand es Johann bei dem Zusammentreffen mit Körner, dass ein Luftzug der Versöhnung von drüben nach hüben zu ihm her wehte. Wais fühlte sich von einer sanften, aber bestimmenden Vertikalspannung erfasst, gerade dass er sich nicht während des Händedrucks auf die Zehenspitzen stellte. Bundespräsident Körner heute, Bundespräsident Wais übermorgen, dachte Johann. Nachdem er etwas mit sich gerungen hatte, offenbarte er Aglaja dieses Sehnen, das ihn seit dieser Begegnung durchpulste. Sie lagen im altväterischen Bett der Schwiegereltern, damals noch in der Metternichgasse in deren Wohnung, welche ihnen zur Verfügung gestellt worden war, unter einem Himmel, behegt und eingeengt zugleich. Aglaja hatte sich auf ihren Ellenbogen gestützt, sah auf seinen Kopf herunter, da er wegen seines Geständnisses steif und ängstlich auf dem Rücken lag und kleine Schweißbächlein um die beiden Nasenmundfalten hinunterliefen. Er erinnerte sich genau daran, denn Aglaja beugte sich zu ihm und leckte, indem sie ihn auf die Wangen küsste, die Schweißtropfen weg. Sie hob die rechte Hand zum Schwur und sagte lächelnd: »Du wirst einst Bundespräsident werden. Du wirst ein besserer sein als Körner. Du wirst in die österreichische Geschichte eingehen. Das machen wir. Wir schaffen es gemeinsam.«

Wais hörte ein lautes Hupen. Ein Fiakerpferd legte die Ohren an, schnaubte durch die Nüstern. Was wollen die Roten andauernd von ihm? Warum können sie seinen Sieg nicht anerkennen? Was habe ich ihnen denn getan, dass sie mich so attackieren. Ich weiß eigentlich nicht, dachte Wais und setzte das Opernglas ab, was sie mir vorwerfen. Ich habe doch meine Biographie nicht geschönt, ich habe das Wesentliche hineingeschrieben, das tun andere auch. Ich habe am Balkan nichts zu bestellen gehabt, ich war ein kleiner 1c. Ich war froh, wenn ich die Meldungen weitergegeben habe, nachdem ich meine Paraphe drauf gemacht habe oder meine Unterschrift. Ich habe doch das

Ganze höchstens überflogen, damit ich nicht irrtümlich mein eigenes Todesurteil unterzeichne, wie der Peter Nekula mir einmal geraten hatte. Ich muss den Nekula anrufen. Wir waren damals so eng in Priština und Tirana, mehr als zur Schulzeit. Ich habe mich hauptsächlich nach der Aglaja verzehrt, meinen Dienst gemacht und ihr Briefe geschrieben.
Wais ging vom Fenster weg und setzte sich hinter seinen Schreibtisch. Der steht aber ungünstig, dachte er. Ist der immer so dagestanden? Er muss gedreht werden. Ungefähr so. Wais breitete die Arme aus, fuhr mit der linken Hand nach vorne, mit der rechten nach hinten. Er verrückte den Stuhl. Dann griff er zum Telefon.

Mitte September traf die Familie Segal endgültig in Israel ein. Von Lod ging es nach Jerusalem, wo Ernst Segals Cousin sie zu dem Haus in der Ussishkin Street brachte, das er für sie gefunden hatte.
Dolores musste sofort zum Ulpan. Ihre Mutter verfügte, dass Dolly das größte und auch schönste Zimmer beziehen durfte, doch Dolly schob die Koffer unter das Bett und weigerte sich, ihr Zimmer einzurichten. Einen Monat lang weinte sie die Nächte durch. Sie schrieb lange Briefe an Stefan Keyntz, bekam kurze und beleidigte Antworten.
Sie begann die Internationale Schule in der Hashomron Street zu besuchen und wurde jeden Tag von Meschullah Weinberg, den Ernst Segal kurzerhand als Chauffeur eingestellt hatte, nach Tel Aviv gefahren. Acht Wochen nach ihrer Ankunft ließ sie sich von Meschullah küssen, ihre nächtlichen Tränen versiegten, und sie holte die Koffer unter ihrem Bett hervor.

6.

Martin Moldaschl saß den beiden Herausgebern der Stunde gegenüber und wedelte den Zigarettenrauch, den sie zu ihm bliesen, wieder zurück. Wenn sie aus dem Fenster des achtzehnten Stockes blickten, konnten sie vom Norden her auf die ganze Wienerstadt schauen. Aber keiner tat es, ihre Gesichter waren einander zugewandt, bildeten ein festes gleichseitiges Dreieck, eine Kraftfigur, einen Energieraum, der sich alsobald zur Stadt und zum Land hin öffnen würde, um einen Sturm zu entfachen.

»Die linke Jagdgesellschaft«, sagte Moldaschl, »ist vollständig angetreten. Sie werden nicht ruhen noch rasten, bis sie den Wais erlegt haben. Ihr wisst, ich kenne die Sozis und ich rieche ihre Verbündeten, ob hiesige oder drübere.«

»Es handelt sich nicht bloß um Wais«, sagte der jüngere der beiden Herausgeber. »Dieser Brachialbolschewik Krieglach –«

»Das ist gut. Sehr gut«, unterbrach ihn Moldaschl, »das schreib ich mir auf.«

»Geschenkt. Krieglach hat deinen Freund Purr herumgekriegt. Jetzt stellt er sein Schandmal vor der Albertina auf.«

»Das letzte Wörterl ist da noch nicht gesprochen«, antwortete der ältere Herausgeber. »Und zusätzlich scheißt der Piefke Schönn auf Österreich. Dreistester Missbrauch des Burgtheaters!« Heinrich Fichtel zeigte den beiden seine Handflächen. »Wir haben es mit einer unerhörten, mit einer noch nie dagewesenen kulturbolschewistischen Offensive zu tun. Die Sozis um Marits, ihre Studenten, Schüler, die Sozialistische Jugend, Teile der Gewerkschaft, besonders die Privatangestellten, das ganze Antifavorfeld. Ferner,

lassts mich ausreden, die meisten Künstler, die Schriftstellerpacklrass, also Gaspari, die Williams, Obertschatscher, die Israelitische Kultusgemeinde, leider …«
»Nicht David Lebensart«, sagte Albert »Django« Scheinotter, der jüngere Herausgeber, »der ist nicht mit von der Partie.«
»Noch nicht«, fuhr Fichtel fort. »Und wenn wir bei denen sind, der Jüdische Weltkongress, die Israeli, der ominöse Club Diderot, Kollegen wie die vom Signal und einige neualte Brüder von der … die neue sogenannte Qualitätszeitung in Lachs, wie heißt die doch gleich?«
»Die Österreicher lesen kein Hebräisch«, sagte Moldaschl.
»Alsdann werden sie den Ausblick auch nicht fressen. Aber ein paar aufs Maul des Herausgebers schadet nichts. Als Künschtler hat er sich jahrelang in New York versucht, erfolglos, deswegen macht er jetzt hier so ein Wall-Street-Blattl auf, oder wie sehen wir das?«
Die Herausgeber lachten. Fichtel winkte ab:
»So gehts nicht weiter.« Er stand auf. »Aber die Hoffnung stirbt zuletzt. Demnächst wird sich was tun im heiligen Land Tirol. Beim Parteitag der Freiheitlichen wird es rund gehen!«
»Du meinst, die sägen den Strahammer ab?«, fragte Scheinotter. »Du hörst das Gras wachsen, ja?«
»Jupp Toplitzer?«, sagte Moldaschl und erhob sich ebenfalls.
»Setz dich wieder.«
Fichtel hatte es nicht gern, wenn sich wer neben ihn stellte.
»Fassen wir die österreichischen Werte zusammen: Wir selber, große Teile der Schwarzen, Toplitzer, fast der ganze Klerus, und mit dir, Martin, das österreichische Volksempfinden. Gemmas an!«

Er ging zu seinem Schreibtisch, beugte sich hinunter, drückte den Knopf. Eine Weinflasche und Mineralwasser wurden gebracht, einige Mitarbeiter erschienen im Gefolge, alle bekamen sie ihr Glas Wein eingeschenkt, bloß Martin Moldaschl trank Wasser.

Moldaschl ging in sein Zimmer zurück, umrundete seinen Schreibtisch, nahm sich den Mantel und fuhr heim. Er machte sich sein Essen, setzte sich vor den Fernseher und schlief ein. Und wieder marschierte er in Russland ein. Wiederum lag er geduckt bei Kursk und sah zu, wie links und rechts die Kameraden zerfetzt wurden. In den Kampfpausen wurde nach Zigarettenstummeln gesucht, hastige Lungenzüge, bis an die Lippen geraucht, und wenn es wo Wodka gab, hinunter mit dem Zeug. Wiederum die Kälte, die Hitze, der Hunger. Die Brüllerei, das Gewimmer, das Schluchzen, das Schweigen in den Gräben, das Schweigen beim Rückzug, die Ruhr am Tag des Kriegsschlusses, die Wochen im Lazarett.
Moldaschl träumte seine Kriegszeit wöchentlich in stets ähnlicher Reihenfolge. Die Träume früher farbig, jetzt schwarzweiß, früher grell und laut, nun gedämpft und eindringlich. Ob vor dem Fernseher, ob auf seinem schmalen harten Bett, immer wieder kehrte er an die Front zurück.
Als er die Augen öffnete, sah er einen albernen kleinen Mann auf dem Bildschirm, der sein verschmitztes Gesicht von einer Szene in die nächste trug. Rühmann, dachte Moldaschl, stand auf und schaltete den Fernseher ab.
Nächsten Tag begann er mit seiner Kampagne gegen die linke Jagdgesellschaft.

7.

Vor Beginn der Aufführung erfuhr Karl Fraul, dass Messerschmidt nicht nur mit der unsäglichen Haller in der Vorstellung saß, sondern auch noch Stefan und dessen Mutter mitgenommen hatte. Er lugte durch den Vorhang und entdeckte sie sofort. Warum kommt Margits Bruder her? Was will er? Wird er bei meinem ersten Auftritt losbuhen, unterbricht er mich, klagt er mich an?

Karl eilte in Astrids Garderobe, warf sich in einen Sessel und schrie herum. Astrid, die ihn durch den Spiegel kommen gesehen und seine wachsende Aufregung mitbekommen hatte, zog den Kopf ein und schloss die Augen. Frauls Worte schossen um ihren Schädel, prallten vom Spiegel, von der Decke ab, und es sah aus, als ob sie Astrids Übergangsmantel, der über einen Sessel geworfen lag, bauschten. Der Nachhall der einzelnen herausgeschrienen Wort- und Satzteile schien dadurch, dass sich die Wörter dabei ineinander verkeilten, in ihren Ohren abwechselnd zu zwitschern und zu dröhnen. Astrid hielt sie sich zu.

»Hör mit dem Gebrüll auf«, schrie sie schließlich. Der Inspizient klopfte an die Tür, steckte den Kopf herein.

»Schon okay«, sagte Fraul in zurückgenommenem Ton und scheuchte den Mann fort. Kaum hatte der die Tür zugemacht, stand Fraul auf, ging zur Sitzenden hin und vergrub sein Gesicht in ihrem Schoß. Sie hatte die Hände von ihren Ohren genommen und streichelte mechanisch Frauls Haar, während er stockend losflüsterte:

»Stefan ist in der Vorstellung. Margits Bruder. Er hasst mich. Er sitzt unten im Parkett. Mit seiner Mutter. Ich selbst hab diesem Messerschmidt Freikarten gegeben. Doch nicht für den Stefan. Ich sag ab. Mir ist eh schlecht. Ich spiel nicht. Ich hau ab.«

Während Karl so redete, keimte in Astrid ein Gedanke auf.

»Sei still«, sagte sie. »Warte einen Moment.« Karl richtete sich auf, blieb aber auf den Knien. Astrid erhob sich, ging im Zimmer umher und redete los:

»Wir werden Stefan etwas zeigen, pass auf!« Astrid warf den Kopf zurück und war Phädra.

»Nun lernst du Phädra kennen samt ihrer ganzen Raserei.
Ich liebe. Glaube nicht, dass in dem Augenblick, in dem ich dich liebe,
Ich mich selber in meinen Augen als unschuldig billige …«

Astrid blieb vor Karl stehen. »Jetzt machst du nicht nur dein übliches ratloses Gesicht an dieser Stelle, sondern zeigst nackte Angst und dann Abscheu oder Verachtung. Das sehe ich, fahre fort und spiel es zum Keyntz hin. Wo sitzt er, sagst du?«

»Rechts. Mehr zur Mitte.«

»Ich spiele es so hin, während du immer verächtlicher wirst, und auch zu ihm hin:

… unschuldig billige,
Noch, dass meine feige Nachgiebigkeit das Gift
Einer wahn-sinnigen Lie-be genääääährt hat, die den Verstand mir trüüüübt.
Ich bin das un-glück-selige O-pfer hiiiimmlischer Ra-che
Und … jetzt mache ich eine Generalpause, und du beginnst Mitleid aufkommen zu lassen, und alles in die neunte Reihe:

Und ich verabscheue mich noch mehr, als du – mich verachtest.

Und während ich dann weiter sabber von den Göttern als Zeugen undsoweiter, muss Stefan mich schon als Margit sehen und spüren. Du verstärkst es noch, gehst nach vorn, zuckst die Achseln oder sowas.«

»Wir sollen schmieren?« Karl sprang auf. Während er noch

mit der Stirn runzelte, begann sich etwas in seinen Augen zu bewegen.

»Jo, Karel. Große Schmiere. Du brauchst nix zu machen, nur mich so anzuschauen, als wäre ich die Margit, als stünde die Margit da, bedrängte dich, beschuldigte sich.«

»Wozu soll das gut sein? Glaubst du, er –«

»Keine Ahnung«, fiel ihm Astrid ins Wort, »schau, wie es dir dabei geht, hä?«

»Irgendwie gefällt mir das.« Karl schlenderte auf sie zu, wollte sie küssen.

»Lass das. Mach dich fertig, loslos, komm.« Und sie drängelte ihn zur Tür.

Obwohl Karl Fraul knieweich in die Szene ging, hielt er sich an Astrids Anweisungen. Und von tief unten wehte ihn, als Astrid mit Altstimme *»Ich liebe«* dramolierte, der wehmütige Blick Margits an. Er sah hinunter ins Parkett. Jetzt ist sie als Zwilling da, dachte er. Hinter mir steht sie im Kostüm der Phädra, und dort in der neunten Reihe sitzt sie auf dem Schoß der Haller. Siehst du sie, Steff? Merkst du, wie sie war? Und der Gedanke schoss ihm in den Kopf, der automatisch das von Astrid eingeforderte Achselzucken hervorrief: Ich konnte gar nix machen gegen ihre Obsession. Außer dauernd mit ihr vögeln. Dauernd mit ihr sein. Keiner hätte das können. Nicht einmal du, du blöde Haller!

Und während Astrid in der Mitte der Bühne die große Klage und Selbstabrechnung durchoperte, stand Fraul starr an der Rampe. Jeder Ton aus Astrids Mund bewegte sichtbar seine Seele. Mit höchster Konzentration hielt er seine Gesichtsmuskeln in Zaum, sodass er mit Mikrobewegungen seine ganze Hilflosigkeit, aber auch Unschuld herzeigte. Als Astrid schließlich mit den Worten *»Dann gib mir dein Schwert, wenn schon dein Arm nicht will«* hinter Fraul trat und ihn von dort in den Schritt griff, riss er sich weg, drehte sich um, empfing noch die Worte: *»Gib her«* und äugte, während er den Zuschauern den Rücken zuwandte, derart auf Astrid, dass sie in diesem hilflos-verächtlichen Blick einen fahlen Schimmer aus ihrer eigenen Zukunft erschaute. Von der Magengrube her breitete sich ein Stechen aus, sodass sie sich zusammenkrümmte und zu Boden sank. Oenone kam von der Seite auf die Bühne gelaufen. Sie rief rechtzeitig:

»Was tut ihr, Herrin? Gerechte Götter!
Dort kommt jemand. Erspart euch unliebsame Zeugen;
Kommt jetzt, geht hinein, flieht eine sichere Schande.«

Astrid ließ sich zwei Schritte führen, schüttelte die Dienerin ab und wandelte ophelienhaft von der Bühne.

8.

Rosa wurde nach drei Wochen entlassen, aber sofort auf Rehabilitation in die Klinik Raxblick geschickt. Dort bezog sie ein kleines helles Zimmer, war für sich allein und konnte jeden Tag auf die Rax schauen. Dies helfe bei der Genesung, wurde ihr gesagt. Die Rax hilft immer, sagten auch andere Kurgäste, sie sagten es sich vor und sie genasen. Rosa kam zu Kräften, sie spazierte durch das immer gleiche Waldstück zu einer Bank, genannt Hausbergebank. Von dort sah sie entlang einer Schneise auf das Hochplateau der Rax und rechts hinüber sogar noch zum Schneeberg, der wie ein aufgerichteter Seehund dastand.

Nach einigen Tagen hatte sich ihr eine etwa gleichaltrige Frau angeschlossen, stellte sich als Christine Wewerka vor, sprach von ihren drei überstandenen Herzinfarkten, lobte die Frau Doktor Haller und auch Herrn Doktor Messerschmidt, der ihr eine Herzklappe eingesetzt hatte.

Rosa hörte ihr zu, saß mit ihr ein wenig auf der Bank, war ganz froh, sie für den Rest des Tages los zu sein, denn nachmittags blieb sie im Zimmer und las. Karel kam sie gelegentlich besuchen, schien aber abwesend zu sein, wenn er mit ihr ums Haus und zur Alm ging. Edmund besuchte sie dreimal in der Woche mit höflich eingemeißeltem Gesichtsausdruck. Ihm kam vor, dass er in die nämliche Wortkargheit verfiel wie einst, als er noch seine Mutter Franziska besuchte. Rosa merkte, wie Edmunds Eiskruste dicker und fester wurde, dennoch fühlte sie sich von ihm, wenn er ihr beim Spaziergang den Arm bot, geborgen wie immer.
In der Hollandstraße hatte sich Edmund nun ein eigenes Küchenregime eingerichtet. Er stand täglich um halb neun auf, machte sich immer dasselbe zum Frühstück, ging jeden zweiten Tag einkaufen und täglich gegen halb elf ins Café Korb. Dort traf er häufig Paula Grünhut, ohne mit ihr näher ins Gespräch zu kommen, er besuchte das Dokumentationsarchiv des österreichischen Widerstandes, in dessen Vorstand man ihn nach wie vor nicht hineinwählte, denn die Kommunisten dort vergaßen ihm den Parteiaustritt nicht, obwohl der schon dreißig Jahre zurücklag. Donnerstags traf er Rosinger, spielte Schach mit ihm, sprach aber wenig, befand, dass es besser sei, den alten Kindermörder auf Distanz zu halten. Es wehte ihn unangenehm an, dass ihm dieser näher rückte als die Kampfgefährten, die er so selten traf, die meisten erst am Tag ihres Begräbnisses. Als er mit Rosinger gar zum Grab von Bobby Heller gegangen war, hatte er bemerkt, wie ihm das zu viel wurde. Beim Schachspiel gewann einmal er, einmal Rosinger, nicht selten einigten sie sich auf Remis. Letzten Donnerstag beim Praterer wurde Edmund Zug um Zug übellauniger. Obwohl er die Partie gewann, ließ er den erschrockenen Rosinger ohne ein Wort dort sitzen und die Zeche zahlen.

Er stand an der Rampe von Birkenau, ein Transport aus Wien war gekommen, ganz gut genährte österreichische Juden, ordentlich gekleidet. Lebensart kletterte aus dem Waggon, er allerdings hohlwangig, blieb vor Fraul stehen und musterte ihn mit einem derart verächtlichen Blick, dass Edmund an sich herunterschaute. Er sah, dass er die schwarze Ausgehuniform der SS anhatte. An der Brust prangte der Blutorden, den ihm Wirths am Morgen angesteckt hatte. Der schmeichlerische Apotheker Capesius war lachend angedackelt gekommen, wartete nun neben ihm und Wirths auf den nächsten langsam einrollenden Zug. Als der hielt, die Türen aufgeschoben wurden, die Hunde bellten, die Schnellerschnellerkommandos erschallten und die Deportierten aus den Waggons kletterten, fielen und gezerrt wurden, verschränkte Capesius die Hände vor der Brust.

»Erste Selektion, Untersturmführer Fraul? Ruhig Blut. Einfach dirigieren, schauen Sie, so!«

Und Capesius schickte den vom vorigen Zug übrig gebliebenen Lebensart nach rechts und flüsterte Edmund dabei zu: »Den brauchen wir noch.«

»Wofür?«, hörte sich Fraul sagen.

»Persilscheine. Er hat erstklassige Ostküstenkontakte. Ist mit Roosevelt per du, schlief mit Eleanor.«

»Halts Maul, Victor«, sagte Eduard Wirths, »lass ihn sein Dirigat machen und quassel nicht immer dazwischen.«

»Du kannst mich nicht leiden«, maulte Capesius den Standortarzt an. »Da, kuck mal, Fraul. Deine Frau. Wieso kommt die aus Wien, versteh ich nicht.«

Rosa mit dickem Bauch kam aus dem Waggon herausgekugelt, rappelte sich auf und schaute Fraul ins Gesicht.

»Na«, meckerte Capesius. »Wo wirst du die hinschicken, rechts oder links? Links ist oben, nicht vergessen!«

Wirths hob den Taktstock: »Nicht vergessen, nicht vergessen, nicht und nicht und nicht vergessen.« Rosinger trat hinter dem Rücken von Wirths hervor.
»Der Apotheker hat zwei seiner früheren jüdischen Geliebten lächelnd ins Gas geschickt«, sagte er leise. »Das können Sie doch auch. Bei wem haben Sie die Uniform schneidern lassen? Und die Stiefel? Schauen Sie mich an. Überall Flicken. Kommisgaloschen. Mich machen sie immer zum Arsch. Warten Sie, Edmund, Victor schaut her. Ksch, ksch, nach links, Rosa. Na? Wie hab ich das tan?«
»Und dann vergessen«, sang Wirths und dirigierte, »und dann vergessen. Und dann und dann und dann vergessen.«
Bobby Heller zupfte Fraul am Ärmel. »Schäm dich, Bub. Ich verbiete dir, mein Grab aufzusuchen. Renegat!«
Seine Zunge war trocken, er musste sich in einem fort räuspern, als er im Badezimmer vor dem Spiegel stand. Er sah sein entsetztes Gesicht und entsetzte sich davor. Meine beschissensten Träume hab ich derzeit, sagte er laut und bemerkte, dass seine Stimme heiser war. Ich muss tüchtig gebrüllt haben, raspelte er und schnitt eine Grimasse und noch eine. Unwillkürlich horchte er, ob nicht die Staneks vor der Tür standen.
Im Café Korb stieß ihm der Kaffee auf. Paula Grünhut saß einige Tische entfernt und plauderte mit Paula Williams, die zwei lange Zöpfe trug. Eine Gretel, dachte Fraul und holte sich das Signal und die Süddeutsche. Er bemerkte beim Lesen, dass er nicht las, sondern bei seinem heutigen Traum verweilte. Paula Grünhut stand plötzlich vor ihm, in den Augenwinkeln sah er die Williams aus dem Café gehen.
»Haben Sie was? Ist Ihnen nicht gut?«, fragte Grünhut.
»Danke. Schlecht geträumt. Das ist alles.«

»Damit müssen wir leben«, sagte Paula. »Auf Wiedersehen und alles Gute.«
Und die Dichterin folgte der Dichterin auf den Fuß.

Mittags beim Praterer besetzte er den Fensterplatz, bemerkte gar nicht, dass Vickerl ohnedies ein Reserviertaferl auf den Tisch gestellt hatte. Als er es sah, hob er die Augenbrauen.
»Ist eh für euch«, sagte Vickerl. »Seitl?« Edmund nickte.
Er saß eingehüllt in seinem Dunkelkegel, trank in kleinen Stücken und schaute aus der Ummantelung heraus auf die anderen Gäste, die da kamen, ihr Bier, ihren Wein tranken und wieder verschwanden. Auch der Fährmann war kurz herinnen.
»Muss gleich wieder zurück«, schnaubte Rabindranath. »Nie hätt ich gedacht, dass mir der kleine Robert so fehlen wird. Jetzt kann ich die ganze Hackn selber machen.«
»Findet sich denn keiner?«, fragte Vickerl und zündete sich eine Zigarette an, ließ Rabindranath ziehen, denn der war dabei, sich das Rauchen abzugewöhnen.
»Nein, niemand.«
Die Tür ging auf, Rosinger kam herein. Er fand sogleich Fraul und setzte sich zu ihm.
»Vielleicht der«, sagte Vickerl. »Hat eh nichts zu tun. Schaut den ganzen Tag aus dem Fenster.«
»Ich frag ihn bei Gelegenheit«, sagte Rabindranath und ging wieder hinunter zu seiner Überfuhr.

In jener Nacht, als Edmund Fraul diesen Traum hatte, konnte Rosa nicht einschlafen. Sie lag lange da, und die Gedanken wüteten in ihrem Kopf. Sie stand auf, zog sich den Schlafrock an und setzte sich ins dunkle Fernsehzimmer.
»Sie können auch nicht schlafen«, sagte Christine Wewer-

ka. Rosa erschrak, nickte und wollte in ihr Zimmer zurückgehen.

»Bleiben Sie doch noch ein bissl da«, sagte die Wewerka.

Rosa setzte sich ihr gegenüber hin. Die beiden Frauen saßen eine Weile im Dunkeln. Rosa befürchtete, dass die Wewerka über ihre Herzkrankheit zu reden anfangen würde. Die Leute sprachen ständig von ihren Gebrechen. Statt von ihren Verbrechen, würde Edmund sagen. Statt die wunderschöne Rax zu genießen, die daliegt wie ein schlankes Tier mit der Heukuppe als Kopf, und dem frechen Schneeberg, der sich hinschmeißt zu seiner geliebten Rax und der doch durch ein tiefes Tal von ihr getrennt ist.

»Schön ist die Rax«, unterbrach Rosa das Schweigen. »Man sagt, die Rax hilft immer.«

»Ich habe mich zugrunde gerichtet«, sagte nach einer Weile Frau Wewerka in gleichgültigem Ton. »Mein Lebtag habe ich mich geplagt. Als Trümmerfrau habe ich begonnen. Man räumt die Trümmer weg, und was hat man am End? Trümmer!«

Sie seufzte. Rosa dachte darüber nach, was die Frau wohl als junges Mädl gemacht haben mochte, bevor sie die Trümmer weggeräumt hatte. Da begann Wewerka bereits mit leiernder Stimme aus ihrem Leben zu erzählen. Ihr Vater war gefallen, ihr Mann hatte getrunken und ist vor drei Jahren gestorben, der Sohn trinkt und arbeitet als Polier am Bau, die Tochter ist verheiratet, lebt in Messina, der Schwiegersohn ein Süditaliener, man weiß ja eh. »Man hat eine Familie und ist ganz allein. So ist das. Und Sie? Sie sind doch jünger als ich, ich bin sechsundzwanzig geboren.«

»Achtundzwanzig.«

»Da wissen Sie eh alles. Ist Ihr Leben besser verlaufen? Sie

haben Mann und Sohn, ich habe sie gesehen. Es ist immer wer bei Ihnen. Wie schön.«
»Gehen wir schlafen.«
»Wenn ich nur könnte. Immer kreiselt es im Kopf. Wozu das Ganze? Ach, entschuldigen Sie, dass ich Sie anjeijere, ich weiß auch nicht.«
»Morgen ist auch noch ein Tag.«
»Wenn es schon der letzte wäre. Na ja, man muss es halt ertragen, was immer kommt. Entschuldigen Sie nochmals.«
Christine Wewerka erhob sich, Rosa ebenfalls, und die beiden gingen in ihre Zimmer.

Vickerl brachte das Schach. Zum Erstaunen Rosingers wies Fraul es zurück.
»Keine Lust, Herr Fraul?«, fragte er.
»Mir geht das ewige Schachspielen auf die Nerven.«
»Sie müssen doch nicht«, sagte Rosinger.
»Natürlich muss ich nicht.«
Rosinger war erschrocken und fühlte, wie der Schreck als Flauheit im Magen noch nachwirkte. Er sagte nichts, sah beim Fenster hinaus. Schließlich erhob er sich.
»Wenn Sie nicht aufgelegt sind, ich meine, wenn ich Sie störe, dann geh ich jetzt lieber.«
»Ich spiel mit Ihnen Schach, dz, dz. Meine Frau kriegt einen Herzinfarkt nach dem andern, mein Sohn, ach was. Sie haben recht, ich bin heut nicht in Stimmung.«
»Meine Hedi ...«
»Ja, Rosinger, Ihre Hedi ist schon lang tot. Es sind so viele schon lange tot und sind nicht an Krebs gestorben oder an einem Infarkt.«
»Auf Wiedersehen«, sagte Rosinger traurig und ging. Durch das Fenster sah Fraul, dass der Fährmann den Rosinger aufhielt und auf ihn einredete. Rosinger hörte zu, zuck-

te hernach die Achseln, ging aber mit Rabindranath zur Überfuhr hinunter. Fraul drehte den Kopf und schaute zur Theke. Vickerl hatte ihn anscheinend beobachtet und wandte sich jetzt ab, beschäftigte sich mit Gläserputzen. Sie waren die Einzigen im Lokal. Fraul stand schnell auf, eilte aus dem Lokal und zur Überfuhr hinunter. Am drüberen Ufer stieg Rosinger aus. Fraul wartete. Als sich Rosinger umdrehte und Fraul sah, winkte ihm dieser und deutete ihm zurückzukommen. Rosinger missverstand die Geste, winkte zurück und begann mit dem Rücken zu Fraul die Stufen hinaufzugehen.

»Wilhelm«, brüllte Edmund über den Donaukanal. Rosinger drehte sich nochmals um, nahm wahr, dass Fraul seine Wiederkehr wünschte, und ging die Stufen wieder hinunter. Rabindranath, der schon abgelegt hatte, warf das Steuer herum und nahm Rosinger wieder mit.

»Ich mache Ihnen einen Vorschlag«, sagte Fraul, nachdem sie wieder im Praterer Platz genommen hatten. »Statt Holzfiguren hin und her zu schieben, erzählen Sie mir von Auschwitz. Vom Hin- und Hergeschiebe dort. Von Ihren Freunden, Vorgesetzten. Erzählen Sie mir von Ihrem Leben, Rosinger. Dort.«

»Wollen Sie es für ein Buch verwenden, was ich Ihnen sagen tät, oder für Zeitungen?«

»Aber geh! Für hier! Statt Schachspielen. Zum Zeitvertreib.«

Rosinger hob ruckartig den Kopf und starrte auf Frauls Gesicht. Der hielt es ihm entgegen, offen und mit erhobenem Kinn, und lächelte unvermittelt. Wieder erschrak Rosinger.

»Ich weiß nicht«, murmelte er. »Wozu soll das gut sein?«

»Beginnen wir damit, dass Sie mir sagen, wie die erste Phenolspritze ins Herz der Kinder war. Wie sah das erste Kind aus?«

»Es war ein blondes Mädl, zehn Jahre. Ich werde es nie vergessen. Alle sieben vergesse ich nicht. Es waren sieben.«
»Das weiß ich. Wie kam es dazu?«
»Klehr gab mir die Spritze.«
»Das weiß ich doch. Das haben Sie ausgesagt. Ich will wissen, was Sie gedacht haben.«
Rosinger schwieg. Fraul sagte nichts. Bauarbeiter in blauen Overalls kamen zur Tür herein.
»Ich hab nichts gedacht, Herr Fraul. Ich habs getan.«
»Und später?«
»Später. Dass es schwer ist. Es war für mich schwer. Für Klehr wars leicht. Für mich war es so schwer. Wieso?«
»Wie wieso?«
»Wieso war es für mich schwer? Für die anderen wars leicht.«
»Und für die Kinder?«
»Ich weiß eh, Herr Fraul. Sie müssen darauf herumreiten. Aber Ihnen sage ich jetzt: Seit damals fragen mich die Kinder auch, wieso?«
»Was sollen sie denn sonst fragen? Und was antworten Sie ihnen?«
»Ich weiß es nicht.«
»Sie wissen es nicht?«
»Nein, Herr Fraul. Ich sage ihnen, allen sieben, dass ich nicht weiß, warum sie durch mich sterben mussten.«
»Und dass Sie weiterlebten?«
»Und dass ich weitergelebt hab.«
»Dass Sie um die Hedi trauern konnten?«
»Ja.«
»Und um die sieben Kinder nicht.«
»Nein, um die nicht.«
»Weil sie Sie verfolgen?«
»Ja, sie verfolgen mich.«

Edmund klopfte mit den Fingern auf die Tischplatte.
»Wollen Sie mir, statt mich im Schach zu schlagen, berichten von damals?«
»Es ist zu gräßlich. Lassen wir das doch. Ich bitte Sie.«
»Nix da. Erzählen! Und ich berichte Ihnen. Von der anderen Seite. Nun?«
Rosinger sah in sein halbgeleertes Bier und nickte.

Am nächsten Tag und die Tage danach ging Rosa mit Frau Wewerka vormittags zur Hausbergebank. Dort saßen sie eine Weile, besahen die prächtige Natur und sprachen weder über Krankheiten noch über die Vergangenheit. Am Tage bevor Rosa entlassen wurde, sah sie Christine Wewerka das letzte Mal, denn diese starb in der darauffolgenden Nacht.

9.

(Aus dem Tagebuch des jungen Keyntz)

24. 9. 1986

Die Briefe von Prinzessin Dolores werden immer kürzer und belangloser. Was interessiert mich, wie ihre Lehrer in der Schule aussehen. Anfangs herrliche Liebesbriefe und jetzt sowas. Cool antworten, vielleicht wieder die Helen erwähnen?

25. 9.

Gestern war ich in der Burg mit Mutter, der Haller und Guido. Der hat uns ganz gute Karten besorgt. Im Parkett. Gegeben haben sie Phädra, ein komisches und altmodisches Stück mit einer Schauspielerin, die nur hysterisch herumgeschrien und damit alle anderen total genervt hat.

Sie ist eine alte Schachtel, die sich in einen jungen Krieger verknallt hat, obwohl sie als Königin mit Theseus verheiratet ist, der aber verschollen ist. Der junge Krieger steht aber auf eine gleichaltrige schöne Prinzessin oder was die ist. Von diesem Hippophernes wollen also gleich zwei Frauen was. Und der Schönling ist ausgerechnet das Arschloch Karl Fraul. Ich war in der Reihe eingeklemmt. Am liebsten wäre ich gegangen, habe dann beschlossen, in der Pause zu gehen, aber Pause war keine. Guido hat dauernd zu mir hergeschaut, als sollte ich mich noch freuen. Ich hab dann versucht, mich auf den Text zu konzentrieren. Unglaublich, wie geschwollen die Leute in dem Stück daherreden, ärger als beim Schiller. Dieser Racine muss im Mittelalter gelebt haben. Ich hab mir den Operngucker von Mutter gegrapscht und mir die Astrid Gehlen und den Fraul genau angesehen, als die sich gegenseitig Liebe und Verachtung und so Zeug ins Gesicht brüllten. Diese von Gehlen ist gar nicht alt, in der Szene mit dem Fraul sieht sie eigentlich jünger aus als er. Er steht nur so auf der Bühne rum, und sie greift ihm am Schluss auf die Eier. Dem greifen anscheinend alle auf die Eier. Und keiner tut das gut. Die Phädra bringt sich am End auch um, und er segelt mit der Jungen davon. Das Stück ist wie eine Oper, nur mit Geschrei statt mit Gesang. Nach der Vorstellung, in seinem Auto, habe ich dem Guido gesagt, so ein Scheiß ist nur erträglich, wenn man ihn singt. Dann macht das Geschwollene nix, siehe La Traviata. Mein Vater war super als Papa Germont. Guido hat mich erstaunt angeschaut, als hätte ich was Besonderes gesagt. Kommt morgen ein Brief von Dolly?

26. 9.

Kein Brief. Ich hab mir aus der Schulbibliothek die Phädra geholt und drin rumgelesen. Mir kommt der Text gar nicht so gespreizt vor beim Lesen. Verstaubt ists aber schon ziemlich, finde ich. Warum hat der Messerschmidt uns alle in die Burg eingeladen? Am Stück kanns nicht gelegen haben. Wegen Karl? Mir wird klar, der Guido will also, dass ich den Fraul als Künstler kennenlerne. Wozu?

Statt dem blöden Tagebuchgeschreibsel sollte ich den Sartre hernehmen. Zur Matura ist es eh nicht mehr lang. Und Dolly schreiben, dass ich es ohne sie nicht mehr ausgehalten hab und mit einer anderen pro forma was angefangen hab. Sex ohne Liebe. Denn lieben tu ich nur dich, meine Judenkönigin Dolores.

27. 9. spätabends

Hab ihr sehr kurz geantwortet auf ihren Brief, der heute gekommen ist. Brief? Ein längeres Telegramm eher. Sie ist traurig, sie lernt Iwrit, ihr Vater hat einen Bauauftrag in den besetzten Gebieten gekriegt und will dort nicht bauen. Sie schreibt, ob ich zu Weihnachten nach Jerusalem kommen möchte. Ihre Eltern hätten nichts dagegen.

Jetzt hab ich ihr geschrieben, dass ich mich am liebsten wie Käptn Kirk zu ihr beamen möchte, denn ich halts nicht aus vor Sehnsucht. Von Helen hab ich nix mehr gesagt. Die ist ja sehr lieb, aber sie ist eben nicht die Dolly. Werde mit Mutter reden, sie soll mich fliegen lassen. Aber wieso Weihnachten? Haben die dort überhaupt Weihnachten? Na ja, in Jerusalem gibts eh jede Menge verschiedene Religionen, da wirds auch Weihnachten geben. Jesus ist ja auch dort geboren beziehungsweise gestorben.

28. 9.

Mutter sagt, ohne Begleitung lässt sie mich nicht in den Nahen Osten. Sie will aber nicht, und ich will ja auch nicht, dass sie in Jerusalem hinter uns her rennt. Ich könnte den Guido fragen, ob er zufällig nach Israel will.

29. 9.

Noch ein Brief von Dolores, ziemlich lang. Sie liebt mich, sie liebt mich. Ich hau mich aufs Bett und beim Lesen: ...
Hab mit Messerschmidt telefoniert. Er wird schauen, was sich machen lässt. Er ist sehr lässig. Er taugt mir. Der wäre der Richtige gewesen für meine arme Schwester. Der hätte sie ausgehalten. In der Liebe war die Margit vielleicht nicht so ohne. Und der Guido liebt sie jetzt auch noch. Das hätt sie gebraucht und nicht so einen Schweinskerl.

Nach der Vorstellung lud Guido Messerschmidt die drei in sein Auto. Erst brachte er Renate Keyntz heim. Überraschend stieg auch Inge Haller aus. Er fuhr Stefan heim, sie redeten über das Stück, das dem jungen Keyntz anscheinend nicht so gefallen hatte. In der Hardtgasse stieg Stefan aus, sagte durchs Fenster:
»Ich werde das Stück lesen. Hältst du mich für einen Banausen?«
»Gar nicht. Ist dir aufgefallen, dass Karl Fraul zu uns her gespielt hat? Zu dir?«
»Nein. Warum sollte der zu mir her spielen?«
»Gute Nacht, Stefan.« Stefan nickte und sperrte sein Haustor auf.
In der Schleifmühlgasse stand Renate Keyntz mit Inge Haller vor dem Haustor.

»Kommen Sie noch auf ein Sprüngerl mit hinauf, Frau Doktor? Auf ein Gläschen?«
Es wurde spät. Sie tranken und weinten.

10.

Apolloner hatte einige Tage Urlaub genommen und war in Bozen gewesen. Mit seinem Vater schien es zu Ende zu gehen. Der war geschrumpft, klapprig und zittrig, vertrug keinen Alkohol mehr, sah seinen Sohn mit gelben Augen an und wollte ihm doch noch erklären, was wann wie und wieso gelaufen ist, doch jedes Mal am späten Nachmittag, wenn er lebhaft wurde, verwirrte sich sein Geist, und Roman konnte in dem Redeschwall des Vierundsiebzigjährigen keinen sinnstiftenden Zusammenhang erkennen. Morgens aber war der Vater apathisch, als hätte ihn sein Schlafmodus zusätzlich ausgelaugt.
Apolloner fuhr nach Wien zurück. Als er den Brenner hinter sich gelassen hatte, beschlich ihn das Gefühl, das Leben seines Vaters endgültig abgetan zu haben.
In der Redaktion räumte er seinen Schreibtisch auf, versenkte sich dabei in Papiere, die Berichte und Einschätzungen enthielten, welche obsolet geworden waren. Er saß gleichsam mit Schreibtisch, Schreibmaschine, Ablage und Ordnern in einem schnell fahrenden Gefährt und brauste auf Nebelbänke zu. Die werden sich schon lichten, dachte er, wenn ich meine Scheinwerfer drauf richte. Oder im Gegenteil, es wird mich blenden, nix werd ich begreifen.
Roman hatte sehr wohl bemerkt, dass er, ohne es zu wollen, in den Hintergrund geraten war. Vor einem Jahr war er einer der Ersten, der damit anfing, die sogenannte unbewältigte Vergangenheit auf ihre Gegenwärtigkeit zu unter-

suchen. Sein erstes Gespräch mit Fraul sowie die sich daraus entwickelnde Interviewserie stießen in der medialen Öffentlichkeit etwas an, brachten etwas weiter, auch wenn noch nicht klar war, wohin das führte. Die Kandidatur von Johann Wais kam wie gerufen. Apolloner fühlte sich bestätigt, er war sicher, dass es gut für ihn und das Land war, dass er zur Zeitgeschichte gewechselt hatte. Allmählich steckte er Judith Zischka damit an; sie verband ihre Literatur- und Theaterthemen mehr und mehr mit dem zeitgeschichtlichen Untergrund, aus dem nunmehr die Sumpfdotterblumen zwischen Unkraut wuchsen und spezifische Auren machten. Diese Auren interessierten sie, sie fand in Schönns Burgtheater einen regelrechten Aurenverwerter und Aurenverstärker; so umschlich sie sein Haus, knüpfte, wie es sich gehörte, Kontakte zu den Mimen und Diven, freundete sich noch enger mit Rüdiger Scherfele an, versuchte überhaupt, an große Geschichten heranzukommen. Mehr noch als Apolloner betrieb sie den Club Diderot, wurde aktiv, umtriebig sowieso, und mit ihrer Verbindung zu Krieglach hatte sie den zweiten Nestbeschmutzer dieses Landes in ihrem Portfolio.

Apolloner trabte hinterher und sah zu, wie ihn Samueli, Gaspari und sogar Leute wie der Exchef der sozialistischen Studenten Franz Reisner gleichsam links überholten. Kleinbauer war im ORF an vorderster Reihe im Kampf gegen den Sumpf, der nun in diesem Land aufgequollen war. Sogar sein Chef Klingler stand mehr im Aufbruchslicht als Apolloner.

Umso mehr ließ er Judith hinter sich her traben, wenn sie anderes von ihm wollte, als sich in schnellen Umarmungen zu spüren. Sie fand sich schließlich damit ab, forderte nichts von ihm und freute sich, wenn er angelegentlich vom guten Team flüsterte, das sie seien.

Nun wurde es aber Zeit, sich wieder ins Geschehen einzuklinken. Er initiierte ein kleines Symposium für Zeitgeschichtler zum Thema: Meldet sich die Vergangenheit zurück?

Tschonkovits hatte sich schnell in New York eingelebt. Er fand eine kleine Wohnung in der fünfundachtzigsten Straße Westside im letzten Stock mit Blick auf den Central Park und das Natural History Museum. Mit Maxmann hatte er einige gute Gespräche, wurde schließlich eingeladen, vor einigen wichtigen Menschen vom Jüdischen Weltkongress zu referieren, und erhielt inoffiziell einen Konsulentenvertrag, um den Kongress bei den nächsten Schritten im Kampf gegen Johann Wais und seine Beschützer zu beraten.
In Wien war er bei der Politik unten durch, viele Quellen waren im Nu versiegt. Martin Moldaschl ließ die Hackeln gegen ihn bis New York fliegen, und auch die Fontänen aus seinen Schmutzkübeln sollten bis Manhattan reichen. Andere und auch gemäßigte Journalisten schlossen sich im Kern Moldaschl an: Er, Johannes Tschonkovits, sei ein Verräter am österreichischen Volk. Er hätte ausländische Mächte auf Österreich gehetzt. Er hätte die Nazizeit in politisches Kleingeld umgewechselt, bloß damit die Sozialdemokratie nicht durch einen in der Zweiten Republik erstmals bürgerlichen Bundespräsidenten gedemütigt würde.
Als er vom Symposium erfuhr, das demnächst in Wien beginnen sollte, rief er kurzerhand Apolloner an.

Apolloner war, was nicht häufig vorkam, in den Armen von Judith eingeschlafen, er hatte sich zur Seite gedreht, ihr den Rücken gekehrt, sodass sie wie ein Rucksack hinter ihm an ihm war. In dieser Löffelposition wurde er durch das Telefon aufgeschreckt. Er warf einen Blick auf den Wecker,

schob Judiths Arme behutsam von sich und stieg aus dem Bett. Vater ist gestorben, dachte er. Er hob den Hörer ab und sagte mit weicher Stimme seinen Namen.
»Ach ja, ich bin blöd, habe vergessen«, sagte Tschonkovits. »Bei euch ists ja tief in der Nacht. Vier?«
»Ja, vier«, sagte Roman, legte auf und ging zurück ins Bett. Judith hatte sich auf die andere Seite gedreht. Er lag nun neben ihr auf dem Rücken.
»Wer war es?«, ließ sie sich plötzlich vernehmen.
»Tschonkovits. Er muss besoffen sein. Schlaf weiter.«
Judith schwieg, als wäre sie nicht aufgewacht, er hörte ihrem ruhigen kraftvollen Nachtatem zu, äugte zu ihr hin, bildete sich ein, im Dunkel ihren Nacken schimmern zu sehen. Langsam und so, als würde sie sich nicht aufdrängen wollen, stieg die Erregung in ihm hoch. Er zögerte, führte sodann seinen Mund an ihren Rücken heran, wollte mit der Nase an ihm herauf zu ihrem Nacken, da sagte sie mit klarer Stimme:
»Johannes ist in New York.«
Roman sank zurück, blieb eine Weile so liegen.
»Stimmt«, sagte er.
»Ruf ihn zurück. Wenn er dich um diese Zeit anruft, hat er was. Das gibt womöglich einen Knüller.«
»Ich hab seine Nummer in der Redaktion.«
»Ich fahr dich hin.«
Judith sprang auf, lief zum Schalter, machte Licht, stand da, nackt und mit wachen großen Augen.
»Du bist schön«, murmelte Roman. Judith ging zur Bettkante, beugte sich hinunter und zog die Decke weg. »Dafür muss noch Zeit sein«, sagte sie und setzte sich behutsam und zielsicher auf ihn.
In der Redaktion rief er Tschonkovits zurück. Judith stand hinter ihm und massierte ihm Nacken und Schultern.

»Nein«, sagte Johannes, »nichts Extriges, keine konkrete Geschichte. Ich berate Isaac Maxmann. Er hat sich als unerbittlicher und leidenschaftlicher Gegner von Wais herausgestellt.«

»Persönliche Rechnung?«

»Sieht so aus. Sein Großvater war in Thessaloniki und wurde von dort nach Auschwitz geschickt und vergast. Wais saß dort hinter einem kleinen Hügel und schrieb angeblich Liebesbriefe an Aglaja, manikürte sich die Fingernägel und stutzte sein Hitlerbärtchen.«

»Er hatte keinen Schnurrbart.«

»Maxmann hat eine erstklassige Verbindung zum Weißen Haus.«

»Wie im Klischee.«

»Wie meinst du das? Aber nein. Hier bilden alle Gruppen Lobbys. Warum nicht auch die Juden. Grad die haben doch ihre Erfahrungen.«

»Schon gut, mir brauchst du das nicht zu erklären. Es geht um andere.«

»Das ist dem Maxmann wurscht. Er will den Präsidentenberater Abi Meyer davon überzeugen, dass Wais auf die Watchlist gesetzt werden muss, er also nicht mehr in die Staaten einreisen kann.«

»Das wär eine Sache. Na bumm«, machte Apolloner. Judith hörte mit dem Massieren auf.

»Was sagt er?« Apolloner schüttelte den Kopf und lauschte.

»Es kümmert die amerikanischen Juden überhaupt nicht, wie sich das auf die österreichische Innenpolitik auswirkt. Isaac ist davon überzeugt, dass Wais ein Verbrecher und ein Lügner ist. Er will ihn stoppen. Ihm sind die Befindlichkeiten der österreichischen Nazis und Antisemiten gleichgültig.«

»Du wiederholst dich.«

»Ja«, schrie Tschonkovits, »ich wiederhole mich deshalb, weil ich das für eine Katastrophe halte. Das wird den Judenhass immens vergrößern.«
»Du denkst an deine Sozis, die unterzugehen drohen?«
»Nein, aber es wäre extrem ungeschickt. Man sollte versuchen herauszukriegen, und zwar weltweit forschend, ob und was Wais getan hat. Erst wenn wir Beweise haben, soll er auch auf die Watchlist kommen. Dann muss er jedenfalls zurücktreten, das ist doch der Sinn der Sache.«
»Johannes! Nach den Antisemiten darf man sich nicht richten! Das nützt gar nichts. Was soll ich jetzt tun?«
»Es weiß ja außer mir und dir niemand von der Sache. Ich trau mich nicht, mit Theo in Verbindung zu treten, er hat auch indirekt gesagt, er wünsche gegenwärtig keine Kontaktaufnahme. Auch sonst redet keiner mit mir. Nicht Lebensart, nicht Braunschw...«
»Ich soll zu Marits?«, unterbrach Apolloner. »Das geht nicht ohne Klingler.«
»Nein, Roman. Setz dich in Verbindung mit dem Salo Braunschweiger.«
»Dem Präsidenten der hiesigen Kultusgemeinde?«
»Kennst du noch einen anderen? Weihe ihn ein. Nur er kann Maxmann und Aisik bremsen.«
»Wer ist Aisik?«
»John Aisik, eine Art Chef der Präsidentschaftskanzlei. Hier ist das etwas anders struktur...«
»Du spielst schon wieder mit zwei Händen achthändig Klavier«, sagte Apolloner. »Du kannst es nicht lassen.«
»Mir haben sie die Hände abgehackt. Mir gehts nicht besonders. Exil.«
»Ach, herrje. Du zauberst doch wieder.«
»Ich versuch dem Theo zu helfen. Und Österreich.«
»Und der Welt.«

»Spott nur.«
»Will ich gar nicht«, sagte Apolloner. »Okay, ich mach das.«
»Es eilt, verstehst du?«
»Machs gut, Johannes. Grüße von Judith.«
»Du hasts gut. Grüße zurück.« Tschonkovits lachte kurz. »Also servus.«
Roman berichtete Judith. Sie schwiegen und dachten nach, indes es draußen hell wurde.

11.

Der letzte Traum hing Fraul noch tagelang vor den Augen. Er begann sich vor dem Gedanken, was er als SS-Mann in Auschwitz getan hätte, zu fürchten. Er umkreiste ihn, schien aber weitere Albträume von Edmund abzuhalten. Nach vier Wochen, es war Mitte November, hatte sich der Gedanke endgültig in Form des unverwechselbaren Birkenaugeruchs in ihm festgesetzt. Die Lagerträume von Rosa häuften sich wieder, seit sie vom Raxblick zurückgekehrt war. Am siebzehnten November nahm sie ihre Tätigkeit bei Hugo Sillinger wieder auf. Gelegentlich ließ sie nun die kleine grüne Tür offen. Sillinger schloss sie von Zeit zu Zeit, da er dachte, Rosa hätte es bloß vergessen, doch sie machte die Tür wieder auf und konnte so aus den Augenwinkeln die im Büchergang herumsuchenden Kunden beobachten. Andrerseits irrte sie sich beim Auszeichnen, verwechselte Preis und Buch und musste nach einem Kontrollblick in die Listen aufstehen und das falsch gepreiste Buch wieder einfangen gehen. Sie machte Bekanntschaft mit dem gewöhnlichen Verkaufsgeschäft, da die Kunden sie aufhielten, um sie allerlei zu fragen. Zwar

verwies sie anfangs auf andere Mitarbeiterinnen, schließlich inspizierte sie nach Dienstschluss die verbliebenen Bestände und machte sich damit vertraut.
Edmund modifizierte sein Küchenregime, indem er nun das gemeinsame Frühstück zubereitete. Zum Kaffee kochte er für Rosa ein Ei, von dem sie die Hälfte zu sich nahm. Für sich selbst schlug er zwei in die Pfanne, gab Käse und Schinken dazu, sodass er vormittags im Korb nur noch einen oder zwei Doppelmokka trank. Hie und da erschien er unvermutet bei Rosa in der Buchhandlung und lud sie ins Rebhuhn zum Mittagessen ein. Dort aß sie meist nur ein Süppchen, während es bei ihm schon Schnitzel oder Gulasch sein musste.
»Du siehst gehetzt aus«, sagte sie unlängst, senkte aber den Kopf, denn sie wusste, dass er solche Sätze nicht mochte.
»Ich bin gehetzt«, antwortete er mit freundlicher Stimme. »Ich muss noch etwas tun, und ich weiß nicht wie.«
»Du hast so unendlich viel getan«, sagte sie. »Ohne dich wären die Proz –«
»Brachte nichts«, unterbrach er, schroff geworden, »bringt nichts. Ist für die Wanzläus. Entschuldige, was rede ich. Es stimmt nur etwas nicht.«
Rosa nickte unmerklich und schwieg.
Ende November begannen ihn seine Träume aufs Neue abzurastern. Rosa lief wieder ins Bad, um sein Gesicht mit dem Waschlappen vom Nachtmahr zu befreien. Er aber ließ sie in ihren Träumen allein, wie in den Monaten davor, ging ohne Frühstück weg, und seine Gedanken trieben wiederum in stummen Gewässern, verkrusteten in kalten und gefrierenden.
Schließlich erhob er sich eines Abends aus dem Fernsehsessel, ging ohne ein Wort aus dem Haus und strebte zur Salztorbrücke. Es graupelte, ein steter Wind blies ihn von der

Seite her an. Er ging über die Brücke und hielt seinen Hut fest. An der Uhr vom Schwedenplatz sah er, dass es viertel elf war. Er erreichte die Rotenturmstraße und ging seinen gewohnten Weg bis zum Stephansplatz. Dort wehte der Wind ihm kräftig ins Gesicht. Er ließ die Brandstätte rechts liegen, ging in die Kärntner Straße hinein und vor bis zur Johannesgasse. Hier bog er links ein und musste anhalten. Sein Atem ging zu schnell, er wollte ihn im Stehen beruhigen, drehte sich um und sah auf zum Dach eines Hauses in der Kärntner Straße. Dort hockten neben dem Schornstein drei Männer, umwickelten diesen mit Draht und warfen ein Paket in ihn hinein.

»Es ist zu früh«, brüllte Fraul hinauf.

»Es ist zu spät«, brüllten die Männer zurück. »Du denkst nur an dich und deine Genossen. Wir können nicht mehr warten. Schau doch!«

Fraul drückte sich ins nächste Haustor, da explodierte der Schornstein. Alle drei Männer flogen in hohem Bogen vom Dach. Im Fluge sah er zwischen den Graupeln ihre blauweiß gestreifte Kluft und die gelben Winkel an den Häftlingsblusen. In der Johannesgasse startete ein Auto mit knatterndem Auspuff und fuhr rückwärts aus dem Parkplatz, zugleich erhob sich ein Schwarm aufgeschreckter Tauben, die auf den Dächern und um die Schornsteine geschlafen hatten. Fraul wartete, bis der Wagen wegfuhr, ging, indes sein Atem sich beruhigte, dem Auto nach, querte die Seilerstätte, den Ring, marschierte am Hotel Intercontinental vorbei zum Heumarkt, überquerte auch ihn und blieb stehen. Vor ihm schlich sich die kleine verhungerte Ölzeltgasse zum Eck vor. Links neben ihr protzte die Salesianergasse. Edmund zögerte, sah hin zum Eck, hinter dem die Gasse rechts weiterverlief. Der Lagergeruch war stark zu spüren, er ging vollständig in die Ölzeltgasse hinein, bog ab und folgte seinem Blick, der das Haustor mit der Nummer acht suchte. Als er davor stand, nahm er den Hut vom Kopf und wischte sich den Schweiß ab. Er sah hoch. Aus keinem der Fenster schien Licht. Er wartete. Allmählich verflüchtigte sich der Geruch in seiner Nase. Nach einiger Zeit kam eine junge Frau mit ihrem Begleiter, stellte sich vor dem Haustor auf die Zehenspitzen, küsste den Mann und verschwand im Haus. Der Mann sah einen Moment zu Fraul hinüber und ging davon. Im zweiten Stock wurde es hinter einem Fenster licht. Um Mitternacht löste sich Fraul aus dem Schatten des Hauses, trat unter die Straßenlaterne und verließ die Ölzeltgasse. Daheim angekommen, saß Rosa im Lehnstuhl, ihr Buch im Schoß, und schlief. Er berührte sie an der Schulter, sie nickte, stand auf und ging ins Badezimmer. Er sah zum Fenster hinaus und in den Novemberhimmel.

Nach der glanzvollen Premiere von Bernhardi, die Premierenfeier war es weniger, bin ich nach längerer Zeit wieder mal mit zu Karel in die Margaretenstraße gegangen. Ich spürte ihn tief in mir, ich hatte das Gefühl, dass seine Wehmut sich in einen Zauber verwandelte, und er kam mir nahe wie nie zuvor. Ich hatte fast schon etwas Spundus, als wir danach so Kopf an Kopf nebeneinanderlagen und redeten. Wir freuten uns beide über den glückseligen Felix, der sich huldigen ließ wie in alten Zeiten. Wenn ich mich nicht getäuscht habe, war er um die Zischka herum und flirtete direkt mit ihr. Ich kann mich gar nicht erinnern, wann Herr Dauendin das letzte Mal mit einer Frau geflirtet hat.
»Die hat mich einmal verrissen, noch in Graz«, sagte Karel grinsend und biss mich ins Ohrläppchen. »Sie hat sich ein Jahr lang vor mir gefürchtet. Schastrommel hab ich sie ge-

nannt. Jetzt geht sie mit dem Apolloner, dem ich eine auf die Nase gegeben habe.« Er richtete sich auf, sah zu mir herunter. »Eigentlich bin ich ein Arsch.« Er stürzte mit seinem Gesicht herab auf meine Brüste, küsste sie, ich aber zog ihn an den Haaren davon weg. Ich drehte mich auf den Bauch und schon war er wieder da, den Rücken hinunter bis zu meinen Kniekehlen.
Später rollte er sich zusammen und schlief ein. Es war eine Vertrautheit zwischen uns, die mich beunruhigte. Ich war nicht auf eine fixe Beziehung aus, aber es begann sich danach anzufühlen. Er wird nicht bei mir bleiben, dachte ich. Früher oder später wird er sich vertschüssen. Mich hat mit achtzehn das erste und letzte Mal ein Mann verlassen. Ich weiß gar nicht, wie ich jetzt damit umgehen würde. Ich glaube, das könnte ich gar nicht haben. Mitte dreißig. Das wäre ja sehr hübsch.
Ich stand auf und ging in seine verdreckte Küche, suchte mir ein Glas und sah nach, ob es im Kühlschrank Mineralwasser gab. Nix. Ich trank das lauwarme Kahnwasser aus der Leitung. Ich sollte mich anziehen und verschwinden. Ich sollte diesen Mann auf Distanz halten. Erst war es prickelig mit ihm, dann hat er mich gebraucht. Ich habe einiges erreicht für ihn. Ich holte mir die Zigaretten aus der Handtasche, blieb in der Küche hocken. Ein unbestimmter Schmerz zog sich vom Bauch herauf in die Brust. Und morgen wieder die Phädra, dachte ich. Und wieder sein verächtlicher Blick.
»Komm ins Bett«, sagte Karel. Ich blickte auf. Er stand nackt in der Tür. Er verschwand, ich hörte die Klospülung. »Na, was ist?« Er kam zu mir und zog mich vom Stuhl hoch. »Hast du was?« Ich schüttelte den Kopf, warf die Zigarette ins Wasserglas und folgte seinem Knackarsch zurück ins Bett.

»He, Asta«, flüsterte er und nahm mich in die Arme. »Ich steh auf dich. Ich liebe dich.«
»Quatsch«, sagte ich und begann ihn zu küssen.
Am Morgen fuhr ich heim, bereitete das Frühstück und weckte Felix. Wir saßen lange am Frühstückstisch und plauderten.

Astrid war gegangen, Karl legte sich nochmals zurück ins Bett, suchte im Bernhardi eine Stelle, bei der er gewackelt hatte. Das Gespräch mit dem Ebenwald. Der Vesely spielt den eh ziemlich infam, dachte er. Wenn er mich fragt: *Also, wie tragt er denn vor*, sage ich: *Eigentlich ganz gut.* Er sagt: *So.* Ich merk nicht, worauf er hinauswill, denn der Wenger, den ich mit *Eigentlich ganz gut* lobe, ist dem Ebenwald ein Ärgernis, weil er ein Jude ist und dem Christen Hell die Stelle wegzunehmen droht. Klar, der Ebenwald will mich auf seiner Seite haben. Aber das weiß der doch schon von Vornherein, dass ich auf seiner Seite steh. Trotzdem hab ich so rumlaviert. Karl murmelte: »*Vielleicht etwas zu gelehrt. Aaaaber recht lebendig. Freilich – aber, ich darf mir vielleicht nicht erlauben, über einen künftigen Chef* … Jetzt unterbricht er mich: *Wieso künftiger Chef … Privatgespräch … Riedhof* … und dann: *Was haben Sie gegen den Doktor Wenger? Volkes Stimme, Gottes Stimme.* Dann hab ich zu lasch, fast wackelig gesagt: *Also, gegen seinen Vortrag hab ich eigentlich weniger, aber so seine ganze Art.*« Karl wiederholte den Satz mit unterschiedlichen Betonungen. Die Art, dachte er, was für eine Art? Ebenwald zitiert dann seinen Vetter aus dem Parlament herbei: … *was mein Vetter neulich … den Jargon der Seele genannt hat.* Dann sag ich: *Ah sehr gut. Jargon der Seele.* Meine Antwort bringe ich nicht richtig: *Den anderen hat er aber auch, der Doktor Wenger.* Gemeint ist der jüdische Jargon, das Gejüdel, der Akzent. Soll ich das nachahmen: Den anderen hat ä auch oder so? Das ist zu

plump. Ich habs aber so nebenbei gesagt, das kommt nicht, das bringts nicht. Karl probierte aus und murmelte den Satz: *»Den anderen hat er aber …«* Karl schwieg kurz. *»… auch, der Doktor Wenger.«*
Er legte den Text weg, verschränkte die Hände hinter dem Kopf. Viel gibt der Hochroitzpointner nicht her, dachte er. Hätt lieber den Flint gemacht, künftig möcht ich eher den Flint. Der Gruber spielt ihn viel zu mechanisch. Er ereifert sich aus immer demselben Saft und immer auf die gleiche Art. Da könnt doch er den Hochroitzpointner geben, da wär es eh egal.
Karl ging ins Bad, zog sich an und lief die Stiegen hinunter, eilte zum Naschmarkt. Als er beim Sauerkrautstand vorbeikam, hinter dem zwei riesige blonde Männer das Sauerkraut aus dem Bottich herausstachen, auf die Papiere schmissen und einwickelten, sah er seinen Vater im Gespräch mit einem ihm unbekannten Mann in der Schlange zum Sauerkraut stehen. Unwillkürlich ließ Karl sich von Passanten abdecken, schlich hinter ein Standl und lugte von dort hervor. Sein Vater redete auf den Mann ein, der sah ihn, obwohl er größer war, wie von unten beflissen an und nickte ständig. Sie kauften Sauerkraut und gingen Richtung Verkehrsbüro. Karl folgte ihnen. Edmund und sein Begleiter schlugen den Weg zum Heumarkt ein, bogen von dort in eine kleine Gasse. Diese bildete nach dreißig Metern ein scharfes Eck; hinter diesem waren die beiden verschwunden. Karl schlich ihnen nach und sah, dass sie auf die Fenster eines Hauses hochblickten. Der Hagere schien dem Vater etwas zu zeigen. Kurz entschlossen ging Karl auf sie zu.
»Servus, Vater«, sagte er. Edmund sah ihn an.
»Das ist mein Sohn, Karl«, sagte er und gab ihm die Hand.

»Rosinger«, sagte der andere und deutete eine Verbeugung an.

»Ich muss ins Akademietheater«, sagte Karl nach einem Moment des Schweigens. »Auf Wiederschauen.«

Und Karl ging die Gasse weiter, spürte die Blicke in seinem Rücken, drehte sich nicht um.

»Ihr Sohn, der Schauspieler?«, sagte Rosinger.

»Ja, der Schauspieler. Gehen Sie hinein. Ich warte hier.«

Rosinger überquerte die Gasse und verschwand im Haustor. Als er zurückkam, hob er beide Schultern und ließ sie fallen.

»Sein Name steht an keiner Tür.«

»Ich danke Ihnen. Wo müssen Sie jetzt hin?«

»Ich glaube, ich gehe nach Hause.«

»Da haben wir verschiedene Richtungen. Also, grüß Sie.«

Und Edmund ging denselben Weg, den sein Sohn genommen hatte. Rosinger aber blieb noch eine Weile stehen. Schließlich holte er einen Ausweis aus seiner Tasche und ging zum Hausbesorger vom Achterhaus der Ölzeltgasse.

12.

Judith Zischka stand vor der kleinen Villa in der Billrothstraße und sagte ihren Namen in die Gegensprechanlage, wurde eingelassen und von Felix Dauendin in dessen Studio geführt. Auf dem Weg dorthin begegnete ihr Astrid von Gehlen, die Frauen gaben sich die Hand, Astrid rief Dauendin ein »Bis später« hinterher. Im Studio angekommen, bot Dauendin einen Whisky an. Judith schüttelte den Kopf, er stellte die Flasche zurück.

»Was anderes?«

»Nein, nichts, danke. Aber trinken Sie ruhig.«
»Allein mag ich nicht.«
»Na gut, einen kleinen.«
Dauendin schenkte ein, setzte sich ihr gegenüber, tat sein linkes Bein über das rechte.
»Freut mich«, sagte er, »dass Sie anlässlich des Bernhardi ein Porträt machen. Ist mir ohnehin lieber als zum Fünfzigsten. Wäre mir peinlich gewesen, überhaupt in Verbindung mit Kalle Bonkers Tod, Sie wissen doch.«
»Ich war dabei.«
»Geburtstage hat ein jeder. Und was sind das schon für Gründe? Dass man noch nicht umgekippt ist?«
Judith holte das Tonbandgerät heraus und wollte es alsogleich einschalten.
»Warten Sie, Frau Zischka. Ich rede noch en passant. War sehr unangenehm, ich habe jetzt noch Zustände vorm Einschlafen. Es fällt einem ja nicht alle Tage ein Kollege vor die Füße. Der gute Kalle, weiß Gott, verdammt noch mal.«
Dauendin war aufgestanden und ging im Studio herum.
»Jaja, Sie waren dabei, allerdings. Aber jetzt gehts mir bestens. Anlässlich dieser herrlichen Rolle ehren wir bei diesem Porträt auch Schnitzler, den ich liebe und verehre, seit ich zwanzig bin. Anatol damals, du liebe Güte, nein, nein, schalten Sie nicht ein, ich rede en passant.«
»Das ist aber interessant«, sagte Judith und stellte das Gerät in Positur. »Es wird übrigens noch eine Fotografin kommen.«
»Sie lassen eine beliebige Fotografin auf mich los?«
»Felicitas Vandenbeck.«
»Ach so.«
Noch während Dauendin den Namen der Fotografin vernahm, begann er etwas mit seinen Schultern zu kreisen, straffte sich und schlaffte ab, spannte an.

»Sie geben den Bernhardi zum ersten Mal?«
»Den Bernhardi ja. Den Doktor Löwinger hatte ich vor Jahren in Essen gemacht. Unter dem grauenhaften Köckerensen.«
»Wer war dort der Bernhardi?«
»Ich weiß nicht mehr. Ich glaube Hans Albers.« Judith lachte.
»Einer, der ihn darbot, als wäre er Hans Albers. War so gewollt von dem schrecklichen Köckerensen. Schwamm drüber.«
Dauendin beugte sich vor, näherte sich Judiths Gesicht.
»Wollen Sie mit mir über Essen sprechen?«
»Wir reden doch noch en passant.«
»Lassen Sie das mich bestimmen, oder wir machen es gar nicht.«
»Sie können das Gespräch gern mit jemand anderem führen«, sagte Judith laut und schaltete das Tonbandgerät ein. Felix sah ihr dabei zu. Er straffte sich vollends, ging zum Fenster, kam zurück, berührte unabsichtlich Judiths Haar, welches sie sofort zurückwarf, setzte sich.
»Nun«, sagte er.

Nach einer Dreiviertelstunde hatten sie den üblichen Gesprächsbogen absolviert. Dauendin war sehr entspannt, und immer wieder streute er, dem Humor bei Interviews nicht besonders geläufig war, Anekdoten ein, welche ihn immer ungeschickter erscheinen ließen, als er war, dümmer, lauter. Judith störte es etwas, dass er seine Scherzchen mit einem Gelächter und einem kurzen Glucksen abschloss. Als es läutete und die Vandenbeck hereinkam, zog sich Judith zum Fenster zurück. Eine Position wünschte sie sich, sagte sie zu Vandenbeck, die Dauendin einnehmen solle: Er möchte so gut sein und mit aufgesetztem Borsalino auf

ein Buch, das in seiner Bibliothek eingereiht war, greifen, es aber nicht herausziehen und mit den Augen dabei nach oben schauen. Vandenbeck fand die Idee abstrus und interessant. Zischka blieb beim Fenster stehen, ging schließlich hinaus und sah in der Küche Astrid von Gehlen sitzen und einen Apfel essen. Sie schaute die Diva fragend an.
»Das Bad ist zweite Tür links.« Als Judith zurückkam, zielte Astrid mit dem Apfelbutzen zum Mistkübel und traf. Beide Frauen lächelten, Judith kehrte zurück und wartete. Vandenbeck schoss weiter an ihrer Serie und verabschiedete sich schließlich.
Im letzten Teil des Gesprächs wollte Judith auf die gegenwärtige politische Situation eingehen. Die Platzierung des Professor Bernhardi sei zum jetzigen Zeitpunkt kein Zufall. Wie stehe Felix Dauendin zum neuen Präsidenten Johann Wais?
Die Ansetzung dieses Schnitzlerstücks wäre sowohl schon längst geplant als auch eine spontane Idee von Scherfele gewesen, ließ sich Dauendin vernehmen. Das hieße einmal so, einmal so. Es sei ein herrliches Stück zu Ehren Schnitzlers, den die Wiener aber auf eine etwas schlampige Weise lieben würden. Das Schmierende, welches alle Schnitzlerstücke in Wien notorisch hätten, würde es bei Dietger und ihm nicht mehr geben.
Ob aber nicht mit dem Antisemitismus auf der Bühne ein Statement des Theaters zur herrschenden Lage gegeben werde?
Dauendin schwieg. Er führte Judith in ein anderes Zimmer mit einer Loggia. Er deutete auf die im spärlichen Blätterkleid sich wiegenden Buchen im rückwärtig gelegenen Garten. Die Sonne warf ihr kaltes Novemberlicht auf das Gezweig. Dauendin hob seine Stimme, beteuerte, dass es sich um ein zeitloses Stück über Vorurteile, über Ressenti-

ments handele. Seines Wissens hätte es mit »Eurem Präse Wais« nur bedingt zu tun, aber es bliebe Hinz und Kunz unbenommen, sich dabei was zu denken, was im Theater gelegentlich ohnehin nicht schade.
Judith spürte, wie ihr der Ärger hochstieg und ihr Gesicht einzuflecken drohte. Sie wandte sich ab, sprach zur Bücherwand, ob es noch immer zeitgemäß sei, dass Schauspieler sich unpolitisch, sprich: ahnungslos gäben.
Dauendin nahm sie an den Schultern, drehte sie zu sich herum und begann eindringlich auf ihr Gesicht draufzureden. Er sei nicht unpolitisch, er sei nicht parteiisch. Er lasse sich nicht auf lachhaft vordergründige Art für eine politische Meinung skalpieren, er zöge auch in brisanten Zeiten die Nuance vor, welche dann sich auf das oder jenes schlage, dem Nachdenken und Nachspüren eine Witterung gebe. Außerdem sei er in Wien und nicht in Ostberlin.
Judith lachte ihm ins Gesicht. Sie erzählte ihm en passant vom Club Diderot – Anderes Österreich. Sie weihte ihn in das Pferdprojekt von Krieglach ein.
»Was?«, lachte Dauendin, »Krieglach wird mit Hammer und Amboss auf den Präse gehetzt?«
»Der hetzt sich selber. Die Intellektuellen, die Künstler stehen eben auf gegen einen Lügenschippel als – wie sagen Sie – Präse! Ich habe diese Inszenierung auch so verstanden.«
»Kein Kommentar. Ich bin Schauspieler.«
»Nur ein Schauspieler«, sagte Judith.
»Sie sind eine Übergescheite. Sie mögen recht haben. Wenn Sie meine überzeitliche Darlegung der Gemengelage für Ihre Kampagne brauchbar finden, bitte schön.«
»Ich habe Sie stets geschätzt und zumeist verehrt«, sagte Judith Zischka. »Aber Sie veralten, entschuldigen Sie, wenn ich das ausspreche. Besser gesagt, Sie drohen zu veralten.«

»Großartig«, sagte Dauendin und pfiff durch die Zähne. »Sie sind eine moderne junge Frau. Kann alles. Weiß alles. Will alles.«
Judith packte ihre Sachen zusammen. Sie musste sich eingestehen, dass ihr dieser blöde Dauendin gefiel, wie er von einer Minute zur anderen sein Gesicht veränderte, sich energisch ihr zuwandte oder mit Fürstengeste auf seinen Hinterhofgarten wies. Seine Augen waren etwas verhangen, seine Lippen weich und kantig zugleich. Nun näherten sie sich ihrem Mund, und Dauendin küsste sie. Judith wich zurück, warf ihr Haar nach hinten. Einen Augenblick sahen sie sich an. Sie drehte sich mit ihren Sachen zur Tür.
»Auf Wiedersehen, Frau Zischka«, sprach Dauendin mit nüchterner Stimme hinter ihr her. Judith kehrte um, ließ das Tonbandgerät auf den Tisch gleiten und ging in Dauendins Arme, die sich wie selbstverständlich ausgebreitet hatten und sie nun einschlossen.

13.

Isaac Maxmann ließ sich von seinem puertoricanischen Chauffeur Alfio in eines seiner Büros fahren. Von seinem Wohnsitz in Hackensack, New Jersey, ging es hinein nach Manhattan. Er döste, und im Dösen fiel ihm der Traum ein, jener Traum, der wiederkehrte, seit er neunzehnsechsundvierzig vom Schicksal seiner in Griechenland verbliebenen Großeltern erfahren hatte. Seine Eltern waren Anfang der Zwanzigerjahre aus Thessaloniki nach Kanada ausgewandert. Sein Vater David nutzte die Prohibition in den USA, um in Kanada eine Spirituosenfabrik zu errichten. Im kleinen Ort Waterloo im Staat Ontario wurde Isaac neunzehnachtundzwanzig geboren. Seine Mutter Rifka, die alle Welt Eleni nannte, schrieb immer lange Briefe nach Griechenland an ihren inniggeliebten Tate, den Kleinunternehmer Avraham Zeymour. Stets sprach sie von ihrem Vater, und sie beschwor ihn, beschwor ihren Mann, nachdem die Maxmanns zu Reichtum gekommen waren, ihre Eltern nach Kanada zu holen. Isaac wusste lange nicht, weshalb sein Großvater immer wieder versprach nachzukommen und doch in Thessaloniki blieb. Als Zehnjähriger fuhr er mit seiner Mutter dorthin, lernte den kleinen dicklichen Opa kennen. Der roch stets nach Tabak und redete ohne Unterlass. Seine Oma saß daneben oder brachte das Essen zum Tisch, schwieg oder sang dem kleinen Isy fremd und süß klingende Lieder zur guten Nacht. Später bekam Isaac heraus, dass er damals Rembetiko gehört hatte. Sie blieben einen Monat in Saloniki, es kam ihm noch heute so vor, als wäre er ein Jahr dort gewesen. Ein gleichaltriges Mädchen mit blonden Haaren und schwarzen Augen war ihm beigesellt; sie hieß Melina Kosmos, mit ihr lief er durch die Straßen. Seine Mutter schrie einmal mit ihrem Vater, als sie alle beim Essen saßen und Radio hörten. Österreich war von Hitler überfallen worden. »Er wird ganz Europa fressen«, schrie sie, oder schrie sie das bloß im wiederkehrenden Traum? Jedenfalls blieben die Großeltern, wo sie waren, und gerieten alsodann neunzehndreiundvierzig in den Höllenschlund. Sie mussten ins Baron-Hirsch-Viertel ziehen, wurden nach Auschwitz deportiert und gingen durch einen der Schornsteine von Birkenau.

Im Traum sah er sie an der Rampe stehen. Anfangs sah die Rampe aus wie der Hinterhof im Elternhaus von Melina Kosmos, und Melina stand in der Kellertür, die zum Hof hin offen stand. Später kauerte sie in einem kleinen Garten, der an den Hof angrenzte und den es in Saloniki dort nicht

gab. Nachdem er Bilder von Birkenau gesehen hatte, rückte dessen Rampe in sein Traumbild und blieb seither dort unverändert. Stets wurden die Großeltern von Melina fortgerissen, Melina wurde nach links getrieben, die Großeltern nach rechts. Ein Schäferhund ging hinter der Zehnjährigen her, schnüffelte an ihrem Gesäß und knurrte. Der SS-Mann riss das Tier zurück, Melina drehte sich um und winkte der Kolonne nach, die schweigend zu den Gaskammern trottete. Stets rief sie Maxmanns Namen; inmitten des langezogenen Tonmonuments, aus dem das Wort I-s-y herausklagte, wachte er auf.
Mit dem Lift fuhr Maxmann in den achtzehnten Stock. Er war am Sitz des Jüdischen Weltkongresses angekommen, wie stets Dienstag und Donnerstag. Er setzte sich hinter seinen riesigen Schreibtisch, auf dem bloß ein Telefon stand. Er griff zum Hörer und tätigte zwei Anrufe. Danach drückte er einen Knopf, und die Sekretärin trat ein. Er begann zu diktieren.

Als Tschonkovits bei Maxmann eintraf, legte der den Hörer auf die Gabel zurück.
»Haben Sie mir den Braunschweiger an den Hals gehetzt?«, fuhr er den Eintretenden an.
»Einen schönen guten Tag wünsche ich Ihnen. Haben Sie gut geschlafen?«, sagte Tschonkovits, und statt vor dem riesigen Schreibtisch Platz zu nehmen, schlenderte er zum Tisch zwischen den beiden Fenstern und ließ sich im roten Plüschfauteuil nieder. Maxmann schaute auf seine Schreibtischuhr, kratzte sich am Kinn.
»Ich erwarte in zehn Minuten Abi Meyer. Und der trifft zum Lunch den Präsidenten.«
»Ich dachte, er frühstückt bloß mit ihm.«
»Ich halte die Angelegenheit für wichtig, und sie eilt auch.

Sie sind mir ein schöner Ezzesgeber.« Maxmann richtete seinen Blick nach oben. »Er hetzt mir die Wiener Juden an den Hals.«
»An Ihrem Hals ist genug Platz«, sagte Tschonkovits und lächelte.
»Was haben Sie denn? Weshalb sind Sie so störrisch? Wie reden Sie überhaupt mit mir?«
»Herr Maxmann, ich rede mit Ihnen wie mit einem, der nicht weiß, was er drüben anrichtet. Sie erzeugen in Österreich neuen Antisemitismus. Das ist Ihnen nicht klar. Sie wollten mich als Berater, wie man den Wais bekämpfen soll. Sie aber bekämpfen das österreichische Volk, weil es ihn gewählt hat. Dieses Volk hat ihn aber fast zur Hälfte nicht gewählt.«
»Ich, Isaac Maxmann, erzeuge neuen Antisemitismus? Sie sind verrückt. Nicht Johann Wais ist der Rischesmacher, sondern der Maxmann.«
»Verzeihen Sie. Rischesmacher?«
»Risches sind böse Dinge. Judenhass zum Beispiel. Es gibt keinen neuen Judenhass. Es gibt nur neue Leute, die ihm frönen. Da ist doch jeder Anlass recht. Muss ich Ihnen einen Vortrag über die Geschichte des Judenhasses halten? Wenn die Österreicher diesen Wais wählen, müssen sie die Konsequenzen tragen.«
»Salomon Braunschweiger teilt meine Einschätzung.«
»Da irren Sie sich. Salo weiß so gut wie jeder Jud auf der Welt, dass die Antisemiten den Judenhass machen und nicht die Juden. Aber er will halt seine Ruhe haben als Präsident der Kultusgemeinde. Die kann er nicht kriegen. Da muss er woanders hingehen. Wenn einer sich in Österreich niederlässt, hat er einiges zu gewärtigen.« Maxmann schwieg einen Moment und besah sich seine Fingernägel.
»Abi Meyer bringt übrigens den Aisik mit«, fuhr er fort.

»Der ist aber offiziell gar nicht da. Aber zu Ihnen gesagt, er bringt ihn deshalb mit, weil es uns ganz ernst ist mit der Watchlist. Wir kriegen das durch, so wahr ich hier den Laden schmeiße.«
Tschonkovits war während der letzten Worte aufgesprungen. Nun pflanzte er sich vor Maxmann auf und rief:
»Sie sind doch voller Ressentiments. Sie wollen doch bloß, wie soll ich mich ausdrücken, also Sie wollen bloß –«
»Sprechen Sie es ruhig aus, junger Mann«, unterbrach Maxmann, »ich will Rache, nicht wahr? Rache für meine ermordeten Leute. Das glauben Sie? Wissen Sie was? Schauen Sie, dass Sie rauskommen.«
»Moment«, antwortete Tschonkovits. »Stopp! Wir hatten seit einem Jahr auf der Basis kooperiert, dass Johann Wais als Präsident verhindert werden soll. Das ist nicht gelungen. Jetzt sollten wir ihn einerseits isolieren, andererseits endlich herausfinden und beweisen, dass und ob er an Verbrechen mitgewirkt hat.«
»Er hat an Verbrechen mitgewirkt. Verlassen Sie sich drauf.«
»Es reicht doch nicht, dass er IC am Balkan war. Es reicht nicht einmal, dass er von den Deportationen in Thessaloniki gewusst hat, weil er dort war, wenn wir ihm nicht nachweisen, dass er aktiv daran mitgewirkt hat, das wissen Sie doch auch.«
»Eine milde Auslegung. Eine österreichische Auslegung. Überall dabei, nichts gemacht.«
»Ach gehen Sie, Herr Maxmann. Das Moralische ist das eine, das Juristische das andere.«
Isaac Maxmann schwieg wiederum. Er sah den aufgebrachten Mann vor sich an, er spürte, wie ihm die Kälte von den Knochen in die Brust kroch.
»Drüben nannte man Sie gelegentlich Zauberer, stimmts«,

sagte er dann. »Zaubern Sie, Tschonkovits. Simsalabim, und in Österreich gibts keine Antisemiten mehr. Simsalabim, die Juden sind wieder da. Simsalabim, alles wird gut. Wir leben ewig.«

»Sie leben doch«, flüsterte Tschonkovits. »Das amerikanische Judentum lebt. Es hat sogar eine gewisse Macht.«

»Nebbich, Tschonkovits. Aber zwei Dinge sinds, dafür kämpfen und sterben wir: den jüdischen Staat Israel. Und: Nie wieder Hitler. Nirgendwo. Ihre Leute haben den Naziwais gewählt. Sie haben Österreich zu einem Naziland gemacht.«

»Das ist doch Unsinn, Maxmann. Das ist kompletter Blödsinn.«

»Wissen Sie was? Es ist Blödsinn, und es ist wahr.«

Tschonkovits setzte sich auf den Sessel vor Maxmanns Schreibtisch.

»Warten Sie doch noch drei Monate. Versuchen wir gemeinsam, etwas zu finden, was auch juristisch rechtfertigt, dass ihr ihn auf die Watchlist setzt.«

Maxmann schüttelte langsam den Kopf.

»No«, sagte er heiser. »No, njet und nein. Lo.«

Das Telefon läutete. Maxmann hob ab, lauschte, nickte und legte den Hörer auf.

»Sie sind da. Habe ich Sie nicht eigentlich hinausgeschmissen?«

»Das haben Sie.«

Tschonkovits stand auf. »Mir tut der Herr Braunschweiger leid. Und auch David Lebensart. Und die anständigen Österreicher.«

Maxmann erhob sich gleichfalls. Er ging um den Schreibtisch herum und begleitete Tschonkovits zur Tür.

»Gewure und Kojach. Das wünsche ich Ihnen. Euch allen.«

Er gab ihm die Hand.

Tschonkovits fuhr mit dem Lift hinab. Als er auf die Straße trat und sich in den Passantenstrom einreihte, wusste er, dass er allein war. Immer schon.

14.

Dass Johann Wais nur zwei Kilometer vom Deportationsort hinter einem Hügel in Thessaloniki gewohnt hatte, ohne bemerkt haben zu können, was gleichsam unter seiner Nase passierte, schien auch seinen Unterstützern kaum glaubhaft. Sein außenpolitischer Berater Rudolf Jungnickel hatte eine dicke Mappe vor sich, in der sich zahlreiche Dokumente über die Deportation der jüdischen Bevölkerung Thessalonikis nach Auschwitz befanden. Er legte seinem Präsidenten eines nach dem anderen vor. Wais betrachtete jedes einzelne mit blassem Gesicht, murmelte immer wieder: »Schrecklich, furchtbar, grauenhaft« und legte es jeweils Kante auf Kante weg und zuhauf. Jungnickel, der sich innerlich anzuekeln begann, zog einen Plan von damals heraus, deutete mit dem Finger auf die kleine Villa, in welcher Leutnant Wais gewohnt hatte, fuhr auf dem Plan mit dem Daumen hinüber zum Baron-Hirsch-Viertel und zum Bahnhof. Novacek saß zur rechten Hand des Präsidenten, lugte ebenfalls auf den Plan und schluckte währenddessen immer wieder die aggressiv nach oben drängende Magensäure hinunter.

»Ich habe es nicht bemerkt«, sagte Wais. »Was soll ich denn tun? Ich weiß auch nicht, wieso mir das nicht aufgefallen ist. Ich kann es mir lediglich mit meiner Dissertation erklären, mit Aglaja.«

»Entschuldige«, sagte Jungnickel grob, »was hat deine damals Zukünftige damit zu tun?«

»Rudolf«, fuhr ihn Novacek an, »eine Lebensliebe hat sich zu jener Zeit entsponnen.«
Wais gab einen Laut von sich, der die Blicke seiner Mitarbeiter auf sein Gesicht zog. In den ohnedies leicht geröteten Augen standen Tränen. Wais musste sich wegdrehen, und er retirierte zum Fenster, sah durch den Schleier auf den Heldenplatz hinunter und bemühte sich um Fassung, vor allem versuchte er, seine Schultern am Zucken zu hindern.
»Hans«, sagte Jungnickel laut in seinen Rücken, »du erklärst einfach, es sei damals so schrecklich und bedrückend gewesen, dass du die Vorfälle verdrängst hast. Nun sind sie dir wieder in Erinnerung gekommen. Du wärest schon damals entsetzt gewesen, wolltest mit der Sache nichts zu tun haben und hast dich ganz auf deine Dissertation konzentriert. Du hast auch Gespräche über die Deportationen bewusst vermieden, sofern diese Vorfälle im Stab Thema waren, und das müssen sie gewesen sein. War dein alter Schulkollege nicht damals mit dir, dieser –, wie hieß er?«
»Nekula. Ach, der war doch schon in Tirana. Ich bin erst später dort mit ihm zusammen gewesen.« Wais drehte sich zu den beiden um, ging zum Schreibtisch zurück, setzte sich, legte die Hände übereinander. »Ich kann doch nicht lügen.«
»Um der Wahrheit willen musst du es tun«, sagte Jungnickel. »Ich sehe keine andere Möglichkeit.«
»Nein, das tu ich nicht.«
»Wie sollen wir dir dann helfen?«
»Wer bei der Wahrheit bleibt, dem hilft Gott«, sagte Wais laut.
Jungnickel stand auf. »Weißt du, was wir für dich tun können? Und für das Land? Vor allem für das Land?«
»Was willst du damit sagen?«, fragte Wais und schaute zu

Jungnickel hoch. Der nahm die fast leere Mappe, besann sich, legte sie auf den Tisch zurück. »Die Einladungsliste für deine Staatsbesuche ist kurz, wenn man das überhaupt Liste nennen mag. Dubai. Vatikan.«
»Vatikan ist gut«, murmelte Wais.
»Ich muss mich jetzt verabschieden, wenn du gestattest.« Er nickte Novacek zu und ging. Novacek betrachtete den aufrecht dasitzenden Präsidenten. Der wendete den Kopf zu Adrian.
»Ich kann nicht lügen. Ich kann nicht absichtlich lügen. Ich kann es nicht.«
»Wir werden uns etwas anderes einfallen lassen«, sagte Novacek.

Es fiel ihnen nichts ein. Ein Sturm der Empörung ging los. Nach einigen Tagen nahm seine Heftigkeit zwar ab, doch jugoslawische Zeitungen, solche aus den USA und aus Israel hielten die Salonikigeschichte am Köcheln. Johann Wais verbrachte den Winter sechsundachtzig/siebenundachtzig in der Hofburg und duckte sich bei immer wieder neuen Anschuldigungen und Vorwürfen bloß weg, sagte von Zeit zu Zeit in eine Fernsehkamera: »Ich habe ein reines Gewissen« und breitete dabei seine Arme aus.
In der Redaktion des Signal beschloss man, an der Sache Wais dranzubleiben. »Wir sind das Kamel«, sagte Klingler in der Redaktionskonferenz nach Neujahr, »welches das Gras wegfrisst, das über die Sache zu wachsen beginnt.«

15.

In den letzten drei Monaten, Weihnachten bis Dreikönig ausgenommen, trafen Edmund Fraul und Wilhelm Rosinger einander wieder regelmäßig beim Praterer. Donnerstags um eins betrat Wilhelm das Gasthaus, zumeist zehn Minuten später Edmund. Seit sie begonnen hatten, sich gegenseitig Geschichten zu erzählen, die alle im Lager spielten oder auf es zurückzuführen waren, hielt es sie nicht am Wirtshaustisch, sodass sie nach der Einnahme des Mittagessens stets die Friedensgasse hinuntergingen und den Weg über die Jesuitenwiese Richtung Praterstadion einschlugen. Fraul hatte festgelegt, dass jeweils Rosinger beginnen musste; jedes Mal hob Rosinger stockend und mit leiser Stimme an, bis endlich die Geschichte wie von selbst aus seinem Mund herauszuströmen begann. Die einzigen Zuhörer außer Fraul waren die vom Winter arg zerrupften Bäume, die links und rechts des Weges standen und ihre halbmorschen Zweige im Wind bewegten. Es kam vor, dass auch das Wetter unangenehm war, dass Nebelfetzen, gefüllt mit vereisten Schneeflocken, den sprechenden und lauschenden Spaziergängern ins Maul fuhren, die Gesichter striegelten und Winterstürme an ihren Mänteln rüttelten. Die beiden Auschwitzbewohner ließen sich hievon nicht beirren, stets gingen sie ihren Weg bis hinters Lusthaus und auf anderer Route zurück und trennten sich vor dem Steirereck am Ende der Rasumofskygasse.

In den frühen Märztagen wehte den Männern bereits ein würziges Frühlingslüfterl um die Nasen.

»Baretzki hatte den Polen Slunsky derart verdroschen«, sagte Rosinger stockend, »dass dieser zuckend und still am Boden vor dem Block lag. Ich bin vorbeigekommen, sah Baretzki fragend an. Er hatte eine Riesenschnapsfahne, war

rot im Gesicht und spuckte, während er mir zunickte, auf Edek hinunter und ging. Ich kannte Edek ganz gut, er war Pfleger im HKB, Sie haben ihn auch gekannt?«
»Weiter«, sagte Edmund.
»Slunsky blutete aus allen Schädelöffnungen. Wie soll ich sagen? Sogar aus den Augen rann das Blut. Ich gab einigen um ihn herumstehenden Häftlingen die Erlaubnis, ihn hineinzutragen. Als sie ihn in die Höh gehoben hatten, starb er. Am nächsten Tag hat der neue Lagerkommandant Liebehenschel die Prügelstrafe verboten.«
Fraul nickte. »Ein großer Griechentransport war angekommen«, sagte er. »Sie mussten, nachdem der Großteil zur Gaskammer geschickt worden war, davor ausharren und lagerten im Gras. Etwas weiter unten bemerkte ich, dass polnische Häftlinge Fußball spielten. Die Griechen sahen ihnen gleichmütig zu, mir war nicht klar, ob sie wussten, was sie erwartete, vermutlich waren sie ahnungslos. Jedenfalls wurde es dunkel, als es wieder voranging. Es war die Zeit, als sie die längst schon Vergasten ausgraben mussten und auf großen Lattenrosten verbrannten. An jenem Abend geschah die Vergasung des Transportes gleichzeitig mit den Verbrennungen der Leichen einige hundert Meter weiter hinter dem Fünferkrematorium. Moll –«
»Jessas der«, murmelte Rosinger.
»Moll sah zwei Kinder, die sich von den Wartenden entfernt hatten. Die Mutter schrie nach ihnen, getraute sich aber nicht, aus der Schlange herauszukommen. Moll führte zuerst beide Kinder zurück, nahm plötzlich das Kleinere an sich und eilte damit fort. Die Mutter weinte hinter ihm her. Moll kam zum Fünferkrematorium, ging um es herum und schleuderte das Kind in großem Bogen ins Feuer.«
»Moll war furchtbar.«

»Haben Sie ihn gut gekannt, Rosinger?«
»Ganz gut. Er hat gesoffen wie ein Loch.«

Der eine benutzte einen blauen Kübel, den er danach mit einem Emaildeckel notdürftig verschloss und in die Waschküche hinauftrug, zu der er allein Zugang hatte. Der andere verwendete einen schwarzen Kübel, den er danach jeweils in seinen Keller trug. Der eine schiss seinen Kübel in der Josefstadt voll, der andere in Floridsdorf. Der eine tat es allein, beim anderen machte seine Frau mit. Es dauerte zwei Wochen, dann war der Kübel des anderen voll, nach drei weiteren Tagen meldete auch der eine den Vollzug. Sie hatten hin und her überlegt, wie sie die Fäkalien an die Orte bringen sollten, für welche sie bestimmt waren. Sollten sie beim ersten Ort vormittags kommen bei heftigem Parteienverkehr, aber offenem Haustor, frühmorgens, kurz nach sechs, wenn das Haustor bereits aufgesperrt war? Oder sollten sie des Nachts abwarten, dass jemand aus dem Haus herauskam, um an ihm vorbeizuschlüpfen? Sollten sie gar anklingeln und den Namen einer anderen Partei durch die Gegensprechanlage flüstern, in der Hoffnung, dass ihnen geöffnet werde? Der blaue Kübel war für den einen Ort. Beim anderen Ort war es leichter. Da kam man unangefochten bei Tag vor die Wohnungstür, ohne unbedingt wem zu begegnen, außer wenn man Pech hatte, dem Mieter selbst. Dorthin sollte der schwarze Kübel kommen.
Über einen dritten Menschen, der aber nicht eingeweiht wurde, ließen sie sich einen Mietwagen besorgen, einen weißen Kastenwagen, in dem sie die beiden Kübel transportieren wollten. Beide Aktionen mussten knapp hintereinander erfolgen, um die Wirkung sicherzustellen.
Sie wählten schließlich den dreizehnten März neunzehnsie-

benundachtzig aus, einen Freitag. Sechs Uhr abends. Zuerst fuhren sie in die Böcklinstraße und leerten den schwarzen Kübel vor der Ateliertür aus. Einer wartete im Auto, indes der andere, weil sich nichts rührte, noch auf den Scheißhaufen pisste. Danach mussten sie bei der Schadekgasse einen Parkplatz suchen. Als der eine mit dem blauen Kübel vor dem Haustor stand, kam eine Frau heraus. Er grüßte freundlich und murmelte: »Ich muss zu Krieglachs.« Die Frau nickte und ging davon. Im vierten Stock lauschte er. Es war still im Haus. Er leerte den Kübel langsam und behutsam aus. Anschließend steckte er ihn in einen großen schwarzen Plastiksack, um ihn zu verbergen. Als er beim Haustor herauskam, sah er, dass der andere aus der Parklücke herausfuhr und vor ihm stehen blieb. Er lief um den Wagen herum, sprang hinein, und sie fuhren weg.
Durch die starke Geruchsentwicklung kamen kurze Zeit später einige Leute aus ihren Wohnungen und umstanden mit angewiderten Gesichtern den Eingang zu Krieglachs Wohnung. Eine Bewohnerin mit einem Taschentuch vor ihrem Gesicht verlangte nach der Hausmeisterin, die aber nicht daheim war, ein anderer bot an, die Polizei zu rufen. Mit dem Aufzug kam Emmy Krieglach, sie hatte sich schon, als sie ins Haus trat, gewundert, dass ein starkes Gesumms aus den oberen Stockwerken zu hören war. Als sie den Fäkalienhaufen vor ihrer Tür sah, holte sie Atem und brüllte:
»Scheiße! Das waren die Faschisten. Scheiße, Scheiße, Scheiße.«
Trotz des heftigen Geruchs mussten die Herumstehenden lächeln, bevor sie ebenfalls empört die Köpfe zu schütteln begannen. Emmy beugte sich über den Haufen, sperrte auf, stieg vorsichtig über ihn drüber, verschwand in der Wohnung. Sie erschien nach zwei Minuten mit Schaufel und Kü-

bel. Während sie einschaufelte, verschwand die Nachbarin in ihrer Wohnung. Andere hatten die Fenster zwischen den Stockwerken geöffnet. Am Ende kam die Hausmeisterin in höchster Aufregung von unten angerannt, hinter ihr zwei Polizisten. Sie begannen den Vorfall aufzunehmen. Herbert Krieglach wollte, nachdem er bei seinem Galeristen war, kurz daheim vorbeischauen, um sich eine Mappe abzuholen, die er im Atelier benötigte. Nachdem er aus dem Aufzug gestiegen war und den Sachverhalt erfasst hatte, lief sein Schädel rot an. Emmy erwartete einen Wutausbruch, doch Krieglach schwieg, atmete bloß laut. Als einer der Polizisten fragte, ob sie jemanden im Verdacht hätten und was denn das Motiv sei, beschied Krieglach seiner Frau, »den Herren Inspektoren Ahnungslos & Schasäuglat Bescheid zu stoßen«. Dabei ignorierte er seine Hausnachbarn, die ihn mit einer Mischung aus Abscheu und Bewunderung ansahen.

Vor seinem Atelier besah er das Produkt aus dem schwarzen Kübel. Es roch beträchtlich. Krieglach drehte sich um, wollte in die Meierei gehen, um von dort aus anzurufen, stieg dann doch über den Haufen, holte sich das Notizbuch, in dem die Nummer des Signal stand. Am Telefon verlangte er Frau Zischka. Er bekam ihre Privatnummer und erreichte sie daheim.

»Kommen Sie sofort her. Eine Überraschung. Und eine Gschicht. Eine schöne Gschicht. Duftend.«

16.

Zoltán Nemecsek hatte auf die Wahl von Wais zum österreichischen Bundespräsidenten auf seine Weise reagiert. Der als Rezsö Szilasi in Budapest neunzehnfünfzehn gebo-

rene Schriftsteller und Dramatiker begann über den Satz »Ich habe nur meine Pflicht getan« nachzudenken. Als Dreiundzwanzigjähriger ging er einst mit seiner Freundin aus Ungarn fort und gelangte über Umwege nach New York. Er schrieb seine Gags sofort auf Englisch, Novellen auf Ungarisch, gleichsam für sich selbst, Theaterstücke zuerst auf Deutsch und übersetzte sie mit Hilfe von Flora Rosenstock, nun Florence Rosen, ins Amerikanische. Flora war seine letzte Budapester Liebe gewesen. Ihr Vater hatte eine Schuhfabrik in Ferencváros besessen und war Anhänger von Horthy gewesen. Flora hatte Dolmetsch studiert, und noch bevor sie Rezsö kennenlernte, hatte sie weggewollt aus dem Ungarland, das übervoll war mit Antisemiten und Großmagyaren. Wenn sie an der Donau, auf einer Bank sitzend, den Schiffen nachsah, die so schnell stromabwärts und so bedächtig stromaufwärts fuhren, dachte sie, dass die Donau in die falsche Richtung fließt. Sie wünschte sich mit einem Boot nach Wien und von dort nach Triest oder Hamburg und dann nach New York, New York.
»Nach Osten gehts schnell, nach Westen ists mühselig«, sagte der junge Mann neben ihr auf der Bank, nachdem er dieses wunderschöne Mädchen bereits nach dem ersten Blick zur Frau haben wollte.
Die Fabrikantentochter und der Schneidersohn standen wenig später von der Bank auf und küssten sich im Stehen weiter. Sie reisten nach Wien aus, einige Tage bevor der Führer die Stadt und das Land Österreich ins Deutsche Reich heimführte. Mit Grausen erlebten sie eine sogenannte Reibpartie, alte Juden und Jüdinnen schrubbten mit Zahnbürsten den Gehsteig in der Babenbergerstraße, da hatten sie schon die Fahrkarten nach Zürich. Sie waren noch keine Flüchtlinge, sondern Touristen. Widerwillig überwies Floras Vater Geld in die Schweiz. Schließlich ging es weiter

nach England. Hier wollte Rezsö bleiben, aber Flora fand, England sei viel zu nah beim Führer. Mit dem Schiff kamen sie im Sommer neunzehnneununddreißig in New York an.

Florence fand sich gut zurecht. Rezsö beschloss, seinen magyarisierten Judennamen Szilasi abzulegen. Zum Erstaunen seiner neuen amerikanischen Freunde nannte er sich nicht Johnny Shine oder so ähnlich, sondern eben Zoltán E. Nemecsek nach der Hauptfigur eines Romans von Ferenc Molnár.

»Wer soll das aussprechen?«, fragte Florence.

»Sie werden es lernen.«

Die Gagschreiberei brachte ihn nach Hollywood, das sich zunehmend mit Davongejagten füllte. Er arbeitete mit Billy Wilder, Charles Chaplin, schrieb seine Geschichten und Parabeln, währenddessen der europäische Kontinent und schließlich sogar das Ungarland im riesigen Blutkessel versank.

Nach dem großen Abschlachten blieben sie noch eine Weile in Amerika, nun wieder in New York, und Nemecseks Stücke hatten Erfolg am Broadway. Da sich Josef Wissarionowitsch Stalin auch Ungarn genommen hatte, dort acht Jahre nach Kriegsschluss antititoistische und antizionistische Prozesse stattfanden, angezettelt von Stalin, durchgeführt vom Juden Rákosi zuerst noch gegen Rajk dann gegen den Juden Gábor Péter und »Konsorten«, hatte Nemecsek keine Lust heimzukehren. In den folgenden Jahrzehnten aber setzte sich von den drei Sprachen eine durch. Zoltán schrieb nur noch auf Deutsch, und schließlich zogen sie zum Missvergnügen von Florence nach Wien. Er leitete dort für kurze Zeit ein kleines Theater, experimentierte mit eigenen und fremden Stücken herum. Anfang der Achtziger ließen sie sich in Westberlin nieder, denn seine Frau

wollte nicht schon wieder an der Donau sitzen und Schiffe nach Osten fahren sehen.
Das Ergebnis seines Nachdenkens über den Satz von der Pflichterfüllung war ein finsteres Stück über den Judenrat in einer nicht näher bezeichneten ungarischen Provinzstadt neunzehnvierundvierzig im nunmehr von den Deutschen besetzten Land. Nemecsek entwickelte einen Konflikt zwischen dem Vorsitzenden des Judenrats Salomon Ruben und dessen Sohn Benjamin. Der Vater versuchte mit den Deutschen auszukommen, zu kooperieren, um das Schlimmste zu verhindern. Der Sohn schämte sich dafür, er wollte kein Kollaborateur sein. Er nannte seinen Vater höhnisch HEILSBRINGER, weil der den Jidden nur das Heil des Führers brachte, und dieses Heil war der Tod.
Obwohl so duster, konnte Nemecsek nicht anders: Er kalauerte und alberte in diesem Nachtmahr nach Worteskräften, sodass ein künftiges Publikum nicht wissen würde, ob es weinen oder loslachen sollte und durfte. Doch so waren die Stücke Zoltáns, egal, ob sie vom Judenrat handelten oder vom Kampf eines Landstreichers mit einem Marder in der amerikanischen Prärie.
Wie weit geht Pflichterfüllung? Wer kann das wissen?

Peter Adel erfuhr von dem Stück, fuhr nach Berlin, Zoltán machte ihm einen Tee in der Fasanenstraße und las ihm mit seiner leisen nuschelnden Stimme das Stück vor.
»Das wäre doch etwas für Schönn«, sagte Adel und verzog schmerzlich sein Gesicht. »Es wäre ein Statement, dass wir Juden die Weisheit und Güte nicht erfunden haben.«
»Erfunden vielleicht schon«, sagte Nemecsek. »Aber was ist daraus geworden?«
»Du sagst es.«

»Merkwürdig, Peter, dass du ans Burgtheater gedacht hast. Aber gehört es jetzt nach Wien? Damit der Wais auf uns zeigen kann? Die haben damals auch nur ihre Pflicht erfüllt?«
»Genau deswegen, verehrter Zoltán. Gib dem Goi das Stück.«
»Nichts anderes habe ich vor.«
»Du willst doch nicht, dass ich es inszeniere?«
»Doch.«
»Dann ist es ja gut.«

Dietger Schönn bekam Bauchschmerzen, als er das Stück las. Er gab es an Scherfele weiter.
»Hör zu. Ich will dieses Stück überhaupt nicht haben. Ich will den Waiskonsorten keinen Gefallen tun. Also lies es schnell, Rüdiger, und sag mir, dass es ein schlechtes Stück ist. Allez hopp!«
Scherfele las es in den nächsten drei Stunden. Er ging hernach die ganze Nacht in seiner Wohnung hin und her. In der Früh las er es nochmals, Satz für Satz. Um zehn erschien er im Büro. Dietger saß dort und wartete.
»Das müssen wir machen«, sagte Scherfele und warf das Stück auf Dietgers Schreibtisch.
»Peter hat uns ein Ei gelegt«, lachte Schönn.
»Von Nemecsek nicht zu reden«, sagte Scherfele. »Peter inszeniert es, oder willst du?«
»Bewahre.«
»Eben. Es ist ein mordsmäßiger jüdischer Beitrag. Passt jetzt punktgenau hierher.«
»Ach was.«
»Dietger. Wie sagst du immer? Theater muss verändern und empören, sonst ist es ein Scheißhaus.«
»Schon gut. Habe nichts anderes von dir erwartet. Sei so

gut, schmeiß du unsere Programmplanung um! Premiere im Herbst, Probenbeginn in drei Wochen, nicht später.«
»Tja, aber Muthesius.«
»Auf den huste ich jetzt. Von dem lasse ich mich nicht vergackeiern. Der soll mal das Stück fertigstellen.«
»Er wird gekränkt sein.«
»Er wird gekränkt sein? Wann ist der nicht gekränkt?«
»Er ist immer gekränkt.«
»Eben. Und den Macbeth kippen wir im Herbst raus. Dabei rennt er so gut.«
»Das geht nicht, Dietger. Das muss im Herbst noch laufen, oder? Unterbrechen wir lieber die Phädra. Adel geht, Adel kommt.«
»Ich habe dir doch gesagt, schmeiße du die Planung.«
»Peter muss schnell besetzen. Und er kriegt nicht alle, du weißt.«
Schönn ging aus dem Zimmer.
»Er kann alle haben. Alle. Sogar Bonker, wenn er darauf besteht.« Noch von draußen war sein Lachen zu hören.

Ich bekam zeitgleich mit Karel das Stück. Es gibt eine einzige weibliche Partie, die darf hübsch ich spielen. Das Stück ist wie alle Stücke von Nemecsek von einer Beiläufigkeit, die einen aber ins Herz schneidet. Ich sollte die jüdische Fürsorgerin Ilona Loeb geben, und das tat ich. Die Frau ist im Stück fünfzig, na ja. Karel hat ne tolle Rolle, den Sohn Benjamin Ruben, der nicht verstehen kann, dass sein Vater sich mit den Nazis zu arrangieren versucht. Zwischen den beiden gibt es spannende Szenen. Doch den Alten wollte Adel nicht mit Felix besetzen, sondern mit dem Komödianten Vesely, der doch ständig dem Dietger und uns Deutschen überhaupt Stress gemacht hatte. Der hatte monatelang getönt, dass ein Piefke nicht das österreichische Na-

tionaltheater führen kann, das wäre quasi ein zweiter Anschluss. Er hatte alle österreichischen Schauspieler gegen uns aufzuwiegeln versucht. Aber jede Rolle, die ihm Schönn angeboten hatte, war ihm zwar nicht gut genug, aber genommen hat er sie trotzdem, und ich muss sagen, spielen kann er. Den hatten wir jetzt also auf dem Pelz.
Adel kam mit seiner Frau, der Schreckschraube Dronte, der Mutter von Katharina, in Wien an. Frau Dronte wollte ihren Mann dazu bringen, die Kathi in dem Stück einzusetzen. Ich wüsste nicht als was. Für meine Rolle wäre sie zu jung. Es wurde gemunkelt, Nemecsek solle einen zusätzlichen Part für sie hinzudichten. Aber Kathi hatte von selber abgewunken. Die Aricia unter ihrem Stiefpapi hat ihr gereicht.
Am letzten Tag vor Probenbeginn war ich wieder mal nach längerer Zeit bei Karel in der Margaretenstraße. Ich wollte etwas Wein trinken und dann mit ihm in die Kiste springen. Er war aber schlaff und saß in sich drin. Er wollte über den Heilsbringer reden, weil er die Rolle nicht versteht. Er jammerte mich an. Meine Güte, was ist daran nicht zu kapieren? Also gut, ich redete mir den Mund fusselig, als wäre ich Scherfele oder Peterchen. Irgendwann sagte ich ihm, seine Asta sei müde und möchte jetzt in die Harpfn, wie sie hier sagen. Er sah mich mit einem irgendwie traurigen Grinsen an, zog sich aus, platzierte sich auf den Rücken und verschränkte seine Arme.
»Na«, sagte er.
Ich wollte aufstehen und heim, stattdessen zog ich mich auch aus und legte mich auf ihn drauf. Es war einfach öde, dennoch bin ich dann neben ihm liegen geblieben und habe ihm bei seinem hektischen Schlaf zugesehen. Er dreht das kleine Licht nachts seit einiger Zeit nicht mehr ab, und so konnte, was heißt, musste ich mit ansehen, wie er sich

büschelweise seine Locken ausriss. Ich weckte ihn zweimal auf, einmal starrte er mich wütend an, beim zweiten Mal murmelte er: »Ich muss aufs Häusl.« Ich machte kein Auge zu.
Wir sind morgens zusammen zur Probe gefahren, ich war ausgelaugt, er war mürrisch und unsicher. Peterchen freute sich, umarmte Karel heftiger als mich. Ganz gegen seine Art schwärmte er ihm vom Hippolyt vor, dem besten, den er je hatte, als ob Adel jedes Jahr eine Phädra inszenierte. Fraul aber ließ seine Arme hängen, sagte ihm von Anbeginn, dass er den blöden Benjamin nicht verstünde und noch weniger den Chef des Judenrats, der offenbar zufällig sein Vater war, denn es gäbe nix Gemeinsames, nix, nix. Adel wandte sich an mich: »Was sagt er? Was meint er? Was will er?« Schließlich schickte er ihn mit grämlicher Stimme an seinen Platz, damit wir die erste Leseprobe machen konnten. Katastrophe.
Nach der dritten Probe kam Moritz Vesely zu mir:
»Was ist mit dem Parch los«, fuhr er mich an.
»Wieso fragst du mich?«
»Astrid«, lachte er mir ins Gesicht, »was gibst du für Antworten?«
Nicht nur die Burg, die halbe Stadt wusste inzwischen von Karl und mir. Dennoch ärgerte mich Moritz' schmierige Vertrautheit. Ich murmelte irgendwas. Er ging kopfschüttelnd weg und versuchte in weiterer Folge, den Karel wie ein krankes Ross zu behandeln, mal nickte er aufmunternd, wenn Karel seine Sätze runterspulte, mal verdrehte er die Augen, mal versuchte er ihn zu striegeln, mal gab er ihm die Peitsche, während Peter Adel sich in seinem Stuhl wand und sein »Ich glaub dir nicht« hinaufrief oder: »Das war ja jetzt gar nichts von Garnichts.«
Dünster, der den Linde, also das SS-Gegenüber vom Juden-

ältesten, spielte, nutzte die Situation aus, um alte Rechnungen zu begleichen. Er ließ den Karel zusätzlich hängen, tat dabei unschuldig und moserte in der Kantine herum.
Karl begann wieder stärker zu trinken, stand abends im Pick Up und schaute an der Theke stehend ins Bier. Ich tat mein Bestes und ging auch hin, zog ihn zu einem der Tische und redete in ihn hinein. Er betonte immer wieder, dass der Vesely wie sein Alter wäre, und den hätte er schon als Kleinkind nicht leiden können. Ich sagte, dann solle er doch das zur Grundlage der Rolle machen: verständnislos, kalt, verächtlich, weil Vater kollaboriert und so weiter.
»Herr Edmund Fraul hat nicht kollaboriert«, sagte Karl. »Herr Edmund Fraul ist ein Held. Herr Edmund Fraul hält die Welt als Sandkorn zwischen den Fingern. Genosse Fraul ist kein Judenwurschtel wie dieser schwachsinnige Salomon Ruben in diesem schwachsinnigen Stück dieses albernen Nemecsek.«
»Du weißt, dass der Heilsbringer ein famoses Stück ist. Und es sind prachtvolle Rollen. Du sagst also selbst, dass der von dir so bezeichnete Judenwurschtel nichts mit deinem Vater zu tun hat. Ich gebe zu, wenn der wie dein Vater wäre, würde es dir schwerfallen, aber so?«
»Irgendwie ist er doch auch wie mein Alter. Der Vesely spielt den Ruben, als hätte er ihn aus meinem Vater geschnitzt. Ich kriegs nicht hin. Und überhaupt«, Karl schaute sich nach dem Ober um, während er weiterredete, »mir geht das ganze Antiwaisgehabe der Burg auf die Eier. Mir ist doch der Bundespräsident powidl. Ich will ordentliche Rollen, keine hirnrissigen, die sich dieser Ungar ausgedacht hat als Schmähs für den Augenblick.«
»Dann lege die Rolle zurück«, sagte ich ihm glatt ins Gesicht und spürte einen derartigen Widerwillen gegen meinen eigenen Vorschlag, dass ich loslachen musste.

»Jenö«, rief Fraul, »was ist denn? Warum rennen Sie dauernd an mir vorbei? Einen halben Rot.«
Jenö blieb stehen. »Einen halben Rot? Was soll das denn?«
»Na, zwei Viertel auf einmal.«
»Zwei Viertel. Jawohl.«
»Besauf dich«, sagte ich. »Sehr hilfreich.«
Ich stand auf und ging. Beim Ausgang begegnete ich Katharina Dronte. Ich grüßte sie überrascht, sie gab den Gruß freundlich zurück. Ich wollte sie fragen, seit wann sie ins Pick Up gehe, da war sie schon an mir vorüber. Ich schaute ihr nach, bemerkte, wie sie sich umblickte und auf den Tisch von Karel zusteuerte. Ich sah sie noch Begrüßungswangenküsse austauschen, dann hatte ich genug. Ich wusste nicht, was mir noch bevorstand, sonst wäre ich nicht am nächsten Tag privat zu Peter Adel gegangen, um mich für Karel einzusetzen. Und ich kam keinen Tag zu früh. Adel wollte den blöden Fraul ersetzen, er wusste nur noch nicht durch wen. Ich musste Peterchen einwickeln. Was ich alles ins Treffen führte! Ich erinnerte ihn daran, dass Karls Eltern in Auschwitz gewesen waren. Er winkte ab, denn das sei ja kein Verdienst und nicht einmal ein Zugewinn für den Herrn Sohn.
»Oder aber doch«, sagte er plötzlich. »Mir kommt eine Idee.«
Ich hatte es wieder mal geschafft. Aber wozu?

17.

Über die Austria Presse Agentur tickte noch am selben Abend die Meldung von der Kotattacke auf Krieglach in die Redaktionen. Das Land gab sich bestürzt, bedenkliches Kopfgewiege bei den Politikern. Der neue Bundeskanzler

Habitzl wurde bei seinem Staatsbesuch in Paris vor die Fernsehkamera geholt, er war vom Tisch des Galadiners aufgestanden, hatte noch Zeit, sich den Mund mit der blau-weiß-roten Stoffserviette abzutupfen, und musste zu den Scheißhaufen vor Krieglachs Türen seine Stellungnahme abgeben. Habitzl war häufig unterwegs, er kam wegen der vielen Staatsbesuche, die er gleichsam statt des in der Hofburg eingesperrten Präsidenten absolvieren musste, kaum zum Regieren. Anfangs genoss er es ein wenig, zugleich als Kanzler und Präsident zu agieren, aber schon hier in Paris war ihm das Ganze lästig geworden.
Habitzl hatte die Absicht, in Österreich Veränderungen herbeizuführen, und er ahnte, dass es dabei auch mit der sogenannten Vergangenheitsbewältigung ernst werden würde. Bisher hatten die Regierenden alles auf die lange Bank geschoben, was dort Platz hatte. Diese Zeitbeule platzte nun, der Saft schoss in alle Richtungen davon und verbreitete seinen Geruch, den man auch noch in fern gelegenen Gegenden zu bemerken glaubte.
Habitzl ging von der Festtafel bloß einige Schritte und durch eine Tür, und schon wurde er von Redakteur Kleinbauer empfangen, der bereits im Morgengrauen im Auftrag des ORF den Flug nach Paris genommen hatte, um höchstpersönlich das Interview zu führen. Habitzl stellte sich neben ihn, rief sich ins Gedächtnis, was seinem Kabinettchef Wendelin Katzenbeißer vor zwei Stunden Bürgermeister Purr berichtet hatte. Der Kanzler wandte sich an Kleinbauer sagte: »Momenterl« und las, indem er sich leicht wegdrehte, den Kassiber, den ihm Katzenbeißer zugesteckt hatte.
Hernach verurteilte der Bundeskanzler das Fäkalattentat. Er war der Erste, der die Scheißkübelattacke so bezeichnete, und als Fäkalattentat ging sie in die Geschichte ein. Er

distanzierte sich in gewundenen Formulierungen, wie es seine Art war, von im wahrsten Wortsinn braunem Gedankengut, das sich in dieser Tat offenbarte.
»Überhaupt«, sagte er zu seiner eigenen Überraschung, »müssen wir Österreichs Rolle während der Nazizeit neu überdenken. Es genügt nicht, sich als Opfer Hitlers zu fühlen. Und ich begrüße nachdrücklich die Errichtung des Denkmals gegen Krieg und Faschismus und danke dem Künstler Herbert Krieglach, dass er es erschaffen hat.« Habitzl wusste natürlich, dass der Streit nicht darum ging, ob man das Denkmal aufstellen sollte, sondern wo. Darüber verlor er kein Wort. Eine diesbezügliche Frage von Florian Kleinbauer leitete er an Purr und die Stadt Wien weiter.
Wieder zurück beim Diner, informierte er den französischen Staatspräsidenten. Der hob erstaunt seine Augenbrauen.

Auch Wais ließ aus der Hofburg vermelden, dass er die Tat verurteile.
Der neue Parteichef der Freiheitlichen, Jupp Toplitzer, meinte, das sei zwar eine unappetitliche Handlung gewesen, aber sie treffe auch einen unappetitlichen Künstler, dessen Lebensaufgabe es anscheinend sei, Österreich zu verunglimpfen und durch seine obszönen Körperdarstellungen das Volksempfinden zu verletzen. Ob sich diese Obszönitäten auch auf dem Denkmal befänden, das die Roten in Wien im Zentrum der Stadt aufstellen wollten, entzöge sich seiner Kenntnis, es sei aber zu befürchten. Im Übrigen brauche die linke Jagdgesellschaft nicht so wehleidig zu sein, schließlich übergieße sie seit Wochen den frei gewählten Präsidenten dieser Republik mit Schmutz. Was nehme es wunder, wenn ein Mitglied der Kunstschickeria, ein Altbolschewik noch dazu, halt auch mal einen

Denkzettel bekomme. Personen seien nicht zu Schaden gekommen, und natürlich lehne er Gewalt ab.
In der Stunde legte Martin Moldaschl in seiner Kolumne »Kampl« nach:
»Wer staunt da noch, wenn einer, der Sch... als Kunst produziert, Sch... vor die Tür gelegt bekommt? Oder mit welchem Ausdruck soll man das Machwerk belegen, das die Totenruhe der Bombenopfer vom Philipphof auf Ewigkeit und einen Tag stören wird, wenn man sich erdreistet, es auf solchem Boden zu errichten. Damit bedeckt der Kommunist Krieglach die unschuldig im Bombenkrieg umgekommene Zivilbevölkerung mit Kot. Ich möchte dem frischgebackenen Parteichef der Freiheitlichen Jupp Toplitzer, dessen Ansichten ich nicht unbedingt teile, zu seiner erfrischenden Stellungnahme gratulieren. Ob die Fäkalattacke, wie unser Nadelstreifsozialist Habitzl den Lausbubenstreich nennt, besonders geschmackvoll ist, darüber lässt sich freilich streiten. Eine Lehre für manche Künschtler ists allemal. Und ganz unvertraut kann Krieglach Jauche nicht sein: hatten nicht seine Gesinnungsgenossen einst als Uniferkeln den Hörsaal eins vollgesch...?«
Die beiden Herausgeber lachten bei der Lektüre der Kolumne wie zumeist. Heinrich Fichtel gab danach allerdings zu bedenken, dass man nicht allzusehr in die Nähe der Freiheitlichen rücken sollte. Django Scheinotter winkte ab:
»Ach was. Schadet auch nix. Im Gegenteil, Heinz. Wir sollten den Jungspund bissl beachten, der wird die Altparteien noch gehörig aufmischen, wenn er so weitertut.«
»Jungspund«, schnaubte Fichtel. »Der ist so alt wie du.«
»Wenn schon.«
»Nicht mit der Brechstange. Aber es hat was für sich. Von der Großen Koalition unter Habitzl ist zu erwarten, dass

der alte Trott von Packelei und Bürokratie ärger wird. Mit Beran haben wir jetzt nicht nur den schwarzen Außenminister ...«
»Und Vizekanzler.«
»... und Vizekanzler, der die christliche Soziallehre mit dem Löffel gefressen hat. Der ist anfällig für die Linke.«
»Das glaub ich nicht«, sagte Scheinotter. »Seis drum. Toplitzer ist ein politisches Talent, von dem kann man einiges erwarten. Übrigens, da fällt mir ein, sollten wir nicht für den Samstag eine Homestory mit den Krieglachs machen?«
»Abwegig. Der Krieglach wird uns was husten.«
»Die Dorli kriegt das hin.«
»Vergiss es.«
Die Homestory wurde im Signal am darauffolgenden Montag geliefert. Judith Zischka saß beim Kaffee mit Emmy und Herbert. Felicitas Vandenbeck fotografierte, Herbert erlaubte ihr sogar, im Atelier das Denkmal aufzunehmen, wenn auch bloß die fünf Zehen des rechten Fußes von einer Figur namens Orpheus.
Roman Apolloner schrieb einen großen Artikel mit dem Titel: Wendezeiten? Er endete mit einem Ausspruch Krieglachs: Besser ein Scheißhaufen vor der Tür als die Gestapo.

»Klehr war ein Tischlergeselle, ich glaub aus Schlesien«, sagte Rosinger zu Fraul beim nächsten Praterspaziergang, als sie die Jesuitenwiese querten. »Er machte immer ein Gesicht, als ob man ihm grad einen Zahn gezogen hätte. Doktor Entress spritzte selbst viele ab, doch SDG Klehr war ihm ziemlich behilflich. Ich glaube, er übernahm die Abspritzerei gern selbst. Er forderte auch uns auf, Hantl, Scherpe, Stark.«

»Stark nicht.«
»Stimmt, Herr Fraul. Wie komme ich auf Stark?«
»Der hat auch gewütet, auf andere Art.«
»Sicher.« Rosinger schwieg und schaute auf den Weg, den er mit Fraul entlangging.
»Ich sollte«, fuhr er fort und drückte in der rechten Manteltasche die Finger fest zur Faust zusammen, »eben diese Kinder abspritzen. Als ich dann zusammengebrochen bin, hat mich der polnische Häftling Sweczinski auf eine so mitleidige Art angeschaut gehabt. Ich bin aufgestanden und hab ihm einen Tritt gegeben, eh leicht, aber doch, was ich sonst nie getan habe. Dieser Marek Sweczinski geht mir bis heute nach.«
»Nur deshalb?«
»Er hatte schon eine ziemliche Weile Dienst bei Klehr tun müssen. Immer hat er entweder mit Edek oder mit Lech die Häftlinge ins Zimmer geführt, auf den Sessel gesetzt, damit Klehr ihnen das Phenol ins Herz spritzt. Oft hatte er vorher oder eben Edek oder Lech den Abzuspritzenden mit Tintenblei die Nummer auf die Brust geschrieben. Man glaubt gar nicht, wie man abstumpft. Marek hat oft ausgesehen wie Klehr selbst, als hätte er irgendwas im Mund gehabt. Er hat es mit Gleichgültigkeit getan, wofür ich ihn bewundert – nein, das kann ich nicht sagen, niemand hat polnische Häftlinge bewundert, niemand von uns, meine ich.«
»Auch nicht Mala?«, knurrte Fraul.
»Von Mala Zimtbaum habe ich nur gehört, dass –«
»Zimetbaum, Rosinger. Sie hieß Mala Zimetbaum.«
»Ach so. Von der hab ich erst später gehört. Das ist die, welche mit einem Polen oder Tschechen geflohen ist? Die man wieder eingefangen und am Appellplatz aufgehängt hat? Da fällt mir ein, der polnische Priester, der freiwillig

für einen anderen in den Stehbunker ging, der hat uns allen imponiert. Sogar Capesius hat gesagt, dass der Respekt verdient.«
»Capesius hat alles Mögliche geredet.«
»Das ist wahr.«
»Also was war mit Marek?«
»Einmal kam er raus, von dort, wo sie dann die Leichen hingelegt gehabt haben, und hatte Tränen in den Augen. Klehr sah das und fuhr ihn an: ›Was 'n los! Was über die Leber gelaufen?‹ Sweczinski hat nichts darauf erwidert. Brüllt Klehr los: ›Mach die Fresse auf!‹ Marek zeigte mit dem Daumen nach hinten zum Raum mit den Leichen. ›Ich hab meinen Vater zu Ihnen geführt und dann dorthin.‹ ›Was?‹, sagte Klehr, ›warum hastu dein Maul nicht aufgetan? Ich hätte ihn selbstverständlich verschont.‹ Und er klopfte dem Marek auf die Schulter und ging weg. Ich hab ihn dann gefragt, warum er das dem Klehr nicht vorher gesagt hat. Wissen Sie, was er geantwortet hat?«
»Er hat geglaubt, Klehr setzt ihn gleich neben seinen Vater und spritzt ihn ab.«
»Sie wissen es, Herr Fraul? Ich glaube, paar Tag später ist Marek in den Draht gegangen.«
»Nein, Rosinger. Marek Sweczinski starb an Typhus.«
»Sie wissen alles!«
»Gar nicht«, sagte Fraul. »Marek war im HKB. Wie sollte ich ihn da nicht gekannt haben?«
»Und die Geschichte kannten Sie auch?«
»Nein. Aber Klehr hätte ihn neben seinen Vater gesetzt.«
Sie gingen das Heustadelwasser entlang. Rosinger bemerkte an der Böschung Palmkätzchen.
»Auf dem Weg in die Gaskammer ging auch eine junge Frau aus Posen«, hob Fraul an. »Ich nenne sie Lina Stern-

feld. Die Todeskolonne befand sich vorm Krematorium drei. Nun mussten sie sich entkleiden. Sie kamen direkt von der Rampe. Es war viel Betrieb. Sie warteten. Als Lina beim SS-Oberscharführer Schillinger vorbeiging, beglotzte er sie ausführlich und auffällig. Er soll sie sogar an der Schulter berührt haben. Lina bückte sich, bekam Sand mit der Hand zu fassen und schleuderte ihn in Schillingers Gesicht. Er fuhr mit beiden Händen zu seinen Augen, sie riss ihm den Revolver vom Gürtel, drückte ab, entsicherte dann und schoss ihm drei Kugeln in den Wanst. Er war vermutlich sofort tot. Häftlinge trugen ihn weg. Stark hatte Lina ergriffen, zerrte sie an den Haaren aus der Schlange heraus, führte sie dann zur Wand und erschoss sie. Jerzy Wesolowski hat es mir berichtet. Zwei Sachen hatte sie gesagt. Zu Schillinger, bevor sie ihn niederschoss, sagte sie: ›Da hast du.‹ Und zu Stark, bevor er sie erschoss: ›Na wenn schon.‹«

Rosinger blieb stehen. »Davon habe ich gehört, ich meine, dass Schillinger von einer nackten Jüdin erschossen wurde. Sie hat ihm im Auskleideraum vor der Gaskammer die Kleider ins Gesicht geworfen und ihm den Revolver entrissen. Andere Frauen haben sich auf ihn und seinen Kameraden Wilhelm Emmerich gestürzt und dem das Gesicht zerkratzt. Es musste Verstärkung herbeigeholt werden. Doch was sie dann zu Stark gesagt hat, das habe ich nicht erfahren, obwohl der Vorfall lang Gesprächsstoff war bei uns.«

»Auf Wesolowski war Verlass. Lina Sternfeld hatte gesagt, was zu sagen war.«

18.

Wie es Karl Fraul auch anstellte, der Benjamin Ruben blieb ihm äußerlich, leckte gleichsam seine Wangen, kratzte ihn in den Achseln, zog ihm das Gesicht auseinander und zusammen, heiserte einerseits seine Stimme ein, machte sie andererseits schrill. Oder Benjamin rollte sich in ihm zusammen wie ein verfetteter Kater und schlief und schnurrte. Zur Überraschung aller nahm Peter Adel diese Seinsweisen als Angebot. Er schwieg sich aus, wenn Fraul Vesely an der falschen Stelle anstarrte, wegging, statt zornig vor ihm zu stehen. Vesely erfasste Adels Plan und spielte den Salomon, als sei er allein auf der Bühne. Auf diese Art wuchs sich Frauls Rolle zu einem einzigartigen Fremdkörper im Ensemble der Juden aus. Astrid von Gehlen versuchte in den raren Szenen, die sie mit Karl hatte, ihn in jenen Verzweiflungsdiskurs zu verstricken, der im Text stand. Das waren die einzigen Szenen, die ohne Witz und Wortspiele auskamen und unmittelbar von tiefer Traurigkeit durchdrungen waren. Ihr Zusammenspiel, das in der Phädra sensationell war, erwies sich hier von Probe zu Probe als immer krasseres Auseinanderlaufen, sodass die Dialoge sich wie windschiefe Gespräche anhörten, die eher von Karl Valentin hätten stammen können als von Zoltán Nemecsek. Der Gesamteindruck aus Verzweiflung und Aneinander-Vorbei-Reden brachte Peter Adel dazu, sich in seinem Sessel unten auf die Schenkel zu schlagen und unentwegt zur Bühne hinaufzukichern. Während Karel dieses Gelächter über sich ergehen ließ, als wäre es gar nicht hörbar, biss Astrid die Zähne zusammen, sodass ihre Sätze, die sich jeweils zwischen den kurzen schnellen Bissen aus dem Mund schraubten, ein Pathos bekamen, das der ausweglosen Szene einen Hall zusetzte, der nicht ohne Schaurigkeit war. Rüdiger Scherfele war anfangs bemüht, immer wieder eine Engführung der auseinanderlaufenden Darstellungsarten zu arrangieren, wurde aber von Adel gestoppt. So gingen zwei Probenwochen hin.

Astrid suchte das Gespräch mit Felix, bat ihn sogar, bei einer der Proben dabei zu sein, denn sie hatte das Gefühl, nicht sie werde der Rolle nicht gerecht, sondern die Rolle genüge nicht, um auszudrücken, was eine jüdische Tragödie ist. Dauendin hörte ihr zerstreut zu, ging mit ihr mit, sagte ihr nachher, es sei doch alles zufriedenstellend, der blöde Fraul provoziere sie nachgerade, ihre Sätze zu verschnörkseln, aber das scheine ohnedies zu passen, ihm gefiele es, wenn das Katastrophale sich dem Absurden anverwandelt. Wenn die beiden Juden Nemecsek und Adel den Holocaust als Absurdität zeigen, dann dürfen sie das. Wer, wenn nicht sie? Astrid warf zwar ein, dass es sich bei jenen Szenen längst noch nicht um den Holocaust handelte, sondern um den Weg dorthin, doch Felix erwiderte, das mache keinen Unterschied. Beim nächsten gemeinsamen Frühstück griff Astrid die Idee wieder auf, wollte genauer wissen, weshalb Dauendin glaube, der Weg zur Shoa sei praktisch schon die Shoa selbst. Felix hatte keine Lust auf so ein Gespräch, wich daher aus und rief bei ihr einen Wutanfall hervor. Sie schrie herum, lief hin und her und merkte nicht, dass Felix den Raum verlassen hatte. Sie verstummte, wollte ihm nachgehen, hörte, wie die Wohnungstür ins Schloss fiel, überlegte, ob sie ihm hinterherbrüllen sollte; stattdessen wischte sie mit einer Armbewegung das Frühstück vom Tisch und ging ins Badezimmer.

Wenn Karel und Astrid in der Phädra auftraten, war von all dem nichts zu bemerken. Karl spielte den Hippolyt wie immer. Es schien so, als könnte er in diese Rolle flüchten, um in ihr sich als Schauspieler und Menschengestalter zu erleben. Nach derartigen Vorstellungen ging es ihm schlecht, er verblieb im Wirtshaus und soff sich nieder.

Um drei Uhr morgens fuhr Karl Fraul aus einem seiner unerquicklichen Träume hoch. Nahe war das Gesicht seines Vaters über ihn gebeugt, er betrachtete ungewollt den grünen Rand von dessen Pupille, und ein Eishauch legte sich auf seine verschwitzte Stirn.

»Papa, verschwind«, murmelte er. Edmund richtete sich auf, schüttelte den Kopf, und im Geschüttel entschwand er. Karl setzte sich auf, versuchte seine Zunge in der Mundhöhle zu bewegen, drehte sich aus dem Bett, wankte in die Küche und begann Wasser zu schlempern. Um den lauen Geschmack wegzuschaffen, holte er aus dem Eiskasten die halbvolle Flasche Weißwein heraus, setzte an und trank sie aus. Im Hinterkopf spürte er, wie einige Gedanken langsam unter der Kopfhaut nach vorn krochen, um sich zwischen den Ohren festzusetzen. Karl rief seine Mutter an, erwartete, dass es lange läuten würde, wusste aber, sein Vater würde nur dann an den Apparat gehen, wenn Mama etwas zugestoßen wäre. Als hätte Rosa den Anruf geahnt und erwartet, war sie sofort am Hörer. Edmund sah im Augenöffnen noch den schmalen Rücken seiner Frau aus dem Schlafzimmer verschwinden. Mein besoffener Sohn, dachte er. Und sie ist wie immer zu Diensten. Er registrierte, wie Rosa im Bad zugange war, er hörte einen Reißverschluss, er vernahm die rinnende Wasserleitung. Trotz Harndrang blieb er liegen, weil er Rosas Weggang abwarten wollte. Als die Tür ins Schloss fiel, stand er auf. Fast halb vier, dachte er, und sie fliegt über den Kanal nach Margareten. Im Bad betrachtete er seine Visage und sah das Antlitz von Eduard Wirths im Spiegel erscheinen, bis es neben seinem angekommen war: die beiden Edis, Wange an Wange. Fraul rieb sich die Augen klar, schüttete sich zwei Hände Wasser ins Gesicht, setzte sich im Wohnzimmer in den Stuhl vor dem Fernseher.

Karl machte seiner Mutter die Tür auf, drehte sich um und warf sich aufs Bett. Das Gesicht im Polster vergraben, lag er vor ihr da, die sich daneben an die Wand lehnte und bekümmert auf den Rücken ihres Sohnes blickte. Schließlich setzte sie sich auf die Bettkante, griff ihm in den Nacken und begann seinen Hinterkopf zu streicheln. Er warf sich herum, schaute, während er zu reden begann, auf den Plafond. Er berichtete ihr von seinem Kampf mit der Rolle Benjamin Ruben und dass er diese Figur so wenig verstünde wie IHN. Rosa wusste, wer mit diesem IHN gemeint war, aber sie ließ sich erst einmal das Stück erzählen. Als Karl vom Aufstand des Sohnes gegen das Opportunistische des Vaters sprach und sich dabei durch kurzes und heftiges Lachen unterbrach, klatschte sie zweimal in die Hände. In die Stille begann sie mit klarer Stimme zu sprechen:
»Karel, das ist nicht schwer zu verstehen. Das verstehst du doch sehr genau. Aber es gefällt dir nicht.«
»Was soll mir nicht gefallen?«
»Das Thema. Die damalige Zeit.«
»Diese damalige Zeit macht alles kaputt«, sagte er. »Mit dieser Zeit ruiniert er dich. Versucht er auch mich zu ruinieren. Immer dieses Herumstierln.«
»Lass ihn, Karel. Lass mich. Wir sind vorläufige Menschen nur. Wir sind nur vorläufig. Du aber hast das Leben ganz in deinen Händen. In dem Stück gehts doch um diese Vorläufigen. Die, so wie wir, von anderen abhängig waren. Auf

Leben und Tod. Das wirkte sich halt aus. Schau, er musste diese Zeit durchleben. Du brauchst sie nur zu spielen.«
»Nur zu spielen, Mama. Ich kann nicht nur spielen.«
»Musst du denn in so einem Stück mitmachen?«
Karl schwieg. Rosa wartete.
»Ich will das können. Ich will alles spielen können«, sagte er schließlich.
»Dann solltest du vielleicht doch einmal mit ihm sprechen.«
»Muss ich das mittelalterliche Dänemark kennen, wenn ich den Hamlet gebe?«
»Das weiß ich doch nicht.«
»Es war unerträglich. Meine ganze Kindheit immer dieses Lager. Was hättest du gemacht, wenn Klehr dich gezwungen hätte, deinen besten Freund zu töten? Wasche dich mit kaltem Wasser, im Lager hättest du nicht überlebt, wenn du nicht ... und so fort ...«
»Ich weiß«, sagte sie leise. »Wir sind so.«
»Du doch nicht, Mama.«
»Wir sind so. Sag mir, lebt dieser Nemecsek noch?«
»Natürlich. In Berlin.«
»Kannst du nicht zu ihm fahren ...?«
»Hinter dem Rücken von Adel? Unmöglich. Außerdem, der wird mir das Gleiche erzählen wie er.«
»Wie Vater? Das glaube ich nicht.«
»Es sind doch alle so, hast du grad selbst gesagt. Vorläufige.«
»Hoffentlich nicht. Nemecsek ist doch ein Künstler!«
»Na und?«
»Künstler sind etwas Besonderes.«
»Aber geh.«
»So wie du. Auch du bist etwas ganz Besonderes.«

»Aber geh.«
Und Karl schaute seine Mutter an, verzog sein Gesicht zu einem Lächeln.
»Das weiß ich«, sagte sie.

Als Rosa gegen sechs Uhr früh nach Hause kam, fand sie Edmund im Fernsehstuhl. Er schlief mit offenem Mund und halboffenen Augen. Sie strich leicht über sein Gesicht. Er erwachte.
»Frühstück?«
»Ja. Bist du zurück?«
Rosa antwortete nicht, sondern ging in die Küche, befüllte die Kaffeemaschine und stellte sie auf den Gasherd.

19.

Als hätte Raimund Muthesius etwas gewittert, rief er nach längerer Pause Dietger Schönn im Büro an. Mit monotoner und gelangweilter Stimme teilte er »seinem Direktor« mit, es sei nun fertiggestellt, das halb bestellte, halb ihm aus tiefster Seele entkrochene Theaterstück. Ein widerliches Zeug über dieses widerliche Land. Es käme zum sogenannten Bedenkjahr zurecht, übrigens eine lächerliche Bezeichnung für die Hirnarbeit von Hohlköpfen, aus denen sich die alpenländische Politkaste seit je rekrutierte. Seit ihm ein Unterrichtsminister habe ausrichten lassen, er, Muthesius, gehöre zum Psychiater und nicht zum Schönn, seine Texte erleichterten die Psychiatrisierung seiner Person, auf der Bühne hätten sie nichts verloren, seither glückte ihm die Überzeichnung der österreichischen Seele auf besondere Weise. In einen Prozess mit einem ehemaligen Freund verstrickt, der sogar versucht hatte, einen seiner Romane beschlagnahmen zu lassen, zeitweilig alleingelassen von seiner Haushälterin Martha, weil die sich erdreistet hatte, Knoten in der Brust zu ertasten und sich nunmehr in Vöcklabruck einer Chemotherapie unterzog, fetzte er das Stück auf dem Küchentisch unter dem Serpentinkruzifix herunter. Nachdem er es in zwei Vormittagen hingeworfen hatte, ließ er es in der Kommode, zweite Schublade von oben, ablagern. Nach zweiundsiebzig Stunden begann er bereits zu befürchten, das Zeug hebe an zu schimmeln. Es kam ihm vor, dass die Underwoodbuchstaben als Kakerlaken in seinen letzten Traum hereingekrabbelt waren. Er zog das Manuskript aus der Schublade heraus, rollte es zusammen, steckte es sich hinten in die Hose, zog den Alpenjanker drüber und trug es den Attersee entlang. Im Café Central las er es mit aufgeworfenen Lippen durch, verhohlen vom Wirt und einigen Gästen beobachtet. Er aß zu Mittag, fuhr nach Vöcklabruck und holte Martha vom Krankenhaus ab, chauffierte sie schweigend heim. Sie hatte ein Kopftuch um, unter dem Muthesius die Chemoglatze vermutete. Die Haushälterin ließ sich nichts anmerken, sie setzte ihre Hausarbeit dort fort, wo sie sie vor zwei Wochen unterbrechen hatte müssen.

»Ist ja gut«, sagte er, als sie sich alle Augenblick heftig schnäuzte. »Wird wieder.«

Er nahm das Lineal und begann das Stück Zeile für Zeile zu »beschlechtachten«, wie er diese Tätigkeit zu nennen pflegte. »Wie aus einem Guss«, sagte er zu Martha.

»Wie aus einem Guss«, begrüßte er Dietger Schönn, umarmte ihn und klopfte ihm beide Schultern ab, als hätte dieser soeben das Stück beendet. Ohne den Titel des Stückes zu nennen, las er es ihm im Erkerzimmer vor, während Schönn durch ein Fenster zusah, wie die Abenddämmerung allmählich den See aufaß.

»Kolossal«, sagte Schönn. »Kolomassiv. Backpfeifen in einem fort. Maulschellen der Aufklärung.«

»Kam wie aus einem Guss«, wiederholte Muthesius. »Aus einem Alb.«

»Friedenszeit«, sagte Schönn langsam. »Guter Titel.«

»Das Stück heißt aber nicht so. Im Gegenteil: Vom Balkon.«

»Vom Balkon?« Schönn blickte ratlos.

»Wusstest du nicht, dass die Hofburg einen Balkon hat, von welchem der GRÖFAZ zur Menschenmenge auf den Heldenplatz hinunterbellte?«

»Ach nee. Ach ja? Der Balkon spielt aber gar nicht mit.«

»Aber der Platz spielt mit, in den er hineinspringt.«

»Vom Balkon«, murmelte Schönn. »Klingt nach gar nichts.«

»Darüber verhandle ich nicht. Wann wird es gemacht?«

»Nächstes Jahr Herbst.«

»Haben wir nicht gesagt Frühjahr?«

»Herbst. Raimund. Darüber verhandle ich nicht.«

»Na schön, Schönn.« Muthesius malte sich seine kleine Süffisanz ins Gesicht.

»Die Rolle der Geigerin Alberta?«

»Lass mir etwas Zeit. Hast du Vorgaben an die Besetzung?«

»Naturgemäß. Alberta ist die von Gehlen.«

»Astrid von Gehlen ist zu jung.«

»Das ist nicht mein Problem.«

Sie tranken noch eine Flasche Wein, während Martha dem Burgtheaterdirektor im Gästezimmer das Nachtlager bereitete und sich danach hinlegte.

(Aus dem Tagebuch des jungen Keyntz)

31. 3. 1987

Jetzt habe ich doch durchgesetzt, dass ich Ostern nach Israel zu Dolores fahren kann. Mutter hatte sich mit Händ und Füß gewehrt. Mit achtzehn kann ich doch nicht mutterseelenallein in ein halbes Kriegsland fahren. Doch Guido und die Doktor Haller haben sich für mich eingesetzt. Eigentlich muss ich den Arsch zusammenzwicken, denn Mitte Mai ist schriftliche Matura. Ich kann eh nix, aber auf die Woche kommts jetzt auch nicht mehr an. Was wird mich erwarten? Die letzten Briefe von Dolly waren sehr schön.

Ich habe der Helen gestern reinen Wein eingeschenkt. Ich hab ihr klar gesagt, dass ich die Dolly mit ihrer Hilfe vergessen wollte, aber dass sie mir halt nicht aus dem Kopf geht. Die Helen hat mir vorgeworfen, dass ich nicht wie angeblich versprochen den Kontakt abgebrochen habe. »Wir zwei hatten ja keine Chance«, hat sie mich angejeijert. Dabei haben sich ihre tollen schönen blauen Augen mit Tränen gefüllt. Sie tut mir leid und geht mir zugleich auf den Keks. Irgendwie blöd.

Hat die Dolores einen andern? Im letzten Brief habe ich sie direkt danach gefragt, und sie hat in dem Brief von letzter Woche geantwortet, ich schreibe das jetzt ab:

»Ich kann dich zwar gar nicht vergessen und denke mit Sehnsucht immer und ständig an dich. Hier aber ist vieles, wie du dir denken kannst, neu und ungewohnt und auch spannend. Ich habe dir bisher nur geschrieben, wie es mir in Bezug auf dich geht, denn anfangs habe ich alles hier mit dir in meinem Inneren geteilt. Ich habe dich sozusagen immer mit mir rumgeschleppt. Seit einiger Zeit bin ich öfters mit Tammi zusammen, ich hab dir von ihr geschrieben, das ist die Berlinerin. Sie haben eine große Wohnung

in der Amsterdam Street in Tel Aviv, und so bleibe ich manchmal dort, statt mit Meschullah, der mich ja täglich von der Schule abholt, heimzufahren.«
Sie hat richtig »heimfahren« geschrieben.
»Ihre Eltern sind supernett, ich glaube, die wissen gar nicht, warum sie aus Berlin fortgegangen sind, denn sie sind alle Nasen lang wieder in Berlin, aber Tammi bleibt da und hat also oft sturmfrei. Und stell dir vor, wenn ich dann bei ihr bleib und allein in einem riesigen Bett übernachte, kommst du mir so nah, dass es wehtut. Aber sonst sehe ich jetzt die Welt um mich herum mit eigenen Augen, und es kann sogar vorkommen, dass ich eine ganze Stunde nicht an dich denke. Du musst einfach kommen. Du musst mit mir unsere Liebe auffrischen. Tammi sagt, wenn man die Liebe nicht von Zeit zu Zeit auffrischt, geht sie flöten. Ich liebe dich sehr, aber du musst endlich hier aufkreuzen. Ich wäre gern zu Ostern nach Wien gekommen, aber meine Eltern erlauben es nicht. Komm, Love, Dolly.«
Am Wochenende hat Mutter endlich zugestimmt. Ich schreib jetzt schnell an meine Liebste, dann muss ich an die »Fliegen«.

3. 4. 1987

In einer Woche fliege ich. Dolores schreibt, Pessach beginnt am vierzehnten April. Da muss ich wiederum mich nach links in den Sessel hängen und Humus essen mit ihrer Mischpoche, aber dafür bin ich bei ihr und darf sogar bei ihr wohnen.
Habe gestern doch wieder mit Helen geschlafen. Zu blöd. Ich bin so gamsig, wenn ich an Dolly denke, da bleibt auch noch was über, ich konnte der Heulsuse dann doch nicht widerstehen. Ich hab mir gedacht, ein Abschiedsfick. Leider hat sie mir gesagt, sie ist glücklich, wenn sie bei mir ist,

und todunglücklich, wenn sie an meine Israelreise denkt. Ich muss endgültig Schluss machen.

4. 4. 1987

»Die Fliegen« sind ein interessantes Stück. Jetzt habe ich richtig Lust, auch noch die anderen Sartrestücke zu lesen. Für die Matura schadets eh nicht. Den Sartre nehme ich mit. Und Musik für mich und für Dolly. Dolly, Dolly, Dolores. Fräulein Dolores Keyntz, nein nicht Fräulein. Frau Dr. Dolores Keyntz. Klingt gut. Na ja, klingt nach Margit.

20.

Krieglach schob seiner Frau den Brief über den Küchentisch. Er saß eingesunken vor seinem Kaffee und den Ham and Eggs und rang still mit einem mächtigen Kater. Nichts vertrag ich mehr, es geht ans Morsche, dachte er. Er begann erst die linke, dann die rechte Schulter zu bewegen, stand auf, streckte und dehnte sich.

Emmy sah vom Brief hoch, brachte ihm ein Aspirin und aus dem Kühlschrank eine Flasche Bier und las den Brief zu Ende.

»Warum schreibt sie das dir?«, fragte sie und trank von ihrem Kaffee.

»Warum schreibt sie mir, warum schreibt sie mir. Blöde Frage. Deine Gedankenlosigkeit wird immer ärger. Ich war doch bei ihrer Vernissage. Jetzt beschwert sie sich über Österreich, über den Scheißer in der Hofburg. Von Künstler zu Künstler.«

»Sie braucht sich doch nicht bei dir über Wais beschweren. Das finde ich abwegig. Kennt sie deine Sachen nicht?«

»Emmy, was ist denn los?«

Emmy griff hinüber zu seinem Bier und machte einen tiefen Schluck. Herbert sah ihr erstaunt zu.
»Und du wirst den Brief nehmen und diese Zischka anrufen, dich mit ihr treffen, beratschlagen, wie ihn wo platzieren, sie hilft dir, etwas dazu zu formulieren. Dann musst du unbedingt mit ihr ins Bett.«
»Ich brauch keinen zum Formulieren. Und überhaupt! Was geht das dich an? Seit wann redest du so daher?«
»Es geschieht immer das, was ich eh schon voraussehe. Es ist alles so albern. Ich habe schlecht geschlafen.«
»Die alte Emmy als Othella!« Krieglachs Laune verbesserte sich, er begann langsam zu grinsen.
»Gehen wir halt nochmals hinein«, sagte er und drehte sich um, sie folgte ihm ins Schlafzimmer. Beim Stoßen war Emmy leidenschaftlich wie schon lange nicht mehr, sie kratzte, biss ihn in die Schulter, warf sich herum, sodass auch ihn ein heftiges Begehren ergriff und durchschüttelte.
»Wer braucht denn eine Zischka«, brummte er ihr ins Ohr und dachte an Hildegard, die er seit einem guten Jahr vor Emmy geheim hielt und von der nicht einmal sein Freund Helfried Teiler etwas wusste. Bloß Purr und seine neue Frau waren eingeweiht, seit sie sich zufällig in einem Stundenhotel in der Leopoldstadt begegnet waren. Sie waren, ohne voneinander zu wissen, in benachbarten Zimmern tätig gewesen. Purr hatte auf die Frage, was der frisch vermählte Bürgermeister mit schöner großer Wohnung in einem Stundenhotel mit der eigenen Frau zu suchen habe, geantwortet, sie seien es von früher so gewohnt.
Krieglach drehte sich auf den Rücken. Emmy verschwand im Bad, kam zurück, kuschelte sich an seine Seite.
»Eigentlich ist der Brief von Lotte Mendelssohn schön.«
»Es müssen nicht immer die Scheißhaufen vor der Tür sein.«

»Von denen hat sie nichts geschrieben.«
»Vielleicht weiß sie davon nichts.«
»Von dem, was dir zustößt, weiß doch jeder«, sagte sie lachend. Herbert schob die Decke zur Seite, drehte Emmy so, dass sie auf dem Bauch lag, schlug ihr einige Mal fest auf den Hintern.
»Die Scheiße kriege zwar ich, aber du putzt sie weg.«
Emmy holte sich die Decke, wickelte sich ein und machte Anstalten einzuschlafen.
»Mmh. Das habe ich immer noch so gern«, murmelte sie.
Er blieb auf dem Rücken liegen, sah auf den Plafond. Plötzlich bemerkte er, wie sich darauf Figuren bildeten, die sich bewegten, ineinander übergingen, neue Figuren hervorbrachten. Emmy begann leise zu schnarchen. Krieglach schlummerte ein.

Karl Fraul landete in Berlin-Tegel, nahm sich ein Taxi und fuhr zu einer kleinen Pension am Olivaer Platz. Von seinem Fenster konnte er auf den Beginn der Lietzenburger Straße sehen. Er überquerte diese dann, ging vor bis zur Pariser Straße, bog entschlossen in sie ein und marschierte über den Ludwigkirchplatz, nahm an der Uhlandstraße beim dortigen Italiener Platz, aß Spaghetti, schaute auf die Uhr. Es wollte nicht drei werden. Er hatte Lust, sich eine Flasche Rotwein zu bestellen und aufzubrauchen, stattdessen nippte er am Mineralwasser, trank schließlich einen Cappuccino.
Am Vortag hatte er mit Zoltán Nemecsek telefonieren wollen, bekam aber bloß seine Frau Florence an den Apparat. Er kündigte ihr an, dass er nach Berlin kommen werde, um Nemecsek zu sprechen, egal, ob der dafür Zeit hätte oder nicht. Florence war im Begriff, den jungen Mann abzuweisen, denn sie wies viele Menschen ab, die sich zu ih-

rem Mann hindrängten, und der da am Telefon klang noch dazu betrunken. Aber sie hielt inne, denn die Entschlossenheit imponierte ihr irgendwie doch und auch, dass er immerhin Schauspieler am Burgtheater war und im HEILSBRINGER den Sohn spielte.

»Um drei ließe es sich einrichten. Aber kurz«, sagte sie. »Läuten Sie bei ZEN.«

Er sah zwei Frauen entgegen, die soeben hereingekommen waren und sich an den Tisch ihm gegenüber hinsetzten. Beide waren sehr hübsch. Zwillinge. Fraul konzentrierte sich auf eine der beiden, die mit dem blauen Kleid und nicht die mit der roten Bluse und Jeans. Immer wieder sah er hin, bis sich die Zwillinge behelligt fühlten. Die in den Jeans stand auf, kam her zu Fraul: »Du hörst jetzt auf, uns anzustarren.«

»Dich schaue ich gar nicht an«, sagte Karl, »wie heißt deine Schwester?«

Sie drehte sich um, ging zurück, beide erhoben sich, der Kellner kam dazu, sie zahlten, die Schwester im Kleid sah kurz und lächelnd zu ihm her. Als sie schon beim Ausgang waren, wandte sie sich ihm zu und rief durchs Lokal: »Claudia. Arschloch.« Sie zeigte ihm lachend den Mittelfinger und folgte ihrer Schwester nach draußen. Der Kellner kam stirnrunzelnd zu Fraul. »Wollen Sie zahlen?« Karl nickte.

Als er auf die Straße trat, sah er die beiden Frauen an der Ecke stehen. Er ging hinunter zur Fasanenstraße, läutete bei ZEN. Er war zwanzig Minuten zu früh, wurde aber dennoch eingelassen und an der Wohnungstür vom Ehepaar Nemecsek empfangen.

Nachdem Herbert Krieglach die Wohnung verlassen hatte, um in sein Atelier zu gehen, dort eins aufs andre zu tun, vor

allem an den Skizzen zu einem Wiener Totentanz zu arbeiten, also herumzufummeln, kleinteilige Strichtänze und ihre schattenhaften Echolalien mit seiner nervösen Linken zu entwerfen, zu choreographieren, häufelte er in Stunden etliche zerknüllte Skizzen neben dem Papierkorb an. Hernach rief er Teiler an und berichtete vom Brief der Mendelssohn. Der Galerist schnaubte bloß durch die Nase.
Krieglach schenkte sich seine Portion ein, dazu viel Wasser, rief Emmy an, die war nicht daheim. Er warf sich aufs Sofa, und der Schlaf senkte sich herab und deckte ihn so zu, als läge er unter einer Zeitung, die beschuhten Füße an den Fersen aufgestellt und bewegungslos.
Emmy konnte seinen Anruf nicht vernehmen, denn sie war nach kurzem Wohnungsputz hinüber in den Esterhazypark gegangen. Sie hatte das Signal mitgenommen und den Katalog der Lotte Mendelssohn von der letzten Ausstellung in Wien. Es war ein sonniger Tag, und sie setzte sich auf ihre Bank, nachdem sie ein Weilchen umherspaziert war, bis sie frei wurde. Sie hatte auf dem linken Oberschenkel den Katalog, auf dem rechten das Signal liegen. Der Wind fuhr ihr in die Bluse und angenehm über das Gesicht. Sie begann zum dritten Mal den Artikel der Zischka zu lesen, das Interview von Herbert, seine Schimpfereien, die empörten Statements des Bürgermeisters. Sie betrachtete die Bilder im Katalog, stellte sich vor, sie stünde in der Menschenansammlung und sah der knienden Jüdin beim Bürsten des Gehsteigs zu. Würde sie auch Scheißbagage rufen wie einst Krieglachs Vater, und er meinte, wie sich schnell herausgestellt hatte, nicht die reibenden Juden, sondern die Wiener, die sie umgrölten. Emmy erschrak, denn zwei Tauben flogen nahe an ihrem Kopf vorüber. Der Herr mit dem Foxterrier, der auch in der Schadekgasse wohnte, kam beim Park herein. Er zog den Hut

wie immer, als er sie auf der Bank sitzen sah. Er ließ den Foxl von der Leine, und der begann über die Wiese zu rennen, andere Hunde aufzufinden und an ihnen zu riechen. Der Herr hatte sich auf eine andere Bank gesetzt und las in der Stunde. Nach einer Weile schaute er sich nach seinem Foxl um, sah, wie er an Emmy Krieglach schnüffelte. »Burli, da komm her«, rief er, doch der Hund ließ nicht von Emmy ab, die bewegungslos auf der Bank saß und, wie der Herr nun bemerkte, etwas zusammengesunken war. Als er aufstand, um auf Emmy zuzugehen, fiel der Katalog zu Boden, und der Wind blies die Zeitschrift von ihrem Oberschenkel. Nach kurzer Zeit waren Rettung und Polizei im Esterhazypark, aber es war nichts mehr zu machen. Krieglach wurde durch einen Polizisten im Atelier verständigt. Er nickte mehrmals zu dieser Nachricht. Als der Polizist weg war, nahm er den Hörer, rief seinen Galeristen an.
»Helfried«, sagte er laut, »Emmy ist gestorben. Nein, bin im Atelier, ich ruf mir gleich ein Taxi und fahr heim. Danke, dass du kommst.« Er schnäuzte sich, überlegte einen Moment, was er tun solle, hernach wählte er erneut eine Nummer.
»Hildegard«, sagte er leise, »Emmy ist gestorben. Im Esterhazypark auf einer Parkbank.« Er lauschte. »Tja, du kannst es plötzlich nennen«, sagte er hierauf, legte auf und rief das Taxi.

Nemecsek betrachtete Fraul, während der mit ausgreifenden Bewegungen sein Problem mit der Rolle Benjamin Ruben zu erläutern versuchte. Florence saß daneben und betrachtete ihren Mann, nagte an ihren Lippen, um schließlich zu unterbrechen.
»Und deswegen kommen Sie extra nach Berlin?« Nemecsek hob seinen Arm.

»Mein eigener Vater ist nach Auschwitz deportiert worden und musste dort in die Gaskammer. Ich lebte zu der Zeit in Amerika, weit genug von all dem. In den Siebzigerjahren sah ich zufällig auf einem der beliebigen Bilder aus Budapest jener Zeit eines mit Passanten, die links und rechts in einer Straße entlanggingen, bloß ein Passant querte die Straße und schaute dabei in die Kamera. Er hatte einen Borsalino auf. Das war mein Vater.«
Er deutete auf die Wand, unter der Karl Fraul saß. Fraul stand auf, besah sich das zu einem Wandbild aufbereitete Foto.
»Aber das ist vermutlich unwichtig für Ihre Rolle«, sagte Nemecsek, nachdem sich Karl wieder gesetzt hatte. »Sie können sich nicht vorstellen, während Sie mit ihm streiten, weil er das Einvernehmen mit den Nazis sucht, um Schlimmeres zu verhüten, ohne zu wissen, dass es ohnedies immer zum Schlimmsten kommen würde, dass Sie als Sohn zugleich weit weg und in Sicherheit sind, in Miami zum Beispiel, und nun sehen Sie durch ein interkontinentales Fernrohr der Erdkrümmung zum Trotz nach Ferencváros und dort Ihren Vater, wie er seine Bücklinge vor Linde und Konsorten macht. Aus Ihrer sicheren Entfernung würden Sie lieber in die Wälder gehen, obwohl die in Ungarn nicht so dicht sind, oder sonstwo die Waffe in die Hand nehmen. Sie schauen kopfschüttelnd Ihrem feigen Vater zu, sind selbst eher bereit, in Präriestiefeln zu sterben, als sich letztendlich doch in eine Gaskammer schubsen zu lassen. Mit dieser Auffassung könnten Sie doch leicht den Benjamin Ruben geben.«
Karl Fraul wurde rot im Gesicht.
»Das ist ungeheuerlich«, brachte er schließlich heraus. Florence sah ihn an.
»Oder«, sagte sie langsam, »es passt Ihnen das ganze Thema

nicht! Vielleicht wollen Sie lieber Werther und Tasso spielen?«
»Mein Vater war in Auschwitz, meine Mutter war als Jüdin auch in Auschwitz. Ich bin bedient, danke.«
»Verstehe«, sagte Zoltán Nemecsek und zündete sich eine Zigarette an. »Wollen Sie auch eine?« Karl lehnte ab und machte einen Schluck.
»Sie sind bedient, aha«, sagte Nemecsek. »Das kommt dann noch hinzu. Mit dieser Gemengelage ist auch Benjamin Ruben mehr als bedient. Hören Sie zu: Peter Adel wird sich doch was gedacht haben, als er Sie mit dem Benjamin besetzte. Ich kann gut verstehen, was er sich gedacht hat. Ich denke dasselbe: Spielen Sie ihn vom Blatt!«
»Ich will ihn eigentlich nicht machen. Das ist mir jetzt klar.«
»Statt durch das Fernrohr zu schauen, verwenden Sie es als eine Art Megafon, und sprechen Sie durch es durch einfach auf die Figur drauf.«
Florence lachte.
»Das haben Sie davon. Wegen dieses Satzes hat es sich gelohnt, extra von Wien –«
»Ich bin nicht extra gekommen. Ich habe ohnehin nach Berlin müssen.«
»Na dann«, sagte Florence. »Zoltán, es wird Zeit.«
Karl Fraul verabschiedete sich und ging wieder die Pariser Straße hinauf. Beim Caruso in der Uhlandstraße nahm er einen Cappuccino und hernach begann er sich einzutrinken. Er hoffte, Claudia mit dem Stinkefinger im Verlauf des Abends wiederzusehen, oder ihre Zwillingsschwester. Er wusste nicht mehr, wie er zur Pension zurückfand. Am nächsten Tag versäumte er seinen Rückflug. Er buchte die nächste Maschine und wartete. Er stellte sich seinen Vater als willfähriges Subjekt vor, der ständig versuchte, es

allen recht zu machen. Beim Rückflug schlief er ein und träumte, dass ihn Nemecsek und Katharina Dronte am Flughafen Schwechat mit einem Streichertrio abholten. Als er in die Ankunftshalle trat, gaben die beiden das Zeichen, und das Trio spielte kratzend und gurgelnd Katzenmusik. Er erwachte, als die Maschine in Schwechat aufsetzte.

21.

»Der lange Arm von Margit.« Guido Messerschmidt sagte sich diesen Satz Inge Hallers vor, wenn er in sich seine Sympathie für Margits Bruder spürte. Er sprach mit dem Stimmspezialisten Alexander Schurin über Stefan. Schurin war sofort bereit, sich den jungen Keyntz anzuhören, er war dessen Vater in Freundschaft verbunden gewesen. Inge Haller beobachtete die Bemühungen Messerschmidts um Stefan bloß aus der Ferne, immer mehr schloss sie sich in ihren vier Wänden ein, um den Klängen ihres erfolgreich verpfuschten Lebens nachzuhorchen. Der Kontakt zu Guido war das Einzige, was sie außerhalb ihrer Arbeit mit der Außenwelt verband. Ihre Nächte waren mit flackernden Träumen durchsetzt, die wie alte Filme blitzende Sterne zeigten und an den entscheidenden Stellen rissen. Zumeist beugte sich Guido im plüschenen Bademantel über sie, streifte mit seinen Lippen ihren Hals, ihre Brüste. Sie drehte sich auf den Bauch und spürte seinen Mund auf dem Gesäß. Bevor Guido aber aus dem Bademantel glitt, war sie aufgewacht und fand sich wie ein Fragezeichen verschwitzt und fröstelnd zugleich in ihrem schmalen Bett. Oder Margit ist mit ihr auf Wanderungen im Wechselgebiet gewesen, sie tranken Tee in Kirchberg und gingen früh schlafen.

Sie flüsterten sich noch ihre Gedanken über den Tag zu, löschten das Licht, und Inge sah im Halbdunkel die schönen Gesichtszüge von Margit. Nachdem diese fest eingeschlafen war, deckte Inge sie auf und schob ihr langsam das Nachthemd hoch. Nicht die Augen schließen, dachte sie, denn dann ist sie verloren und ich mit ihr. Sie musste aber zwinkern, denn die Augen juckten und tränten, sie wachte auf, und Margit war wieder in der Donau versunken und fort.

Karl Fraul hatte die Probenarbeit fortgesetzt, er beschloss, sich beim Darstellen herauszuhalten, und agierte wie ein Zombie, radelte seinen Text herunter, brachte Vesely unabsichtlich dazu, eine gütige und alles verstehende, alles verzeihende Haltung einzunehmen, obwohl der Sohn unentwegt nichts verstand und nichts verzieh. Adel ließ beide in der Manier gewähren, probte intensiv jene Teile des Stücks, in denen Fraul und Vesely wenig zu tun hatten.
Astrid sah dieser Entwicklung mit zunehmender Unruhe zu, sie unterdrückte aber Kritik und spitze Bemerkungen und konzentrierte sich auf ihre Rolle. So kam es, dass nach einer Weile jeder von ihnen wie für sich allein dastand und ins Leere agierte.
Scherfele dachte erschrocken nach, wohin das den armen Adel wohl führen würde, doch je mehr er sich seiner dramaturgischen Aufgaben zu widmen versuchte, desto mehr entglitt ihm das Stück, sodass auch er den versammelten Einzelnen nur seine Einzelbeiträge aufnötigte.
Der Repertoirebetrieb, in welchem sie alle steckten, war wie ein Urlaub. Wenn die nächste Probe zum HEILSBRINGER angesetzt war, wurden alle außer Adel nervös und krampften sich ein.

Nach langen Prozeduren am Ben-Gurion-Flughafen wurde Stefan, mit knallrotem Koffer und Khakirucksack angetan, von Dolores Segal empfangen. Den Koffer ließ er fallen und umschlang sie, und sie zitterte. Neben ihr stand ein junger Mann, der sich Stefans Koffer griff und mit ihm davonzugehen begann.
»Das ist unser Chauffeur«, sagte sie zwischen den Küssen, und sie küsste weiter seinen nun angespannten Hals, während Stefan dem Mann mit seinem Koffer nachblickte. Etwas wirbelte in ihm durcheinander, er spürte eine Süße und eine Kühle in sich, ging mit Dolly unter dem hellblauen Himmel, der sich über dem Parkplatz des Flughafens aufgespannt hatte und eine beträchtliche Hitze herunterstrahlte. Auf dem Weg nach Jerusalem wisperte Dolly in seine Ohren. Sie hatten im Fond des Wagens Platz genommen. Sie hielten sich an den Händen, die anfangs patschnass waren, bis die Klimaanlage ihre Wirkung tat. Stefan war gar nicht dazu gekommen, sich umzublicken, die Palmen anzustaunen oder die Panzer, welche als Ausstellungsstücke seit den Unabhängigkeitskriegen auf den Hängen der Straße nach Jerusalem herumstanden.
»Das kannst du alles lesen?«, fragte er und deutete auf die grünen Schilder, die über die Autobahn gespannt und auf der Seite platziert waren.
»Und noch viel mehr«, sagte sie. »Iwrit ist cool.«
Als sie auf der Ussishkin Street waren, bog der Fahrer, für Stefan überraschend, plötzlich ab, blieb vor einem Garagentor stehen, das sich langsam öffnete. Sie fuhren in die Garage, stiegen aus, und Ernst Segal stand vor ihnen.
»Willkommen, Stefan«, sagte er und drückte fest und lange Stefans Hand. Der Chauffeur nahm zum Koffer auch den Rucksack, und eine Frau, offensichtlich ein Dienstmädchen, erschien in der Garage.

»Nurith zeigt dir dein Zimmer«, sagte Segal. Er ging hinter der Hausangestellten eine Stiege hinauf und zweimal um die Ecke. Der Chauffeur kam ihnen entgegen, drückte sich schweigend an Stefan vorbei. Nurith sagte etwas, von dem Stefan nicht wusste, ob es noch Englisch oder bereits Hebräisch war, sie zeigte auf eine Tür, öffnete sie und ließ ihn eintreten. Das Zimmer war geräumig, ein schmales Bett stand an der linken Wand, aber geradeaus sah er durch eine Glastür in einen Garten. Nurith ging, Dolores kam, sie machte die Tür zu.

»Jetzt habe ich dich endlich wieder«, sagte sie. »Das Bad ist hier.«

Stefan bemerkte die kleine Tür in der Wand. Das Bad war prächtig ausgestattet. In der Mitte war etwas, was Dolly Whirlpool nannte. Sie verließ ihn, machte ihn auf den neuen Anzug aufmerksam, der auf einem Anzugständer vorbereitet auf ihn wartete, ein leichtes Sommerding, dazu weißes Hemd, blasse Krawatte.

»Hoffentlich passt er.«

»Was soll ich bei der Hitze ... ach so, Seder. Schon wieder Seder.«

»Unser erster in Israel«, sagte Dolly.

»Das wird fad. Kennen tu ich auch niemand.«

»Du wirst lachen. Du kennst fast alle.« Er sah sie an.

»Das Bett ist sehr schmal«, sagte er. Dolly lachte und begann ihn auszuziehen.

Abends musste Stefan die beiden Schwestern Schmelczer begrüßen, ebenso die Samuelis und Boaz' Freundin Sissy. Zusätzlich wurde ihm ein freundlicher Herr mit Pfeife vorgestellt, der Chefredakteur einer großen Zeitung. Später erschienen noch dessen Bruder und seine Frau.

Und wieder kamen Boaz und Sissy gegenüber von Dolores

und Stefan zu sitzen. Ruth Schmelczer wandte sich an Stefan:
»Nu, wie gefällt es Ihnen in Erez Israel?«
»Gott, was fragst du so blöd, Ruthi. Der junge Mann ist doch soeben erst angekommen«, sagte Esthi Schmelczer und lachte auf.
»Wie soll ich das wissen?« Ruth zuckte mit den Schultern, schaute sich Stefans Locken an. »Was für herrliche Locken.«
Cilla kam dazu, begrüßte Stefan mit Wangenkuss. Der Seder begann.

Am nächsten Tag, der Seder war für Stefan womöglich noch langweiliger gewesen als der vor einem Jahr in Wien, beschloss Dolly, ihm etwas von Jerusalem zu zeigen. Sie gingen aus dem Haus und wandten sich nach Norden und danach nach Osten. Ecke King George und Histadrut befand sich ein winziges Lokal, das sie betraten. Dolores begrüßte den kleinwüchsigen Besitzer Jakob Rothschild, der ihr unaufgefordert ein Glas Campari Soda brachte. Sie setzten sich nebeneinander an die Bar, Stefan trank auch einen Campari, während Dolly sich sehr gewandt, so schien es Stefan, mit Rothschild unterhielt.
Stefan schaute sich im Lokal um. In einer der Ecken saßen drei Frauen, die miteinander Russisch sprachen. Daneben blätterte ein Herr eine Zeitung von hinten nach vorne.
»Interessant, was mir Herr Rothschild alles erzählt hat«, sagte Dolly, nachdem sie das Lokal verlassen hatten.
»Wieso er dir? Du hast doch dauernd auf ihn eingeredet.«
»Das kommt dir so vor, weil du noch kein Hebräisch kannst.«
»Das lerne ich auch nicht. Mir reicht mein schlechtes Maturafranzösisch«, sagte Stefan.

Sie hielten sich gegenseitig an den Hüften und schritten so durch die Straßen Westjerusalems, gelangten zur Ben Yehuda, als sie lautes Geschrei vernahmen. Leute liefen aus allen Richtungen auf einen Ort zu, wo eine Frau am Boden lag. Etliche hatten sich über sie gebeugt, während einige Meter entfernt ein junger Mann sich dem Zugriff kräftiger Männer, die ihn festhielten, zu entwinden suchte. Während sich zugleich einige um die Frau, die ein Messer im Hals stecken hatte, zu kümmern schienen, wurde der junge Mann von den Umstehenden beschimpft, bespuckt und auf den Kopf geschlagen. Dolores und Stefan blieben stehen.
»Mein Gott«, flüsterte Dolores und legte ihr Gesicht auf Stefans Brust, »schon wieder so ein Messerattentat. Mitten bei uns. Mitten hier.«
Inzwischen war die Polizei gekommen, und die Ambulanz fuhr vor. Zwei Männer sprangen aus dem Auto und liefen auf die Frau zu, ihnen hinterher humpelte ein dicklicher Arzt. Der Messerattentäter wurde aus dem Zugriff der Passanten befreit und hastig in den Polizeiwagen geworfen, und der fuhr sofort weg. Polizisten schwärmten aus und begannen Menschen einzusammeln, die als Zeugen fungieren sollten.
Eine Tragbahre war plötzlich da, und die Frau wurde vorsichtig daraufgelegt und zum Rettungswagen geführt. Stefan sah ihr ins Gesicht, als sie vorbeigetragen wurde. Ihre Augen waren geschlossen, der Mund stand offen, die Züge waren verzerrt, als wären sie beim Schreien zum Erstarren gebracht worden. Kinn und Schultern waren blutrot.
Als die Ambulanz weg war, kamen Polizisten auf Dolores und Stefan zu. Dolores verneinte und kramte ihren Ausweis hervor, Stefan tat es ihr gleich.
Sie kehrten in die Ussishkin Street zurück, und Dolores berichtete der Mutter und Nurith, was sie gesehen hatte. Cilla

schlug die Hände über dem Kopf zusammen, rief: »Ernstl«, bis ihr Mann aus dem oberen Stockwerk herunterkam und aufgeregt ins Benehmen gesetzt wurde.

»Dafür sind wir aus Wien raus, damit wir hier von den Arabern abgestochen werden?«, sagte Cilla. Ernst sah sie mit verschlossenem Gesicht an.

»Nicht vor unserem Gast«, sagte er leise und ging mit seiner Frau hinauf.

Stefan schwieg, hielt Dolly, die zu weinen begonnen hatte, in seinen Armen. Noch zwei, drei solche Anschläge, dachte er, und ich hab sie wieder in Wien.

»Das täte denen so passen«, sagte Dolly, als hätte sie seine Gedanken erraten. »Deswegen gehen wir nicht wieder weg. Nicht wegen denen. Komm. Ich will auf mein Zimmer.«

Inge Haller musste ihre Träume und Phantasien hinter ihren immer härter werdenden Gesichtszügen versperren, und sie konnte das gut. Am Abend nach Dienstschluss hatte sie sich mit Guido verabredet. Sie wollten essen gehen, denn Messerschmidt feierte heute seinen neununddreißigsten Geburtstag. Sie gingen ins Schnattl, Inge hatte ein kleines Geschenk dabei, ein Buch über die Geschichte der Chöre in Deutschland. Als sie sich nach seinem »Schützling« erkundigte, und sie erkundigte sich seit kurzem ständig nach seinem Schützling, antwortete er, Steff sei in Israel bei seiner gegenwärtig Zukünftigen, er komme übermorgen zurück. Inzwischen habe er, Guido, wieder mit dem Chorleiter geredet. Wenn der junge Keyntz passt, passt er, hätte Schurin gesagt, und ihm sei es egal, ob er der Sohn vom Keyntz sei oder von der Callas. Welche Stimmlage er hätte? Er tippe auf Bariton wie der Vater. Das sei schade, hätte Schurin gesagt. Du weißt, wir brauchen Tenöre.

»Will er überhaupt in den Singverein?«, fragte Inge.
»Ich hoffe. Mir scheint, er will alles und gar nix. Seine Matura bereitet er mit links vor. In Französisch macht er was über Sartre, er hat mir von den Fliegen erzählt, plötzlich auch von den Eingeschlossenen.«
»Ein schlummerndes Genie, vielleicht«, sagte Inge und sah nachdenklich in Guidos Gesicht.
»Du glaubst?«
»Renate hat das unlängst über ihn zu mir gesagt.«
»Na ja, die Frau Mama wird Derartiges wohl annehmen dürfen.«
»Sie wirkte dabei aber ziemlich beunruhigt.«
»Du hast dich angefreundet mit ihr?«
»Angefreundet ist das falsche Wort. Ich habe mich ihr beigegeben.« Guido, der eben die Gabel zum Mund führte, stockte, legte sie auf den Teller.
»Was soll denn das heißen, entschuldige.«
»Ist egal. Renate möchte mit dem Staatsoperndirektor Nürnberger reden. Stefan weiß nichts davon. Sags ihm nicht.«
Messerschmidt aß weiter.
»Wann fährst du nach London zu deinen Kardiologen?«
»Gar nicht. Ich hab es abgesagt. Kennst du noch die Christiane Kalteisen?«
»Die hast du mir doch nie vorgestellt. Was ist mit der?«
»Sie hat inzwischen ihren HNO gemacht und sich auf die Glottis spezialisiert. Sie könnte unserem Stefan in den Schlund gucken. Ach so? Willst du wen kennenlernen? Soll ich sie dir vorstellen?«
Guido schwieg.
»Du wirst schon wieder rot.«
»Teilst du mir mit«, sagte er schließlich, »was Renate Keyntz beim Nürnberger erreicht hat?«

»Ich sage dir alles.« Sie winkte dem Ober. »Was für italienischen Rotwein haben Sie?«
»Darf ich die Weinkarte bringen?«
»Bringen Sie eine Flasche Brunello.«
»Sehr wohl.«
Sie leerten die Flasche und staffierten dabei Stefans Lebensweg mit Zukunft aus.

Am kommenden Tag zu Mittag hatte Ernst Segal seine Gäste ins King David Hotel zum Essen eingeladen. Das Messerattentat und seine Folgen beherrschten den Mittagstisch vollständig. Boaz Samueli tat sich hervor, indem er unter den missbilligenden Blicken vor allem der Schwestern Schmelczer Israels Regierung mitverantwortlich für die wieder wachsende Terrorbereitschaft mancher Palästinenser machte. Bekannte Argumente wurden wie Pingpongbälle an Stefans Ohren und Nase hin und her geschossen. Boaz wurde schließlich von Esthi zum Arafatfreund ernannt. Boaz zeigte erregt auf Ernst Segal, der sich bekanntlich weigerte, in den Indianergebieten Bauaufträge anzunehmen. Segal verbat sich den Ausdruck Indianergebiete für das Westjordanland, meinte aber, die ungebremste Besiedelung von »Judäa und Samaria« bereite ihm Sorgen und werde wohl einst noch zu einem Bürgerkrieg führen.
»Du redest Tinnef«, schrie Esther und schlug mit der Hand auf den Tisch. »Nie im Leben werden hier Juden gegen Juden kämpfen.«
»Gabs alles schon«, sagte überraschend Sissy, als ob dieser Streit, denn es wurde immer mehr ein Streit, keine innerjüdische Angelegenheit wäre. »Nachzulesen im Alten Testament. Kriege ohne Ende.«
Alle schauten sie an, Boaz lächelte und wiegte seinen Kopf,

Sissy zuckte mit den Schultern. »Wenn ich das einmal bemerken darf.«
Bevor sich nun Esther auf die Schickse werfen konnte, erschien John Blum mit seiner Pfeife im Mund, trat an den Tisch.
»Ob bei mir in der Jerusalem Post, ob hier, ob auf dem Karmel, ob auf dem Suq, überall reden die Leute das Gleiche. Gestatten?«
Er holte sich einen Stuhl, zwängte ihn zwischen Stefan und Dolores und setzte sich. Esther Schmelczer holte Atem, biss an einem Satz herum, den sie zu Sissy hinüber sagen wollte, biss und schluckte ihn schließlich hinunter, schlug nochmals auf den Tisch, sodass das schlanke hohe Salzfässchen herunterfiel. John hob es auf, stellte es an seinen Platz, beugte sich zu Stefan.
»Wie gefällt es Ihnen in Israel?«
»Er hat doch noch nichts gesehen«, sagte Ruth.
Blum deutete mit der Pfeife zum Fenster, hinter dem die Altstadt lag. Dolores sagte schnell: »Dahin gehen wir nachmittags.«
»Was, jetzt nach dem Attentat?«, fragte Esther.
»Ach, die werden nicht an zwei Tagen hintereinander zustechen«, sagte Sissy.
»Und Sie wissen so etwas ganz genau«, sagte Esther. Boaz warf einen kurzen Blick auf die Schmelczerschwestern.
»Sollen wir mit euch kommen?«
»Wir möchten allein gehen. Das heißt allein mit den Touristenmassen«, sagte Dolores. Ernst Segal kratzte sich nachdenklich am Kinn, dann schüttelte er den Kopf.
»Ich schicke euch Meschullah mit. Keine Widerrede.« Und er erhob sich, um den Chauffeur anzurufen.
Nach dem Essen, die Schmelczers hatten sich schnell verabschiedet, saßen sie noch bei Kaffee und Kuchen. Me-

schullah erschien und fuhr Dolly und Stefan zum Jaffator. Er wollte nicht ins jüdische Viertel mit, sondern sagte, er werde dort auf sie warten, und zeigte auf den Platz mit Taxis.
Es war ziemlich warm, als die beiden am Westwall eintrafen, und der Schweiß rann ihnen herunter. Vor der Klagemauer trennten sie sich kurz. Sie ging zu den Frauen. Davor hatte sie Stefan einen Stift und einen Zettel zugesteckt und ihn aufgefordert, einen Wunsch draufzuschreiben und in die Ritzen der Mauer zu stecken. Sie zog eine Kippa aus der Handtasche und eine Spange, befestigte sie auf Stefans Haar und küsste ihn auf beide Augen.
Als sie nach einer Stunde zurückkamen, war Meschullah nicht da. Stefan war verwundert, aber Dolly ging unbeeindruckt zu einem Taxi. Auf dem Weg zurück begann der Taxler in einem gebrochenen und dennoch geläufigen Deutsch Sätze aus sich herauszusprudeln.
»Die Araber«, sagte er, nachdem er erfragt hatte, woher seine Fahrgäste stammen, »haben nixnimmer eine Beziehung zu Land, eine Liebe zur Erde. Wir mussten das Land nehmen, das sie Jahrzehnte, Jahrhunderte haben verrotten lassen. Das alles ist jetzt unser Land, unsere Erde und wird es bleiben, bis der Messias auf uns kommt, und danach erst recht. Die Araber haben kein Gefühl für dieses Land. Denen kann es egal sein, wo sie leben. Arabien ist groß. Nein, da können sie noch so sehr mit ihren Messern uns bedrohen. Das ist unser Land. Es war es, es ist es. Es wird es sein.«
»Sie sind aber ein Nationalist«, sagte Dolores.
»Ist das nicht rassistisch, was Sie da von sich geben?«, sagte Stefan zu seiner eigenen Überraschung.
Der Taxler schob den rechten Ärmel zurück und zeigte den beiden eine blau eintätowierte Nummer.

»Ich war mit zwölf Jahren schon in Auschwitz«, sagte er mit heiserer Stimme. »Du wirst mir erzählen, wer oder was rassistisch ist? Du wirst uns sagen, welches Land wir haben dürfen und welches nicht. Du?«
Stefan schwieg. Dolores sagte: »Bleiben Sie stehen.«
»Mit Vergnügen. Chonte.« Als Dolores zahlen wollte, also ihm wütend die Schekel von draußen durchs Fenster hineinwarf, nahm er sie, warf sie zurück und fuhr weg. Sie standen mitten auf der King George.
»Was hat er zu dir gesagt?« Stefan stand da, schaute dem Taxi nach, als wollte er ihm jeden Moment hinterherlaufen.
»Vergiss es«, sagte Dolly. »Schau, da vorn ist das Fink, wo wir gestern waren. Einen Campari?«

Nächsten Tag lud Dolores Boaz Samueli ein, mit ihm, Sissy und Stefan eine kleine Rundreise in einem gemieteten Renault zu machen. So kamen sie über Tel Aviv und Haifa nach Akko, streiften den See Genezareth, über den Boaz einen Witz nach dem anderen erzählte, gingen, nachdem sie bei den Samuelis in Tel Aviv übernachtet hatten, tagsüber ein wenig an den Strand, abends ins Café Tamar in der Schenkin Street. Dolly und Stefan nahmen spätabends ein Taxi nach Jerusalem zurück, nachdem sich Meschullah geweigert hatte, die beiden abzuholen.
»Euer Chauffeur macht, was er will«, sagte Stefan im Taxi, als sie wiederum an den zerschossenen Panzern vorüberfuhren.
Dolores lächelte und schwieg. Ihre Nacht war stürmisch wild und traurig bitter. Um elf Uhr ging Stefans Flieger.

22.

Zurück aus Israel, zog sich Stefan in die Hardtgasse zurück und las weitere Stücke von Sartre. Gelegentlich holte er die Gitarre, stellte sich vor den Spiegel und sang die alten Hadern von Elvis Presley und immer wieder *Strange Love*. Er schrieb an Dolores den ersten Postjerusalemliebesbrief, worin er ihr schlechterdings mitteilte, sein Leben hätte ohne sie keine Farben. Nur Elvis, Depeche Mode oder die Lieder aus der Winterreise von Franz Schubert freuten ihn. Die Klassenkollegen seien alle jenseits und daneben, auch Tschurtschi sehe er außerhalb der Schule kaum. Er habe niemandem von Israel erzählt. Sie solle im Sommer schleunigst nach Wien kommen. Mit der Helen wäre es eh längst zu Ende, auch wenn sie ihm das in Israel offensichtlich nicht wirklich geglaubt habe. Ob sie ihm weiterhin treu bleibe? Dass sie erst ein Jahr später maturieren könne als er, finde er extrem blöd. Er schickte den Brief ab. Seine Mutter kam in die Hardtgasse, brachte ihm Wäsche. Er machte ihr einen Kaffee, stellte sich dann vor sie hin und sang ihr das Wirtshaus aus der Winterreise vor.

»Du solltest etwas mit deiner Stimme machen«, sagte sie sofort. »Das ist ein Gottesgeschenk.«

»Jaja«, sagte er.

Er begann sich vorzustellen, er sei im Musikverein, im Brahmssaal, er hätte Jeans an und das blaue Hemd mit den weißen Seitenstreifen, am Klavier säße der berühmte Gegenbauer, in der ersten Reihe Dolly, dahinter seine Mutter mit ihrer Opernbrosche an der schwarzen Bluse, weiter hinten Tschurtschentaler, und daneben ließ er Helen sitzen. Im Wohnzimmer postierte er sich so, dass er zwar gegen den Spiegel sang, aber der war bei halbgeschlossenen Augen zum Guckfenster geworden und gab den Blick in den Brahmssaal frei. Das Wirtshaus sang er in einigen Varianten, schließlich nahm er es mit seinem Tonband auf, doch beim Abspielen klang es beschissen.

Er traf Guido Messerschmidt im Café Museum. Guido berichtete ihm vom Chorleiter Schurin und dass er, Stefan, ihn einfach anrufen möge, um einen Termin zum Vorsingen auszumachen. Der entgegnete stockend, er hätte doch noch die Matura und müsste sich in den letzten drei Wochen darauf konzentrieren.

»Also erst im Juni«, sagte Guido.

»Ich weiß nicht. Hast du mich gefragt, ob ich im Chor singen mag?«

»Ich habe dich gefragt.«

»Und was habe ich gesagt?«

»Weiß nicht, hast du gesagt. In Reichenau klangs wie ein Ja.«

»Warum willst du mich eigentlich in diesen Singverein bringen?«

»Ich tät gern mit dir singen.«

»Aber warum?«

Messerschmidt schwieg. Er hatte diese Frage längst erwartet und auch einige Antworten parat. Doch er konnte sich für keine davon entscheiden.

»Wegen meiner Schwester?«

»Durch Margit kenne ich dich doch erst. Aber, wie soll ich es dir erklären ...«

»Und weil sie nicht mehr ist, muss jetzt ich herhalten?«

»Möglich.«

»Und was hat das mit mir zu tun? Scheiße.«

Stefan war zusammengefahren, denn Karl Fraul kam bei der Tür herein, sah die beiden, zögerte und kam hernach zum Tisch. Er verneigte sich leicht, gab dann Guido die Hand.

»Ich will nicht stören, wie gehts?«
»Wieso interessiert dich das?«, antwortete Stefan.
»So halt. Also. Ciao.«
Karl suchte sich einen Tisch, setzte sich, holte sich eine Zeitung. Nach einigen Minuten stand er auf, ohne etwas konsumiert zu haben, kam nochmals an den Tisch zurück, an dem Guido Stefan dabei zusah, wie der nichts sagte, sondern die Tischplatte betrachtete.
»Doktor Messerschmidt, ich habe heute Abend Vorstellung vom Professor Bernhardi. Wollen Sie hinein?«
Guido verneinte. Karl zögerte:
»Und du?«
Stefan streckte den Arm aus.
»Gib her.«
»Bei mir habe ich die Karten nicht. Zwo an der Abendkassa auf Keyntz?«
»Danke. Ich komme mit meiner Schwester.«
Karl lächelte traurig und gab ihm die Hand. Stefan nahm sie. Als Karl draußen war, räusperte sich Guido und sah sich nach dem Ober um.
»Gibst du mir die Nummer von deinem Chorleiter?«, fragte Stefan. Messerschmidt nahm eine Serviette und schrieb die Nummer darauf.

Auf die Dauer ließ sich die zombieartige Machart von Karl Fraul bei den Proben nicht durchhalten. Vesely brauste auf, als Karl die Textstelle *Fliehen und am dortigen Ort sammeln sich, die durchgekommen sind* im Ton eines trotzigen Kindes hersagte und gegen die Abmachung sich wegdrehte.
»Kinderl, das geht so nicht weiter.«
»Unterbrich die Probe nicht, Moritz«, rief Adel herauf.
»Ich kann mir das nicht mehr antun, Peter. Schluss mit Genuss.« Vesely stapfte, während sein Kopf bei jedem Schritt

röter wurde und anzuschwellen schien, an Fraul und der von Gehlen vorbei, verschwand, und als Scherfele ihn nach einem Abkühlmoment wieder auf die Bühne bitten wollte, fand er ihn nicht. Astrid stellte sich dicht zu Fraul und zischte ihm zu:

»Jetzt nimm dich zusammen. Du bist unmöglich.«

»Halts zsamm«, brüllte Karl los, »halts es alle zsamm.«

Er schaute zu Adel hinunter, der aufmerksam und wie geduckt zurückschaute.

Karl sah sich unversehens als Bub unter einer Straßenlaterne stehen, es war Abend in der Rustenschacherallee, er war mit seinem Freund Franzi unterwegs. Franzi wollte mit Steinen auf eine Laterne schießen. Karl stellte sich direkt unter sie und warf einen großen Stein, indem er ihn hinaufschleuderte. Nicht nur die Laterne kam herunter, auch der Stein, und all das fiel dem Karli auf den Kopf. Es tat sofort so weh, aber Franzi stand daneben und lachte. Nächsten Tag lachte die ganze Klasse.

Karl Fraul begann zu Peter Adel hinunterzuschluchzen. Der verzog wieder einmal sein Gesicht und imitierte Karls Geschluchze, sodass Astrid und Rüdiger Scherfele stumm von einem zum anderen blickten. Karls Weinen steigerte sich, Kreischtöne mischten sich dazu, er warf sich auf den Boden und begann sich zu wälzen. Adel drehte sich aus der Sitzreihe heraus und eilte auf die Bühne, begann Karl zu spiegeln. Er wollte sich schon auf den Bühnenboden legen und mit seiner Wälzerei anfangen, hörte durch das Geweine ein Geräusch, schaute zum Eingang. Seine Stieftochter war eingetreten, blieb abrupt stehen, lauschte dem Geheul und versuchte es irgendwie einzuordnen. Adel sah auf ihre gerunzelte Stirn, er hielt inne, etwas ergriff ihn, sodass er zu wimmern anhob und amüsiert bemerkte, dass er ins imitierende Weinen hineinschlitterte und nicht mehr

damit aufhören konnte, sondern dass ihn der Krampf zunehmend und schließlich voll erfasste. Schweiß trat ihm auf die Stirn. Er griff sich auf Kopf und Brust, und sein Weinen ging in ein Japsen über. Katharina Dronte kam nach vorn gelaufen, umfasste ihn und rief:
»Rüdiger, die Rettung!«
Karl Fraul lag noch auf dem Fußboden, als Adel neben ihm zu Fall kam. Karl hob den Kopf, sah in das verzerrte Gesicht von Katharina, wurde ruhig und still. Er kam auf die Beine und lief hinaus zum Portier. Scherfele stand vor der Loge, hatte den Hörer in der Hand, legte auf.
»Die Rettung kommt. Verdammt noch mal, Karl, wir haben genug von dir. Die Probe ist zu Ende. Geh!«
Fraul schüttelte den Kopf.

Zwei Stunden später verließ Peter Adel mit Katharina das AKH. Die Ärzte hatten nichts gefunden. Als er in der Herrengasse unter der Dusche stand, begann er ein Lied zu pfeifen. Im Bademantel ging er zum Telefon, teilte Dietger Schönn mit, dass er die Regie zurücklege. Als Grund gab er an, es mache ihm keinen Spaß. Schönn wieherte. Adel nahm den Hörer vom Ohr und hielt ihn seiner Frau hin.
»Schönn wiehert. Nimmt mich überhaupt niemand ernst?«
Er schlug sich mit dem Hörer auf die Stirn, legte ihn wieder ans Ohr. »Lach nur.«
»Immer deine Witze, Peter. Soll ich den Fraul feuern?«
»Nee. Feuer mich.«
»Willst du das dem Zoltán antun? Einen Tort für ihn, wenn ich für dich einspringen muss.«
»Was, du willst den HEILSBRINGER übernehmen?«
»Was bleibt mir übrig? Außer du scherzt.«
»Ich habe Kopfschmerzen, Dietger. Ich bin sehr überarbei-

tet. Es fällt mir gornix ein. Deine Leute sind Kinder. Mir ist schlecht. Ich gebe dir die Margot.«

»Warte, Peter. Was hältst du von einer Pause? Kommt mir auch recht. Mitte Juni noch Terminkonferenz und ab siebten September anno Domini siebenundachtzig dalli, dalli!?«

»Besprich das mit Margot. Grüß dich der Himmel, Herr Direktor.«

Margot nahm den Hörer.

23.

Johann Wais stand am Fenster und weidete sich an seinem Heldenplatzblick. Schön, der Flieder, dachte er, und ein Fiaker hat eine große weiße Bletschen auf der Brust, eine Chrysantheme? Er folgte einem jungen Paar, das zum äußeren Burgtor schritt. Es war fünf Uhr nachmittags, gleich würde Novacek vom Presserat zurückkommen, Weber war beim Botschafter von Katar, Jungnickel lotete die gegenwärtige Konfliktintensität zwischen Bahrein, Katar und den Saudis aus, die wegen des Öls mit diversen Säbeln rasselten, wie Weber sich ausdrückte. Hoffentlich verdirbt mir der Grobian nicht noch diese Reise mit seinen Poltereien, dachte Wais. Er hatte die Hände auf dem Rücken über dem Kreuz ineinander verfingert, stand fast unbeweglich, bloß sein Oberkörper beugte sich etwas nach vorne und wieder zurück. Es war still um ihn, er konnte seinen Atemzügen zuhören, wie sie ohne Nebengeräusche aus der Lunge und in die Lunge fuhren. Gesund bin ich noch. Aber ich wäre lieber ein bissl krank, wenn diese Kampain gegen mich endlich zu Ende ginge oder – noch besser – einfach aufhörte. Beran hatte es immerhin geschafft, mir die Reise zum Arabischen Golf zu ermöglichen. Aber es ist halt nicht schön, wenn bloß die Araber und der Vatikan mich als Staatsoberhaupt einladen mögen. So eine Feigheit ist in der Welt, alle fürchten sich vor den Leuten um diesen Maxmann. Was habe ich dem getan? Wie kann ein Getränkehersteller auf die Idee kommen, mich zu seinem Todfeind zu erklären? Ich hatte doch nie etwas gegen Juden gehabt, jetzt aber beschleicht mich ein genereller Argwohn gegen manche von ihnen, da muss ich aber auch achtgeben, dass mir mein Groll nicht laut wird. Auch Aglaja muss ich beschwichtigen; sie zieht privatim gegen die Ostküste vom Leder. Ich sage ihr eh immer, hüte dich vor den Ansichten deines Vaters, hüte deine Zunge. Es ist eigenartig, dass ich in dieser Frage auf meine Aglaja einreden muss, sonst kann ich mich auf ihre Ratschläge so gut verlassen, aber beim Maxmann, wenn sie an den denkt, geht ihr das Geimpfte auf.

Ich versteh noch immer nicht, warum sich trotz meiner zahlreichen Erklärungen die Kampain verstärkt. Jetzt sekkieren sie mich wegen der Kämpfe im Kozaragebiet. Ich kann mich doch nicht an alles dauernd erinnern. Törichterweise habe ich gesagt, dass ich nicht dort war. Novacek hat nun herausgefunden, dass ich sehr wohl da war, als die Säuberungen begannen. Na und? Ich war nicht in sie involviert, sonst hätte ich mich doch daran erinnert. Ich bin immer heilfroh gewesen, dass ich nicht direkt mit Verhören zu tun hatte, auch wenn ich die Ergebnisse weiterleiten musste. Na ja, einige Mal musste ich zugegen sein, vor allem bei den Susičleuten, der gefährlichsten Bande. Natürlich, fein ists nicht zugegangen, es war Krieg, und die Partisanen waren bei Gott nicht zimperlich. Jeder, der sie bekämpfte, musste eine gewisse Härte an den Tag legen. Ich hatte sie damals auch als Feinde angesehen, denn das waren sie, und wir waren ihre Feinde, basta. Herrgott noch mal, ein Weichei war ich doch nie, aber an den Vergeltungsmaßnahmen hab ich mich nicht beteiligen brauchen, das haben andere mit Lust und Liebe getan, auch gute Freunde von mir, denen jetzt keiner einen Vorwurf macht. Mein General Löhr allerdings bezahlte das mit dem Leben, den haben sie nachher um seinen Kopf kürzer gemacht, nein, erschossen haben sie ihn. In was denke ich mich da hinein?

Johann Wais drehte sich um, ging zum Schreibtisch und schaute auf das Telefon.

Hauptmann Plume war verantwortlich für die Organisation des Gefangenenabschubs bei den Kozara-Aktionen. Ich habe ihm helfen müssen, er war mein Vorgesetzter, aber ich habe doch effektiv nur Papiere unterzeichnet. Ich habe doch kaum eines dieser Individuen zu Gesicht bekommen, oder? Und wenn ich ein paar gesehen hab? Flugs, die sind ja alle gleich weg nach Semlin verquartiert worden, es waren quasi Kriegsgefangene. Zivilisten sind bei den Partisanen immer dabei, die ganzen Partisanen sind auch Zivilisten, diesen Vorwurf, wir hätten Zivilisten ... Ahnungslos sind die Leut, aber mich ständig angeifern. Ach, Aglaja, du wolltest doch anrufen.

Wais räusperte sich. Gleichzeitig mit dem Eintritt von Novacek läutete das Telefon.

Messerschmidt strebte energisch dem Haupteingang des Musikvereins zu, zwei Schritte hinter ihm Stefan. Immer wieder drehte sich Guido um und winkte ihn zu sich. Sie eilten durch den Eingang und begaben sich ins Innere. Es ging Stufen hinauf und hinab und links und durch die Mitte durch, Guido entschlossen immer voran. Männer und Frauen gesellten sich ihnen zu, hatten Noten unterm Arm oder in der Hand, kamen von links und von rechts, sie wurden immer mehr und landeten in einem Raum, der Kammersaal hieß. Mitten drin stand neben dem Klavier ein großer Mann, seine Haare waren in einem Rossschwanz zusammengehalten. Er sah mit seinen dunkelblauen Augen Messerschmidt entgegen, betrachtete Stefan und streckte beiden die Hand hin.

»Das also ist er«, sagte er mit lauter Stimme. »Alexander Schurin. Ich bin hier der Wichtigtuer.«

»Keyntz«, sagte Stefan. »Ich will nur zuhören.«

»Ich weiß. Guido hat mir von Ihnen erzählt. Ihr Vater hat übrigens einige Mal mit dem Singverein gearbeitet. Mahler-Achte-Karajan, mir unvergessen. Servus, Hannelore. Servus, Manfred.« Der Raum füllte sich.

»Setz dich am besten da hin«, sagte Guido. Er verschwand. Stefan sah sich um. Es waren ungefähr vierzig Leute versammelt, jeder an seinem Platz, links die Männer, rechts die Frauen. Er saß mittendrin, hinter ihm die Eingangstür, halb rechts vor ihm zwei breite Rücken, darauf die Hinterköpfe, einer mit Dutt, einer mit langen, gekräuselten Haaren. Messerschmidt kam zurück, gab ihm einen Klavierauszug.

»Der Korrepetitor ist verhindert«, verkündete Schurin düster. »Muss ich ran.« Er setzte sich zum Klavier.

»Los gehts. Seite 85, Tutti. 29: Sprechen!«

Der Chor begann im Rhythmus zu sprechen: *»Wir sind Ge – dan – ken; hast du gedacht uns, tanzen auf schlanken Fü-ßen gemacht uns? Wir hät – – – – ten sol – len wie Vö – – – gel ins Blaue, statt hier zu rol – len als Garn – – knäu – el, grau – e. Wir sind ei – ne Lo – sung; hast du gespro – chen uns? Des Staubs Lieb – ko – sung hat klä – glich ge – brochen uns.«*

»Jetzt gesungen.« Während der Chor nun die Passage aus Peer Gynt zu singen begann, dirigierte Schurin mit einer

Hand, das heißt, er schlug den Takt, rief: »32 punktiert, *ßen gemacht*, eins zwei drei *gemacht uns?*«, sie sangen weiter. Die Passage war fertig.

»Nochmals.« Nach dem dritten Mal: »Gutt. Merken! Notieren: Bleistiftprobe: Herzeigen!« Die meisten Chormitglieder hielten ihren Bleistift in die Höhe. »Gutt. Also einringeln, weil nahtlos zusammenziehen. 47: *sindei*, 49: *StaubsLieb.*«

Die Leute ringelten ein. Schurin sprach weiter: »Konsonanten deutlich bei: *wir sind GedanKEN*, *schlanken Ffüßen*, *wir häTTEN sollen.* Ebenfalls einringeln!« Der Chor tat es.

Stefan sah in den Klavierauszug, und ihm kam es vor, als wären die Wörter, die Noten, die Pausen, die Punktierungen, die Crescendi, die Accelerandi zu einer Tanzgruppe zusammengekommen. Das Zeug stieg aus dem Auszug heraus, stand ihm vor Augen, um in ihn einzudringen. Nach zehn Minuten war er gefangen genommen von Peer Gynt, die Unterbrechungen, die kurzen Kommandos des blonden Riesen vorne, die Scheitel der vor ihm Sitzenden verschmolzen mit den Rhythmen, den Tönen in einen Hör- und Sehkessel, welcher rundum den Horizont begrenzte.

Die Probenzeit verging wie nichts. Stefan schien es unglaublich, wie rasch alle Singenden zwischen den diversen Stellen hin und her wechseln konnten, alles sofort fanden.

Schurin hob sich zum Schluss der Probe eine der schwierigen Stellen auf. »Und nun«, sagte er und lächelte schief, »Peer Gynt, von Trollen gejagt.« Wieder musste zuerst gesprochen werden: *»Ko – bol – de! Wich – tel! Beißt ihn von hinten! Macht al – les dich – te, Macht al – les dich – te. Macht zu!«*

Dann kam die Stelle mit *Zerfetzt ihn!* Diese Aufforderung musste in verschiedenen Rhythmen gesungen werden, anfangs mit Pausen, am Schluss in rasender Eile achtmal hintereinander. Die meisten Mitwirkenden sprühten aus dem Mund, wenn sie das *»Zerfetz – t ihn«* ausstoßen mussten, sie zerspragelten sich zwischen der Affrikaten »tz« und dem Verschlusskonsonaten »t«, manche blubberten nur noch. Alexander Schurin sagte lächelnd:

»Stopp. Also das mit dem zerfetz und dem t vor dem i geht so nicht bei dem Tempo. Bitte so: zerfezin. Nur zerfezin. Und das achtmal!«

Der Chor brüllte achtmal in Achteln: »Zerfezin zerfezin zerfezin zerfezin zerfezin zerfezin zerfezin zerfezin«, während Schurin mit hochgehaltenen Fingern mitzählte.

»Stopp. Herr Keyntz. Versteht mans?«

Stefan blickte erstaunt auf und nickte langsam. Messerschmidt meldete sich.

»Vielleicht könnte man beim ersten Mal noch Zerfetz–t ihn intonieren, erst dann zerfezin?«

»Gutt, Guido. Das probieren wir.«

Nach dem Ende der Probe umstanden etliche Chorteilnehmer den Leiter. Stefan bewegte sich zögernd auf Guido zu, der neben einem Tenorito stand. Der Tenorito sagte zu Guido: »Also die Altistin, ich meine die Klara, die ist immer zu tief, sie steht neben mir, das macht mich verrückt.«

Schurin, der eben noch mit einer Frau im Gespräch war, unterbrach, wandte sich an den Tenorito:

»Im Chor redet, was zu hoch oder zu tief, zu schnell oder zu oasch ist nur einer darüber, und das bin ich!«

Stefan zupfte Guido am Ärmel.

»Was ist, Steff?«

»Ich möchte –« Stefan brach ab. Guido ging mit ihm aus der Gruppe heraus, wartete. Stefan holte Atem.

»Ich möchte bei diesem Chor mitmachen.«

»Vorsingen?«

»So bald als möglich! Gestern!« Messerschmidt lachte und verkündete dies als Frohbotschaft dem Chorleiter. Schurin nahm beide mit ins Büro.

»Glauben Sie nicht«, sagte er, »dass es was zu besagen hat, dass Sie Keyntz heißen. Übermorgen um elf Uhr!«

»Da habe ich Schule«, sagte Stefan.

»Elf.«

Die beiden waren entlassen.

Die Präsidentenmaschine flog die Insel Muharraq an und landete mittags am Bahrain Sakhir Airport. Johann Wais hatte die letzten zehn Minuten aus dem Fenster geschaut und die Arabische Halbinsel betrachtet. Neben ihm saß Adrian Novacek, las seine Zeitungen, die er sich vom Büro mitgenommen hatte, und kämpfte dezent mit der Übelkeit. Dahinter und allein saß mit verschlossener Miene Jungnickel, welcher diese Art von Dienstreise als Tortur empfand und längst bereute, nicht den Botschafterposten in Djakarta angenommen zu haben. Rechts von ihm, aber wie von einer Mauer getrennt, fuhrwerkte Walter Weber in seinem Filofax, lauschte dabei auf die gedämpften Unterhaltungen, die sich hinter ihm schon seit geraumer Zeit entfaltet hatten. Die Wirtschaftsdelegation, angeführt vom Generaldirektor einer Baufirma und dem Generalmanager der Österreichischen Mineralölverwaltung, durchsprenkelt vom Obmann der Volkspartei Beran, dem Christgewerkschafter Humer, dem Wissenschaftsminister Gall, blies sich in girlandenhaften Formulierungen ihre Zuversicht in die Ohren, dass diese Expedition mit dem einsamen Staatsoberhaupt zu den Ölquellen Arabiens etwas einbringen möge. In den hintersten Sitzreihen waren Florian Kleinbauer und seine Crew aufgefädelt. Neben Kleinbauer saß und las Roman Apolloner in einem Buch über die Golfstaa-

ten und ihre Entwicklung vom Ende der Kolonialzeit bis neunzehnhundertachtzig. Darüber schlief er ein.
Nach der Landung mussten alle etwas warten, weil am Flugfeld die Empfangsvorbereitungen noch nicht abgeschlossen waren. Endlich konnte Wais aussteigen, betrat den Teppich, schritt mit dem nach Mandeln riechenden Emir von Bahrain Isa bin Salman Al Halifa die Ehrenkompanie ab. In Limousinen gings nach Manama. Ein dünnes Spalier säumte die Wegstrecke, es wurden rot-weiß-rote Papierfähnchen geschwenkt.
Das Protokoll sah auch den Besuch in der soeben neu eröffneten Al-Fatih Moschee in Juffair vor. Johann Wais schritt, in Gedanken an die Kampain versunken, ins Innere der Moschee, wurde vom atemlosen Novacek zurückgerufen, damit er die Schuhe ausziehe, was prompt geschah. Jungnickel lächelte.
Der Tag verging mit Unterredungen des Staatsoberhauptes. Er sprach in Gegenwart von Jungnickel außer mit dem Emir mit einigen Ministern, indes die Wirtschaftsdelegation getrennte Termine mit bahrainischen Magnaten hatte.
Vor dem Schlafengehen gab es noch einen kurzen Dreh mit Kleinbauer. Apolloner durchstreifte die Hauptstadt, sah den Leuten ins Gesicht, traf einen Journalistenkollegen von der FAZ, der seit längerem in Manama lebte. In dessen Wohnung trank er mit ihm Whisky.
Wais lag schließlich im Bett, dachte nach dem Gespräch mit Kleinbauer kurz daran, dass sein Hauptfeind in Österreich, das Nachrichtenmagazin Signal, ihn zusätzlich zu demütigen versuchte, weil es erstens nicht den Chef Alphons Klingler mitsandte, sondern den unbedeutenden Apolloner, der zweitens als Mitbetreiber dieses Diderotclubs ein weiterer Hauptfeind war. Ich glaube, ich habe nur noch

Hauptfeinde, dachte Wais. Obwohl müde, stand er auf, ging auf den terrassenförmigen Balkon, erschrak, denn ein Soldat stand in der Ecke, MP im Arm. Wais grüßte, der Soldat salutierte. Im Zurückgehen überlegte Wais, ob er dem Soldaten ein Trinkgeld geben müsse. Auf dem dunklen Himmel stand der Halbmond wie bestellt und aufgeklebt. Bloß Muezzin war keiner zu hören.
Er legte sich ins Bett und wälzte sich. Im Halbschlaf sah er zu, wie Maxmann Aglaja immer wieder durch seine ständigen Anrufe aus dem Bett holte. Maxmann beschimpfte Aglaja so laut, dass Wais alles mitbekam, obwohl seine Frau, um ihn zu schützen, den Hörer fest an ihr Ohr presste.
»Er beschimpft eh nur mich«, flüsterte sie ihm zwischendurch zu. Nach einer der nächsten Herumwälzungen saßen allerdings Maxmann und John Aisik auf der Bettkante und schrien auf seine Frau ein. Es war so grauenhaft, dass Johann mit einem Schweißausbruch aufwachte. Nachdem er Aglaja angerufen hatte, fiel er in einen schweren Schlaf.
Nächsten Vormittag gings weiter nach Oman.
Sultan Qabus roch nach Rosenöl. Mit ihm schritt Wais die Ehrenkompanie ab. Auf der kurzen Fahrt durch Maskat schaute Wais auf das Hadschar-Gebirge, das bis zum Meer reichte. Ein dünnes Spalier säumte den Weg zum al-Alam Palast des Sultans. Dort gab es ein Galadinner. Hernach begab sich die Wirtschaftsdelegation unverzüglich nach Matrah, dem neuen Geschäftszentrum, indes Qabus und Wais mit den Politikern und Journalisten sich im Garten ergingen. Qabus zog Wais zur Seite und versicherte ihm, dass er seine für einen arabischen Herrscher vorzüglichen Beziehungen zu Israel zugunsten des eklatant verleumdeten Österreichers einsetzen werde. Apolloner nahm ein Taxi

und fuhr nach Sib, sah den Menschen ins Gesicht, fotografierte und traf einen Schulfreund aus Bozen, der mit seiner Familie seit Jahren hier lebte.
Nachts sagte Johann am Telefon seiner Aglaja, er hätte in Qabus einen Freund gefunden. Er schlief gut.
Schon zeitig in der Früh gings weiter nach Katar. In Doha schritt Wais neben dem Emir Chalifa ibn Hamad, der nach Tabak roch, die Ehrenkompanie ab. Dann weiter nach al-Kut, der Festung, die als Zeichen der Unabhängigkeit ins Zentrum von Doha hingestellt wurde. Auf der kurzen Strecke war kein Spalier aufgestellt.
Die Besprechungen fanden im Government House statt. Der Emir betonte vor allem seine Abstammung und Fortführung der al-Thani-Dynastie. Er nahm Wais beiseite und sprach ihm seine Solidarität aus. Er bedankte sich gleichsam im Namen der arabischen Welt.
Apolloner kannte in Doha niemanden. Er blieb in der Nähe des Präsidenten, wechselte freundliche Worte mit ihm, die Wais guttaten. Der Präsident versprach ihm auf dem Rückflug ein Interview, aber nur im Beisein von Novacek. Es wurde unter gelegentlichen Rülpsern des magengeplagten Pressesprechers ordnungsgemäß durchgeführt. Wais zeigte sich darin zufrieden mit der »arabischen Mission«, er hätte neue Freunde gewonnen. Kurz vor Mitternacht landete die Delegation in Wien. Der Empfang durch die Medien hielt sich in Grenzen. Doch Bundeskanzler Doktor Friedrich Habitzl ließ es sich nicht nehmen, Wais persönlich abzuholen. Während der Kanzler in der VIP-Lounge herumstand, versuchte er, mit Aglaja Wais zu konversieren, um die Wartezeit zu überbrücken. Sie blieb höflich und kühl und schien die Ankunft ihres Gemahls kaum erwarten zu können.

Guido Messerschmidt wollte Stefan zum Vorsingen begleiten. Er nahm sich einen Urlaubstag, war nervös und fand sich bereits um halb elf im Musikverein ein. Das Vorsingen sollte ebenfalls im Kammersaal stattfinden. Als Guido eintraf, begrüßte er den uralten Korrepetitor Rudolf Schmuddermayr, der in der Ecke saß und an einer kleinen schwarzen, nicht entzündeten Pfeife sog. Alexander Schurin steckte den Kopf bei der Tür herein: »Bin da, bin weg, bin da«, rief er hinein.

»Wie viele sinds denn?«, fragte Guido. Schmuddermayr warf einen Blick auf die Noten.

»Einer«, sagte er.

»Also nur Stefan Keyntz.«

»Das Söhnlein?« Guido nickte. Es klopfte, Stefan kam langsam herein, sah Guido Messerschmidt, machte kehrt und war verschwunden. Messerschmidt eilte hinter ihm her, holte ihn noch vor dem Ausgang ein.

»Nicht kneifen, Steff«, sagte er und fasste ihn an die Schulter. Stefan drehte sich um.

»Wer hat dir erlaubt, mich hierher zu begleiten? Ich bin doch kein Kind. Ich brauch dich nicht, ich mache das allein, du singst eh nicht statt meiner, also lass mich in Ruh. Wenn du bleibst, geh ich.«

Guido ließ verwirrt und erstaunt seine Arme fallen. Er nickte mit rotem Kopf, machte noch rasch »t, t, t« über Stefans Schulter und ging an ihm vorbei und auf die Straße. Stefan sah ihm nach, holte ein Taschentuch aus dem Hosensack, schnäuzte sich und kehrte in den Kammersaal zurück. Er setzte sich stumm in einen Sessel, und Schmuddermayr hatte Zeit und Muße, den jungen Keyntz zu betrachten.

Schurin hatte drei Leutchen mitgebracht, die nun auch zuhören durften, Stefan aber nicht vorgestellt wurden. Anfangs sprach Schurin über das Singen in seinem Chor. Man müsse dies tun, jenes lassen, nicht nur heraussingen, sondern auch hineinhören, immer am Stimmding arbeiten, pünktlichst sein, aber jetzt mal los.
Als Stefan das Wirtshaus aus der Winterreise anhob zu singen, blitzte der weiße halbnackte Körper seiner Schwester unter seinen Lidern auf. Es bildete sich ein Knödel im Kehlkopf, sodass er nach dem Wort *Totenacker* nur noch die Zeile »*hat mich mein Weg gebracht*« flüstern konnte und abbrechen musste. Schmuddermayr wartete, sah beiläufig dem Keyntz auf den heftig arbeitenden Adamsapfel. Stefan rang nach Luft, er dachte, jetzt wäre es doch gut gewesen, wenn Guido unten säße, der hätte dem Chorleiter erklären können.
»Ich habe«, begann er, »ich bin … es ist mir, entschuldigen Sie, ich kann jetzt offenbar …«
Schmuddermayr stand auf, ging ums Klavier herum und von hinten auf Stefan zu, hieb ihm in den Rücken, ging zum Chorleiter, beugte sich vor und sagte ihm etwas ins Ohr. Es war still. Stefan wollte davongehen.
»Reichen Ihnen zehn Minuten Pause?«, fragte Schurin, erhob sich. »Kann jemand ihm noch ein Wasser bringen?«
Stefan ging auf die Toilette, riegelte ab, setzte sich auf die Brille und versuchte die Flauheit, die vom Magen in den Hals steigen wollte, unten zu halten. Dolores, dachte es in ihm, ich bin dein dummes Versagerlein. Papa, in deinen Fußstapfen kann ich herumirren, ja irren, ich bin irre, ich bin deppat, ach was, ich gehe halt, ich verschwinde. Sein Atem wurde ruhig. Nach einer Viertelstunde war er bereit und sang das Wirtshaus mit hoher Wortdeutlichkeit und ohne Vibrato. Schurin verlangte unbewegten Gesichtes her-

nach, Stefan möge die Tonleiter rauf und runter singen. Er mochte es in Dur und Moll hören. Er möge Intervalle machen. Schließlich sollte er noch oktavieren.

»Bariton?«, fragte Schurin. »Sie sind Bariton? Oder hören wir da noch etwas anderes? Rudi, gib ihm das D. Und weiter.«

Stefan sang die Töne nach.

Schurian sah zu Schmuddermayr.

»Mir scheint, wir haben einen Tenor.« In seinen Augen glitzerte es.

»Ein Tenorito.«

Schmuddermayr nickte.

»Und ob«, sagte er.

Stefan hob die Arme. »Ich habe den Bariton von Vater geerbt.«

»Ihr Herr Vater«, sagte Schmuddermayr, »hatte eine hohe Tessitura als Bariton. Sie sind noch ein Stückerl hinaufgerutscht. Ich bin sicher, Alex, das ist ein Tenor, oder besser gesagt, es wird einer.«

»Gebt ihm den Auszug zum Brahmsrequiem. Probenbeginn siebter September, okay?«

Stefan schaute hilfesuchend zu Schmuddermayr. Der hatte sich vom Klavier erhoben, sich in seine Ecke begeben und nahm seine Pfeife in den Mund.

»Her mit Ihnen, Keyntz junior.«

Er ging hinaus, um die Pfeife anzustecken.

24.

Im Juli war Rosinger nicht in Wien. Er teilte Fraul mit, dass seine Schwester ihn gebeten hatte, mit ihr auf Urlaub zu fahren. Rosinger hatte darauf zwar keine Lust, aber sie konnte ihn überreden. Anfang August trafen sich Rosinger und Fraul wieder beim Praterer, aßen und gingen los. Fraul schlug für Rosinger überraschend den Weg über die Jesuitenwiese parallel zur Rotundenallee ein. Es war heiß. Rosinger musste sein Sakko ausziehen und trug es über der Schulter.

»Wie wars in Krumpendorf?«, fragte Fraul. »Jupp Toplitzer getroffen?«

»Sie werden lachen, ja«, antwortete Rosinger. »Agnes hatte dem neuen Führer vorher geschrieben. Sie wollte, dass ich mit ihr komme. Im Wirtshaus sind ein paar Freunde von ihr gesessen, deretwegen sie überhaupt nach Kärnten wollte. Einige kannte ich eh von den Gelagen, die sie in Wien veranstaltet hatte. Auf einmal ist der Jupp hereingekommen, hat der Agnes die Wangen abgebusselt. Sie hat mich ihm vorgestellt, er hat mich gleich geduzt, meinen Namen wiederholt und mit den Augen gezwinkert. Gerhart Mauss, der mit seinem Sohn Gernot auch dabei gewesen war, wird dem Jupp von mir erzählt haben. Mir war es peinlich, aber was sollte ich tun? Jupp war sehr freundlich, hat sich nach meiner Gesundheit erkundigt und gemeint, wenn ich was brauche, er ist für mich da.«

»Beeindruckend«, sagte Fraul.

Rosinger schwieg. Als sie bei der Toilettenanlage vorüberkamen, aus der es etwas heraus roch, blieb Fraul stehen.

»Lassen wir den Toplitzer. Los, Rosinger. Ihre heutige Geschichte!«

Rosinger nickte, und sie gingen weiter.

»Mit Stefan Baretzki habe ich mich eigentlich immer gut verstanden. Er hat ständig gesoffen, und dann war er ein Vieh. Einmal ist er auf der Lagerstraße in Auschwitz einem begegnet, der nicht schnell genug die Mütze abgenommen hatte. Er ist auf ihn hin und hat ihm eine Ohrfeige heruntergehauen. Der Häftling hat seine Schaufel fallen gelassen und seine Hand vors Gesicht gehalten. Da hat der Stefan ihn angebrüllt: ›Was? Du willst einen SS-Mann schlagen? Du?‹ Dann hat er ihn zu verprügeln begonnen. Ich wollte zu ihm hin, aber es ging so schnell, und man konnte sich nicht einmischen. Der Häftling lag auf dem Boden, Stefan hat auf ihn eingetreten, er war rot im Gesicht und wurde immer wütender. Der Häftling, der beim Kommando Straßenreinigung war, wälzte sich zusammengekrümmt und versuchte den Tritten zu entgehen, rollte über seine Schaufel, sodass der Stiel sich aufstellte. Auf das hinauf ergriff Stefan die Schaufel, legte den Stiel über den Hals des Opfers und wippte so lange, bis der arme Kerl tot war.«

»Sie wissen, dass ich diese Geschichte kennen muss.«

»Ich wollte Ihnen nur sagen, dass ich auch in der Nähe war, es in Frankfurt aber nicht erzählt habe. Doch Baretzki konnte auch anders sein. Er wollte beispielsweise Wasser organisieren für Mexiko, dort waren die Birkenauer Zustände am allerärgsten zu der Zeit. Er kam abends zu mir, war zwar betrunken, aber ganz traurig. Ich habe ihn gefragt, was los ist. Er hatte nichts organisieren dürfen. Der Lagerführer Schwarzhuber hatte ihn angebrüllt und ihm gesagt: ›Begreifen Sie endlich, dass in Mexiko nur Juden sind.‹ Dann hat Baretzki zu weinen begonnen und hat immer wieder gesagt: ›Das ist doch alles ein Wahnsinn.‹«

Die beiden überquerten die Hauptallee und gingen auf der anderen Seite in den Wurstelprater hinein. Sie mussten warten, denn die Liliputbahn fuhr vorbei. Das Schweizerhaus war vollgepfropft mit Menschen, die Ober schleppten auf den Tabletts die Krügel Budweiser herbei. Gegenüber das Hippodrom, dort gingen traurige Gäule seit Jahrzehnten im Kreis.

»Sie hatten wieder einmal die Muselmänner zusammengeklaubt, wo sie sie vorgefunden hatten, und auf den Lastwagen geschmissen«, sagte Fraul. »Von der Lagerstraße aufgesammelt, von den Latrinen heruntergerissen, dazu die Selektionierten vom Block sieben, allesamt kaum mehr Lebende, die nun auf dem Elkawe ein Haufen waren. Ich war bei Schurl, der als Dachdecker arbeitete, ein Mitglied der Kampfgruppe Auschwitz, ein Bayer. Wir hatten einen guten Ausblick auf unser Birkenau und schauten auf den Haufen hinunter. Wir warteten mit unserem Gespräch, bis der Lkw mit der schweigenden Muselmannfracht weggefahren war. Ich konnte erkennen, dass ein alter Mann den eitrigen, grindigen Kopf seines Sohnes oder jedenfalls eines jungen Halbtoten in den Händen hielt und an seine Brust drückte. Als der Wagen losfuhr, schrie dieser alte Mann auf einmal: ›Schmah Jisrael adonai elohenu adonai echad.‹ Plötzlich richteten sich in dem Haufen Köpfe hoch, Arme streckten sich zum Himmel, und andere und immer mehr der Muselmänner, die eigentlich keine Kraft mehr hatten, zu gehen oder zu sitzen oder die Arme zu heben, keine Kraft, um volle Töne zu bilden, riefen das Schmah Jisrael. Der Lkw fuhr den Weg hinauf zum Krematorium zwei, und wir hörten das Schmah die ganze Zeit. Schurl und ich sahen uns an, dann besprachen wir, was zu besprechen war.«

»Schlimm«, sagte Rosinger.

Fraul blieb vor dem Gasthaus Zum englischen Reiter stehen.

»Trinken wir ein Bier!«

Sie nahmen im Gastgarten Platz und tranken ihr Seitl in einem Zug.

Judith Zischka hielt ihre Schwangerschaft vor sich und den anderen geheim. Da sie nicht wusste, ob das Kind von Dauendin oder doch von Apolloner war, ging sie mit der ausbleibenden Regel so um, als wäre sie gekommen. Zugleich ertappte sie sich dabei, wie sie vor dem Einschlafen an das Kleine in ihr drin dachte, und freute sich. Sie hatte sich nach der Nacht mit Dauendin von Roman sukzessive zurückgezogen, ohne dass dies dem Apolloner sonderlich auffiel. Auch Dauendin traf sie vorerst nicht mehr, obwohl Felix hin und wieder versuchte, mit ihr in Kontakt zu treten.

Im März teilte sie Roman mit, dass sie im vierten Monat schwanger sei und das Kind entweder von ihm oder von einem anderen sei. Apolloner reagierte wenig freudvoll, sodass Judith die Liebesbeziehung zu ihm endgültig abbrach.

In eine der letzten Vorstellungen des Bernhardi vor dem Sommer ging sie hinein. Sie hatte Karten für die dritte Reihe und sah dem Dauendin auf den Mund. Gegen Ende des ersten Aktes bemerkte er sie und wollte in der Pause Kontakt zu ihr aufnehmen, er durchstreifte zum Erstaunen des Publikums die Buffets des Akademietheaters, fand sie aber nicht, da sie auf ihrem Sitzplatz geblieben war. Nach der Vorstellung stellte sie sich zum Bühnentürl und erwartete ihn. Er kam fröhlichen Gesichts auf sie zu, bemerkte ihren Bauch und stutzte. Im Café Museum erklärte sie ihm, dass sie also dieses Kind erwarte, und es sei entweder von Roman Apolloner oder von ihm. Zu ihrem Erstaunen stand Dauendin auf, umgriff Judiths Taille, riss sie aus ihrem Sitz heraus und begann mit ihr umherzuwirbeln. Sie kamen hiebei dem Ober Jakob in die Quere, der jäh ausweichend mühsam das Tablett in der Balance behielt. Das Kaffeehauspublikum des Café Museum kannte größtenteils den großen Burgschauspieler, und sie quittierten den Tanz nach

kurzer Staunpause mit Applaus. Felix führte Judith zu ihrer Sitzbank beim Fenster neben dem Eingang zurück, zwängte sich beschwingt auf seinen Platz, beugte sich vor und ergriff Judiths Hände.
»Großartig. Er wird schon von mir sein.«
»Er?«
»Er oder sie, das ist mir gleich«, lachte Felix, lehnte sich zurück und betrachtete Judith, als überlegte er, was er nun mit ihr künftig anstellen solle.
Judith wurde von einem Anflug des Glücks befallen, als sie die Freude des Schauspielers über seine etwaige Vaterschaft wahrnahm, und ihr kam es so vor, als wäre sie erst in diesem Augenblick schwanger geworden.
Am Beginn der letzten Augustwoche setzten die Wehen ein. In der Semmelweißklinik gebar sie ein Mädchen. Sie nannte es Felicitas Romana.

Nun saß Roman, der sich mit seiner möglichen Vaterschaft abgefunden hatte und bereit war, Alimente zu zahlen und als Erzeuger dafür einzustehen, auf Judiths Bett und forschte in den Zügen des Säuglings nach seinen eigenen. Felix Dauendin trat ein und setzte sich auf die andere Seite des Bettes, nachdem sich die beiden Männer über der liegenden Judith die Hände gereicht hatten.
»Es ist zu früh, um bereits darüber zu reden«, ließ sich Dauendin in bestem Burgtheaterdeutsch vernehmen, »aber im Angesicht deines früheren Freundes und möglichen Vaters meiner entzückenden Felicitas frage ich dich, Judith, ob es dir recht wäre, wenn ich mich als Vater fühle und die Konsequenzen daraus zu ziehen bereit und willens bin.«
Judith lachte. »Sie wollen mich heiraten, Herr Felix Dauendin?«
»Auch das.«

Anfang September geschah es. Als Trauzeugen fungierten Roman Apolloner und Astrid von Gehlen. Auf ein Fest verzichteten sie und fuhren stattdessen auf Hochzeitsreise nach Ascoli.
Während Felix dort war, zog Astrid aus dem gemeinsamen Domizil aus und nahm sich eine passende Wohnung in der Grillparzerstraße.

25.

Am ersten Arbeitstag nach seinem Urlaub, den Kanzler Friedrich Habitzl diesmal nicht am Wörther See verbrachte, sondern am Zicksee im Burgenland, bestellte er sein Küchenkabinett ein, um allerhand zum Bedenkjahr neunzehnachtundachtzig zu beraten. Dem Wörther See war er ausgewichen, damit ihn nicht ungebeten, aber nachdrücklich Jupp Toplitzer heimsuchte, der seit seiner Wahl zum Chef der Freiheitlichen auf allerlei Weise versuchte, an den Bundeskanzler heranzukommen. Doch Habitzl hatte beschlossen, diesen braun kontaminierten Emporkömmling von Anfang an außer Hörweite zu belassen, sodass dieser umso lauter sich nun auf den »Nadelstreifsozialisten« einzuschreien begann. Am Zicksee war Habitzl gelegentlich mit dem Altkanzler Marits zusammen, der es vom Neufelder See nicht weit hatte. Sie angelten miteinander, wobei Habitzl durch seine gewundene Art und Weise, die gegenwärtige Lage zu analysieren, die Fische vertrieb.
»Ich weiß«, sagte er schließlich zu Theo, »Fischen soll eine schweigende Tätigkeit sein.«
»Du meinst Angeln«, sagte Marits und seufzte.
Abends berieten sich die beiden Kanzler in entspannter Atmosphäre über Anzupackendes. Marits sprach dem Wein

zu und wiederholte immer öfter, dass er sich beileibe nicht einzumischen wünschte, um immer nachdrücklicher die Fortsetzung seines antifaschistischen Kurses zu fordern. Dabei rannte er bei Habitzl offene Türen ein.
»Ich habe fest vor«, sagte dieser, »eine Grundsatzrede zur Rolle Österreichs zu halten, und zwar am dreizehnten März im Parlament.«
»Ist ein Sonntag«, sagte Marits sofort.
»Aha. Am Montag danach.«
»Aber am exakten Jahrestag solltest du auch …«
»Das lasse ich mir durch den Kopf gehen.«

Habitzl schaute auf die versammelte Runde seiner Vertrauten. Er suchte Katzenbeißer, der in diesem Moment den Sitzungsraum betrat.
Der Reihe nach erstatteten die Mitarbeiter Bericht, hoben Daten hervor, verwiesen auf Parallelitäten, stellten Prioritäten zur Debatte. Allen war klar, dass sie insgesamt viel zu spät auf das Bedenkjahr reagiert hatten. Sie waren nervös. Der Kanzler blieb gelassen, er hörte aufmerksam zu. Der Kulturbereich war Katzenbeißer vorbehalten, er ergriff als Letzter das Wort, um über die Einbindung der Kulturschaffenden ins Unternehmen Bedenkjahr zu referieren. An seiner unmerklich tremolierenden Stimme erkannte Habitzl, dass es seinem Kunstdirigenten unangenehm war, vor den anderen Strategieabhandlungen zu halten. Er unterbrach ihn, bat ihn, nach der Unterredung zu bleiben. Als die anderen entlassen waren, setzte sich Habitzl in den Fauteuil, in dem er sich gewöhnlich entspannte, und hörte zu, was Wendelin Katzenbeißer in den vergangenen Tagen und Wochen geknüpft, gewoben, gestrickt hatte.
»Ich war in der Premiere vom neuen Stück von Veit Obertschatscher«, begann Katzenbeißer. »Bei der Feier da-

nach habe ich ihn erwischt. Veit begrüßt alle Aktivitäten zum Bedenkjahr, hält sie auch wegen Wais für wichtig, er selbst ließ allerdings seine sattsam bekannte Bescheidenheit heraushängen. Er habe keine Idee, es gebe doch bessere und so fort. Zu einem Stückauftrag fürs Tiroler Landestheater, das wir und nicht das Land Tirol veranlassen sollten, sagte er nicht nein.«
»Wieso ohne Tirol?« Habitzl zog die Augenbrauen hoch.
»Ich schlage vor, wir gehen auf Nummer Sicher. Wer weiß, was dem Tiroler Landeshauptmann alles einfällt, um das Projekt zu hintertreiben.«
»Hm. Sie haben recht.«
»In der Burg ist ausreichend im Busch. Bei der Wiederaufnahme von Macbeth soll Gaspari eine aktuelle Pförtnerszene geschrieben haben, die sich mit unserem Bundespräsidenten beschäftigt.«
»Alter Hut! War das nicht schon?«
»Sie ist noch nicht zur Aufführung gekommen. Gaspari ist sauer, weil er sie so schnell schreiben sollte. Jetzt tät er sich freuen, wenn sie nun endlich eingefügt wird, ich glaub, er hat sie sogar nochmals aktualisiert.« Habitzl erhob sich, stellte sich auf die Zehenspitzen.
»Ich möchte den Gaspari bei mir haben«, sagte er langsam. »Natürlich in staatsferner Gebotenheit, wie es so manche Künstler wünschen, aber doch uns umgehend dahin unterstützend, dass wir jetzt das Land sind, das weiß, was war, und daraus folgert, was künftig niemals zu geschehen hat, sondern was wirklich zum Wohle aller wird.«
»Sie meinen, Gaspari sollte nicht direkt auf den Bundespräsidenten zielen?«
»Es macht keinen schlanken Fuß, wenn ich als Kanzler den Präsidenten attackieren lasse. Ich vertrete ihn lieber.« Er lächelte schwach. »Weiter.«

»Also auf dem Gebiet der Literatur müsste noch einiges geschehen. Muthesius hat einen Stückauftrag von Schönn, da gibts für uns nichts zu tun, da ist der Deckel drauf.«
»Der Schönn soll tun, was er tut.« Habitzls Lächeln war einer vagen Mürrischkeit gewichen. Katzenbeißer wusste, wie wenig Schönn dem Kanzler zupass kam mit seiner krawallistischen Art, in der Burg herumzufuhrwerken. Auch für Habitzl war die Burg ein österreichisches Heiligtum, das von dem Rheinländer sukzessive umfunktioniert wurde und nun als Lautsprecher für Politsprech auf unterschiedlichem Niveau fungierte. Katzenbeißer hatte dazu keine Meinung, er trennte den Burgkomplex einfach vom unter Kanzlerhoheit stehenden Bedenkjahrkomplex ab, aber so, dass es möglichst nicht auffiel.
»Wir sollten aus dem Spezialfond Mittel bereitstellen, damit ein breiter Fächer von literarischen Aktivitäten ausgebreitet werden kann«, sagte er. »Ich suche noch eine Art Kurator, der das koordiniert und uns wissen lässt, was geschieht.« Habitzl nickte. Nachher wandte sich Katzenbeißer den anderen Künsten zu, um sie in die Bedenkjahrkultur einzupassen. Dem Kanzler wurden seine Lider schwer. Katzenbeißer unterbrach und sorgte für Kaffee.

Tschonkovits hatte in den letzten Wochen vergebens versucht, bei Isaac Maxmann Einlass zu finden. Er wurde nicht mehr empfangen. Der Sommer neunzehnsiebenundachtzig in New York war schwül, und der Smog der Stadt umschmiegte den zur Untätigkeit verurteilten Tschonkovits, so empfand er es. Er zog zweimal um, schließlich aus Manhattan ins billigere Brooklyn und besah dann melancholisch von Brooklyn Heights die drübere Skyline. Jeden Mittag aß er bei der Polin in der Montague Street, spürte körperlich, wie seine Ersparnisse zusammenschrumpften. Auch seine

Versuche, in Wien irgendwelche Kontakte zu halten, und seien es wenig erhebliche, scheiterten. Es schien so, dass Tschonkovits sich vom Zauberer in einen Zauderer und Versager verwandelt hatte. Verzweifelt rief er schließlich doch beim Exkanzler Marits an, bekam dessen Frau ans Telefon. Er schilderte ihr anfangs stockend, hernach aber sprudelnd seine Situation. Thea Marits hörte sich alles geduldig an, bedeutete ihm hernach, sie könne auch nichts machen. Er sei der Zauberer, er möge sich auf seine eingeborenen Fähigkeiten verlassen und ihnen vertrauen.

»Aus dir spricht mein Meister Bartholomäus«, sagte Johannes nach einer kurzen Pause. »Du weißt es nicht, aber du hast mir sehr geholfen.« Thea Marits zog den Atem ein und legte auf. Tschonkovits betrachtete hierauf den Telefonhörer, murmelte etwas, das nach Schummigummikruzitex klang, und ließ den Hörer auf die Gabel gleiten. Es war vier Uhr früh, es war heiß, und wenn eine Brise beim Fenster hereinkam, wurde es noch heißer.

Nächsten Tag ging er in den Club Magicians, Ecke Eight Avenue und dreiundachtzigste Straße West. Lennart Black empfing ihn persönlich, als er erfuhr, dass ein Schüler von Bartholomäus Muck vor der Tür stand. Sie unterhielten sich zwei Stunden. Auf Blacks Empfehlung mietete Tschonkovits einen kleinen Raum in der Nähe des Clubs. Er begann trotz der Hitze zu trainieren. Black borgte ihm etwas Kleingeld, und Anfang September konnte Johannes mit einem kleinen, aber nicht unspektakulären Programm starten.

(Aus dem Tagebuch des jungen Keyntz)

31. 8. 1987

Ein Mann soll es so lange ohne Weib aushalten? Ich war grad in Wien, da hab ich mich nach Dolly zu sehnen begonnen. Ich kann kaum an sie denken, ohne dass ich gleich einen Ständer bekomm. Ich werde mir noch mein Hirn wegonanieren!

1. 9.

Jetzt hab ich doch nicht widerstehen können. Seit Wochen schlag ich mich mit dem Klavierauszug vom Requiem herum. Und nun beginnen bald die Proben. Mit meinem Zweifingergeklimper komm ich nicht weiter. Also, wie sag ichs dir, blödes Tagebuch? Rufe ich die Helen an, denn die kann ja toll Klavier spielen. Frage sie, ob sie mit mir den Klavierauszug durchgeht. Sie kommt prompt angetanzt. Sie fragt mich verwirrt, was sie mit dem Auszug soll, wenn ich kein Klavier hab. Ich sage ihr, eh blöd, daran hab ich gar nicht gedacht. Natürlich fragt sie mich, woran denn, und wir sind eben im Bett gelandet. Wie ich sage: Ein Mann kanns halt nicht ewig ohne aushalten.

2. 9.

Mutter hat mir geholfen, und seit heute steht ein Pianino bei mir. Grade war der taubstumme Srb hier und hat das Klavier gestimmt. Nun muss ich wieder Helen herholen, aber mit Sicherheit ohne Vögeln. Nur Brahms: Selig sind, die da Leid tragen, denn sie sollen getröstet werden.

Meine Schwester hat aber keiner getröstet, die hat ihr Leid mit ins Wasser genommen. Und der Karl Fraul rennt in der Stadt herum und spielt Theater und tut so, als wäre nix geschehen. Aber so ists eben. Das Leben geht weiter, auch für Arschlöcher ticken die Uhren, ficken die Huren. Was schreibe ich da? Na, wen fickt der Fraul wohl? Guido hat mir gesagt, dass er mit der von und zu Gehlen geht. Man wechselt die Frauen, spielt in dem Stück, dann eben in einem andern. Mutter freut sich, dass ich die Matura gemacht hab, ich bin erleichtert, der Scheiß ist over, aber eine schwimmt unter den Fischen in der Donau, eine darf nicht zuerst das eine tun und dann was anderes. Margit darf nicht nach dem Karl einen andern vögeln und sich freuen dabei, zum Beispiel den Guido. Dass ich ohne was zu wissen einfach so die Matura geschafft hab, das wundert mich. Mutter musste gleich gerührt davon sprechen, wie sich Vater gefreut hätte. Aber was mach ich jetzt? Ach was, Medizin. Oder doch Konservatorium?

4. 9.

Mit Helen kann man gut arbeiten. Sie kann auch improvisieren, nicht nur am Klavier, dieses Biest. Natürlich sind wir auch am Sofa nebeneinander gesessen und haben uns die Schallplatte angehört. Deutsches Requiem, Karajan, Singverein. Ihre Hüfte an meiner, dann greift sie mich unten an, das Requiem ist weitergelaufen. Ich kann irgendwie nix dagegen machen. Gehts der Dolly auch so? Das wäre aber superscheiße.

5. 9.

Mit Mutter beim Demel am Kohlmarkt. Sie will dauernd was wissen. Ich kann ihr nicht sagen, was ich jetzt machen möcht. Sie will unbedingt, dass ich mich entscheide. Ich darf machen, was ich will, aber etwas muss es sein und gleich. Ich hab ihr gesagt, sie soll mich nicht so drängen, sofort schluckt sie, und Tränen mitten unter den Leuten in der Konditorei. Ich habe mir gedacht, Mütter kann man

sich nicht aussuchen, hab meinen Orangensaft mit dem Strohröhrl aufgesaugt.
Ich hatte vergessen, dass sie nach dem Demel noch zur Margit wollte und zu Vater. Mit dem Taxi sind wir zum Zentralfriedhof gefahren.
Jetzt geh ich mit dem Tschurtschi ins Kino. The Big Easy mit Ellen Barkin. Geil.

6. 9.

Brief von Dolly. Die Segals kommen Ende September für eine Woche nach Wien. Supersuper. Gestern hätt ich dem Tschurtschi nach dem Film im Café Billroth fast von Helly erzählt, ich Trottel. Der hätts prompt der Dolly gesagt, wie ich den Neidhammel kenn.
Es muss aufhören. Morgen erste Probe Deutsches Requiem im Musikverein. »Die mit Tänen säen, werden mit Freuden ernten.« Jaja.

26.

Roman Apolloner hielt mich auf dem Laufenden, was Karl Frauls Krise betraf. Der Kerl kam von einer Malaise in die nächste. Die Selbstverhaderungen wegen Margit Keyntz dauerten ungewöhnlich lang. Dass er jetzt auf der Bühne nicht in eine eher simple Rolle hineinkomme, so Roman, habe seiner Meinung nach weniger mit Margits Tod als mit seinem heimlichen Geniebegriff zu tun, der am Panzer seines an ihm uninteressierten Vaters abpralle. Jene Rolle sei nur der Anlass.
Ich war in den letzten Monaten mehr in Hamburg als in Wien gewesen. Erst Besprechungen mit dem Verlag. Maier-Loschewitz lud mich am Abend vor meiner Abreise

ins Filmhauscafé in der Friedensallee zum Abendessen ein.
»Wie wärs«, sagte er, »wenn der Lyriker Paul Hirschfeld nunmehr die kleine Novelle zu einer großen macht, einer umfänglicheren?«
»Sie meinen«, sagte ich grob, »ich solle sie zu einem Roman aufblasen?«
Maier-Loschewitz nestelte an seiner Krawatte.
»Ihre Krawatte sitzt tadellos«, fuhr ich ihn an. »Kommt der Wunsch von ganz oben?«
»Ich finde, Sie hätten durchaus das Zeug zum Romancier«, sagte Maier-Loschewitz. »Ich will Ihnen aber nicht verhehlen, dass der Verlag nicht ganz unglücklich wäre, mit Paul Hirschfeld gelegentlich auch ein bisschen Geld zu verdienen.«
»Na bravo«, sagte ich und steckte mir eine Zigarette an. »Habt ihr nicht genug Bestsellerautoren? Die Consuelo Abrigas bringt euch doch Kohle genug, sodass ihr vielleicht ein paar Lyriker aushalten könnt, ohne mit dem Hut in der Hand –«
»Ehrlich gestanden, Herr Hirschfeld«, »ich würde diesen Wunsch des Hauses nicht weitertragen, wenn ich nicht überzeugt wäre, dass Sie eine wunderbare Prosa schreiben können. Sie wäre von Ihrer Lyrik durchzogen, hätte sprachlich was Funkelndes, und –«
»Ach hören Sie auf, mich mit Honigkuchen zu füttern«, unterbrach ich ihn. »Ich glaube Ihnen aufs Wort, dass Sie meinen, was Sie sagen. Unglücklicherweise gehört zum Romanschreiben nicht Ihr Glaube an mich, sondern mein eigner.«
Maier-Loschewitz lächelte. Wir aßen das Menü, ich begann mit dem Weintrinken, Maier-Loschewitz begnügte sich mit Wasser. Er verabschiedete sich und ging, ich blieb sitzen. Ein Filmemacher, dessen Vater ein berühmter Psychoanaly-

tiker war und sich naturgemäß mit seinem Sohn überworfen hatte, kam hereingetaumelt, am Arm eine Frau, die Mühe hatte, ihn auf den Beinen zu halten, und die sich gleichzeitig umschaute, ob sie wen finden könnte, der ihr den Kerl abnähme. Ihr Blick fiel auf mich. Sie kamen auf mich zu.

»Ist da nicht Ludwig Maier-Loschewitz von Ihrem Tisch aufgestanden und gegangen?«

»Das ist korrekt«, sagte ich.

»Ich bin Karin. Das da ist Günterchen …«

»… Wunderlich«, ergänzte ich. »Ich kenne ihn. Bitte setzen.«

Wir tranken die Nacht durch. Günter Wunderlich konnte nach einem Sitzschläfchen wieder ordentlich zulangen. Gegen vier brachten wir ihn heim, das war nicht weit und noch in Altona.

»Ich aber«, murmelte Karin, »habe keine Lust heimzugehen.«

»Wer täte dort auf dich warten?«

»Nicht einmal eine Katze«, sagte sie.

Nächsten Tag versäumte ich den Flug nach Wien. Ich hatte drei intensive und anstrengende Tage mit der Cutterin, die übrigens auch Loschewitz hieß, weil sie eine entfernte Kusine meines Lektors war. Sie setzte, als wäre sie bei dem Gespräch dabei gewesen, Maier-Loschewitz' Bemühungen fort, mich zum Romanschreiben zu überreden. Ich hatte ihr nach der ersten Nacht, wie ichs gern tat, Gedichte von mir vorgelesen, und zwar nicht nur nach dem Frühstück, sondern auch nach dem Mittagessen und nächtens. Ich war ein wenig geschmeichelt, weil sie von den Gedichten angetan war, ich war sehr geschmeichelt, weil sie von mir angetan war. Kurzum, das Ganze hätte sich ausgeweitet, doch sie musste nach Paris und einen Dokumentarfilm schneiden, und ich fuhr nach Wien zurück.

Wir telefonierten ständig, wir schrieben uns, nach zwei Wochen war ich wieder in Hamburg. Schließlich begann ich dort, meine Novelle herzunehmen und auf Möglichkeiten, sie zu erweitern, abzusuchen. Dabei fiel mir ein vor langer Zeit verworfener Stoff ein. Spaßeshalber begann ich die beiden Dinger zu verquicken, und seitdem saß ich teils in Hamburg, teils in Wien an dem Zeug und hatte bereits vergessen, wie ein Gedicht zu schreiben sei.

»Könntest du dir nicht einmal den Fraul vorknöpfen«, sagte Apolloner. »Auf dich hört er.«
»Hängt er noch immer im Pick Up herum?«
»Telefon hat er auch eins.«
Warum nicht, dachte ich mir. Mir schwebte in meinem Projekt eh so ein Typ wie Karl vor. Ich beschloss, ihn bissl abzuklopfen. Ich rief ihn an. Er freute sich. Ich bestellte ihn in die Meierei. Als er kam, wartete ich schon beim Ausgang.
»Gehen wir ein Stück.«
Er nickte und begann neben mir herzutrotten.

Katharina Dronte ging das Bild der beiden zusammengebrochenen Männer nicht aus dem Kopf. Peter Adel erholte sich schnell, es schien so, als sei überhaupt nichts mit ihm geschehen. Er ließ sich in der Herrengasse von Frau und Stieftochter verwöhnen, telefonierte einige Mal mit Zoltán Nemecsek und fuhr schließlich mit Margot nach Hamburg zurück. Den Sommer verbrachte er in London und hernach in Cornwall, wo sie ein kleines Landhaus von Freunden gemietet hatten. Mitte August kam Katharina von Hamburg wieder nach Wien in die Herrengasse für die Wiederaufnahmeproben der Phädra.
Sie ging abends mehrmals ins Pick Up, zumeist mit Bastian

Gruber, der sich wunderte, was die von ihm Angebetete in diesem Beisl wollte, wo weder er noch sie jemanden kannte. Bastian versuchte auf verschiedene Arten, die freundschaftliche Distanz zwischen sich und Katharina zu vermindern, aber sie blieb für ihn unnahbar. Er eröffnete ihr, dass er verzweifelt in sie verliebt sei.
»Mach keine Witze«, sagte sie. Sie standen an der zweiten Bar, und Katharina sah immer wieder an Bastians Rücken vorbei zum vorderen Raum. Karl Fraul ließ sich nicht blicken.
Hirschfeld und Katz kamen herein, Emanuel setzte sich sofort hinten an einen Nischentisch. Paul kam neben Katharina zu stehen. Während er auf seinen Wein wartete, beobachtete er die Frau neben sich aus den Augenwinkeln.
»Entschuldigen Sie«, sagte er und wandte sich mehr an Gruber als an Dronte, »Sie kommen mir beide bekannt vor, ich kriegs nicht raus.« Gruber zog eine Grimasse.
»Gehen Sie bisweilen ins Theater?«
»Das nicht. Außer mein Freund Fraul spielt. Ich heiße Hirschfeld.«
»Dann haben Sie Fraul und mich in der Phädra gesehen«, sagte Katharina und gab ihm die Hand.
»Und mich in Macbeth.« Bastian Gruber deutete eine Verbeugung an.
»Sicher«, sagte Hirschfeld, nickte und ging mit seinem Glas zu Emanuel. Kaum hatte er sich hingesetzt, stand Katharina vor ihm.
»Wenn Sie ein Freund von Karl sind … Wie geht es ihm?«
»Jetzt? Weiß nicht. Ich war länger nicht in Wien. Bin soeben von Hamburg gekommen.«
»Sie auch? Aha. Ich suche ihn.«
»Er hat Telefon.«
»Gib ihr doch Karls Nummer«, sagte Emanuel.

»Die habe ich ohnedies. Danke. Außerdem sehe ich ihn nächstens auf der Probe. Schönen Abend.« Katharina ging zu Gruber zurück, der ihr verdrossen entgegenblickte.
Am folgenden Tag rief sie Karl Fraul an.
»Ich wollte nur wissen, wie es dir geht. Ich bin aus Hamburg zurück.«
»Wusste gar nicht, dass du dort warst.«
»Wie gehts dir?«
»Super. Du hast mich ja erlebt. Und selber?«
»Wollen wir uns treffen?«
»Wir sehen uns nächsten Montag bei der Probe, oder?«
»Karl, es ist so schönes Wetter. Wollen wir nicht wo rausfahren?«
Karl schwieg und atmete in den Hörer. Er sah sich mit Plastiksackerln in den Lainzer Tiergarten hineinlaufen. Margit saß auf der Bank und wartete lächelnd auf ihn. Er hatte keine Puste mehr, schmiss sich neben sie hin, und sie umarmte ihn, er rang nach Luft.
»Okay«, sagte Fraul.
Er ging mit Katharina durchs Lainzer Tor, an der Hermesvilla vorüber und weiter und weiter, bis zu der Wiese, wo er einst die Parasole gefunden hatte. Sie setzten sich auf jene Bank. Karl begann von Margit zu erzählen. Als er ihr berichtete, sie seien damals auf dieser Bank gesessen, es war der Vortag der Proben zu Macbeth, schloss sie ihm mit einem Kuss den Mund. Sie blieben lange sitzen, die ersten Blätter fielen von den Bäumen.

Wir gingen einige Schritte auf der Hauptallee Richtung Lusthaus. Ich betrachtete Karl unauffällig von der Seite. Er tat so, als bemerkte er es nicht.
»Es herbstelt bereits«, sagte ich. »Wird von Jahr zu Jahr früher.«

»Wie war es in Hamburg?«, fragte er.
»Verlagsgeschichten. Von Hamburg habe ich nie viel. Ein bissl in der Friedenspfeife sitzen und mit Filmleuten deigetzen, das ist es schon.«
»Friedenspfeife?«
»Das Filmhaus in der Friedensallee. Wo ständig gestritten wird, denn die Filmleute fangen zu schimpfen an, bevor sie aus dem Bett gestiegen sind.«
»Soso.«
Wir gingen dahin, ich plauderte, Karl sprach in meine Plauderpausen einsilbig ein paar Wörter hinein, schien gut gelaunt. Als wir auf der Höhe des Stadionbades waren, zweigte er automatisch zum Heustadelwasser ab, der Weg wurde schmäler, wir gingen nun Schulter an Schulter. Ich holte Atem:
»Genug! Was ist los mit dir?« Er schaute mich kurz an, zuckte die Achseln.
»Ich kann nichts mehr, Paul. Es geht nichts mehr. Ich bin nichts mehr. Sonst ist alles in Ordnung.«
»Nett. Du gehst auf die dreißig und hast immer noch dein Vaterding laufen? Der Alte ist doch schwer in Ordnung, Karel. Viele täten sich so einen wünschen. Stattdessen haben die ihre weinerlichen Naziväter daheim, die vor dem Fernseher hocken, verfetten und versulzen. Dein Vater ist ein wacher, kritischer Zeitgenosse, der die alten Naziallüren seiner Generation aufdeckt und gegen diese Windmühlen anreitet, wieder und wieder.«
»Glaubst du«, sagte Karl und öffnete die Schleusen, »dass ein Mensch ohne ein Gramm Gefühl für irgendwen als Gerechter und als moralischer Warner glaubwürdig ist? Ihr kennt ihn nicht, diesen selbstgefälligen Menschen, der alle und jeden ausschließlich danach beurteilt, ob er damals – ein Lieblingswort von ihm – seinen Mann gestanden hätte,

sprich: dem Standortarzt Eduard Wirths manipulieren hätte können, sich vor Moll nicht angeschissen hätte, Respekt bei Höß sich verdient hätte, ob er Tod und Sterben ausgehalten hätte mit Blick auf eine revolutionäre Zukunft. Jeder, und ich besonders, musste selbst beim Arschauswischen beweisen, dass man ein Held gewesen wäre, so wie er ein Riese an Anstand, an Mut, an Solidarität war – und ein Zwerg an Mitgefühl. Bis heute ist er einfach das antifaschistische Heldenarschloch, da beißt keine Maus einen Faden ab.«

Fraul blieb stehen und begann mit den Armen zu schlenkern.

»Und meine Mutter, die eine unpolitische Jüdin ist und sich seit damals nur fürchtet vor den Bestien, die ihre Familie ausgelöscht haben – und daran waren ihrer Meinung nach eh fast alle beteiligt, die damals in Deutschland gelebt hatten –, meine Mutter wird von ihm verachtet, herzenstief verachtet, sage ich dir. Auf dieser Verachtung liegt eine hauchdünne Schicht Fürsorge und Höflichkeit drauf. Mama ists, die ihn aus seinen Albträumen reißt. Um ihre kümmert er sich nicht. Mir nimmt er meinen Beruf übel; stattdessen sollte ich zurückrennen, mich in ein KZ sperren lassen und mich bewähren.«

Fraul hielt mich an den Schultern fest, sein Atem wehte in mein Gesicht.

»Er hat gar nicht begriffen, dass die Schauspielerei die einzige Chance ist, wieder im KZ zu sitzen, wieder das Damals durchzukauen.«

Karl hielt inne.

»Paul«, flüsterte er, »kann es sein, dass ich deswegen den blöden Ruben nicht derspiel?«

»Du bist ganz von selbst draufgekommen. Allerhand.«

»Deswegen war mir der Hochroitzpointner so ein Genuss.

Ich spiele besser die Arschlöcher, weil ich noch ein größeres bin als er. Ich bin ein Arschloch ohne KZ- und Widerstandsbonus. Ich bin ein nackertes Arschloch. Deswegen, Hirschfeld, bin ich überhaupt so ein genialer Darsteller.«
Fraul meckerte.
»Weil nur nackerte Arschlöcher wirklich gut sein können. Aber mein Vater wäre noch ein besserer Schauspieler geworden, als ich es je sein werde, sag ich dir. Don Quixote mit rotem Winkel. Mit einem heißen Herzen in einem Brustkorb aus Eis kann man jeden Text sprechen.«
»Du vergisst den Kopf, Bursche!«
»Mit dem Kopf redet man nur«, sagte Fraul laut. Der Spaniel, der uns entgegenkam, bellte und knurrte erschrocken zu Karl hinauf.
»Der Kopf ist dazu da, dass du deinen Vater einmal von dir losbinden kannst«, sagte ich.
»Ich merk schon, Paul, du willst mich auf eine Couch schubsen.«
»Ich? Bewahre.«
Schweigend marschierten wir weiter. Als wir unter der Tangente durchgingen, legte ich meinen Arm auf seine Schulter.
»Das Verzwickte ist, dass du ohne deine Vaternummer kein Schauspieler geworden wärst. Oder nicht so einer. Jetzt bist du aber schon der, der du bist. Du brauchst die Nummer nicht mehr. Im Gegenteil. Jetzt hast du den Salat, siehe Ruben.«
»Woher weißt du das?«
»Weil ich von mir red«, sagte ich grob, und ein Ärger stieg in mir hoch. »Das ist ja die ganze Geige, dass sie bearbeitet und traktiert werden muss, bis du ihr Melodien entlocken kannst. Was ich für Blödheiten anstellen musste, bis mir

eine Verszeile gelang, wenn überhaupt. Man zahlt für alles. Es ist das sogenannte Seelengeld.«

Der Ärger offenbarte mir, dass ich voller Belehrungen steckte. Ich bin kein Poet, ich bin ein Lehrer.

»Entschuldige. Ich wollte dich nicht belehren.«

»Ich empfinde dich nicht als Lehrer. Du kommst mir eher vor wie ein Handlungsreisender in Konflikten. Kaum steht einer in seinem Dreckhaufen, kommst du und bietest eine Schaufel an.«

»Und meine Gedichte?«

»Du solltest einmal ein Stück für mich schreiben.«

Wir lachten und umrundeten das Lusthaus.

»Was macht die Efef?« fragte ich ihn, als wir unter den Kastanienbäumen zurückgingen.

»Efef?«

»Frauenfront.«

»Dass du mich das ausgerechnet jetzt fragst.«

»Was Neues im Busch?« Karl nickte und lächelte.

»Und die von Gehlen?«

»Die weiß nix. Außer dir weiß niemand davon.«

»Ich sage es niemandem außer meinen fünfzig Freunden.«

Wir gingen zurück in die Meierei, setzten uns unter einen Schirm und sprachen, bis die Sonne unterging und ein kühler Wind aufkam.

27.

Nach dem Tod von Emmy hatte sich Herbert Krieglach einige Tage in seinem Atelier verkrochen. Außer Hildegard ließ er niemanden an sich heran, sie saß ihm bei, wenn er vor seinen Bildern hockte und sich mit Schleiern vor den Augen in den Konturen verlor.

Zum Begräbnis war er im schwarzen Anzug mit dunkelroter Krawatte erschienen. Neben ihm ging die der Öffentlichkeit unbekannte Hildegard. Sie trug ein schwarzes Kostüm und sah aus, als wäre sie die jüngere Schwester der Verstorbenen. Sie stand neben Krieglach, als der die Kondolenzbezeugungen entgegennahm, nachdem der Sarg in die Erde gelassen worden war. Purr nickte ihr zu, die anderen gaben ihr automatisch die Hand.

Vierzehn Tage nach dem Begräbnis zog Hildegard Binswanger, eine Schweizerin, die seit einigen Jahren in Wien lebte und in der Galerie Winckelmann nächst Maria am Gestade beschäftigt war, bei Krieglach ein.

Während er im Atelier Studien von einer Sterbenden auf der Parkbank anfertigte und wieder zerriss, packte die Binswanger sämtliche Sachen von Emmy zusammen und ließ sie von der Caritas abholen. Sie stellte die Möbel in der Schadekgasse um, besorgte neues Geschirr, malte selbst aus, fuhr abends zu Herbert ins Atelier.

Nach weiteren vierzehn Tagen war Hildegard an Emmys Stelle getreten. Krieglach erschien mit Hildegard bei seinem Galeristen Helfried Teiler wie früher mit Emmy. Er begann auch die »Hüde« in aller Öffentlichkeit zu kommandieren, und hätte er sie nicht gelegentlich an fortgeschrittenen Abenden Emmy genannt, hätte Krieglachs Umgebung keine Erinnerung mehr an seine Frau gehabt. Die steirischen Verwandten von Emmy wandten sich von Herbert ab, ein Cousin fütterte den Erzfeind Martin Moldaschl mit Informationen über Krieglachs Herzenskälte.

Den Bildhauer focht das nicht an. Er nahm seine Arbeit wieder auf und begann die Serie Totentanz in Kakanien. Gleichzeitig wurde er bei der Kulturstadträtin Ebner vorstellig, scharrte vor ihrem Schreibtisch ironisch mit den Fü-

ßen und bat um einen Termin zur Aufstellung und Einweihung seines Denkmals.
»Dreizehnter März«, sagte er. »Keinen Tag später.«
Hedwig wiegte den Kopf, dann schüttelte sie ihn.
»Hat Schorsch noch nicht mit dir geredet?«
»I wo. Hat er nicht. Was gibts noch zu reden. Dreizehnter März. Passt doch!«
So ein Feigling, der Schorsch, dachte sich die Ebner. Sie stand auf, ging um den Schreibtisch herum, stellte sich Krieglach gegenüber auf, sah ihn von unten ins Gesicht und sagte leise:
»Erster September.«
»Da war gar nichts.«
»Beginn des Zweiten Weltkriegs.«
»Neununddreißig.«
»Eben. Nächstes Jahr zum fünfzigsten Jahrestag.«
Krieglach sah erstaunt auf ihr Gesicht hinunter.
»Nicht losbrüllen«, sagte sie. »Wegen Emmys Tod hat es Schorsch verschoben, dich davon zu informieren. Ich könnte dir nun eine Menge von Gründen nennen, warum die Errichtung vorher nicht möglich und von gewisser Seite auch nicht erwünscht ist. Das soll dir Schorsch aber selbst erklären. Wozu ist er der Bürgermeister?«
Krieglach sah aus, als wollte er der Kulturstadträtin eine Ohrfeige geben. Sie ging auch zwei Schritte zurück, zuckte mit den Achseln. Er drehte sich um, verließ ihr Büro und begann im Stiegenhaus zu schimpfen. In der Schadekgasse schnauzte er Hildegard an und forderte sie auf, ihn mit dem Bürgermeister zu verbinden.
»Da ist er«, sagte sie und reichte ihm den Hörer.
Nachdem Krieglach einige Minuten in den Apparat gebrüllt hatte, Purr hielt seinen Hörer anfangs weg vom Ohr und schaltete hernach auf laut, sodass Krieglachs Stimme

in die Vorzimmer und in drübere und druntere Stockwerke drang.

»Die Erklärung ist einfach«, sagte Purr, nachdem sich Krieglach heiser gebrüllt hatte, »unmittelbar nach dem Einmarsch Hitlers begannen bekanntlich die Drangsalierungen der jüdischen Bevölkerung mit Straßenwaschen undsoweiter.«

»Den Juden gibts doch eh bei mir, du weißt es.«

»Ja«, sagte Purr ernst, »diese Krötenfigur. Neben dem großen Monument den kleinen knienden, schrubbenden Juden. Du kannst dir denken, dass die Israelitische Kultusgemeinde«, Purr sprach diese zwei Wörter akzentuiert aus, »nicht an diese Demütigungen erinnert werden will. Weil dein Kunstwerk auch ein Antikriegsdenkmal ist, Gott sei Dank, ist der erste September geeignet. Das will ich mit dir nicht diskutieren. Das ist mit allen Maßgeblichen paktiert. Auch die Schwarzen geben nach.«

»Ich bin der Maßgebliche«, sagte Krieglach leise.

»Nein, Herbertl. Bist du nicht.«

»Die Juden also«, sagte Krieglach.

»Sei vorsichtig, was du jetzt sagen willst.«

»Ach was! Ich sage, was ich schon meiner Emmy gesagt hatte: Die überlebt habenden Juden müssen auch Demut lernen.«

»Zum dreizehnten März müssen sie gar nichts. Das diskutiere ich nicht.«

»Ich nehme die Kröte weg.«

Purr sagte nichts. Sie atmeten beide schwer.

»Nein. Ich nehme sie nicht weg. Ich hab eine Idee.«

Krieglach wechselte den Hörer zum anderen Ohr.

»Ich habe eine sehr gute Idee.«

»Lass hören«, sagte Purr müde.

»Das Werk ist noch nicht vollbracht.«

»Verstehe ich das so, dass du mit dem ersten September neunundachtzig einverstanden bist?«
»Ist mir egal.«
Krieglach legte auf. Hildegard hatte zugehört.
»Worüber freust du dich, Herbert?«
»Geht dich nichts an. Hör zu!«

Schönn setzte eine Pressekonferenz im Landtmann an, bei der er die Programmänderung für die Spielzeit neunzehnsiebenundachtzig/achtundachtzig bekanntgab. Der als Großkritiker bezeichnete Achim Habersatter hatte sich herabgelassen zu erscheinen, obwohl er von den ständigen Neu- und Umprogrammierungen des Schönn nichts hielt. Diese seien der organisatorische Spiegel dessen, was man von diesem Direktor auch auf der Bühne zu sehen bekomme. Überhaupt neigte Habersatter dazu, in den Chor der wütenden Anhänger der früheren Burg einzustimmen, nachdem er einige Zeit hindurch den neuen Kurs wohlwollend begleitet hatte. Solange Schönn auf der Bühne Umschichtungen, die man neuerdings auch Dekonstruktionen nannte, organisiert und zugleich Intensität und Textgenauigkeit mit wallfahrender Phantasie verknüpft hatte, folgte ihm Habersatter, warnte allerdings auch gelegentlich, dass diese Wallfahrten im realsozialistischen Absurdistan ihren Gral finden könnten. Je radikaler Schönns Politisierungen auf der Bühne wurden, desto mehr bedeckte Habersatter seine Augen und entlockte seiner Edelfeder pöbelhafte Ausdrücke, die sich von den Schimpfereien des Moldaschl bloß durch eine gewisse Kringelhaftigkeit unterschieden. Schließlich marschierte er in einer Front mit den Josefstädter Bandelkramern, benannt nach der Anführerin der Antischönnbewegung, die ein konservatives Kleidermodengeschäft in der Piaristengasse führte.

Schönn sah Habersatter, ging vor Beginn der Pressekonferenz zu ihm hin und schüttelte ihm die Hand.
»Sie werden sich riesig freuen, Herr Doktor Habersatter«, sagte er laut. »Bin beglückt, Sie wieder mal zu sehen.«
Habersatter lächelte schwach, erwiderte den Händedruck kaum, was Schönn dazu brachte, unmittelbar nach diesem Gruß seine Rechte anzuschauen und dann die Finger auszuschütteln.
»Er gibt mir so ungern die Hand«, wandte sich Schönn ans Auditorium, ging zurück, setzte sich vor die Journalisten hin, wartete, bis Rüdiger Scherfele neben ihm Platz genommen hatte, setzte seine Brille auf und las, was er zu sagen hatte, vom Blatt.
Er kündigte den HEILSBRINGER von Zoltán Nemecsek für das Frühjahr an, nannte den Premierentermin, sprach über die Besetzung, erwähnte mit keinem Wort, warum die Proben unterbrochen worden waren. Auch auf entsprechende Fragen ging er nicht ein.
»Zum Spielplan dieser Saison gehört es nicht, aber mit Vergnügen kündige ich Ihnen die Premiere des neuen Stückes von Raimund Muthesius an, welches am neunten November neunzehnachtundachtzig Uraufführung haben wird. Ich inszeniere, in den Hauptrollen Dauendin, von Gehlen, Gruber, Dünster und die Angela König, welche sich erstmals bereit erkärt hat, in einer Inszenierung meiner Wenigkeit mitzuwirken. Ich freue mich.«
Gemurmel und Erstaunen bei den Journalisten, denn die König hatte wie Vesely zu den Hauptgegnern im Ensemble gehört und musste zu Schönns Anfängen in Wien hochbezahlt spazieren gehen. Habersatter wollte wissen, wie das Stück heißt und warum es ausgerechnet am neunten November uraufgeführt werde. Schönn nickte zu dieser Frage, nannte den Titel des Stücks, VOM BALKON, und ließ die zweite Frage unbeantwortet.

»Darf ich Ihr Schweigen dahingehend interpretieren, dass Sie und Muthesius zum Jahrestag der Kristallnacht eine Geschmacklosigkeit vorhaben?«
»Wir werden«, antwortete Schönn, »zum Jahrestag der Reichspogromnacht das neue Stück von Muthesius uraufführen, jawoll.«
Übernächsten Tag erschien im Telegraph eine Polemik Habersatters gegen das neue Burgtheater, das wiederum dem Erzpolemiker Muthesius Gelegenheit gebe, seinen Unrat und seinen Österreichhass auf das Volk zu schütten. Martin Moldaschl begnügte sich mit einem Absatz:
»Der Rheinländer und der Oberösterreicher bereiten einen Skandal im sogenannten Bedenkjahr an der Burg vor. Wenn dieses Jahr, welches eigentlich an den Verlust der Selbstständigkeit Österreichs erinnern sollte, zu einem Bedenkjahr umgemünzt wird, bei dem die österreichische Kriegs- und Aufbaugeneration insgesamt an den Pranger gestellt werden wird, darf der Oberdeutsche nicht fehlen. Angeführt von den Berufsprotestierern des sogenannten Anderen Österreichs, klammheimlich unterstützt von den Roten unter dem neuen Häuptling und Salonbolschewiken Fritz Habitzl, ›begleitet‹ nicht nur mit Sympathie von gewissen Kreisen im überseeischen Ausland, muss nun auch die zu einem Politschmierentheater heruntergekommene Burg ins allgemeine Halali einstimmen. Was die allseits geschätzte Kammerschauspielerin Angela König in einem Stück von Muthesius verloren hat, bleibt uns einfachen und schlichten Gemütern ewiglich ein Rätsel. Welchem Druck wird sie wohl ausgesetzt sein? Das Bedenkjahr, ohnedies bloß ein Demagogenspektakel, wird wohl vorübergehen und mit ihm hoffentlich der ganze Spuk, meint – sich verwundert die Augen reibend – Ihr Kampl.«

Angela König bekam einen Tobsuchtsanfall, als sie in der Garderobe Moldaschls Artikel las. Sie wollte es ihrer Kollegin Dorsch gleichtun, die einst einem Kritiker eine Ohrfeige versetzt hatte, Moritz Vesely redete auf sie ein.

»Hör zu, Angela. Wir haben uns jetzt die falschen Freunde eingehandelt. Du und ich wissen, warum wir den Schönn abgelehnt haben. Du und ich wissen, dass er die Burg zu einem gewöhnlichen Agitproptheater herabgewürdigt hat, dass wir es mit unserem künstlerischen Gewissen nicht vereinbaren konnten, und so fort. Das da«, und Moritz schlug auf den Artikel in der Stunde, »hat mit unseren Beweggründen garnix zu tun. Beim Muthesius hast du eine tolle Rolle, es geht, wie bei ihm immer, ums österreichische Duckmäusertum. Was regst du dich auf? Ich beneide dich, ich darf bei ihm grad den Theseus machen, auch schon was.«

Angela umarmte ihn. »Wenn ich dich nicht hätte, Moritz, was tät ich noch auf diesem Theater?«

»Schon recht. Du hast mich ja.«

Und wen habe ich, dachte er, als er ihre Garderobe verließ. Schönn, der soeben zur König eilte, um sie zu beruhigen, fasste den an ihm vorbeigehenden Vesely am Ellenbogen.

»Apropos, Moritz. Muthesius hat für dich eine kleine, feine Rolle hinzugefügt. Sei so gut, hole dir den Text bei Rüdiger.«

»Was für eineRolle?«

»Den Chef der Burghauptmannschaft.«

»Kurios! Bin neugierig!« Während Schönn die Garderobe der König betrat, stieg Vesely die Stufen hinauf zur Dramaturgie. Den Schönn habe ich im Sackerl, dachte er. An mir führt eben kein Weg vorbei.

28.

Kaum hatte ich mich in der Grillparzerstraße ein wenig eingerichtet, kaum war ich aus Deutschland zurückgekommen, wo meine Mutter mir unter den Händen verkalkte, erfasste mich eine Traurigkeit, die ich nicht an mir kannte. Ich saß unter meinen Möbeln in der neuen Wohnung, schaute vom Balkon aufs Burgtheater und dachte: Astrid, was tust du? Ich hockte da und harrte mit einem Gefühl vollkommener Zerfledderung der neuen Saison entgegen. Wir nahmen die Proben zum HEILSBRINGER von Nemecsek wieder auf.

Karel kam ein- oder zweimal mit mir in die Grillparzerstraße, wir schliefen zur Einweihung miteinander, aber es war, als hätte sich seine Haut mit einer Eiskruste überzogen. Ich kam mir vor, als müsste ich um jeden Blick betteln, es war unwürdig und demütigend.

Mein Felix hatte sich nun mit Judith zusammengetan, sie ist bei uns eingezogen, sie ist bei ihm eingezogen, das Kind liegt in meinem Zimmer, es schaut jeden Tag auf meine Pappel.

Die Grundübung von Fraul ist über den Sommer die gleiche geblieben. Er motzt rum, spielt den Ruben entweder als Automaten oder als greinendes Kind, nur nicht, wie es die Rolle verlangt. Wir stehen allesamt um ihn herum, versuchen ihm zu helfen, dass er sich wenigstens annähert, aber tote Hose. In mir stieg ein derartiger Widerwillen gegen Karl hoch, dass mir übel wurde, wenn ich mir seine trotzig-kindische Visage bloß vorstellte. Ich hatte die Rolle der Esther angenommen, leider, leider, ich bin die jüdische Fürsorgerin, eine, die immer versucht, Kompromisse mit der deutschen Besatzung schönzureden und den Judenältesten zu stützen. Mit Vesely geht es glän-

zend. Es ist ein Vergnügen, mit diesem Griesgram zu arbeiten.
Also Fürsorgerin auf der Bühne, Fürsorgerin in meiner Beziehung, dass ich nicht röhre, Beziehung …, ich merke, dass meine Stimme rau wird, vor allem auf der Bühne klingt aus mir ein feldwebelhafter Ton. »Baue dir einen sachlichen Engel«, sagte Peterchen und warf den Kopf zurück. Das tat er immer, wenn ein Einfall ihn selbst begeisterte.
Als ich heute früh erwachte, stand mir deutlich vor Augen, dass Karl im Begriff war, mich zu zerstören. Ich muss ihn aus dem Stück werfen. Ich beschloss, sofort mit Peterchen zu reden. Beim Duschen wurde mir schlecht, mit brennendem Magen besah ich mich im Spiegel. Astrid, du blöde Schnalle, du alterst im selben Tempo, in dem Mama verkalkt. Du kannst keinen Mann halten, vorbei. Klar, haben wollen sie mich alle. Wundervoll, die große von Gehlen im Bett zu haben. Klasse. Super. Mich meinen die nicht. Schon lang nicht mehr. Für Karel war ich bloß ne Sprosse. Nee, das stimmt so nich, das hätte ich doch merken müssen, auf seine Art – ach was, welche Art, er ist einfach doch so ein Arschloch, wie seine Margit schon richtig bemerkt hatte. Dem zeig ich jetzt mal was. Den kipp ich aus dem Stück. Ich bin immer noch die Astrid von Gehlen und nicht irgendeine Tussi.
Die Übelkeit war wie fortgeblasen, ich frühstückte im Landtmann, schlenderte gemächlich ins Haus, fragte Rüdiger nach Peter. Der saß in der Kantine und blätterte in seinem über und über buntbekleckten Regiebuch, trank ein kleines Bierchen, das wunderte mich.
»Da bist du«, sagte er, küsste mich laut auf beide Wangen.
»Hör zu«, sagte ich ohne Umschweife. »Ich kann mit dem Fraul nicht mehr. Ich kann nicht privat, ich kann nicht auf

der Bühne. Glaube mir, ich habs versucht, versucht, versucht.«
»Nein, was wird denn das wieder?«, begann er mich sofort mit verzerrtem Gesicht anzujaulen.
»Keine Widerrede, mein Entschluss steht. Er oder ich. Gib mir ne Zigarette!«
»Ich hab keine.«
»Seit wann hast du keine Zigarette für mich? Hattest du doch immer.«
»Schluss, Frau von Gehlen. Sie spielen, Fraul spielt. Ich lass mich weder von dir noch von ihm ficken.«
»Ich bin durch«, sagte ich ihm entschlossen, während unter dem Tisch beide Knie zu zittern begannen. Adel erhob sich, schaute mich an, als wollte er mir ins Gesicht spucken, ich wich etwas zurück. Er nahm meinen Arm.
»Gehen wir rauf zu Dietger.«
Bei Schönn legte er sofort los. »Rette mich vor dieser Megäre«, sagte er und schmiss sich in einen Stuhl.
»Nanu? Raus aus meinem Büro.«
»Im Gegenteil«, sagte ich, stellte mich vor Schönn. »Dietger, schmeiß den Fraul raus und nimm stattdessen den jungen Kriehuber. Karl will die Rolle nicht, aber er gibts nicht zu. Karl schikaniert alle, ich kann mich nicht mehr konzentrieren, er entlockt mir, ohne dass ich was machen kann, Töne, die nicht zur Figur passen, er konterkariert mich, er machts einfach, es ist ihm schnurz, er ist ein –«
»Seit wann«, unterbrach mich Schönn, »vermischst du –«
»Ich vermische nichts«, sagte ich schnell. »Und falls doch? Es ist wurscht. Er oder ich.«
Schönn sah auf Adel. Der betrachtete seine Fingernägel, stand auf, sah mich fast zärtlich an.
»Wenn ich von zwei Übeln eins wählen soll«, sagte er und besprühte mein Gesicht, »dann wähle ich keins. Dietger,

ich lass es. Ich lass es einfach. Ich nehme meine Margot und fahr nach Hamburg.«
Ich zog mein Taschentuch heraus, wischte mir übers Gesicht. Die Übelkeit kam zurück.
»Ich akzeptiere«, sagte Schönn schnell. Adel schaute ihn erstaunt an. »Und ich hab zu tun. Wenn ihr entschuldigt …«
Wir gingen die Stufen hinunter.
»Und jetzt?« Ich nahm an, Adel ist auf immer gekränkt und wird den Schönn nie mehr grüßen.
»Dein Problem.« Er kicherte, verließ das Theater.
Ich ging zurück ins Landtmann. Nach einer halben Stunde fühlte ich mich so beschissen, dass sich alles in mir zusammenkrampfte. Ich rannte runter zur Toilette, schloss mich ein und heulte los. Die Toilettenfrau konnte mich sicherlich hören, aber das war mir egal. Beim Heulen kam mir das Essen hoch. Ich musste mich neben die Muschel hinknien und kotzte alles, was es an Menü gab, heraus. Zurück an meinem Tisch, saß Schönn dort. Er nickte, als ich mich niedersetzte. Er beugte sich vor, nahm meine Schultern und schüttelte mich schwach. Er lächelte.
»Ich lass dich raus.«
»Du beharrst auf dem Fraul?«
»Ich lass dich raus.«
»Ich danke dir. Scheiße.«
»Ich muss überlegen. Das wärs.«
Er ließ mich im Landtmann zurück. Alle lassen mich. Mir ist öde, einfach nur öde zumute.
Abends rief mich Felix an.
»Sollen wir dich besuchen kommen?«
»Du würdest mir genügen.«
»Ah gut. Okay. Ich komme.«
Wir redeten lange. Es tat mir gut. Als er mir, bevor er ging, mitteilte, dass Schönn ihm gesagt hatte, Nemecsek über-

nehme die Regie, war ich ganz froh. Denn das Stück ist großartig. Doch nachts nagte es an mir. Fraul hatte gewonnen. Fraul hatte mich herausgekickt. Ich bin nix, garnix. Ob ich die Burg insgesamt hinschmeiße?

29.

(Aus dem Tagebuch des jungen Keyntz)
6. 10. 1987

Gestern ist Dolores abgeflogen. Ich vermisse sie schon. Es ist ein Wahnsinn.

Zu den hohen Feiertagen ist sie mit ihren Alten nach Wien gekommen. Ich hatte sie am Flughafen abgeholt, Rosen in der Hand, eine Stunde gewartet, EL AL eben. Sie sind herausgekommen, die Eltern haben mich geküsst und sind weitergegangen und haben mich mit Dolly allein gelassen. Es waren zwar hundert Leute um uns, aber wir haben uns toll umarmt. In mir ist eine Melodie aufgestiegen, gleichzeitig hats geflattert im Bauch, und ich hab einen Ständer bekommen, sie hat ihn gespürt und mir unter die Jacke gegriffen und mich in den Hintern gezwickt.

Sie ist am selben Abend zu mir in die Hardtgasse gekommen. Mutter war vorher da und hat mir beim Aufräumen geholfen. Dolores hat sich nachher zum Pianino gesetzt und bissl herumgeklimpert.

Ich war mit ihnen bei Rosch ha-Schana in der Synagoge. Ernst Segal hat dort anscheinend einen Stammplatz, ich durfte neben ihm sitzen. Die haben jetzt irgendein Fünftausenderjahr. Zu Jom Kippur hat mir die Dolly gesagt, bräuchte ich nicht mitgehen, da darf man über vierundzwanzig Stunden weder was essen noch trinken, sich nicht waschen. Sie selbst fastet diesmal, früher hat sie das nicht

gemacht und auch ihre Alten nicht. Wird man in Israel religiös?
Wir waren viel zusammen und im Kino, im Konzerthaus, Hagen Quartett, ich habe ihr vom Singverein erzählt und wollte sie auf eine Probe für das Brahmsrequiem mitnehmen, aber das wollte sie nicht, sie mag keine Requien. Irgendwie war ich deswegen sauer, aber ich habe es mir nicht anmerken lassen.

7. 10.

Gestern wieder Probe. Schurin hat auf einmal gesagt, die kräftigen Stimmen etwas leiser, und hat mich angeschaut. Vor allem beim ersten Baritonsolo reißt es mich immer so mit, wenn der Chor einsetzt, dass ich herauszuhören bin. Guido hat gesagt, wichtig ists, den anderen zuzuhören. Das gilt nicht nur beim Singen. Ich hab dem Tschurtschi von den Tagen mit Dolly erzählt, das heißt zu erzählen versucht. Wir haben uns wie in früheren Zeiten im Billroth getroffen. Der redet nur von sich. Seit er Elektrotechnik studiert, hat er aufgehört, mir zuzuhören. Er schüttet mich mit seinen Weibergeschichten zu. Fixe Beziehungen mag er nicht, die sind zum Verspießern da, meint er. Dann haut er mir auf die Schulter und sagt, bei der Dolly tät ers auch eine Weile aushalten. Ich glaub, der hat keine Frauen, bloß eine große Goschn.

8. 10.

Den Bariton beim Brahms wird der Höppner singen, den ich mit Margit als Escamillo gesehen hab. Was würde Vater sagen, wenn er mich da im Chor hören könnte?
Dolores hat unseren Pakt jetzt ihren Eltern verklickert. Wir haben ausgemacht, dass sie nach der Matura nach Wien zurückkommt, auch wenn sie noch nicht weiß, was

sie hier studieren will. Vielleicht Germanistik. Sie fragte mich, ob ich zu Weihnachten nach Israel komme. Weihnachten ist weit.

9. 10.

Guido hat mir von Fraul erzählt, dass der während einer Probe zu einem neuen Stück zusammengebrochen ist. Kismet.
Vorhin war Helen da und hat mir erklärt, dass sie Schluss macht, sie hat keinen Bock auf zweite Geige. Das find ich okay. Sie ist dann gleich gegangen. Aber es wurmt mich, dass ich mir jetzt einen Korrepetitor suchen muss. Ich sollte mehr Klavier spielen. Ich sollte, ich müsste. Soll sie wegbleiben.

10. 10.

Mit Dolly telefoniert. Beim Tschurtschi bissl Gras.

Den Winter neunzehnsiebenundachtzig/achtundachtzig trafen sich Rosinger und Fraul wieder regelmäßig donnerstags, aßen beim Praterer und wanderten anschließend kreuz und quer in den Praterauen. Sie erzählten sich ihre südpolnischen Geschichten. Anfangs folgte Rosinger zögernd und sich immer wieder verstotternd. Ein fauliger Geschmack breitete sich nach den ersten Sätzen in seinem Mund aus.
Die jeweiligen Spaziergänge bestimmte Fraul, so wie er auch die Spielregeln festlegte. Immer nur eine Geschichte, immer aus dem persönlichen Erleben, keine bereits dokumentierte Story. Letzteres fiel ihm selbst schwer, und so brach er diese Regel öfter, wenn er aus der Erinnerung die Protokolle des Frankfurter Auschwitzprozesses zitierte.

Die Geschichten überwucherten die winterlichen Gänge, sie bildeten eine greifbare Vegetation, welche aus dem kahlen Geäst der Bäume an den Wegrändern herauswuchs, und der scharfe, frische Winterwind, der so gerne die Misteln der Bäume quälte, enthielt einen Geruch. Die beiden kräftigen Winterstürme, welche Fraul und Rosinger im Februar überraschten, rüttelten an ihren Schultern und ließen sie enger zusammenrücken, wenn sie schief gegen sie ankämpften. Fraul fürchtete vor allem die Äste, die abzubrechen und ihnen die Köpfe zu zerschlagen drohten. Rosinger hätte nichts dagegen gehabt, wenn es bei ihm auf diese Weise zu einem plötzlichen Ende gekommen wäre.

In den ersten Märztagen hatte der Frost nochmals kräftig zugelangt und ließ Rosingers Nase rinnen, während er, von eisigen Windböen unterbrochen, seine Geschichte erzählte.

»Der Lagerarzt Heinz Thilo war ein hinterhältiger Hund, das kann man sagen. Es gab im HKB immer wieder Häftlingspfleger, die ihre Kameraden vor Selektionen zur Gaskammer bewahren wollten. Sie kennen sicherlich besser als ich, was für Methoden die dafür hatten. Vor allem warnten sie die Betreffenden, sodass sich die vor der Selektion verstecken konnten. So war das oft.

Thilo winkte mich und Scherpe zu sich, und wir betraten gemeinsam den Block. Der Doktor stellte sich vor die Kranken hin, die vor ihm stramm zu stehen versuchten, die Pfleger zupften heimlich an dem oder jenem Hinfälligen herum. Bevor Thilo angerauscht kam, haben die sicher einigen Kranken Ohrfeigen gegeben, damit die eine gesündere Farbe im Gesicht hatten, das kannte man ja.

Der Thilo zog eine Liste hervor, er hat sie aus einer Mappe herausgenommen, und begann Häftlingsnummern vor-

zulesen, und die Betreffenden sollten Hier! brüllen. Na ja, manche konnten nicht mehr brüllen, aber das war dem Thilo egal. Er las weiter und sagte dann: ›Also. Alle, die ich vorgelesen habe und die Hier! gesagt haben, verbleiben. Der Rest besteigt den Lastwagen. Abtreten!‹«
Fraul blieb überrascht stehen.
»Eine Selektion der Versteckten? Das habe ich noch nie gehört.«
»Ich war dabei.«
»Ich glaub es Ihnen, Rosinger. Der Doktor Thilo war ein Schleicher. Als die erste Gruppe der Theresienstädter Juden nach Ablauf der sechs Monate liquidiert werden sollte, wollte man Unruhe vermeiden, denn einige der Theresienstädter ahnten etwas und begannen darüber zu reden. Man hatte ihnen gesagt, sie kämen in ein gutes Arbeitslager. Thilo suchte einige Häftlingspfleger, übergab ihnen Medikamente und ließ sie unter den Theresienstädtern verteilen. Das beruhigte die Gruppe, und so gingen sie ins Gas. Obwohl, auf dem Weg ins Gas werden sie nicht mehr ruhig gewesen sein, sie waren schon ein halbes Jahr in Auschwitz und lebten im Familienlager.«
Hinter dem Lusthaus vor dem Gösser Bierhimmel blieben Fraul und Rosinger stehen. Graue Wolken fuhren aus ihren Mündern, es begann zu graupeln. Sie beschlossen einzukehren und setzten sich im hinteren Raum neben den Ofen. Fraul bestellte für beide Tee mit Rum.
»Die Häftlingspfleger waren deshalb auch ohne Mut, denn es war kein Auskennen. An einem Tag war Unmögliches möglich, am nächsten wars umgekehrt. Wissen Sie noch, was Oswald Kaduk in Frankfurt empört dem Publikum gesagt hatte?« Fraul ahmte die bellende Stimme des Rapportführers nach:
»Im Krankenbau, da waren Häftlinge, die bekamen nach

einer Operation zwei Wochen Diät. Nach sechs Wochen sind diese Häftlinge dann ins Gas geschickt worden. Jetzt frage ich mich als Laie, was soll das?«

»Der Ossi«, murmelte Rosinger. »Eine Bestie wie Moll.«

Am Heimweg hatte sich der Sturm gelegt. Es schneite dicke Flocken. Sie gingen die Hauptallee auf dem linken Reiterweg.

»Übrigens«, sagte Fraul, »Sie wissen vom Sonderkommando.«

»Damals nichts Genaues. Man hat rumgequatscht. Ich hab den Moll gekannt, aber was er zu tun gehabt hatte, wusste ich nicht.«

»Es waren die Unglücklichen, die anschließend in die Gaskammern mussten und sie leeren, sauber machen, den Menschen die Zähne ausbrechen und so weiter. Sie waren abgesondert von uns, bekamen besseres Essen und Schnaps.«

»Und wurden nach ein paar Wochen selbst liquidiert«, sagte Rosinger. »Inzwischen weiß ich das.«

»Ein Transport griechischer Juden aus Korfu sollte Mitte Juli neunzehnvierundvierzig im Sonderkommando schuften. Die haben sich alle geweigert.«

»Sind gleich ...?«

»Sofort.«

Eine Frau auf einem Pferd kam an ihnen vorüber.

»Die reitet auch im Winter«, sagte Rosinger.

»In Auschwitz blieb Heldentum zu oft unerkannt«, sagte Fraul.

30.

Wissenschaftsminister Gall empfing den Herausgeber der Stunde Django Scheinotter im Ministerium: »Ich bin in Eile, daher gleich in medias res. Das Mahnmal wird auf dem Albertinaplatz nun doch nicht zu verhindern sein.«

»Wissen Sie, Herr Minister«, sagte Scheinotter, »mit juridischen Spitzfindigkeiten kommen wir nicht weiter. Als das Projekt der Tiefgarage noch aktuell war, sprachen Sie von Denkmalbauproblemen wegen der Fundamente, die durch die Garage belastet wären, während Krieglach gegen die Tiefgarage einwandte, es sei pietätvoller, den über dreihundert Bombentoten des Philipphofs im Nachhinein je einen Parkplatz zuzuweisen. Damit hatte er die Lacher auf seiner Seite.«

»Entschuldigen Sie, Herr Scheinotter, ich war ja nie für die Parkgarage. Ich habe lediglich betont, dass im Tauschvertrag zwischen der Gemeinde Wien und der Republik Österreich festgehalten war, dass der Albertinaplatz unverbaut bleiben muss, unabhängig davon, ob man unterirdisch eine Garage errichtet.«

»Und dann wurde palavert, dass Zeitungskioske als unverbaut, ein Denkmal aber als Verbauung zu werten wäre. Spitzfindigkeiten sind das, Herr Minister. Uns geht es doch darum, dass mit dem Bauwerk des Waisbeschimpfers Krieglach die linke Jagdgesellschaft einen weiteren Triumph feiern könnte.«

»Das mag sein«, sagte Gall verdrossen, »aber im Bedenkjahr können wir und sollen wir nicht die Errichtung eines Mahnmals gegen Krieg und Faschismus hintertreiben. Mein Vater wurde von den Nazis ermordet.«

»Es geht nicht um die Verhinderung eines Mahnmalbaus generell, Herr Minister. Aber es sollte eben nicht vom Stalinisten Krieglach erdacht und durchgeführt werden. Und nicht am Albertinaplatz, erstens aus Pietätsgründen und zwotens, weil es bloß dem Prestige der linken Reichshälfte dient.«

»Also zwotens wäre mir egal, Herr Scheinotter.« Scheinotter verzog das Gesicht.

»Ich plane eine neue Kampagne gegen Krieglach. Zugleich wollen wir uns auch für Sie verwenden und alle Rücktrittsaufforderungen zurückweisen. Kann ich auf Ihre wohlwollende Duldung zählen?«

Der Minister nickte, sah auf die Uhr.

Einige Tage später eröffnete Moldaschl in der Stunde die Offensive gegen Krieglach:

»Da will uns der Holzpferdkavallerist Herbert Krieglach mit seinem Antifaschistendenkmal hinter der Oper eine Freude machen. Jauchzen und tanzen sollten wir, dass sich ein rabiater Kommunist so sehr gegen den verblichenen Faschismus einsetzt, dankbar sollten wir ihm darüber hinaus sein, dass er noch nicht den Wunsch geäußert hat, am Heldenplatz ein Stalindenkmal zu errichten, denn Stalin war in seinen Augen ein Friedensfreund und der effektivste Bekämpfer des Hitlerismus. Früher wusste die österreichische Bevölkerung noch rein gar nichts von den Sympathien des Künschtlers Krieglach für seinen Genossen Stalin, heute aber wird sie das nicht hinnehmen. Es ist nämlich gar kein Unterschied zwischen Faschismus und Stalinismus auszumachen. War beim Stalin der Kapitalist der Klassenfeind, wars beim Hitler der Jude. Beide Monster haben Millionen Menschen auf dem Gewissen.

Wer also gegen Hitler und seine Nazis gewesen ist, der musste als denkender Mensch Stalin gradso ablehnen. Und daher braucht er sich auch kein Antifaschistendenkmal ge-

fallen lassen, das ausgerechnet ein Stalinist geschaffen hat. Deswegen hat sich eine breite Front der Ablehnung gegen die Errichtung eines solchen Machwerks an einem der schönsten Plätze Wiens gebildet. Prompt reagierte unser Freund Krieglach mit einer für ihn kennzeichnenden Rabiatheit und schloss seinen Protestbrief an Minister Gall mit der Formel: ›Mit Reichskulturkammergruß.‹
Reich kann Herbert Krieglach in der von ihm gehassten kapitalistischen Welt noch werden – fein gewiss nicht mehr, meint Ihr Kampl.«

Im Zentralorgan der Volkspartei betonte man, dass der Denkmalbauer auch der Schöpfer des Holzpferdes gegen unseren Bundespräsidenten Johann Wais sei. Durch dieses Pferd werde Doktor Wais unentwegt diffamiert. Wo der Bundespräsident auftrete und seine Pflicht als Staatsoberhaupt getreulich wahrnehme, stünde auch schon das Holzpferd da. Und das werde ausgerechnet jenem Bundespräsidenten angetan, dem einer der wenigen autorisierten Nazigegner, nämlich der jüdische Mitbürger Tuvia Dorfmann, Schuldlosigkeit und Integrität bescheinigt. Bundeskanzler Habitzl sollte seine Zuschauerloge verlassen und klare, versöhnende und einigende Worte sprechen. Dann könne auch das Denkmal ein Mahnmal nicht nur für gestern, sondern auch für heute und morgen werden. Wo immer es stünde.

Edmund hatte sich alles hergerichtet, was er für die Wanderung am nächsten Tag benötigte. Rosa sah ihm dabei zu, wollte ihn fragen, warum er so früh im Jahr zu einer Bergwanderung aufbrechen musste, ließ es bleiben und schwieg. Sie wollte nach dem Abendessen das Konzert in Österreich 1 hören, er hatte nichts dagegen, nahm den neuesten Mahnruf zur Hand. Aus dem Radio erscholl ein Chor. Rosa saß aufgerichtet in ihrem Stuhl und hatte ihr Antlitz dem Apparat zugewandt.

Edmund räusperte sich, sah von der Zeitschrift hoch.

»Was singen die da? Und alles Fleisch, es ist wie Rauch?« Sein Gesicht war blass geworden, er überlegte, ob er aufstehen und das Radio abdrehen sollte. Rosa sah erschrocken zu ihm hin.

»Sie singen: Und alles Fleisch, es ist wie Gras.«

»Wie Gas? Woher wissen die das? Was ist das überhaupt, wer singt was?«

»Edmund! Brahms, Deutsches Requiem. Sie singen, hör doch.«

Rosa bewegte die Lippen zum Chorgesang: »... und alles Fleisch, es ist wie Gras und alle Herrlichkeit des Menschen ...«

»Achso.«

Fraul nahm die Lektüre des Mahnruf wieder auf.

»Ich dreh besser ab«, sagte Rosa.

»Wieso denn. Hör weiter. Es ist doch schön.«

Rosa drehte das Radio ab, holte das Buch vom Fensterbrett.

Morgens verließ Fraul die Wohnung zeitig, fuhr zum Südbahnhof und von dort mit dem Zug nach Hirschwang. Er bestieg die Gondel und fuhr die Rax hinauf. Er hatte vor, übers Plateau zu gehen, beim Karl Ludwig Haus zum Preiner Gscheid abzusteigen. Von der Bergstation zog er los, er hatte Skistöcke mitgenommen, die er nun beim schneebedeckten Weg zum Ottohaus gebrauchen konnte. Das Wetter war mild, der Wind war nicht mehr eisig, sondern massierte angenehm Frauls Gesicht. Als er das Ottohaus sah, blieb er stehen, setzte sich auf einen Stein.

Die Rax hat immer noch so viel Friedliches, dachte er. Auf

ihr lebend, in ihren Hütten verborgen, könnte die Menschheit überdauern. Nicht nur die Schutzbündler damals. Auch der Ferdl, bevor er nach Spanien ging: hier auf der Rax. Nach dem Feber. Und der Ressel hatte den Egger dahier erkannt und ist sofort vor Aufregung gestorben. War das hier oder im Ludwighaus?

Jaja. Überall waren sie, die Nazis, und sind sie. Selbst auf der Rax ist man nicht sicher vor ihnen. Der Schädelknacker rennt frei herum, der Ressel liegt unter der Erde.

Im Ottohaus aß Fraul zu Mittag, er sah zum Schneeberg hinüber.

Nachdem er aufgegessen hatte, brach er auf. Er ging auf dem Plateau vorbei an der Neuen Seehütte und steil hinauf zum Trinksteinsattel, um hernach über die Almwiesen zum Habsburghaus zu gelangen. Während er dahinschritt, grieselte sich der Himmel ein, Flocken fielen, schräg und schräger. Ein Sturm schien aufzukommen. Fraul wanderte unverdrossen weiter, achtete nicht auf den wechselnden Himmel und das flackernde Licht, welches Fels und Buschwerk koboldisierte. Rechts neben Fraul ging sein alter Turnlehrer und zählte ihm mit lauter werdender Stimme seine Schritte vor.

»Zweidreizack und trittsicher bleiben, zweidreivier und in den Knien federn.«

»Professor Wolfsgang«, entfuhr es Fraul, aber links von ihm stapfte Brauneis.

»Achte nicht auf den Scheißnazi, Edi. Wir sind auf der Rax. Weiter zum Grieskogel und hinein in die neue Zeit.«

Robert Heller griff Fraul von hinten in den Rucksack, holte Flußkrebse heraus, wollte sie wegwerfen, doch einer verfing sich im plötzlich hervorsprießenden Bart von Bobby.

»Weg mit dem Unrat«, rief Heller. »Nach Spanien gehts bloß mit leichtem Gepäck.«

Fraul kämpfte mit seinem Atem. Stehenbleibend, blickte er hoch. Die Landschaft war verschwunden. Wolken fetzten über seinem Kopf hin, es sauste, und die Echos des beginnenden Schneesturms brachen sich an den Felsnasen und Spalten, ein Gegröle setzte ein. Fraul band sich die Kapuze des Anoraks fest, sodass sie grad noch die Augen freiließ, auf deren Brauen sich mehr und mehr Schnee anstaute. Immer wieder musste er mit dem Fäustling die Lider vom Gegraupel befreien. Es sah aus, als sei Nebel eingefallen, denn wohin Fraul auch blickte, ihn umgab bloß Grau mit eingesprenkelten schwarzen Flecken. Er drehte sich mehrmals um und ging aufs Geratewohl zurück, falls es überhaupt ein Rückweg war.

Das rote Gesicht des Anton Egger, entblößt von dessen sich auffaltender Kapuze, war zentimeternahe an ihn herangerückt, ein Geruch von faulenden Zähnen fuhr ihm in die Nase.

»Hilfe«, rief Fraul und lauschte seinem Ruf und dessen Echos nach. Er warf die Stöcke weg, nahm den Rucksack vom Rücken, öffnete ihn und suchte nach seinem Kompass. Als er ihn ertastete, war der Rucksack bereits voll Schnee. Er zog das Instrument heraus, versuchte mit den Händen den Schnee aus dem Sack zu hieven. Einen Moment erwog er, alles herauszukippen, schließlich jankerte er den Rucksack auf den Rücken, wischte den Kompass frei. So stand er da, die Füße bereits knöcheltief im Schnee.

Dort musste es sein, dachte er und starrte ins Nichts hinein. Er ging los, vergaß die Stöcke, und Wolfgang kommandierte wiederum. Fraul stolperte, sah zu Boden und entdeckte einen leblosen Körper in einem roten Anorak. Er bückte sich, wischte das Gesicht frei und erkannte Rosa, die mit einem eigensinnigen Zug um das Kinn erfroren

war. Das mochte er nicht so recht glauben. Er sprach sie an, doch da sie nicht antwortete, zuckte er die Achseln, ließ sie, wo sie war, und stapfte weiter.
Nachdem er eine Weile dahinmarschiert war, überkam ihn eine nicht gelinde Müdigkeit. Er suchte sich etwas zum Hinsetzen, fand einen mugeligen Felsen mit festgefrorener Eismütze. Es wird mir ganz wohl, dachte er.
»Ferdl?«, murmelte Fraul, als ein Mann ihn an der Schulter wach stupste.
»Stehen Sie auf, kommen Sie.« Fraul nickte, erhob sich und schnaufte. Ein zweiter Mann trat auf die andere Seite, und beide schoben ihre Arme unter seine Achseln.
»In den Bunker?«
»Wir bringen Sie zur Seehütte. Uns wurde gottlob vom Wirt gemeldet, dass Sie zum Habsburghaus aufgebrochen waren.«
Fraul sah den Männern auf die Anoraks, an denen die Insignien der Bergrettung aufgenäht waren. Jäh konnte er ihre Walkie-Talkies hören.
Als sie die Seehütte erreichten, brach der Schneesturm zusammen. In Minuten klarte es auf, und der milde März lagerte wieder auf dem Plateau und um die Hütte. Fraul trank heißen Tee. Mit eigener Kraft, aber begleitet von den Rettungsleuten, gelangte er wieder zur Seilbahn und fuhr nach Hirschwang hinunter.

»Wie wars?«, fragte Rosa, als sie in der Hollandstraße vor dem Schlafengehen noch im Wohnzimmer saßen und Suppe aßen.
»Wie immer.«
»Karel will mit dir sprechen.«
»Jetzt?«
»Neinnein. Irgendwann.«

»Geht in Ordnung. Ich bin ein bisschen müde.« Er erhob sich.
»Ich sehe es. Schlaf gut.«
»Und du?«
»Ich lese noch ein wenig.«
»Lass sehen.«
Rosa zeigte ihm das Buch. Es war von Zoltán Nemecsek und hieß VATER ÜBERQUERT DIE STRASSE. Erzählungen.
»Gute Nacht.« Zur Überraschung beider beugte sich Edmund zu Rosa hinunter und küsste sie auf die Schläfe.

31.

Johann Wais stand wie so oft bewegungslos am Fenster der Präsidentschaftskanzlei. Adrian Novacek saß beim Tischerl neben dem großen Schreibtisch. Als die Kampagne gegen seinen Präsidenten richtig aufzukochen begann, hatte Novacek das Tischerl unter dem schweigenden Missfallen von Johann Wais aufgestellt, um »immer und drei Tage« präsent zu sein und alle Angriffe sofort medial abschmettern zu können. Er ordnete Papiere, sprach leise in den Rücken von Wais, ohne auf dessen Reaktionen zu achten.
Walter Weber klopfte an, trat sofort ein und eilte auf Wais zu.
»Die von dir gewünschte Historikerkommission ist zu einem von dir gewünschten Ergebnis gekommen«, verkündete er.
»So?«, machte Wais, wandte den Blick vom Reiterdenkmal ab und sah Weber bekümmert ins Gesicht. Er hatte diese Kommission, bestückt auch mit ausländischen Geschichts-

experten, einsetzen lassen, damit sich seine Verwicklung in die Geschehnisse des Holocaust in Nichts auflösen mochte.
»Es ist ein Sieg«, sagte Weber und hob sein Kinn. »Natürlich, du hast von den Vorgängen mehr gewusst als bislang kommuniziert, aber ausdrücklichst: Mitwissen ist keine Mittäterschaft. Dein Vorgänger wird das Ergebnis der Kommission schon heute im Fernsehen verlesen.«
»Kein Sieg.«
»Bedenke: Maxmann nannte dich Bestandteil von Hitlers Tötungsmaschine. Übrig bleibt: du hast von Massakern, von Deportationen nur munkeln gehört.«
»Walter«, rief Novacek vom Tischerl herüber, »rede nicht alles klein! Die neueste Kampain hat die Anwesenheit von Johann in Saloniki während der Judendeportationen in den Mittelpunkt gestellt.«
Novacek erhob sich und ging zu Wais ans Fenster. »Dies war und ist in der Tat ein Problem. Auch die Gutwilligen, auch unsere Freunde können dir nicht abnehmen, dass du nicht bemerkt hast, dass praktisch ein Drittel der Bevölkerung aus der Stadt wegverbracht worden ist.«
»Ich habe meine Diss geschrieben. Zum hundertsten Mal, ich habe nichts bemerkt, nichts. Nichts.«
»Ich glaubs dir«, sagte Weber. »Es war der große Hügel dazwischen. Die Armleuchter draußen tun so, als hättest du vom Fenster auf den Umschlagplatz schauen können, als hättest du der Verladung der Juden beiwohnen können. Wir weisen das zurück. Basta.«
»Halte ich für ganz schlecht, Walter. Lebensart wird heute der Presse mitteilen, dass er solches nicht glauben kann. Das müsstest du bemerkt haben, Johann. Damit lässt er dich praktisch fallen.«
»Ich habs nicht bemerkt.« Wais wandte den beiden den

Rücken zu, sah mit trübem Blick zum Burgtor, durch das ein Fiaker mit zwei prächtigen Schimmeln hereinfuhr. Der Präsident löste seinen Blick, schritt hinter seinen Schreibtisch, glitt auf den Stuhl.

»Ich war damals in Saloniki so vertieft in die Arbeit. Ich war frisch verlobt, ihr wisst das doch alles. Wir reden immer wieder dasselbe. Dadurch wirds aber nicht anders. Es war, wie es war.«

Adrian Novacek wartete ungeduldig, bis Wais das sattsam Bekannte wieder einmal ausgesprochen hatte. Er räusperte sich.

»Wir machen es so, schlage ich vor: Du erklärst, dir sei nun eingefallen, dass der Löhrsekretär routinemäßig von den Aktionen gegen die jüdische Bevölkerung berichtet hatte, du dem aber, weil es absolut nicht in deinen Bereich fiel, keine Aufmerksamkeit geschenkt hattest, und deswegen sei dir dieses tragische Detail entgangen.«

»Kein Detail, Adrian. Man muss damit leben, dass ich diese tragischen Vorfälle nicht bemerkt und daher auch nicht vermerkt hatte. Zum tausendsten Mal.«

»Dabei bleibts«, sagte Weber, »und Scheinotter gibt dir freundliches Begleitfeuer.«

»Auf das möchte ich verzichten.«

»In dieser Sache«, beeilte sich Novacek zu sagen, »können wir auf keinen einzigen Helfer verzichten.«

Wais legte seine Handflächen auf die Schreibtischplatte, als wolle er sich erheben. »Noch etwas.« Er lehnte sich zurück, schloss die Augen. »Ach nichts. Danke.«

Als die beiden gegangen waren, griff Wais zum Hörer.

»Verbinden Sie mich mit Beran.« Er legte auf. Nach einer Minute meldete seine Sekretärin:

»Der Herr Außenminister ist unterwegs. Er ruft so bald als möglich zurück.«

»Danke, Marianne.« Wais nickte und ging wieder zum Fenster.
Wieso habe ich so viel nicht bemerkt, dachte er. Aglaja, wir waren doch nur glücklich in jener schrecklichen Zeit. Er lauschte in sich hinein. Er schluckte. Berans Rückruf kam prompt.

Seit geraumer Zeit verfolgte Peter Nekula die Angriffe, die sich gegen seinen Schulfreund, den jetzigen Präsidenten, mehr und mehr verstärkten. In ihm kam der Gedanke hoch, dem Hansl irgendwie zu helfen, wo der jetzt derart in der Schlamastik war. Er entsann sich des Abends im Oswald & Kalb, nachdem er einen Wichtigtuer in der Regierung Marits kennengelernt hatte, konnte sich an dessen Namen aber nicht erinnern. Eigentlich empfand er noch immer einen Rochus auf Wais, weil der offensichtlich, seit er aufgestiegen war, keinen Wert mehr auf den Kontakt zu ihm legte. Aber nun tat der Hansl ihm leid.
Nekula saß im Café Rathaus und las Zeitungen. Später musste er auf ein Sprüngerl im Büro vorbeischauen, eine Expertise seines jungen Kompagnon abzeichnen. Anschließend wollte er mit seiner Frau zu seiner Tochter nach Pöchlarn hinausfahren, den zweijährigen Enkel in die Luft werfen und gemütlich zu Mittag speisen, dabei auf die Donau schauen, die laut Schwiegersohn stets im Frühjahr auf eine frische und unschuldige Weise an Pöchlarn vorbeifließt.
Die Zeitungen waren voll von der gestrigen Pressekonferenz des Nazijägers David Lebensart, der seine Zweifel an der Aufrichtigkeit des Bundespräsidenten äußerte. Bislang hatte Lebensart, der keinerlei Sympathie für die Sozialisten hegte, Johann Wais in Schutz genommen, und das war nicht wenig, genoss Lebensart doch große Reputation in der Welt.
»Man kann nicht ein Drittel einer Bevölkerung deportie-

ren, und einer sitzt daneben und merkts nicht. Ich bin persönlich sehr enttäuscht von Doktor Wais«, wurde Lebensart zitiert. Peter Nekula durchfuhr es siedendheiß. Seine Hände, die den Ausblick gehalten hatten, begannen zu zittern, er warf die Zeitung auf den Sitz gegenüber, nestelte sein Taschentuch hervor und begann sich über die Stirn zu wischen. Bekomme ich jetzt einen Herzinfarkt, dachte er, griff wieder zur Zeitung und las den Artikel nochmals. Im Signal, das er sich vom Ober bringen ließ, war Wais zum achten Mal Titelgeschichte. Ein gewisser Apolloner schrieb über Thessaloniki. Der Artikel enthielt Skizzen, mit denen Deportationsort und Wohnsitz des kleinen IC Wais in Bezug gesetzt wurden. Nekula suchte in allen Artikeln den Zeitraum, von dem die Rede war. Er stand auf, zahlte, ging in sein Büro und versuchte von dort seinen Schulkollegen telefonisch zu erreichen.

Marianne erschien bei Wais und Beran und teilte ihrem Chef mit, ein gewisser Nekula, der behauptete, ein Schulkollege zu sein, riefe zum fünften Mal an, es sei grandios wichtig, wie er sagte, was solle sie jetzt machen?
Wais runzelte die Stirn. »Ah, der Petz Nekula. Soll die Nummer hinterlassen, ich rufe zurück.«
Marianne nickte und verschwand.
Beran, der ihr nachgesehen hatte, wandte sich wieder dem Präsidenten zu.
»Das mit Saloniki kommt immer wieder. Vor einem Jahr hatten wir doch bereits diese veritable Krisis wegen der vor deiner Nase stattgehabten Deportationen. Ich weiß, du willst nicht lügen. Aber du musst.«
»Ich würde schon lügen wollen, aber ich kanns nicht.«
»Es muss sein. Auch in meiner Partei beginnts zu bröckeln. Es glaubt dir einfach niemand.«

»Ich glaube es mir selbst nicht, Gerhard.«
»Deshalb, im Namen der Staatsraison: Wir müssen eine Erklärung vorbereiten, in der du zur Darstellung bringst, du wärest vermutlich zur fraglichen Zeit auf Urlaub gewesen, hättest dich bis dato aber in der Jahreszeit geirrt gehabt, seist also doch Anfang März dreiundvierzig in Wien gewesen, hernach dort oder da, aber nicht in Saloniki.« Beran unterbrach sich. »Wir müssten es irgendwie beweisen.«
»Eben. Lass das. Das hat keinen Sinn. Wir drehen uns im Kreis.«
»Du drehst dich im Kreis«, sagte Beran ungehalten.
Wais schwieg. Marianne klopfte und erschien wieder. »Entschuldigen Sie, dieser Doktor Nekula lässt sich nicht abschütteln.«
»Stellen Sie durch.«
Beran sah in das bleiche Gesicht des Präsidenten, während der mit seinem Schulkollegen zu reden begann. Er wollte ins Nebenzimmer retirieren, aber Wais bat ihn mit einer Geste zu bleiben. Plötzlich sagte Wais gar nichts mehr, er hielt den Hörer derart mit der Hand umklammert, dass weiße Flecken um die Fingerknöchel entstanden.
Was wird das wieder werden?, dachte Beran. Dieser Wais ist wirklich unsere Landplage. Da haben wir einen Fehler gemacht, den wir jetzt ausbaden müssen. Der erste Bundespräsident seit neunzehnfünfundvierzig, der kein Roter ist, und dann sowas. Beran drehte sich vom Telefonierenden weg, ging zum Fenster und schaute zum Reiterdenkmal. Er fuhr zusammen, als Wais ihn auf die Schulter tippte. Er sah in dessen entgeistertes, aber nun rot angelaufenes Gesicht.
»Gerhard«, flüsterte Wais, »das war mein alter Schulkollege …«
»Nekula«, ergänzte Beran.

»Peter Nekula, mit dem ich, wie ich soeben von ihm erfahren habe, von Ende Februar bis Juni in Tirana und danach bis Oktober in Priština stationiert war. In Saloniki war ich davor, von dort wurde ich nach Tirana abkommandiert, und dort war ich mit Nekula zusammen. Ich …«
»Soll das heißen, wir werden die ganze Zeit von dir wegen der Israeliten aus Saloniki gequält, deren Abtransport du gar nicht bemerkt haben konntest, weil …«
»Weil ich nicht dorten war, jawoll, jawoll. Ja.«
Das rot angelaufene Gesicht von Johann Wais begann sich zu öffnen, er hurtelte hinter seinen Schreibtisch, setzte sich und lächelte.
»Solltest du den Nekula nicht gleich herholen«, sagte Beran und sah auf die Uhr.
»Petz will nicht. Ich soll zu ihm kommen. Jetzt gleich.«

Der Außenminister verabschiedete sich, fuhr kopfschüttelnd in sein Ministerium und unterrichtete von dort die Parteispitze. Er überlegte, ob er Habitzl ins Benehmen setzen sollte, unterließ es aber. Soll er es aus der Zeitung erfahren, dachte er.
Wais begab sich mit einer Mindestentourage zu Peter Nekula. Der empfing ihn mit einer Umarmung.

32.

Astrid von Gehlen lag daheim in ihrer neuen Wohnung auf dem Sofa, ein feuchtes Tuch auf der Stirn. Sie fühlte sich, als hätte ihr eine riesenhafte Pranke schallende Ohrfeigen verpasst, begleitet von Zungenschnalzen und Hohngelächter. Sie hatte dem Schönn die Esther hingeschmissen und damit nicht nur ihn, sondern auch Nemecsek brüskiert. Sie er-

wog, den Vertrag mit der Burg zu lösen und nach Deutschland zu gehen. Sie könnte frei arbeiten, ob Thalia Hamburg, Schaubühne Berlin, noch konnte sie es sich aussuchen. Was ist denn dabei, wenn Karl Fraul sich die junge Dronte nimmt, außer dass ein Mann wieder einmal nimmt und nimmt. Im Grunde gehts mir wie der vermaledeiten Margit, dachte Astrid, erhob sich, ging ins Bad, befeuchtete das Tuch wieder mit kaltem Wasser, wrang es aus, legte sich wieder hin und tat es erneut auf die Stirn. Ich sehe mir zu, wie ich aufsteh, mir Lappen von der Stirn nehm und auf die Stirn tu, ich seh mich, wie ich da in dem Sofa hänge mit meinem verquollenen Gesicht und mir den Hintern breitsitze, obwohl ich ohnedies ... ich sehe mich daliegen, eine Weggeworfene. Mein schwuler Felix, Vater eines Töchterchens, Göttergatte einer ehrgeizigen Kulturklatschjournalistin, die nun von ihm alle Unerquicklichkeiten meines Lebens erfahren wird, oh du Scheiße.
Astrid überlegte, ob sie zu ihrer Schwester flüchten sollte, die im Fränkischen in Marloffstein ein hübsches Anwesen hatte und mit Tilmännchen und den zwei Kinderchen Petra und Daniela friedvoll dem Lebensabend entgegensummte. Meine Schwester Karolin, die Frohnatur, die mich selbstredend bewundert und ehrfürchtig alle Kritiken sammelt. Bei Karolin kann ich mich ausschütten, und ich muss mich ausschütten, nein, ich muss mich sogar auskotzen.
Sie erhob sich, trat auf den Balkon, sah zum Rathaus, sah auf die Grillparzerstraße hinunter, und erblickte Vesely unter seinem Hut.
»Moritz«, schrie sie hinunter. Vesely ging weiter. »Moritzl, Meister Moische«, schrie sie. Vesely blieb stehen, drehte sich im Kreis. »Da bin ich. Hier oben.« Vesely legte seinen Kopf in den Nacken und kroch mit seinen Augen die Fassade hoch. Dabei fiel sein Hut zu Boden. Als er sie sah,

wollte er mit dem Hut winken, hob ihn auf und machte einen großen Diener.
»Kaffee?«, rief sie.
Vesely schaute auf seine Armbanduhr, zeigte auf sie und ging nach neuerlichem Hutziehen weiter.
Astrid blieb auf dem Balkon stehen. Ein später Märzwind fuhr ihr sanft ins Haar. Sie fasste das Balkongeländer mit beiden Händen an. So stand sie da und weinte.

Ich wollte mich mit Felix und Judith Dauendin treffen. Sie schlugen mir die Meierei im Prater vor, sie wollten mein Töchterchen Romana mitbringen. Als ich dort war, kam prompt ein Absageanruf von Judith. Fé würde dauernd husten, ein ander Mal. Fé!
Ich nahm aus meiner Aktentasche das Dossier Krieglach heraus, das ich mir zusammengestellt hatte, begann, indes draußen schon einige tapfere Gäste in der mäßig warmen Sonne saßen, darin zu blättern und mit dem Grünmarker Stellen anzustreichen, wichtigere mit dem Rotmarker, der mir aber ausgetrocknet war. Frau Sabine brachte mir einen Kaffee nach dem anderen. Durchs Fenster sah ich den alten Fraul über die Hauptallee gehen, neben ihm ein hagerer Mann, sie redeten. Ich wollte meinen Blick senken, bemerkte hinter einer Kastanie aber Karl Fraul. Eine Fraulerei? Geht Söhnchen Vati nach? Aber warum schaut Karl hinter der Kastanie hervor? Was für ein schlechter Film. Ich sagte der Frau Sabine, dass ich gleich wiederkäme, und eilte aus dem Lokal. Karl sah mich, kam auf mich zu.
»Servus, Apolloner«, sagte er und lächelte verlegen.
»Grüß dich«, antwortete ich. »Bist du hinter deinem Vater her?«
»Nein. Oder doch. Er ist mit einem Menschen zusammen, der mir seltsam vorkommt.«

»Kennst du alle seine Leute?«
»Er ist doch bloß mit den Kazetlern in Kontakt. Das aber ist keiner.«
»Sondern?«
»Das versuche ich herauszukriegen.«
»Warum fragst du deinen Vater nicht selbst?«
»Er hat ihn mir eh schon kurz vorgestellt, als wir uns zufällig getroffen haben. Er heißt Rosenmeier, aber das ist schon alles.«
»Latschst du jetzt weiter hinter ihm her?« Karl schüttelte den Kopf.
»Zu spät.« Er folgte mir in die Meierei und bestellte sich einen Tomatenjuice.
»Willst du mir helfen?«, fragte er und sah mich an.
»Wenn du mir nicht die Nase zerdrischst«, sagte ich. Er senkte den Blick. »Schieß los.«
Wir warteten, bis sein Saft kam.
Den ganzen Nachmittag verbrachten wir mit seinem Problem, nicht in die Rolle des Benjamin Ruben, Sohn eines Judenältesten in einem Ghetto in Ungarn, hineinzukommen. Er glaubte nun, er könne das erst dann schaffen, wenn er sich mit seinem Heldenvater auseinandergesetzt habe. Das wollte er aber nicht tun. Als eine Art Kompromiss rannte er nun hinter ihm her, als könnte er aus der Choreographie der Spaziergänge und aus dem Aussehen etwaiger Leute, die Edmund Fraul traf, auf den verborgenen Teil seines Charakters kommen. Ich kannte dessen Bücher besser als Karl, der kein einziges gelesen hatte. Der mochte sie auch nicht lesen, weil er bei den wenigen Versuchen, es zu tun, Ekelanfälle bekommen hatte.
»Dein Vater ist einzigartig«, musste ich ihm sagen. »Das Feuer der Aufklärung lodert in einer durch den Hitlerismus geschundenen Seele.«

»Er war Kommunist, kein Aufklärer«, sagte Karl verdrossen und hatte wieder seine hämische Visage aufgesetzt.
»Du mit deiner hämischen Visage«, sagte ich. »Muss ich dir extra auseinandersetzen, dass die Kommunisten sich als die Superaufklärer sahen, weil sie nicht nur die Welt erklären, sondern auch verändern wollten?«
»Ja, ja«, sagte er.
»Du bist ein Nullerl gegen ihn. Wir alle sind Nullerln gegen die, welche Widerstand geleistet haben. Womöglich sollte dein Benjamin Ruben deswegen ein Superheld sein wollen gegen seinen feigen Nullerlvater, der bloß Ja und Amen zu den Nazis sagt und vorgibt, damit das Schlimmste verhüten zu können.«
»Natürlich sind wir Nullerln gegen die«, sagte Fraul laut. Frau Sabine schaute zu uns her. »Gott sei Dank«, brüllte er.
»Pscht«, machte ich. »Jede Zeit hat die Helden, die sie verdient. Es ist auch nicht leicht, ein Nullerl zu sein. Oder?«
»Mein Vater fordert Heldentum«, sagte Karl ruhig und über seinen Satz erstaunt. »Obwohl es keiner Helden bedarf.«
»Keiner solchen, wie er einer war.«
»Heute können wir die Helden bloß spielen. Das tu ich ja. Ist Hippolyt kein Held?«
»Hippolyt ist ein Wappler.«
»Ein Wappler ist er vielleicht auch. Ich glaube, mir dämmert was. Du hast mir sehr geholfen. Du bist ja genial.«
»Roll mich nicht«, sagte ich. »Ich hab ein Problem mit dem Nullerlei unserer Zeit.«
Doch Karl schien mir nicht mehr zuzuhören. Er sagte: »Möglich«, und verabschiedete sich.
Ich blätterte danach noch etwas in den Papieren.
Heimwärts ging ich mit schlechter Laune. Ich fühlte mich

zwischen allen Stühlen. Mit einem Mollgefühl dachte ich an Judith, an den Schimmer auf ihrer Halspartie.
Ich bog zum Pick Up ab.
Paul Hirschfeld stand vor der zweiten Bar mit seiner anscheinend derzeit Festen. Ich stellte mich dazu.
»Das ist Karin aus Hamburg«, sagte Hirschfeld. »Und das ist mein Freund Apolloner.«
»Aus Bozen«, sagte ich.
»Bozen«, sagte Karin. »Schön.«

33.

Gerhart Mauss saß neben seinem Sohn Gernot in dessen Auto. Sie kamen von Klagenfurt, wo sie im Hinterzimmer eines alten Gasthofs eine Sitzung mit Toplitzer hatten. Der Wirt hatte an diesem Tag einen Ruhetag ausgeschildert. Jupp Toplitzer erläuterte den beiden Mäusen, wie er sich hinkünftig die Ausrichtung der Feierlichkeiten auf dem Ulrichsberg vorstellte. Seit neunzehnachtundfünfzig wird dort auf einer Wiese neben einem Kreuz der Opfer beider Weltkriege und des Kärntner Abwehrkampfes gedacht. Toplitzer gab die Richtung für das Treffen im nächsten Jahr vor: »In jener aufregenden und anregenden Zeit standen Menschen für ihre Überzeugung ein. Es kann nicht sein, dass aus den Gesichtern dieser charakterstarken Kameraden ein Verbrecheralbum gemacht wird. Ihre Leistungen dürfen nicht mit Füßen getreten werden, sie reihen sich ein in eine lange Kette heimatbewusster Kämpfe, deren historisch wichtigster der Abwehrkampf neunzehnhundertzwanzig gegen die Annexionsgelüste Jugoslawiens war. Ihre Taten in der Systemzeit basierten auf den edelsten Motiven und wurden von der unverbrüchlichen Liebe zum eigenen

Volkstum gespeist. In der großdeutschen Zeit sind manche der Motive allerdings auch missbraucht worden.«
»Wie meinst du das?«, fragte Gerhart Mauss.
»Wie ich es sage. Scherz beiseite. Du weißt selbst besser als ich, dass wir uns die Berufsantifaschisten nicht vom Leib halten können, wenn wir in die Nähe der Verteidigung des Judenmords oder gar der Verleugnung geraten. Die Ansichten mancher Kameraden in Ehren, aber alles wollen wir doch nicht inserieren.«
»Das ist keine Distanzierung, Vater«, sagte Gernot.
»Immer diese Diplomaterei«, brummte der alte Mauss. »Jupp, du schielst mir schon sehr auf liberale und sozialdemokratische Kräfte.«
»Muss ich wohl. Will ich auch. Unsere Sach braucht Zulauf von überall her. Schau dir den Alten an, woher der seine Wähler zusammengesammelt hatte.«
Der alte Mauss holte Atem. Toplitzer gebot ihm Einhalt.
»Ich weiß, dass er ist, was er ist. Man kann auch von denen lernen.«
»Vater, vertrau dem Jupp«, sagte Gernot.
Als sie an Mürzzuschlag vorbeifuhren, wiederholte der alte Mauss den Satz seines Sohnes und fuhr fort:
»Weißt du, Gernot, der Jupp ist ein bisschen ein Spieler. Man muss achtgeben bei ihm. Er verschafft uns einerseits Geltung, gibt uns die Ehre zurück und regelt auch unser Fortkommen, andrerseits will er von allen geliebt werden, also auch von Kohn und Krethi. Jaja, anders wird die Partei nicht wachsen, aber unsere Grundsätze …«
»Auch wir achten darauf, wir sind eingeschworen auf sie.«
»Gernot, dass auf dich Verlass ist, weiß ich.«
»Es sind viele Windhunde um Jupp herum. Ich muss …«
»Ja, du musst deinen Einfluss stärken. Meine Bedenken sollen dir als Wegmarke dienen.«

»Das tun sie. Ah, Semmering.«
Gerhart Mauss schaute ab Spital aus dem Auto, deutete links und rechts hinaus.
»Überall waren sie, die Hebräer. Das hat ihnen gehört. Das da. Das auch.« Er schwieg, schloss die Augen.
»Nachher waren die Russen hier, Vater, und haben dafür gesorgt, dass die Übriggebliebenen sich hier wieder breitgemacht haben.«
»Sie machen sich überall wieder breit.«
»Dabei gibts eh Israel.«
»Einbahnstraße nach Jerusalem. Das ginge heute eigentlich ohne Gewalt«, sagte der alte Mauss und lächelte. »Ich finde übrigens die Araberfreundlichkeit etlicher Kameraden dumm. Wenn wir die Juden loswerden wollen, sollten wir die Zionisten unterstützen. Das hat damals schon Adi Eichmann erkannt.«
Gernot sagte dazu nichts. Also mit dem, dachte er, kann man nun wirklich nicht mehr punkten.
»Wo wohnt der Egger Toni denn jetzt?«
Der alte Mauss holte einen Zettel aus dem Sakko.
»Zuerst fahren wir ins Café Westbahn. Um halb fünf fahr ich in die Malfattigasse in Meidling. Er wird dort nicht mehr lange bleiben.«
»Doch nach Bariloche?«
»Seine Frau hat es satt. Sie kann die Frauls, Braunschweigers, Lebensart und die ganze Rachebagage nicht mehr aushalten. Ihr Bruder ist längst dort. Aber der Toni hängt halt an der Heimat.«
Im Café Westbahn trafen sie ihre Leute, besprachen Anstehendes. Gernot verlas eine Grußbotschaft von »unserem Jupp«. Nach einer Stunde bestellte der alte Mauss ein Taxi und fuhr in die Malfattigasse.

Edmund Fraul hielt es nicht daheim. Häufiger als früher verließ er die Wohnung. Wenn er zu Hause blieb, Radio hörte oder still und in Gedanken vergraben neben Rosa im Lehnstuhl kauerte, begann es in ihm zu krampfen, als sei eine Feder im Gekröse und Zwerchfell sowie hinter dem Brustbein verankert und spannte sich zum Äußersten. Bisweilen sah er seiner lesenden Frau zu, als könnten sich in ihrem Antlitz ihre Gedanken reproduzieren und in ihn fahren. Sollte er sich dies wünschen? Nach einem Lidschlag kam es ihm so vor, als sei Rosa plötzlich skelettiert. Er fuhr hoch, die Feder vibrierte, Rosa hob ihren Blick vom Buch und lächelte, sah Edmund noch einen Moment lang an, las weiter. Sie sieht mir meine Anspannung an, dachte er. Es macht ihr womöglich Sorgen. Davon belästigt, ging er häufig unter einem Vorwand oder auch wortlos hinunter auf die Straße.

Zu oft fuhr er zum Zentralfriedhof. Robert Heller musste schon mürbe sein von seinen Besuchen. Hast du nichts Besseres zu tun, Bub, würde Bobby mit Aschenmund heraufrufen.

Kichernd ging er über die Salztorbrücke, stand vor der Ruprechtskirche, überlegte, wieder mal ins Korb zu gehen, doch ein Übelkeitsanflug ließ ihn in der Rotenturmstraße anhalten. Schließlich wanderte er zum Schottentor, stieg in den Dreiundvierziger und fuhr nach Neuwaldegg. Er hatte sich eine Broschüre vom Freiheitskämpferbund mitgenommen, die dieser im Vorfeld zum Bedenkjahr herausgegeben hatte. Nachdem er sich bei der Endstation auf eine Bank gesetzt hatte, schlug er seinen Artikel auf, der voll von Druckfehlern war. Neben ihm ließ sich ein Herr nieder, der den gleichen Hut aufhatte wie er selbst. Merkwürdig, dachte Fraul, Monate habe ich keinen Hut mehr aufgesetzt, grad heute erstmals wieder. Er betrachtete den Hut des anderen. Der drehte sich zu ihm.

»Da sitzen wir jetzt da, im Herbst unseres Lebens, und denken an denselben Menschen, oder?«
Fraul zuckte beim Klang der Stimme zusammen.
»Sind Sie der Sohn?«
»Ich bin der Bruder. Sie waren neunzehnsechsundvierzig bei mir und meiner Frau.«
Fraul stand auf, wusste, dass niemand neben ihm gesessen hatte, schaute aber dennoch auf die verlassene Bank zurück. Er überlegte, ob er Richtung Hameau weitergehen sollte, spürte wiederum eine Übelkeit, kehrte um, wartete auf die Straßenbahn und fuhr zum Schottentor zurück. Niederlagen, dachte er. Es sind Niederlagen. Dieses zerfahrene Umherirren, dieses Auffalten von Bildern aus der Irretei. Wie hat der Bruder von Wirths geheißen, fragte er sich. Er stand im Jonasreindl, ging auf die Toilette. Danach fand er eine Telefonzelle, rief Brauneis an und fuhr zu ihm in den Reumannhof.

Hinter dem Gürtel und parallel zu ihm entstieg Mauss dem Taxi und marschierte die Malfattigasse entlang. Er war für fünf angekündigt, dennoch ging er einige Mal am Haustor vorbei. Halbwüchsige standen am Eck vor einem Lokal und begannen sich gegenseitig anzurempeln. Eine junge Frau sah ihnen dabei zu und warf ihre langen Haare nach jedem Rempler nach hinten. Zwei von den Jugendlichen beließen es nicht bei der Rempelei; sie stießen und schlugen aufeinander ein. Die Frau rannte ins Gasthaus, während sich die Jugendlichen auf dem Boden wälzten. Mauss hörte auf die Schlaggeräusche. Er hatte Lust, die Raufenden mit einigen gezielten Stiefeltritten auseinanderzujagen. Allerdings hatte er keine Stiefel an und war, auch wenn es ihm schwerfiel, sich das zuzugeben, mit seinen siebzig Jahren nicht sicher, heil aus so einer Einmischung herauszukommen. Er lehnte sich an die Hausmauer und nickte, als er sah, dass einer der beiden Oberhand gewann, auf dem anderen draufsaß und ihm teils mit den Fäusten, teils mit den Handkanten ins Gesicht drosch. Der Untenliegende stieß lauter werdende Heulschreie aus. Aus dem Wirtshaus waren Leute herausgelaufen gekommen, und zwei von ihnen rissen den Prügelnden von seinem Widersacher herunter, stellten ihn auf und begannen ihrerseits an ihm herumzustoßen. Die junge Frau beugte sich über den Verprügelten, der spuckte ihr seinen blutverschmierten Speichel ins Gesicht und nannte sie gschissene Hur.

Mauss steckte sich eine Zigarette an, drehte dem Geschehen den Rücken zu und verschwand in Eggers Haustor.

Anton Egger, nun Max Joseph Hausmann, empfing ihn mit einer legeren Geste, führte ihn in sein winziges Wohnzimmer und bot ihm Kaffee und Obstler an. Seine Frau kam aus der Küche, begrüßte Mauss und ging zurück.

»Jahrelang hab ich mich aus dem Netzwerk herausgehalten, Jahrzehnte, ihr wisst warum. Aber ich war freilich immer bei euch und mit euch. Es ist nach wie vor unsere Sache. Jetzt brauche ich euch und kann nicht sagen, was ich für euch tun kann«, sagte Egger, indem er gleich aufs Wesentliche kam. »Der Lebensart hat nicht aufgegeben. Er wird mir was Neues anhängen.«

»Du meinst Mauthausen in den letzten beiden Monaten?«, fragte Mauss und hob die Mokkatasse zu den Lippen. Egger nickte.

»Ich kenne jemanden, der nahe an einigen Juden ist. Den kann ich aufwecken und ansetzen. Wir sehen dann, ob da was dran ist. Bleib sachte, Toni.«

»Ich danke. Das ständige Bangen ist demütigend. Und meine Frau hat es satt.«

»Und wie ich es satt habe«, sagte die und stellte Kaffee und Schnaps auf den Tisch, holte eine Mappe, schlug sie auf, blätterte die Zeitungsartikel darin durch, las den beiden Männern die Schlagzeilen vor, die sich abwechselnd mit Wais und mit dem freigesprochenen Schädelknacker befassten.
»Wir fühlen uns nicht sicher«, sagte sie, sah ihren Toni an und fuhr ihm durchs volle Haar. »Gelt, nicht einmal unsere Lieblingsplätze können wir aufsuchen. Rax, Schneeberg ...«
»Ausgerechnet auf die Rax wollt ihr wieder klettern«, sagte Mauss und lachte. »Obschon, dort könntet ihr einem weiteren Exkazetler zu einem Herzkasperl verhelfen, wenn der dort urplötzlich deiner ansichtig wird. Der gute alte Ressel.«
»Sie lachen, Herr Mauss«, sagte Maria Hausmann mit scharfer Stimme. »Ich finde das abwegig.« Sie stand auf und ging aus dem Zimmer.
Egger zuckte mit den Achseln. »Du siehst, die Nerven werden nicht besser mit den Jahren. Wir wollen nicht mehr lang warten.«
»Drüben ist alles bereit«, sagte Mauss. »No problemas. Erich ist verständigt. Er ist jetzt in Bariloche der große Germane, leitet die Deutsche Schule, ist per Du mit der Generalität. Da greift keine Ostküste hin.«
»Ich weiß«, sagte Egger. »Maria will aber dort nicht wieder in die Bewegung. Sie will ihre Ruhe.«
»Und du?«
»Ists undankbar? Ehrlos? Wie lang lebe ich noch? Ein bissl in die Schwammerln gehen und aufs Herz achten.«
»Das kannst du ohnehin. Vielleicht lässt du dich gelegentlich bei einer Zusammenkunft blicken. Wir sind alle müde, wir haben, denke ich, ordentlich und langwährend unsere Pflicht erfüllt.«
Ein Schlappschwanz, dachte Mauss, während er das Schnaps-

gläschen hob und Egger zuprostete. Ein Jämmerling. Für so einen verschwenden wir unsere Zeit.
»Einmal«, sagte Egger und sah zur Tür, »gehe ich noch auf die Rax. Sags nicht meiner Frau, obwohl ich gern mit ihr nochmals den Karlsgraben gemacht hätte und das Plateau.« Und er prostete Gerhart Mauss zurück.
Maria betrat wieder das Wohnzimmer. Sie entschuldigte sich wortreich bei Mauss. Sie bat ihn, noch etwas zu bleiben, bot ihm einen Gugelhupf an, frisch von der Aida. Mauss lehnte ab, bedankte sich und stand auf.
»Mein Sohn und die anderen erwarten mich noch im Westbahn.«
»Aha. Westbahn. Noch immer?«, fragte Egger leise. Mauss nickte.
»Danke für den Kuchen, Frau Hausmann. Süß ist nichts für mich.«
»Noch ein Schnapsl?«
»Da sage ich nicht nein.«
Er blieb noch eine Stunde. Am Ende sangen sie zu dritt einige Lieder.

Als Edmund Fraul die vier Stockwerke hinaufstieg, wurden ihm die Beine schwer. Tief atmend läutete er an, eine Frau öffnete und führte ihn ins Zimmer. Brauneis saß mit dem Rücken zu ihm im Rollstuhl und sah durch eine gläserne Balkontür auf die Bäume, die im Inneren des Reumannhofes die Grünanlage umstanden. Edmund ging auf Brauneis zu, stellte sich neben ihn, bückte sich etwas und reichte ihm die Hand.
»Es wird immer anatolischer dahier«, sagte Brauneis und wies auf sich gegenseitig wild jagende Kinder im Hof. »Früher sind die Bankerln besetzt gewesen von uns, jetzt sitzen nur mehr die Türken drauf.«

Er drehte sich mit dem Rollstuhl um neunzig Grad, fuhr zum Tisch. »Nimm Platz, Edi. Hast viel zu tun?«
»Es geht.«
Die Frau brachte unverlangt einen Doppler Weißwein und zwei winzige Gläser. Brauneis packte die Flasche, stellte sie sich zwischen die Schenkel und drehte kraftvoll den Korken heraus. »Bringen Sie andere Gläser«, sagte er zu der Frau. »Um die da muss man ja ein Schnürl binden, dass man sie nicht mitverschluckt.« Die Frau sagte nichts, räumte die Gläser weg, brachte andere, zog sich den Mantel an. »Bis morgen«, sagte sie. Brauneis antwortete nicht.
»Immer dasselbe«, sagte er, nachdem sie gegangen war, prostete Fraul zu und kippte den Weißwein in sich hinein. Mit einem Seufzer, den er beim Ausströmen erschrocken unterbrach, nahm Fraul sein Glas.
»Es geht euch allen auf die Nerven, mich zu besuchen, ich weiß das eh. Trotzdem danke, dass du kommst. Was gibt es Neues?«
Fraul begann ihm von seiner Bergwanderung zu erzählen und wie er in den Schneesturm geraten war. Er bemerkte, dass Brauneis ihm bloß das Gesicht hinhielt. Er nahm Frauls Worte wohl auf, doch er lauschte hiebei nach Worten hinter den Worten, nach Worten, die er selbst hinter Frauls Worte stumm einsprach. Er hörte bei der Erzählung Frauls sich selbst erzählen. Nach einigen Minuten unterbrach er Frauls Bericht und setzte ihn zugleich fort:
»Aber dir sind die Kakaosprudler bei dem harmlosen Abenteuer wohl geblieben. Mit achtzehn war ich das letzte Mal auf der Rax. Im Jahr vor Spanien. Frühjahr neunzehnsiebenunddreißig. Ich bin damals den Gamsecksteig nauf, und zwar von Hinternasswald, wie sichs gehört, das ganze Geschäft bis zur Kuppe. Oder dann den Gretchensteig, fast

freihändig. Nachdem ich auf der Raxernen war, hab ich meine Radkriterien gewonnen. Volkertrennen, Ringrundkriterium, Wien – Gresten – Wien. Drei in einem Jahr.«
Brauneis riss sich das Zigarettenpackerl auf, hielt Fraul eine hin. »Noch immer nicht? Na ja, ich sollt auch aufhören mit der Tschickerei.« Er blies den Rauch durch die Nase. »Weißt, was komisch ist, Edi? Dass ich nach fünfzig Jahren, vorige Wochen ists sage und schreibe fuffzig Jahrln her, dass ich mich noch immer nicht abfinden kann mit der Oaschsitzerei. Wenn einer sagt, er ist am Oasch, hörst du, der weiß gar nicht, was er da redet. Ich bin am Oasch. Seit fuffzig Jahren sitz ich dahier auf dem Popsch. Sechzehn Jahre auf der linken, sechzehn Jahre auf der rechten, achtzehn Jahre auf beiden Arschbacken. Oder umgekehrt? Prost. Was machen deine Nazi?«
Fraul öffnete seinen Mund, Brauneis sprach weiter.
»Auf die Rax haben sie sich nicht auffetraut, und auch die Hahnenschwanzler nicht. Die Rax war befreites Gebiet, weißt noch?«
»Hat dem Ressel nichts genutzt«, sagte Fraul.
»Wieso?«
»Aber Ferdl. Er hat doch den Egger getroffen. Das hat ihm das Leben gekostet.«
»Merkwürdig«, sagte Brauneis. »In fünfzig Jahren war das der einzige Nazi, der auf der Rax war. Was ist denn jetzt mit dem Schädelknacker?«
»Er rennt frei herum. Weißt du doch.«
»Der sollte einmal fuffzig Jahr am Oasch sitzen! Geh, Edi, gib mir die Pulver. Dorten.«
Fraul stand auf, holte die Tabletten und schob sie dem Brauneis hin. Der nahm zwei, spülte mit Weißwein nach. »Salud.«
»Ich werde den Egger schon noch drankriegen«, sagte

Fraul. »Kurz vor Kriegsende hat er noch in Mauthausen gewütet. Ist gerichtlich nicht zur Sprache gekommen.«

»Ach was«, sagte Brauneis. »Davon haben wir doch nix. In Spanien hätten wir diese Verbrecher noch aufhalten können, wenn wir gewonnen hätten. Ich bin froh, dass ich dort war, trotz alledem. Im nächsten Leben wiederum. Aber da nehm ich die Haxen wieder mit zhaus.« Er lachte. »Schau hin. Neuer Fernsehapparat. Ich verblöde. Wenn ich was les, verlier ich nach ein paar Minuten die Zeilen. Jetztn schaue ich halt hauptsächlich ins Kastl.«

Fraul sagte dazu nichts. Es wurde still im Reumannhof, bloß von der Grünanlage waren Kinder zu hören. Die Wanduhr tickte. Edmund stand auf. Brauneis schreckte hoch.

»Entschuldige«, murmelte er. »Noch ein Glaserl?«

»Ich muss wieder.« Fraul gab Brauneis die Hand.

»Immer von oben«, sagte Brauneis. »Könnt ihr euch nicht erst hinsetzen, bevor ihr mir das Handerl gebt, hä?«

»Das nächste Mal. Adios, Ferdl.«

»Adios, Edi. No pasarán.«

»Pasaremos.« Brauneis schlug mit der Faust auf den Tisch.

»Schneckn. Die sind durchgekommen. Die kommen immer durch.«

»Nicht immer.«

»Servus.«

Fraul stieg die Stockwerke hinunter und trat auf die Straße. Er zuckte die Achseln, ging den Gürtel entlang Richtung Arbeitergasse. Als ein Passant an ihm vorbeiging, blieb Fraul stehen und drehte sich um. Der andere war ebenfalls stehengeblieben und hatte sich umgedreht. Fraul sah dem Egger ins Gesicht. Egger blickte zweifelnd auf Fraul, machte kehrt und ging davon. Ich muss ihm nach, dachte Fraul.

Er tat einige Schritte. Egger hatte ein Taxi angehalten, war eingestiegen und fuhr nun an Fraul vorüber.

34.

Zoltán Nemecsek kam mit Florence aus Berlin, um nunmehr selbst den HEILSBRINGER zu übernehmen. Am ersten Probentag stand er vor dem Ensemble.

»Kinder«, sagte er. »Adel war so freundlich und hat mich über den Stand informiert. Ihr sollt wissen, ich bin natürlich wer anderer als er. Gehen wir es sachte an.«

Bevor sich alle zur Szene formierten, winkte Nemecsek Karl Fraul von der Bühne herunter. Er ging mit ihm aus dem Zuschauerraum hinaus, setzte sich draußen auf die Stufen.

»Wollen wir einen Neustart probieren, mein Sohn?«, sagte er zu Karl. »Oder muss ich mir irgendeinen Grünschnabel suchen und ihm die Nazizeit von Alpha nach Omega und zurück erklären?«

»Sie haben mir in Berlin gesagt«, sagte Karl mürrisch, »ich sollte den Benjamin wie durch ein Megafon einsprechen. Außerdem wollten Sie, dass ich ihn vom Blatt spiele.«

»Gut.«

»Ich sollte mir vorstellen, ich säße in England in der Emigration und schaute zugleich auf meinen Vater drauf, der in Ungarn vor den Nazis katzbuckelt.«

»Das habe ich Ihnen in Berlin nicht gesagt.«

»So hab ichs verstanden.«

»Auch nicht schlecht. Sie deuteten an, Sie seien zu involviert in die Sache. Ihr geschätzter Vater ...«

»Mein von mir überaus geschätzter Vater, der Auschwitzheld, war und ist ganz anders als Salomon Ruben, der doch bloß Bücklinge produziert.«

Nemecsek lächelte. »Gehen wir.«

Zurück bei der Probe, bat er um die achte Szene. »Herr Vesely, Herr Fraul, Herr Dünster. Bitte.«

Er setzte sich in die erste Reihe.

Vesely humpelte auf Fraul zu:

»*Mit deinem Ungestüm, deinem hysterischen Gebaren, deinen abenteuerlichen und romantischen Gelüsten bringst du uns in Lebengefahr, mein Sohn.*«

Fraul hielt Vesely auf, indem er sich vor ihm aufpflanzte. Er sprach von oben gegen Veselys Glatze mit leisem, etwas weinerlichem Ton:

»*Pah. In Lebensgefahr sind wir ständig. Ich hab gorkeine Gelüste. Ich will leben. Ich will, dass unser Volk lebt. Wehren wir uns. Wir sollten den Nazis die Schädel einschlagen, sobald es Gelegenheit gibt.*«

Vesely kratzte sich am Kopf: »*Jajaja, Herr Makkabäer …*«

Nemecsek unterbrach: »Sagen Sie nur*: Ja, du Makkabäer, mein Masadnik. Du träuäuäu-mst.*«

Vesely nickte, murmelt leise: »Steht nur teilweise in Ihrem Text. Aber na schön.« Er wiederholte Nemecseks Sätze und fuhr fort: »*Sieh dich um. Wer sind wir? Samma Wüstenkrieger?*«

»Nicht samma, Herr Vesely.«

»Pardon, blöd. *Wer sind wir? Sind wir Wüstenkrieger, Partisanen, Anarchisten? O-der: Bürger dieses Landes. Friedlich und …*«

Fraul sollte ihn unterbrechen, stand aber starr da und sah Vesely in die Augen.

»Er unterbricht mich nicht«, wandte der sich an Nemecsek.

»Schön, dann unterbricht er nicht. Unterbrechen Sie sich selber.«

»Wie?«
»Hören Sie zu reden auf.«
»Aha. *O-der Bürger dieses Landes. Friedlich und …*«
Nach einer Weile sagte Fraul leise und scharf:
»*Feige, immer aufs Geschäft. Hier brauchen wir was andres. Auch wenn wir krepieren. Wir nehmen uns, was in unsere raffgierigen Hände fällt: jede deutsche Gurgel. Und drücken zu!*«
Vesely: »*Nichts davon! Ich bin der Judenälteste!*«
»*Du nennst dich Juden-ältester? Vater? Von Lindes Gnaden?*«
Nemecsek stand auf: »Beiläufig, Karl: *Dunennstdichjudenältestervater. Vonlindesgnaden.*«
Karl dachte an Edmund und sagte: *Du nennstdichjuden Ältestervonlindesgnaden!*
Nemecsek nickte: »Bitte weiter.«
Vesely: »*Gib Ruh. Scha! Ich liefere dich ansonsten aus. Ich geb dich preis, ich geb dich preis!*« Sprach es und schlurfte von der Bühne.
Karl schaute ihm so nach, dass Vesely unwillkürlich im Abgehen ein hohles Kreuz machte.
Es folgte ein kurzer Monolog von Fraul, den er so sprach, dass Nemecsek der Atem wegblieb. Er schloss die Augen, und sein Vater, Bela Szilasi, überquerte in Budapest wieder die Straße, das letzte Bild, bevor die SS ihn einsteckte und in Birkenau in die Wolken blies. Er blieb stehen, den Text in der Hand, schaute zu Fraul hinauf. Der Probenhorizont riss auf, und ein staubiger ungarischer Ghettowind, der einen süßlichen Geruch in sich eingeschlossen hatte, hob an und umhüllte das Bühnengeschehen, an dessen Rand der heutige Regisseur ausharren musste. Zwischen ihm und den Schauspielern war das ärmliche ungarische Städtchen zu sehen, auf dessen ausgetrocknetem Boden, flankiert von der SS, ausgemergelte Gestalten Richtung Bühne wankten, sie nicht erreichten.

Dünster kam von der Seite, führte den geduckten und schreckensstarren Vesely am Ohr zur Bühnenmitte. Als Obersturmbannführer Linde sprach er zu Fraul:
»*Hab ich da einen Streit gehört zwischen Tate und Kindele?*«
Vesely: »*Kein Streit, Herr Obersturmbannführer.*« Linde ließ Vesely aus: »*Hat der Jid Rachemones, oho?*«
Dünster unterbrach sich.
»Herr Nemecsek, meine Frau hat mir gesagt, das heißt Rachmones, da aber steht Rachemones.«
»Wenn im Text Rachemones steht, dann sagen Sie bitte auch Rachemones. Rachmones heißt Furcht, Herr Dünster. Linde glaubt, Juden und Rache sind dasselbe, und sagt im Spaß Rachemones. Ich weiß, matte Sache, aber so war es nunmal in meinem Hirnkasten drin. Bitte weiter.«
Dünster: »*Ich brauche heute noch paar Witz. Ächtes jiddisches Witz. In einer Stunde bei mir, Salomon Ruben!*«
Und Dünster ging ab, sich hiebei übertrieben in der Hüfte wiegend.
Karl Fraul: »*Was, du erzählst ihm Witze?*«
Vesely: »*No-ja. Witze. Es macht ihm Laune. Dann redet sichs mit ihm.*«
Fraul, flüsternd: »*Heilsbringer. Witzerzähler. Sklav.*«
Er ging mit dem Rücken voran ab, als würde er vor dem personifizierten Grauen zurückweichen. Das rührte Vesely so an, dass er gebrochen den Schlusssatz der Szene hinbekam:
»*Vielleicht hat er ja recht. Ist alles für die Katz. Ist alles für den Ofen. Herr, gib mir ein Zeichen. Oder besser: gib mir keins.*«
Zoltán Nemecsek nickte. »Kurze Pause.« Er stieg auf die Bühne, legte dem Vesely den Arm um die Schulter und flüsterte ihm zu:
»Sehr schön, Moritz. Das Ganze am Schluss mit halb so viel Gefühl. Danke.«

Und zu Karl sagte er wenig später:
»Weiter mit dem Fernrohr hinschauen auf den vertilgten Salomon Ruben. Glück und Ende.«
Er legte beide Hände auf Karl Frauls Schädel.

Mit zwei Koffern und einigen Taschen flog Astrid von Gehlen nach Nürnberg, orderte dort ein Taxi und ließ sich nach Marloffstein bringen. Vor dem Haus Lug-ins-Land-Straße Ecke Scheibelleithe stieg sie aus. Als sie niemanden sah, öffnete sie die Beifahrertür des Wagens und rief dem Taxler zu, er möge hupen. Nach wiederholter Huperei ging die Tür auf, und zwei Mädchen kamen herausgesprungen, die zehnjährige Petra und die vierzehnjährige Daniela. »Tante Astrid«, krähte die Kleinere, während die Größere stehenblieb, um zuzusehen, wie Petra Astrid in die ausgebreiteten Arme hüpfte. Karolin erschien, eilte zum Taxi, nahm Astrid das Kind vom Hals und umarmte sie heftig. Daniela kam angeschlendert und begrüßte ihre Tante. Karolin befahl ihr, eine Tasche zu nehmen, packte selbst zwei Koffer, während Astrid den Fahrer bezahlte. Im Haus wollte Karolin ihrer Schwester alsogleich die beiden Zimmer zeigen, eines davon Danielas, das diese räumen musste. Doch Astrid wollte verschnaufen, und so nahmen die Schwestern am Küchentisch Platz. Nach einer Minute stand Karolin wieder auf, um Kaffee zuzubereiten.
Astrid war erst einmal zu Besuch in Marloffstein gewesen. Das war kurz nach dem Umzug von Karolin aus Bonn, wo sie im Verkehrsministerium als Juristin gearbeitet hatte. Bei einer Besprechung mit Siemensmanagern lernte sie den Bauingenieur Tilman Galster kennen, der sie hernach von Erlangen aus, wo er arbeitete, mit täglichen Briefen und wöchentlichen Blumensendungen umwarb. Sie heirateten neunzehnvierundsiebzig, und im selben Jahr kam Daniela

zur Welt. Karolin blieb zu Hause, Tilmännchen verdiente ausreichend. Schließlich neunzehnachtundsiebzig: Petra. Bei der Taufe von Daniela war Astrid anwesend gewesen. Sie spielte damals in Essen und hatte ihre ersten großen Erfolge, die sie im ganzen Land bekannt machten. Zu den meisten Premieren reiste Karolin mit Tilman an. Sie war stolz auf ihre jüngere Schwester und nahm sich ihren Anteil an deren Ruhm, indem sie sich in den kurzen Pausen, die ihr der Alltag ließ, schönen Tagträumen in Farbe hingab.
Abends kam Tilman vom Büro. Sie setzten sich alle um den großen Tisch. Tilman erkundigte sich nach Felix, erzählte von seiner neuen verantwortungsvollen Position im Konzern. Nach dem Essen tat er das Geschirr in die Spülmaschine, brachte die protestierende Petra ins Bett, indes Daniela sich vor dem Fernseher knotzte, den einzuschalten sie nicht hatte erwarten können, noch bevor Karolin das Dessert auftischte.
In den nächsten Tagen bewanderte Astrid die Umgebung, anfangs ging Karolin mit und zeigte ihr den Märchenweiher, den Wasserturm und das Haus der Schauspielerin Elke Sommer. Astrid verzog die Mundwinkel, sah auf die Fenster:
»Niemand da?«
»Sie ist selten hier.«
Aber einmal hätte sie Frau Sommer gesehen, wie sie sich nackt in der ehemaligen Tongrube bräunte und dann wie ein Kind pritschelnd ins Wasser gelaufen wäre. Die Schwestern besuchten etliche Biergärten, und Astrid musste sich durch die fränkischen Spezialitäten durchkosten.
Zunehmend ging ihr die Schwester auf die Nerven. Sie wollte mehr allein sein. Sie unternahm größere Ausflüge mit Karolins Auto in die Fränkische Schweiz, bestieg das Walberla und den Signalstein, fuhr durch blühende Kirsch-

baumalleen, besichtigte die Binghöhle in Streitberg und die Sophienhöhle im Ailsbachtal. Auf der Burgruine Neideck rutschte sie aus, stürzte auf die Hüfte, holte sich einen großen blauen Fleck, dessen Umriss der Insel Irland glich.
Nach zwei Wochen fragte sie sich, was sie hier verloren hatte. Die Nichten nervten sie von Tag zu Tag mehr, das Gezwitscher ihrer Schwester war kaum mehr zu ertragen, die Firmengeschichten, die Tilman abends zum Besten gab, waren für sie von einer unfassbaren Ödess.
Wo sollte sie hin? Es verließen sie die Kräfte, und sie begann auf ihren Zimmern zu bleiben, schlitterte allmählich in dunkelnde und menschenleere Gefilde; es begannen sie nächtens verstörende Träume heimzusuchen, oder sie lag stundenlang wach und litt unter Schweißausbrüchen und Kopfschmerzen. Karolin holte den Arzt, der seinen Kopf wiegte und ihr Antidepressiva verschrieb.
Karolin rief Dauendin in Wien an. Felix kam auf ein Wochenende. Er spazierte mit Astrid durch Erlangen. Sie saßen im Garten vom Café Lorleberg, er sprach in sie hinein. Nachdem er wieder weggefahren war, kam Astrid öfters von ihrem Schlafraum herunter, ging abends nach Erlangen aus und blieb gelegentlich über Nacht dort, wenn sie im Theatercafé hängengeblieben war. Dann nahm sie ein Zimmer im Hotelchen und fuhr in der Früh mit dem Autobus nach Marloffstein zurück.
Ende Mai bekam sie einen Anruf von Dietger Schönn. Sie packte ihre Koffer.

35.

Der Sturm fetzte in den Flieder, Rosinger, der im Gasthaus Butterfassl auf Fraul wartete, zog sich vom Garten ins Lokalinnere zurück. Edmund Fraul kam mit hochgezogenen Schultern vom Konstantinhügel, suchte den Garten nach Rosinger ab, wollte kehrtmachen, als Rosinger aus dem Lokal herausgelaufen kam.

»Zu windig für draußen.«

Fraul nickte und ging mit Rosinger in die Wirtsstube.

»Wir sollten mit den Auschwitzgeschichten aufhören«, sagte Fraul, nachdem die beiden das Menü bestellt hatten.

»Sie haben sich das gewünscht. Von mir aus können wir über Angenehmeres reden.«

»Zum Blabla muss ich mich nicht mit Ihnen treffen. Schießen Sie los, Wilhelm. Was haben Sie heute auf Lager?«

»Aus dem Lager auf Lager«, murmelte Rosinger.

»Sie schauen schlecht aus«, sagte Fraul. »Blass. Krank?«

»Mir geht es gut. Der Sohn vom Aumeier, er hat auch Hans geheißen, ist häufig im Lager spazieren gegangen. Angeblich hat er die Schüsse einer Hinrichtung an der Schwarzen Wand gehört, hat sich angeschlichen und ist dann mit voller Hose auf die Kommandantur gelaufen. Höß hat ihn beruhigen müssen. Mir hat der Aumeier erzählt, dass ein Kamerad seinen Sohn nach Birkenau mitgenommen gehabt hat, als der dort dienstlich mit Ihrem Doktor Wirths zu tun hatte. Der kleine Hans lief auf der Lagerstraße auf und ab, schaute sich um und hüpfte in Blocks hinein. Ein SSler hat ihn beim Block sieben geschnappt und wollte ihn, obwohl er gut gekleidet war, einfach auf einen Lastwagen dazuschmeißen, auf dem schon etliche Selektierte standen und lagen. Ich war mit Klehr bei Entress zum Rapport, weiß

nicht mehr, worum es ging, da kam der Kapo Macek hereingestürzt, riss sich die Mütze vom Kopf und schrie etwas vom Sohn des Hauptsturmführers Aumeier, der auf einem Lkw gelegen wäre und wie am Spieß gebrüllt hätte. Aumeier ging nach draußen und holte seinen Hansi herunter. Seitdem hat der Hansi immer ein Schild um den Hals tragen müssen, auf dem gestanden ist: Ich bin Hans Aumeier, Sohn des Hauptsturmführers Hans Aumeier.«
»Da ist was anderes draufgestanden«, sagte Fraul. »Ich hab den Buben auch gesehen. Später hat er eine schwarze SS-Uniform getragen. Eine für Kinder. Einmalig. Was ist aus Macek geworden? Wissen Sie das?«
Rosinger schüttelte den Kopf.
»Ich erzähle heute nichts aus dem Lager. Oder doch! Ich bin dem Egger am Gaudenzdorfer Gürtel begegnet.«
Rosinger senkte den Kopf, denn er wollte nicht, dass Fraul den Gedanken in seinem Gesicht las, der ihm durch den Kopf ging: Hat er an ihm riechen können?
»Er ist in ein Taxi gestiegen, und weg war er«, fuhr Fraul fort.
»Ich bleibe dran, wenn Sie es weiter wollen.«
»Egal.«
Sie aßen und schwiegen dabei. Rosinger ging auf die Toilette und erbrach das soeben gegessene Kalbsgulasch mit Nockerln. Der Schweiß rann ihm in die Augen, er schnäuzte sich und musste nochmals speiben. Zurückgekehrt, warf Fraul einen Blick auf sein Gesicht.
»Gehen Sie heim!« Rosinger zog die Schultern zu den Ohren und ließ sie fallen. Er sah zum Fenster hinaus und nickte.
»Ich übernehme das«, sagte Fraul. »Gehen Sie schon!« Rosinger gab ihm die Hand und ging in den böigen Wind hinaus. Fraul stand auf, eilte zur Eingangstür und sah dem Ro-

singer nach, der mit kleinen Schritten und gesenktem Kopf zur Hauptallee trappelte, sie überquerte und sich hinter den Bäumen Richtung Konstantinhügel entfernte.

Karin Loschewitz war noch in Paris mit dem Schneiden eines Films beschäftigt, als Hirschfeld wieder in Hamburg eintraf. Der Film handelte von netten Leuten, die ihre Liebespartner gemeuchelt hatten. Der Filmemacher Alfred Wolf, ein Wiener Jude, der als Gymnasiast neunzehnachtunddreißig verjagt wurde, neunzehnfünfundvierzig in der Uniform der amerikanischen Armee nach Europa zurückkam und sich nach Kriegsende in Paris niederließ, hatte die Erlaubnis bekommen, diverse Häftlinge, welche wegen Mordes verurteilt worden waren, in ihren jeweiligen Gefängnissen zu besuchen. Darunter war auch eine berühmte Schauspielerin, die ihren um Jahre jüngeren Liebhaber erschoss, weil der ihr zuvor das Herz gebrochen hatte. Diese Blondine ging in ihrer Zelle auf und ab, und Karin ließ sie am Schneidetisch hin und her laufen, stoppte, schnitt, klebte, fügte. Wolf, mit der Pfeife im Mund, saß daneben und betrachtete die Mörderin auf dem Monitor mit traurigen Augen. Karins Mitleid mit ihr hielt sich allerdings in Grenzen. Aus den Diskussionen, die sie mit Wolf führte, entstand nach und nach der Feinschnitt. Wolf mochte auf Karin nicht verzichten, hielt sie bis zum letzten Filmkader in Paris fest, sodass Hirschfeld nichts übrig blieb, als täglich mit ihr zu telefonieren, sich über Fredi zu ärgern, der keinen Schritt und Schnitt ohne sie machen mochte. Die Mischung aus Sehnsucht und Langeweile hielt Hirschfeld in Karins Wohnung am Grindelberg fest. Er kam allerdings mit seiner Novelle, die sich mehr und mehr zum Roman auswuchs, zügig voran. Abends ging er in eine der Kneipen im Grindelviertel, trank sich in die Nacht, speicherte, wäh-

rend er allein an der Theke stand, die Begierde, die beim Anblick der Frauen in ihm hochstieg, im Brustkasten, um sie teils an die Sätze und Satzreihen im Manuskript abzugeben, teils in der Morgenfrüh mit kruden Phantasien durchmischt auszustoßen. Am Telefon versicherte er Karin, wie sehr er sich für sie aufsparte und dass es höchste Zeit sei, sie wieder in den Armen zu haben. Schließlich unterbrach er seine Arbeit, fuhr nach Paris und wurde in Fredi Wolfs Film involviert. Sie saßen Nächte im Büro in der rue G. Bizet zu dritt beisammen. Wolf begann sich für die Gedichte Hirschfelds zu interessieren und ließ sich aus dem Romanprojekt vorlesen, machte ihm Komplimente und schickte ihn zum Weiterschreiben nach Hamburg zurück.
Endlich entschloss sich Hirschfeld, Maier-Loschewitz das Drittel vom Romanganzen, das in den letzten sechs Monaten entstanden war, lesen zu lassen. Loschewitz las es in einer Nacht durch, dreimal der Reihe nach, wie er sagte, und von hinten und mit zahlreichen Anmerkungen, von denen, wie er hinzufügte, aber erst später die Rede sein werde.
»Der zweite Eindruck war stärker als der erste, der dritte stärker als der zweite. Das ist sehr gut«, sagte er, als Hirschfeld ihm im Verlag gegenübersaß. »Das Einzige, was ich wirklich an Ihrem Text auszusetzen hätte, ist, dass ich weiterlesen möchte und wissen will, wie Sie die Fäden verknüpfen. Der Erzählzopf, der mir bis dato vorliegt, stimmt mich recht zuversichtlich.«
»Ich bin und bleibe Lyriker«, antwortete ihm Hirschfeld. »Das alles mache ich bloß Ihnen und dem Verleger zuliebe. Haben Sie ihm den Kladderadatsch zugemutet?«
»Ich habe berichtet.«
In diesem Augenblick klopfte es, und der Verleger trat ein. Als er Hirschfeld sah, schnellten seine buschigen Augen-

brauen hoch. Hirschfeld hatte sich erhoben, neigte zur Begrüßung den Kopf.
»Ich höre das Allerbeste von Ihrem Manuskript«, dröhnte Karlsen, »und ich bin sehr gespannt.«
Er nahm Hirschfelds Hand, pumpte auf und ab, schlug ihm auf die rechte Schulter. Dann warf er ein Kuvert auf den Schreibtisch von Maier-Loschewitz.
»Hätten Sie später eine Sekunde Zeit?«
»Ich kann –«
»Nachher, es eilt nicht.« Er zeigte Hirschfeld den erhobenen Handteller zum Gruß und ging.
Hirschfeld setzte sich und kratzte sich an der Schulter.
»Was war denn das?«, murmelte er.
Maier-Loschewitz lächelte. »Ritterschlag nach Art des Hauses.«
»Sehen Sie«, rief Hirschfeld maulig, »zwo Lyrikbände genügen nicht zur Anerkennung. Kaum verfasst man eine Raubersgschicht, wird man wahrgenommen. Diese Deutschen!«
»Also Räubergeschichte würde ich Ihren Text nun nicht nennen«, sagte Maier-Loschewitz. »Und das Lyrische kommt auch jetzt nicht zu kurz und ist sogar etwas Besonderes im Text. Macht Ton.«
»Wieder ein Honigkuchen. Aber danke.«
»Wenn es in diesem Tempo weitergeht«, begann Loschewitz nach einer Pause, in der beide den Auftritt des Verlegers nachhallen ließen, »könnten wir das Ende ins Auge –«
»Nix«, lachte Hirschfeld. »Hoffen Sie lieber, dass ich nicht auf das hinauf die Schreibblockade kriege.«
»Oh«, machte der Lektor.
Hirschfeld verabschiedete sich und ging leichten Schrittes zur Binnenalster, betrat den Alsterpavillon und trank einen

Piccolo. Auf dem Heimweg danach schien ihm die Maisonne auf den Nacken, und er begann zu schwitzen. Es fiel ihm ein möglicher Titel seines Romans ein: Gefrorene Nähe.
Daheim angekommen, rief er Karin an. Bevor er ihr über sein Tagwerk etwas vorgackern konnte, sagte sie: »Ich komme morgen.« Er hörte eine Stimme im Hintergrund. »Und Fredi sagt mir soeben, er wünscht dir das Beste und solidarische Kampfesgrüße.«
»Du kommst bereits morgen?«
»Ertappe ich dich bei etwas?«
»Wo, glaubst du, habe ich jetzt meine Hand?«
Karin lachte.

36.

(Aus dem Tagebuch des jungen Keyntz)
27. 5. 1988

Ich muss mir jetzt über einiges klar werden. Deswegen nehme ich mein blödes altes Tagebuch wieder her. Mich ziehts zur Singerei, obwohl ich eigentlich dagegen bin. Wie Papa? Immer vor Kulissen stehen und röhren? Andrerseits will ich zur Oper, kein Pop, kein Folk, kein Soul. Später vielleicht Crossover. Mutter wollte unbedingt, dass ich mich entscheide. Damit sie eine Ruhe gibt, hab ich erstmal Philosophie inskribiert.
Im Singverein ists okay. Wir haben schon einige Mal das Deutsche Requiem aufgeführt, im Musikverein, in Graz, in Innsbruck.
Aber ich will auf Dauer nicht im Chor bleiben. Man hört mich heraus, auch wenn ich mich zurückhalte. Ich bin ein Solist. Guido und meine Mutter haben mir zugeredet, dass ich beim Direktor Nürnberger vorsinge. Guido sagt, wenn

du beim Nürnberger reüssierst, ists gebongt. Es gebe weltweit kaum einen, der mehr von Stimmen verstünde als der. Und es würde mir bei ihm nichts nützen, dass ich der Sohn vom großen Keyntz bin. Ist mir eh lieber. Ich werde selber wer als Sänger, oder ich lass es.
Seit Wochen übe ich. Nachher kommen Helen und Mutter und hören sich was an. Helen kennt es schon, weil ich es eh mit ihr einstudiert hab, aber jetzt soll sie als Unbeteiligte daherkommen und so tun, als hörte sie alles zum ersten Mal. Guido tanzt auch an.

28. 5. 1988

Ich habe vor lauter Singvorbereitung gar nicht aufnotiert, worüber ich mir noch im Klaren sein möchte: Meine Allürendolly. Sie nervt mich so mit ihrem Hin und Her. Momentan will sie in Israel bleiben und meint, singen kann ich überall und ich sollte nach Tel Aviv kommen. Sie wohnt jetzt mit ihrer Freundin Tammi zusammen in einer Wohnung. Was soll ich dort? Manchmal kommt sie mir vor, als wollte sie Israel neu aufbauen. Als sie Weihnachten da war, haben wir vor allem gestritten. Was soll ich als Goi in Israel? Dolly ist ziemlich rücksichtslos. Dass man in Wien besser Gesang studiert als in ihrem geschissenen Jerusalem, weiß sie auch, aber es nützt nichts. Ich glaub, sie liebt mich nicht mehr, und ich bin einfach nur geil auf sie. Helen ist nicht so sexy, aber wir verstehen uns. Sie ist draufgekommen, dass ich das absolute Gehör hab. Kein Chorleiter, nicht der Guido, nicht Mutter, die immer so kompetent tut. Helen hatte im Spaß ein Cis angeschlagen, ich hab ihr gesagt, es gehört ein D, kein Cis. »Woher weißt du, dass ich ein Cis angeschlagen hab?« Sie wurde ganz kribblig, schlug verschiedenste Töne an und schrie: »Du hast es, Stefan, du hast es.«

Was mache ich jetzt?
Ich habe ihr und Mutter gestern also die Don-Giovanni-Introduktion vorgesungen, Helen am Pianino. Aus der Winterreise »Das Wirtshaus« und »Gefror'ne Tränen«. Schließlich das »Flohlied«, weil da kann ich darstellerisch ein bissl was machen. Obwohl ich im Singverein Tenor singe, fühl ich mich komischerweise sicherer mit hohem Bariton. Ich weiß nicht.
Allen hats getaugt, na ja, was sollen sie sagen, zwei Tage vor dem Vorsingen. Vielleicht laufe ich ins Messer?
Dann werde ich halt Hegelianer. So ein Blödsinn. Ich werde nie ein Hegelianer, ich werde ein Opernsänger. Dolores, da wirst du schauen, wenn sie mich akzeptieren, wenn Bela Nürnberger mich auswählt. Dann bin ich der mit den Allüren, dein Allürensteff.

29. 5. 1988

Höppner wird auch beim Vorsingen dabei sein, und Kammerlander. Ich bin fast der Einzige, vor mir ist bloß noch eine Südkoreanerin. Wuik-wuik.

Anton Egger nahm den Rucksack, küsste seine Frau und ging hinunter zum Wagen. Er stieg in seinen Ford und fuhr den Gürtel entlang, über den Matzleinsdorfer Platz auf die Inzersdorfer Straße, vorbei an der Spinnerin am Kreuz, der er zuwinkte.
Er fuhr als Max Josef Hausmann nach Süden, bog bei Gloggnitz ab und hinein ins Schwarzatal. Er wollte sich zwar von seiner Rax verabschieden, bevor es jetzt in die Pampa ging, doch rüber zum Preiner Gscheid mochte er nicht. Der Wirt vom Waxriegelhaus hatte ihn verzunden, sodass er verhaftet wurde und den Prozess an den Hals bekam. Obwohl freigesprochen und zweimal mit neuem

Namen versehen, wurde ihm jetzt der Boden doch zu heiß. Mit dem neuen Bundespräsidenten sind scheints, dachte Egger, die Nazijäger neu zum Handeln erwacht, voran der hässliche Oberjud Lebensart. Das soll der Rechtsstaat sein, der mich trotz Freispruchs zum Freiwild macht? Er wusste allerdings, wie nahe dran Lebensart nachforschenderweise dem Zeitabschnitt war, wo er als Untersturmführer im März und April fünfundvierzig mauthausenmäßig vielleicht doch etwas zu eifrig, zu pflichtbewusst war. Etwaige russische Zeugen waren später im Kalten Krieg noch nicht so gefährlich, aber jetzt, wo alle im Westen das Feuermal von diesem Gorbatschow verehren, könnte den damaligen Überlebenden doch geglaubt werden, obwohl die natürlich übertreiben würden, wie das ganze Zeugengesindel immer schon maßlos übertrieben hatte. Mit diesen Gedanken kam er in Hirschwang an, fuhr den Ford auf den Parkplatz, kaufte sich sein Ticket und wartete auf die Seilbahn. Er wollte zum Ottohaus, von dort durch das Törl wieder hinab. Von der Bergstation wanderte er federnden Schrittes hinüber, sah des Öfteren zum seehundartigen Schneeberg hinüber. Seine Gedanken schweiften immer wieder ab und umkreisten Bariloche im Westen von Argentinien, wohin er und Maria nunmehr endgültig auswandern würden. Mauss hatte alles vorbereitet, es konnte eigentlich nichts mehr schiefgehen. Es soll auch dort ausreichend Pilze geben, einige würde er wohl zum ersten Mal finden, weil sie in Europa selten sind. Vielleicht den Kaiserling, dachte er. Amanita caesarea. Dem war er im Burgenland auf der Spur, angeblich hätte man ihn im Rosaliengebirge gefunden. Er wollte sogar nach Italien, wo die Chance größer war, ihn zu erspähen. Es hatte sich nicht ergeben. Mauss versicherte ihm, dass sich Erich angemessen um ihn und Maria kümmern werde. Hoffentlich ohne Ge-

genleistung. Er sah das Ottohaus vor sich, zog seine Gedanken von Argentinien ab, versuchte sich auf die letzte Stunde, die er noch auf der Rax weilen würde, zu konzentrieren. Im Ottohaus speiste er, machte sich hernach auf, abzusteigen, begann in seiner tänzerischen, wiegenden Weise durchs Törl hinabzugehen. Die Maisonne beschien seinen Nacken kräftig. Er nahm den Hut vom Kopf und verstaute ihn im Rucksack, band sich den Anorak um die Hüften und krempelte die Ärmel seines grünkarierten Hemdes auf. Nun waren Hügel links und rechts und verbargen den Schneeberg. Den würde er erst wieder auf der Heimfahrt sehen können. Anton Egger sprang von einer Felsrippe ins Moos und wieder auf angeschatteten Kalk, erreichte den serpentinenreichen Hohlweg, sah auf die Uhr. Dabei stürzte er über eine Wurzel neben einem Baumstumpf, der mit Stockschwämmchen bewachsen war. Beim Fallen machte er eine Linksdrehung, sodass er oberhalb der Schulter wuchtig mit dem Schädel auf eine nach oben sich verjüngende Felsnase schlug.
Das Ehepaar, das er zehn Minuten zuvor leichtfüßig überholt hatte, fand ihn im Moos liegend. Sie wollten ihm helfen, doch es war zu spät.

Stefan Keyntz saß herum und wartete, bis die Südkoreanerin mit dem Vorsingen fertig war. Er fühlte sich sehr gut, war nicht nervös und dachte sich, soll es kommen, wie es kommt. Als er die Bühne betrat, saßen einige Leute um den Direktor herum, etwas abgesetzt Pius Höppner, neben Nürnberger Kammerlander mit einer Mappe auf dem Schoß. Stefan ging zum Klavier, drückte dem Pianisten die Hand, legte die Noten ab, trat an die Rampe.
»Da bin ich«, sagte er, »ich bin der Sohn und singe wie gewünscht.«

»Was heißt wie gewünscht«, ließ sich Nürnberger vernehmen. »Herr Keyntz, guten Tag.«
»Guten Tag.«
Stefan drehte sich zum Pianisten.
»Ich ändere die Reihenfolge. Erst Schubert, dann Flohlied, am Schluss Don Giovanni.« Der Pianist grinste und nickte.
»Okay«, sagte Nürnberger.
Stefan sang die beiden Schubertlieder herunter, unbekümmert und mit lächelndem Gesicht, das teilweise nicht zum Text passte. Beim Flohlied sprang er etwas herum, wurde zu schnell, unterbrach und begann von Neuem.
Nürnberger und Kammerlander wechselten Blicke, Höppner klatschte nach dem Flohlied, sodass sich Nürnberger zu ihm umdrehte und die Finger auf die Lippen legte.
»Ich möchte noch etwas versuchen«, sagte Stefan. »Im Wiener Singverein hat mich der Chorleiter einen Tenorito genannt, obwohl ich doch ein hoher Bariton bin.«
Er wandte sich an den Pianisten. »Ganz unten.«
Der Pianist fischte die Partitur aus dem Notenstapel, stellte sie auf und sagte: »Aha. Soso. Probieren wir es halt.«
»Reicht es uns nicht?«, fragte Nürnberger und drehte sich wieder zu Höppner. Kammerlander flüsterte ihm etwas ins Ohr.
»Soll ich noch?«, rief Stefan und breitete die Arme aus. Nürnberger winkte mit der Hand ab, dann nickte er doch. Stefan schaute zum Pianisten und begann.
»La fleur que tu m'avais jetée«, sang er, versang sich gegen Schluss und brach ab.
»Danke«, sagte Nürnberger, erhob sich, ging aus der Sitzreihe heraus und verließ den Saal. Höppner applaudierte wiederum.
»Das meinen Sie ironisch«, sagte Stefan zu Höppner und zuckte mit den Achseln.

»Ich? I wo. Sauber, sauber. Aber bitte, ich bin nicht der Nürnberger.« Er lachte, stand auf und kam nach vorne. Kammerlander sah sich verwirrt um, eilte hinaus, kam nach einer schwachen Minute zurück und rief Stefan ins Direktionsbüro.

Stefan Keyntz nahm im Vorzimmer neben der Südkoreanerin Platz, betrachtete sie von der Seite. Sie sah mit verschlossenem Gesicht auf die Wand gegenüber, wurde schließlich zum Direktor gebeten, erschien nach kurzer Zeit mit Tränen in den Augen, flüsterte »Goodbye« und ging.

Als Stefan vor Nürnberger stand, ging dieser um seinen Schreibtisch herum.

»Passabel, junger Keyntz.« Er legte ihm die Hände auf die Schulter. »Gutes Material, Tenorito. Sie machen eine Gesangsausbildung?«

»Ab Herbst.«

»Zufriedenstellend. Nächsten Juni sehen wir uns wieder. Das heißt, kommen Sie doch gelegentlich vorher schon bei mir vorbei. Auf Wiedersehen.«

Vor der Oper warteten Stefans Mutter und Helen.

»Ich glaube, ich werde Opernsänger«, sagte er. Seine Mutter umarmte ihn, fuhr ihm übers Haar.

Er machte sich los.

»Gehen wir ins Café Mozart.« Er hängte sich bei beiden Frauen ein, und sie marschierten zur Albertina.

»Was Margit dazu gesagt hätte, Mama?«

37.

Raimund Muthesius hatte das Stück VOM BALKON wieder und wieder überarbeitet, nun saß er Schönn im Direktionszimmer des Burgtheaters gegenüber, zusammengezwängt vor dem Schreibtisch, hielt sich den Bauch und atmete schwer. Schönn, der die neueste Fassung durchgesehen und mit Scherfele eine Nacht lang durchgekaut hatte, blätterte im Manuskript, während die Sekretärin ein Glas Wasser hereinbrachte und Muthesius reichte. Der nahm zwei Tabletten ein, leerte das Glas mit kleinen Schlucken, schaute hiebei aufmerksam ins Gesicht des Direktors.

»Eine kolomassive Veränderung, das ist ja fast ein andres Stück«, sagte Schönn, nachdem das leere Glas fortgetragen worden war und die beiden wieder allein waren. Muthesius irritierte der Schreibtisch, hinter dem Schönn hockte, als sei er ein fremder und dem Dichter vorgesetzter Widersacher. Folglich erhob er sich, griff nach dem Manuskript und verfügte sich zur Sitzgruppe neben dem Fenster. Er setzte sich in einen der vier Stühle und begann nach den Anmerkungen zu blättern, die in blauer Farbe von Scherfele und in roter von Schönn eingetragen worden waren. Schönn blieb hinter dem Schreibtisch sitzen und blickte von dort mit verschlossenem Gesicht auf Muthesius. Er fühlte sich unsicher wie zumeist in Gegenwart von Raimund, versuchte es zu überspielen, lächelte und begann leise sein Schubertmotiv zu pfeifen. Muthesius lachte laut auf, erhob sich, um das Gemecker bequemer aus dem Körper zu schaffen, sein Kopf lief rot an, sodass Schönn nicht sicher war, ob dem Gelächter nicht alsogleich einer der berüchtigten Wutausbrüche folgen würde. Es klopfte, und Rüdiger Scherfele erschien mit Mappen unter dem Arm. Er begrüßte Muthesius mit einer Verbeugung.

»Fabelhaft«, sagte Scherfele. »Die Geigerin Alberta ist nun endgültig zur Hauptrolle geworden. Eine Haushälterin statt der halb wahnsinnigen Mutter, der Bogen zu neunzehnachtunddreißig. Der Vater, er sollte aber nicht Albert heißen, schweigt im ganzen Schlussteil. Er ist mit seiner Tochter Alberta – das finde ich etwas albern – zum Bruder nach Wien zurückgekommen aus dem Exillondon und hält sein Maul, abgesehen von Knurrtönen, sodass Alberta Resonanz und Ausdruck dieses Schweigens verkörpert und beseelt. Fabelhaft.«

»Bombenrolle für Astrid«, murmelte Schönn.

»Hält der neunte November?«, fragte Muthesius.

»Ich lass die Bombe früher platzen. Schaut nach dem zehnten Oktober aus. Ohnedies besser. Dementsprechend habe ich schon mit Astrid telefoniert und sie gebeten zurückzukommen.«

»Wieso, war sie denn weg?«

»Sie kommt zurück, aber sie hat ihre Kündigung noch nicht zurückgenommen.«

»Was soll das heißen? Kein Stück ohne Astrid von Gehlen als Alberta.«

»Oh doch«, sagte Schönn und zeigte mit der Hand auf den Kasten am anderen Ende des Raums. »Im Vertrag steht nichts von der Gehlen. Aber«, Schönn erhob die Stimme, um dem drohenden Gebrüll des Dichters zuvorzukommen, »ich werde sie schon bekneten, lass das mal meine Sorge sein. Sie wird hin und weg sein, wenn sie das Stück gelesen hat.«

»Was?«, schrie Muthesius, »sie ist nicht unter Vertrag, kennt den Scheiß nicht, und du willst im Oktober heraus?«

»Ich bin hier der Direktor, Herr Muthesius.«

»Mein Vertrag mit der Scheißburg ist mir powidl.« Muthesius stand auf und ging auf die Tür zu.

»Lass das Stück da, Raimund.«

Muthesius drehte sich um, sah die beiden Männer an, sein Blick wurde lauernd, er begann zu husten, hielt sich dabei das Manuskript vor den Mund, warf es dann auf Schönns Schreibtisch.

»An dieser Version ändere ich kein Komma mehr«, sagte er. »Am zehnten Oktober ist Premiere, die Gehlen spielt die Alberta, der Dauendin den Hubert, alles andere ist dein Bier. Gehen wir essen?« Und Muthesius ging, ohne eine Antwort abzuwarten.
Am selben Abend stand Schönn vor der Eingangstür von Astrids Wohnung und läutete. Sie öffnete, ließ ihn eintreten, nahm das Manuskript entgegen, bot ihm Kaffee an. Schönn lehnte ab. In seiner Gegenwart las sie das Stück. Er sah an ihr vorbei auf die Reproduktion eines Modiglianiaktes. Er dachte an seine tote Erna, und ein Knödel bildete sich in seinem Hals. Als Astrid fertiggelesen hatte, lehnte sie sich zurück und atmete durch.
»Das muss ich machen«, sagte sie, stand auf, setzte sich neben Dietger. Er streichelte ihr übers Haar.
»Und Karl?«, fragte sie plötzlich.
»Kein Fraul.«

Stefan Keyntz studierte Gesang bei Pius Höppner und Stella Cigorny. Sie begrüßte ihn kühl, als wäre sie nicht bei Margits Begräbnis gewesen. Er dachte an die Carmen mit dem Kreuz auf ihrem Dekolleté und lugte unter den Wimpern auf ihren Busen. Ende Oktober tauschten er und seine Mutter die Wohnungen. In der Schleifmühle war Platz, und so bekam er den gewünschten Steinwayflügel. Er übte an der Akademie, wie man die Hochschule für Musik und darstellende Kunst immer noch nannte und an der er zusätzlich Klavier und klassische Gitarre inskribiert hatte, er übte daheim, er übte und übte. Helen empfahl ihm ihre ehemalige Klavierlehrerin, er kam rasch voran, war in den Musiken wie versunken. Die letzten beiden Briefe von Dolores ließ er unbeantwortet.
Als er und Helen nach Mondscheinsonate und Blumen-

arie, die er nun doch bewältigte, auf dem Sofa saßen und zu schmusen begannen, läuteten zugleich das Telefon und die Türglocke. Stefan nahm den Hörer ab, während Helen zur Eingangstür ging. Er sprach mit Guido, Helen und Dolly traten ins Zimmer. Dolores lief auf ihn zu, nahm ihm den Hörer vom Ohr, warf ihn auf die Gabel, packte Stefan bei den Haaren und küsste ihn. Er spürte, wie sich ihre Zunge in seinem Mund breitmachte. Er riss seinen Kopf zurück, machte zwei Schritte rückwärts. Helen stand in der Tür des Zimmers und schaute mit weit aufgerissenen Augen auf Dollys Rücken. Die drehte sich zu Helen um, zog die Mundwinkel nach unten.
»Das ist also deine neue Flamme? Bist du Helen?« Die schwieg.
»Ich gehe jetzt«, sagte Helen nach einer Weile, schlenderte zum Klavier, nahm die Noten an sich, klaubte ihre Handtasche vom Sofa, zögerte, lief auf Stefan zu, küsste ihn auf die Wange, nickte Dolores zu und war aus dem Zimmer.
»Nein, warte«, rief ihr Stefan nach. Die Tür draußen fiel ins Schloss.
»Ich war schon in der Hardtgasse bei deiner Mutter«, sagte Dolores schnell. »Kein Wort hat sie mir gesagt, dass du eine neue Freundin hast. Bravo.«
»Servus, Dolly«, sagte Stefan. Sie spazierte an ihm vorüber und aus dem Zimmer, er hinter ihr her. Sie begann die Wohnung zu besichtigen. Ihr Gesicht war langsam rot angelaufen, als wäre sie sich allmählich der Situation bewusst geworden. Sie öffnete schließlich die Tür zum Eiskasten und betrachtete einen Joghurtbecher. Stefan griff ihr von hinten an die Schulter. Sie holte den Becher heraus.
»Gib mir ein Löfferl«, sagte sie.

38.

Mich hat der Saupreuß im neuen Muthesius doch nicht besetzt. Nicht einmal mit der Winzigrolle des Burghauptmanns wie versprochen. Das habe ich mir eh gedacht. Moritz Vesely bebte vor Zorn. Er saß allein in der Kantine, weil er nachher noch Probe hatte. Vor dem Gesicht hielt er den Ausblick, konnte die Artikel aber nicht in sich aufnehmen, da die Wut derart sein Gehirn durchwühlte und jegliche Aufmerksamkeit abzog. Dem Kasperl Nesser, dachte er, haben sie die Rolle des Albert Kieler gegeben, diesem Jünger des epileptischen Theaters. Veselys Blick blieb an einem Artikel von Gustav Felsberg hängen. Nicht der Artikel interessierte ihn, sondern der Verfasser. Ist das nicht der Jud, der lange von New York aus für den Ausblick berichtet hat, ein Freund des Herausgebers ist und mittlerweile wieder in Wien lebt? Vesely stand auf, ging hinauf und hinüber zur Dramaturgie. Scherfele sah hoch.

»Kommst du zu mir?«

Vesely nickte und überlegte sich, was er dem aufgeblasenen Rüdiger auftischen könnte. Scherfele sprang auf, bat Vesely zu warten und lief aus dem Zimmer. Vesely sah ihm nach, näherte sich mit schiefem Kopf dem Schreibtisch und bemerkte einen Stapel Manuskripte. Er nahm das oberste an sich, las den Titel, steckte sich das Papier ins Sakko und verließ die Dramaturgie. Er eilte aus dem Haus und die Teinfaltstraße hinunter, links die Herrengasse entlang zur Post. Nachdem er das Stück VOM BALKON dort zweimal kopiert hatte, hetzte er zurück, betrat die Dramaturgie, legte ein Exemplar auf den Stapel zurück.

»Jetzt habe ich keine Zeit mehr«, sagte er maulend zu Scherfele, als der mit Mappen bepackt zurückkam.

Nach der Probe spazierte Vesely heim, machte sich sein

Nachtmahl, setzte sich in seinen Lehnstuhl und las das Stück.
Dieser Muthesius ist ein echtes Ekelpaket, ein Rabenaas, ein geschäftstüchtiger Polemiker, der seit Jahr und Tag den Schönn mit seinen immer gleichen Suaden beliefert. Ich hätte durchaus gern auch einmal so einen Muthesius'schen Grantscherben gespielt, aber es haben doch immer die Piefkes Vorfahrt. Na warte, Dietger Schönn! Ein witziger Antifaschismus ist durchaus nötig in diesem Land. Was aber der verkappte Katholerer aus Oberösterreich an Hass und Unrat über Österreich ausschüttet, geht auf keine Kuhhaut. Das könnte, dachte Vesely und kicherte in sich hinein, ein mittleres Skandalerl werden, wenn mans richtig anpackte.
Er rief Judith Zischka an und erreichte sie sofort. Der Obergscheiten sage ich gar nichts, dachte er.
»Grüß dich Gott, Judith, hier ist Moritz. Moritz Vesely.

–

Erkennst meine Stimme nicht?

–

Stör ich dich?

–

Das tut mir leid. Ich will bloß eine Telefonnummer von dir. Er heißt Gustav Felsberg.

–

Achso, von dem Dreckskerl hast du keine Nummer.

–

Gut, ein ander Mal. Küss die Hand, Judith. Wie gehts der Kleinen?

–

Sie hustet? Aber sonst?

–

Das freut mich. Also servus.«

Dreckskerl? Umso besser, dachte Vesely. Dann ist der Felsberg genau der Richtige. Nachdem er eine Weile herumtelefoniert hatte, bekam er die Nummer, rief ihn an, sprach ihm auf den Anrufbeantworter, nahm sich das Stück wiederum her, begann diverse Stellen herauszustreichen. Schließlich spannte er Papier in seine Schreibmaschine, schrieb einzelne Stellen ab. Als Felsberg zurückrief, war er fertig.

»Ich hätte«, sagte Vesely leise ins Telefon, »eine recht heiße Sache. Kennen Sie das neue Stück von Muthesius?«

»Das kennt doch keiner. Vesely, wollen Sie mich rollen?«

»Nichts ferner als das! Ich habs. Ich habs.«

»Sie haben das Stück, welches total unter Verschluss ist? Achso, Sie wirken mit.«

»Ich wirke nicht mit! Es ist ein Skandalstück.«

»Jeder Muthesius ist ein Skandal. Wollen Sie es mir etwa zeigen?«

»Es ist eine derartige Beschimpfung Österreichs, dass sogar ich, der ich, wie Sie sicher wissen, genug an meinem Land auszusetzen habe, empört bin über diese besudelnden Pauschalisierungen.«

»Das ist doch sein Trick! Immer gewesen. Was wollen Sie dafür?«

»Ich will gar nichts. Ich liefere Ihnen einige Ausschnitte aus dem Werk, Sie können es im Ausblick platzieren. Dann muss der Herr Direktor Farbe bekennen.«

»Kommt nicht in Frage, Herr Kammerschauspieler. Ich muss schon das ganze Stück haben.«

»Das kann ich nicht tun.«

»Tut mir leid. Ich bin nicht vom Boulevard. Geben Sie es dem Kampl.«

»Dem Moldaschl möchte ich das Zeug ums Verrecken nicht geben. Der ist mir der falsche Bundesgenosse.«

»Na dann«, sagte Felsberg nach kurzem Zögern. »Ich wäre schon interessiert. Aber ganz oder gar nicht.«
Vesely presste den Hörer ans Ohr. Er dachte angestrengt nach, wusste, dass er flink sein musste mit einer Entscheidung. Sein Schädel begann zu schmerzen, als wäre in seinem Kopf ein Hämmerchen, das abwechselnd auf eine Ja- und dann auf eine Neintaste schlug.
»Ich muss es mir noch überlegen«, sagte er.
»Wo wohnen Sie?« Vesely nannte seine Adresse.
»Gehts gleich?«
»Kommen Sie.«

Gustav Felsberg war am nächsten Morgen sehr früh ins Auto gestiegen und zu seinem Haus nach Breitenstein am Semmering gefahren. Er müsse noch dringend etwas erledigen, sagte er seiner Frau, küsste seine beiden Töchter zum Abschied. In Rodaun holte er seine Geliebte ab, gemeinsam verließen sie Wien. Nach der Ankunft wollte die Frau sogleich in den Ort fahren, um Lebensmittel zu besorgen, aber Felsberg drängte sie ins Badezimmer, zog sie aus, stellte sie und sich unter die Dusche, warf sich und sie aufs Bett. Später legte er sich in die Badewanne, das Manuskript auf den Hocker daneben, dazu einen Aschenbecher, Zigaretten. Er rief nach seiner Geliebten, ersuchte sie, ihm das Feuerzeug zu bringen, sie verlangte den Autoschlüssel und fuhr einkaufen.
»Tsen Brider senen mir gewesn«, sang er, und blätterte die angestrichenen Stellen in Muthesius' Stück durch. Er nahm die Angelegenheit humoristisch, freute sich schon, dem widerlichen Unteracher einen vor den Latz zu knallen. Er genoss die Vorstellung, dem Burgtheaterzerstörer Schönn die Kleinbürgermeute an den Hals zu hetzen. Es störte ihn auch nicht, dass er in eine Kumpanei mit Rechten und An-

tisemiten geriet, er mochte sie durchaus als nützliche Idioten sehen. Was ihm an dem Stück allerdings aufstieß, war die von Hinterhältigkeit durchsetzte Feigheit des großen Dichters. Wenn dieser Ministrant sich über die Österreicher ausscheißen will, soll ers tun, mir sehr recht. Felsberg stieg aus der Wanne und zog sich an. Er trat vor das Haus, holte sich noch einen Anorak und ging einige Schritte mit Blick auf den Hirschenkogel. Aber er soll die Österreicher durch ein österreichisches Arschloch anscheißen, nicht durch ein jüdisches. So werde ich es wohl nicht schreiben können, dachte er und lächelte sich selbst an. Feigesius lässt einen exilierten Juden durch den Mund seiner Tochter bellen wie ein deutscher Schäferhund. Er zog sein Notizbüchlein aus der Gesäßtasche, hatte aber keinen Stift mit. Merken, Gustav, sagte er sich. Muthesius schiebt Juden vor, um seine Österreichkritik anzubringen. Er ist ein Antisemit. Einem Antisemiten darf man das Burgtheater nicht als Bühne geben. Nichts darf man den Antisemiten als Bühne geben. Besetzt das Burgtheater oder so ähnlich, dachte Felsberg, werde ich meinen Artikel nennen. Der Teddy wird mich den Artikel schreiben lassen müssen. Der Ausblick gilt eh als Judenblatt. Die Juden müssen gegen dieses Stück sein. Es beleidigt gornicht, spann Felsberg den Faden weiter, die Frostschädelstätte Österreich, es insinuiert das Judentum. Ihr werdet mich kennenlernen!

Beim späten Mittagessen erzählte er seiner Geliebten, was er sich durch den Kopf hatte gehen lassen.

»Du müsstest den Artikel in der Stunde veröffentlichen, nicht im Ausblick«, sagte sie und schenkte ihm und sich einen Welschriesling ein.

»Schatzi, wo du recht hast, hast du – unrecht«, antwortete er. »Du hast mich auf eine Idee gebracht. Jetzt, da ich sie durchdenke, ists eine glänzende Idee.«

Nachmittags machten sie einen Spaziergang zum Semmeringpass, abends fuhren sie nach Wien zurück.
Bevor Felsberg heimging, setzte er sich im Oswald & Kalb an den Stammtisch.
Ich müsste dem Moldaschl einige Zitate aus dem Stück zuspielen, überlegte er. Tobias Malach kam herein, ließ sich neben Felsberg nieder. Sie plauderten. Georg Gelernter erschien, setzte sich ungefragt dazu und begann ohne Punkt und Komma auf die beiden einzureden. Sein Dauerthema, die Antisemitenriecherei, hatte durch die Waisaffäre an Intensität derart zugenommen, dass Felsberg, indes er mit halbem Ohr dem Sermon lauschte, bei Gelernter eine ausbrechende Paranoia vermutete. Malach gelang es hie und da, Gelernter zu unterbrechen, um beschwichtigend auf ihn einzuwirken. Plötzlich stand Gelernter auf, sah Malach scharf an:
»Bist auch ein Antisemit geworden, Tobias?« Malach nahm das Weinglas und schüttete den Inhalt in Gelernters Gesicht. Felsberg sprang auf.
»Na, na«, sagte er, »beruhigt euch.«
Gelernter spuckte auf den Stammtisch, ging zur Bar vor und forderte vom Kellner Bane sofortiges Lokalverbot für Malach.
»Das muss ich mir nicht sagen lassen«, sagte Malach und blickte mit großen Augen auf Felsberg. Die Zeit ist reif, dachte Gustav. Wenn bereits der langweilige Tobias ausrastet … Felsberg klopfte Malach auf die Schulter. »Schon gut. Der Schorschi ist eben ein Rischesmacher. Kismet. Also servus, ich muss weiter.« Er legte einen Fünfziger hin. »Zahl für mich.«
Malach schaute ihm nach. »Rischesmacher? Was soll das sein?«, murmelte er.
Auf dem Heimweg fiel Felsberg ein, wie er dem Moldaschl

die Zitate zukommen lassen konnte, ohne sich dabei zu kompromittieren.

Rosingers Schwester Agnes war in Hochstimmung. Soeben hatte ihr Jupp Toplitzer am Telefon das Angebot gemacht, als Bezirksrätin für die Freiheitlichen zu kandidieren. Sie wäre an zweiter Stelle gereiht, ein sicherer Listenplatz. Heute erwartete sie ihre Freundin, die für einige Tage aus Klagenfurt angereist war, zum Essen. Diese Freundin hatte vor zwanzig Jahren nach Kärnten geheiratet, fühlte sich dort nicht so wohl, obgleich sie die neuere Entwicklung der Partei mit Jupp sehr begrüßte. Sie nutzte jede Gelegenheit, in ihr geliebtes Wien zu kommen und Agnes zu treffen. Agnes saß in der Küche und schnitt Gemüse, summte ein Lied, dachte an ihren Bruder, welcher heute, wie jeden Monat einmal, zu Hedis Grab pilgerte, sich dort bemitleidete und vermutlich, bevor er in seine Wohnung hinüberging, noch bei ihr vorbeischauen würde.
Als es läutete, waren sie beim Nachtmahlen. Der Ehemann der Freundin, ein Kärntner Abwehrkämpfer und Schriftführer der SS-Kameradschaft IV, sprach gerade darüber, dass gegen ihn und seinesgleichen in jüngster Zeit von den Linken verstärkt gehetzt wurde. Dazu füllte er sich mit steirischem Schilcher ab, den Agnes beiden zum Essen kredenzt hatte. Wilhelm Rosinger betrat die Wohnung. Er kannte den Abwehrkämpfer, grüßte ihn höflich. Agnes bat ihren Bruder kühl, auf ein Achterl zu bleiben, doch Rosinger hatte keine Lust. Der Abwehrkämpfer erhob sich.
»Na also, Wilhelm. Jetzt, wo die Agnes den ehrenvollen Auftrag von Jupp erhalten hat, musst schon anstoßen mit uns.« Rosinger sah sie fragend an, sie nickte und hob ihr Kinn.

»Von mir aus«, murmelte Rosinger, holte aus der Küche ein Weinglas, ließ sich einschenken.
»Auf dich«, sagte er zu Agnes. Er trank und wendete sich zum Gehen. Es läutete wiederum. Agnes ging an Wilhelm vorbei und öffnete die Eingangstür.
»Sie sind Frau Auer?«, fragte der Mann, der draußen stand. Hinter dem Rücken von Agnes erschien Rosinger und erblickte den unangemeldeten Besucher.
»Grüß Gott«, entfuhr es ihm, denn der Mann kam ihm bekannt vor.
»Guten Abend. Entschuldigen Sie die Störung. Ich hätte bloß ein Kuvert für Sie abzugeben.« Er reichte Agnes ein braunes Kuvert. »Empfehle mich.« Er nickte dem Geschwisterpaar zu und ging. Agnes schüttelte den Kopf, betrachtete den Umschlag, auf dem nichts stand, war unschlüssig. Wilhelm nahm ihn ihr aus der Hand, und sie gingen zurück ins Wohnzimmer. Er öffnete das Kuvert, besah sich zwei kopierte Blätter, suchte im Umschlag, holte einen Brief heraus.
»Entschuldigts«, sagte er zum Abwehrkämpfer und dessen Gattin, deutete seiner Schwester mit dem Kopf zur Küche, ging schon vor und setzte sich auf die Küchenbank. Agnes hockte sich neben ihn, und sie lasen gemeinsam den Brief durch.
Sehr geehrte Frau Auer, man sendet Ihnen einige Stellen aus dem Sudelstück VOM BALKON des Nestbeschmutzers Muthesius, das am 10. Oktober im Burgtheater uraufgeführt werden wird. Dieser Text ist streng geheim. Direktor Schönn und Konsorten halten ihn unter Verschluss. Man hat es geschafft, dennoch an einige Textstellen heranzukommen. Man bittet Sie, diese an den Kolumnisten Moldaschl von der Stunde, besser bekannt als Kampl, zu schicken oder persönlich in der Redaktion abzugeben. Da-

zu das verschlossene Kuvert, das man Ihnen mitgeschickt hat. Sie, sehr geehrte Frau Auer, können mithelfen, dass die Aufführung des Stückes verhindert wird. Bitte um der bestmöglichen Wirkung willen, niemand außer Moldaschl zu informieren. Auch nicht den geschätzten Jupp Toplitzer, in dessen Interesse die geplante Aktion durchaus liegt.
Mit freundlichen Grüßen ... PS: Anbei ein kleiner Betrag für Ihre Spesen.
Rosinger griff nochmals in den Umschlag, holte den Geldschein heraus und löste vorsichtig ein kleines weißes Kuvert vom größeren ab. Beide lasen nun die Textstellen und gingen ins Wohnzimmer zurück. Rosinger verabschiedete sich nochmals und stapfte in seine Wohnung hinüber. Er schaltete den Fernseher ein und platzte in einen deutschen Spielfilm mit Elisabeth Trissenaar und Kurt Raab. Als er diesen Schauspieler sah, fiel ihm ein, wer der Mann war, der den Umschlag überbracht hatte. Der hatte doch ein Buch geschrieben über alte Nazis, dachte er, und was aus ihnen im Nachkrieg geworden war und wie ihre Kinder zum Nazitum der Eltern stünden. Ich habe ihm nichts Besonderes erzählt. Deswegen bin ich in seinem Büchel auch nicht vorgekommen. Ist er nicht auch bei der Agnes gewesen und war enttäuscht, dass sie keine Kinder hat? Rosinger fiel der Name des Mannes nicht ein. Er drehte den Fernseher ab und setzte sich zum Fenster, nahm das neue Allan-Wilton-Heft und begann zu lesen. Später lag er lange wach. Soll ich dem Fraul davon erzählen?

Schönn klatschte in die Hände.
»Weiter mit der Probe. Was isn los?«
Kaspar Nesser, der als der alte Albert Kieler im Rollstuhl zu sitzen hatte, reichte dem Direktor von der Bühne herab die

Zeitung. Schönn überflog den Artikel, legte das Blatt neben sich.

»Das ist mir schnurz.«

»Fällt dir nichts auf?«, fragte Astrid von Gehlen, die neben dem Rollstuhl postiert war, diesem nun einen Tritt versetzte, sodass er nach vorne zu rollen begann.

»Mir fällt auf, dass ihr mit allem beschäftigt seid, nur nicht mit dem Stück.« Schönn schaute Astrid von unten ins Gesicht.

»Achso«, sagte er langsam. »Woher hat der Moldaschl den Text?« Er nahm die Zeitung wieder auf, setzte sich nieder und las den Artikel nochmals. »Das ist ja wortwörtlich!«

»Eben«, sagte Astrid.

»Pause«, sagte Schönn. »Ich komme hinauf.« Er begab sich auf die Bühne.

»Hört zu. Die wollen uns fertigmachen. Die wollen, dass wir das Ding absetzen. Daran seht ihr, wie es wirkt. Wir machen seelenruhig weiter.«

»Seelenruhig«, kicherte Nesser. »Du hast Nerven.«

»Und ob ich Nerven hab. Und ihr auch. Ihr habt auch Nerven zu haben. Es gibt eine undichte Stelle. Na, wenn schon. Wir schreiben ohnedies nunmehr Theatergeschichte. Das ganze Land erkennt sich in den Erzsätzen von Muthesius. Dazu haben wir ihn ja. Literatur, Theater, Kunst, das ist nicht zum Krenreiben, wie man in Wien sagt. Jetzt fahren wir den Spießern, den Altnazis, den Ignoranten in die Parade. Jetzt zeigen wir der Bourgeosie im Gesamten, was Sache ist. Wir sind die Aufklärer in diesem Land. Das ist nun unsere historische Aufgabe geworden. Ich könnte den Raimund abküssen für den Text. Wir stehen dafür ein. Wer nicht will, soll jetzt abgehen! Er soll sich verdünnisieren!«

Nesser lachte.

»Von mir aus«, sagte er, »ich spiele, was auf dem Zettel steht. Mir ist doch wurscht, was der Kampl schreibt.«
»Danach können wir abhauen«, sagte Astrid von Gehlen düster.
»Willste die Rolle niederlegen?«
»Nee, Dietger.«
Dauendin, der bisher geschwiegen hatte, nahm Astrid an der Hand. »Wird schon«, sagte er leise.
»Schluss der Debatte«, rief Schönn. »Weiter gehts.«
Die Schauspieler nahmen ihre Positionen wieder ein. Scherfele gab den Einsatz.

Albert Kieler: »*Hrwww.*«
Hubert Kieler: »*Es ist wieder so weit. Vater will reden. Schwester, walte deines Amtes.*«
Alberta: »*Ich bereue es schon …*«
»Stopp«, sagte Schönn. »Felix, lach nach deinem Satz. Astrid, du musst ganz zum Vater hingehen. Beuge dich über ihn. Denn er redet ja durch dich. Weiter mit *walte.*«
»*Walte deines Amtes*«, sagte Dauendin als Hubert und ließ ein hohndurchsetztes Glucksen aus dem Mund fallen. Astrid beugte sich über Nesser: »*Ich bereue es schon, meine Kinder …*«
»Nicht den Vater nachmachen. Sprich mit deiner Stimme!«
»*Ich bereue es schon, meine Kinder, dass mich ein unerklärliches Heimweh übermannt hat. Ich habe euch gezwungen, wieder in dieses braune Land zu kommen*« – dabei streifte Astrid mit ihrem Busen Nessers Nase, der wich zurück, tief in den Rollstuhl –, »*wo ich einst aufgewachsen bin unter den zärtlichen Tachteln der Wiener, mit den nassen Küssen der Wienerinnen, dem Jud-Jud der Burschenschafter …*«
»*Judjud?*«, fragte Dauendin.

»*Unterbrich ihn nicht*«, zischte Astrid als Alberta. Dauendin als Hubert mit Pose:
»*Ich seh ihn noch, den Balkon am Heldenplatz. Ich bin acht Jahre. Er will auf den Platz hinunterspringen. Aber etwas hält ihn im Gemäuer fest.*«
Astrid: »*Unterbrich mich nicht.*« Scherfele rief: »Es heißt: Unterbrich *ihn* nicht.«
»Entschuldige. – *Unterbrich ihn nicht.*«
Dauendin: »*Ein Mann steht am Balkon und brüllt.*« Es entstand eine Pause. Schönn rief zu Nesser hinauf: »Nun?«
Nesser schreckte auf. Als Albert: »*Hrwww.*«
Astrid als Alberta: »*Er will weiterreden.*«
Dauendin als Hubert: »*Kusch. Hört!*«
Stille. Schönn schaute zu Scherfele. »Wo bleibt das Band?«
»Band läuft«, schrie wer. Die Führerrede ertönte.
»Okay«, sagte Schönn. »Das Gebell abstellen. Weiter im Text.«

Am Tag der Premiere von Muthesius' VOM BALKON erschien Gustav Felsbergs Artikel auf der Titelseite des Ausblicks und erregte beträchtliches Aufsehen. Felsberg brachte jene zornigen Gedanken zu Papier, die ihm in Breitenstein gekommen waren. Für besonders gelungen galt die Formulierung, dass Muthesius die Juden bellen lasse wie deutsche Schäferhunde. Boaz Samueli, der kein Freund Felsbergs war und ihn wegen seiner überzogenen proisraelischen Positionen auch öffentlich kritisiert hatte, musste sich eingestehen, dass »der Kerl diesmal recht hat«. Hirschfeld, mit dem Samueli im Café Prückel saß, gab zu bedenken, dass sich nun die Judenheit in einträchtiger Wohlfühlerei mit Moldaschl, den Josefstädter Bandlkramern und Jupp Toplitzer befinde.
»Man kann sich die Beifallklatscher nicht aussuchen«, sagte

Samueli. »Dieser Muthesius, und ich halte viel von ihm als Schriftsteller, hat keine Ahnung von Juden. Deswegen hat sein Stück, sofern ich aus den Zitaten ersehe, einen Hauch Antisemitismus aus Ignoranz und Dummheit.«

»Gescheite Antisemiten gibt es nicht«, sagte Hirschfeld. Er hielt inne. »Vielleicht doch.«

»Jedenfalls«, nahm Samueli den Gesprächsfaden wieder auf, nachdem beide über die letzte Bemerkung Hirschfelds eine kleine Nachdenkpause eingelegt hatten – Samueli hatte wenigstens zehn Namen erinnert, auf welche die Bezeichnung »gescheite Antisemiten« zutraf, blöderweise waren das alles Juden –, »haben wir nicht nur den Fall Muthesius zum Ärgern. Auch Krieglachs Denkmal, gegen das dieselben Ungustln zu Felde ziehen, die sich hier beim BALKON aufpudeln, hat eine judenverachtende Komponente.«

»Aber geh«, sagte Hirschfeld. »Du bist ja schon wie der Schorschi Gelernter. Kaum macht ein Goi den Mund auf, schon sinds Risches.«

»Also bitte«, Samueli zündete sich eine Zigarette an, »große Monumente wird Krieglach aufstellen, riesige Blöcke gegen Krieg, gegen Faschismus im Allgemeinen, unbekannter Soldat, alle Opfer des Weltkriegs. Daneben, krötenklein, der kniende Jud, Vorstellung unserer Demütigung ohne Zusammenhang zum anderen. Das gefällt dir?«

»Ich nehme die gute Absicht fürs Werk«, sagte Hirschfeld.

In vielen Kaffeehäusern Wiens wurde an diesem zehnten Oktober der Artikel von Felsberg diskutiert. Gegen vier Uhr nachmittags erschien vor dem Burgtheater ein großer Lastwagen. Er hielt vorschriftswidrig vor dem Eingang des Theaters. Aus der Führerkabine stiegen zwei Männer in

Overalls aus, liefen nach hinten, öffneten die Ladefläche, sprangen hinauf und begannen alsogleich mit Mistgabeln dreckiges Stroh, welches mit Jauche durchsetzt war, herunterzuschmeißen. Ein Wachmann, der sich dem Vorgang anzunähern begann, besah sich die Männer. Der Chauffeur, ein kräftiger dicker Mensch mit poliertem Schädel, stand vor der Motorhaube und blickte gelassen auf den Polizisten. Der blieb stehen, kratzte sich am Hals und ging zurück.

Menschen begannen sich anzuhäufen, umstanden den wachsenden Misthaufen und bekundeten Sympathie mit der Aktion. Einer rief: »Scheißts das Burgtheater zua!« Einige lachten, und immer mehr kamen dazu. Schließlich stiegen die beiden Männer vom Lastwagen herunter, hoben jeder einen Kübel von der Ladefläche und gossen den Inhalt auf den Misthaufen drauf. Die dem Ausgießen am nächsten stehenden Zuschauer wichen zurück. Bevor die Männer wegfuhren – das Nummernschild des Lkw war verdreckt und daher unleserlich –, warfen sie noch Flugblätter in die Menge. Darauf stand: RAUS MIT DEM SCHUFT SCHÖNN AUS ÖSTERREICH.

Dietger Schönn wurde von der Aktion informiert. Er lächelte.

»Keine Panik«, sagte er. Er rief die Polizei an und verlieh der Befürchtung Ausdruck, dass es während der Vorstellung zu Krawallen kommen könnte. Er habe gewarnt. Innerhalb einer halben Stunde standen fünf große Einsatzwagen in der inzwischen abgesperrten Teinfaltstraße. Die Sonne kam vom Westen zwischen den Wolken hervor und beglänzte die Stahlhelme der jungen Burschen. Verdutzte Passanten begannen mit den in den Einsatzwagen kauernden Polizisten zu reden, bekamen aber keine Antwort. Ein Fernsehübertragungswagen fuhr vor und begann mit dem Oberpolizisten vor dem Theater um einen Standplatz zu feilschen. Im Theater hatte sich das Fernsehen schon Stunden vorher eingerichtet.

Als sich der Vorhang hob und Nesser mit dem Rollstuhl an die Bühnenrampe vorfuhr, begannen auf der Galerie die Tumulte, die von demonstrativen Beifallskundgebungen konterkariert wurden. Schönn hatte den Schauspielern eingebläut, unter allen Umständen weiterzuspielen.

»Kapselt euch ab, spielt die Chose vom Blatt herunter. Es kömmt darauf an«, sprach er emphatisch weiter, »das Ding durchzupusten bis ans selige Ende.«

Er veranlasste noch, dass die Technik die Führerrede lauter abspielte als geprobt, sodass sich zum Gebrüll der Muthesiusgegner das Gebell des Führers zu einer passablen Kakophonie zusammenschloss.

Ursprünglich war eine Pause geplant, aber Scherfele setzte im letzten Moment auch beim verdrossenen Nesser durch, dass durchgespielt werden müsse. Nesser drohte, er werde dann eben Richtung Publikum pinkeln, wenn er müsse, dazu würde er vom Rollstuhl aufstehen müssen. Dauendin sagte ihm, er solle tun, was er nicht lassen könne. Astrid von Gehlen dachte sich während der ersten Viertelstunde, es sei schade um ihre prächtige Rolle. Bei der Brüllerei könne man keine Nuance platzieren. In der weiteren Folge steigerte sie dementsprechend ihren Ton und brüllte sich wie die anderen durch das Stück durch.

Zehn Minuten vor Schluss – das Stück hatte sich weitgehend durchgesetzt, die Pöbeleien von Galerie und drittem Mittelrang rechts waren nur mehr vereinzelt zu vernehmen – neigte sich der in der Direktionsloge sitzende Schönn zu Muthesius und flüsterte ihm etwas ins Ohr. Der grinste. Ein Zuschauer im Parterre links sah das und schrie: »Die Oaschlöcher da oben lachen uns aus.« Er wollte sich an den neben ihm Sitzenden vorbeiwurschteln, wurde von Aufspringenden an den Haaren und an der Schulter festgehalten, begann Ohrfeigen und Faustschläge auszuteilen, wurde von einer zornigen jungen Frau in den Schritt getreten. Es entwickelte sich eine Rauferei, die aber am Mittelgang ein natürliches Ende nahm. Polizei, nach der gerufen wurde, war im Begriff, herunterzukommen, da hörte das Geprügel auf, es war nunmehr allerdings Schluchzen und Wimmern zu hören und Gelächter, das aufflammte und sogleich wieder erstickte.

Bei der Schlussszene war es »still im Kartong«, wie sich Schönn im Rückblick auszudrücken beliebte.

Nesser fuhr als alter Albert Kieler mit dem Rollstuhl von links zur Bühnenmitte bis zum Geländer seines Balkons, flankiert von Dauendin als Sohn Hubert und von Gehlen als Tochter Alberta. Der Balkon war in zwei Meter Höhe aufgebaut, gegenüber fuhr die Bühnentechnik den Balkon des Heldenplatzes von rechts zur Bühnenmitte. In einem gewissen Abstand verharrten die beiden Balkone.

Alberta markierte auf der Geige ein Motiv aus der Lustigen Witwe, welches von einem hinter den Kulissen platzierten Violinisten gespielt wurde. Sie legte die Geige weg und sprach:

»*Ich, Albert von Kieler, grüße das gottbegnadete Pflaster von Wien.*«

Astrid und Felix kippten den Rollstuhl, doch bevor Nesser tatsächlich heruntergestürzt wäre, erlosch das Licht. In die Finsternis – auch die Musik brach ab – rief die Stimme der Angela König als Haushälterin:

»*Was tun S' denn, Herr Professor. Na sowas!*«

Der Vorhang fiel.

Einige Sekunden, die man durchaus mit Händen festhalten konnte, war es sehr ruhig im Zuschauerraum. Hernach klatschte und buhte und brüllte und jubelte das Publikum eine halbe Stunde lang. Schönn und Muthesius hatten die Loge verlassen, gesellten sich zu den wieder und wieder sich verbeugenden Schauspielern.
Während Schönn mit allen Zähnen zufrieden die Zuschauer im Theater und die künftigen Zuschauer vor den Fernsehschirmen anlachte, schenkte Muthesius, sich verneigend, der Welt ein kleines Lächeln, welches Roman Apolloner in seinem Bericht über den Theaterskandal sardonisch nennen würde.

39.

Anfang Jänner neunundachtzig, an einem sonnigen, kalten Tag, stand Edmund Fraul in seinem Wohnzimmer und sah auf die Hollandstraße hinunter. Immer noch hielt ihn der Traum der letzten Nacht in den Krallen. Seine Gedanken drehten sich wie ein von Eis beeinträchtigtes Mühlrad in seinem Kopf. Als sei es der Nachhall des Traums, klopfte und knirschte es. Fraul bemerkte gegenüber eine Frau, die auf ihrem Balkon stand, sich über das Geländer beugte, um mit einem Mann zu sprechen, welcher auf dem darunterliegenden Balkon mit dem Rücken am Geländer und steifem Nacken zum darüberliegenden zurückredete. Frauls Blick wanderte weiter zu den beiden Fenstern im letzten Stock, hinter denen die Scharfschützen hockten, die ihn immer wieder niedergeschossen hatten, wenn er es wagte, seine Nase aus seiner eigenen Wohnung herauszustrecken. Prompt öffnete sich eines der Fenster, und eine Frau mit Kopftuch beutelte ein Leintuch aus.

Rosa berührte ihn an der Schulter, er wandte sich um und setzte sich zum Frühstück. Zwischen den Bissen verging die Zeit. Edmunds Blick blieb kurz am Antlitz seiner Frau haften, er glitt von den Krähenfüßen ihre Wangen entlang zum Mund und zu den Ohren. Rosa lächelte, Edmund sah aus dem Lächeln ihr jugendliches Gesicht heraussteigen, welches sich wie eine Maske über das alte legte.

»Egon Wirths, der Bruder, hat mich gefragt, ob ich das Buch schreibe«, sagte Edmund kauend.

»Die Mandl hat vor meinen Augen ein Zigeunermädel totgeschlagen«, sagte Rosa und bekräftigte den Satz mit einem leichten Nicken.

»Ich habe zugestimmt«, sagte Edmund.

»Nachher ist sie, ohne sich die Hände zu waschen, zu Fania gegangen und hat dem Orchester bei den Proben zugehört. Sie haben die Egmontouvertüre geübt. Die Mandl liebte Beethoven. Ach, hat die Beethoven geliebt.«

»Und jetzt werde ich es wirklich schreiben. Rosa, hör zu. Ich schreibe ein letztes Buch über Auschwitz.«

»Nicht mehr von unten?«

»Nein, eben. Du verstehst, da bin ich froh. Von oben schreibe ich diesmal. Ich versuche hinabzusehen, ich versuche einen Überblick. Das sollte schon noch sein.«

Rosa erhob sich und begann den Tisch abzuräumen.

Rosinger war Mitte Dezember an Grippe erkrankt, und so sahen er und Fraul sich eine Zeit lang nicht. Er getraute sich nicht, Fraul daheim anzurufen, um ihm mitzuteilen, dass er den nächsten und vielleicht auch übernächsten Donnerstag nicht beim Praterer erscheinen werde. Fraul wartete unwillig am ersten Donnerstag, wunderte sich, dass Rosinger ausblieb, rief ihn an und kanzelte ihn ab. Rosinger flüsterte eine Entschuldigung. Er sei krank.

»Ach so«, sagte Fraul etwas freundlicher. »Bessern Sie sich.« Er wollte einhängen.
»Kann sein«, flüsterte Rosinger, »dass ich nächsten Donnerstag noch nicht auf den Beinen bin.«
»Wieso? Was haben Sie denn?«
»Grippe, glaub ich.«
»Kommt Ihre Schwester?«
»Das ist unvermeidlich.«
Mitte Jänner sahen sie sich wieder.
»Hören Sie zu, Rosinger«, sagte Fraul statt einer Begrüßung. »Geben Sie mir alles, was Sie noch in der Kiste haben. Ich schreib nochmals und diesmal erschöpfend über unser Daheim.«
»Aha«, machte Rosinger.
»Gehts Ihnen wieder gut?«
»Bin gesund. Übrigens, Egger ist tot.«
»Ach ja?«
»Er hat sich auf der Rax derstessen.«
»Abgestürzt?«
»Nein, er muss ausgerutscht sein und ist mit dem Schädel aufgeschlagen.«
»Ihm hats den Schädel geknackt?« Fraul lächelte.
»Jedenfalls ist er hin. Agnes war beim Begräbnis, diese Blöde.«
»Gibts noch was aus Ihrer Kiste?«
»Krimskrams. Ich weiß nicht. Sie werden nichts brauchen können«, sagte Rosinger traurig.
»In den Zeitungen hab ich nichts gelesen über Eggers Tod.«
»Hausmann.«
»Auch nicht.«
»Er wollte nach Argentinien.«
»Bariloche?«
Rosinger nickte.

Er blieb sitzen und trank noch ein Bier, nachdem Fraul beide Menus bezahlt hatte und gegangen war. Schließlich ging auch er, wartete am Ufer auf die Fähre. Rabindranath bemerkte ihn von der drüberen Seite und holte ihn. Es begann zu schneien. Rosinger trottete die Erdberger Lände stromaufwärts, bog in die Kundmanngasse ein. Als er vor seinem Haustor stand, überlegte er, ob er noch einen Sprung bei der Schwester vorbeischauen sollte, um seine Briefe an sie aus dem Gefängnis zurückzuverlangen. Vielleicht kann der Edmund etwas davon brauchen, dachte er und überquerte die Geologengasse. Ein weißer Opel erfasste ihn und schleuderte ihn zur Seite. Er prallte mit dem Genick an die Stange des Nachrangverkehrszeichens.

Moser, der im Zartl gewesen war und nun heraufhinkte, blieb stehen und sah Rosinger zusammengekrümmt auf dem Gehsteig liegen. Näherkommend bemerkte er, dass sich unter dem Körper eine Blutlache ausbreitete. Der Autofahrer war stehengeblieben, ausgestiegen und schaute entsetzt auf das Menschenbündel neben der Nachrangtafel. Moser eilte, so schnell er konnte, zu Rosinger.

»Das ist der Rosinger«, schrie er den Autofahrer an. »Der wohnt dada.« Moser zeigte auf Rosingers Fenster.

Inzwischen waren Leute aus allen Richtungen angelaufen gekommen. Der Ober aus dem Zartl schirmte seine Augen mit der Hand und starrte in die Geologengasse hinein. Agnes hatte den Schlag und das Bremsgequietsche vernommen, sie trocknete sich die Hände ab und blickte aus ihrem Fenster auf die Straße hinab. Ohne zu wissen, dass ihr Bruder dort lag, lief sie aus dem Haus. Moser drehte sich um.

»Ah, Frau Auer. Furchtbar. Ihr Bruder …«

Agnes sah hin, erkannte Wilhelm am Mantel, lief zu ihm,

setzte sich neben den Toten und fasste ihn an beiden Schultern an.
»Lassen Sie ihn liegen, bis die Polizei da ist«, sagte ein Passant.
»Ich bin seine Schwester. Das ist mein Bruder. Ich bin seine Schwester.« Agnes verstummte und bemerkte, dass die Blutlache sie erreicht hatte. Sie legte den Zeigefinger in die Lache. Der Passant zog sie an den Schultern hoch.
»Herrje«, rief Moser. »Na sowas.«

Edmund Fraul ging zum Kasten und suchte unter den Anzügen den Begräbnisanzug heraus.
»Wer ist denn gestorben?«, fragte Rosa erschrocken und trat an seine Seite.
»Niemand«, sagte Fraul, hängte den Anzug wieder zurück, nahm einen anderen. Er ging damit ins Schlafzimmer und kleidete sich an. Rosa war zur Tür gekommen, sah ihm zu.
»Du kennst ihn nicht«, sagte er nach einer Weile in unwirschem Ton. »Keiner von uns.«
Rosa verließ das Zimmer. Als er fertig war und sich verabschiedete, sagte sie:
»Heute kommen Karel und Kathi zum Essen.«
»Achso?«
»Ich hab es dir schon gestern gesagt.«
»Ist recht.«
Ohne sie zu küssen, verließ er die Wohnung. Unten im Haustor stehend, überlegte er, ob er ein Taxi nehmen sollte, eilte dann jedoch über die Salztorbrücke, vorbei an der Ruprechtskirche die Rotenturmstraße hinauf und über den Stephansplatz. Bei der Mahlerstraße bog er ab, ging schnell zum Schwarzenbergplatz und bestieg dort den Einundsiebziger. Er setzte sich im zweiten Waggon zum Fens-

ter, zog den Kopf ein, vergrub sich im Sitz. Ein Fahrkartenkontrollor schreckte ihn auf, er zeigte seine Monatskarte. Jetzt ist er dahin, dachte er. Vom Auto angefahren. Er hat sich nicht aufgehängt, trotz der Kinder, die er getötet hatte, er hat keinen Krebs gekriegt. Er hat auch schlecht geschlafen, immerhin. Der Rosinger. Warum passt er nicht auf? Vorm eigenen Haustor lässt er sich niederführen, so ein Trottel. Da überstehen sie alles, und dann das. Ich geh eigentlich auch öfters, ohne zu schauen. Vielleicht schiebt mich auch wer nieder. Das Büchel schreib ich aber noch.
Er war zu früh beim dritten Tor am Zentralfriedhof angekommen. Er wollte nicht von Rosingers alten Kameraden gesehen werden. Es war ihm unangenehm genug gewesen, dass er sich bei der Nazischwester nach Zeit und Ort des Begräbnisses erkundigen musste, ihr auch kondolierte. Jetzt mochte er keinem von dieser Bagage begegnen. Er kehrte im Wirtshaus gegenüber ein und bestellte sich Kaffee. Als es Zeit war, ging er in den Friedhof hinein. Vor der Halle 2 standen einige Leute, die so aussahen, als gehörten sie zum Rosinger. Er hielt sich abseits. Als der Trauerzug herauskam, sah er Agnes hinter dem Sarg gehen. Es waren nur wenige andere, die nun zum Grabplatz zogen. Nach einigen Minuten waren sie angekommen. Fraul verbarg sich hinter einem Gebüsch und beobachtete durch das Gezweig die Menschengruppe, hinter der Rosinger in die Erde gelassen wurde. Er konnte nicht sehen, wer von ihnen oder ob überhaupt jemand am offenen Grab sprach, doch nahm er es an, denn die Leute verharrten eine Weile, bevor sie in mehrere Richtungen auseinanderzugehen begannen. Eine kleine Gruppe kam dicht an Fraul vorüber. Er erkannte den Abgeordneten Mauss und dessen Vater, die links und rechts von Agnes Auer den Friedhof verließen. Der Schlächter von Wilna samt Nachwuchs gibt dem Wilhelm

die Ehre. Ob der sich darüber gefreut hätte, dachte Fraul und biss sich auf die Lippen. Als er sicher war, dass alle Trauerleute das Grab verlassen hatten, ging er hin und schaute auf die zugeschüttete Grube und das provisorische Kreuz.

Er stand eine Weile da. Wind begann zu wehen und blies stärker. Fraul hielt sich den Hut. Die Jännerkälte ringelte sich um ihn und ließ ihn trotz des Wintermantels frösteln. Schließlich drehte er sich um und ging Richtung Ausgang. Zu seiner Überraschung kamen ihm die Tränen. Er schüttelte den Kopf und versuchte den Fluss zu unterdrücken. Tief aus der Brust drangen Schluchzlaute und wurden heftig. Fraul blieb stehen. Er lehnte sich mit der Hüfte an einen Grabstein, auf welchem Herbert Sandig 1918-1983 geschrieben stand. Fraul weinte. Die Zeit verstrich. Fraul merkte, dass Leute vorbeigingen, und duckte sich hinter dem Grabstein, presste sein Taschentuch auf den Mund, um die Geräusche des Weinkrampfs zu dämpfen.

Schließlich kehrte er um. Er stand eine Weile allein vor dem Grab und wurde ruhig. Er sah sich um, nahm hernach seinen Hut vom Kopf und legte ihn auf den Erdhaufen.

»Servus«, sagte er.

Als er aus dem Friedhof herauskam, wurden ihm neuerlich die Augen nass. Der Wind fuhr ihm scharf ins Gesicht. Es war ihm, als würden ihm die Tränen in den Augen gefrieren, als würde er gezwungen sein, Eistränen zu weinen. Er vermied die Straßenbahn und ging die Simmeringer Hauptstraße stadteinwärts bis zur Florian-Hedorfer-Straße. Dort konnte er endlich den Einundsiebziger nehmen und heimfahren.

40.

»Der Satz ›Ab vier Uhr fünfundvierzig wird jetzt zurückgeschossen‹ wird fünfzig. Happy birthday, honey«, witzelte Boaz Samueli. Er saß mit seiner Freundin Sissy im Atelier von Herbert Krieglach. Hildegard brachte einen Grünen Veltliner, schenkte ein, Krieglach begnügte sich mit seinem Wodka.

»Wenigstens wird mein Zeug endlich aufgestellt«, brummte er. »Jetzt haben sie unterirdisch über den Bombentoten noch eine riesige Metallplatte einziehen müssen. Das Denkmal wiegt.«

Sissy wandte sich an Boaz: »Wolltest du dem Maestro nicht noch etwas sagen?«

»Du kennst«, sagte mit gesenktem Kopf Samueli zu Krieglach, »meine Bedenken gegen die Judenfigur. Vielleicht solltest du ..., es sind noch sechs Wochen Zeit bis zum ersten September ...«

»Nichts da«, unterbrach ihn Krieglach. »Es wäre technisch gar nicht mehr möglich, etwas zu ändern, und ich würde das auch nicht tun.«

»Könntest du nicht ...«

»Herbert hat ohnedies ...«, sagte Hildegard.

»Sei still, Weiberl«, sagte Krieglach. »Das Ding ist fertig, Samueli. Man sagt doch von mir immer, ich sei ein Naturalist. Das bin ich nicht, aber war es nicht damals so mit den Juden? Ihr solltet das Bild von der Lotte Mendelssohn sehen, es heißt Reibpartie. Da regt sich von euch Kollegen keiner auf.« Krieglach erhob sich.

»Haben wir wegen des Club Diderot alles ausgeredet? Wirst du sprechen, oder bist du dir zu fein?«

»Ich wäre mir nicht zu fein«, sagte Samueli, »aber der Gaspari wird eine Rede halten.«

»Der hat doch schon beim Ross geredet.«
»Na und?«
»Ihr schätzt mich nicht.« Krieglach holte sein Taschentuch heraus und wischte sich über die Stirn. »Heiß ist es. Ihr schätzt bloß das Pferd. Das Antifaschismusdenkmal ist euch nicht wichtig. Ihr werdet noch eure Wunder erleben. Also pfiat euch.«
Boaz sah den Bildhauer erstaunt an, Sissy zog ihn am Ärmel. »Man dankt«, sagte sie. »Wir verzupfen uns.«
Als die beiden weg waren, warf Krieglach das Taschentuch zu Boden.
»Müssts ihr Weiber immer die Pappulatur offen haben?«
»Ich weiß«, sagte Hildegard und lachte. »Ich hätte mich beinah verschnappt. Komm her, Bärli. Schimpf nicht.«
»Komm du her«, sagte Krieglach und grinste.

Zur Einweihungsfeier am Albertinaplatz hatten sich Demonstranten angemeldet. Nun standen sie, ein Häuflein, vor der Konditorei Janele und wurden von einem Polizeikordon daran gehindert, zum Ort des Geschehens vorzudringen. Vereinzelt wurden Rufe laut, und Pfeiferln trillerten gelegentlich. Am Albertinaplatz war das Monument mit riesigen Tüchern verhüllt. Schnüre liefen hinauf und quer. Ein kleines Rednerpult, mit rotweißroten Fahnen drapiert, stand so da, dass die Redner der Oper den Rücken zuwandten. Bundeskanzler Friedrich Habitzl hatte es sich nicht nehmen lassen, einleitende Worte zu sprechen. Er war bereits im Skandal um das Stück VOM BALKON kaltblütig geblieben. Der Vorhaltung, Muthesius würde ihn in diesem Theaterstück andauernd insultieren, begegnete er mit der Kunstfreiheit, die für ihn keine Phrase sei und nicht ende, wo es einem Mächtigen nicht passe, erstens, und zweitens, dass er sich nicht von jedem beleidigen lasse.

Er sprach kurz und doch gewunden vom Antifaschismus als notwendigem Geburtsmerkmal der Zweiten Republik und dankte dem Künstler. Bürgermeister Georg Purr ließ einige Anekdoten aus der Freundschaftskiste mit dem Bildhauer auf das Publikum hinunterperlen und hob die Bedeutung der Stadt Wien in Bezug auf Mut und Unerschütterlichkeit hervor:
»Viele – mehr als da drüben jetzt protestieren – waren gegen das Denkmal und noch mehr gegen diesen Standort. Aber die sind alle glorreich gescheitert. Es war nicht leicht, gelt Herbertl? Es war nicht einfach. Aber ich habe einst gesagt: ›Da stellen wir es hin, Herbertl.‹ Denn zu diesem Platz, einem der schönsten unserer wunderbaren Stadt, passt dieses Monument des Erinnerns und Niemals Vergessens. An diesem Ort sind auch unschuldige Menschen zu Tode gekommen. Aber lassen wir die großen Worte und freuen wir uns einfach.« Er wollte nach dem Applaus das Rednerpult verlassen, sagte: »Ah ja, noch etwas«, hob die Arme und rief: »Die Nachwelt wird es uns danken. Besonders dir, Herbert.«
Krieglach sollte nun an die Reihe kommen. Er saß unten, in sich gesunken, und winkte ab. Tonio Gaspari machte »meinen Freund, den Bürgermeister«, darauf aufmerksam, dass die Bombenopfer nicht unbedingt schuldlos waren, worauf aus dem Publikum jemand »Pfui« rief. Gaspari hob seinen Löwenkopf, sah dem Rufer treuherzig in die Augen, nahm sein Redemanuskript heraus und verlas mit Emphase, was er auf den letzten Drücker hingeschrieben hatte.
Als er fertig war, schaute er zu einem Beamten hinüber, der Bürgermeister sah den Blick, sprang auf, zischte zu Gaspari: »Das ist meine Sache«, gab dem Beamten das Zeichen, und die Tücher fielen vom Monument herunter. Mächtig ragte

das vierteilige Steinzeugnis in den hellblauen Septemberhimmel. Der Beifall rauschte auf, als ob ein Schwarm Tauben gleichzeitig von einem Dach zum andern flöge.
Die Kulturstadträtin Hedwig Ebner, die neben dem Bürgermeister in der ersten Reihe saß, runzelte die Stirn.
»Davon wusste ich nichts, Schorsch«, sagte sie und deutete auf drei halbhohe Figuren, die um den knienden und straßenwaschenden Krötenjuden gruppiert waren.
»Das wird mir die meisten Hiebe einbringen«, seufzte Purr.
Samueli starrte auf die Figuren, er sprang auf und begann zu applaudieren und sich vor Krieglach zu verneigen. Der verzog den Mund und wedelte mit den Armen, rief schließlich: »Schluss.« Samueli bemerkte, dass der Bildhauer betrunken war.
Um den gedemütigten Juden hatte Krieglach drei Wienerleute aufgestellt, zwei Männer und eine Frau. Einer der Männer trug einen Hut mit Gamsfeder, der zweite eine Sportkappe, die Frau hatte aufgesteckte Haare, die am Hinterkopf in einem kropfgroßen Dutt verknotet waren. Der Wiener mit Hut zeigte auf den Juden und hatte ein höhnisches Lachen im Gesicht. Der Wiener mit der Sportkappe deutete einen Tritt in den Hintern des Knienden an, die Frau hielt die Hände so vor den Körper, als würde sie entweder zu klatschen beginnen oder den Juden packen wollen. In die Antlitze der Wienerleute war ein hehrer Fanatismus eingezeichnet.

Am nächsten Tag tobte Moldaschl, es tobte das Waislager.
Das sei eine Beleidigung der ganzen Stadt, die Schändung des ganzen Landes. Der neue Erzbischof von Wien sagte zu Beran: »Unter uns, Herr Vizekanzler, pfui Teufel.« Beran zuckte die Achseln.

Johann Wais schwieg. Als ihn Walter Weber aufforderte, eine Erklärung abzugeben, lehnte er ab.
»Es war doch so«, sagte er. »Also lasst mich damit in Ruh.«
Nachts stand er an seinem Fenster und dachte an all das Ungemach, das ihm der Zweite Weltkrieg letztendlich eingebracht hatte.
Nach vier Monaten wurden die drei Wienerfiguren mit Zustimmung des Bildhauers entfernt, der kniende Jude mit Stacheldraht überzogen, damit sich die Touristen nicht weiter auf seinen Buckel setzen konnten, um zu rasten und zu jausnen.

Edmund Fraul saß im Café Korb und las Zeitung. Er ertappte sich dabei, dass er den Artikeln nicht wirklich folgte, sondern immer wieder die Augen schloss und in sich selbst hineinspazierte. Seit dem Begräbnis von Wilhelm Rosinger erschien ihm seine Umgebung in einem anderen Licht. Obwohl der Herbst bereits voller Nebeltage war, hatte er das Gefühl, als wären die Tage klarer als früher. Vorgestern, als er im DÖW über den Akten der Spaniaken saß, fiel ihm ein, dass ihn schon seit zwei Wochen keine Albträume mehr heimgesucht hatten. Heute früh nach dem Aufwachen sah er auf seine schlafende Frau, indem er sich auf den Ellenbogen aufstützte und mit verhaltenem Atem ihr Antlitz betrachtete. Von seiner Brust her breitete sich eine schwache Süße aus, stieg ihm in den Hals und überzog sein Gesicht. Bevor Rosa ihre Augen geöffnet hatte, küsste er diese und legte seinen Kopf auf ihre Brust. Rosa strich Edmund über das Haar.
»Alles Gute«, murmelte sie. »Mazel tow.« Sie umarmte ihn. So lagen sie eine Weile und schwiegen. Rosa löste sich schließlich, stieg aus dem Bett, saß auf der Bettkante und

ordnete ihr Haar. Er sah ihre Schultern, ihren Rücken. Was für eine tapfere Frau, meine Rosa, dachte er und wunderte sich, dass er sich über diese Gedanken und Anmutungen nicht wunderte. Rosa drehte sich um, legte sich wieder ins Bett zurück und schmiegte sich an ihn.

»Mein Geburtstag beginnt sehr angenehm«, sagte Edmund.

»Siebzig Jahre«, flüsterte sie. »Alles Gute, mein Freund. Sie kriegen dich nicht unter.«

»Wir überleben sie alle. Welche Überraschungen stehen mir heute noch bevor?«

»Es sind Überraschungen. Nach dem Frühstück musst du aus dem Haus. Mittags um eins erwarte ich dich. Abends musst du dir freihalten.«

»Ich habe mir den Abend freigehalten.«

»Stehen wir auf?«

»Warte noch einen Moment.« Edmund legte ihr seine Hand auf die Brust. »Du weißt, ich halte nicht viel von Innenschau. Aber ich muss dir sagen, ich fühle mich, als wäre ich ein anderer. Das hat mit dir zu tun, Rosa. Du bist das Geschenk meines Lebens.« Er schwieg, horchte seinen Worten nach. Er hörte sich hinzufügen: »Und Karli.«

Rosa legte ihre Hand auf seine. »Ach du.«

Sie erhob sich schnell und verschwand im Bad.

Nach dem Frühstück war er hierher ins Korb gekommen. Da saß er mit der Zeitung vor dem Gesicht. Paula Grünhut begrüßte ihn, nahm neben ihm Platz.

»Wie gehts«, fragte sie. Fraul legte die Zeitung beiseite.

»Es geht, danke. Selber?«

»Meine Tochter! Wie mir dieses Kind auf die Nerven geht. Sie ist zwanzig, schwieriges Alter.«

Sie zündete sich eine Zigarette an, rückte ihr Hütchen zurecht, zupfte an ihrem Sakko.

»Und meine Mutter! Die geht mir noch mehr auf die Nerven. Aber – verzeihen Sie – bin ich verrückt? Wieso jammere ich Sie an?«
»Gehts der Frau Mama schlecht?«
»Sie wird so rasch alt. Stellen Sie sich vor, die eigene Mutter wird uralt, obwohl sie sie doch umbringen wollten. Sie wissen eh.«
»Paula, sie wollten Sie doch auch umbringen!«
»Und dank meiner Mama ists ihnen nicht gelungen. Jetzt haben wir einander am Hals bis in alle Ewigkeit.« Paula Grünhut lachte.
Fraul griff wieder zur Zeitung. Nach einer Weile holte er sein Notitzbuch heraus, begann zu schreiben.
Paula, die immer wieder auf die Uhr geschaut hatte, fragte sich selbst: »Wo bleibt denn die Paula?« Sie schlug sich mit der Hand auf den Mund, gluckste: »Ich meine die Paula Williams, Herr Fraul. Ich bin noch nicht meschugge.« Fraul unterbrach sein Schreiben, nickte.
»Ich weiß. Sie treffen die andere Schriftstellerin hier häufig.«
Er schrieb weiter. Als Paula Williams schließlich herbeigehetzt kam, verfingen sich die beiden Frauen in ein Gespräch, das nur so zwitscherte, sodass er rasch mit den Notizen zu Ende kam. Er saß da, hörte zu und versank in Gedanken.
Mittags, daheim, erwarteten ihn Karl und Katharina. Der Tisch war gedeckt, es gab Tafelspitz.
»Vierter November«, sagte Katharina Dronte während des Essens. »Das ist auch der Geburtstag meiner Mutter.«
Nach dem Essen packte Edmund die Geschenke aus. Einem Kuvert entnahm er vier Konzertkarten.
»Das ist ja heute.«
»Es sind«, verkündete Karl, »Karten für das Deutsche Requiem von Johannes Brahms. Mit dem Wiener Singverein.

Im Chor singen Guido Messerschmidt, der Arzt aus dem Spital, und Stefan Keyntz.«
»Stefan Keyntz?«, fragte Edmund.
»Der Bruder von Margit.«
»Aha. Achso. Hasst der dich nicht, oder hab ich was falsch verstanden, Rosa?«
»Von ihm sind die Karten«, sagte Karl.
»Deutsches Requiem«, sagte Rosa. »Und alles Fleisch, es ist wie Gras. Erinnerst du dich?« Fraul nickte.
»Ich danke dir, Karl, ich danke euch. Was machen eure Proben?«
Und während Karel und Kathi abwechselnd von den Proben zu Was ihr wollt berichteten, sich hiebei gegenseitig ins Wort fielen und lachten, beobachtete Rosa ihren Mann, der den beiden sein Gesicht zugewandt hatte.

Das Ehepaar Fraul traf eine Viertelstunde vor Beginn im Musikvereinsgebäude ein. Inge Haller sah sie, näherte sich und begrüßte Rosa, erkundigte sich nach ihrem Befinden. Dabei begann sie auf sie einzusprechen, als wäre sie eine alte Freundin. Edmund stand daneben, schaute umher und erblickte Karel, der mit Katharina zur Tür hereinkam. Karl nickte den Eltern zu, sah fragend auf Inge Haller. Die drehte sich weg, verabschiedete sich von Rosa und entfernte sich. Dolly und Helen erschienen gemeinsam und lachten miteinander, Dolly begrüßte mit einem Aufschrei ihren ehemaligen Schulkollegen Tschurtschentaler. Renate Keyntz ging auf die Gruppe zu, umarmte Helen, gab Dolly die Hand. Als das Requiem losging, saßen alle in einer Reihe, und jeder suchte mit seinem Blick den Stefan Keyntz im Chor. Sie entdeckten ihn unter den Tenören, und auch Stefan besah sich seine persönlichen Gäste, sein Blick blieb an Dolores und Helen hängen.

Als im zweiten Satz in g-Moll langsam marschmäßig Petri 1, 24 erklang und Stefan sich bemühte, mit seiner strahlenden Stimme nicht herauszuragen, schaute Rosa zu Edmund. Sie bewegte die Lippen, als der Chor anhob: »*Denn al-les Fleisch es ist wie Gras und al-le Herr-lich-keit des Men-schen wie des Gra-ses Blu-men.*« Edmund schaute zurück und zwinkerte. Karl beobachtete seine Eltern aus den Augenwinkeln. Hernach ließ er seine Blicke schweifen und bemerkte Astrid von Gehlen auf dem Balkon, die ihn mit heruntergezogenen Mundwinkeln anstarrte. Karl hob die Hand zum Gruß. Astrid drehte den Kopf weg.

Als das Deutsche Requiem zu Ende war, wartete seine Mutter gemeinsam mit den drei Frauls und Katharina, mit Helen und Dolly auf Stefan. Als er herauskam, klatschten sie, umstanden ihn, klopften ihm auf die Schulter. Er bedankte sich, berichtete, dass dies sein letztes Singen im Chor war. Jetzt singe er nur noch als Solist. Er küsste seine Mutter und verließ mit Helen und Dolly den Musikverein.

*

Am 23. Dezember 1989 trat Bundespräsident Wais zurück. Am Ende seiner kurzen Erklärung wünschte er seinen Landsleuten gesegnete Weihnachten und ein gutes Neues Jahr 1990.

Johann Wais starb am 14. März 2003. An seinem Sterbebett bat er alle um Verzeihung, die er gekränkt und verletzt hatte.

Am 28. Jänner 2004 saß Karl Fraul am Bett seines sterbenden Vaters. Er hielt dessen Hand. Edmund erwachte aus tiefem Schlaf, sah seinen Sohn, wollte sich aufrichten, blieb liegen und sagte mit leiser Stimme:
»Wir müssen alle in unseren eigenen Fußstapfen gehen.«
Karl beugte sich zu Edmund hinunter.
»Was hast du gesagt?«
»Wir müssen alle unseren Weg gehen.«
Nach einer Weile schloss Karl seinem Vater die Augen.

Als Rosa am 5. Jänner 2013 im jüdischen Altersheim verschied, schneite es. Der Wind, der von der Donau kam, hatte allmählich nachgelassen, bis es windstill wurde, sodass der Schnee in großen und dicken Flocken lotrecht zu Boden fiel.

Glossar

abbröseln rumhängen, absaufen, verkommen
abseilen langsam abhauen, sich verziehen
Abwasch Spülbecken
Adi Eichmann Adolf Eichmann (1906-1962): Naziverbrecher
Afikoman ein Stück Matze, das am Sederabend versteckt wird
Affrikate Verbindung von Verschlusslaut mit Reibelaut
Aida Café-Konditoreikette in Wien
AKH Allgemeines Krankenhaus
Altaussee Ort im steirischen Salzkammergut; beliebte Sommerfrische
Alpenmichl Bergbewohner
Amarcord Lokal beim Naschmarkt in Wien
anjeijern anjammern
anpapperlt sein angefressen, verärgert sein
anpatzen beschmutzen, verleumden
anpicken ankleben
anriffeln zackig und wellenförmig etwas anzeichnen, hervorheben
Anschluss Annexion Österreichs durch Hitlerdeutschland
anschnuddeln beriechen, beschnüffeln
Antifabegriff Antifaschismusbegriff
Anzählung aus dem Boxen: das Zählen bis neun
Anzengruber Kaffeehaus im 4. Wiener Gemeindebezirk
Apfelkren geriebener Apfel mit geriebenem Meerrettich
Arsenal ehemaliger militärischer Gebäudekomplex im 3. Wiener Gemeindebezirk
Apfelbutzen Gehäuse des Apfels und etwas drum herum
auf leiwand im Griff
auffetraut hinaufgetraut
(sich) aufpudeln sich wichtig machen
Augsburger eine Art Knackwurst, aber großteils ungeräuchert
Aumeier Hans Aumeier (1906-1948): SS-Schutzhaftlagerführer im KZ Auschwitz

ausgelassen losgelassen
Ausreibfetzen Putzlappen für den Boden
ausschnörkseln besonders ausschmücken
auße hinaus
außer Obligo ohne Verbindlichkeit
äußerln führen mit dem Hund auf die Gasse gehen

Ballhausplatz Sitz des Bundeskanzleramts und der Präsidentschaftskanzlei nächst dem Heldenplatz
Bandelkramer Textilhändler
Baretzki Stefan Baretzki (1919-1988): SS-Rottenführer im KZ Auschwitz-Birkenau
Bariloche San Carlos de Bariloche: Stadt in Argentinien
Baron-Hirsch-Viertel Bezirk in Thessaloniki, der von der deutschen Besatzung als Judenghetto eingerichtet wurde
Be-de-em BDM: Bund deutscher Mädel (1933-1945)
Bedenkjahr 1988: 50 Jahre nach dem > »Anschluss« Österreichs ans Deutsche Reich
Beisl Kneipe
Biertippler Biertrinker
Bletschen größerer Fleck, auffälliges Abzeichen
Blumenarie Arie des Don José aus Bizets Oper »Carmen«
Blutorden »Ehrenzeichen« des 9. November 1923 (Hitlerputsch)
Blutspezeln alte Kameraden, durch NS-Verbrechen freundschaftlich verbunden
Böheimkirchen Marktgemeinde in Niederösterreich
Börsel kleine Geldtasche
Braschübersetzung Thomas Brasch (1945-2001): deutscher Dichter und Übersetzer
braten sehr heftig flirten
Brigittenau der 20. Wiener Gemeindebezirk
Broche Segen
Brösel bekommen in Schwierigkeiten geraten
Brunzbuschn derbes Schimpfwort, auf das weibliche Schamhaar bezogen

Brunze Pisse, Urin
buckelkraxen huckepack
Bumm Donnerwetter
Burg Burgtheater
Buridans Esel philosophisches Gleichnis (Al Ghazali): Ein Esel kann sich nicht entscheiden, welchen von zwei Heuhaufen er fressen soll, und verhungert
Burschilein Koseform von Bursche

1c Abwehroffizier der deutschen Wehrmacht, Bearbeiter der Feindnachrichtenlage
Capesius Victor Capesius (1907-1985): volksdeutscher KZ-Apotheker, Naziverbrecher
Chonte Hure
CV Cartellverband: Dachverband katholischer Studentenverbindungen in Österreich
Cyrankiewicz Józef Cyrankiewicz (1911-1989): polnischer Politiker, war in Auschwitz leitend im Lagerwiderstand

damisch dumm, albern
daweil derweil
Debreziner pikante, leicht geräucherte Würstel
Dechantlacke kleiner Baggersee in der > Lobau, beliebt bei Wiener FKK-Fans
deigetzen spitzfindig miteinander diskutieren
Demel k.u.k. Hofzuckerbäcker nächst der Hofburg
deppat sehr dumm, doof
derrisch schwerhörig
derspielen erspielen, es schaffen
(sich) derstessen tödlich verunglücken
Django Spitzname nach dem Revolverhelden des gleichnamigen Italowestern von Sergio Corbucci
Dollfuß Engelbert Dollfuß (1892-1934): österreichischer Politiker, Begründer des austrofaschistischen Ständestaats
Donaukanal vor der Regulierung ein Hauptarm der Donau; trennt heute die > Leopoldstadt vom 1., 3. und 9. Wiener Gemeindebezirk

Donau Weibchen Lokal in der > Leopoldstadt
donge danke
Dorsch Käthe Dorsch (1890-1957): Burgschauspielerin
DÖW Dokumentationsarchiv des Österreichischen Widerstandes
Dreiundvierziger Straßenbahnlinie zwischen Schottentor und > Neuwaldegg
dreizehnter März 13. März 1938: Tag des Einmarsches der deutschen Truppen in Österreich
(die) Drunteren die Unteren

Ebensee Außenlager des KZ Mauthausen in Oberösterreich
einfahren scheitern
Einserpanier Sonntagsgewand
Einundsiebziger Straßenbahnlinie zwischen Ring und > Zentralfriedhof
Entress Friedrich Entress (1914-1947): deutscher Lagerarzt im KZ Auschwitz
Erdäpfelpüree Kartoffelpüree
Erdberg Teil des 3. Wiener Gemeindebezirks Landstraße
Erev Vorabend
(sich) erfangen sich erholen, sich wieder fassen
Ezzes Ratschläge

Falter Wiener Stadtzeitung
faschieren durch den Fleischwolf drehen
Fechter hier: Bettler
Ferdl Koseform von Ferdinand
Fleischlaberln Hackfleischlaibchen
Flohlied Musik von Beethoven, Text von Goethe
Fressschach eine Schachvariante
für den Hugo umsonst, ohne Wert

gamsig lüstern, auf der Suche nach Sex
(das) Geimpfte aufgehen in Zorn geraten

gelber Winkel Kennzeichnung an der Kleidung der jüdischen Gefangenen in den Konzentrationslagern
gemma gehen wir
gemmas an packen wir es an
Gerngroß und Herzmansky traditionsreiche Kaufhäuser in der Mariahilfer Straße
Geröchel Röcheln
Geschepper Geklapper
Geseire unnützes Gerede, Gejammer
Gevögel Vögeln, Beischlaf
Gewachel Gewinke, Gefuchtel
Gewure Mut
Gfrasst schlechter Mensch, schlimmer Finger
Gfrieß Gesicht
Gilet ärmelloses Obergewand für Männer
Goi Nichtjude; Mehrzahl Goijim
Goschn Mund, Maul
gottikeit gewissermaßen
Grafflwerk wertloses Zeug
Grantscherben Griesgram
Gregor-Samsa-mäßig in einen Käfer verwandelt und auf dem Rücken liegend; siehe Franz Kafkas Erzählung »Die Verwandlung«
GRÖFAZ Größter Feldherr aller Zeiten
Grüner Veltliner beliebte österreichische Weißweinsorte
Gschaftlhuber Wichtigmacher
Gspritzter Weinschorle
Gstätten verwilderter Platz in verbautem Gebiet
Guadalajara Stadt und Provinz in Spanien: Ort einer Schlacht im Spanischen Bürgerkrieg
Gugelhupf Napfkuchen; in Wien auch: Irrenhaus

Haberer Freund, Kamerad
Hackeln Plural von Hacke, Beil
Hackn Beil; hier: Arbeit
Hadern Lumpen, Fetzen; alte Hadern: alte Schmachtschlager

Häfen Gefängnis
Häferlkaffee Kaffee aus dem Kochtopf und nicht aus der Kaffeemaschine
Haggada schriftliche Erzählung und Handlungsanweisung für den > Seder
Hahnenschwanzler spöttische Bezeichnung für Angehörige der Heimwehr, deren paramilitärische Verbände dem christlichsozialen wie dem nationalen Lager zuzuordnen sind
Halawachl Windbeutel
halts zsamm halt es zusammen: halt den Mund
Harpfn Bett
Hauptallee umgangssprachlich Prater Hauptallee: etwa 4,4 Kilometer lange Allee, die vom Praterstern durch den grünen > Prater zum > Lusthaus führt
Hauptmann Plume im Sommer 1942 Quartiermeister der deutschen Kampftruppe Westbosnien in Banja Luka
Häusl stilles Örtchen
Hawelka traditionsreiches Künstler-Café in der > Stadt
Haxen Beine
Heiner feine Innenstadtkonditorei
Hermesvilla Jagdschloss der Kaiserin Elisabeth im > Lainzer Tiergarten
Herr Karl Einpersonenstück von Carl Merz und Helmut > Qualtinger
herumstierln herumstöbern
Herzkasperl Herzinfarkt
Heuriger Weinlokale in und um Wien (von: heuriger Wein)
hiebei hierbei
HKB Häftlingskrankenblock
Hochroitzpointner Figur in Arthur Schnitzlers Drama »Professor Bernhardi«
hockerln in einer Hockstellung verweilen
Holztaxi Sarg
Höß Rudolf Höß (1900-1947): Kommandant von Auschwitz
Hüttel kleine Hütte

im Öl betrunken
Innere Stadt 1. Wiener Gemeindebezirk; auch > Stadt
insultieren attackieren, beleidigen, verletzen

jankern von Janker (Jacke, Joppe): mühsam umhängen
jausnen eine Jause zu sich nehmen
Jesuitenwiese große Spiel- und Lagerwiese im grünen > Prater
jetztn jetzt
Jom Kippur Versöhnungstag: höchster jüdischer Feiertag
Jonasreindl Fußgängerpassage und Tramwayschleife beim Schottentor in Form eines Reindls (kleiner Topf), errichtet unter Bürgermeister Franz Jonas
Josefstädter > Bandelkramer das bekannt konservative Publikum des Theaters in der Josefstadt
Juchezer Jauchzer

Kaduk Oswald Kaduk (1906-1997): besonders brutaler SS-Mann im KZ Auschwitz
Kaffeehäferl große Kaffeetasse
Kahnwasser Leitungswasser
Kaiserebersdorf Teil des 11. Wiener Gemeindebezirks > Simmering
Kakanien scherzhaft für österreichisch-ungarische Monarchie (von k. k.)
Kakaosprudler Beine
Kalanag berühmter deutscher Zauberkünstler
Kampain Kampagne
Kampl Titelfigur im gleichnamigen Theaterstück von Johann Nestroy
Kapo Funktionshäftling
Karmel Gebirge in Israel
Kärntner Abwehrkämpfer Kämpfer gegen die versuchte Annexion Kärntens durch das Königreich Jugoslawien 1920
Karpas Eintunken der Petersilie in Salzwasser zu > Pessach
Kassiber kleiner Zettel, heimliches Schreiben
Kasten Schrank

Kastl Kästchen, hier: Fernseher

Katholerer Katholik

Kiberer Polizist, Kriminalbeamter

Kiddusch Einweihung des Festtages durch den Hausherrn mit Segensspruch über einen Becher Wein

Kippa jüdische Kopfbedeckung für Männer

Klampfen Gitarre

Klehr Josef Klehr (1904-1988): SS-Sanitäter im KZ Auschwitz

kleschen ohrfeigen

Kojach Kraft

Königrufen Tarockieren (Kartenspiel)

Korb Kaffeehaus in der > Inneren Stadt

Korech »Sandwich« beim Sedermahl

Kozara-Aktionen 1942 wurden im Zuge der Partisanenbekämpfung im jugoslawischen Kozara-Gebirge 68 000 Menschen, darunter 23 000 Kinder, in Konzentrationslager verbracht

Krakauebene Luftkurort in der Südsteiermark

Krankenbau Häftlingskrankenbau in den Konzentrationslagern

Krügel Biermaß: ein halber Liter

Krüppelgspiel schwächlicher Kerl

Kummerl Kommunist

Kurier überregionale österrreichische Tageszeitung

Kwikwi der Tod

La fleur que tu m'avais jetée Beginn der Blumenarie des Don José aus Bizets Oper »Carmen«

Lainzer Tiergarten großer Naturpark im Westen von Wien

Lainzer Tor ein Eingang zum > Lainzer Tiergarten

L'Air du Temps Damenparfum von Nina Ricci

Landeshauptmann Chef einer österreichischen Landesregierung

Landtmann Ringstraßencafé nächst dem Burgtheater

Leiberl Unterhemd

Leopoldstadt der 2. Wiener Gemeindebezirk; vor 1938 mehrheitlich von Juden bewohnt

Liesl Polizeigefangenenhaus an der Roßauer Lände (früher

Kaiserin-Elisabeth-Promenade), zwischen 1934 und 1945 für Tausende Antifaschisten die erste Station nach ihrer Verhaftung

lo nein

Lobau Nationalpark Donau-Auen: Naherholungsgebiet im Südosten von Wien

Löhr Alexander Löhr (1885-1947): als Oberbefehlshaber der Heeresgruppe E u.a. verantwortlich für Deportationen von mehr als 60 000 Juden aus Griechenland und Albanien

Loser und Trisselwand Hausberge von > Altaussee

Löwelstraße Sitz der Parteizentrale der Sozialdemokratischen Partei Österreichs

Lügenschippel Lügner

Lusterboden Probebühne im Dachgeschoß des Burgtheaters

Lusthaus ehemals kaiserliches Jagdhaus, heute ein Café-Restaurant am Ende der Prater > Hauptallee

Magen David Davidstern

Makkabäer Aufständischer

Mandatare Abgeordnete

Manderl machen Umstände machen

Manderlradio Fernseher

Mandl Maria Mandl (1912-1948): Oberaufseherin im KZ Auschwitz

Maria am Gestade eine der ältesten Kirchen Wiens

Maror eine Speise auf dem Sederteller: Bitterkraut, meist Meerrettich, als Zeichen der Bitterkeit während der Knechtschaft in Ägypten

Masadnik jüdischer Märtyrer in Masada

Matura Abitur

maturieren Abitur machen

Matzen Plural von Matze: ungesäuertes Pessachbrot der Juden

(jemandem ein) Maul anhängen jemanden anfahren, ein ungutes Wort sagen

Mazel tow Gut Glück! Alles Gute!

me cago en Dios derber spanischer Fluch

Meidling der 12. Wiener Gemeindebezirk

Meierei hier: Restaurant an der > Hauptallee
Melange Wiener Kaffeevariante mit Milch
Mengele Josef Mengele (1911-1979): Lagerarzt im KZ Auschwitz
Meschiggassn Verrücktheit
meschugge verrückt
Mexiko ein Lagerabschnitt im KZ Auschwitz-Birkenau
Mindestentourage an Menge kleingehaltene Begleitmannschaft
Minotidin weiblicher Spross aus dem Geschlecht des sagenhaften Kreterkönigs Minos
Mischpoche Familie, Verwandtschaft
Mistkübel Abfalleimer
Moll Otto Moll (1915-1946): SS-Hauptscharführer im KZ Auschwitz-Birkenau
Mondscheinsonate Beethovens Klaviersonate Nr. 14
Morzinplatz Standort des berüchtigten Gestapo-Hauptquartiers am > Donaukanal im 1. Bezirk, ehemals Hotel Metropol
mosern rumnörgeln
Mozart Café Mozart hinter der Staatsoper
mugelig gerundet; von Mugel: Hügel
Mürzzuschlag Bezirkshauptstadt im Nordosten des Bundeslandes Steiermark
Muselmann bereits vom Erschöpfungstod gezeichneter KZ-Häftling
Musikverein Wiener Musikverein: traditionsreiches Konzerthaus der Gesellschaft der Musikfreunde in Wien

nach dem Feber Februarkämpfe 1934 (Bürgerkrieg in Österreich)
Naturfreunde sozialdemokratischer Touristenverein
Nebochant unbedeutender Mensch, Ignorant
netwaa nicht wahr
Neufelder See beliebter Badesee im Nordburgenland
Neuwaldegg Teil des 17. Wiener Gemeindebezirks Hernals
niederfahren überfahren
No pasarán »Sie werden nicht durchkommen!«: Schlachtruf der Verteidiger der Republik im Spanischen Bürgerkrieg

Oasch Arsch

Oaschtritt Tritt in den Arsch

Oaschsitzerei ewig auf dem Hintern sitzen

Obstler Obstbrand

Ohrenreiberl schmerzhafte Abstrafung, bei der die Ohren gerieben werden

ojegerl oje

Optanten Südtiroler, die zwischen 1939 und 1943 für die Zugehörigkeit zum Dritten Reich optierten

Ostküste Chiffre für »das Weltjudentum«

Österreich 1 ein Radiosender des Österreichischen Rundfunks

Oswald & Kalb Wiener Szenelokal in der > Stadt

Packelei heimliche Übereinkunft

Packlrass Lumpenpack, Gesindel

palavern endlos herumreden, verhandeln

Pallawatsch Durcheinander, Blödsinn

papierln Papiere ordnen; auch: foppen, vergackeiern, schlecht behandeln

Pappulatur Mundwerk

Parasol Riesenschirmpilz

Parch dummer Kerl

Pariser Spitz Alt-Wiener Konfekt mit Pariser Creme

Parndorf burgenländische Gemeinde

pasaremos »Wir werden durchkommen!«: Parole der Österreicher im Spanischen Bürgerkrieg

Passahfest Pessach: Fest des ungesäuerten Brotes, das an den Auszug aus Ägypten erinnert

Pfiatdigott Behüt dich Gott: ein Abschiedsgruß

Philipphof repräsentatives Großwohnhaus am Albertinaplatz, das kurz vor Ende des 2. Weltkriegs bei einem Bombenangriff komplett zerstört wurde und unter dessen Trümmern knapp 300 Menschen begraben sind

Piefkes Deutsche

Piepserl Pager

pischen pissen, urinieren

Plastiksackerl Plastiktüte
Poldl Koseform von Leopold
Polizeihäfen Polizeigefängnis
Polster Kissen
Ponem Gesicht
Popsch Popo
powidl egal, gleichgültig
Prater Herz oder Lunge der > Leopoldstadt: Volksprater oder > Wurstelprater mit Riesenrad und grüner Prater, einst kaiserliches Jagdrevier
Prückel Ringstraßencafé
Preiner Gscheid Knoten- und Ausgangspunkt mehrerer Wanderwege auf die Rax
Privatangestellte Beschäftigte in der Privatwirtschaft
pumpern klopfen

Qualtingersketch Helmut Qualtinger (1928-1986), Wiener Schauspieler und Kabarettist; der Sketch heißt: »Der Menschheit Würde ist in eure Hand gegeben«
(auf dem) Quivive sein auf der Hut sein

Rabbi Hillel ein Zeitgenosse Jesu
Rabenaas Schimpfwort
Rachmones Mitleid, Erbarmen
Rax Bergmassiv in den nördlichen Kalkalpen an der steirisch-niederösterreichischen Grenze, beliebter Hausberg der Wiener
Rechnung Quittung
Reibpartie Entfernen politischer Parolen auf den Straßen durch Reiben, zu dem kurz nach dem »Anschluss« Jüdinnen und Juden gezwungen wurden
Rembetiko griechischer Musikstil
Republikanischer Schutzbund paramilitärische Organisation der österreichischen Sozialdemokraten
Reumannhof Gemeindebau im 5. Wiener Gemeindebezirk
Ringrundkriterium Radrennen rund um den Ring (und Kai)

Risches jiddisches Codewort für alle Arten von antisemitischen Aktivitäten
Rischesmacher Judenhasserzeuger
Ritter Kaffeehaus in der Mariahilfer Straße
(einen) Rochus haben einen Groll auf jemanden haben
Rodaun Teil des 23. Wiener Gemeindebezirks Liesing
(jemanden) rollen necken, ärgern, aufziehen, vergackeiern
Ronacher Vergnügungsetablissement in der > Stadt
Rosch ha-Schana jüdischer Neujahrstag
roter Winkel Kennzeichnung an der Kleidung der politischen Gefangenen in den Konzentrationslagern
Ruderleiberl gestreiftes T-Shirt
rumpitzeln korrigieren

Salud Gesundheit, Prost
Scha Ruhe!
(in der) Schale gut gekleidet, im Sonntagsgewand
schasäuglat blind
Schastrommel Schimpfwort: abwertend für altes Weib
Schilcher einzigartiger Roséwein aus der Südsteiermark
Schlamassel ausweglos scheinende Situation
Schlamastik kompaktes Schlamassel
schlempern hastig trinken
(sein) Schmalz absitzen Gefängnisstrafe verbüßen
Schmah Jisrael Hauptgebet der Juden: Höre Israel
schnalzen verprügeln
schneckn nichts da, geht nicht
Schorschi Koseform von Georg
Schragen abwertend für große, magere Frauengestalt
Schriftstellerpacklrass abwertende Bezeichnung für Schriftstellerzunft
Schuschniggzeit nach Kurt Schuschnigg (1897-1977), von 29. Juli 1934 bis 11. März 1938 diktatorisch regierender Bundeskanzler im Ständestaat Österreich
Schutzbündler Mitglied des > Republikanischen Schutzbundes
Schweizerhaus Biergarten im > Wurstelprater

SDG Abkürzung für Sanitätsdienstgrad
sechste und siebente Klasse entspricht der zehnten und elften Klasse in Deutschland
Seder Auftakt des jüdischen > Pessachfestes, an dem im Kreis der Familie des Auszugs aus Ägypten gedacht wird
Seiterl/Seitl Seidl: Biermaß (0,33 Liter)
sekkieren belästigen, quälen
Selbstverhaderung Selbstbeschimpfung
Septakkord ein Vierklang
(die) Siebzehner Bundesstraße 17 von Wien nach Italien
Simmering der 11. Wiener Gemeindebezirk
Singverein Singverein der Gesellschaft der Musikfreunde in Wien: Amateurchor auf höchstem Niveau mit Sitz im > Musikverein
Slibowitz Zwetschkenschnaps
Spaniaken Spanienkämpfer
speiben kotzen, erbrechen
spechteln hier: Alkohol trinken
Spezl Freund, Spießgeselle, Komplize
Spinnerin am Kreuz gotische Steinsäule aus der Zeit der Kreuzzüge, ein Wahrzeichen des 10. Wiener Gemeindebezirks Favoriten
Spital Gemeinde am Semmering im Bezirk > Mürzzuschlag
(am) Sprießel sitzen sich unwohl fühlen
Spundus haben Angst haben
Stadt 1. Wiener Gemeindebezirk > Innere Stadt
Standl Verkaufsbude (auf einem Markt)
Stark Hans Stark (1921-1991): SS-Untersturmführer im KZ Auschwitz-Birkenau
Stehbunker Strafzelle im Bunker der politischen Abteilung von Auschwitz
Steirereck gutbürgerliches Gasthaus in > Erdberg
Steirerhut Hut zur steirischen Tracht
stierln stöbern
Stille Hilfe Unterstützung von NS-Verbrechern nach dem Krieg durch Angehörige, Witwen, Freiwillige

Stock im Eisen Kurzform für Stock-im-Eisen-Platz zwischen Graben und Kärntner Straße

Stopfenreuther Au Donauau bei Hainburg, die Umweltschützer im Dezember 1984 besetzten und somit den Bau eines Kraftwerks verhindern konnten

Strahlhans Held

Stutthof deutsches Konzentrationslager östlich von Danzig

Suq orientalischer Markt

Systemzeit die Jahre des Verbots der NSDAP in Österreich von 1933 bis 1938

Tachteln leichte Ohrfeigen, leichte Schläge auf den Hinterkopf

Tafelspitz Rindfleischspezialität der Wiener Küche

Tangente Teil der Wiener Stadtautobahn, die den grünen > Prater durchquert

Tate Vater

Tauentzien Ort in Pommern

Taxler Taxifahrer

Teruel umkämpfte Stadt in Spanien während des Bürgerkriegs

Thilo Heinz Thilo (1911-1945): Lagerarzt u.a. im KZ Auschwitz

Tinnef dummes Zeug, Blödsinn

Töffles Schuhe, Clogs: vornehmlich früher von Ärzten im Spital getragen

Törl österreichische Bezeichnung für schmale, felsige Talengen oder Passübergänge

Tort Quälerei

Tramway Straßenbahn

Transnistrien Gebiet jenseits des Dnjestr: Deportationsgebiet für Juden errichtet von den Rumänen

Tschickerei das Zigarettenrauchen

Tsen Brider senen mir gewesn Zehn Brüder sind wir gewesen: jiddisches Lied in der Art der »Zehn kleinen Negerlein«

Tuchent mit Federn gefüllte Bettdecke

Tunell Tunnel

Türschnalle Türklinke

überm Berg sein die schlimmste Phase überwunden haben (bei Krankheit)
Überfuhr Fähre, die Personen von einem Flussufer zum andern befördert
überkandidelt überspannt, leicht verrückt
Ulpan Hebräischunterricht
Ulrichsberg Berg nahe Klagenfurt, wo alljährlich am 10. Oktober bei einem Treffen von Kriegsveteranen und Angehörigen eine Gedenkfeier für die Opfer beider Weltkriege und des > Kärntner Abwehrkampfes stattfindet
umanandenstehn herumstehen
um die Erd ghaut sich sehr bemüht hat
Ungustl abstoßender Kerl
Uniferkeln Bezeichnung der Boulevardpresse für die Aktionisten der Wiener Gruppe bei der Aktion »Kunst und Revolution« im Hörsaal I der Wiener Universität (1968)
Uno-Heini jemand, der bei der UNO arbeitet
Unsterbliche Opfer, ihr sanket dahin Anfang eines Trauermarsches, der an die Russische Revolution von 1905 und ihre Toten erinnert; in der Folge an alle Opfer des revolutionären Kampfes
Unterach Ort am Attersee im oberösterreichischen Salzkammergut

Vaterländischer dem Lager von > Dollfuß zugehörig
verbacken zusammengehalten, symbiotisch
verkraucht verkrochen
(jemanden) verzünden verraten
(sich) verzupfen sich davonschleichen, verschwinden
Volkertrennen Radrennen rund um den Volkertplatz in der > Leopoldstadt
vollfett volltrunken
vorbeiwurschteln sich durchzwängen

wai, wai oje
(für die) Wanzläus für die Katz, egal, gleichgültig

Wappler erfolgloser, dummer und ungeschickter Mensch, Trottel

Waschel nachgiebiger, rückgratloser, weicher Kerl

Waxriegelhaus Schutzhaus der > Naturfreunde am Fuß der Rax

Weinbeißer Weintrinker

weiterhanteln an etwas entlang weiterkommen

Wien–Gresten–Wien Radrennen in Etappen

Winterreise Liederzyklus von Franz Schubert nach Texten von Wilhelm Müller

Wirths Eduard Wirths (1909-1945): SS-Standortarzt im KZ Auschwitz

Wöllersdorf Marktgemeinde in Niederösterreich; während des Austrofaschismus Anhaltelager für politische Gefangene

wuik-wuik lautmalerischer Ausspruch ohne Sinn

Wurschtl Kasperle

Wurstelprater Volksprater

Zartl Kaffeehaus in > Erdberg

Zeit im Bild Nachrichtensendung des Österreichischen Rundfunks

Zentralfriedhof größter Friedhof Wiens im 11. Wiener Gemeindebezirk > Simmering

(sich) zersprageln sich aufreiben

zhaus nach Hause, zu Hause

Zores Sorgen

Żubrówka polnische Wodkamarke

zuhauf in Scharen

zum Krenreiben vergebens

zwo zwei

Personenverzeichnis

Peter Adel Regisseur
Adele Kinderfreundin von Edmund Fraul
Agnes Auer Schwester von Wilhelm Rosinger
Willibald Auer verstorbener Ehemann von Agnes Auer
Alfio Chauffeur von Isaac Maxmann

Gerhard Beran Obmann der ÖVP, später Vizekanzler
Hildegard Binswanger Geliebte von Herbert Krieglach
Lennart Black Magier
Gusti Blum Jugendfreundin von Rosa Fraul
John Blum Chefredakteur der ›Jerusalem Post‹
Karl-Heinz Bonker Schauspieler, Doyen der Burg
Ferdl Brauneis Spaniak (Kämpfer im Spanischen Bürgerkrieg)
Salomon Braunschweiger Präsident der Jüdischen Gemeinde Wien

Carsten abgelegter Geliebter der Astrid von Gehlen
Poldl Cervenka Schachpartner von Wilhelm Rosinger
Stella Cigorny Opernsängerin

Felix Dauendin Schauspieler, Partner der Astrid von Gehlen
Katharina Dronte Schauspielerin
Margot Dronte Schauspielerin, Mutter von Katharina Dronte
Ernst Dünster Schauspieler

Hedwig Ebner Kuturstadträtin von Wien
Anton Egger SS-Mann
Maria Egger Frau von Anton Egger

Gustav Felsberg Journalist und Schriftsteller
Ferdinand Ober im Landtmann
Heinrich Fichtel Journalist
Edmund Fraul Der Kalte

Franziska Fraul Mutter von Edmund Fraul
Hugo Fraul Vater von Edmund Fraul
Karl Fraul Sohn von Edmund Fraul

Theodor Gall Unterrichtsminister
Karolin Galster Schwester der Astrid von Gehlen
Tilman Galster Ehemann von Karolin Galster
Grete Gartner Journalistin
Tonio Gaspari Dramatiker
Astrid von Gehlen Schauspielerin
Georg Gelernter Graphiker
Gitta Goldlust Mutter von Rosa Fraul
Moritz Goldlust Großonkel von Rosa Fraul
Bastian Gruber Schauspieler
Paula Grünhut Lyrikerin
Rosalia Grünhut Mutter von Paula Grünhut

Achim Habersatter Journalist
Friedrich Habitzl Bundeskanzler
Inge Haller Oberärztin
Max Josef Hausmann alias Anton Egger
Heinz Heininger Opernsänger
Helen Freundin von Stefan Keyntz
Robert Heller Spaniak (Kämpfer im Spanischen Bürgerkrieg)
Henning Ober im Landtmann
Paul Hirschfeld Lyriker
Heinrich Hochnosterer Nekrologredner
Pius Höppner Opernsänger
Alois Hudal Fluchthelfer der Nazis im Vatikan
Erwin Humer Journalist

Jakob Ober im Café Museum
Jenö Ober im Pick Up
Rudolf Jungnickel Pressesprecher

Sonja Kalser Kellnerin, Geliebte von Schönn
Engelbert Kammerlander 2. Direktor der Staatsoper
Lars Karlsen Verleger
Emanuel Katz Banker
Wendelin Katzenbeißer Politikberater
Anton Keyntz Opernsänger, Vater von Margit und Stefan Keyntz
Margit Keyntz Ärztin
Renate Keyntz, geb. Königseder Mutter von Margit und Stefan Keyntz
Stefan Keyntz Gymnasiast
Florian Kleinbauer Fernsehjournalist
Alphons Klingler Chefredakteur
Angela König Schauspielerin
Helmut Kominek Politiker
Melanie Kosmos Kinderfreundin von Isaac Maxmann
Emmy Krieglach geb. Hummelböck Ehefrau von Herbert Krieglach
Herbert Krieglach Bildhauer

David Lebensart Nazijäger
Karin Loschewitz Cutterin

Ludwig Maier-Loschewitz Lektor
Tobias Malach Maler
Marianne Sekretärin von Gerhard Beran
Thea Marits Frau von Theodor Marits
Theodor Marits Bundeskanzler
Martha Haushälterin von Muthesius
Gerhard Mauss Naziverbrecher
Gernot Mauss Sohn von Gerhard Mauss
Isaac Maxmann Präsident des Jüdischen Weltkongresses
David Maxmann Vater von Isaac Maxmann
Rifka Maxmann, geb. Zemour Ehefrau von Isaac Maxmann
Lotte Mendelssohn Malerin
Meschullah Chauffeur der Segals
Guido Messerschmidt Arzt

Abi Meyer Berater des US-Präsidenten
Gerd Michalek Schauspieler
Martin Moldaschl Journalist
Moser Passant
Balthasar Moser Bekannter von Wilhelm Rosinger
Bartolomäus Muck Magier
Peter Münsterer Journalist
Raimund Muthesius Schriftsteller

Peter Nekula Schulkollege von Wais
Zoltan Nemeczek Dramatiker
Florence Nemeczek, geb. Rosenstock Ehefrau von Zoltan Nemeczek
Kaspar Nesser Schauspieler
Paul Neuner Arzt
Adrian Novacek Pressesprecher von Johann Wais
Bela Nürnberger Direktor der Staatsoper
Nurith Dienstmädchen bei Segals

Veit Obertschatscher Dramatiker

Hildegard Patzelter Politikerin
David Popper Arzt
Georg Purr Bürgermeister von Wien

Rabindranath Fährmann
Hubert Rastl Schuldirektor, Nazihelfer
Ignaz Rebenwurzel Vater von Rosa Fraul
Viktor und Siegfried Rebenwurzel Brüder von Rosa Fraul
Regine Sekretärin im Bundeskanzleramt
Franz Reisner Obmann der ›Sozialistischen Studenten‹
Gernot Rindinger Politiker
Robert (kleiner Robert) Fährmann
Robert (Ober) Kellner im Café Landtmann
Hedi Rosinger verstorbene Ehefrau von Wilhelm Rosinger
Wilhelm Rosinger SS-Mann

Boaz Samueli Obmann der jüdischen Hochschülerschaft
Albert Scheinotter Journalist
Rüdiger Scherfele Dirigent
Esther Schmelczer Teilnehmerin am Seder der Familie Segal
Ruth Schmelczer Schwester von Esther Schmelczer
Aribert Schmidt Lehrer
Rudolf Schmudermayr Korrepetitor
Dietger Schönn Direktor des Burgtheaters
Erna Schönn verstorbene Ehefrau von Dietger Schönn
Dolores Segal Schulfreundin und Geliebte von Stefan Keyntz
Ernst Segal Vater von Dolores Segal
Cilla Segal Mutter von Dolores Segal
Hugo Sillinger Buchhändler
Sissy Freundin von Boaz Samueli
Edek Slunski KZ-Häftling
Franz Srb Klavierstimmer
Maria Stanek Nachbarin der Frauls
Susi Stanek Nachbarin der Frauls
Ulrich Stanek Ehemann von Maria Stanek
Lina Sternfeld KZ-Häftling
Rupert Strahammer Politiker
Marek Sweczinski KZ-Häftling
Rezsö Szilasi d.i. Zoltán Nemeczek

Tammi Freundin von Dolores Segal
Helfried Teiler Galerist
Jupp Toplitzer Politiker
Johannes Tschonkovits Politikberater
Luis Tschurtschentaler Schulkollege von Stefan Keyntz

Felicitas Vandenbeck Fotografin
Moritz Vesely Schauspieler
Vickerl Kellner im Praterer

Aglaja Wais Ehefrau von Johann Wais
Johann Wais Bundespräsident

Walter Weber Politikberater
Thomas Weissenberger Lehrer
Jerzy Wesolowski KZ-Häftling
Christine Wewerka Patientin
Paula Williams Schriftstellerin
Alfred Wolf Filmemacher
Harald Wolfsgang Turnlehrer
Paul Wolfsgang Turnlehrer, Neffe von Harald Wolfsgang
Günter Wunderlich Filmemacher

Avraham Zeymour Schwiegervater von Isaac Maxmann
Judith Zischka Journalistin

Dank an

Gertie Aichhorn
Wolfgang Kaußen
Theresia Ritter

Wolfgang Bankl
Gert Broser
den Deutschen Literaturfonds e.V.
Adrian Eröd
Sabine Gruber
Sylvia Haider
Ioan Holender
Silvia Janicek
Johannes Knapp Menzl
Johannes Prinz
Emma Rendl Denk
Christine Scholten
Rudolf Scholten
Kurt Scholz
Paul Stein
Lukas Stepanik
Christof Šubik
Alexander Widner

und an

einige Menschen, die hier ungenannt bleiben sollen

Inhalt